KB053810

V. 프로프 저
최 애 리 역

민담의 역사적 기원

1990

차 례

불어판 역자 서문

블라디미르 야코블리에비치 프로프 Vladimir Yakovliévitch Propp(1895~1970)는 거의 전생애 동안 교직에 있었다. 독일 태생인 그는 그의 경력을 1918년 독일어 교사로서 시작하여, 처음에는 중학교에서 나중에는 고등학교에서 가르쳤다. 1932년 그는 레닌그라드 대학에 들어가, 1938년에 교수 자격을 취득한다. 그가 가르친 과목들은, 연대순으로, 독일어·민속문학 le folklore·문학 등이다. 그의 직업과 연구에 전적으로 몰두하여, 그는 수많은 토론과 강연에 참가하고 논문과 연구를 지도하면서 매우 충실한 대학 생활을 하였다. 그의 경력 초기에는 그의 권위를 확립하는 데에 다소간의 어려움이 있었다 하더라도, 말년에 그의 권위는 대단하였다. 모든 증언에 따르면, 그의 강의는 열렬한 침묵 속에 경청되었다고 한다.

민속문학 이외의 방면에 대한 그의 흥미는, 그의 경력 초기에는, 독일어 문법 강의록, 고전 문선집, 독일어 어학의 문제들에 대한 여러 논문들로써, 그리고 말년에는 『웃음과 해학의 문제 Les Problèmes du rire et du comique』라는 책(그 제 I 부는 1976년 모스크바에서 사후 출간되었다)의 준비로써 나타난다.

하지만 물론 그의 연구의 주요한 부분은 민속문학이다. 그는 네 권의 책과 일련의 논문들을 썼다. 네 권의 책이란 『이야기의 형태론』(레닌그라드, 초판, 1928; 재판, 1969), 『민담의 역사적 기원』(레닌그라드, 1946), 『러시아 영웅 서사시』(레닌그라드, 초판, 1955; 재판, 1958), 『러시아 농경 축제』(레닌그라드, 1963) 등이다. 그의 논문들 중에서 가장 알려진 것으로는, 「민담〔요술담〕의 변형」(레닌그라드, 1928), 「민속문학에 있어 제의적 웃음」(레닌그라드, 1939), 「요술적 탄생의 모티프」(레닌그라드, 1941), 「민속문학에 비추어본 외디푸스」(레닌그라드, 1945) 등을 들 수 있다. 여러 학술지들에 게재되었던 이 논문들은, 저자의 사후에, 그의 한 논문에서 제목을 딴 『민속문학과 현실 Folklore et Réalité』(모스크바, 1976)이라는 문집에 재편집되었다.

그 밖에도 그는, 혼자서 또는 공동으로, 러시아 민속문학의 몇몇 위대한 고전들의 재편집 작업을 하였던바, 세 권으로 된 아파나시에프 Afanassiév의 『러시아 민담』(1957), 두 권으로 된 『브일리나 *Bylines*』(푸틸로프 Poutilov와 공저, 1958), 『민중 서정 가요』(1961), 니키포로프 Nikiforov에 의해 수집된 『북러시아 민담』(1961) 등이 그것이다. [1]

*

영어(1958), 이탈리아어(1966), 프랑스어(1970), 독일어(1972), 폴란드어(1968), 루마니아어(1970), 헝가리어(1971), 체코어(1971) 등으로 번역된 『이야기의 형태론』은, 멜레친스키 Mélétinsky의 말을 빌자면, "민속문학의 구조적 모델의 어떤 연구에도 불가결인" 고전이 되었다. [2]

하지만 『이야기의 형태론』은 그 자체로서 완결되지 않는다. 민담〔요술담〕의 구성에 관한 공시태적 연구인 그것은, 이야기의 역사적 기원을 탐구하는 것을 목표로 하는 통시태적 연구에로 이어지게 된다. 레비-스트로스의 논문[3]에 대한 답변으로 씌어진 그의 논문 「민담(요술담)의 역사적 연구와 구조적 연구」[4]에서 프로프는 그의 의도를 밝히고 있다. 즉 "『형태론』과 『역사적 기원』은 하나의 큰 저작의 두 부분 내지는 두 권을 이룬다. 후자는 전자로부터 직접 유도된 것이며, 전자는 후자의 입문에 해당한다"는 것이다. 그의 첫 저작을 성공케 했던 바로 그 방법론을 저버렸다는 비난에 대하여, 그는 "자료의 형식적 연구, 체계적이고

---

1) 브일리나란 러시아 민중 서사시에 주어진 이름이다. 거기에 대한 가장 완전한 정보는 『민속문학과 현실』에서 B.N. 푸틸로프가 쓴 입문에 들어 있다(모스크바, 1976). 마찬가지로, 『민속문학에 대한 유형적 연구. 프로프를 추념하는 논문집』(모스크바, 1975)에서도, 같은 푸틸로프가 쓴 논문 「프로프의 작품에 있어 민속문학의 문제」와, 프로프의 저작들의 리스트를 참조할 수 있다.

프로프의 사후 출간된 책들에 대해서는 Yériomina, "Sur deux livres de V. Ya. Propp," in *Le Folklore russe*, XIX, 1979(V. I.)를 참조할 수 있다.

2) E.M. Mélétinsky, "Étude structurale et typologique du conte," 『이야기의 형태론』의 재판(모스크바, 1969)에 수록, p. 145——불역은 『이야기의 형태론』(Paris, Le Seuil, 1970)의 부록에 실려 있다.

3) Cl. Lévi-Strauss, "La Structure et la forme. Réflexions sur un ouvrage de Vladimir Propp," in *Cahiers de l'Institut de Science économique appliquée*, série M, n° 7, mars, 1960. 이탈리아어로 번역되어, *Morfologia della fiaba*의 초판에 함께 수록되었다.

4) V.Ya. Propp, "Étude structurale et étude historique du conte merveilleux." 이 논문은 『형태론』의 이탈리아어 번역 *Morfologia della fiaba*(Torino, 1966)에 처음 실렸다. 『민속문학과 현실』에 러시아어로 수록됨.

정확한 묘사는 역사적 연구의 우선적 조건이요 그 전제이며, 동시에 이를 향한 제일보이다"라고 반박하고 있다. 『역사적 기원』은, 그러므로 전세계적 범위에서 행해진, 광범한 역사적·민속학적·신화론적인 탐구이다.

수많은 언어와 문화에 숙달한 광범한 박학자로서, 프로프는 민속문학을 지배하는 법칙들을 찾으려 한다. "발생적으로, 민속문학은 문학이 아니라 언어에 접근되어야 한다. 언어란 아무에 의해서도 발명되지 않은, 단수이건 복수이건간에 저자를 알 수 없는 것이다. 그것은 인간들의 의지와는 무관한 법칙에 따라 전개되고 변모한다."[5] 이 법칙을 발견한다는 것이야말로, 『형태론』에서 『농경축제』에 이르기까지, 프로프의 전 사고의 길잡이가 될 것이다.

『역사적 기원』의 중심 사상은, 민담(요술담)이란 일정한 구성을 갖는 장르로서, 결국, 발생적으로 원시 사회의 제의 및 사고 개념들과 연관되어 있다는 것이다. 하지만 민속문학과 민속학간의 관계는 항상 직접적일 수는 없으며, 각각의 경우에 재발견되어야 한다. 그러기 위해서는, 특정한 민속문학의 주제와 관련된 인류학적 기반을 발견해야 하고, 거기 대응하는 사고 개념들의 체계를 명백히 해야 하며, 셋째로 민속문학에 있어서의 이 기반의 변형 과정을 추적해야 한다. 푸틸로프에 의해 요약된 바 이러한 것이 블라디미르 프로프가 그의 방법론의 초석으로 삼았던 '민속학주의'의 원칙이다.[6]

이 같은 맥락에서, 그는 일찍이 1928년부터, 전세계에 걸친 이야기들의 유사성을 이주 및 차용의 이론으로써 설명하고자 하는 데에 반기를 들게 된다. 그의 두 저작들은 그 근본 문제를 전혀 다른 방식으로 제기하는바, 그는 이 유사성에서 어떤 전수의 결과보다는 역사적으로 결정되는 일단의 법칙들의 구현을 보고자 한다. 그는 또한 민속문학의 연구에 있어 엄격한 경험주의 내지는 불가지론에도 반대하는 바, 그는 이러한 이론의 부재를 '자료의 바다'에 침몰당하여 법칙의 수립을 항상 나중으로 미루고만 있는 학자들에게서 기인하는 것으로 비판하고 있다. "만약에 어떤 법칙이 옳다면, 그것은, 단지 그 법칙이 도출된 자료에

5) V. 프로프, 「민속문학의 특수성」, 『레닌그라드 대학의 학문적 50주년의 분과 작업. 문헌학 분과』, 1946, p. 142. 『민속문학과 현실』, p. 22에 재수록(V. Ja. Propp, "Specifika fol'klora," Trudy jubelejnoj naučnoj sessii LGU, sekcija filogičeskikh nauk, 1946, str. 142).

6) B.N. 푸틸로프, 『민속문학과 현실』 서문, p. 10.

대해서뿐 아니라, 모든 자료에 대해 그러할 것이다. "[7]

*

　프로프는 그의 가장 가까운 동료 푸틸로프가 주장하는 대로, 행복한
학자의 삶을 누렸던가? 우선, 그가 비교적 적은 양의 글을, 꼭 쓰고
싶을 때에만 썼다는 사실(이 사실에 대해서는 그의 어떤 논문들이나 저작들
도, 비록 그의 몇몇 추론들이 이의를 제기하기는 하지만, 마찬가지이다)을 생
각한다면, 그렇다고 할 수 있다. 또한, 아마도, 그가 자기 입장이나 자
기 저작을 항상 능숙하고 확고하게 변호할 수 있었다는 점에서도 그러
할 것이다. 우리는 앞서 그가 레비-스트로스에게 변박하는 것은 보았거
니와, 때로 그는 경묘한 아이러니를 구사하기도 한다. "레비-스트로스
교수는 내게 비해 아주 대단한 강점을 가지고 있으니, 그는 철학자이다.
나로 말하자면, 경험주의자에 불과하다. 그래도 무엇보다도 먼저 모든
사실들을 주의깊게 검토하는 공정한 경험주의자이기는 하지만……."[8] 그
런가 하면 그는 소련에서, 그의 시대에, 『역사적 기원』이 학문 외적 집
단[9] 및 대중적 여론에 미친 나쁜 인상을 지워버릴 줄도 알았다. 서구적
기원의 민속학적 자료들에 힘입어 러시아의 민담을 연구함으로써 그는
러시아 민족주의 감정을 상할까 우려하여 미리부터 "본 연구는 러시
아 민담의 연구는 아니다……"[10]라고 경계를 했음에도 불구하고, 『역사
적 기원』은 냉대받았고 재판이 되지를 않았다. 비난할 여지 없는 정통
마르크스-레닌주의에 의거한 몇몇 문단들에도 불구하고 그에게 해가 될
수도 있었을 이러한 반응을, 그는 그의 다음 저작 『러시아 영웅 서사
시』에서 각별히 열렬한 애국심을 표명함으로써 무마시켰던 것이다. 그
리고 그것은 그의 저작을 근본적으로 손상시키지 않고서도 가능하였던
바, 이 책은 바로 타타르족에 대한 서사적 투쟁 가운데 깨어나는 러시
아 애국 감정을 다룬 것이었기 때문이다. 1955년에 나온 이 책은 얼마

---

7) V. 프로프, 『민담의 역사적 기원』, 레닌그라드, 1946, p. 22(V. Ja. Propp, _Istori-českie korni volšebnoj skaski_, L., 1946, str. 22).
8) V. 프로프, 『민담의 역사적 연구와 구조적 연구』, p. 133.
9) 당시의 전문지에서는 『역사적 기원』에 대한 또 한편의 기사, V.M. Jirmounsky의 서평밖에 실리지 않았다(「프로프 교수의 역사적 근원」, 『소비에트서 _Le Livre soviétique_』, 1947, n° 5). 어조는 온건하다. 작품의 가치를 인정하되, 프로프가 입문 제의와 탐색 유형의 주제들을 지나치게 강조하였다고 지적하였다.
10) V. 프로프, 『민담의 역사적 기원』, p. 24.

안 있어 1958년에 재판되었다. 하지만, 그리하여 그가 다시 잘 보이게 되었다 하더라도, 그것이 곧 행복을 뜻하는 것이 아님은 자명한 사실이다.

하지만 그의 작품에로 돌아가보자. 그것은 단순한 학문적 가치 이상으로 흥미롭다. 프로프의 장점들 중 하나는 그의 저술 및 문체에 있어서의 명징과 우아이다. 그의 모든 저작이 그처럼 매혹적인 것은, 프로프가 단순한 학자 이상이기 때문이다. 그가 때로 고백하였듯이, 그에게는 작가의 기질이 있었다.[11] 그에게는 특유한 방식, 숨가쁠 정도로 엄격한 귀납적 방법과 독자의 흥미 유지간의 연결이라고나 정의할 만한 방식이 있었다. 그의 논의들 중 어떤 것들은 추리소설을 생각나게 하는바, 저자는 수수께끼를 제시하고 "지금으로서 우리는 이 모든 것이 우리를 어디로 끌고 갈는지 전혀 모른다"고 언명한 후, 서스펜스와 급전을 엮어나가면서 능란하게 독자를 이끌어간다. 그가 선택한 자료들의 혼미를 가로질러, 그가 필연적인 것으로 제시하고자 하는 결론을 향하여.

논전가로서, 그는 때로 신랄해지지만, 군이 상대방을 때려눕힐 필요는 느끼지 않은 채 지나쳐버린다. 왜냐하면 그의 관심은 논전의 실제적 결과일 뿐이기 때문이다. 그의 생각들 및 문체의 단일성, 그 특유의 어조는 그의 아류나 제자들이 쓴 많은 저작들 가운데에서도 그만의 작품을 곧 다 알아보게 하는 것이다. 그의 전재능으로서, 그는 전세계적으로 민속문학 연구 la science folklorique 를 독립된 학문으로 만드는 데에 가장 공헌한 학자들 중의 하나이다.

약 12년 전 서구에서『이야기 형태론』의 번역은 프로프의 이름을 무로부터 끌어내어 전세계적인 명성에 이르게 하였으나, 그의 나머지 저작은 번역의 부재 내지는 오역(오늘날까지는『역사적 기원』의 이탈리아어 번역밖에 없었는데, 그 저작의 경시에 대한 번역의 책임을 생각해볼 만하다)으로 인해 제대로 알려져 있지 못했다. 그러므로, 이제 프랑스에서, 35년이나 묵은 저작인『역사적 기원』의 면밀한 번역이 출간되는 것은, 오늘날 민속학적·민속문학적 연구에 대해 안고 있는 새로운 흥미 가운데에서일 것이다. 때로 이론의 여지가 있기는 하지만 흥미진진한, 그리고 오늘날 어떤 민속학자나 민속문학자도 더 이상 무시할 수 없는 이 저작은 사실상 모두의 것이다.

---

11) 푸틸로프,『민속문학과 현실』서문.

*

1946년의 소비에트판(이미 지적하였듯이, 재판은 나오지 않았다)은 수많은 오류와 결함을 지니고 있다. 특히 서지와 아파나시에프 전집의 번호에서 그러한데, 우선 서지에는 많은 누락이 있고, 아파나시에프 전집으로 말하자면, 약 600편의 이야기들이 실려 있는데, 그 번호가 판본에 따라 달라짐으로써 문제가 생긴다. 특히 변이체와 주석의 번호에 많은 혼선이 있는 것으로 보인다. 그러므로 나는 가능한 한 전자의 누락을 메꾸고, 후자의 경우에 상황을 규명하려 애썼다. 나는 프로프가 『형태론』이나 『기원』에서 사용하였던 옛 번호와 1936년 및 1958년의 판본에 도입된 새로운 번호를 모두 수록하였다. 그러니까, 예컨대 (Af. 816/142)란, 아파나시에프 전집의 초판본에서는 816이라는 번호, 1936년과 1958년의 판본에서는 142라는 번호의 이야기를 뜻한다.

한편, 아파나시에프 전집의 어떤 인용 및 다른 러시아 이야기의 인용들의 번역은 자명하지가 않거니와, 그에 대한 설명은 아파나시에프 전집의 번역——아직 미간이다——에 대한 내 서문에 들어 있다.

끝으로, 『역사적 기원』의 텍스트에서 모든 강조의 표시들은 저자 자신에 의한 것이다.

1982년 6월
리즈 그뤼엘-아페르 Lise Gruel-Apert

소   개

　1946년에 출간된 『민담의 역사적 기원』은 이야기에 대한 블라디미르 프로프의 대저작의 제 2 부를 이룬다. 1929년에 『이야기의 형태론』이라는 제목으로 씌어진 제 I 부는 그 저자를 유명하게 한 바 있다. 『역사적 기원』은 본래 『형태론』의 마지막 장으로서 구상되었으나, 너무 방대해져서, 이 장은 곧 분리되었다. 사실 이 두 저작은 매우 이질적이다. 제 I 부가 이야기 구성의 공시태적·형식적 연구라면, 제 2 부는 통시태적 연구로서 전세계에 걸친 방대한 역사적·'민속학적 *ethnographique*'·민속문학적 *folklorique* 탐구이다. 여기에서 프로프는, 자기 시대보다 약 30년이나 앞서, 민속문학 *le folklore**의 민속학적 가치의 이론을 옹호하고 있다.

　재판이 나오지 않은 이 책은, 프로프의 별로 인기없는 책이었다. 그것은 소련의 공식적 평론에서 거의 잊혀져 있었다. 그것은 서구에서도, 특히 레비-스트로스에 의해——아마도 오역이 많은 이탈리아어 번역 탓이었겠지만——푸대접을 받았다.

　하지만, 프로프의 방법론이 오늘날까지도 갖는 가치, 그의 꼼꼼한 문체, 그의 광범위한 박학(그것을 제대로 옮기는 것이 번역의 의무이다) 등은, 그것을 민속학적·민속문학적 탐구라는, 우리에게는 새로운 영역에서 극히 중요한 책이게 한다.

---

　* 'folklore'라는 용어는 흔히 '민속학' 또는 넓은 의미에서의 '민담(民譚)' 등으로 번역되기도 하나, 우리는 여기에서 'ethnographie 및 conte populaire/conte merveilleux'와의 구별을 위해 '민속문학'이라는 역어를 채택하였다. 이는 제 I 장 제14절에 나오는 'folklore'의 정의적 범위 설정에 비추어, 무리가 없을 듯하다. 〔역주〕

불어판 서문

"모든 강들이 바다로 가는 것과 마찬가지로, 이야기 연구의 모든 국면들은 결국 중요한 미해결의 문제 즉 전 세계의 이야기들간의 유사성이라는 문제의 해결을 가능케 하는 방향으로 가야 할 것이다. 러시아, 독일, 프랑스, 아메리카 인디안, 뉴질랜드 등, 상호 관계의 존재를 규명할 수 없는 여러 나라와 민족들에게서 개구리 왕녀에 대한 유사한 이야기들이 발견되는 것을 어떻게 설명할 것인가?"[1]

『이야기의 형태론 *Morphologie du conte*』(1928)에서부터 이제 우리가 프랑스 대중에게 제출하는 『민담(요술담)의 역사적 기원 *Racines historiques du conte merveilleux*』*(1946)에 이르기까지, 그리고 그 노정을 점철하는 세 편의 중요한 논문들을 포함하는, 블라디미르 프로프 Vladimir Propp 의 민담 *le conte populaire* 에 대한 모든 연구들은, 이야기들의 기원, 그들의 유사성의 같은 원천, 그러니까 그들의 '원초적 의미'를 다루는, 단지 한 가지 답변을 향한 여러 단계들이라 할 것이다. 먼저 프로프는 몇 가지 지배적 이론들을 거부한다. 그는 그 당시 열렬한 제창자들을 가지고 있었던 이주설(移住說)을 믿지 않는다. 모든 이야기들은 유일한 발상지──예컨대 인도 같은──나 또는 확인할 수 있는 몇 군데 발상지에서 비롯된 것은 아니다. 이야기들의 보편적 확산이라는 생각은, 그가 보기로

---

1) Vladimir Propp, *Morphologie du conte*, trad., Cl. Ligny, Paris, Gallimard, p. 29; 초판, 레닌그라드, 1928.

* 원제의 'Volšebnoj skaski'란 '요술 이야기'를 의미하며, 불어로는 'conte merveilleux,' 영어로는 'wondertale'이라는 말로 각기 번역되었다. 이는, 말 그대로, 민담 중에서도 요술적 요소를 포함하는 것들을 가리키는 것으로, 가장 흔한 유형의 민담, 이른바 본격담 *ordinary tales*에 해당한다. 프로프 자신도 이야기를 요술담 · 습속담 *contes de mœurs*, 동물담 *contes sur les animaux* 의 세 가지로 대별하고, 요술담이야 말로 '고유한 의미에서의 이야기' 라고 하였다(『이야기의 형태론』 참조).

우리말 역어로는 요술담 · 기적담 · 환상 민담 등이 시도된 바 있으나, 모두가 사전 설명이 필요한 생경한 용어들이다. 그러므로, 우리는 여기에서 차라리 그냥 '민담'이라는 쉽게 이해되는 용어를 쓰되, 일반적 의미에서의 민담 *conte populaire*과 구별하기 위해 '민담(요술담)'과 같이 괄호 안의 부기를 첨부하기로 하였다(단, 『민담(요술담)의 역사적 기원』이라는 본서의 제목처럼 자주 반복되는 경우에는 부기를 생략하였다). [역자]

16

는, 특정한 이야기들의 실제적 공간 분포에 기초해야 할 역사를 불모화하는 것이다. [2] 그런가 하면, 그는 일반적 상징주의——모든 문화들에 나타나며, 그 어휘들을 분류하고 번역할 수도 있을——의 존재 또한 믿지 않는다. 예컨대 프로베니우스 Frobenius 처럼, 용은 언제 어디서나 태양적 이미지라고 해야 할 것인가? 그는, 그가 직접 읽었던 프로이트 Freud 와 랑크 Rank 의 모든 저작을 통하여, 정신분석학 역시 거부한다. 그가 보기로는 그들의 신화 독해는 민속학 l'ethnographie 이나 역사의 존재를 전적으로 무시한 것으로, 결코 '원초적' 의의에는 이르지 못하는 것이다. 이야기의 창조자인 선택된 민족들이나 또는 어디에서나 동일한 상징들 및 갈등들의 장(場)인 인간 정신이란 존재하지 않으며, 따라서 탐구는 달리 이루어져야 할 것이다.

프로프는 그 자신의 목표 수립에 착수한다. 그의 방법은 그 자신이 말하는 만큼 그렇게 견고하지는 않다. 그는 사실상 직관과 암중모색을 통해 나아가며, 그러면서 점차적으로 그의 중요한 방법론적 도구들을 확립한다. 그는 '부르조아 학문'에 대한 탄핵을 거듭함으로써 스스로 안심하기는 하지만, 때로 자신의 확신에 대해서는 독단적이 됨으로써 자기당착에 빠지기도 한다. 이러한 지적 과정, 세부적으로는 매우 복잡하고 흥미로운 과정으로부터, 우리는 결정적 사실들, 즉 프로프가 더 이상 재론하지 않아도 되었던 그의 주요 저작 『민담의 역사적 기원』을 기초하는 사실들만을 고려해보기로 하자.

『형태론』은 보다 큰 저작의 시작일 뿐이다. 프로프는 그가 발명해낸 이야기 분석의 절차들을 거의 다시 사용하지 않을 것이며, 다만 그가 보기에 중요한 한 가지 결과만을 간직하게 될 것이다. 즉, 민담(요술담)은 하나의 전체, 불가분의 전체를 이루며, 각각의 이야기는 기본 선율의 변주에 불과하다. 따라서 연구자는 결코 한 유형의 연구에 국한하지 말고 그 동질성——형식적・의미적 동질성——이 규명된 이 모든 재료를 혼합해야 한다는 것이다. 이처럼 대상의 윤곽이 잡히고 나면, 비로소 그 내용에 대해 질문하고 그 기원에 대해 생각할 수 있을 것이다. 모든 이야기들이 들려주는, 이 인물들, 민간 신앙들 les croyances, 처신들, 습속들

2) 이야기들의 특히 인도를 발상지로 한 이동에 대해서는, Benfey, Cosquin 등의 논문들이 Gédéon Huet 의 Les Contes Populaires(Paris, Flammarion, 1923)에 요약되어 있다. Anti Aarne 이나 Stith Thompson 을 위시한 핀란드 및 미국의 학파들은 보다 덜 획일적인 확산주의 개념을 가지고서, 그것을 이들의 지리학과 계통학에 종속시켰다. cf. S. Thompson, The Folktale, Londres, Rinehart & Winston, 재판, 1967.

은, 모두 어디에서 오는 것인가?

*

거의 처음부터, 프로프는 이야기들의 형성이 시간 속에서 순차적으로 이루어졌으리라는 가정을 세우고 있다. 그 방대한 전체는 모든 줄거리와 모든 변이체들의 총화로 정의되며, 요술적인 것 *le merveilleux* 을 넘어 전설적인 것 *le légendaire*, 사실적 누벨 *la nouvelle réaliste*, 만담 *la facétie* 등으로 펼쳐지는바, 이는 이야기 형성의 모든 역사적 단계들을 동시적으로 제시해준다. 사실상 주제들이나 인물들은 결코 서로를 완전히 배제하지는 않으며, 흔히 그것들은 공존한다. 예컨대, 기독교의 악마는 보다 오래된 용을 대신하여 똑같은 역할을 하게 되지만, 또 다른 이본들에서는 여전히 용이 등장할 수도 있는 것이다. 때로 이러한 인물들은 서로 만나고 겹쳐지고 합쳐진다. 그러므로, 내용은 마치 지각의 변동이 잊은 후 가장 오랜 지층이 가장 최근의 지층에 인접해 있는 광경과도 같이 보인다. 그리고, 그가 변형 *transformations*[3]이라 명명하는 이 모든 등가 관계들을 분류하고 표하는 것이 프로프의 일이다.

하지만 그런 것은 연구의 처음 단계, 전제를 세우고 목록을 만들고 가정적 배열을 해보는 단계에 불과하다. 고유한 의미에서의 역사에 이르기 위해서는, 이야기를 그 맥락과 대조해보아야 한다. 그런데 이러한 구비적 전통 *les traditions orales* 을 지니고 있는 마지막 유럽 사회들, 19세기초부터 수집가들에게 수천의 이야기들을 제공해온 농경 사회들은, 원칙적으로, 이것을 순수한 공상의 영역에 귀속시킨다. 예컨대, "이야기는 지어낸 것이요"라고, 러시아의 이야기꾼들은 즐거이 상기시키는 것이다.[4] 이 같은 낯설음의 감정에서도, 머나먼 과거, 집단적 기억에서 지워진 과거만이 의미의 단서를 쥐고 있다는 사실이 확인된다. 물론 장소 설화 같은 데서는 현실에 관련된 인물들, 구체적으로 존재하는 인물

---

3) 이 용어는 『형태론』의 초고로부터 분리된 논문——"Les transformations des contes fantastiques," trad, T. Todorov, in *Théorie de la littérature*, Paris, Éd. de Seuil, 1966, pp.234~62 (초판 1928)——에서 길게 정의되어 있다. 하지만 그것은 세 가지 가능한 용례를 포함하는 것으로 보인다. 즉, 수사적 변형(한 모티프의 확대·축소·복제 등등), 논리적 변형(박대 항목들을 그대로 유지하려고 하는 것, 예컨대, 같은 이야기에서, 남자 주인공이 여자 적수를 모욕하면, 그 역도 일어난다든가), 역사적 변형(모티프들의 내용이 사회의 역사와 함께 변한다) 등이 그것이다.

4) *Edipo alla luce del folclore*, Turin, Einaudi, 1975, p.16.

들이 발견되기도 하지만, 그러나 프로프는 이야기에서 연대기나 확대된 잡보(雜報)를 보고자 하는 유혹을 경계한다. 이 모든 '사실적 réalistes' 이거나 '현실화적 actualisantes' 인 표지들은, 보다 오래 된 이야기의 조립에 첨가된 근래의 것, 부수적인 것이다. 보다 '역사적'이라고 하는 서사시까지도 결코 어떤 사건 그 자체에서 생겨나지는 않는다.

이야기가 그 기억을 간직하는 현실은 그러므로 매우 방대한 폭을 지닌 것이 될 터이다. 관행·제의·민간 신앙·제도 등의 이야기의 유일한 재료이다. 이렇게 말해지고 보면, 논지는 거의 진부하기까지 하다. 실상 이야기 분류가들의 승리 이전에도——프로프에 의하면, 이들은 민족학 l'ethnologie의 이 방면에 있어서의 중대한 퇴보를 가져왔다——이른바 '부르조아 과학,' 즉 하틀랜드 Hartland 나 프레이저 Frazer, 그리고 좀더 나중에는 생티브 Saintyves 같은 이들의 과학은 이미 결혼이나 연령·계층간의 계승, 민간 신앙들, 자연의 생산과 관련된 계절 제의들 등의 사회 현상과, 이야기가 들려주는 것과의 많은 병행 관계들을 수립한 바 있다. 하지만 이들의 저작들이 미완의 느낌을 주는 것은, 이 '진보주의적' 학자들 중 아무도 이야기와 역사적 맥락간의 관계나 인간 사회들의 진화를 고려한 이론들을 가지고 있지 않았기 때문이다.

*

프로프에게 있어서, 이야기의 많은 특성들은 이야기를 '상부구조'의 한 요소로 간주할 때에 밝혀진다. 상부구조란, 경제적·사회적 하부구조의 그 자체로 느릿한 전이에 비해 상대적 부동성을 지닌 현실 질서이니만치, 이야기는 거의 부동적인 시간 속에 편입되며, 그것은 항상 만기된 상태를 보여준다. 후에 클로드 레비-스트로스 Claude Lévi-Strauss 가 말하게 될 것처럼, 신화와는 달리 이야기는 그 맥락과 동시대적이 아니다.[5] 더구나, 모든 현실이 이야기들에서 동질적 방식으로 재현되지는 않는바, 이야기들은 우선 어떤 상징적 관행들——신화적 이야기, 제의, 민간 신앙 등, 고대 종교를 구성하는 모든 것——과의 친화력을 갖는다. 이 특수한 관계는, 프로프에게, 그의 연구의 처음에서부터 일종의

---

5) "La Structure et la forme Réflexions sur un ouvrage de Vladimir Propp," in *Anthropologie structurale deux*, Paris, Plon, 1973, pp. 139~73. 여기 인용된 말은 p. 157.

내적 확실성, 그가 그 진실성을 굳이 증명하려 하지조차 않았던, 일종의 개인적 공리처럼 부과된다. 예컨대, 그는 러시아의 이야기들에 나오는 마녀, 숲의 한가운데 회전하는 집에 사는 바바 야가 la Baba Yaga 와 『리그-베다 Rig-Veda』의 한 찬가에 나오는 또 다른 숲의 노파간의 유사성에 사로잡혀 있다. 한 여자가 다른 여자의 후계는 아니지만, 둘 다 동일한 종교적 세계에 속한다.[6] 하지만 이야기들은 단순히 고대 종교의 분해된 치체들만은 아니며, 그들과 모든 다른 상징적 형식들간의 관계는 가장 복잡한 문제들 중의 하나이다.

신화·제의·이야기 들은 상호적으로 재생산하거나 또는 부동의 질서 속에서 서로를 야기하는 것이 아니다. 프로프는 이 방면에서 그의 입장의 새로움을 수차 강조한다. 당시에는 제의란 기존의 신화를 상연하는 것이라는 생각이 일반적으로 받아들여지고 있었던 반면, 그는 그 반대를 주장한다. 즉 때로는 신화가 제의로부터 비롯되는바, 제의는 신들과 자연에 대해 행동하는 방식을 예시하고 정당화한다는 것이다. 하지만 고대 사회에서 제의는 제도라는 '하부구조'에 속해 있고, 따라서 제도의 변화 가운데서 사라져버리므로, 그것의 설명적 이야기라 할 신화로부터 그 실제적 등가물을 박탈하게 된다. 제의와 그 해설, 그리고 그것들을 포괄하는 신앙이 각기 분리되는 바로 이 시점에서 이야기가 나타난다. 이야기는, 그 큰 대립항들이 '약화되는' 신화라 할 수 있다. 즉 줄거리는 더 이상 세계의 질서가 아니라 한 주인공의 물질적·혼인적 정립을 문제삼게 되는 것이다. 이야기는 또한 마지막 신화들 곁에서 그 모티프들 중 몇 가지를 활용하고 사라진 관행이나 제의적 연출을 참조하여 생겨날 수도 있다. 심지어 이야기는, 종교적 신앙 체계의 만기된 상태의 유일한 증빙이 되기도 한다. 그리고, 그럼으로 해서, 그 내용은 어떤 점에서는, 우리에게까지 전해져온 신화의 내용보다 더 고대적으로 보이기도 한다.[7] 하지만 이러한 연관이야 어찌 되었든, 이야기는 더 이상 근본적 진실을 지니고 있는 것으로서 제출되지 않으며, 스스로를 가리켜 지어낸 것, 공상, 즐거움이라 말하며 또 그러기를 원한다.[8]

<hr />

6) "Les transformations des contes fantastiques," art, cit., pp. 240~41.
7) 이 모든 점들이 Claude Lévi-Strauss 의 인용된 논문에서 논의되었다. 그러나 그는 이 '신화보다 더 고대적인 이야기들'에 대한 어떤 역사적 가정도 본질적으로 증명 불가능하다고 말한다.
8) 각각의 상징적 표현 방식과 그것이 전달하는 현실에 대한 신앙간의 관계에 대한 논의가, 앞서 인용되었던 Edipo...(주 4 참조)에서 발견된다(pp. 14~17). 거기서 프로프는 사회 전체가 공유하는 종교적 진리를 전하는 신화, 공식적 종교에는 어긋나지만

이야기와 이러한 인근 분야들——제의 및 신화——간의 관계가 일단 정립되고 나면, 남는 것은 그것들을 산출한 사회들과의 공통된 관계의 질서를 발견하는 일이다. 이야기는 우리에게 어떤 생산 방식・친족 체계・정치 제도 등에 대해 직접적으로 알려주는 일은 거의 없다. 흔히 서술적 재현은 변형적이며, 정말이지 이러한 변형들은 풀리지 않는 수수께끼 같은 때도 많다. 예컨대, 많은 민담(요술담)들은 왕의 자녀들의 유폐를 묘사함으로써 시작하고 있거니와, 이는, 때로 매우 인상적인 방식으로, 고대 특히 아프리카의 왕국에서 군주의 신변에 관련되었던 어떤 금기들을 환기하는 것이다. 그런데 이야기에서는 금기가 왕으로부터 그의 후계에게로 옮겨지는바, 프로프는 그 점을 인정할 수밖에 없다. 또한 어떤 요소들의 의미는 전적으로 역전되어 있는 경우도 있다. 예컨대, 야생적 자연을 지배하는, 따라서 인간이 제의를 통해 화해하고자 하는 초자연적 존재들이, 이야기에서는 주인공이 싸워 이겨야 할 해로운 생물들이 될 수도 있다. 기독교는 이전의 다신교 신들을 이처럼 '악마화'하는 데에 결정적 역할을 했음에 틀림없다. 결국 프로프의 분석은, 이야기와 맥락간의 단순한 병행 관계뿐 아니라 그들간의 가능한 관계들의 온갖 방식들을 드러나게 하는 것이다.

*

사실상 프로프는 이러한 문제들을 그저 지나면서밖에는 다루지 않는바, 그것들은 무엇보다도 역사적이고자 하는 그의 성찰의 중심을 이루는 것은 아니다. 실상 『형태론』의 처음서부터 엿보이는 그의 구상은, 각 모티프와 각 테마와 그리고 끝으로 이야기 전체의 온갖 변형들의 완전한 질서를 찾아낸다는 것임을 잊지 말자. 우리가 알거니와, 이야기들의 과거에 대한 프로프의 개념은, 다양한 지속들의 상대적 독립성, 부동의 항구성으로 오인할 수도 있을 것을 보다 잘 이해하게 해주는 축적과 재형성 효과들과 함께, 어떻게 보면, 역사적 시간에 대한 당시의 성찰들과 가깝다. 하지만 프로프의 논지는 특히, 모든 사회는 그 '생산력'의 일정한 방향으로의 발달에 의해 결정되는 필연적 구도에 따라 진보한다고 가르치는, 진화론적 교의에 침투되어 있다. 자본적 진화들은

_____

'민중'에게는 신앙의 대상이 되는 전설, 아무도 더 이상 믿지 않는 이야기 등을 구별하고 있다.

수렵 채취인들로부터 농경인들에게로 그리고 도시 경제에로, 원시 공동체로부터 국가를 낳는 계층 사회들로(노예주의·봉건주의·자본주의), 토테미즘 및 숲의 짐승들로 화신하는 '정령들'의 예배로부터 조상 예배에로 그리고 공식 종교들에로, 본원적 '모권제'로부터 부권 중심적 친족 체계의 지배에로, 이루어진다는 것이다. 프로프에게 있어, 이야기가 갖는 괄목할 만한 흥미는, 그것이 이 연속적 시대들의 모든 기억을, 흔적의 상태로, 지니고 있다는 데에 있다.

이러한 가정은, 한 서술적 주제가 이 역사적 '지층들'을 통해 발전해 가는 것을 추적할 수 있다면, 확증될 것이다. 프로프가 1928년부터 1946년까지, 『형태론』으로부터 『역사적 기원』에 이르는 여정을 점철하는 논문들에서 하고자 하는 것이 바로 그러한 일이다.

1934년에 나온 「무덤 위의 마술 나무」는 필경 이 원칙들의 적용을 가장 멀리까지 밀고나간 글이다. [9] 프로프는, 네 가지 다른 줄거리들에서, 다음과 같이 요약될 수 있는 동일한 모티프를 찾아낸다. 친한 짐승——대개는 황소——이나 주인공의 어머니가 극적인 상황에서 죽는다. 그의 시체——또는 그 일부, 예컨대 뼈——는 정성들여 매장되고, 그 무덤 위에서 나무가 자란다. 때로는, 살아 남은 자가 그의 새로운 가족에 의해 학대받으며, 죽은 자를 추억하고, 눈물로써 그 무덤의 흙을 적신다고 구체화되기도 한다. 나중에, 이 '마술적' 식물은 결정적 시험의 때에 그를 도와서 풍요와 행복에 이르게 해준다. 프로프에 의하면, 이 이야기는 하나의 '관념'에로 환원될 수 있는바, 즉 모계 조상의 매장, 흙의 비옥함과 따라서 장례를 잘 치른 후손의 번창간에는 관계가 있다는 것이다.

시베리아와 북아메리카의 사냥꾼들은 이러한 '관념'의 가장 고대적인 실현을 보여준다. 즉 그들은 그들이 죽인 곰이나 순록의 일부를 땅에 묻어주는데, 이는 그것이 되살아나거나 또는 저세상에서 살며 그들의 풍요한 수렵을 보장해주게끔 하기 위해서인 것이다. 식물에 대한 관계는 다음 단계에서, 원시 원예가들에게서야 나타난다. 예컨대 뉴기니아의 신화에서는, 주인공의 해체되고 분산되어 묻힌 몸이 정원의 영원한 비옥함을 약속한다는 것이다. 고대의 모든 농경 사회들이 공유하는 바, 밭아는 땅에 묻힌 조상들에 의해 지배된다고 하는 신앙이 거기에 있다.

---

9) 그것은 앞에 인용된 *Edipo...*, pp. 5~39에, Clara Strada Janovič에 의해 이탈리아어로 번역되어, 번역자의 흥미로운 소개와 함께 실려 있다.

국가와 전쟁과 성직 기능의 분화를 알게 된 보다 '진보된' 사회들에서는, 신화는 어떻게 해체되고 묻힌 주인공의 몸의 여러 부분들이 주요 경작 식물들을 낳게 되었는가를 말해준다. 예컨대, 아즈텍인들 les Aztèques 에게 있어, 주기적 희생은 최초의 죽음을 반복함으로써 풍요를 갱신하기 위한 것이다. 그리하여, 선조들이나 신들의 유해와 땅의 과실들간의 관계가 수립되며, 희생 (犧牲)은 필요한 중재적 제의가 된다. 고대 수렵가들의 의식 (儀式)화된 관행은 그러므로 매우 중요한 농경 제의가 되는바, 신화적 이야기들은 이를 설명하고 정당화한다. 하지만, 프로프에 의하면, 사회가 진화할수록 재현과 은유적 대치가 직접적 실행을 대신하는 경향이 있다. 예컨대 제의는 비밀리에 거행되며, 상징들만을 다루는 신비가 된다. 그런가 하면 신화는 더욱 복잡해져서, 예컨대 죽음이나 신의 재생 같은 테마——오시리스 Osiris 의 변신들을 생각해보자——를 발전시키게 된다. 나아가 신화는——고대 그리스인들에게 있어서는——최초의 설명적 의도는 거의 잊혀져버린 서술적 우주를 산출하게도 된다. 계층 분화가 확고해지는 봉건 사회 및 자본주의 사회에로의 이행과 함께, 고대의 공식적 제의나 신성한 이야기들은, 교회와 국가가 탄압하는 '민중적 미신'의 수준으로 전락하였다. 가축과 가족의 다산을 보장하기 위해 죽은 짐승을 땅에 묻는 것은 이제 마술의 혐의에 해당하는 행위이다. 오직 이야기만이 아직도 그러한 '관계의 매듭들'을 등장시킬 수 있거니와, 단 그것들을 이야기의 세계에 고유한 신기한 환상들로 제시하는 한에서이다.

하지만 실상 프로프는, 한 주제와 그것을 표현하는 상징 형식들의 병행적 발전을 이처럼 한꺼번에 펼쳐보일 가능성은 매우 드물게밖에는 갖지 못했다. 대개의 경우에는 개별적 변화만이 접근 가능한 것이었다. 그리하여 그는 외디푸스의 이야기——그가 1944년에 분석했던——에 대한 가장 치밀한 역사적 해석을 제공한다. [10] 그에게 있어, 이 '신화'를 특징짓는 일탈적 행위들은 전이의 단계를 입증한다. 사실상 본래 모계적 전형에 따르면, 왕의 아들이 아니라 사위가 왕을 계승하며, 그러기 위해 그는 왕을 죽여야 했다. 왕권의 부계적 전수——아버지에서 아들로——가 자리잡힌 후에도, 이 고대적 전형의 함축성은 유지되었던바, 그 결과 외디푸스에게서는 모티프들의 '전위(轉位)'와 모순이 생겨난다. 즉 아들이 아버지를 죽이고 어머니와 결혼하는데, 그의 어머니, 즉 왕의 아

---

10) Cl. Strada Janovič 번역, 전게서, pp. 85~137.

내는, 오래된 규범에 따르면, '왕에게 딸이 없을 때' 왕국을 전수하는 자이다. 이 가족사는 그러므로, 이야기가 형태를 갖출 무렵 큰 변화를 겪고 있었던 군주적 계승의 관행에 비추어서만이 이해될 수 있다. 이 역사적 급변은 또한 외디푸스라는 인물 자체와 이야기의 서술 형식에도 나타나는바, 상승적 운명의 주인공이던 그는, 영광의 한가운데에서 뜻하지 않았던 무서운 과오를 발견하게 되는 비극적인 인물이 되는 것이다.

그러므로 프로프는, 이 중기의 논문들에서는, 한 모티프의 진화를 개관하거나 또는 보다 폭넓은 테마의 변화를 상세히 묘사하거나 할 뿐, 아직 이야기와 그 역사를 전체적으로 다루지는 않고 있다. 사실상 그는 차츰 민속학의 현상태로는 '민담(요술담)의 변형들'에 대한 역사적 분석은 할 수 없다고 생각하게 되어, 그의 처음 계획을 축소시키게 된다. 즉 비록 역사는 흔히 포착되지 않는다 하더라도, 발생을 재구성하고 사회적·상징적인 조건들——그가 보기로는 이것들만이 이야기의 불변의 핵이 될 수 있다——을 그려볼 수는 있을 것이다. 그리하여 『민담의 역사적 기원』에서는, 마침내 기원이 역사보다 우위를 차지하게 된다.

*

이 발생의 시간을 어디에 둘 것인가? 또는, 달리 말하자면, 어떤 사회적 조직이, 간접적 방식으로, 이야기들에 재현되어 있는가? 한마디로 말해, 그것은 인간 사회의 최초의 상태, 수렵 채취인의 상태, 한 우두머리를 중심으로 하여 씨족들로써 구성되고, 아직 모계가 지배적인 상태이다. 따라서 선사(先史)가 흔적의 상태들로 보여주며 민속학이 아메리카, 오세아니아, 아프리카 등지에서 묘사하는 바 이 사회들에 대한 모든 지식이 이야기의 연구에 도움이 될 것이다. 상부구조의 부동성이라는 원칙이 매우 긴 역사를 탐구의 장(場)으로 열어주는 것은 사실이지만 원초적 형식을 확실히 구별할 수 있게 하는 기준은, 석기 시대 수렵 채취인들의, 또는 원시 농경인들의 제의·신화·제도 및 관용 등의 면밀한 비교에 의거한다. 그러한 것이 이 '사회적 고고학'[11]의 가장 오래된 지평이다.

프로프에 의하면, 민담(요술담)의 의미의 뼈대와 본원적 틀은, 밀접히

---

11) 프로프는 Maxime Kovalevski에게서 이 표현을 빌고 있다. *Edipo*..., p. 9.

게 얽힌 세 가지 현상들로서 형성된다. 이야기의 전체는, 외디푸스의 연구가 이미 그 중요성을 밝혔던 대로, 왕권 계승의 주제에 의해 지배된다. 과연 많은 이야기들이 권력의 위기에 의해 시작되고——옛 군주가 죽고, 여러 가지 경고와 금기들에 둘러싸였던, 그의 아이들은 납치된다——질서의 재정립에 의해 끝나는 것이다——젊은 이방인이 늙은 왕의 딸과 결혼하여 왕위에 오른다. 프로프가 보기로는, 이러한 줄거리는 프레이저가 『황금가지』의 처음에서 길게 묘사하였던 바로 그것에 다름아니다. 즉 원시 사회에서 늙은 족장은 그의 힘이 쇠퇴함과 동시에 처형되는바, 이는 그의 힘 위에 집단적 번영이 기초해 있기 때문이다. [12] 사위는 항상 그 '시해자'이거나 또는 어쨌든, 초자연적 시험들에서 승리함으로써 그의 젊은 능력의 전폭을 입증한 후에, 군주의 자리를 차지하는 자이다.

하지만 이 주인공은, 이방인이기는 하지만, 결코 '마법에 걸린 듯이' 보이지는 않으며, 오히려 그의 위태로운 편력을 소상히 밝힌 이야기의 한복판에 있다. 이 점에 있어, 그는 우선 다른 젊은이들 중의 하나, 그의 연령 계층 가운데 있는 한 입문자에 불과하다. 주인공의 숲에서의 많은 생활상 특징들은 실상 입문 의례의 일시적 고립을 반영하는 것이다. 하지만 주인공의 완성은, 이야기에서는, 훨씬 더 오래 걸린다. 미래의 왕이 만나게 되는 시험들은 열 배는 되는 듯하다. 어떤 세부들은, 그가 일반 입문 의례에서는 극적 상연에 불과한 것을 실제로 살았음을 시사해 준다. 즉 그는 죽은 자들의 나라를 여행하는 것이다. 민담〔요술담〕은 그러므로 저승의 여행으로도 읽혀져야 한다. 주인공의 무장, 그가 만나게 되는 이상한 존재들, 그가 도달하게 되는 태양의 나라 등은 영혼의 순례에 대한 신화에 속한다. 그러므로 주인공이 죽은 자들의 나라에 있는 산 자인지 아니면 죽은 후 육체에서 분리된 영혼인지 분간하기 어려울 때도 있다.

이 세 가지 현상들의 연쇄는 단순하지가 않다. 왕권 계승의 드라마가 전체적 틀을 이루고, 줄거리는 그 드라마의 개시로부터 해결에로 나아간다. 사춘기의 입문 의례와 저승 여행은 둘 다 주인공의 완성을 목표로 하는 것으로 상호간에 은유적 관계 속에 있으며, 따라서 그것들을 분리하는 것은 인위적인 일일 수밖에 없다. 이러한 핵심이 정립되면 프

---

12) Nicole Belmont 과 Michel Izard 는 『황금가지』의 처음 두 권의 재판을 출간하였다. Paris, R. Laffont, 1981.

로프는 개별적 시퀀스들——숲속의 집들, 주인공의 초자연적 동역자들, 용에 대한 싸움 등——을 여유롭게 탐구할 수 있다. 하지만 그러면 테마는 그것에 의미를 부여하는 전체 속에 놓이게 되며, 더 이상 그 변형들의 '역사적' 전개만으로는 정의되지 않는다.

*

이상과 같은 것이 이야기에 대한 프로프의 20년간의 성찰의 귀결이다. 1966년, 그의 「클로드 레비-스트로스에 대한 답변」[13]에서, 그는 그 성찰의 논리적이고 확고한 전개를 강조하였다. 우선 그는 『형태론』에서 대상의 자기 동일성을 수립하고 "이야기란 무엇인가?"라는 질문에 대답하였으며, 그리고는 보다 제한된 시론(試論)들에서 특정한 내용들의 진화를 탐구하였고, 그럼으로써 마침내 그 기원과 사회적 조건들을 파헤쳤던 것이다. 하지만 이처럼 '자연적인' 증식의 관념을 받아들이기란 불가능하다. 사실상 프로프는 그 자신이 만들어내는 진퇴양난이나 모순들로부터 전진하는 것이다.

최초의 모순은 『형태론』에서 나타나는바, 프로프의 전작품의 궁극적 전개에 비추어본다면, 모순은 바로 『형태론』의 중심에 있다. 프로프의 전저작의 단계들을 몰랐음에도 불구하고, 클로드 레비-스트로스는, 이미 1960년부터, 이 첫번째 책이 노정하는 진짜 한계들을 지적하였다. 즉 『형태론』은 이야기의 '구성' 밖에는 다루고 있지 않으며, 모든 이야기들에 공통된 이 기본 줄거리를 찾아내기 위해, 프로프는 내용의 특수성들을 제거해야 하는 것이다. 그가 기능 *fonction* 과 인물 *personnage* 이라 명명하는 것은, 이야기의 기본적 전개를 재구성한다는 그의 연구의 목표만이 정당화할 수 있을 환원들에 불과하다. 그런데 프로프는 또한 "분석의 증거는 종합에 있다"는 사실을 잘 안다. 즉 만일 그의 도식이 철두철미한 것이라면, 그는 그 도식으로부터 그의 출발점이 되었던 각각의 이야기들의 요지를 재구성할 수 있어야 하는 것이다. 하지만 그는 실상 그 논지를 대충 요약하는 데에 그칠 따름이다. 『형태론』의 증류된 언어 속에서, '주인공'은 이름도 나이도 사회적 지위도 없으며, '반대자 *l'opposant*'는 용도 악마도 '철사털이 난 곰'도 아니고, '이행 *le*

---

13) 이것은 『형태론』의 이탈리아어 번역을 계기로 씌어진 듯하다. 다음에서 번역자의 서문을 참조할 것.

dèplacement'이 일어나는 장소는 숲속도 공중도 땅속 깊이도 아니다. 이 야기는 무엇보다도 행동 *action* 이라는 구실하에, 프로프는 공간·시간· 대상…… 그리고, 보다 넓게는, 주인공들의 속성들에 대한 모든 묘사적 고려를 지워버린, 역동적 화포를 만들어내고 있다. 그리하여 그의 첫 저서가 끝난 후 프로프의 주요 관심사는, 그의 방법을 일반화시키는 것 ——미국과 프랑스의 분석가들이, 훨씬 나중에 하게 된 것——보다는, '이 야기의 과학'에 필요불가결한 것임을 그 자신도 잘 알고 있는 이 잃어 버린 내용을 가능한 한 빨리 되찾는 일이다.

그는 처음에는, 그러기 위해서는 이야기의 '구문 *la syntaxe*'과 나란 히 각 기능과 각 인물의 가능한 실현태들의 '어휘록 *le lexique*'을, 그가 처음에는 등가적인 것으로 간주하는 그 기능 및 인물의 구체화들의 전 목록을 수립하는 것으로 족하리라 생각한다. 줄거리는 고정적이지만 이 내용은 이야기꾼의 기분에 따라 무한정 환치 가능한 것으로 보인다. 하 지만 당장에 나타나는 명백한 반증은, 내용이 형식보다 더 임의적인 것 은 아니며, 그 또한 유기적으로 조직된 것이라는 사실에 있다. 우선, 어떤 '모티프들'은 전적으로 연대적임이 드러난다. 잘 알려진 예로서, 만일 젊은 주인공이 모계적 조상이나 짐승을 공경하는 마음으로 매장 한다면, 그 무덤 위에 나무나 덤불이 자라리라는 것, 그리고 시험의 때 에 조상이 그 식물적 형태로써 주인공을 도우리라는 것은 거의 확실하 다. 또한, 기능들과 인물들의 가능한 모든 실현태들을 도표화한다는 그 사실 자체가, 그것들의 출현의 역사적 순서를 암시하는 것이다. 그러므 로 프로프가 최초의 질문, 그의 연구의 시발점이 되었던 "이야기는 어 디서 오는가?"라는 질문에 대한 답변을 발견해야 할 것은, 분석의 이 나머지, 그가 처음에는 제쳐놓았던 이 내용에서이다. 하지만, 우리가 이미 보았듯이, 형태론으로부터 역사로 나아가기 위해서는, 모든 분 산된 내용을 구성 속에 재삽입하는 것으로는 불충분하며, 다른 목표를 세우고, 전혀 다른 원칙들을 가동시킴으로써 이야기들의 전체로부터 전 혀 다른 사실들의 조합들을 추출해내야 한다.

역사적 분석이란 그 자체가 당장에 새로운 모순에 부딪칠 수밖에 없 다. 왜냐하면 역사란, 서술적 내용이 변한다고, 즉 본질적인 사회적 전 이가 그 내용에 확연히 반향된다고——비록 그 반향이 변형되고 전이된 것이라 하더라도——믿을 때에만 가능한 것인데, 그와는 반대로, 테마들 의 배치는 아주 일찍 완수되고, 계층 사회들(노예주의·봉건주의·자본주의)

의 진화 단계들이 이야기의 분명한 재조형으로 나타나는 일은 결코 없으며, 설령 어떤 변모가 일어난다 해도 그것은 미미하고 주변적인 것으로서 결코 역사로 쓸 만한 것은 못 되기 때문이다. 이러한 인상은, 이야기를 '상부구조' 가운데 위치시켜, 종교에 대한 그 관계를 검토해볼 때 확고해진다. 예컨대, 기독교는 핵심적 변화는 거의 가져오지 않는바, 그 인물들과 제의들이 가끔 차용되기는 해도, 그것들은 일반적으로 민담(요술담)들의 구성에는 변화를 일으키지 않는다.[14] 그러므로 사회적 진화주의——엥겔스 Fr. Engels(『가족의 기원 L'Origine de la famille』, 1884)에 의해 창립되고, 그를 통하여 모건 H. Morgan(『고대 사회 Société archaïque』, 1877)과 바쇼펜 J. J. Bachofen(『모권 Le Droit maternel』, 1861) 등에까지 소급되는——까지도, 이야기를 다루고자 할 때에는, 그 논증의 본질적인 것을 절취당하며, 항상 더 먼 이전 상태에 회부될 수밖에 없다. 이야기의 부동성은 그것을 가장 폭넓은 역사조차도 못 미치는 곳에 위치시키는 것으로 보인다. 프로프는 매우 예리한 방식으로 이 한계를 지각하였다고 생각된다. 왜냐하면 이후로 그의 연구들은, 그가 거기에서 소비에트 사회주의의 도래 이전까지의 모든 진화적 시대들의 연속을 발견하는, 서사시를 향하게 되기 때문이다. 소비에트 사회주의는, 그에 의하면, 러시아 브일리나 Byline[15]의 민중적·국가적 내용을 고양하였다.

이야기가 이처럼 가장 너른 역사적 시각에도 저항한다는 사실은, 우리가 이미 지적하였던 대로, 프로프로 하여금 기원이라는 문제에 특별한 관심을 갖게 한다. 하지만 그렇다면 진화로부터 기원에로의 이 이행은 심오한 결과들을 가져온다고 인정해야 하지 않겠는가? 그것은, 빈의 철학자 비트겐슈타인 Wittgenstein 이 1931년에 프레이저의 『황금가지』의 여백에서 제안하였던 바,[16] 다음과 같은 시각의 변화를 향한 제일보가 아니겠는가?

---

14) 그러한 변화의 한 예를 G. Gatto, "Le Voyage au paradis: la christianisation des traditions folkloriques au Moyen Âge," *Annales E.S.C.*, 1979. 5, pp. 929~42에서 볼 수 있다.

15) 1955년에 출간되고, 1978년에 S. Arcella에 의해 이탈리아어로 번역된 *L'Epos eroico russo*는 저자의 방대한 교양과 동시에 스탈린 시대에 유효하던 과학적 모델에 대한 그의 힘을 매우 인상적인 방식으로 보여준다. 하지만, 프로프의 용어들에 있어, 우리는 그가 당시의 상투적 표현에 따라야 했던 것을 참작하지 않을 수 없다.

16) Ludwig Wittgenstein, "Remarques sur *Le Rameau d'or* de Frazer," trad., J. Lacoste, *Actes de la recherche en sciences sociales*, n° 16, 1977, pp. 35~42. 본문에 인용된 것은 p. 38. 이 글은 Jacques Bouveresse에 의해 소개되고 주석되었다.

역사적 설명, 진화의 가정이라는 형식을 취하는 설명은, 주어진 여건들을 모아서 그 축도를 제시하기 위한 한 가지 방식일 뿐이다. 여건들을, 그것들의 시간 속에서의 진화에 관한 가정 없이, 그 상호 관계에서 고찰하여 그것들을 일반적 구도 속에 모으는 일도 마찬가지로 가능하다. 〔……〕

우리로 하여금 이해하게 하는 것, 즉 '상호 관계를 보게' 하는 것은, 바로 이 요약적 제시이다. 그러므로 중개적 용어들 termes intermédiaires 의 발견이 중요해진다. 〔……〕

하지만 진화의 가정까지도, 나는 그것이 형식적 상호 관계의 각색(脚色)에 지나지 않는 것으로 간주할 수 있다.

이야기의 기원은 사회들의 기원에까지 소급되므로 그것은 정의적으로 시간 밖에 있다. 그러므로 프로프의 모든 연구는, 민담(요술담)——왕권 계승, 사춘기의 입문 의례, 영혼의 저승 여행 등을 다루는——의 비시간 적 의미 체계의 규명으로서 읽혀질 수 있다. 발생의 문제를 제기하는 것은, 프로프가 그것에 대해 뭐라고 말하건간에 이야기의 의미론적 독 해를 위해 역사를 차치하기 마련이다. 하지만, 이 이야기들의 의미를 말하기 위해, 그는 말하자면 그의 진술 방식을 그가 분석하고 있는 세 계에서 차용하고 있다. 즉 그는 이야기들의 기원의 신화를 만들어, 그 럼으로써 인류학 anthropologie 의 역사 속에 그의 자리를 차지하는 것이 다. 인류학은, 최소한 루소 J. J. Rousseau 이후 사회적 제도의 기원에 대 한 학문으로 정립되지 않았는가? 물질주의적 전통에 대한 그의 모든 참조와 함께, 프로프는 앤드류 랭 Andrew Lang, 프레이저, 생티브 등과 같은 계열에 놓인다. [17] 이들은 제의나 신화나 이야기의 의미를 탐구하 기 위해, 그것을 우선 연계 조직 속에 넣고——비트겐슈타인의 '요약적 제시'——그리고 마침내 그 발생의 설명——"처음에는 그것이 이런 식으 로 일어났음이 분명하다"고 하는——에로 나아갔던 것이다. 이러한 설명 을 실증적 논지로 읽어야 할까, 아니면——프로이트의 『토템과 터부 To- tem et Tabou』에서처럼——의미가 스스로 말해지는, 이미지화된 개략으로 읽어야 할까?

---

17) Andrew Lang, *Custom and Myth*, London, 1910; P. Saintyves, *Les Contes de Per-rault et les récits Parallèles*, Paris, 1923.

*

하지만, 『역사적 기원』의 발생적 고정 관념 속에서 민담(요술담)의 사회적 의미에 대한 명제들을 발견할 용의가 있다 하더라도, 진화론적 선택은 오늘날에는 받아들이기 어려운 결과를 가져온다. 아직도 이야기들의 형성을 석기 시대에까지 끌고 올라가서, 꼭 프로프처럼, 유럽 농경 사회에 아직도 살아 있는 이야기들과 시공적으로 가능한 한 가장 먼 맥락이 합쳐지는, 극도로 팽창되고 나아가 분열된 대상을 구축해야 할 것인가? 모든 것은, 그와 반대로, 이야기들의 긴 지속은 단지 허구나 서술의 미학적 즐거움에 대한 애착에서만 기인하는 것은 아니라고 생각케한다. 이야기는 그것을 전수하고 변형시키는 사회들의 고유한 지식으로 보유하고 씌어진 다른 이야기들——때로는 심지어 식자적인 것들까지도 포함하여——의 전체와의 복합적 관계 속에 들어 있으면서, 항상 그 나름으로 관행, 제도, 원인론적 전설, 민간 신앙, 제의 등과 함께 대화하는 것이다. 이 새로운 영역들 및 그들의 의미있는 관계를 조명하기 위해서는 구비 문학에 대한 또 다른 민속학적인 질문이 필요하다. 이 질문은 새로운 대상을 발명하는바, 거기에서 텍스트는 그 자체의 한계에 갇히기는커녕, 민속학과 개별적 사회들의 역사가 제기하는 의문들을 향해 열린다. 이 길은 거의 열려 있지 않으나, 그것은 이미——최근에 성취된 몇몇 탐구들을 예로 들자면——구비 전승의 『빨간 모자 Le Petit Chaperon rouge』를 어린 소녀에 의한 여성성의 단계들——기술적·상징적인——의 편력으로서 읽게 한다. 또한 그 여성성은 "여자들은, 그들 사이에서, 생식하는 육체적 기능을 전수한다. 그러나 이 전수의 급진적 성격은, 이 점에 있어, 여자들간의 관계에서 일어나는 갈등의 양상을 설명해준다"는 사실을 규명해주기도 한다. [18] 또는 그것은 살인귀가 어린 소년을 돼지로 만들어버리려 하는, 『엄지 동자 Le Petit Poucet』의 대중적인 결말에서, 기독교 유럽 사회의 분류적 위반의 탁월한 예를 보게도 한다. 즉여기서 돼지는 역설적으로 다루어지는바, 한편으로는 그것을 집에 입양된 아이로 만드는가 하면, 다른 한편으로는 그것을 먹어버리기 위해 천한 짐승으로 만들기도 하는 것이다. 만일 유대인들이 돼지를 먹지 않

18) Yvonne Verdier, "Le Petit Chaperon rouge dans la tradition orale," *Le Débat*, n° 3, juillet-août, 1980, pp. 31~61. 본문 인용은 pp. 54~55.

는다고 한다면, 그것은 그들의 조상들 중 한 사람이 금지된 혼동을 저질렀기 때문이다.[19]

프로프도 이야기와 그 고유한 맥락을 이런 식으로 생각할 필요성을 의식했을 수도 있다. 『러시아 농경제 *Les Fêtes agraires russes*』에 대한 그의 마지막 작품은 이러한 방향에로의 한 단계로 해석될 수 있다.[20] 그는 처음으로 텍스트를 떠나 자기 나라의 제의에 관심을 갖는다. 그는 기독교가 피상적으로밖에는 영향을 미치지 않은 슬라브 농민의 축제일을 고립시키고, 의식의 다양성 가운데에서 다양하게 구성된 동일한 제의적 요소들을 보려 한다. 그리고, 그러면서 그는 달력의 논리와 마술적 관행들 전체의 일관성, 일련의 민간 신앙들이 갖는 의미적 동질성 등을 발견한다. 비록 그가 아직도 이 축제들에서 사회들의 일반적 진화의 한 단계를 읽고 있기는 해도, 그것들의 의미는 진화적이라기보다는 '일람적 *synoptique*'인 방식으로 제시된다. 이 제일보 후에, 인생 연령들의 이행 제의, 저승의 개념, 일시적 왕권…… 등은, 다시 출발점으로 돌아가 『민담의 역사적 기원』을 완전히 다시 생각하기 전에, 그들의 역사와 의미에 대한 같은 탐구를 요구한다.

다니엘 파브르 Daniel Fabre
장-클로드 슈미트 Jean-Claude Schmitt

---

19) Claudine Fabre-Vassas, "L'enfant, le four et le cochon," *Le Monde alpin et rhodanien*, 1982, n° 1∼4, pp. 155∼78.

20) 1963년에 출간된 이 책은, 1978년에 Rita Bruzzese에 의해 이탈리아어로 번역되었다. *Feste agrarie russe, una ricerca storico-culturale*, Bari, Dedalo Libri.

약어 목록

Az. 아자도브스키, 『고(高) 레나의 이야기들』, 이르쿠츠크, 1938,
   (Azadovskij(M.K.), *Verkhnelenskie skazki*, Irkutsk, 1938).

Af. 아파나시에프, 『러시아 민담』, 제 3 판, 1897.
   (Afanasjev(A.N.), *Narodnie russkie skazki*, izd. 3, 1897).

P.V. 『살아 있는 과거』, XXI, 1912, II~IV권.
   (Živaja Starina, XXI, 1912, nᵒˢ III~IV).

Z.V. 젤레닌, 「비아트카 지방의 옛 러시아 이야기들」, 페트로그라드, 1915, 『러
   시아 지리학회 회보』(민속학 부문), 제42권.
   (Zelenin(D.K.), "Velikorusskie skazki Vjatskoj gubernii," Pgr, 1915,
   Zap. RGO po otd. etnogr., t. XLII).

Z.P. 젤레닌, 「페름 지방의 옛 러시아 이야기들」, 페트로그라드, 1914, 『러시아
   지리학회 회보』(민속학 부문), 제41권.
   (Zelenin (D.K.), "Velikorusskie skazhi Permskoj gubernii," Pgr, 1915,
   Zap. RGO po otd. etnogr., t. XLI).

K. 『카렐리의 이야기들』(백해 지방), 제 I 권, M.M. 코르구이예프의 이야기들,
   제 I 서, A.N. 네차이예프, 수집 페트로자보스크, 1939.
   (*Skazki Karel'skogo Belomorja*, t. I, Skazki M.M. Korgueva, kn. I,
   zap, A.N. Nečaeva, Petrozavodsk, 1939).

Us.On. 『오네가 공장의 노래들과 이야기들』, 페트로자보스크, 1937.
   (*Pesni i skazki na Onež skom zavode*, Petrozavodsk, 1937).

Ontch. 온츄코프, 「북부지방의 이야기들」, 성-페테르스부르크, 1908, 『러시아
   지리학회 회보』, 제33권.
   (Ončukov(N.E.), "Severnye Skazki," SPb, 1908, *Zap. RGO*, t. XXXIII).

Sad. 사도브니코프, 「사마라 지방의 이야기들과 전설들」, 성-페테르스부르크,
   1884, 『러시아 지리학회 회보』, 제12권.
   (Sadovnikov(D.N.), "Skazki i predanija Samarskogo kraja," SPb, 1884,
   Zap. RGO, t. XII).

Nor. 카르나우호바, 『북부 지방의 이야기들과 전설들』, 모스크바, 1934.
   (Karnaukhova(I.V.), *Skazki i predanija Severnogo Kraja*, M., 1934).

Sm. 스미르노프, 「러시아 지리학회의 고문서들로부터 옛 러시아 이야기들의 선
집」, 페트로그라드, 1917, 『러시아 지리학회 회보』, 제44권.
(Smirnov(A.M.), "Sbornik Velikorusskikh skazok Arkhiva RGO," Pgr,
1917, *Zap. RGO, t.* XLIV).

Sk. 소콜로프, 『흑해 지방의 이야기들과 노래들』, 모스크바, 1915.
(SokoLovy(B. i Ju), *Skazki i pesni Belozerskogo kraja*, M., 1915).

Khoud. 쿠디아코트, 『옛 러시아 이야기들』, 제1~3권, 모스크바, 1860~1862.
(Khudjakov(I.A.), *Velikorusskie Skazki,* I~Ⅲ, M., 1860~1862).

기타 약어들

r. MAE. 『인류학·민속학 박물관 선집』
　　(*Sbornik Museja Antropologii i Etnografii*)
ARW. 『종교학 문서집』
　　(*Archiv für Religionswissenschaft*)
FFC. 『민속문학 연구원 회보』
　　(*Folklore Fellows Communication*)
ZfE. 『민속학 잡지』
　　(*Zeitschrift für Ethnologie*)
ZVV. 『민속문학 협회 잡지』
　　(*Zeitschrift des Vereins für Volks kunde*)

머 리 말

이 책에는 서론적 장(章)이 갖춰져 있다. 그러므로 우리는 여기에서 몇 가지 기술적 차원의 지적들에 그쳐도 좋을 것이다.

이 책에서는 흔히 이야기들에로의 참조나 이야기들로부터의 인용이 발견된다. 이 참조들 및 인용들은, 논증이 아니라 예증으로 간주되어야 한다. 예 뒤에는, 다소간에 광범한 현상이 숨겨져 있다. 현상의 연구라 면, 한두 가지 예증이 아니라 발견된 경우들의 전부가 제공될 것을 전제로 했을 것이다. 그리고 그것은 본래의 책을 능가하는 규모의 색인을 작성하게 했을 것이다. 또는 기존의 주제들 및 모티프들의 색인에 참조함으로써 어려움을 피할 수도 있었을 것이다. 그러나, 현재 색인에서 통용되는 바 이야기들을 주제들로 그리고 주제들을 모티프들로 나누는 것은 흔히 매우 인위적일 뿐 아니라, 이 책에서 이야기들에로의 참조는 수백 번이나 나오므로 수백 번이나 색인에로의 참조를 제공해야 했을 것이다. 이 모든 것이 나로 하여금, 각 주제에 유형의 번호를 붙이는 전통을 따르지 않게 했다. 독자는 제공된 자료들이 예로서 제공되었음을 이해하게 될 것이다.

관습이나 제의·예배 등의 범주에서 취해진 예들도 마찬가지이다. 인용된 모든 사실들은 예들일 뿐인바, 그 목록은 마음대로 늘여지거나 줄여질 수도 있었을 것이고, 주어진 예들은 다른 예들로써 대치될 수도 있었을 것이다. 왜냐하면, 이 책에서 새로운 것은 사실들이 아니라 이 사실들 사이에 수립되는 관계이기 때문이다. 이 연구의 무게 중심도 그 관계 위에 실려 있다.

한 가지 더 필요한 지적은, 서술의 방법에 관한 것이다. 이야기의 모티프들은 상호간에 워낙 긴밀히 연관되어 있으므로, 고립적으로 다루어질 수 있는 모티프란 또 하나도 없는 것이 보통이다. 그러므로 이야기의 서술은 부분들로써 이루어져야 했다. 그 때문에 때로 책의 처음에서는 나중에 전개될 것에 대한 참조들이, 그리고 마지막에서는 앞에서 전개되었던 것에 대한 참조들이 발견된다.

이 책은 하나의 전체를 이루며, 따라서 특정한 모티프에 대해 알기 위해 중간에서 책을 읽기 시작한다는 것은 불가능하다. 독자는 이 책에서, 그가 이런 종류의 책에서 찾으려 할 권리가 있는, 많은 모티프들의 분석을 발견하지 못할 것이다. 많은 것들이 이 책에서 자리를 차지하지 못하였다. 노력은 이야기에 있어 본질적인 인물들과 모티프들의 분석에 기울여졌으며, 그 나머지는 이미 출판되었으므로 반복되지 않았거나 또는 아마도 장래에 개별적 시론(試論)들의 형태로 나오게 될 것이다.

이 책은 레닌그라드 국립 대학의 환경 안에서 씌어졌다. 나의 많은 동료들이, 그들의 지식과 경험을 기꺼이 빌려줌으로써, 나를 지원해주었다. 나는 특히 학술원의 정보위원인 이반 이바노비치 톨스토이 Ivan Ivanovitch Tolstoï 교수에게 빚지고 있다. 그는 내게 고대적 자료에 대해서나 일반적 차원의 문제들에 대해서나 귀중한 단서들을 제공해주었다. 그가 여기에서 내 깊고 진정어린 감사의 표현을 발견하기 바란다.

저 자

제 1 장
전 제 들

1. 근본 문제

혁명 전에는, 민속문학을 연구하기 위해, 위에서 아래로 가는 방법을 차용하였다. 때로는 추상적 철학을 원용하였고, 그 혁명적 역동성을 무시하였으며, 민속문학을 문학에 포함시켰고, 민속문학의 연구를 문학 연구에 속하는 것으로 간주하였다. 오늘날에는, 민속문학의 연구가 자립적인 학문이 되었다. 민속문학을 연구하기 위해 혁명 전에 사용되던 방법들은 민속문학의 복잡한 문제에 대해 무력하게 되었다. 여러 이론들이 차례로 제출되었으나 그 중 어느 것도 조금이라도 진지한 검토를 해보면 견지될 수 없는 것이 되곤 하였다. 오늘날 마르크스주의적 방법은 추상적 이론의 길을 버리고 구체적 분석의 길에 들어서는 것을 가능케 한다.

하지만 이야기의 구체적 분석이란 무엇을 의미하는가? 어디서 시작할 것인가? 만일 이야기들 상호간의 비교에 그치기로 한다면, 우리는 비교 연구의 틀 안에 남게 된 것이다. 그런데 우리는 이 틀을 넓혀 민담(요술담)을 생겨나게 했던 역사적 하부구조를 발견하고자 한다. 이것이, 우선 가장 일반적인 방법으로 말해본 민담[요술담]의 역사적 근원의 연구가 제기하는 문제이다.

일견, 문제를 제기하는 이런 방식은 하등 새로울 것이 없어 보인다. 역사적 관점에서 민속문학에 접근하려는 시도들은 전부터 있어왔다. 러시아 민속문학의 연구에도 브세볼로드 밀러 Vsevolod Miller를 우두머리로 하는 일단의 역사학파가 있었다. 예컨대 스페란스키 Spéransky는 그의 러시아 구비문학 강의에서 이렇게 썼다. "브일리나[1]를 연구하면서, 우리는 그 시발점에 있는 역사적 사실을 추정하려 노력하였으며, 거기

---
1) 브일리나 : 러시아의 서사적 노래(N.d.T.).

에서부터 우리는 브일리나의 주제와 우리에게 알려진 역사적 사건 내지는 사건들과의 동일성을 규명하려 시도하였다. "[2] 우리는 역사적 사실들을 추정하거나 또는 그것들의 민속문학과의 동일성을 규명하려 하지는 않을 것이다. 우리의 방식은 전적으로 다를 것이다. 우리는 러시아의 이야기가 역사적 과거의 어떤 현상들(사건들이 아니라)에 소급하는가, 그리고 이 역사적 과거가 그것을 어느 정도로 조건지우며 실제로 그것을 초래하는가를 찾아내고자 한다.

달리 말해서, 우리의 목표는 민담(요술담)의 근원에 해당하는 역사적 현실을 조명하는 것이다. 이 현상의 발생을 연구하는 것은, 아직도 그 역사의 연구는 아니다. 역사는 단숨에 씌어지는 것이 아니며, 여러 해, 여러 세대가 걸리는 작품, 태동하는 마르크스주의적 민속문학 연구의 작품이 될 수밖에 없다. 발생의 연구는 이 방향에로의 제일보이다.

이것이 이 책이 제기하는 근본 문제이다.

2. 전제들의 의미

모든 연구가는 그의 작업에 앞서, 일정한 전제들을 상정하기 마련이다. 일찍이 1873년에, 베젤로프스키 Véselovsky는 연구가가 자신의 입장을 명확히 인식하고 자신의 방법을 비판해야 할 필요를 지적하였다.[3] 구베르나티스 Gubernatis의 책 『동물학적 신화론 Zoological Mythology』와 에를 들어, 베젤로프스키는 저자의 박학이나 구성적 재능이 어떠하든 간에, 자기 비판의 부재는 그릇된 결론에 이르게 됨을 보여주었다.

여기서 우리는 이야기 연구의 역사를 비판적으로 검토해보아야 할 것이나, 그러지 않기로 한다. 이야기 연구의 역사는 여러 차례 제출되었으며, 새로이 그 서지를 마련해야 할 필요는 없을 것이다. 하지만 왜, 오늘날까지도, 견고하고 모두에게 인정받는 결과가 없는가를 생각해본다면, 우리는 그것이 흔히 저자들이 그릇된 전제들에서 출발한다는 바로 그 사실에서 비롯됨을 알게 될 것이다.

이른바 신화론적 학파는, 두 가지 현상간의 외적 유사성 즉 그들의 피상적 상사성이 그들의 역사적 연관을 증거한다는 생각으로부터 출발

---

2) M. 스페란스키, 『러시아 구비 문학』, 모스크바, 1917, p. 222 (M. Speranskij, Russkaja ustnaja slovesnost,' M., 1917, str. 222).

3) A.N. Veselovsky, La Mythologie comparée et ses méthodes, Œuvres, t. XVI, 1938, pp. 83~128. (A.N. Veselovskij: Sravnitel'naja mifologija i ee metod, Soč., t. XVI, 1938, str. 83~128.)

하였다. 그리하여 만일 주인공이 '하루하루가 아니라 시시각각으로' 자란다면, 이 빠른 성장은 지평선 위로 올라오는 태양의 빠른 성장을 반영하는 것으로 간주된다.[4] 그런데 무엇보다도 눈으로 볼 때 태양은 커지기는커녕 작아지며, 또한 유사성과 역사적 연관이란 별개 문제이다.

이른바 핀란드 학파의 전제들 중의 하나는, 가장 흔히 발견되는 형식들이 주제의 진정한 형식에 해당하는 것들이라는 생각이다. 원형 *l'archétype*의 이론 자체가 규명을 요구하는 것임은 물론이거니와, 우리는 앞으로, 가장 오래 된 형식들은 드물게밖에는 발견되지 않으며, 흔히 그것들은 널리 유포되는 새로운 형식들에 의해 대치된다는 사실을 수차 증명할 기회가 있을 것이다.[5]

이런 유형의 예들은 많이 지적할 수 있으며, 대개의 경우 오류는 전제들로부터 온다는 사실을 보이기란 어렵지 않을 것이다. 그렇다면 우리에게는 그처럼 명백한 오류들을 저자들은 왜 보지 못했을까 하는 의문이 생긴다. 우리는 그 오류들에 대해 그들을 비난할 생각은 없다. 오류는 가장 위대한 학자들에 의해서도 범해졌던바, 단지 이들은 달리 생각할 수 없었으며, 그들의 사고는 그들이 사는 시대와 그들이 속한 계층에 의해 조건지워졌던 것이다. 대개의 경우에는 전제들이 문제로 제기되지도 않았으며, 스스로의 출발점을 자주 검증하고 수정하였던 저 천재적인 베젤로프스키의 음성은 마치 사막에서 홀로 외치는 자의 소리와도 같았었다.

우리는 이러한 사실들로부터, 우리 연구를 시작하기에 앞서 우리의 전제들을 면밀히 검토해보아야 할 것이다.

3. 민담(요술담)의 규명

우리는 민담(요술담)의 역사적 기원을 발견하고 검토하려 한다. 우리가 '역사적 기원'이라는 말로써 의미하는 바는 뒤에서 말하게 될 것이다. 우선은 민담(요술담)이라는 용어를 규정해야 하겠다. 이야기란 너무나 다채롭고 풍부하므로, 이야기라는 현상 전체를 모든 나라들에 걸쳐 연구하기란 불가능하다. 그러므로 자료는 축소되어야 하는바, 나는 그것을 민담[요술담]에 한정하겠다. 그것은 내가 다음과 같은 생각에서

---

4) L. Frobenius, *Die Weltanschauung der Naturvölker*, Weimar, 1898, p. 242.
5) 보다 세부에 관해서는, 『학술원 제 2 분과 소식』(제31권, 1926)에서 A.I. 니키포로프를 참조할 것.(A.I. Nikiforov, *v. Isv. II Otd. A.N.*, t. XXXI, 1926.)

출발함을 의미한다. 즉 민담(요술담)이라고 부를 수 있는 이야기들이 존재한다는 것이다. 그리고 실제로 나는 이 생각으로부터 출발한다. 민담 《요술담)이란 내가 『이야기의 형태론』[6)]에서 그 구조를 연구하였던 바 있는 이야기를 말한다. 이 책에서, 민담(요술담)이라는 쟝르는 분명히 규정되었다. 이 이야기들은 누군가에게 초래된 손상이나 과실(납치, 유배) 또는 무엇인가를 소유하고자 하는 욕망(짜르*는 아들을 보내어 불새를 찾게 한다)에 의해 시작되어, 주인공의 집 떠남, 그에게 감추어진 물건을 찾을 수 있게 해주는 마술적 수단이나 마술적 조력자를 주는 증여자와의 만남 등으로 전개되며, 뒤이어 적수와의 결투(그 가장 중요한 형태가 용과의 싸움이다)·귀환·추적 등이 온다. 흔히 이러한 구성은 더 복잡해진다. 주인공이 집에 가까이 가면, 그의 형제들이 그를 벼랑에서 던져버린다. 하지만 그는 무사히 돌아와서, 어려운 임무들을 성공적으로 수행하고, 자신의 왕국 또는 장인의 왕국에서 왕이 되고 결혼한다. 이것은 가장 많고 가장 다채로운 이야기들의 구성축을 도식적으로 간결히 제시해본 것이다. 이러한 구성에 속하는 이야기들이 요술적이라 불리는바, 우리 연구의 대상이다.

그러므로 우리의 첫번째 전제는 다음과 같다. 즉 이야기들 중에는 특히 민담(요술담)이라 일컬을 수 있는 특수한 범주가 있다는 것이다. 이 이야기들은 다른 것들과 분리되어 따로 연구될 수 있다. 물론, 그것들을 따로 분리한다는 사실 자체가 의구심을 일으킬 수도 있다. 우리는 우리 연구를 주재해야 할 단일성의 원칙을 어기고 있지는 않은가? 하지만 결국 세계의 모든 현상들은 서로 얽혀 있으며, 학문은 항상 그것이 연구하고자 하는 현상들만을 나머지 전체로부터 분리하기 마련이다. 문제는 어떻게 한계를 설정하느냐를 아는 것이다.

이야기들은 민속문학의 한 부분이지만, 전체로부터 떼어낼 수 있는 부분은 아니다. 그것들은 몸에 대한 손이나, 나무에 대한 잎사귀와 같지 않다. 부분이면서도 그것들은 하나의 전체를 구성하는바, 여기에서도 하나의 전체로서 간주되었다.

민담(요술담)의 구조 연구는 이 이야기들 상호간의 밀접한 친족성을 보여준다. 이 친족성은 하도 긴밀해서, 한 주제를 다른 주제와 명확히

---

6) 프로프, 「이야기의 형태론」, 『시학의 문제들』, 제12권, 레닌그라드, 1928. (V. Propp, "Morfologija skazki," *Voprosy poetiki*, vyp. XII, L., 1928.)
    * 러시아의 황제. [역주]

구별하여 한정할 수가 없다. 이 사실은 우리로 하여금 매우 중요한 두 가지 새로운 원칙들을 수립하게 한다. 그 첫째는 민담(요술담)의 주제는 그 어느 하나도 따로이 연구될 수 없다는 것이고, 그 둘째는 민담(요술담)의 모티프는 그 어느 하나도 이야기 전체에 관련됨이 없이 연구될 수 없다는 것이다. 이 두 가지 원칙들은 우리의 작업을 근본적으로 다른 방향으로 유도한다.

오늘날까지 민담(요술담)의 연구는 일반적으로 다음과 같은 방식으로 수행되었다. 즉 어떤 모티프나 주제를 채택하여, 그것의 가능한 한 모든 수록된 변이체들을 모으고, 그리고 자료의 대조와 비교로부터 결론을 끌어내는 것이다. 그런 식으로 폴리브카 Polivka 는 "그것은 러시아 냄새가 난다"라는 상투적 표현을, 라더마허 Radermacher 는 고래에 삼켜졌다가 내뱉아진 주인공의 모티프를, 바움가르텐 Baumgarten 은 악마에게 팔린 주인공의 모티프("네가 집에 모르는 채 가지고 있는 것을 다오")를 연구하였다. [7] 이 저자들은 어떤 결론에도 이르지 못하며, 또한 그러기를 거부하였다.

개별적 주제들도 같은 방식으로 연구되었다. 그런 식으로, 맥켄슨 Mackensen 은 노래하는 뼈의 이야기를, 릴리에블라트 Liljeblad 는 은혜 갚는 죽은 자의 이야기를 연구하였다. [8] 이런 종류의 연구들은 상당히 흔하다. 그것들은 특정 주제의 분류 및 변천에 대한 지식을 증진시켜주기는 하지만, 기원의 문제를 해결하지는 못한다. 그러므로 우리는 주제별 연구의 방식을 전적으로 거부한다. 민담(요술담)이란 우리가 보기로는 하나의 전체이며, 그 모든 주제들은 상호간에 연관되고 조건지워져 있다. 그렇다는 사실만으로도 모티프의 고립된 연구는 불가능해질 것이다. 폴리브카가 "그것은 러시아 냄새가 난다"라는 상투 어구의 가능한 모든 변이체들을 모으는 데에 국한하지 않고, 누가 그 말을 했는가, 어떤 상황에서 그 말이 나왔는가, 누구에게 한 말인가 등을 알고자 했더라면, 다시 말해서 그가 그것을 전체와의 관련 속에서 연구했더라면, 그는 정확한 결론에 이를 수도 있었을 것이다. 하나의 모티프는 주제의 체계 속에서만 연구될 수 있으며, 주제들은 그들 상호간의 관계 속에서

---

7) J. Polivka, *Národopisný Vestnik*, Praha, XVII, p. 3 et suivantes; L. Radermacher, "Wallfischmythen," *Arch. f. Rel.*, IX, 1906; W. Baumgarten, "Jephthas Gelübde," *ARW*, XVIII, 1915.

8) L. Mackensen, "Der singende Knochen. Ein Beitrag zur vergleichenden Märchenforschung," *FFC*, n° 49, Helsinki, 1923; S. Liljeblad, *Die Toiasgeschichte und andere Märchen mit toten Helfern*. Lund, 1927.

만 연구될 수 있다.

4. 상부구조 현상으로서의 이야기

이상이 민담(요술담)의 구조에 대한 선행적 연구에 의해 유도된 전제들이다. 하지만 거기에 그칠 수는 없을 것이다.

앞서도 지적되었듯이, 저자들의 최초의 전제들은 흔히 그들이 살았던 시대의 산물이다. 〔……〕 우리의 시대 또한 우리가 그 기초 위에서 문화적 사실들을 연구하게 되는 원칙들을 산출한 바 있다. 하지만 인문과학을 막다른 골목에 이르게 하였던 타시대들의 전제들과는 달리, 우리 시대는 인문과학을 유일한 정도(正道)로 이끌 전제들을 창조하였다.

우리가 말하고자 하는 원칙은, 근본적으로, 역사적 사건들의 연구를 주재하는 원칙이다. 즉 "물질 생활의 생산 방식은 인생 일반의 사회적·정치적·문화적 과정을 조건지운다"[9]라는 것이다. 그러므로 우리가 과거에서 찾아야 할 것은, 이야기를 조건지웠던 생산 방식임에 틀림이 없다.

이 생산 방식이란 어떤 것이었던가? 이야기들을 잠시만 조감해보더라도, 예컨대 자본주의가 이야기를 조건지우지 않는다는 사실을 단언하기에는 충분하다. 그렇다 해서, 물론, 자본주의적 생산 방식이 이야기에 전혀 반영되어 있지 않다는 의미는 아니다. 반대로, 우리는 거기에서 인정 사정 없는 실업가, 탐욕스러운 교황, 추상 같은 장교, 착취적인 소유주 등을 탈영병이나 비참하고 술에 젖은 파산 농부 등에 못지 않게 발견할 수 있다. 하지만 강조해야 할 것은, 우리의 논의가 소설적 성격의 이야기가 아니라 민담(요술담)에 대한 것이라는 사실이다. 진정한 민담(요술담)은 그 날개 달린 말·불뱀·짜르, 환상적 왕녀 등과 마찬가지로, 분명 자본주의에 의해 조건지워진 것이 아니다. 그것은 자본주의보다 훨씬 이전의 것이다. 쓸데없는 말을 할 것 없이, 이야기는 봉건주의보다도 더욱 이전의 것임을 덧붙여 말해두기로 하자. 이는 우리의 연구가 진행됨에 따라 분명히 밝혀지게 될 것이다.

그러면 대체 어떻게 된 것인가? 이야기는 그것이 존재하던 당시의 어떤 생산 형식에도 대응하지 않게 된 것이다. 이러한 대응의 부재에 대한 설명 또한 마르크스에 의해 제공되었으니, "경제적 하부구조의 변모는 거대한 상부구조 전체의 조만간의 변화를 초래한다"는 것이 그

---

9) 마르크스-엥겔스, 『전집』, 제12권, p.6(러시아어판).

것이다. [10] '조만간의'라는 말은 매우 중요하다. 이데올로기의 변형은 생산적 기초의 변모에 즉시로 뒤따르지는 않는 것이다. 그리하여 관찰자에게는 매우 흥미롭고 소중한 간극이 생겨나게 된다. 그렇다는 것은 이야기가 전(前)자본주의적 사회 구성과 생산 방식을 기초로 하여 창조되었음을 의미한다. 그 사회 구성과 생산 방식이란 정확히 어떤 것들인지가 앞으로 연구되어야 할 것이다.

엥겔스로 하여금 가족의 기원을 밝힐 수 있게 했던 것이 바로 이러한 유형의 간극임을 기억하자. 모건을 인용하고 마르크스를 참조하면서, 엥겔스는 『가족의 기원 L'origine de la famille』에서 이렇게 썼다. "가족은 능동적 요소이다. 그것은 결코 고정되어 있지 않으며, 사회와 마찬가지로, 덜 진보된 단계로부터 더 진보된 단계에로 나아간다. 반대로, 친족 체계는 수동적인 것으로서, 가족에 의해 이루어진 진보를 한참이나 지난 후에야 수용하며, 가족이 근본적으로 변형된 후에야 그 변화를 겪게 된다." "그리고 그것은 경제적·법률적·종교적·철학적 체계 일반에 있어서도 그러하다"[11]고 마르크스는 썼다. 덧붙여 우리는, 그것은 이야기에 있어서도 그러하다고 쓰는 바이다.

그러니까 이야기의 기원은 19세기초, 이야기가 수집되기 시작했을 당시의 경제적 기초와는 관련되어 있지 않다. 그렇다는 사실은 우리를 또 다른 전제에로 이끄는바, 이것을 당분간은 가장 막연한 방식으로 말해두기로 하자. 즉 이야기는 과거의 역사적 현실에 대조하여 거기에서 그 기원을 찾아야 한다는 것이다.

이러한 원칙은 '역사적 과거'라는 덜 세련된 개념을 포함하고 있다. 우리가 이 용어에서 브세볼로드 밀러가 거기에서 이해했던 바——예컨대 도브르이냐 니키티치 Dobrynia Nikititch*)의 용과의 싸움은 노브고로드 Novgorod**)의 기독교로의 개종을 그 역사적 기초로서 가지고 있다고 한다든가——를 이해한다면, 우리도 그와 같은 결론에 이르게 되기 십상이다. 그러므로 우리는 역사적 과거라는 개념을 해명하고, 이 과거에서 무엇이 이야기의 설명에 필수적인가를 규정해야 한다.

---

10) Id., Ibid., p. 7.
11) Id., Ibid., t. XVI, 1ʳᵉ partie, p. 16.
  *) 러시아 민중 서사시의 3대 주인공 중의 하나. [역주]
  **) 러시아의 한 지방. [역주]

5. 이야기와 과거의 사회적 제도

만일 우리가 이야기를 주어진 경제적 하부구조의 산물로 간주한다면, 거기에 반영되어 있는 생산 형식들을 검토해야 한다는 것은 자명한 일이다.

이야기들에서는, 생산 활동은 별로 나오지 않으며, 직접적으로 나오는 것은 매우 드물다. 농업은 최소의 역할을 하며, 사냥이 더 잘 나타난다. 씨뿌리고 거두는 것은 이야기의 처음에서뿐인데, 처음이 가장 개작을 많이 겪은 부분이다. 반면, 그 다음에서는 큰 역할이 사냥꾼들과 숲의 짐승들에게 부여된다.

하지만, 만일 우리가 생산 형식의 연구를 생산의 대상이나 기술에 한정한다면, 우리는 이야기의 기원 연구에서 별로 진척을 보지 못할 것이다. 중요한 것은 그 자체로서의 생산 기술이 아니라, 그에 대응하는 사회 체제이다. 바로 여기에서 우리는 이야기와 관련된 역사적 과거라는 개념에 대한 첫번째 명세를 발견한다. 즉 모든 탐구는 개별적 모티프들 및 이야기 전체가 어떤 사회 체제에서 창조되었는가를 확정하는 데에 있는 것이다.

그러나 '체제'라는 말은 여전히 막연하다. 우리에게는 그 구체적 발현, 예컨대 사회 제도 같은 것이 필요하다. 이야기를 부족 체제와 비교할 수는 없지만, 이야기의 어떤 모티프들을 부족 체제의 제도들과——이 제도들이 이야기 속에 반영되며 이야기를 조건지우는 한——비교할 수는 있는 것이다. 그러므로 이야기는 과거의 사회 제도에 대조하여 거기에서 기원을 찾아야 한다는 전제가 생겨난다. 이것이 이야기의 기원을 거기에서 찾아야 할 역사적 과거라는 개념에 대한 두번째 명세이다. 예컨대 우리는 이야기가 우리의 것과는 다른 결혼 형태들을 지니고 있음을 본다. 주인공은 그의 신부를 자기 고장에서가 아니라 먼 곳에서 구한다. 여기서 우리는 아마도 족외혼 현상의 반영을 볼 수 있을 것이다. 어떤 이유로건, 신부를 자기 고장에서는 취할 수 없다는 것이 명백해 보이기 때문이다. 그러므로 이야기에 나타나는 결혼의 형태들은 검토되어야 하며, 거기에 대응하는 사회 발달의 체제·단계·국면·상태 등을 찾아내야 한다. 그런가 하면, 우리는 흔히 주인공이 왕이 되는 것을 본다. 그는 누구를 계승하는가? 가장 흔히는, 아버지가 아닌 장인을, 대개는 죽이고 나서 계승하게 된다. 그러니까 간단히 말해서, 우리는 이야기가 오늘날은 사라진 사회 구성의 흔적들을 지니고 있다는 생각, 이러한 잔존들이 연구되어야 하며, 그리고 그러한 연구는 이야기의 많은 모티프들의 원천을 조명하게 해줄 것이라는 생각에서 출발하는 것이다.

하지만 이것이 아직 전부는 아니다. 이야기의 많은 모티프들이 그것들이 반영하는 과거의 제도들에 의해 설명되는 것이 사실이라 하더라도 개중에는 어떤 제도에도 직접적으로 관련되어 있지 않은 것들도 있다. 결국, 이 탐구 영역은 충분치 못하다. 모든 것이 특정 제도에 대한 참조로써 설명되지는 않는 것이다.

6. 이야기와 제의

한편으로는 이야기와 다른 한편으로는 예배 및 종교의 전범주간의 관계의 존재라는 관념은 벌써 오래 전에 제출되었다. 엄격한 의미에서는 예배나 종교도 제도라 불리워 무방할 것이다. 하지만, 사회 체제가 제도 속에 구현되는 것과 마찬가지로, 종교 제도는 일정한 문화적 행위들 속에 구현되는바, 이 행위들 각각을 고립시켜 놓으면 제도라 부르기 어렵다. 이야기와 종교와의 관계는, 이야기와 사회 제도와의 관계로부터 도출되는 본래적 문제로 취급될 수 있을 것이다. 『반(反)뒤링 Anti-Dühring』에서 엥겔스는 종교의 본질을 정확히 표현하였다. "종교는, 일상 생활 속에서 사람을 지배하는 외적인 힘들이 그의 머릿속에서 취한 환상적 반영에 다름아니다. 역사의 처음에는 자연의 힘들이 이러한 반영을 낳았다. 하지만 곧 자연의 힘들 외에, 사회적 힘들, 인간에게 적대되고 그를 지배하는 힘들이 나타나는바, 이는 처음에는 자연의 힘들 만큼이나 불가해하고 낯설고 피할 수 없는 것으로 간주되었다. 환상적 이미지들은, 애초에는 그저 자연의 신비한 힘들의 반영이던 것이, 이제 사회적 속성들을 획득하여 역사적 힘들의 상징이 된다."[12]

그러나 이야기를 하나의 사회 체제에 직접적으로 결부시킬 수 없는 것과 마찬가지로, 그것을 종교 일반과 결부시킬 수는 없다. 이야기는 종교의 구체적인 발현들과 비교되어야 한다. 엥겔스는 종교란 자연의 힘들 및 사회적 힘들의 반영임을 확립하였거니와, 이 반영은 이중적일 수가 있다. 우선 그것은, 만일 구하는 목표가 인식이라면, 교의와 그 가르침들로 나타나며, 세계를 설명하는 수단들 속에 현현된다. 하지만 목표하는 것이 지배라면, 그것은 자연에 힘을 행사하여 그것을 굴복케 하는 것을 목표로 하는 행위 및 행동들로도 나타날 수 있다. 우리가 제

---

12) *Id., Ibid.,* t. XIV, p. 322.

의니 관습이니 하는 것은 바로 이 행동들이다.

제의와 관습은 같은 것이 아니다. 예컨대, 죽은 자를 화장하는 것은 관습이지 제의가 아니다. 하지만 하나의 관습은 제의들로써 구성되며, 그것들을 분리하여 연구하는 것은 방법론적인 잘못이다.

이야기는 많은 제의 및 관습들의 흔적을 지니고 있다. 많은 모티프들이 제의와 비교됨으로써 비로소 그 발생적 설명을 얻게 되는 것이다. 예컨대, 러시아의 한 이야기에서는, 소녀가 암소의 뼈를 정원에 묻고 거기에 물을 준다(Af. 56/100). 그러한 관습 내지 제의는 실제로 존재하였었다. 특정한 이유 때문에 동물들의 뼈는 먹거나 부숴뜨리지 않고 땅에 묻어주었던 것이다.[13] 만일 우리가 어떤 모티프들이 어떤 관습들로부터 비롯되는가를 명시할 수 있다면, 이 모티프들의 기원을 어느 정도 설명할 수 있을 것이다. 그러므로 우리는 이야기와 제의간의 관계를 체계적으로 연구해보아야 한다.

이러한 대조는 처음 보기보다 훨씬 복잡한 것으로 나타날 수도 있다. 이야기는 연대기가 아니다. 이야기와 제의 사이에는 상이한 형태의 관계들이 존재하는바, 우리는 그것들을 간단히 분석해보아야겠다.

7. 이야기와 제의간의 직접적 대응

가장 단순한 경우는, 제의 및 관습이 이야기와 전적으로 일치하는 것이다. 이런 경우는 드물다. 예컨대, 이야기에서 뼈를 매장하는데, 역사적 현실 속에서도 같은 일을 하였었다, 또는 이야기에서 왕의 아이들이 지하에 유폐되어 어둠 속에 갇혀 있으며 음식을 갖다주는 자도 그들을 볼 수 없게 되어 있었다고 하는데, 그것은 역사적 현실 속에 일어났던 바로 그대로이다. 이러한 대조들을 수립하는 것이 민속문학자에게는 매우 중요하다. 이 대응 관계들을 분석해보아야 하는바, 그러면 흔히 특정 모티프는 특정 제의나 관습에서 비롯된다는 사실이 밝혀지고, 그리하여 그 발생이 설명되는 것이다.

8. 이야기에 의한 제의의 전위

하지만 우리가 지적하였던 대로, 이야기와 제의간의 직접적 대응은

---

13) V. 프로프, 「무덤 위의 요술 나무」, 『소비에트 인류학』, 1934, 1~2, pp. 128~51.
(V. Propp, "Volšebnoe derevo na mogile," *Sov. etnogr.*, 1934, 1~2, str. 128~51.)

드물게밖에는 발견되지 않는다. 흔히는 다른 관계, 다른 현상이 문제 되는바, 이를 '제의의 전위 *la transposition du rite*'라 부를 수 있다. '전위'라는 말은, 제의 중에서 역사적인 변화들로 인해 불필요하거나 애매해진 요소를 보다 이해가 가는 다른 요소로써 대치한다는 의미이다. 그러므로 전위란 일반적으로 변형과 관련되어 있다. 대개의 경우, 변하는 것은 동기화 *la motivation*이지만, 제의의 다른 구성 부분들도 마찬가지로 변형을 겪을 수 있다. 예컨대 어떤 이야기에서는, 주인공이 깊은 웅덩이에서 빠져나오거나 또는 열의 세곱절째 왕국 *le trois fois dixième royaume*[*]에 도달하기 위하여 암소나 말의 가죽 속에 들어간다. 새가 그 가죽과 함께 주인공을 채어다가, 그 혼자서라면 갈 수 없었을 산이나 호수까지 실어다주는 것이다. 그 모티프의 기원은 어떤 것인가? 죽은 자들을 동물의 가죽으로 싸는 관습은 알려져 있다. 문제의 모티프는 이 관습에서 유래되는가, 아닌가? 관습과 이야기 모티프의 체계적인 연구는, 그들간의 부정할 수 없는 연관을 보여준다. 즉 이야기 줄거리의 기능에 있어 모티프의 의미를 연구해보거나, 역사적 맥락에서 제의의 의미를 검토해보거나, 대응 관계는 외적 형식에서뿐 아니라 내용에 있어서도 전적이다(제 6 장 제 3 절 참조). 단 하나의 세부만이 예외적인바, 즉 이야기에서는 가죽에 싸인 것이 산 자이고 제의에서는 죽은 자라는 사실이다. 이러한 대응의 부재는 전위의 아주 단순한 경우로서, 제의에서 가죽에 싸임이 죽은 자에게 죽은 자들의 나라로 가는 것을 보증해주듯이, 이야기에서 그것은 주인공에게 열의 세곱절째 왕국으로 가는 것을 보증해주는 것이다.

'전위'라는 말은, 생겨나는 변형의 과정을 조명해주므로, 편리하다. 그것은 사회 생활 속에서 변모들이 일어나 모티프의 변화를 초래하였음을 보여준다. 이러한 변형들은 각각의 경우에 명시되고 설명되어야 한다.

우리는 전위의 단순하고 분명한 예를 들었다. 많은 경우에, 본래의 연관은 너무 희미해져서, 그것을 찾아내기가 항상 가능하지는 않다.

9. 제의의 역전

제의의 모든 형식들이 이야기에 의해 보존되되, 그것들이 제의에서 갖던 것과 반대의 의미를 갖게 되는 경우를, 우리는 특별한 종류의 전위로 간주해야 한다. 우리는 이런 경우를 '역전 *l'inversion*'으로 부르겠

---

[*] 러시아 민담에 나오는 성어적 표현. [역주]

다. 우리의 고찰을 예를 들어 설명해보자. 노인들을 죽이는 관습이 있다. 그런데 이야기에서는, 한 노인이 죽임을 당해야만 하는데 결국에는 그렇게 되지 않는 경우가 있다. 제의가 실제로 존재하던 시대에 그를 구출하려는 자는 조롱감이 되든지 심지어 처벌당했을 것이다. 이야기에서 노인을 구하는 것은 현명한 주인공이다. 또 다른 관습, 풍작의 원천인 강에 소녀를 희생으로 바치는 관습이 있다. 이것은 파종의 처음에 식물의 성장을 좋게 하기 위해 행해졌다. 그러나 이야기에서는, 주인공이 나타나 그녀를 삼키려는 괴물로부터 구출한다. 현실 속에서, 제의가 유효하던 시대에, 그런 '해방자'는 백성의 안녕과 추수를 위기에 빠뜨리는 끔찍한 불신자로 능지처참을 당했을 것이다. 이러한 예들은, 이야기의 주제 *sujet* 가 때로는 지나간 역사적 현실에 대한 부정적 태도에 그 기원을 둘 수도 있다는 사실을 보여준다. 그런 주제(또는 모티프)는 인간 희생을 요구하는 사회 구성이 존재하는 한 이야기의 주제로 나타날 수가 없을 것이지만, 그러한 사회 구성의 쇠퇴기에는, 전에는 신성했던 관습, 소녀가 기꺼이 죽음 앞으로 나아가곤 했던 관습이 불필요하고 혐오스러운 것이 되면서, 희생 예식을 방해하는 불경자가 이야기의 주인공이 되는 것이다. 이러한 사실은 원칙의 차원에서 매우 중요하다. 그것은 실상, 주제가 현실의 단순한 진화나 직접적 반영의 과정에 의해서가 아니라 이 현실의 부정에 의해 태어남을 증명할 수 있게 해준다. 주제는 현실에 모순적으로 대응한다.

〔……〕 이 모든 예비적 고찰들은 우리로 하여금 또 한 가지 새로운 전제를 수립하게 한다. 즉 이야기를 제의 및 관습과 대조해보되, 어떤 모티프가 어떤 제의에서 비롯되는가 그리고 제의와 모티프간에는 어떤 관계가 있는가를 결정하도록 해야 한다.

여기서 한 가지 난점이 생긴다. 사실상, 본래 자연에 대한 투쟁의 한 방식이었던 제의는, 자연과 싸우고 그것을 변형시키는 보다 나은 방법들이 생겨난 후에도, 사라지기보다는, 새로운 의미를 갖게 된다. 그리하여, 민속문학자는 특정 모티프를 특정 제의에 소급해보다가, 그 모티프는 본래의 의미로부터 우회된 제의에서 유래한다는 것을 알게 되므로, 그 제의 자체를 설명해야만 할 때도 있다. 또한 제의의 원초적 의의가 워낙 희미해져서, 특별히 그 제의를 연구해야 할 때도 있다. 그렇게 되면 그것은 더 이상 민속문학자의 일이 아니라 민속학자의 일이 된다. 민속학자는 이야기와 제의간의 관계를 수립하고 나면, 제의의 연구가 너무 깊이 들어가야 할 경우, 그것을 때로 거절할 수도 있다.

또 다른 난점도 생길 수 있다. 제의들의 전체와 마찬가지로 민속문학
도, 말의 고유한 의미에서, 수천의 세부들로 구성된다. 그 각각의 경제
적 원인들을 찾아야 할 것인가? [……]

여기 대해서는, 다음과 같은 사실을 말해두어야 할 것이다. 즉, 만일
우리가 어떤 모티프를 부족 사회의 단계와, 나아가 고대 이집트 유형의
노예 체제의 단계와, 또 나아가 고대 그리스, 로마 유형의 노예 체제의
단계와…… 결부시키게 된다면(그리고 이런 관계는 매우 흔하다), 우리는 그
것이 겪은 진화를 명기하기는 하되, 매번 이 모티프의 변형이 내적 진
화가 아니라 다시금 역사적 조건화에 기인하는 것이라고 밝혀야 할 필
요는 없을 것이다. 그럼으로써 우리는 도식주의와 현학주의의 위험을
동시에 피할 수 있을 것이다.

하지만 다시 제의로 돌아가보자. 일반적으로, 만일 어떤 제의와 이야
기간의 관계가 설정되면, 제의가 이야기의 해당 모티프를 설명하게 된
다. 문제의 극히 도식적인 접근은 그것이 항상 그렇다고 생각하게 하는
데, 사실에 있어서는 그 반대의 경우도 생겨날 수 있다. 즉 이야기가
제의에서 유래한 것이기는 해도, 제의는 매우 혼돈되어 있고, 반대로
이야기가 과거를 완벽히 보존하고 있으므로, 제의(또는 과거의 다른 사건)
가 이야기로부터 그 진정한 의미를 잃게 될 때도 있는 것이다. 다시 말
해서, 첫번째 방식의 연구에서는 설명되어야 할 사실이던 이야기가, 이
제는 제의를 설명하기 위한 원천 구실을 하는, 설명적 사실이 되는 것
이다. "시베리아 여러 부족들의 민간 전설들은 옛날의 토템 신앙을 재
구성하기 위해 우리가 사용한 주요한 원천이었다"고 젤레닌 Zélénine은
말한다.[14] 그런데 민속학자들은 흔히 이야기를 잘 알지 못하는 채, 그
것을 참고 자료로 삼는다. 이것은 특히 프레이저가 그러한데, 그의 『황
금가지 Rameau dor』의 웅장한 구성은 이야기로부터 도출된 전제 위에 세
워져 있음에도 불구하고, 이야기는 잘못 이해되고, 불충분하게 연구되
어 있다. 이야기의 면밀한 연구는 우리로 하여금 이 저작에 일련의 수
정을 가하고, 심지어 그 기초를 흔들리게까지 할 것이다.

---

14) D.K. 젤레닌, 『시베리아 온곤의 예배』, 레닌그라드, 1936, p. 232. (D.K. Zelenin, *Kul't
ongonov v Sibiri*, 1936, L., Str. 232.) * '온곤 *les ongones*'이란 시베리아의 한 부
족을 가리키는 듯하지만, 확실치 않다. [역주]

10. 이야기와 신화

하지만 만일 우리가 제의를 종교적 발현들 중의 하나라고 간주한다면 우리는 그 발현들 중의 다른 하나인 신화를 그냥 지나갈 수 없다. 신화와 이야기간의 관계에 대해서는 방대한 서지가 존재하거니와, 우리의 목표가 직접 논전적인 것은 아닌 만큼, 우리는 그것을 전혀 다루지 않겠다. 대개의 경우에, 이야기와 신화간의 경계는 순전히 형식적인 방식으로 이루어진다. 이 연구를 시작하면서, 우리는 아직 신화와 이야기간의 관계가 어떤 것인지 확실히 알 수가 없다. 당분간 우리는 단지 이문제를 연구하고 신화를 이야기의 가능한 기원들 중 하나로 간주해야 할 필요성만을 지적해두기로 하자.

신화라는 개념을 이해하고 해석하는 다양한 방법들은 우리로 하여금 이 개념을 보다 뚜렷이 규명하지 않을 수 없게 한다. 신화라는 말로써, 우리는 신과 신적인 존재들(그들의 실제가 실제로 신봉되는)에 대한 모든 이야기를 가리킬 것이다. 우리에게는 심리적 요인이 아니라 역사적 요인으로서의 신앙이 문제이다. 헤라클레스 Héraclès에 대한 이야기들은 러시아의 이야기와 매우 가깝다. 하지만 헤라클레스는 예배를 드리던 신이었고, 우리의 주인공은 헤라클레스처럼 황금사과를 찾아 떠나기는 하지만, 예술적 창작의 주인공일 뿐이다. 신화와 이야기는 형식에 의해서가 아니라 그 사회적 기능에 의해 구별된다.[15] 신화의 사회적 기능이란 항상 동일한 것은 아니며, 특정 민족의 문화적 정도에 달려 있다. 그 발달에 있어 국가의 단계에 이르지 못한 민족들의 신화와 고대 문명 국가들의 신화 즉 그들의 문학을 통해 알려져 있는 신화와는 전혀 별개의 것이다. 신화는 형식적으로는 이야기와 구별되지 않는다. 이야기와 신화는(특히 계층 분화 단계 이하에 머물러 있는 민족들의 신화는) 때로 너무나 일치하여, 민속문학이나 민속학에서는 이러한 신화들을 흔히 이야기라 부른다. 이런 '원시인들의 이야기'는 한때 유행하여, 수많은 학문적·일반적 선집들까지 나와 있다. 하지만 텍스트만이 아니라 사회적 기능까지를 검토한다면, 그것들 대부분은 이야기가 아니라 신화로 분류되어야 할 것이다. 오늘날 부르조아 민속문학에서는, 이 신화들의 엄청난 중요성을 원칙적으로 무시하고 있다. 민속문학자들은 그것들을 수집하긴 하

---

15) I.M. 트론스키, 「고대의 신화와 현대의 이야기」, 『S.F. 올덴부르그 기념문집』, 레닌그라드, 1934, pp. 523~35. (I.M. Tronskij, "Antič nyj mif i sovremmenaja skazka," sb. v čest'S.F. Oldenburga, L., 1934, str. 523~35.)

지만, 거의 연구하지 않는다. 그리하여 볼트 Bolte 와 폴리브카의 선집에서도, '원시인들의 이야기'는 아주 보잘것없는 위치를 차지하고 있다. 그런데 이 신화들은 '변이체'들이 아니라, 경제적 발달의 가장 초기 단계에 생산된 작품들로서, 아직 그 하부구조와의 연관을 잃지 않고 있다. 현대 유럽의 이야기에서는 전위된 것이 여기서는 그 처음의 형태대로 있다. 그러므로 때로 이런 신화들은 이야기의 이해에 단서를 제공한다.

이러한 중요성을 느끼고 거기 대해 말한 연구가들이 있기는 하지만, 그들은 원칙 언명에 그쳤다. 이 신화들의 근본 가치는 이해되지 않았으며, 이는 바로 학자들이 형식적 시각만을 채택하여 역사적 시각을 간과하고 있기 때문이다. 이 신화들은 역사적 사실로서는 무시되었고, 역전된 의존의 특수한 경우들, 즉 '비문명화된' 민족의 민속문학이 '문명화된' 민족의 민속문학에 의존해 있는 경우들만이 지목되고 연구되었다. 신화의 사회적 가치라는 관념이 부르조아 과학에 유포되기 시작하고, 언어——부족들의 신화와 신성한 제의들——와 제의적 행동——도덕적 행위, 사회 구성, 나아가 실제적 행동까지——간의 긴밀한 연관이 확인되기 시작한 것은 아주 최근의 일이다. 하지만 그러한 상황이 유럽의 이야기들에 대해서도 유효할 수 있는가 하는 것은 대체로 문제되지 않는바, 이는 너무 당돌한 생각으로 치부된다.

그러나 불행히도, 신화의 채록은 대개의 경우 만족스럽지 못하다. 대개는 텍스트만이 제시될 뿐, 그 밖의 설명은 전혀 없다. 흔히, 저자가 그 원어를 아는지, 그것을 직접 받아썼는지 아니면 통역자를 통한 것인지조차 명시되어 있지 않다. 보아스 Boas 처럼 중요한 저자의 채록에서조차도, 의역일 수밖에 없는 텍스트들이 발견되는바, 그렇다는 사실은 전혀 언급되어 있지 않다. 그런데 우리에게는 가장 작은 세부·특징들·뉘앙스, 때로는 이야기의 어조까지도 중요한 것이다. 더 나쁜 경우는, 원주민들이 그들의 신화를 영어로 말하는 것이다. 크뢰버 Kroeber 는 가끔 그런 식으로 이야기를 수집했다. 그의 선집 『배똥뚱이 신화와 이야기들』에는 50 개의 텍스트들이 들어 있는데, 그 중 48 개는 영어로 진술된 것으로서, 그렇다는 사실은 책의 중간쯤에서야 한 주석을 통해 드러나게 된다. 마치 그런 것쯤이야 부차적이고 아무 중요성이 없는 상황이기나 하다는 듯이. [16]

16) A.L. Kroeber, "Gros Ventre Myths and Tales," in *Anthropological Papers of*

우리는 위에서 신화는 사회적 기능을 가지나 그 가치는 어디서나 다 같지는 않다는 점을 지적하였다. 고대 그리스-로마 신화와 폴리네시아 신화간의 차이는 명백하다. 하지만, 계층 분화 단계 이하에 있는 민족들만 보더라도, 그들의 신화가 갖는 사회적 의미는 어디서나 동일하다고 볼 수는 없다. 이러한 점에서, 특정 나라, 특정 민족의 신화들간의 차이는 도달한 문화적 단계에 따라 논의되어야 한다.

우리에게 가장 귀중하고 중요한 자료는, 영토의 인접 때문에 그러라라 생각되는바 아시아나 유럽의 자료가 아니라, 아메리카 인디언들의 자료, 그리고 부분적으로는 오세아니아와 아프리카의 자료들이다. 아시아 민족들은, 일반적으로, 유럽인들이 상륙하여 민속학적·민속문학적 자료를 수집하려 했던 시기의 아메리카나 오세아니아 민족들보다, 훨씬 진보된 문화 단계에 있었다. 아시아는 매우 고대적인 문화를 지닌 대륙으로서, 민족들의 온갖 유파가 서로 섞이고 뒤바뀐 용광로와도 같다. 이 대륙에서는 거의 원시적인 아이누족 les Aïnous 으로부터 문화의 최고 단계에 도달한 중국인들에 이르기까지, 그리고 소련의 현재 사회주의적 문화에 이르기까지, 문화의 모든 단계들이 발견된다. 그 때문에 아시아의 자료에는, 연구에 막대한 지장이 되는 통합적인 것들이 많다. 예컨대 야쿠트족 les Yakoutes 은, 아마도 순수히 야쿠트적인 신화와 함께 일리야 무로메츠 Ilya Mouromets*)에 대한 이야기들을 들려준다. 그런가 하면, 말〔馬〕이라고는 본 적이 없는 보굴족 les Vogouls 의 민속문학에는 말이 나오기도 한다. [17] 이런 예들은, 얼마나 속기 쉬운가, 수입된 외래의 것을 본래적인 것으로 착각하기가 얼마나 쉬운가를 보여준다. 그리고 우리에게 중요한 것은 사실 그 자체나 텍스트가 아니라, 단지 신화와 그것이 나타난 터전간의 관계이니만큼, 민속문학자가 처해 있는 위험은 크다. 예컨대 그는 인도에서 유래한 현상을, 그것이 수렵가들에게서 흔히 발견되면, 원시 수렵 사회의 현상인 것으로 착각할 수 있는 것이다.

이런 일은 아프리카에서는 적다. 물론, 거기서도 부시맨족 les Bushmen 처럼 매우 원시적인 발달 단계에 있는 민족들과 줄루족 les Zoulous 처럼

---

the Amer. Mus. of Nat. Hist., Vol. I, Part II, New York, 1907.

17) V. 체르네쵸프, 『보굴족의 이야기』, 만시(보굴) 민족의 민담선집』, 레닌그라드, 1935, p. 18. (V. Černecov, Vogul'skie Skazki. Sbornik fol'klora naroda mansi(vogulov) L., 1935, str. 18.)

*) 러시아 민중 서사시의 3대 주인공 중의 하나. 〔역주〕

유목을 하는 민족들, 농경 민족과 철기 민족이 모두 발견되기는 하지만
그들 상호간의 영향은 아시아에서보다는 덜 중요하다. 불행히도, 아프
리카의 자료들은 아메리카 인디언들의 자료만큼이나 엉터리로 수집된
경우가 많다. 그래도 아메리카 인디언들은 최소한 미국인들과 이웃하여
사는 반면, 아프리카는 프랑스·영국·네덜란드·독일 등지의 외국인들
즉 식민자들과 상인들에 의해 연구되었던바, 이들은 굳이 원주민의 언
어를 배우려 애쓰지 않았으며, 설령 배웠다 하더라도 민속문학을 채집
할 목적으로 그런 것은 아니었다. 그리하여 아프리카 전공의 가장 잘
알려진 민속문학자들 중의 하나인 프로베니우스는 아프리카 토착어들을
몰랐으면서도, 아프리카 자료들을 산더미처럼——그것들의 출처를 밝히
지 않은 채——출판하였다. 이는 우리로 하여금 그 자료를 참조할 때 극
도의 조심성을 갖게 한다. 아메리카 역시 외래의 영향들로부터 전적으
로 보호되어 있지 않았다는 것은 확실하지만, 그래도 우리에게 다른 대
륙의 자료들이 제공할 수 없었던 것을 제공해준 것은 아메리카의 자료
들이다.

　이상과 같은 것이 원시 민족들의 신화가 이야기의 연구에 대해 갖는
의의이며, 연구 과정에서 만나게 되는 난점들이다.

　고대의 그리스-로마, 바빌로니아, 이집트 등지의 신화들, 그리고 인
도 및 중국의 신화들의 일부는 전혀 다른 차원의 현상이다. 우리는 이
민족들의 신화들에 대한 직접적인 지식이 없으며, 그것들은 그것들을
창조한 민중 집단에 의해 우리에게 전해진 것이 아니다. 그것들은 글로
씌어지면서 변형되어 전해졌다. 우리는 호메로스 Homère 의 시나 소포클
레스 Sophocle 의 비극, 비르길리우스 Virgile 와 오비디우스 Ovide 의 작품
등을 통해서 그것들을 아는 것이다. 그리하여 빌라모비츠 Wilamowitz 같
은 학자는 그리스 문학의 민중적 기원을 부정하려 한다. [18] 그리스 문
학은 민중적 주제들의 연구에 별반 도움이 되지 못하는 것이 마치 헵
벨 Hebbel 이나 가이벨 Geibel, 바그너 Wagner 등의 『니벨룽겐 Nibelungen』
이 본디의 『니벨룽겐』의 연구에 도움되지 않는 것과도 같다는 것이다.
고대 신화의 민중적 기원을 부인하는 이러한 시각은 반동적 이론과 동
향을 보여준다. 우리로서는, 이 신화들의 본시 민중적인 기원은 인정하
되 그것들이 본디대로의 형태로 우리에게 전해지지는 않았다는 것, 그

---

18) U.V. Wilamowitz-Moellendorf, "Die griechische Heldensage," in *Sitz ber. d. Berl. Akad. d. Wiss.*, 1925, 41~62, 214~42.

러므로 그것들을 직접 어떤 민족에게서 채집한 민속학 자료와는 비교할 수 없다는 것을 염두에 두기로 하자. 이집트 신화들에 대해서도 사정은 거의 마찬가지이다. 그것들 또한 우리는 직접적으로는 알지 못한다. 이집트인들의 사고 개념은 장례의 비문, 『사자(死者)의 서(書) Livre des Morts』 등등을 통하여 알려져 있을 뿐이다. 대개의 경우, 우리는 정치적 목적에 봉사하기 위해 성직자들에 의해 조정되고 궁정이나 상류 사회에 의해 용인된 공식적 종교밖에는 알 수 없다. 민중적 계층들은 공식적 예배와는 다른 사고 개념들, 다른 주제들을 가졌을 수도 있다. 그렇다 하더라도 여전히 고대의 문명화된 민족들의 신화 역시 우리 연구의 틀 안에 포함되어야 한다는 것은 사실이다. 그러나 계층 분화 단계 이하의 민족들의 신화는 우리에게 직접적 자료가 되는 반면, 여기서는 간접적 자료들만을 다루게 된다. 그것들은 이의없이 민중적 개념들의 반영이기는 하나, 이 개념들과 동일시되지는 않는다. 그리하여 러시아의 이야기가 그리스 신화보다도 더 옛날 자료를 제공할 수도 있게 된 것이다.

따라서 우리는 직접적 자료로 간주될 수 있는 신화 즉 계층 분화 단계 이전 사회들의 신화와 고대 문명국들의 지배 계층에 의해 전수된 신화 즉 그 민족들에게 특정한 사고 개념이 존재했던가에 대한 간접적 증빙 자료로 사용될 수 있는 신화들을 구별한다.

거기에서 다음과 같은 시발점을 찾을 수 있다. 즉 이야기는 고대 문명국의 신화들뿐 아니라 원시 민족의 신화들과도 대조해보아야 한다는 것이다.

이상이 우리가 이야기를 비교하고 연구하기 위해 도입했던 바 역사적 과거라는 개념에 가해져야 할 마지막 명세이다. 우리가 이 과거에서 특정한 사건들, 그러니까 흔히 '역사'라는 용어로 이해되는, 이른바 '역사' 학과의 역사에 관심이 없다는 사실은 쉽게 드러날 것이다.

11. 이야기와 원시적 사고

이상의 모든 논의로 볼 때, 우리는 과거의 실제적 현실 속에서 이야기 주제들의 기원을 찾고 있음이 명백하다. 하지만 이야기에는 어떤 직접적 현실에서도 확연한 방식으로 유래되는 것이 아닌 주제나 상황들이 있다. 예컨대, 날개달린 용, 날개달린 말, 암탉의 발들로 서 있는 작은 이즈바 isba, *) 카시체이 Kachtchéi, **) 등등이 그러하다.

---

*) 북극의 통나무집. 〔역주〕   **) 카시체이란 러시아 민담에 자주 나오는 악한으로,

만일 우리가 엄격한 경험주의의 입장을 취하여 이야기를 일종의 연대기로 간주한다면, 우리는 중대한 오류를 범하게 될 것이다. 예컨대, 선사 시대에서 실제로 날개달린 파충류들을 찾으려 하며, 이야기가 그 기억을 간직하는 것이라고 주장한다면, 바로 그러한 유형의 오류가 된다. 날개달린 용이니 암탉의 발들로 서 있는 작은 통나무집이니 하는 것들은 결코 존재했던 적이 없다. 그럼에도 불구하고 그것들은 역사적인데, 역사적인 것은 그것들 자체가 아니라 그것들의 이야기 속의 존재인바, 설명해야 하는 것은 바로 이 존재이다.

제의나 신화가 경제적 이해 관계에 의해 조건지워진다는 것은, 명백하다. 만일 예로서, 비가 오게 하기 위해 춤을 춘다면, 그것은 분명 자연에 영향을 미치려는 욕망이 그렇게 시키는 것이다. 여기서 분명치 않은 것은 전혀 다른 문제, 즉 왜 이러한 목적으로 춤을 추는가(때로는 살아 있는 뱀을 들고서),[19] 그리고 왜 다른 것을 하지 않는가? 하는 것이다. 물을 붓는 것(이것도 실제로 있는 일이다)이라면 훨씬 쉽게 이해가 갈 터이니, 그것은 모방적 주술의 단순한 예일 것이다. 이러한 예는, 제의적 행위가 경제적 이해 관계에 의해 야기되는 것은 분명하나, 간접적인 방식으로, 특정한 사고의 프리즘을 거쳐서, 그리고 끝으로 행위 그 자체와 같은 요인에 의해 조건지워지는 것임을 증명한다. 제의는, 신화와 마찬가지로, 특정한 사고의 산물이다. 이 사고의 형식들을 설명하고 정의하기란 때로 지난한 일이다. 하지만, 민속문학자에게 있어서는, 그것들을 고려에 넣을 뿐 아니라, 특정 모티프의 기원에 있는 사고 개념들을 이해하는 것이 필요하다. 원시적 사고는 추상을 모른다. 그것은 행위로, 사회 구성의 형식으로, 민속문학과 언어로 나타난다. 때로는 이야기의 특정 모티프가 우리가 제시한 어떤 전제에 의해서도 설명되지 않는 경우도 있다. 예컨대, 어떤 모티프들의 기원에서는 우리가 익숙해져 있는 것과는 전혀 다른 공간·시간·질량의 개념들이 발견된다. 여기에서 얻어지는 결론은, 원시적 사고의 형식들 또한 이야기 발생의 설명에 포함되어야 한다는 것이다. 이 책에서 이것은 그저 제안 이상의 것은 아니지만, 그래도 이 연구의 전제들 중의 하나임에는 틀림이 없다. 이것은

주인공의 신부나 아내를 훔쳐가며, 주인공은 그녀를 구하기 위해 떠난다. 카시체이의 생명은 대개 알 속에 감추어져 있어서, 주인공은 은혜갚는 동물들의 도움으로 그것을 찾아내어, 부숴뜨린다. 〔역주〕

19) A. Warburg, "A Lecture on Serpent Ritual," *Journ. of the Warburg-Inst.*, **I**, 1939, 4, p. 286.

극도로 복잡한 문제이다. 우리는 여기서 원시적 사고라는 주제에 대한 기존의 상이한 시각들을 논하기 시작할 수는 없을 것이다. 우리에게 있어, 사고란, 그 또한, 무엇보다도 먼저, 역사적으로 결정된 범주이다. 그렇다는 사실은, 우리를 신화·제의·이야기 등을 '해석할' 필요로부터 해방하는바, 중요한 것은 그것들을 해석하는 것이 아니라 그 역사적 원인들로 소급해보는 것이다. 신화는 확실히 그 의미론을 가지고 있다. 하지만, 단번에 결정적으로 주어진 절대적 의미론이란 존재하지 않으며, 의미론이란 역사적 의미론일 수밖에 없다. 하지만 이 경우에, 우리는 사고의 사실 *un fait de penése* 인 것을 실체로 있었던 사실 *un fait réellement accompli* 로, 또는 그 역으로 오인할 위험에 처해 있다. 예컨대, 바바 야가가 주인공에게 그를 먹어버리겠다고 위협한다 해서, 거기서 꼭 식인주의의 잔재를 보아야 할 필요는 전혀 없다. 식인적 야가라는 인물은 다른 기원을 가질 수도 있고, 실제로 경험된 사실이라기보다 사고의 특정한 형식들(이런 의미에서는 이 또한 역사적인)의 반영일 수도 있는 것이다.

12. 발생과 역사

본 연구는 발생적 연구이다. 발생적 연구란, 그 본성에 의해 필연적으로 항상 역사적인 것이지만, 역사 연구와는 혼동되지 아니한다. 발생적 연구는 현상의 기원을 연구하는 것을 목표로 하는 반면 역사는 그 전개를 연구하는 것이다. 발생론은 역사에 선행하며 역사로의 문을 연다. 하지만 그 역시 고정된 사실이 아니라 과정 즉 운동을 다루는바, 우리는 이야기의 기원에 있는 모든 현상을 과정으로 보고 분석하려 한다. 예를 들어, 우리가 이야기의 어떤 모티프와 죽음의 어떤 개념간의 연관을 수립할 때, 우리는 죽음을 추상적 개념으로서가 아니라, 우리가 그 전개 과정을 살펴보아야 할 일련의 생각들로서 이해하는 것이다. 그 때문에, 독자는 우리가 어떤 모티프들의 역사 내지는 선사를 쓰고 있다는 인상을 가질지도 모른다. 하지만, 과정에 대한 다소간에 천착된 연구임에도 불구하고, 이것은 역사가 아니다. 그런가 하면, 이야기의 기원에 있는 현상은, 그 자체로서 분명하기는 하되, 그 전개를 추적할 수 없는 경우도 있다. 예컨대, 이야기에 의해 보존된 매우 고대적인 사회 구성의 어떤 형식들(예컨대, 입문 의례라든가)이 그러하다. 이 형식들의 연구는 특수한 역사적·민속학적 연구를 요구하는바, 민속문학자는 항상 거기까지 나아갈 수는 없다. 많은 것들이 불충분한 민속학적 연구에 의해 지탱되고 있는 실정이다. 그 때문에 역사적 분석은 항상 똑같이 방대하고 깊이 있는 것은 아니다. 때로는 관계의 존재를 지적하는 데에 그쳐야 한다. 역사적 분석에 있어서의 어떤 불균형은, 또한 모티프들의 불균형한 비중에서도 비롯된다. 이야기의 가장 중요한 모티프들, 이른바 '고전적'인 모티프들은 보다 자세히 연구되고, 덜 중요한 다른 것들은 보다 빨리 도식적으로 연구되는 것이다.

13. 방법과 자료

여기에 제시된 원칙들은 매우 단순하다. 하지만 그것들을 적용하는 데에는 큰 어려움들이 따른다. 주된 난점은 자료를 입수하는 것이다. 많은 연구가들의 오류는, 흔히 그들이 그들의 자료를 한 가지 주제, 한 문명, 또는 인위적으로 설정된 다른 어떤 경계내에 한정하는 데에서 기인한다. 우리에게는 이런 경계들은 존재하지 않는다. 그러한 오류는, 예컨대 유스너 Usener가 고대 자료의 한계내에서만 전세계적 홍수의 주제 내지는 신화를 연구했을 때에도 범해졌다. 그렇다고 해서, 그런 문제들을 일정한 틀이나 한계내에서 취급하지 말아야 한다는 의미는 아니다. 하지만, 그렇게 되면 유스너가 원하는 바와 같은 일반적 결론에는 이를 수 없게 된다. 왜냐하면 그런 문제들의 발생을 단지 한 민족의 한계내에서만 다루기란 불가능하기 때문이다. 민속문학은 전세계적인 현상이다. 하지만, 그렇다면, 민속문학자는 인도나 고대 그리스-로마, 이집트 등의 전문가들에 비해 매우 불리한 입장에 놓이게 된다. 이들은 자기 분야의 확실한 전문가이지만, 민속문학자는 그런 개개의 분야에는 초대객이나 여행자의 입장에서 일별을 던질 뿐, 그가 필요로 하는 것을 줍고 나서는, 다시금 더 멀리 떠나야 하는 것이다. 이 모든 자료를 깊이 있게 알기란 불가능하다. 그러나 민속문학적 연구의 틀을 확대하는 것은 절대적으로 필요하므로 오류와 불쾌한 오해와 부정확성의 위험을 무릅쓸 수밖에 없다. 이 모든 것이 위태롭기는 하지만, 방법론적으로 잘못된 토대 위에서 제한된 자료에만 통달하려 하는 것보다는 그래도 덜 위태롭다. 목표하는 것이 전문적 연구라 하더라도, 이 또한 비교된 여건들에 비추어서 접근되어야 할 것이므로, 그러한 확대는 필수적이다. 개별적 문명이나 민족들에 대한 예비적 연구들이 그만큼 축적되었으면, 비록 그것을 전범위에 걸쳐 깊이 있게 할 수는 없다 하더라도 이제는 이 자료를 효과적으로 사용하기 시작해야 할 때도 되었다.

그러므로 나는, 비록 자료가 완전히 알려져 있지 않다 하더라도, 그러한 연구를 시작하는 것이 가능하다는 생각에서 출발한다. 그리고 이러한 입장 또한 이 책의 전제들 중의 하나이다. 내가 이 원칙을 세우는 것은, 초라한 필요 때문이 아니라, 그것이 원칙으로서 군림하는 것이라고 생각하기 때문인데, 이 점에서 나는 대다수의 학자들과 견해가 다르다. 이러한 입장을 취하게 되는 이유는, 민속문학적 자료란 자기 반복적이며 법칙하에 놓일 수 있다는 생각 속에 있다. 우리는 여기에서 민담(요술담)의 반복적 요소들을 연구하는바, 연구에 사용된 각 요소의 200, 300 또는 500 가지 변이체나 이본들이 실제로 고려에 넣어졌는가 하는 것은 중요한 문제가 아니다. 제의나 신화 등에 대해서도 마찬가지이다. "만일 우리가 법칙을 세우기 전에 모든 자료가 해명되기를 기다린다면, 이론적 탐구는 무한정 연기될 것이며, 바로 이 이유만으로도 우리는 법칙을 얻지 못할 것이다"라고 엥겔스는 썼다. [20] 모든 자료는 설명해야 할 자료——우리에게는 이야기——와 설명적 자료로 분해되며, 그 나머지는 검사 자료가 된다. 그리하여 하나의 법칙이 차츰 규명되는 것인데, 그것이 다른 자료보다 선호된 어떤 자료에 기초한 것이라고는 할 수 없다. 그러므로 민속문학과는 자료의 집적을 단호히 무시할 수도 있거니와, 왜냐하면 어떤 법칙이 옳다면 그것은 그것이 도출된 자료뿐 아니라 모든 자료에 대해서도 그러할 것이기 때문이다.

여기에서 우리가 견지하는 원칙은, 일반적으로 민속문학적 탐구의 기초에 있는 원칙과 모순된다. 일반적으로 학자들은 자료의 완전한 축적을 추구하는 경향이 있다. 그러나 우리가 보기로는, 사실상 자료가 가능한 한 완전히 축적된 데에서도 문제는 정당한 방식으로 풀리지 않는바, 이는 문제 자체가 정당한 방식으로 제기되지 않았기 때문이다. 우리는 여기에서 우선 문제를 정확히 제기하는 것이 필요하다는 시각을 견지한다. 그럴 때, 오직 그럴 때에만, 정당한 방법이 정당한 결과들을 가져올 것이다.

14. 이야기와 그에 뒤따르는 생산들

지금까지 말한 모든 것으로부터 나오는 결론은, 내가 제의·신화, 원시적 사고 형식들, 일정한 사회 제도들을, 이야기에 선행하며 그것을

---

20) 마르크스-엥겔스, 『전집』, 제14권, p. 395.

설명하기에 적합한 생산들로 간주한다는 것이다. 하지만 민속문학은 이야기에 국한되지 않는다. 주제나 모티프에 있어 이야기와 가까운 영웅서사시도 있고, 모든 종류의 전설과 이야기들의 막대한 영역이, 『마하바라타 *Mahābhārata*』『일리아드 *Iliade*』와 『오딧세이 *Odyssée*』『에다 *Edda*』『브일리나』『니벨룽겐』 등등이 있다. 이 모든 것은 우리의 논의에서 제외되었다. 그것들은 이야기에 의해 설명될 수 있으며, 흔히는 거기서 비롯되는 것이다. 물론 그 역도 있을 수 있다는 것이 사실이다. 즉 서사시는 이야기나 다른 어떤 자료도 제공하지 않았던 세부와 특색들을 우리에게 전해주기도 한다. 예컨대 『니벨룽겐』에서 지그프리트 Siegfried는 용을 죽인 후 그 피에 씻김으로써 불사신이 되는바, 이것은 용을 연구할 때에 설명적 가치를 갖는 중요한 세부이다. 그런데 이야기에는 이 세부가 들어 있지 않고, 이 경우에는 다른 아무 자료도 없으므로, 영웅서사시에 의거할 수도 있다.

15. 전   망

우리의 전제들은 이제 분명하다. 우리가 제기하는 문제 또한 그러하다. 이제 제기되는 문제는, 그러한 대조가 우리에게 어떤 전망을 열어주는가 하는 것이다. 가정하여 우리가, 이야기에서 아이들을 지하에 감금하는데 역사적 현실에서도 그러했다는 것, 또는 소녀가 죽은 암소의 뼈를 묻는데 역사적 현실에서도 그러했다는 것을 발견한다 치자. 그렇다면 이 이야기의 모티프들이 역사적 현실에서 유래하는 것이라고 결론지을 수 있는가? 물론 그럴 수 있다. 하지만 그렇게 되면 엄청나게 잡다한 광경이 생겨나지 않겠는가? 그 점을 우리로서는 알 수 없거니와, 이 문제를 해명해야 할 것이다. 오늘날까지 존재해온 견해에 따르면, 이야기는 원시의 사회적·문화적 구성의 어떤 요소들을 많이 가지고 있다고 한다. 우리는 이야기가 그것들로 구성된다는 것을 보게 될 것이며 결과적으로, 이야기의 원천들 전체의 일람표를 만들 수 있을 것이다.

이 문제의 해결은 우리로 하여금 이야기를 더 잘 이해하게는 해주겠지만, 그러나 그것은 또 다른 미해결의 문제 즉 왜 이야기를 하는가? 어떻게 이야기 conte 가 실제적 담화 récit 로 형성되는가? 하는 문제를 풀게 해주지는 못할 것이다. 이러한 의문들은, 우리가 문제를 분명히 제시하고자 한다면 절로 떠오르게 마련이다. 그러므로 우리는, 개별 모티프들이나 한 주제의 구성 부분들이 어디에서 오는가 하는 문제를 해결하려 하는 동시에, 다음과 같은 질문에 대답해야 할 것이다. 이야기하는 행위는 어디에서 기인하는가? 이야기 그 자체는 어디에서 오는가?

우리는 마지막 장에서 이 문제에 답하고자 하는데, 거기서 우리는 한 가지 난점에 부딪치게 될 것이다. 왜냐하면 우리는 여기서 민담〔요술담〕만을 다루는바, 민담에 대해 말한다는 행위는 다른 이야기들 예컨대 동물 이야기들에 대해 말한다는 행위와 불가분이기 때문이다. 그러므로 다른 쟝르들이 역사적으로 연구되지 않는 한, 우리는 이 문제에 대해 다소간의 가능성이나 신용성을 지닌 예비적이고 가정적인 답변밖에는 할 수가 없다. 사실상 그런 작업은 결코 완성된 것으로 간주될 수 없으며, 이 책은 이야기의 발생에 대한 일련의 연구들에로의 서론일 뿐이다. 이 책에서 그러한 문제의 전면적인 분석을 꾀할 생각은 추호도 없다.

이 작업은 아직 미지의 땅에서 기지의 것들을 발견해내는 탐험과도 비교될 수 있다. 우리는 지층들의 위상을 표시하고, 지도에 도식적으로 줄을 긋는다. 각 지층의 세밀한 분석은 장래의 일이 될 것이다. 다음 단계는, 특정한 모티프와 주제들의 세부적이면서도 전체로부터 분리되지 않은 분석이 될 수도 있을 것이다. 우리 학문의 현 상태로는, 사건들간의 관계를 연구하는 것이, 각각의 사실들을 세부적으로 천착하는 것보다 더 중요하다.

마지막으로, 자료에 관하여 한마디 더 해두자. 이 연구의 기초는 러시아의 이야기, 특히 북러시아의 이야기이다. 우리는 앞서 이야기와 그 모티프들의 대부분은 전세계적인 것임을 지적하였다. 러시아 민속문학은 그 다양성·풍부함, 그 예술적 자질과 양호한 보존 상태에 있어 특기할 만하다. 그러므로 소련의 민속문학자로서는, 다른 것보다도 특히 우리의 민속문학을 다루게 되는 것이 자연스럽다. 이 작업에서는 민담〔요술담〕의 기본적 유형들이 고려되는바, 전세계적으로 볼 때, 이러한 유형들은 외국의 민속문학에서나 러시아의 민속문학에서 다 같이 발견되는 것이다. 비교 연구에 있어서는, 특정 유형을 위해 사용되는 모델들은 별로 중요하지 않다. 러시아의 자료가 불충분한 데에서는, 우리는 외국 자료에 의존하기도 하였다. 그러나 본 연구는 러시아 이야기의 연구는 아니라는 사실을 분명히 말해두는 바이다(그러한 연구는, 발생에 대한 근본 문제들이 해결된 후, 특수 분야의 연구로서 시도될 수 있을 것이며, 특수한 분석을 요구하게 될 것이다). 본 연구는, 러시아의 자료를 출발점으로 하는, 민속문학에 대한 역사적·비교적 연구이다.

제 2 장

이 야 기 의   시 작

I. 가두어진 아이들

1. 출   발

"어느 한 왕국에, 어느 한 나라에……" 하는 이야기의 첫머리에서부터,
청자는 그 서사적 평온으로 특징지워지는 특수한 분위기에 들어서게 된
다. 하지만 이것은 속기 쉬운 인상일 뿐, 청자는 얼마 못 가 극도로 긴
장되고 정열적인 사건들이 펼쳐지는 것을 보게 된다. 이 평온은, 흔히
정열적·비극적인, 때로는 해학적·사실적인, 이야기의 내적 역동을 감
추기 위해 만들어진 예술적 방편인 것이다. 그리하여 이야기는 "……아
들 셋을 가진 농부가 있었다" 라든가 "딸 하나를 가진 짜르가……" 또는
"……세 형제가 있었다" 하는 식으로 계속되는바, 한마디로 말해, 이야
기는 가족을 등장시키게 된다. 그러니까 엄밀히는 이 가족의 검토부터
시작해야 할 것이지만, 이야기의 요소들은 상호간에 워낙 긴밀히 얽혀
있으므로, 이야기의 처음에 등장하는 가족의 성격은 사건들의 진행과
더불어 조금씩 밝혀질 따름이다. 여기서는 단지 그 가족이 행복하고 평
화롭게 살았다는 것, 뜻밖의 사건들이 일어나 일시에 파국으로 치닫지
만 않았더라면 그 행복과 평화는 아주 오래 지속될 수도 있었으리라는
것만을 말해두자. 이 사건들은 때로 한 어른이 그의 출발을 알림으로써
시작된다. "딸아, 딸아, 우리는 일하러 간다"(Af. 64/113), "왕자는 아
내를 남의 손에 맡긴 채 먼 나라로 떠나야 했다"(Af. 148/265), "그(상인)
는 외국에 갔다"(Af. 115/197) 하는 식이다. 상인은 장사하러 가고, 왕자
는 사냥하러 가고, 짜르는 전쟁에 나가고……, 아이들이나 아내, 흔히
는 아기를 가진 아내만이 무방비 상태로 남는다. 그리하여 불행이 생기
기에 알맞는 상황이 생겨나는 것이다. 출발의 강화된 형태는 부모의 죽

음으로 나타난다. 또한, 어른들의 출발이 아니라 아이들의 출발에 의해 같은 상황이 생겨나기도 한다. 즉 아이들이 숲에 나무열매를 따러 간다든가, 소녀가 오빠들에게 식사를 가져다주러 들판에 간다든가, 왕녀가 정원에 산보하러 간다든가…… 하는 것이다.

2. 출발에 관련된 금지들

어떤 식으로건, 어른들은 아이들이 위험에 처하게 될 것을 안다. 그들 주위의 공기 자체가 수많은 위협들로 가득찬 것이다. 그러므로 아버지(또는 남편)는, 길을 떠나면서 또는 아이를 보내면서, 그 출발에 금지 사항들을 덧붙인다. 물론 이 금지들은 어겨지는바, 이러한 위반은, 때로 전광석화처럼, 무시무시한 불행을 초래한다. 말을 안 듣고 정원으로 산보하러 나간 왕녀들을 용이 물어간다든가, 말을 안 듣고 연못까지 달려간 아이들에게 마녀가 주문을 걸어 오리새끼들로 만들어버린다든가 …… 이야기의 재미는 이러한 파국과 함께 생겨나며, 사건들이 뒤잇기 시작한다.

이 금지들 중에, 당분간 우리의 주의를 끌게 될 한 가지는, 집 밖에 나가지 말라는 것이다. "왕자는 그녀에게 높은 테렘¹⁾ 밖으로 나가지 말 것을 오랫동안 설득하였다"(Af. 148/265), 또는 "방앗간 주인은, 사냥하러 가면서, 그녀에게 집 밖에 나가지 말라고 하였다"(Sm. 43). "딸아, 딸아! 얌전히 굴고, 그리고 집 밖에 나가지 말아라"(Af. 64/113). 『코 홀리개 염소』 이야기에서는, 딸들이 나쁜 꿈을 꾸자, "아버지는 겁이 나서, 그의 가장 사랑하는 딸에게 밖에 나가지 말라고, 코빼기도 내놓지 말라고 명령하였다." 이 모든 경우에, 우리가 이미 지적했던 대로, 불순종이 불행을 가져온다. "하지만 그녀는 말을 듣지 않고 층계로 나갔다. 바로 그때, 한 마리 염소가 그 긴 뿔로 그녀를 낚아채어, 깎아지른 강언덕들 너머로 데려가버렸다"(Af. 156/277). 이것은 보통 부모들이 갖는 염려라고 생각할 수도 있으며, 오늘날도 부모들은 외출할 때면 아이들에게 길에 나가는 것을 금지한다. 하지만, 이야기에서 문제되는 것은 꼭 그것만은 아니며, 그 이외의 무엇인가가 숨겨져 있다. 아버지가 딸에게 "나가지 말아라, 발코니에도," "높은 테렘에서 나가지 말아라"고 할 때에는, 단순한 경계 이상의, 깊은 두려움이 있다. 이 두려움이 때로는 너무 커서, 부모들은 아이들에게 나가는 것을 금지할 뿐 아니라

---

1) 테렘 *terem*: 넓고 좋은 집에서 여자들만이 살도록 만들어진 이층(N.d.T).

그들을 가두어놓기까지 한다. 그들을 가두는 방법 또한 예사롭지 않다. 그들은 입구를 잘 감추어놓은 높은 탑이나 지하실에 갇히는 것이다. "그들(부모들)은 매우 깊은 구덩이를 파게 하였고, 그것을 잘 꾸미고 장식하였으며, 먹고 마실 것이 충분하도록 온갖 종류의 식량들로 가득 채웠다. 그리고는 거기에 아이들을 넣고, 구덩이를 지붕 같은 것으로 덮었으며, 그 위에 흙을 덮고 고르게 하여 감쪽같이 했다"(Af. 117/201).

여기서 이야기는 예전에 왕의 아이들에게 대적하여 취해지던 조처의 기억을 보존하고 있거니와, 놀랍도록 정확하고 완전하게 보존하고 있다.

3. 프레이저에게 있어 왕들의 유폐

『황금가지』에서 프레이저는, 예전에 왕이나 종교적 지도자, 그리고 그들의 아이들이 얼마나 복잡한 금기 체계에 둘러싸여 있었던가를 보여준다. 그들의 움직임 하나하나가, 지키기에 매우 힘겨운 법칙들에 의해 지배되었다. 그중 한 가지가 결코 왕궁을 떠나지 말라는 것이었다. 중국과 일본에서는 이 법칙이 19세기까지도 지켜졌다. 많은 곳에서, 왕은 아무도 볼 수 없는 신비한 인물이었다. 왜 그랬었는지는 앞으로 보게 될 것이지만, 지금은 우선, 왕에게 부과된 다른 금기들, 가장 특징적이고 또 그런 관습의 모든 변이체들에 공통된 금기들을 살펴보기로 하자. 프레이저는 다음과 같은 것을 지적한다. 즉, 왕은 그의 얼굴을 태양에 노출시켜서는 안되며, 그 때문에 그는 항상 어둠 속에 산다는 것이다. 또 그는 땅에 닿아서도 안 된다. 그래서 그의 거처는 땅 위로 높이 들려져 있으며, 그는 탑 속에 산다. 아무도 그의 얼굴을 보아서는 안 되고, 그래서 그는 철저한 고립 속에 살며, 휘장을 사이에 두고서만 그의 백성이나 친척들과 말한다. 그의 음식도 극도로 엄격한 금기 체계에 의해 지배된다. 어떤 종류의 요리들은 그에게 금지되어 있다. 그리고 음식은 특별히 그런 용도를 위해 만든 창구를 통해 그에게 주어진다. 그런데 프레이저는 그의 자료를 역사적으로 구성하고 설명하려는 하등의 노력을 하지 않았음을 말해두어야겠다. 그는 일본 미카도 le mikado 의 예에서 아프리카와 아메리카의 예로, 그리고는 아일랜드의 왕들과 로마의 예로 옮겨다닌다. [2] 하지만 그가 들고 있는 예들은, 이것이 비교적 뒤늦은 현상임을 증명한다. 아메리카 대륙에서 그것은 고(古) 멕시코에서 발견되

---

2) J. G. Frazer, "Taboo and the Perils of the Soul," *The Golden Bough*, Part Ⅱ, 3ʳᵈ ed., London, 1911, pp. 1~25.

며, 아프리카에서는 작은 군주국들이 이미 형성되어 있었던 곳에서이다. 한마디로, 그것은 국가 형성의 단계에 관계되는 현상이다. 우두머리나 왕에게는 자연에 대한, 하늘과 비와 인간과 가축들에 대한 주술적 힘이 있다고 믿어졌던바, 그의 안녕은 백성의 안녕을 결정하는 것으로 간주되었다. 그 때문에, 왕을 조심스럽게 보호함으로써, 전백성의 안녕을 주술적으로 보호하는 것이었다. "베닌족 les Bénins 의 우상으로 그의 백성에 의해 선격화되었던 왕은, 그의 왕궁을 떠날 권리가 없다," "로앙고 Loango 의 왕은 왕궁에 매인 것이나 마찬가지이며, 떠날 권리가 없다," "에티오피아의 왕들은 신격화되었으나, 그들의 왕궁에 갇혀 감시되었다"[3] 등등. 이 군주들이 밖에 나가려 하면 돌로 쳐죽임을 당했다. 프레이저에 의해 제공된 모든 예들을 옮기거나, 왕의 유폐에 관련된 세부들을 옮길 필요는 없을 것이다. 다시 이야기로 돌아가, 오늘날의 민속문학이 우리에게 제공하는 바를 살펴보자.

4. 이야기에서 왕의 아이들의 감금

가장 단순한 경우들은 그냥 가두는 것만을 보여준다. "그는 숲속에 높은 탑을 쌓게 명령하였다. 거기에 이반 왕자와 아름다운 엘레나를 두고, 그들에게 5년치의 양식을 주었다"(Af. 118a/202; id. Af. 117/201), "그녀는 그를 아주 잘 돌봐주었고, 아무데도 못 나가게 하였다"(Khoud. 53). 또 다른 예를 들어보자. "이 왕은 그녀들을 자기 눈의 눈동자처럼 아끼며, 그녀들을 위해 지하의 방들을 짓게 하였다. 거기서 그녀들은 새장의 새들처럼 갇혀 살았으니, 왜냐하면 그는 빛나는 태양의 뜨거움이나 몰아치는 바람결이 그녀들을 다칠까 염려했기 때문이다"(Af. 80/140). 여기서 벌써 태양빛을 보는 것에 대한 금지가 엿보이기 시작한다. 여기서 문제되는 것이 태양으로부터의 보호라는 자연적 욕망뿐 아니라 전혀 다른 성격의 두려움이라는 사실은 텍스트들의 대조에서 나타난다. 왕의 아이들은 완전한 어둠 속에 갇힌다. "그녀를 위해 감옥이 지어졌다"(Ontch. 4), "그러나 아버지와 어머니는 그들의 두 아들에게 칠 년 동안 아주 적은 빛도 보이는 것을 금하였다"(P.V. 367), "그리고 황제는 지하의 방들을 파게 명령하였다. 그녀가 밤낮으로 거기에서 불과 함께 살며, 남자라고는 보지 못하도록"(Khoud. 110). 빛을 보는 것의 금지는 극히 명백하다. 그루지아 Georgie 와 메그렐 Megrel 의 이야기들에서, 왕

---

3) J. G. Frazer, "Taboo," p. 123.

녀는 'Mzedunaq av'라 불리우는데, 이 말은 '태양이 보지 못한,' 그리고 '태양을 보지 못한'이라는 두 가지 뜻을 가질 수 있다.[4] 태양빛을 보는 것에 대한 금지는 독일의 이야기에도 있는데, 거기서는 태양빛이 촛불의 빛으로 대치된다. 한 소녀가 사자의 신부가 되어 행복하게 사는데, 어느 날 그녀는 그에게 자기 부모를 보러 함께 가자고 청한다. "하지만 사자는, 그것은 그에게 너무나 위험한 일이라고 대답하였다. 만일 이 세상에서 그가 햇빛에 쪼인다면, 그는 비둘기로 변하여 칠 년을 그렇게 있을 것인데 그 동안 그는 다른 비둘기들과 함께 살게 될 것이었다." 그럼에도 불구하고 그들은 거기에 가며, 그녀는 "어떤 빛도 새어 들지 못할 만큼 두터운 벽을 쌓아 방을 만들게 하였다. 그는 거기에서 머물 것이었다"(Grimm, 88).

빛을 보는 것에 대한 금지와 밀접하게 연관된 것이, 아무도 보면 안 된다는 것이다. 갇힌 자들은 아무도 보아서는 안 되고, 또 아무도 그들을 보아서는 안 된다. 이것에 대한 매우 흥미로운 예가 스미르노프 선집에 들어 있는 '군인은 어떻게 여왕의 초상화를 그렸는가'라는 제목의 이야기에서 발견된다. "어느 왕에게 아름다운 아내가 있어서, 한 군인이 그녀의 초상화를 그리고자 하였으나, 그녀는 항상 얼굴을 가리고 있었다"(Sm. 12). 또 다른 이야기에서는, 짜르가 갇혀 있는 주인공을 보러 온다. "그가 들어서자, 왕자가 그에게 말했다. '내게 가까이 오지 마시오.' 그리고 돌아서서 옆을 향해 이야기했다"(Sm. 313). 나쁜 눈에 대한 두려움에로 이어지는 사고 개념들의 예를 들어보자. 교황의 아내가 지하실에 갇힌다. "나는 누가 그녀에게 불운을 가져올까 두렵다"(Sm. 357). 비아트카 Viatka 지방의 한 이야기는, 만일 갇힌 자들에게 일별이라도 던지면 생겨날 수 있는 결과들을 싣고 있다. "그녀는 지하실에 살았다. 만일 젊은 남자들 중에 누가 그녀를 보면, 온 백성이 병이 났다"(Z. V. 105). 비아트카 지방의 또 다른 이야기는 갇힌 자들에 언급하는 것에 대한 금지를 싣고 있다. "그는 지하실에 살았다…… 만일 누가 그에 대해 말하면 체포되었다."

여러 유형의 금지들이 한꺼번에 발견되는 한 러시아의 이야기를 예로 들어보자. 주인공은 낯선 나라에 도착하여, 그와 행인간에 다음과 같은 대화가 오간다. "선생, 당신 집에 있는 그 큰 마당은, 그리고 빛이 통

4) 티카이아-체레텔리, 『트리스탄과 이졸데』 문집, 레닌그라드, 1932, p. 138. (M. G. Tikhaja-Cereteli, Sbornik "Tristan i Isol'da," L., 1932, str. 138.)

하지 않는 그 탑은 무엇이오? 무엇 때문에 지어진 거요? ——아, 친구,
그 탑에는 왕의 딸이 갇혀 있다오. 그녀는 나면서부터 이리로 옮겨져서,
한번도 빛을 본 적이 없다고 하지요. 요리사나 유모가 음식을 가져와도,
음식을 들이밀어줄 뿐, 들어가지는 않아요. 그녀는 그렇게, 도대체 사
람이 뭘지도 모르고 살지요. ——하지만 그녀가 어떻게 생겼는지, 예쁜
지, 깨끗한지, 아닌지, 아무도 모릅니까? ——그녀가 예쁜지 아닌지, 깨
끗한지 아닌지, 하나님만이 아시겠지요. 그녀가 어떻게 생겼는지는 아
무도 모른다오. 그녀는 결코 밖으로 나오지 않고, 아무에게도 자신을
보이지 않아요"(Sm. 10).

이 흥미로운 예는 또한 음식을 주는 방식에 대한 세부를 싣고 있다.
즉, "음식을 들이밀어줄 뿐, 들어가지는 않는다"는 것이다. 우리는 위
에서 왕의 아이들에게 5년치의 양식을 한꺼번에 주는 것을 보았거니와
(Af. 118a/202), 거기에는 물론 환상적인 왜곡이 있다. 이야기들은 음식
을 주는 방식에 대해 더 자세한 세부들도 싣고 있다. "그의 아버지는
그를 위해 돌로 된 탑을 짓게 하였다. 그 안에는 작은 침대와, 쇠창살
이 달린 작은 창만이 있었다. 그리고 그 창에 회전창이 달려 음식을 넣
어줄 수 있게 했다"(Z. P. 18). 마찬가지로, 한 소녀에 대해서도, "그녀를
돌탑에 가두게 했다…… 매일 물 한 컵과 마른빵 한 조각을 넣어주기 위
해, 작은 창문만을 남겨주었다"(Khoud. 21).

아브카즈 Abkhaz의 한 이야기는 두 가지 다른 금지들, 즉 땅에 닿는
것과 보통 음식을 먹는 것에 대한 금지들을 잘 보존하고 있다. 왕의 아
이들은 그들에게 마술적 힘을 더하게 할 음식을 먹는다. "그의 누이는
높은 탑에 갇혔다. 그녀는 땅이나 부드러운 풀에도 발이 닿지 않게끔
가르침을 받았다. 그녀는 짐승의 뇌수만을 먹으며 자랐다."[5]

러시아의 이야기에서는 땅에 닿는 것에 대한 금지가 직접적으로 문제
되지는 않지만, 탑에 갇히는 것은 사실상 그러한 금지의 표현이라 할
수 있다.

그러므로 우리는, 이야기가 옛날에 왕가에 주어지던 모든 종류의 금
지들, 즉 빛과 시선과 음식의 금지, 땅과의 접촉의 금지, 타인과의 의사
소통의 금지 등을 보존하고 있는 것을 본다. 이야기와 역사적 과거간의
동일성이 그처럼 전면적인 것이므로, 우리는 이야기가 역사적 현실을

---

5) 『아브카즈 이야기들』, 수쿰, 1935, p. 49. (Abkhazskie skazki, Sukhum, 1935, str.
49.)

반영한다고 말해도 좋을 것이다.

5. 소녀들의 감금

하지만 거기에 그칠 수는 없다. 지금까지 우리는 감금의 형태들과 그에 관련된 금지들을, 누가 거기에 처해지는가와는 무관히 살펴보았다. 만일 프레이저가 수집한 자료와 이야기가 제공하는 자료를 비교해본다면, 프레이저는 왕이나 족장에 대해 말하고 있는 반면, 이야기는 왕의 아이들에 대해 말하고 있다는 사실을 보게 될 것이다. 하지만, 한편으로는 이야기 속에서 왕이 때로 아이들과 함께 지하실에 들어가기도 하고, "짜르는 자기를 위해 커다란 지하실을 짓고 거기에 숨었으며 사람들이 그를 거기 묻었다"(Sad. 11). 다른 한편으로는 역사적 현실 속에서도 금지들은 왕과 왕의 후계자들에게 똑같이 유효하다는 사실을 말해두어야 할 것이다. 프레이저는 이렇게 썼다. "남아메리카의 그르나다 Grenade 인디안들은, 그들의 우두머리들 및 우두머리들의 아내가 될 남자들과 여자들을 몇 년이라는 기간 동안(칠 년까지) 가두어두었다. 왕의 아이들은 햇빛을 보면 안 되었으며, 만일 이런 일이 일어나면, 그들은 왕권의 자격을 잃어버렸다."[6]

하지만 우리는 모든 경우들을 지적하지는 않았다. 이야기는 다소 다르게 증언된 금지의 유형도 보존하였으니, 그것은 머리칼을 자르는 것의 금지이다. 머리칼 속에 영혼 내지는 마술적 힘이 깃들어 있다고 생각했던 것이다: 머리칼을 잃는다는 것은 힘을 잃는 것이나 마찬가지였다. 우리는 이러한 관념을 여러 차례 만나게 될 것이다. 지금으로서는, 예컨대, 삼손과 델릴라의 이야기를 상기시키는 것으로 족할 것이다. "왕녀는 결코 테렘에서 나오지 않았다. 그녀는 결코 맑은 공기를 숨쉬지 않았다. 그녀는 호화로운 옷들과 귀한 보석들을 많이 갖고 있었지만, 하지만 그녀는 권태로웠다. 그녀는 갇혀 있는 것을 참을 수 없었다. 그녀의 머리칼은 길게 땋아 발목까지 내려왔고, 그래서 그녀는 황금 머릿단의, 가리지 않은 아름다움의 바실리사 Vassilissa 라는 별명을 얻었다"(Af. 74R/560). 머리칼의 황금빛은 뒤에 다시 문제가 되려니와, 지금으로서 우리에게 중요한 것은 그 길이이다. 갇혀 있는 왕녀의 긴 머리칼이라는 모티프는 독일의 한 이야기에서 특히 잘 나타난다(Grimm, n° 12—『라푼첼 Raiponce』). "그녀가 열두 살이 되었을 때, 마녀는 그녀를 숲속에 있

---

6) 프레이저, 『황금가지』, 제1~4권, 모스크바, 1931, 제4권, p. 127(러시아어판).

는, 계단도 문도 없는 탑에 가두었다. 그녀는 마치 금으로 짠 듯한 길고 가늘고 매우 아름다운 머리칼을 하고 있었다. [7] 마녀의 음성이 들리면, 그녀는 땋아올린 머리를 내려서 창가의 못에 감고 스무 자의 높이 위로 늘어뜨렸다. 마녀는 그것을 타고 올라가곤 하였다.” 갇혀 있는 왕녀의 긴 머리칼이란 자주 만나게 되는 특징이다. 그루지아 이야기 『야돈 Ya-don 과 꾀꼬리』에서도, 아름다운 소녀가 높은 탑에 살며, 거기에서 그녀의 황금 머리칼을 늘어뜨린다. 그녀를 정복하기 위해, 주인공은 그녀의 머리칼을 손에 감아야 한다. [8]

머리칼을 자르는 것의 금지는 직접적으로 표현되지는 않는다. 하지만 갇혀 있는 왕녀의 긴 머리칼이란 자주 만나게 되는 특징이다. 머리칼은 왕녀에게 특별한 매력을 준다. 머리칼을 자르는 것의 금지는, 극히 그럼직함에도 불구하고, 왕들이나 왕의 아이들, 그리고 사제들의 유폐에서도 언급되지 않는다. 반면, 머리칼을 자르는 것의 금지는, 다른 맥락에서, 즉 월경을 하는 소녀들을 고립시키는 관습에서 알려져 있다. 이 관습은 그 자체로서는 충분히 알려져 있다. 프레이저는, 소녀들이 월경 동안 머리를 자르거나 빗는 것이 금지되었다고 지적하였다.

왕과 왕의 아이들을 고립시키는 관습과 소녀들을 고립시키는 관습 사이에는, 분명히 관계가 있다. 이 두 가지 관습은 같은 개념, 같은 두려움에 근거한 것이다. 이야기는 두 가지 유형의 고립들을 다 잘 반영한다. 이야기에서 갇혀 있는 소녀와, 월경의 순화 동안 소녀들이 고립되는 것 간의 대조는 이미 이루어졌다. 이 관념을 확증하기 위해, 프레이저는 다나에 Danaé의 신화를 인용한다. [9] 동일한 관념이 폰 데어 라인 Von der Leyn 의, 이야기에 관한 책에서도 견지되어, 그것은 또한 아자도프스키 Azadovsky, 안드레이에프 Andréiév, 소콜로프에 의해 수립된 아파나시에프의 러시아 이야기들의 판본에서도 반복된다. 실상, 라푼첼은 열두 살의 나이에, 즉 그녀의 성적인 성숙기에 감금되며, 숲속에 감금된다. 그런데 소녀들을 데려가던 곳이 바로 숲속이었다. 때로 그녀들은 모자를 써서 얼굴을 가리었으니, 여기서 우리는 가면을 쓴 왕녀를

---

7) 가리지 않은 아름다움의——러시아 농경 사회에서, 소녀들은 긴 머리를 땋아 등에 늘이고 다녔다. 이 땋은 머리단이 소녀의 아름다움 *devičja krasa*이라고 불리웠다. 결혼한 여자들은 머리칼을 모자 속에 틀어넣어가지고 즉, 감추어가지고 다녔다. 그러나 까 여기서는 명백히 소녀를 말하고 있는 것이다(N.d.T.).

8) 『트리스탄과 이졸데』, p. 151.

9) 『황금가지』, 제4권, p. 134.

상기하게 된다.

이러한 접근을 지지하는 또 다른 고찰이 존재하는바, 즉 소녀의 감금은 일반적으로, 이야기에서 보게 되듯이, 그녀의 결혼에로 이어진다. 흔히, 어떤 신이나 용이 그녀를 납치해가거나, 가장 흔히는 그녀를 그녀의 감옥으로 방문하는 것이다. 그것이 다나에의 신화에서나, 때로는 바람이 그녀에게 아이를 갖게 한다는 러시아의 이야기에서 일어나는 일이다. "그는 그녀가 놀아날까 두려웠다. 그래서 그는 그녀를 높은 탑에 가두었다. 미장이들이 문을 막아버렸다. 하지만 벽돌 사이로, 한 군데 구멍이 나 있었다. 한마디로 말해, 틈바구니가. 그리고 어느 날 왕녀는 이 틈바구니에 기대어 섰다가, 바람이 그녀의 배를 부풀게 하였다"(Nor. 42). 탑 속의 감금은 명백히 결혼에의 준비이나, 그것은 보통의 결혼이 아니라 신적인 존재와의 결혼이며, 거기에서 신적인 아이가 태어날 것이다. 러시아의 이야기에서 그것은 바람 이반 Ivan-le-Vent이며, 그리스 신화에서는 페르세우스 Persée이다. 가장 흔히는, 하지만, 갇히는 것은 주인공의 미래의 어머니가 아니라, 그의 미래의 아내이다. 그러나 여기서 관습과 이야기간의 유사성은, 왕과 왕의 아이들의 감금이라는 모티프의 유사성보다는 대체로 훨씬 미약하다.[10] 이야기에서는, 소년 소녀들이 같은 방식으로 갇히며, 심지어 형제 자매들이 함께 갇히기도 한다.

이러한 사실들을 대조하면서, 우리는 이 두 가지 형태의 감금은 그것들 사이에서 그리고 이야기와 어떤 관계를 갖는지 알아보아야 한다. 소녀들의 유폐는 왕들의 유폐보다 훨씬 오래 되었다. 그것은 가장 오래 된 구조를 지닌 가장 원시적인 민족들, 예컨대 오스트레일리아 토착민들에게서도 발견된다. 이야기는 두 가지 형식을 모두 보존하였다. 이 두 형식들은 서로로부터 나오며, 서로 겹쳐지고 닮아 있다. 소녀의 감금은 덜 잘 보존되어 있으며, 그 희미한 반영만이 존재한다는 차이가 있을 뿐이다. 왕의 아이들의 감금은 보다 근래의 것으로, 일련의 역사적으로 정확한 세부들이 보존되었다.

6. 감금의 동기

이 감금의 동기가 무엇인가 하는 문제를 또한 다루지 않는다면, 우리의 검토는 불완전하게 될 것이다. 역사적 현실에서 왕의 유폐는 "왕(또

---

10) 이 문장은 정확히 번역되었으나, 본래 오류가 있는 듯하다. 아마 이렇게 읽어야 할 것이다. "여기서 관습과 이야기간의 유사성은, 왕과 왕의 아이들의 감금이라는 모티프에 있어서보다는 미약하다……" (N.d.T.).

는 사제)이 초자연적 힘의 보유자이며 신성의 화신"이라는 사실에 의해 정당화되었다. "결과적으로, 자연 현상은 어떤 식으로건 그에게 달려 있다고 생각하게 되었다. 왕이나 사제는 나쁜 날씨, 나쁜 수확, 그리고 이런 종류의 모든 재앙들에 책임이 있는 것으로 간주되었다."[11] 그 결과, 왕을 특별히 돌보고, 모든 위험들로부터 그를 보호하게끔 되었던 것이다. 프레이저는 이 사실을 묘사한다. 하지만 그는 왜 빛이나 시선의 영향, 또는 땅과의 접촉이 위험했는지 설명하려 하지 않는다.

이야기에는 이러한 동기들이 나타나 있지 않다. 이야기에서는 백성의 존속과 갇혀 있는 자들은 무관하다. 단지 한 경우에만, 어떤 금기가 지켜지지 않음으로 인해, "백성이 병을 얻었다"는 것을 본다(Z. V. 105). 이야기에서는 다만 왕자나 왕녀의 일신상의 안전이 문제될 뿐이다. 하지만 황제의 안전에 대한 염려는 보다 오래 된 사고 개념에 기초해 있는 바, 이는 프레이저에 의해 분석되지 않았던 것으로, 즉 공기는 언제라도 개인을 공격할 수 있는 위협과 힘들로 가득차 있다는 생각이다. 닐슨 Nilsson 은 그 점을 이미 지적한 바 있다. 모든 것이 미지의 것으로 가득차 두려움을 일으킨다. 금기(터부)란 본래 건드리면 폭발하지 않을까 하는 두려움이다.[12] "마야족 les Mayas 에게 있어, 숲과 공기와 어둠은, 항상 그들을 해치거나 도와줄 태세가 되어 있는, 하지만 대개는 그들을 해치려는, 신비한 존재들로 가득차 있었다. 왜냐하면 그들의 공상이 만들어낸 것들의 대다수는 악의 있는 존재들이기 때문이다"라고 브린튼 Brinton 은 썼다.[13]

브린튼이나 닐슨 같은 민속학자들은 단 한 가지 점을 제외하고는 옳다고 할 수 있으니, 그 한 가지란, 인간을 둘러싸고 있는 힘들 내지 정령들은 민속학자들에게나 미지의 것들이지, 그 사람들에게는 아니라는 사실이다. 그들은 그런 힘이나 정령들을 잘 알고 있으며, 아주 구체적인 방식으로 상상하며, 그것들에게 이름을 부여하는 것이다. 이야기에서는 공포가 흔히 불확정적이라는 것이 사실이지만, 그것은 또 그만큼 흔히 확정적이고 구체적일 때도 있다.

이러한 종교적 두려움은, 이야기의 변형을 통하여, 왕의 아이들에 대한 염려라는 모티프를 창조하여, 미학적으로는 금기의 위반에 뒤따라오

---

11) 『황금가지』, 제2권, p.11.
12) M. P. Nilsson, *Primitive Religion*, Tübingen, 1911, p.7.
13) *Folk-Lore Journal*, I, 1883, p.251.

는 불행으로 표현된다. 왕녀는 유폐된 곳에서 벗어나 맑은 공기를 마시러 잠시 뜰에 나가 있기만 해도 '난데없이' 그녀를 잡아갈 용이 나타난다. 간단히 말해서, 아이들이 사로잡혀가지 않을까가 두려운 것이다. 그러한 동기화는 매우 일찍부터 나타난다. 예컨대, 줄루족의 한 이야기에는, 이런 대목이 있다. "그들은 절대로 밖에 나가지 않으며 살았다. 그들의 어머니가, 만일 그들이 그렇게 하면 까마귀들에 잡혀가 죽을 것이라고 하면서, 못 나가게 하였었다."[14] 이집트의 한 이야기-신화에서는, 사회 진화의 더 나중 단계에서, 동일한 것이 나타난다. 길을 떠나며, 바타 Bata 는 그의 아내에게 말한다. "집에서 나가지 말아. 왜냐하면 바다가 너를 실어가버릴 테니까."[15] 그보다 더 나중 단계인 러시아의 이야기에서는 이렇다. "짜르는 유모들에게 왕녀를 지키고, 그녀가 까마귀의 까마귀 Corbeau du Corbeau 에게 잡혀가지 않도록, 못 나가게 하라고 명하였다"(Sm. 323).

이야기에서, 용·까마귀·염소·악마·점령·회오리바람, 또는 카시체이나 야가의 형태로 나타나 여자들과 소녀들과 아이들을 납치해가는 마귀들로부터 자신을 지키기 위해 둘러치게 되는 온갖 형태의 금기들 중에서, 이야기에 가장 잘 반영되는 것은 집 밖에 나가는 것의 금기이다. 다른 형태의 카타르시스들(금식·어둠, 보거나 만지는 것의 금지)은 그렇게 잘 반영되어 있지는 않다. 하지만 여기서 모든 것은 아주 분명하지는 않다. 예컨대, 땅 속이나 어둠 속, 탑 속의 거주는 무슨 금기 때문이 아니라 그 자체로서 주술적 힘의 축적에 유리하다는 것을 보여주는 간접적 표지들이 있다. 주니족 les Zuñi(북아메리카)의 한 전설에서는, "위대한 사제였던 아버지는 그의 딸을 신성한 경배에(신성한 것들에) 바쳤다. 그 때문에 그는 그녀를 남자들이나, 소녀들이 보지 못하도록 항상 집에 있게 하였다"고 한다. 하지만 그녀가 있는 방안에 한줄기 햇빛이 새어 들어와, 아들아이가 태어났다. 비밀리에 이 아이는 숲속으로 보내져서, 순록에 의해 키워졌다.[16] 다나에 신화의 주석가들은 이런 종류의 경우들을 염두에 두어야 한다. 우리는, 고대 페루에서, '태양의 처녀들'을 가두어두었다는 것을 안다. 아무도 그녀들을 보지 못했다.

---

14) 『줄루 이야기들』, 1937, p.91. (Skazki zulu, 1937, str. 91.)

15) 비켄티에프, 『이집트의 두 형제 이야기』, 모스크바, 1917, p.39. (V. M. Vikentev, Drevne-egipetskaja povest' o dvukh bratjakh, M. 1917, 39); 스트루베, 『트리스탄과 이졸데』 문집, p.55. (Struve v. Sbornike "Tristan i Isol'da," str. 55.)

16) F. H. Cushing, Zuñi Folk Tales, New York and London, 1901, p.132.

그녀들은 태양의 배우자들로 간주되었으며, 사실에 있어서는 태양신의 대리인 잉카 Inca의 배우자 노릇을 하였다.[17] 태양은 일반적으로, 상당히 뒤늦게 나타나는바, 이 경우에도, 앞으로 보게 될 것처럼, 그는 농경적 사고 개념들의 반영이다. 이미 명시하였듯이, 이야기는 이 역할에서 태양이라고는 알지 못한다. 즉 이야기는 이런 경우들보다 더 오래 된 것이다.

7. 결론들

여기에 제시된 모든 자료에 의거하여 우리는 다음과 같은 결론을 내릴 수 있다. 즉 우리 모티프의 가장 오래 된 종교적 기초는, 인간 존재를 둘러싸고 있는 보이지 않는 힘들 앞에서의 공포——이 현상의 원인들은 아직 역사가나 민속학자들에 의해 연구되지 않았으며, 민속문학자의 관할에 속하지도 않는다——라는 것이다. 이 공포가 월경중인 소녀들의 감금, 그녀들을 위험으로부터 보호하기 위한 감금을 초래한다. 이야기에서 이 사실은, 숲에 갇혀 있으며 긴 머리칼이 자라는 소녀의 이미지로 나타난다. 족장·왕·제사장의 권력의 출현과 함께, 이 염려는 이들과 이들의 가족에 대해 비슷한 형태로 작용하게 된다. 왕의 유폐와 그에게 부과된 금기들에 대한 세부들은, 이야기가 제공하는 세부들과 정확히 일치한다. 특히 이야기는 빛을 보는 것의 금지, 얼굴을 보이는 것의 금지, 땅에 닿는 것의 금지를 위시하여, 음식과 관련된 금지들까지도 반영한다. 하지만 이야기는 감금된 왕의 안녕이 백성의 안녕과 관련되어 있다는 관념에 대해서는 고립된 흔적들밖에는 갖고 있지 않다. 이야기에서, 염려는 왕의 아이들의 일신상의 안전에 관한 것이다. 이야기는 유폐와 그 위반이라는 모티프를, 난데없이 나타나는 용이나 그 밖의 존재들에 의한 왕의 아이들의 납치를 도입하고 동기화하기 위한 미학적 방편으로 사용한다. 이야기에서, 유폐 그 자체는 결코 동기화되어 있지 않다. 아버지의 분노에 의한 그 동기화(Grimm, 198, etc.)는 고립적이고 비전형적인 것으로서, 고유한 의미에서의 이야기 쟝르로부터 누벨 성격의 이야기 쟝르에로의 이행을 준비한다. 이 모티프는 한편으로는 소설 쟝르에, 다른 한편으로는 대중 서적 *le livre populaire*과 성자전 *l'hagiographie* 쟝르에로 넘겨졌으나, 흔히 불명료하게 변형되었다. 누벨 성격의 이야기들에서는, 남편이 결혼 후에 "아내를 위해 창문이 하나밖에 없는

---

17) R. Karsten, "Die altperuanische Religion," *ARW*, XXV, 1927.

궁전을 짓는다"[18]든가 하게 된다. 그리고 이어지는 이야기에서, 그것은 배우자의 성실을 시험하기 위한 것임이 알려진다. 때로 이 감금은 여자를 박해하기 위한 것이다. "죄없는 불쌍한 여인을 가두었다. 영주는 벽돌로 탑을 쌓게 하고 그녀를 거기에 가두었다. 그녀에게는 단지 작은 창 하나만이 남겨져서, 그리로 물과 마른 빵을 넣어주었다"(Az. 5). 감금된 소녀들과 여인들의 모티프는, 질투하는 남편들이 이 방편을 쓰는 소설 및 누벨에 널리 알려져 있다. 한편 그 모티프는 성자전 문학으로 넘어가, 거기에서는 갇힌 여인들이 순교 성녀들이 된다. [19]

II. 불행과 불행에 대한 반응

8. 불 행

우리는 이제, 이야기에서 사건들의 궁극적 전개를 추적해볼 수 있다. '높은 테렘을 떠나는 것'의 금기는 즉시로 위반된다. 어떤 자물쇠도 어떤 빗장도 어떤 탑이나 지하실도 그것을 막을 수 없다. 그리고 불행은 곧 따라온다. 단지 한 가지 덧붙일 것은, 아이들의 감금이라는 것이 불가결한 요소는 아니며, 불행은 때로 이야기의 처음부터 닥쳐온다는 사실이다.

닥쳐오는 이 불행은 줄거리를 엮기 위한 근본적인 방편들 중의 하나이다. 불행의 닥침과 그것이 야기하는 반응이 주제를 결정한다. 이 불행이 취하는 형태들은 극히 다양하며, 다 검토될 수 없을 정도이다. 이 절에서는, 이 형태들에 대한 아무 설명도 할 수가 없다. 실상 유폐나 감금은 일반적으로 납치에로 이어지거니와, 납치를 검토한다는 것은 납치하는 자를 검토할 것을 전제로 한다. 그런데 소녀들의 주된 납치자는 용이다. 용은 이야기에서 두 번 나타나는바, 우선은 그가 번개처럼 나타나 소녀를 잡아가지고 사라지며, 그리고는 주인공이 그를 찾으러 떠나서 그와 싸운다. 용의 특성들은 용과의 싸움을 분석함으로써만 밝혀

---

18) 미나이에프, 『인도 이야기들』, 성 페테르스부르그, 1877, p. 82. (I.P. Minaev, *Indejskie skazki*, SPb, 1877, str. 82.)

19) 베젤로프스키, 「감금된 미녀에 관한 이야기들과 태양의 왕국에 관한 러시아 브일리나」 (A.N. Veselovskij, "Skazanija o krasavice v tereme i russkaja bylina o podsolnečnom carstve," ŽMNP, 1878, Ⅳ; *Poetika* Ⅱ, vyp. Ⅰ, *Poetika sjužetov*, SPb, 1913, str. 70 i sl.).

72

질 수 있다. 그리고 그제야 우리는 이 인물을 분명히 이해하고 소녀들의 납치를 설명할 수 있는 것이다. 달리 말해서, 순진한 청자에게는 사건들의 진행 및 그 결론은 이야기의 처음으로부터 나오지만, 연구가에게는 모든 것이 역방향으로 일어나는 것이다. 즉 시작이란 중간과 그리고 마지막의 결과이다. 이야기의 시작이 매우 다양한 반면, 중간과 마지막은 훨씬 단일하고 고정적이다. 그 때문에 시작은 혼히 중간과 그리고 심지어 마지막에 의해서만 설명되는 것이다. 이야기의 시작이 갖는 다른 형식들에 대해서도 마찬가지로 말할 수 있다. 예컨대, 원치 않는 아이들을 집에서 쫓아낸다는 시작이 있을 수 있다. 그것은 『겔루 *Le Gel(Morozko)*』『바바 야가 *La baba Yaga*』같은 유형의 이야기들이다. 문제되는 것이 어떤 형태의 추방인지는 그렇게 쫓겨난 아이들이 어떤 세계에 도달하게 되는가를 연구한 후에야 말할 수 있는 것이다. 이야기의 시작의 또 다른 유형에는 불행은 나오지 않는다. 예컨대 왕은 공공연히 선포하기를, 날개달린 말을 타고 왕녀의 창까지 뛰어오르는 자에게 왕녀를 아내로 주겠노라고 한다. 이것은 어려운 임무의 한 형식으로, 문제의 임무는 늙은 왕이라는 인물과 마술적 원조자 내지는 보조자를 연구함으로써만 설명될 수 있다. 그런데 마술적 원조자는 대개 이야기의 중간에서부터야 나타난다. 그러니까 여기서도, 이야기의 중간이 그 시작을 설명하게 되는 것이다.

이야기의 중간에 개입되는 요소들의 분석은, 왜 이야기가 그처럼 자주 불행으로써 시작되는가, 그리고 그것은 어떤 형태의 불행인가를 밝힐 수 있게 해준다. 일반적으로, 이야기의 마지막에서, 이 불행은 행복으로 변한다. 납치된 왕녀는 신랑과 함께 돌아오며, 계모에 의해 쫓겨난 의붓딸은 많은 선물을 가지고 돌아와서 곧 결혼한다. 이 결혼의 형태들을 연구함으로써 우리는 신랑은 누구인가, 결혼은 어떻게 시작되는가를 알 수 있을 것이다.

그러니까, 우리의 연구는 우리로 하여금 줄거리 진행의 주어진 한 순간을 뛰어넘어 우리의 분석을 중간에서부터 시작하게 한다.

하지만 곧 우리는 이 다양성이 어떤 단일성을 포함하고 있지 않은가 하는 의문을 가질 수 있다. 이야기의 중간을 이루는 요소들은 고정적이다. 왕녀가 납치되었든, 의붓딸이 쫓겨났든, 주인공이 젊음의 사과를 찾아 떠나든간에 도중에서는 항상 바바 야가를 만나게 된다. 이야기의 중간을 이루는 요소들의 이 단일성은, 이야기의 시작을 이루는 요소들도, 그 다양성에도 불구하고, 어떤 단일성에 의해 연결되어 있다고 추정하게 한다. 사실이 그러한지 아닌지는 앞으로 보게 될 것이다.

9. 주인공이 길떠나다

앞의 문단에서, 우리는 이야기의 시작이 취하는 몇 가지 형태들을 살펴보았다. 그것들은 한 가지 공통점을 갖는바, 즉 불행이 일어났다는 것이다. 줄거리의 진행은 주인공이 어떤 식으로건 그것을 알 것을 요구한다. 실제로 이것은 극히 다양한 형태로 일어난다. 예컨대 짜르에 의한 공고라든가, 우연히 만난 어머니 또는 행인들의 이야기라든가 등등. 우리는 이 점에 대해서는 길게 논의하지 않겠다. 주인공이 닥친 불행의 소식에 어떤 식으로 접하게 되는가는 우리의 논의에 별로 중요하지 않다. 우리는 그가 그것을 알았고 길을 떠난다는 것을 아는 것으로 족하다.

주인공의 출발은, 처음 보기에는 그 자체로서 흥미로운 아무것도 없다. "군인은 길을 떠났다," "아들은 말을 타고 먼 나라로 떠났다," "용감한 자는 그의 힘찬 말을 타고 열의 세곱절째 왕국에 갔다" 등등이 출발의 의례적 표현들이다. 이러한 표현은 그 자체로서는 하등 문제될 것이 없다. 하지만 중요한 것은 그 표현이 아니라, 주인공의 출발이라는 사실 자체이다. 달리 말해서, 이야기의 구성은 주인공의 공간적 이동 위에 세워져 있는 것이다. 그러한 구성은 민담(요술담)에만 특정적인 것은 아니며, 서사시(『오딧세이』)나 소설에서도 발견된다. 예컨대 『동 키호테 Don Quichotte』도 그런 식이다. 주인공은 길에서 더없이 다양한 모험들을 만나게 되거니와, 동 키호테의 모험들도 극히 다양하고 많다. 그렇다는 것은 보다 오래된, 반(半)민속문학적인 기사소설들(『비갈루아 Le Wigalois』를 위시한)에서도 마찬가지이다. 그러나 이 문학적이거나 반민속문학적인 소설들과는 달리, 진정한 민속문학적 이야기는 다양성을 모른다. 모험들은 극히 다양할 수 있으나, 실제로는 항상 동일하며 엄격히 규제되어 있다. 이것이 우리의 첫번째 지적이다.

두번째로 지적할 것은, 이야기는 이행의 에피소드를 뛰어넘는다는 사실이다. 이행은 결코 자세히 묘사되지 않으며, 두세 마디로 그저 알려질 뿐이다. 살던 집으로부터 숲의 작은 이즈바에로 이르는 길의 첫번째 단계는 이런 말로 묘사된다 : "길은 짧거나 길거나 하였고, 시간은 빠르게든 느리게든 지나갔다······." 이런 상투 어구는 여정의 묘사에 대한 거부이다. 지나가는 길은 이야기의 구성에 있어 중요치 않으며, 그것은 이야기의 내용을 이루지 않는다. 여정의 두번째 단계는 숲의 작은 통나무집으로부터 다른 왕국 *l'autre royaume*에로 이른다. 그 거리는 엄청나지만, 그것은 단숨에 주파된다. 주인공은 그것을 날아서 지나가는 것이다. 그가 떠나면서 떨어뜨린 샤프카 *chapka**)는, 그가 그것을 주우려고 돌아섰을 때 이미 천 베르스타나 그의 뒤에 있다. 이것은 다시금 모티프의 서사적 묘사를 하는 것에 대한 거부이다.

이는 이야기에서의 공간이 이중적 역할을 한다는 사실을 보여준다. 한편으로 그것은 엄연히 존재하며, 절대적으로 불가결한 구성 요소이다. 다른 한편으로, 그것은 마치 존재하지 않는 것과도 같다. 줄거리의 모든 전개는 정지 동안에 일어나며, 정지들은 자세히 묘사된다.

우리가 보기에, 예컨대 『오딧세이』가 이야기보다 나중의 현상이라는 사실은 의심할 여지가 없다. 『오딧세이』에서는 길과 공간이 서사적 묘사를 얻는다. 그러므로 이야기의 정적 요소들, 주인공의 정지를 묘사하는 요소들은 이야기의 공간적 구성보다 더 오래된 것이라고 할 수 있다. 공간은 이미 존재하는 무엇인가에 도입된 것이다. 이야기의 근본 요소들은 공간적 개념들이 나타나기 이전에 창조되었다. 모든 정적인 요소들은 이미 제의로서 존재하였다. 제의에서는 분리된 단계들이던 것이, 공간적 개념들에 의해 큰 거리들을 사이에 두고 분리되는 것이다.

하지만 주인공은 어디로 가는가? 자세히 검토해보면, 주인공은 떠나기 전에 반드시 무엇인가 준비를 갖추는바, 이 상황은 검토를 요한다.

주인공이 준비하는 물건들은 매우 다양하다. 마른 비스킷, 돈, 술취한 선원들이 탄 배, 천막, 말, 등등. 이 모든 물건들은 대개 불필요함이 드러나며, 그저 주의를 돌리기 위해 요구될 뿐이다. 궁극적인 연구는, 예컨대 아버지의 마굿간에서 가져간 말은 아무것에도 소용되지 않으며, 다른 말과 바꾸어지리라는 것을 보여줄 것이다. 하지만 이 물건들 중에 주의를 요하는 한가지가 있으니, 그것은 막대기이다. 이 막대기는 쇠로 된 것으로, 주인공은 길을 떠나기 전에 그것을 요구한다. "내게 열다섯 푸드 되는 곤봉을 벼려주시오."(Af. 116b/199).[20] 이 철봉은 무엇인가? 그것을 시험해보기 위해, 주인공은 그것을 (세 번까지) 공중에

---

*) 모자. 〔역주〕

20) 이 문장을 Af. 104d에서 인용했다고 하는 것은 1946년판의 오류이다. 한 푸드 *poud*
는 16.1kg에 해당한다(N.d.T.).

던져본다. 그렇다면 그것은 무기인가도 싶지만, 전혀 그렇지가 않다. 첫째로, 주인공은 집에서 가져간 이 막대기를 결코 무기로 사용하지 않는다. 이야기꾼은 그것을 그냥 잊어버린다. 둘째로, 텍스트들의 대조는 주인공이 쇠막대와 동시에 쇠로 된 빵이나 쇠로 된 장화를 가져가는 것을 보여준다. "이 바누슈카 Ivanouchka 는 대장간에 가서 세 개의 막대기와 세 개의 빵을 만들게 하여, 마셍카 Machenka 를 찾으러 떠났다"(Sm. 35). 독수리 피니스트 Finiste 는, 날아가면서 소녀에게 말한다. "네가 나를 다시 보려거든, 아홉의 세곱절 되는 나라들의 너머에, 열의 세 곱절째 왕국으로 나를 찾아오너라. 너는 쇠신을 세 켤레 닳아뜨리고, 쇠막대를 세 개 부숴뜨리고, 돌빵을 세 개 모조리 갉아뜨린 다음에야 나를 다시 보게 될 것이다!"(Af. 129a/234). 개구리 아내도 같은 말을 한다. "자, 이반 왕자님, 당신은 일곱번째 왕국으로 나를 찾으러 떠날 수밖에 없어요! 나를 찾기 전에, 당신은 쇠신들을 닳아뜨리고, 쇠빵을 세 개 모조리 갉아뜨려야 할 거예요!"(Af. 150b/268).

막대기+빵+장화의 조합 중에서 한두 가지 요소들은 흔히 사라진다. 빵뿐이든지("그에게 세 푸드 되는 빵을 굽게 해라," P.V., p. 275), 신발뿐이든지("그에게 아홉의 세 곱 켤레의 신발을 만들어주라고 명하라," Sad. 60) 또는 막대뿐일 때도 있다. 빵은 때로 마른 비스킷, 군용 비스킷 등으로, 막대기는 지팡이나 몽둥이——그 당시에는 무기로 간주되던——로 합리화되지만, 그러한 것들의 역할을 하지는 않는다. 그렇다는 사실은 다음과 같은 경우로부터도 쉽게 입증된다. "(길의) 자갈이 신발을 닳아뜨렸고, 비가 샤프카를 온통 꿰뚫었고, 손의 마찰이 막대기를 가늘게 만들었다"(Nor. 14). 여기서 막대기는 무기로 사용되지 않으며, 그 본래의 기능을 지니고 있다. 또는 이런 예도 있다. "그가 원한다면, 떠나기 전에 쇠모자를 세 개 버리게 해라. 그가 창들을 무디게 하고 모자들을 해지게 한 후에라야, 그는 나를 찾을 것이다"(Sm. 130). 여기서도, 막대기는 창으로써 대치되어 있지만, 이 창은 무기로 쓰이는 것이 아니라 길을 가며 기대기 위한 것이다. 이 삼중의 요소는 특히 여성적 이야기들(『피니스트』를 위시한) 속에 보존되어 있다는 사실은 흥미롭다. 이것은 여자의 이미지가 무기의 관념에 잘 맞지 않으며 따라서 막대기가 그 최초의 목적을 그대로 지니게 된다는 데서 기인한다.

신발과 막대기와 빵은, 옛날에, 죽은 자들에게 그들의 저세상 l'autre monde 에로의 여행길을 위해 준비해주던 물건들이다. 후에 그것들은 쇠로 만든 것이 되었으니, 쇠는 그 여정의 길이를 상징하는 것이다.

카루진 Kharouzine 은 이렇게 말한다. "무덤 안에 놓여지거나 죽은 자와 함께 불살라지는 물건들은, 죽은 자들의 세계에 이르는 길을 간다는 관념과 관련되어 있다. [……] 죽은 자가 그림자들의 왕국에 이르기 위해 물을 건너야 한다면, 그에게 배를 주는 것이 당연하다. 그리고 반대로 먼길을 걸어가야 한다면, 그에게 좋은 신을 신기게 되는 것이다."[21] 이러한 사고 개념은 이미 북아메리카의 인디안들에게서도 존재한다. 보아스에 의해 수집된 한 전설에서, 주인공은 그의 죽은 아내를 찾아 떠난다. "그는 아버지에게 다섯 개의 곰가죽을 청하여, 그것으로 백 켤레의 신을 만들어 가졌다."[22] 그러니까 죽은 자들의 왕국으로 떠나기 위해서는, 신을 것이 있어야 하는 것이다. 캘리포니아에서는 죽은 자들에게 모카신을 신겨준다.[23] "캘리포니아의 원주민들은 그들의 죽은 자들에게 신발을 갖추어준다. 왜냐하면 영원한 사냥의 나라에로의 길은 멀고 험하기 때문이다."[24] 벵갈 le Bengale 에서는, "죽은 자들에게 마치 그들이 긴 여행을 떠나는 것처럼 준비를 갖추어준다."[25] 이집트인들은 죽은 자에게 단단한 막대기와 좋은 샌들을 준다.[26] 『사자의 서』 제125장의 변이체들 중 하나는 이렇게 시작된다. "이 장은 (죽은 자에게), 그가 닦이고 씻기고 옷 입혀지고 흰 가죽신이 신겨진 후에, 들려져야 한다……." 아스타르테 Astarté 의 상형 파피루스에서는, 이렇게 말해진다(아스타르테는 지옥 enfer 에 있다). "너는 어디로 가느냐, 프타 Ptah 의 딸, 무서운 여신이여? 너는 발에 신었던 샌들을 낡아뜨리지 않았는가? 너는, 네 출발과 도착시에, 하늘과 땅을 가로질러, 입고 다니던 옷을 찢지 않았는가?"[27] 이 사실적이고 견고한 샌들은 차츰 상징적인 모습을 띠게 된다. 고대 그리스의 어떤 무덤들에서는, 때로 진흙으로 구운 두 켤레의 신까지 발견하였다.[28] 이러한 사고 개념은 중세에까지, 그리고

21) 『민속학』, Ⅳ, 성 페테르스부르그, 1905, p.260. (*Etnografija*, Ⅳ, SPb, 1905, 260.)
22) F. Boas, *Indianische Sagen von der Nord-Pacifischen Küste Amerikas*, Berlin, 1895, p.41.
23) J. Von Negelein, "Die Reise der Seele ins Jenseits," in *ZVV*, 1901.
24) 카루진, 『민속학』, Ⅳ, 260.
25) Negelein, "Reise," 151.
26) R. Reitzenstein, *ARW*, Ⅷ, 178.
27) 스트루베, 「고대 동방의 신화지에 있어 이슈타르―이졸데」, 『트리스탄과 이졸데』 문집, 49~70, p.51. (V.V. Struve, "Ištar-Isol'da v drevne-vostočnoj mifologii," Sb. *Tristan i Isol'da*, 49~70, str. 51.)
28) E. Samter, *Geburt, Hochzeit und Tod*, Leipzig, 1911, p.206.

오늘날에까지 존속하였다. 알라만족 les Alamanes의 무덤들에서는 초와 과일과 순례자의 막대기와 신발들이 발견되었다. [29] 로타링가 Lotharingie의 어떤 지방들에서는, 저승 l'au-delá에로의 먼 여행에 대비하여, 죽은 자에게 장화를 신기고 손에 막대기를 들려준다. [30] 스칸디나비아에서는, "죽은 자를 매장할 때, 그에게 특별한 종류의 신발을 신겨준다. 그 신발 덕분에, 죽은 자는 저승에 이르는 돌투성이 가시밭길을 어려움 없이 지날 수 있을 것이다. "[31] "이 길을 걸어서 가야 할 경우에는, 죽은 자에게 신발과 막대기 등을 갖추어주는 배려가 나타난다"고 아누친 Anoutchine은 썼다. [32]

이 모든 자료들은, 거기에 나타나는 백 켤레 또는 두 켤레의 신발, 흙으로 구운 신발, 특별한 신발들과 특별한 막대기가 이야기에 의해 쇠로 된 막대기와 신발들로 변형되었음을 입증해준다. 그 후에, 모티프의 몰이해로 인하여, 긴 지팡이가 몽둥이가 되고 무기가 되었던 것이다. 주어진 자료들(샵터에게서 특히 많은)은, 쇠신발이란 주인공의 저세상에로의 출발을 나타내는 표지임을 단언케 한다.

이와 관련하여 제기할 수 있는 또 다른 문제는, 주인공의 본성이라는 문제이다. 그는 누구인가? 죽은 자들의 나라로 여행을 떠나는 산 자인가, 아니면 그의 모험들이 방황하는 영혼이라는 개념을 반영하는 죽은 자인가? 첫번째 경우에서 주인공은, 죽은 자나 병든 자의 영혼을 찾아 떠나는 무당[33]에 비교될 수 있을 것이다. 주인공이 왕녀 속에 자리잡은 악령을 내어쫓을 때, 그는 무당과 꼭같이 행동한다. 이 경우, 구성은 명백해질 것이다. 즉 왕녀가 용에게 잡혀가자, 짜르는 강력한 무당·마술사·조상 등을 오게 하여, 그가 그녀를 찾으러 떠난다는 것이다. 하지만 이러한 언명에 진실의 일부가 들어 있다 하더라도, 궁극적인 연구는, 그것이 지나치게 단순화되어 있으며 여기에는 더 복잡한 또 다른 사고 개념들이 도입된다는 것을 보여줄 것이다.

29) Negelein, "Reise," 151.
30) 슈테른베르그, 『원시종교』, 레닌그라드, 1936, 330. (L. Šternberg, Pervobytnaja religija, L., 1936, 330.)
31) 카루진, 『민속학』, Ⅳ, 260.
32) 아누친, 「장례의 속성들로서의 썰매, 배, 그리고 말」. (D.N. Anuč in, "Sani, lad'i i koni, kak prinadlež nosti pokhoronogo obrjada," Drevnosti, Tr. Mock. Arkh. ob-šč, t. XIV, M., 1890, str. 179.)
33) 러시아어의 'š aman'을 소리나는 대로 옮기면 '샤만 chamane'이 될 수밖에 없다 (N.d.T.).

그러니까 한가지 문제를 풀기 위해서는, 또 다른 문제들을 제기해야 한다. 그것들을 풀기 위해 우리는 이야기의 중간에 상응하는 이야기의 궁극적 단계들을 분석할 때까지 기다려야 할 것이다. 이제 우리가 해야 할 것은, 우선 주인공이 길을 가다가 누구의 집으로 가게 되는가를 알아보는 것이다.

제 3 장

신비한 숲

1. 이야기 구성의 계속 : 마술적 수단의 획득

지금까지 보았듯이, 이야기의 처음은 일반적으로 불행의 돌발과 주인공의 출발로 이루어져 있다. 때로는, 고아가 된 아름다운 소녀가 집에서 쫓겨나는 경우에서처럼, 출발 그 자체가 불행이다. 이 불행은 만회되어야 하는데, 이는 일반적으로 마술적 수단의 획득 덕분에 이루어지며, 마술적 수단이란 사실상 이야기의 결말을 미리 결정하는 것이다. 하지만 이와 같은 것은 무미건조한 도식일 뿐, 이 도식은, 이야기에서는, 가장 다채로운 세부들과 장식들의 온갖 치장들로 옷입혀져 있다. 이야기의 풍부함은 그 구성이 아니라 동일한 구성이 취하는 형식들의 다양성에 있는 것이다. 특히 다음과 같은 질문을 해보는 것이 좋다. 마술적 수단은 어떻게 하여 주인공의 수중에 들어오는가?

이야기들을 통틀어보면, 주인공이 마술적 수단을 얻는 많은 방식들이 있다. 일반적으로, 그것은 새로운 인물의 출현을 초래하며, 그리하여 새로운 단계를 형성한다. 이 인물이 증여자 *le donateur* 이다.

증여자는 이야기의 특정한 범주를 형성한다. 증여자의 고전적 형태는 야가이다. 하지만 연구가는 이야기에 의해 제공되는 지칭들을 항상 고려해야 하는 것은 아님을 곧 말해두어야겠다. 왜냐하면 흔히, 예컨대 장모라든가, 전혀 다른 범주에 속하는 인물들이 야가라 불리우기 때문이다. 그런가 하면, 전형적인 야가들이 그저 '노파' '할머니' '늙은 아낙네' 등으로 불리우기도 한다. 또 때로는, 야가의 역할이 짐승들(곰)이나 노인에 의해 맡아지기도 한다.

2. 야가의 유형들

야가는, 일련의 세부들로 구성되어 있는, 분석하기가 매우 어려운 인물이다. 다양한 이야기들로부터 수집된 이 세부들은 때로 너무 모순되어 단일한 인물을 형성할 수가 없다. 대체로, 이야기에는 세 가지 형태의 야가가 나온다. 예컨대, 그것은 주인공이 찾아간 집에서 만나게 되는 증여자 야가 *la Yaga donatrice*이다. 그녀는 그에게 질문을 하고, 주인공은 그녀로부터 말이나 값진 선물들을 얻게 된다. 또 다른 유형은 유괴자 야가 *la Yaga ravisseuse*이다. 그녀는 아이들을 유괴해다가 불에 구우려 하며, 이어 도주와 구원이 온다. 마지막으로, 이야기에는 주인공들의 작은 이즈바 안으로 날아들어와 그들 각각의 등에 채찍질을 하는 전투자 야가 *la Yaga combattante*도 나온다. 이들 유형 각각에는 특수한 성격들이 있으나, 또한 이 모든 유형들에 공통된 성격들도 있다. 이 모든 것이 연구를 극도로 복잡하게 한다.

우리에게 있어 해결은 이 세 가지 유형들을 자세히 묘사하는 데 있지 않다. 또 다른 가능성도 있다. 즉 이야기의 모든 전개, 특히 그 처음(죽은 자들의 나라에로의 출발)은 사실상 야가가 어떤 식으로든 죽은 자들의 왕국에 관련되어 있음을 보여주는 것이다. 우선, 역사적 자료들에 비추어, 이러한 가정을 확증하는 야가의 성격들을 밝혀보자. 물론 그것은 야가라는 인물의 일면밖에는 밝혀주지 못하지만, 그러나 그것은 반드시 검토해야만 할 일면이다. 이야기의 내적인 논리도, 역사적 자료들과 마찬가지로 우리를 그리로 이끈다.

3. 입문 제의

우리의 자료들이 우리를 그리로 이끌어가는 문제는 다음과 같이 표명될 수 있다. 즉 야가라는 인물과 죽음에 대한 사고 개념간에는 어떤 관계가 있는가? 그러나 이렇게 제기된 의문만으로는 우리의 자료가 소진되지 않는다. 우리는 야가가 실제로 그 사고개념에, 또는 일군의 개념들에 밀접히 관련되어 있음을 보게 될 것이다. 그 관계가 입증되었다고 가정해보자. 곧 떠오르는 또 다른 의문은, 왜 주인공이 죽음의 문을 두드리는가 하는 것이다. 물론 그것은 줄거리의 전개상 그렇게 되는 것이지만, 사실상 이야기의 시작은 일정한 죽음의 개념들을 출발점으로 가지고 있는 것으로 보인다. 그러나 이런 식으로는, 문제는 풀리는 것이 아니라 옮겨질 뿐이다. 이야기는 왜 다른 개념들이 아닌 이 개념들을 반영하는가? 왜 다른 개념들이 아닌 이 개념들이 미학적 작업의 시발점에 깊이 뿌리박고 있는가?

이 의문에 대한 대답은, 문제를 세계에 대한 추상적 사고 개념으로서 보다 구체적 사회 구성에 속하는 것으로서 검토할 때에 발견될 것이다. 이야기는, 죽음에 대한 어떤 개념들의 흔적뿐 아니라, 과거에 널리 유포되어 있었고 또 이 개념들과 밀접히 관련되어 있었던 제의, 즉 사춘기에 다다른 젊은이들의 입문 제의 *la rite d'initiation*(입문 의례 *initiation*, 통과 제의 *rites de passage*, 사춘기 축성 *Pubertätsweihe*, 성숙 의식 *Reifezeremonien*)의 흔적들을 보존하고 있다. [1]

이 제의는 죽음의 개념들과 너무나 긴밀히 관련되어 있으므로, 그것들을 따로 연구하기란 불가능하다. 그러므로 우리는 이야기를 고유한 의미에서의 신앙에 관한 자료들뿐 아니라 그에 대응하는 사회적 제도들과도 대조해보아야 한다. 우리는 거기서 매우 중요한 새로운 의문을 만나게 된다. 우리는 뒤에서 그 제의의 특성들을 살펴보게 될 것이나, 지금은 우선 이 의문의 중요성으로 볼 때, 그에 대한 연구의 역사부터 살펴보아야겠다.

이야기가 입문 제의들을 반영한다는 사실은 이미 지적되었지만, 문제 그 자체는 결코 진정으로 연구된 적이 없다. 프레이저는 『황금가지』에서 그런 문제를 제기하기는 하였으나, 이야기 그 자체는 그의 관심사가 아니었다. 그는 그의 이론 즉 입문 의례 동안 신참자의 영혼은 그에게서 떠나 토템 동물에게 부여된다는 이론에 대한 논거로서 이야기를 사용했을 뿐이다. 그리고 민속학적 자료들이 그 이론을 확증하지 못하므로, 프레이저는 이야기에 나오는 카시체이를 예로 들고 있다. 사실상 카시체이의 영혼이 그의 몸 밖에서 보존되기는 한다. 그러나 그렇다고 해서 입문 제의와의 관계가 입증되는 것은 아니다.

프랑스의 연구가 셍티브는 다른 식으로 문제에 접근한다. [2] 그는 이야기 그 자체에서 출발한다. 그에 의하면, 몇몇 이야기들은(『엄지동자 *Le Petit Poucet*』『푸른 수염 *La Barbe Bleue*』『장화신은 고양이 *Le Chat Botté*』『고수머리의 리케 *Riquet à la houppe*』) 입문 제의에 소급한다. 하지만 그렇다는 사실은 어떻게 입증되는가? 이 각각의 유형들에 대해 일련의 변이체들이 요약되고, 그후에 문제의 이야기는 입문 제의에 소급하는 것임이 독자에게 알려진다. 예컨대 그의 책 235~75 페이지에 걸쳐, 『엄지동자』의 유형에 관한 몇몇 유럽 및 비유럽의 변이체들을 그 자신의

---

1) 괄호 안의 말들은, 원문에서, 처음 둘은 불어로 나중 둘은 독일어로 되어 있다(N.d.T.).
2) Saintyves, *Les Contes de Perrault et les récits parallèles*, Paris, 1923.

말로 옮겨놓은 후, 저자는 이렇게 쓰고 있다 : "그런데 우리 이야기의 이 형태들이〔……〕입문 의례의 관념을 환기한다는 것은 아주 명백하다. 불가능한 과제들이란 당연히 입문 의례적 시험들로 해석된다." 여기에는 이러한 생각에 대한 어떤 입증도 없고, 단지 그렇다는 사실에 대한 단언만이 있을 뿐이다. 다른 유형 *type* 들도 같은 방식으로 분석된다.

단지 『푸른 수염』 이야기만이 다소 세부적으로 분석되었는데, 거기서도 민속학적 자료는 매우 간략히, 그리고 흔히는 부적절한 방식으로 제시되어 있다. 이런 식의 연구는 학문적이라 할 수 없으며, 생티브의 책은 그가 문제를 제기하는 방식에 있어서밖에는 가치가 없다.

소련의 학문도 같은 생각을 표명한 바 있다. 예컨대 카잔스키 B.V. Kazansky 는 그의 『트리스탄과 이졸데 *Tristan et Iseult*』에 대한 연구를, 『트리스탄과 이졸데』 계열 *le cycle* 은 사춘기의 입문 제의에 소급한다고 지적함으로써 끝맺고 있다. 이러한 생각은 입문 제의의 체계적 연구에 의해 지지되어 있지만, 거기서도 『트리스탄』에 대한 관계는 단지 지적될 뿐 분석되지 않는다. 이처럼 연구가들은 문제의 주위를 맴돌기만 한다. 그들은 직관적으로 그 관계를 느끼기는 하나, 좀더 자료 연구를 파고들어가 그 관계를 결정적인 방식으로 수립하지 못하며, 또는 그러기를 원치도 않는다.

이러한 비난은 루리에 S. Ya. Lourié의 「숲속의 집 La Maison dans la forêt」이라는 논문에 대해서도, 보다 덜하기는 하지만, 마찬가지로 해당된다.[3] 저자는 특히 슈르츠 Schurtz 를 참조하는데, 이는 충분하다고는 할 수 없을 것이다. 하지만 이야기의 일련의 세부들은 이의의 여지없이, 그리고 다른 저작들과는 독립적으로 설명된다. 최초로 길이, 피상적인 추측이나 유추의 형식이 아니라 실제적 분석의 형식으로 나타난다. 하지만 불행히도 저자는 이야기의 유형들에 대한 전통적 관점들에 갇혀 있다. 그는 두세 가지 유형들(그림 Grimm 의 『잠자는 숲속의 미녀 La Belle au bois dormant』『열두 형제 Les Douze Frères』 같은)밖에는 사용하지 않으며, 그 나머지 자료들은 차치되었다. 결과적으로 그는 현상의 방대함을 놓치고 있는바, 그 폭과 깊이가 충분히 규명되지 못하였다.

이상과 같은 모든 연구들은, 우리가 문제삼고 있는 현상을, 그것이 그 위에 기초해 있는 사회적 체제와 관련짓지 못하고, 순전히 묘사적인

---

3) 루리에, 「숲속의 집」, 『언어와 문학』, 제8권, 레닌그라드, 1932, pp. 159~95. (S. Ja. Lurje, "Dom v lesu," *Jazyk i literatura*, t. Ⅷ, L., 1932, 159~95.)

방식으로밖에는 검토하고 있지 않다.

그러므로 우리는 문제 그 자체가 상당히 새롭고 복잡하다는 사실을 알게 된다. 우리는 그 특성들만을 피상적으로 제시하는 것으로는 만족할 수 없으며, 더욱 세부를 파고들어보아야 하겠다.

그러므로 이야기의 자료를 입문 제의의 자료와 비교해보는 것이 좋을 터이며, 그러기 위해 우선 이 제의의 본질적 성격들을 끌어내보기로 하자.

여기서 우리는 중대한 난점에 부딪힌다. 우리는 제의의 묘사뿐 아니라 그 역사까지도 제시해야 할 것인데, 이것은 현재로서는 우리 힘에 넘치는 일이다. 이것은 순전히 민속학적인 문제인데, 민속학은 이 문제를 묘사적인 방식으로밖에 다루지 않는다. 우리는 많은 증언과 관찰과 채록들을 사용할 수 있으며, 또한 이 증언들이 체계화되고 일종의 인위적 산술적 평균으로 환원되어 있는 몇몇 연구들도 사용할 수 있다. [4] 우리는 영토적 경계들의 한계내에서, 전공 논문들도 가지고 있다. [5] 하지만 이 모든 것은 소련의 민속문학자에게는 만족스럽지 못하다. 제의 그 자체의 문제는 제기되지 않았고, 민속문학자에게는 극히 중요한 세부들이 명시되어 있지 않다. 각각의 연구가들은 어느 한 측면만을, 다른 측면들을 희생하면서 규명하고 있는 것이다. 그 때문에, 우리는 우선 제의의 도식적 제시에 그칠 수밖에 없다. 역사적 전망, 문제와 세부들은 차츰 밝혀질 것이다.

입문 의례란 무엇인가? 그것은 부족 체제에 고유한 제도이다. 이 제의는 사춘기에 치러진다. 이 제의를 완수함으로써, 젊은이는 부족 사회에 들어가서 그 일원이 되며, 동시에 결혼할 권리를 얻는다. 이러한 것이 이 제의의 사회적 기능이었다. 그 형태는 다양하였거니와, 우리는 이야기 자료와의 관련에서 그것을 다시 살펴보게 될 것이다. 제의 동안에, 소년은 죽고 새로운 남자의 형태로 되살아나는 것으로 간주되었다. 이

4) A. Schurtz, *Altersklassen und Männerbünde*, Berlin, 1902; Hutton Webster, *Primitive Secret Societies*, 1908; E.M. Loeb, "Tribal Initiations and Secret Societies," *Uni. of Calif. Publ.*, 25, n°3, Berkeley, 1929; A. Van Gennep, *Les Rites de passage, étude systématique des rites*, Paris, 1909.

5) F. Boas, "The Social Organization and the Secret Societies of the Kwakiutl Indians," *Rep. of the U.S. Nat. Mus. for 1895*, pp. 311~737, Wash., 1897; L. Frobenius, "Die Masken und Geheimbünde Afrikas," *Abh. d. Leopoldinischen Karolinischen Deutschen Akad. d. Naturforscher*, vol. 74, Halle, 1890; H. Nevermann, *Masken und Geheimbünde in Melanesien*, Berlin, 1933.

것이 이른바 일시적인 죽음이다. 죽음과 부활은, 아이가 그를 잡아먹는 괴물스런 동물에 의해 삼켜지는 것을 상징하는 행동들에 의해 유발된다. 그는 문제의 짐승에 의해 삼켜진 것으로, 그리고 이 짐승의 뱃속에서 얼마간 머문 후에 되뱉아지는 것으로 즉 되돌아오는 것으로 간주되었다. 이 제의의 수행을 위해, 때로는 동물 형상의——그 문이 아가리를 나타내는——특별한 집이나 움막이 지어졌다. 거기에서 할례가 행해졌다. 제의는 항상 숲의 가장 깊은 곳에서, 그러니까 가장 은밀한 곳에서 행해졌다. 거기에는 신체적 고문과 학대들(손가락 자르기, 이 뽑기 등등)이 따랐다. 일시적 죽음의 또 다른 형태는, 소년이 상징적으로 불태워지고 끓여지고 구워지고 토막쳐지고 그리고 되살아난다는 사실 속에서 그 표현을 얻는다. 되살아난 자는 새로운 이름을 얻으며, 제의를 치렀다는 것을 보여주는 낙인이나 그 밖의 표시를 지닌 피부를 갖게 되었다. 소년은 다소간에 길고 엄격한 교육을 받았다. 그는 사냥의 기술을 배웠고, 종교적 성격의 비밀들, 역사적 지식, 사회 생활의 법칙과 규범들 등을 전수받았다. 그는 사냥과 사회 생활, 춤·노래 그리고 생존에 필요한 것으로 보이는 모든 것을 배우게 되었다.

이상이 도식적으로 제시해본, 제의의 근본 성격들이다. 우리는 차츰 그 세부들을 보게 될 것이다. 단지, 신참자는 죽은 것으로 간주되었으며 또한 그 자신도 자기가 죽고 되살아난다고 전적으로 믿었다는 것만을 지적해두자. 이 관습에 대한 보다 세밀한 연구는 우리에게 그것의 의미와 추구하는 목표를 보여주게 될 것이다. 우리는 그것이 경제적 이해 관계를 원인으로 가지고 있었음을 보게 될 것이다.

이제 이야기로 돌아가보자. 지금까지 우리는 항상 이야기에서 출발하여 이야기의 자료를 설명한 후에 역사적 자료들을 제시하였다. 이제 설명을 쉽게 하기 위해, 우리는 가끔씩 역방향으로도 가게 될 것이다. 논의의 방식은 변하지 않되, 논의의 연결들만이 때로 변하게 되는 것이다.

4. 숲

"똑바로 앞을 향해" 떠난 주인공들은 깊은 숲에 이른다. 숲은 야가의 변함없는 속성들 중의 하나이다. 아니, 야가가 없는 이야기들(예컨대, 『외팔이 소녀 *La Manchotte*』처럼)에서도, 주인공은 어떻든 필연적으로 숲에 가게 된다고 하는 편이 낫겠다. 이야기의 주인공은 그가 왕자이든,

계모에 의해 집에서 쫓겨난 고아 소녀이든, 도주병이든, 필연적으로 숲에 이르며, 거기에서 그의 모험들이 시작된다. 숲은 결코 자세히 묘사되지 않는다. 숲은 깊고, 어둡고, 신비하며, 다소 관례적인 것으로, 전혀 사실적이지 않다.

여기서 연구가는, 숲과 거기에 출몰하는 것들을 표현하는 다양한 방식들과 관련된 방대한 자료의 전개를 보게 된다. 거기서 헤매지 않기 위해 우리는 이 표현들 중 이야기와 관련된 것들에 국한하는 것이 좋겠다. 그러므로 우리는 이야기에 거의 나오지 않는, 예컨대 숲이나 물의 요정들 les sylvains et les ondines 은 제외할 것이다. 사실상 아파나시에프 선집 전체에서 물의 요정들은 단 한 번밖에는 나오지 않으며, 그것도 이야기 도입부의 한 절에서뿐이다. 숲의 요정으로 말할 것 같으면, 그것은 야가의 전위에 다름아니다. 이야기의 숲과 입문 제의에 나타나는 숲 사이의 관계는 그로 인해 더욱 긴밀해진다. 입문 제의는 사실 항상 숲에서 일어난다. 그것은 전세계에 걸친 입문 제의의 항구적 · 필수적인 특징이다. 숲이 없는 곳에서는 관목 덤불이 그것을 대신한다.

입문 제의의 숲에 대한 관계는, 그 역방향의 관계만큼이나 긴밀하고 항구적이다. 주인공이 숲에 갈 때면, 주어진 주제와 입문 의례적인 계열 간의 관계라는 문제가 으레 제기되기 마련이다. 오늘날의 이야기에서, "아버지는 그를 숲에 데려가 특별한 작은 이즈바에 남겨두었다. 거기서 그는 십이 년 동안 하나님께 기도하였다"(Z.P. 6)라든가 "숲에 가자, 우리를 위한 집이 거기에 있다"(Z.P. 41) 등등의 대목을 읽게 될 때에도, 관계는 아직 충분히 뚜렷하고 쉽게 연구될 수 있다. 하지만 직접적인 방식으로는 이야기에서, 숲이 그런 접근을 가능케 하는 어떤 표지도 갖고 있지 않다는 점을 말해두어야겠다. 그러나 이 숲의 기능적 역할을 분석해본다면, 모든 것이 달라진다. 이야기에서 숲은 대체로 장벽이나 경계의 구실을 한다. 주인공이 있는 숲은 건너지를 수 없는 것이다. 그것은 틈입자를 잡는 일종의 그물과도 같다. 이야기에 나오는 숲의 이러한 기능은 또 다른 모티프, 즉 빗을 던져서 숲을 만들어 추적자를 물리친다는 모티프에서도 분명히 드러난다. 우리가 문제삼는 경우에 있어, 숲이 가로막는 것은 추적자가 아니라, 틈입자 · 이방인이다. 그에게는 그 숲을 건넌다는 것은 생각조차 할 수 없는 일이다. 우리는 주인공이 야가로부터, 그가 숲을 넘어 날아갈 수 있게 해줄 말을 받는 것을 보게 될 것이다. 말은 "부동의 숲을 넘어 날아간다."

여기서 우리는 이 문제에 대한 민속학에서의 불충분한 연구에 부딪치게 된다. 왜, 전세계에 걸쳐, 이 제의가 존재했던 곳에서는, 그것이 항상 숲이나 또는, 최악의 경우, 덤불 속에서 일어났던 것일까? 이 점에 대해서는 온갖 추정들——예컨대, 숲은 비밀리에 제의를 수행할 가능성을 주며 그 신비를 숨겨준다고 단언한다거나——을 할 수 있다. 그러나 자료에 충실하는 편이 더 옳을 터이니, 자료들은 숲이 다른 왕국을 에워싸고 있으며, 저세상에로의 길이 숲을 지나간다는 것을 보여준다. 아메리카 인디안들의 신화들에서는, 다음과 같은 주제가 발견된다. 한 남자가 그의 죽은 아내를 찾아 떠난다. 그는 숲에 이르러, 자기가 죽은 자들의 나라에 도달한 것을 깨닫는다.[6] 미크로네시아 Micronésie 의 신화들에서는, 숲의 저편에 태양의 나라가 있다.[7] 보다 나중의 자료들, 제의나 그것을 낳은 사회 체제보다 나중의 자료들은, 숲이 다른 왕국을 에워싸고 있음을, 그 다른 왕국에로의 길이 숲을 통해 지나감을 보여준다.

그렇다는 것은 고대 그리스-로마의 자료들에서도 똑같이 명백하며, 오래 전부터 지적되어왔다. "대개 지하 세계에로의 입구들은 뚫고 지나갈 수 없는 숲으로 둘러싸여 있다. 이 숲은 하데스 Hadès 의 입구를 상상하는 방식에 있어 항구적인 요소이다."[8] 오비디우스는 『변모 Les Métamorphose』에서 그런 얘기를 하며(Ⅳ, 431; Ⅶ, 402), 비르길리우스는 『에네이드 L'Énéide』의 제6권에서 에네아스 Énée 가 지옥에 내려가는 것을 그리고 있다. "암벽에는, 깊은 동굴이, 검은 호수와 숲의 어둠에 싸인 거대한 심연처럼, 괴물처럼 입벌리고 있었다"[9](Ⅳ, 237~38). 비르길리우스만큼이나 오비디우스도 이런 부류의 개념들에 문학적 표현을 부여하고 있거니와, 문학적 표현은 그러한 개념들이 무엇이었던가를 보게 해준다.

이 같은 자료들은 극히 잠정적인 한 가지 결론에 이르게 해준다. 즉 이야기의 숲은, 한편으로는 제의의 장소로서, 다른 한편으로는 죽은 자들의 나라에로의 입구로서, 숲의 기억을 반영한다는 것이다. 이 두 가

---

6) G.A. Dorsey, "Traditions of the Skidi Pawnee," *Mem. of the Amer. Folk-Lore Soc.*, Vol. Ⅷ, Boston and N.Y., 1904, p.74.

7) L. Frobenius, *Die Weltanschauung d. Naturvölker*, 1898, p.203.

8) W. Roscher, *Ausführliches Lexicon der griech. und romisch. Mythologie*, Leipzig, s.v. Katabasis.

9) 원문에는 러시아어로 『에네이드』의 이 2행의 불역은, André Bellessort의 *L'Enéide*(1925, Collection des Universités de France)에서 빈 것이다(N.d.T.).

지 개념들은 상호간에 긴밀한 관계 속에 있다.

하지만 이 관계는 아직도 규명되지 않았다. 이제 무엇이 우리의 주인공을 기다리는가를 보자.

5. 암탉의 발로 서 있는 작은 이즈바

숲은, 그 자체로서는 아무것도 증명하지 않는다. 하지만 이 숲이 예사롭지 않다는 것은, 숲에 사는 자들에게서, 그리고 문득 주인공의 시야에 나타나는 작은 이즈바에서 분명히 나타난다. '똑바로 앞을 향해' 걸어가다가 문득 눈을 들었을 때, 그는 보기드문 광경을 보게 된다. 즉 암탉의 발로 서 있는 작은 이즈바를. 이 작은 이즈바는 이반 Ivan에게는 오래 전부터 알았던 것처럼 보인다. "우리는 네 집에 들어가 거기서 빵과 소금을 먹어야겠다." 그는 전혀 놀라지 않으며, 자기가 무엇을 해야 하는지를 알고 있다.

어떤 이야기들은 이 작은 이즈바가 제자리에서, 그러니까 스스로의 축 둘레를 돌고 있다고 지적한다. "그녀의 앞쪽에서, 그녀는 암탉의 발로 선 작은 이즈바가 제자리에서 돌고 있는 것을 보았다"(Af. 129b/235). "그것은 돌고 있다"(K. 7). 하지만 이즈바를 상상하는 이런 방식은 "그것은 돈다"라는 표현의 잘못된 이해에서 기인한다. 사실상 그것은 저 혼자 돌지는 않는다. 주인공이 그것을 돌게 해야 하며, 그러기 위해 그는 암호를 말해야 한다. 거기서도 다시금, 우리는 주인공이 놀라지 않는 것을 본다. 주저없이, 그는 해야 할 말을 한다. "옛말을 따라, 엄마의 가르침을 따라, 이반은 그 위에 입김을 내불며 말했다. '작은 집아, 작은 집아, 숲에는 등을, 내게는 얼굴을 돌려다오.' 작은 이즈바는 이반을 향해 돌아섰는데, 그러자 머리가 하얗게 센 노파가 창문으로 머리를 내밀었다"(Af. 74R/560).[10] "작은 집아, 작은 집아, 숲에는 눈을, 내게는 문을 돌려다오. 나는 아주 살려는 게 아니라 밤을 지내려는 것뿐이야. 나그네를 들어가게 해다오"(K. 7).

무슨 일이 일어나는 것일까? 왜 작은 이즈바가 돌아서게 해야 하는 것일까? 왜 그냥 거기에 들어갈 수 없을까? 흔히 이반 앞에는, "창도 문도 없는" 밋밋한 벽이 막아선다. 그러니까 입구는 반대편에 있는 것이다. "이 작은 이즈바에는 창도 문도 아무것도 없었다"(K. 17). 그렇다면, 왜 그 집 둘레를 돌아 반대편에 있는 문으로 들어가지 않는가?

---

10) Af. 75라는 것은 1946년판의 오류(N.d.T.).

거기에는 무엇인가 금기가 있는 것이 분명하다. 작은 이즈바는, 보이든 안 보이든, 이반 왕자가 어떤 식으로든 넘어갈 수 없는 어떤 경계 위에 있음이 분명하다. 이 경계를 넘어가기 위해서는 작은 이즈바를 지나가야 하며, 따라서 "거기에 들어갔다 나오기 위해"(Sm. 1) 그것을 돌게 해야 하는 것이다.

여기서 아메리카 인디언의 한 신화에서 따온 세부를 살펴보면 흥미롭다. 주인공은 한 그루 나무를 지나가려 하는데, 이 나무는 몸을 흔들며 그가 지나가는 것을 방해한다. "그래서 그는 그 나무 둘레를 돌아가려 하였으나 그것은 불가능했다. 그러므로 그는 가로질러 가야만 했다." 주인공은 나무 아래로 지나가려 하나, 나무가 땅속으로 가라앉아버린다. 그래서 그는 나무 속으로 뛰어드는데, 그러자 나무는 부서지고, 동시에 주인공은 공중에 나는 가벼운 깃털로 변한다. [11] 우리는 우리의 주인공도 작은 이즈바로부터 걸어나오는 것이 아니라 말이나 독수리를 타고──그 자신이 직접 독수리로 변하지 않는다면──날아나오는 것을 보게 될 것이다. 이즈바의 열린 쪽은 열의 세곱절째 왕국을 향해, 그 닫힌 쪽은 이반이 갈 수 있는 나라를 향해 있다. 그러므로 이반은 이즈바를 둘러갈 수 없으며, 그것을 돌게 해야 한다. 이 이즈바는 경계 초소이다. 주인공은 그가 계속해서 길을 갈 수 있는지 어떤지를 결정할 심문과 시험을 거친 후에라야 경계를 지나갈 수 있다. 사실상 첫번째 시험은, 그가 암호를 알고 있고 그것을 이즈바 위에 말하여 집을 돌아서게 하였을 때 이미 극복된 셈이다. "작은 이즈바는 그를 향해 돌아섰고, 문들과 창문들이 저절로 열렸다"(Af. 81a/141). "작은 이즈바는 제자리에서 돌아, 문이 열렸다"(Af. 65/114). 스텝 벌판 너머에 깊은 숲이 있었고, 이 숲 가장자리에 작은 이즈바가 있었다"(Af. 80/140). "거기에는 외딴 이즈바 한 채밖에 없었다. 집 뒤로는 길이라고는 없고, 아주 빽빽한 어둠뿐이었다"(Af. 152b/272). 이즈바는 때로는 호수 가장자리에, 때로는 단번에 뛰어건너야 하는 계곡의 저편에 있다. 이야기의 이후 전개는, 야가가 거기에서 경계를 감시하도록 되어 있었는데 이반을 지나가게 했다는 것 때문에 주인들에게 야단맞는 것을 보여준다. "너는 감히 어떻게 내 왕국에 그렇게 게으르고 쓸모없는 녀석을 들여보낼 수가 있느냐?"(Af. 104b/172), "너는 무엇에 소용이 되겠느냐?"(Af. 104f/176). 소

---

11) A.L. Kroeber, "Gros Ventre Myths and Tales," *Anthropol. Papers of the Amer Mus. of Nat. Hist.*, vol. I, II ᵉ partie, N.Y., 1907, p.84.

녀왕 *la Fille-Roi*이 그녀에게 "누가 왔느냐?" 하고 묻자, 야가는 "파리 한 마리 지나가게 안 한다!"고 대답한다.

이러한 예는 이미, 마술적 수단의 증여자가 죽은 자들의 나라의 입구를 지키고 있음을 엿보게 한다. 원시 민족들의 자료들은 그 점을 한층 잘 보여준다. "얼마간 헤맨 후에, 그는 멀리서 연기가 나는 것을 보았고, 좀더 가까이 다가가 풀밭에서 집 한 채를 보았다. 거기에는 펠리캉이 살고 있었다. 펠리캉이 그에게 물었다. '너는 어디에 가느냐?' 그는 대답했다. '나는 내 죽은 아내를 찾으러 갑니다.' '어려운 일이구나 애야' 하고 펠리캉이 말했다. '죽은 자들만이 그 길을 쉽게 찾는단다. 살아 있는 자들은 무수한 위험을 무릅써야만 죽은 자들의 나라에 갈 수가 있지.' 그는 그에게 그의 일을 도울 마술적 수단을 주고, 그 사용법을 가르쳐주었다."[12]

여기에서 우리는 또한 심문을 보게 된다. 증여자가 동물의 모양을 하고 있다는 것도 기억해두자. 이것은 좀더 나중에 소용이 될 것이다. 이런 범주에 속하는 또 한 가지 예가 있다. 돌간 Dolgan 이야기에서, 우리는 이런 것을 읽게 된다. "어느 곳에서 그들(거위—무당들)은 하늘로 가는 문을 지나야 했다. 이 문 곁에는 한 노파가 서서, 지나가는 거위들을 감시하였다." 이 노파는 우주의 여주인임이 드러난다. "어떤 무당도 여기서는 하늘을 건너지 못한다. 그것은 우주의 여주인에게 기분나쁜 일이다."[13]

이 모든 경우에, 주인공은 죽은 자가 아니라 산 자 또는 죽은 자들의 나라에 가고자 하는 무당임을 주목하자.

하지만 여기에는 회전하는 이즈바는 없다. 회전하는 이즈바의 이미지를 설명하기 위해서는, 고대 스칸디나비아에서는 결코 북쪽에는 문을 만들지 않았다는 사실을 상기할 수 있다. 그 방향은 불행을 가져오는 것으로 간주되었다. 하지만 『에다 *Edda*』(나스트랑 Nastrand)에서는, 죽음의 집은 북쪽에 문이 나 있다. 그 드문 문의 위치로 보아, 우리의 작은 이즈바는 그 역시 다른 왕국에로의 입구임이 증명된다. 죽음의 집은 죽음 쪽에 입구가 있다.

주인공이 여자인 이야기들에서, 작은 이즈바는 특이한 성격을 띤다. 야가에게 가기 전에, 소녀는 아주머니를 보러 가는데, 아주머니는 그녀

---

12) Boas, *Ind. Sagen*, p.4.
13) 포포프, 『돌간 민속문학』, pp. 55~56. (A.A. Popov, *Dolganskij fol'klor*, str. 55~56.)

에게 충고와 경계를 준다. 이 아주머니란 분명히 추가된 인물이다. 우리는 위에서 주인공이 항상 해야 할 것과 말해야 할 것을 스스로 알고 있음을 보았다. 이 앎은 전혀 외부로부터 주어진 것이 아니며, 그 동기화는, 앞으로 보게 되겠지만, 내적인 것이다. 이야기꾼의 미학적 본능은 그로 하여금 이 앎에 대한 동기화를 찾게 하여, 충고하는 아주머니가 등장하게 되는 것이다. 이 아주머니는 이렇게 말한다 : "거기서, 아가야, 자작나무가 네 눈을 후려치려 하거든 리봉으로 묶어버려라. 거기서, 문짝들이 삐걱거리며 널 때리려 한다면, 문지방에 기름을 부어라. 거기서, 개들이 달려들어 널 찢으려 한다면, 그들에게 빵을 던져주어라. 거기서, 고양이가 얼굴에 뛰어올라 눈을 빼어가려 한다면, 그에게 햄을 주어라 ! "(Af. 58b/103).

우선 소녀의 행위들을 검토해보자. 그녀가 문지방에 기름을 부을 때, 우리는 거기서 제주(祭酒) la libation 의 흔적을 본다. 이것은 또 다른 텍스트에서 더 분명하다. "그녀는 문에 물을 뿌렸다"(Khoud. 59). 우리는 주인공도 이즈바 위에 숨을 내부는 것을 보았다. 그녀가 입구를 지키는 동물들에게 고기와 빵과 기름을 준다는 것은, 이 세부의 뒤늦은 농경적 기원을 증명해주는 음식의 형태이다. 우리는 또 다른 장에서, 하데스의 입구를 지키는 동물들(케르베로스 Cerbère 유형 및 기타)에게 바쳐지는 속죄적 봉헌의 본질을 검토하게 될 것이다. 끝으로 자작나무의 가지들이 리봉으로 묶일 때, 거기에서 널리 유포되어 있는 예배적 행위의 잔재를 발견하기란 쉽다. 그리고 만일 소녀가 이 행위들을 이즈바에 도착했을 때가 아니라 떠날 때 수행한다면, 거기서 우리는 뒤늦은 역전의 흔적들을 보게 된다. 이 모든 세부들에 대한 설명을 찾아내기 위해서는, 우리는 보다 원시적인 단계에 있는 민족들의 신화와 제의를 창조해야 한다. 그들에게서는 제유도, 빵도, 기름도, 나무에 두른 리봉도 발견되지 않을 것이다. 하지만 우리는 우리의 이즈바에 대해 매우 큰 설명적 가치를 갖는 다른 사실도 가지고 있다. 즉 두 세계의 경계에 있는 이즈바는 제의에서는 동물의 모양을 가지며, 신화에서는 이즈바란 아예 없고 동물뿐이거나 아니면 동물의 모양이 두드러진 이즈바가 된다. 이것은 우리에게 '암탉의 발'을 위시하여 그 밖의 세부들을 설명해줄 것이다.

사냥으로 사는 아메리카 인디언 부족들의 신화들에서는, 오두막집에 들어가기 위해서는 그것의 각 부분들의 이름을 알아야 한다. 거기서 오두막집은 아주 두드러진 동물적 특성들을 가지고 있으며, 때로는 아예 그 자리에 동물이 있을 때도 있다. 북아메리카의 한 전설에서 집의 건축이 어떻게 묘사되는가를 보자. 주인공은 태양으로부터 지상에 내려온다. 그는 태양의 아들이다. 그는 대지의 여인과 결혼하여 집을 짓는다. 앞뒤의 기둥들은 사람들이며, 텍스트에는, 상당히 복잡한 그들의 이름들——'수다쟁이 le Parleur' '허풍쟁이 le Vantard' 등등——이 나와 있다. 앞의 두 기둥은 뱀 모양을 한 세로 들보들을 직접 받치고 있고, 뒤의 기둥들은 뱀 또는 이리 모양을 한 가로 들보에 덮여 있다. 입구의 문은, 나가려는 자가 아주 빨리 달리지 않으면 죽임을 당하도록 만들어진 매듭들로써 매달려 있다. "그가 집을 다 지었을 때, 그는 큰 잔치를 베풀었고, 모든 기둥과 들보들이 살아 움직였다. 뱀들은 혀를 날름거렸고, 그 동안 집 뒤의 사람들(즉 기둥들)은 나쁜 사람이 다가올 때마다 경고하였다. 뱀들은 곧 그를 죽였다. "[14]

이 자료는 어디에서 중요한가? 그것은 우리의 작은 이즈바의 형성의 역사에 대해 무엇을 밝혀주는가? 우리에게는 여기서 두 가지 특징이 중요하다. 첫째로, 집의 부분들이 동물들을 나타낸다는 것과, 둘째로 집의 부분들이 이름을 갖고 있다는 것이다.

우선 이름부터 살펴보자. 작은 이즈바에 들어가기 위해 주인공은 마술적인 말을 알고 있어야 한다. 그가 암호를 알아야 함을 보여주는 여러 자료들이 있다. 알리바바 Ali Baba와 사십 인의 도적의 이야기에서도, 문이 열리기 위해서는 암호를 알아야 함을 기억하자.

이 말의 마술은 봉헌의 마술보다 더 오래된 것이다. 그 때문에 "숲에는 등을 돌려다오"라는 말, 새로 온 자에게 문을 열어주는 말은, "그녀는 고양이에게 햄을 주었다"는 것보다 더 오래된 것으로 간주되어야 한다. 이 말과 이름들의 마술은 이집트의 사자 예배(死者禮拜)에서 매우 뚜렷이 보존되어 있다. "마술은, 죽은 자에게, 저세상의 처소의 문을 열어주며 死後의 삶을 보장해주는 방편이었다"라고 투라이에프 Touraïev는 썼다. 『사자의 서』 제127장에는 이렇게 씌어 있다. "우리는 네가 우리의 이름을 말하지 않는 한 지나가게 놔두지 않겠다, 하고 문의 빗장들이 말한다. 나는 네가 내 이름을 말하지 않는 한 지나가게 놔두지 않겠다, 하고 문의 왼편 기둥이 말한다. 오른쪽 기둥도 그렇게 말한다." 죽은 자는 이름들을 말하는데, 그 중 어떤 것들은 상당히 복잡하다. "나는 네가 내 이름을 말하지 않는 한 지나가게 놔두지 않겠다, 하고 문지

14) Boas, *Sagen*, p. 166.

방이 말한다. 나는 네가 내 이름을 말하지 않는 한 지나가게 놔두지 않겠다, 하고 자물쇠가 말한다. 매듭들과, 상인방과, 마룻바닥이 그렇게 말한다. 그리고 끝으로, 너는 내 이름을 아는구나, 지나가라 ! 라고." 우리는 문의 모든 부분들이 하나도 빠짐 없이, 얼마나 꼼꼼히 나열되는 가를 본다. 이러한 명명 제의 즉 문 열기의 제의는 분명 특별한 중요성을 지닐 것이다.

이러한 제의들 외에도, 농경 이집트에서는 희생 *le sacrifice* 과 제주가 흔히 시행되었음이 알려져 있다.

이 모든 자료들은, 작은 이즈바란, 진화의 원시적 단계들에서 죽은 자들의 나라의 입구를 지키는 것이며, 주인공은 문을 열 마술적인 말을 하거나 희생을 바쳐야 한다는 것을 증명한다.

두번째로 중요한 점은, 이즈바의 동물적 성격이다. 이것을 이해하기 위해서는, 다시 제의에 돌아가보아야 한다. 이즈바(작은 집, 오두막집)란, 숲만큼이나, 제의의 불변의 특색이다. 그것은 숲속 깊이, 은밀하고 외딴 곳에 숨겨져 있다. 그것은 특별히 이 목적을 위해, 때로는 신참자들 자신에 의해 지어지기도 하였다. 위치 외에도, 그 집은 다음과 같은 특색들을 갖는다. 우선, 그것은 흔히 동물의 모양을 하고 있다. 특히 문이 그렇다. 그리고 그것은 울타리로 둘러싸여 있다. 이 울타리 위에는 때로 해골들이 박혀 있다. 마지막으로, 이 오두막집으로 가는 오솔길이 때로 언급된다. 몇 가지 인용을 해보자. "여기서는 젊은이들이, 입문 제의 때, 숲속의 오두막집으로 데려가지며, 거기서 정령들 *les esp̄ rits* 과 교통에 들어가게 되어 있다. "[15] "오두막이 있는 장소는 높고 두터운 담장에 둘러싸여, 그 안쪽으로는 어떤 사람들밖에 들어갈 수 없다."[16] "뱅크 군도 les iles Banks 의 크와트 Kwat 족의 예배에서는, 외딴 곳에 사탕수수 울타리로 둘러싸인 일종의 마당을 만든다. 담장의 양끝은 겹쳐져서 입구를 이루는데 그것을 상어 아가리라 부른다. 세람 Ceram 섬에서는, 신참자가 그 아가리에 삼켜진다고 한다," "그 입구는 '악어 아가리' 라 불리우며, 입문자들은 그 동물에 의해 찢겼다고 말해진다. "[17] "숲속 외딴 곳에, 춤추는 곳에서 백 미터쯤 되는 곳에, '팔나 바타 pal na bâta'가 있었다. 이런 유형의 건축물은 그것밖에 본 적

15) Loeb, *Tribal Initiations*, p. 256.
16) R. Parkinson, *Dreissig Jahre in d. Sudsee*, Stuttg., 1907, p. 72.
17) Loeb, *op. cit.*, pp. 257, 261.

이 없다. 〔……〕 그것은 사방이 빽빽한 덤불에 싸여 있었으며, 그 가운데로는 몸을 굽혀야 겨우 지나다닐 수 있는 희미한 길이 나 있었다."[18] 여기서 문제되는 건축물은 조각된 말뚝 위에 서 있었다. 프로베니우스는 특히 해골의 문제를 연구했는데, 여기서 그의 자료들을 인용할 필요는 없을 것이다.

우리가 제시한 예들은 집을 묘사할 뿐 아니라, 그 집의 기능들 중 한 가지가 주인공을 삼키고 먹어버리는 것임을 또한 보여준다. 우리는 이제의의 해석에는 들어가지 않으려니와, 그것은 나중에야 거론될 것이다 (제8장 참조). 단지, 야가는 그녀의 말뿐 아니라 그녀가 사는 집에 의해서도 식인지임이 드러난다는 것만을 말해두자. "이 숲속에는 빈터가 있었고, 거기 작은 이즈바엔 바바 야가가 살고 있었다. 그녀는 그 누구도 가까이 오지 못하게 하였고, 너무 가까이 오는 자들은 닭 잡아먹듯 먹어버렸다." 이즈바를 둘러싸고 있는 울타리는 사람의 뼈들로 만들어졌으며, 울타리 위에는 눈알이 번쩍이는 해골들이 박혀 있다. 현관문에는 가로장 대신 다리들이 있고, 팔들이 빗장 구실을 하며, 날카로운 이빨을 가진 입이 자물쇠를 대신한다(Af. 59/104). 이즈바의 문이 깨문다는 것, 즉 입이나 아가리 모양이라는 것은 위에서도 보았다. 그리하여 우리는 이러한 유형의 작은 이즈바는 입문 의례 및 할례가 행해지던 오두막집에 상응하는 것임을 알게 된다. 이 오두막-동물은 차츰 그 동물적인 성격을 상실하는데, 아가리의 모양으로 가장 오래 남아서 잘 잊혀지지 않는 것이 문이다. "코마코프 Komakov의 방으로 난 문은 아가리처럼 여닫히곤 하였다." 또는 그것은 집 앞에 있는 독수리이다. "조심하라! 독수리가 부리를 열 때마다 한 사람씩 안으로 뛰어들라!" "너는 먼저 한 떼거리의 쥐들을, 그리고 뱀들을 지나가야 할 것이다. 쥐들이 너를 먹어버리려 할 것이며, 뱀들이 너를 삼키려 할 것이다. 네가 무사히 지난다 하더라도, 문이 너를 물 것이다."[19] 이러한 경고는, 러시아의 이야기에 나오는 아주머니의 경고를 상기시킨다. 또한 그것은 조류의 다리들은 예전에 이런 부류의 건축물을 떠받치고 있었던 동물형태의 말뚝들에 다름아님을 생각케 한다. 끝으로 거기에는, 입구를 지키는 동물들에 대한 설명도 있다. 이는 동물 신의 인간 형태화 과정에서 보게 되는 현상으로, 전에는 신성 그 자체의 역할을 하던 것이 차

18) Parkinson, *op. cit.*, p. 606.
19) Boas, *Sagen*, pp. 118, 239, 253.

94

츰 그 속성이 되어간다(제우스 Zeus의 독수리 등등). 여기에서도 같은 사실을 보게 된다. 전에는 오두막 그 자체를 형성하던 것(즉 동물)이, 그 속성이 되고, 집과 중복되는 이 속성은 외부로 즉 문으로 이전된다.

이 모티프를 해명하기 위해, 우리는 가장 근래의 자료(즉 이야기)에서 출발하여, 과도적 성격의 자료를 살펴보고, 끝으로 제의를 참고하였다. 결론은 그 반대 순서로 제출되어도 좋을 것이다. 물론 여기서 모든 것이 분명하고 완벽하거나 결정적으로 설명되었다고는 할 수 없겠지만, 어떤 관계들은 축지할 만큼 확실해졌다. 제의에 사용되는 동물 형태적 오두막집의 건축은 가장 오래된 기층으로 간주될 수 있다. 이 제의 동안에, 후보자는 이 오두막을 거쳐 죽음의 왕국으로 내려가는 것으로 상정되었다. 그 때문에 오두막은 저세상에로의 통로라는 성격을 갖게 되는 것이다. 신화에서는 오두막집의 동물 형태적 성격은 사라지지만, 문(러시아와 이야기에서는 말뚝)은 그 동물 형태적 양상을 간직하고 있다. 이 제의는 부족 체제의 산물로서, 수렵 민족의 이해 관계와 사고 개념들을 동시에 반영한다. 이집트 유형의 국가의 출현과 함께, 입문 의례에 소급하는 특색은 전혀 남지 않는다. 그저 문이 있고, 그것은 다른 왕국의 입구이며, 죽은 자는 그것을 열 주문을 알고 있어야 한다. 이 단계에서 제유와 희생이 나타나는데, 이 두 가지는 모두 이야기에 의해 보존되었다. 본래는 제의의 필수적 여건이던 숲 역시 저세상으로 옮겨진다. 이야기는 이같은 변천의 마지막 단계로서 나타난다.

6. 쳇, 쳇, 쳇!

우리 주인공을 계속 따라가보자. 작은 이즈바가 회전하여 그가 들어갔다. 처음에는 아무것도 보이지 않는다. 하지만 이런 소리가 들린다. "쳇, 쳇, 쳇! 오늘날까지 러시아 사람은 냄새 맡아본 적도 없고 내 눈으로 본 적도 없어! 하지만 오늘 한 녀석이 찾아와 내 숟가락에 올라서, 내 입 속으로 곧장 굴러떨어지려 하는군!"(Af. 77/137), "러시아 냄새가 내 숲속에 들어왔어!"(Nor. 7), "쳇, 러시아 해골 냄새가 나는군!"(Af. 79/139). 이 세부는 매우 중요한 것으로서 잠시 살펴볼 만하다.

우리가 분석하고자 하는 모티프는 전에도 분석된 바 있다. 폴리브카는 거기에 대해 따로 책을 썼으며, 거기에서 그는 그 비슷한 감탄문의 알려진 모든 예들을 모아놓고 있다. 그리하여 그는 방대한 양의 자료를 모았으나, 그럼에도 불구하고 아무런 결과에도 이르지 못하였다. 게다

가 그는 슬라브의 자료에만 죽치고 있었으니, 결론을 내린다는 것이 불가능하기도 하였다. [20]

반면에 우리는 비교적 더 오래 된 단계들을 참조함으로써, 곧 우리 모티프의 열쇠를 발견한다. 이 자료는, 아파나시에프가 이반의 냄새란 러시아인의 냄새라기보다는 산 자의 냄새라고 지적한 것이 옳았음을 보여준다. 여기서 중요한 것은 산 자라는 관념이다. 육체를 떠난 죽은 자들은 냄새나지 않지만, 산 자들은 냄새가 나며, 죽은 자들은 산 자들을 냄새로 안다. 이것은 북아메리카의 전설들에서 더없이 분명하다. 예컨대, 한 남자가 죽은 아내를 찾아 떠난다. 지하의 왕국에서 그는 한 채의 집을 만난다. 집주인이 그를 삼키려 하다가 멈춘다. "그는 너무 나쁜 냄새가 나는군! 죽지 않았어."[21] 이런 부류의 예들은 많이 있으며, 예컨대 아메리카의 오르페우스 Orphée 신화에 대한 게이튼 Gayton의 저작에서도 찾아볼 수 있다. 이 신화들에서도, 주인공의 냄새가 그를 산 자로 발각되게 한다. "맞은편에 그의 아내가 많은 사람들에 둘러싸여 있었다," 주인공의 아내는 죽었으며, 그는 오래 찾아헤맨 끝에, 그녀를 발견하였다. 그녀는 다른 죽은 자들과 함께 특이한 춤을 추는 중이다. 죽은 자들은 냄새로 새로 온 자가 있는 것을 알아낸다. "모두가 새로 온 자의 나쁜 냄새, 그가 살아 있다는 데서 기인하는 냄새에 대해 말하였다." 이것은 이 신화의 불변의 특징이다. [22] 하지만 그것은 다른 데서도 발견된다. 아프리카의 한 전설에서는, 어린 소녀의 어머니가 죽는데, 죽은 자는 그녀의 딸이 마당을 가래질하는 것을 도우러 온다. 사람들에게 발견되자, 그녀는 딸을 데리고 가버린다. 필러보른 Fülleborn은 다음과 같이 이야기를 계속하고 있다. "저 아래 세계에 도착하여, 어머니는 딸을 그녀의 오두막 장롱 안에 감추고, 그녀에게 말하는 것을 금지하였다. 얼마 후, 집안 사람들과 친구들이, 모두 그림자의 형상으로 도착한다. 그들은 자리에 앉자마자, 코를 찌푸리며 묻는다. '누가 집 안에 있소? 이게 무슨 냄새요? 산 사람 냄새가 나는데, 누구를 집에 감추었소?'"[23] 줄루족의 이야기에서는 이렇다. "지상에서 누가 죽으면, 죽은 자들은 그가 자기들이 있는 곳에 올 때, 이렇게 말한다고 한다: '아직은 가까이 오지 마라. 너는 아직 아궁이 냄새가 난다. 네가 끌고

20) J. Polivka, "Cicham človecinu," *Národopisný Věstnik*, XVII, Praha, p. 3 et suiv.
21) Boas, *Sagen*, p. 4.
22) A.H. Gayton, "The Orpheus Myth in N. America," *Journ. of Am. Folk-Lore*, 1935.
23) F. Fülleborn, *Das deutsche Nyassa und Ruwuma Gebiet*, Berlin, 1906.

다니는 아궁이 냄새가 없어질 때까지 따로 떨어져 있어라.' "24)

산 자들의 이 냄새는 죽은 자들에게는 도저히 견딜 수 없는 것이다. 이것은 산 자들이 느끼는 것을 죽은 자들의 세계로 전위시킨 것이 분명하다. 만일 산 자들의 냄새가 죽은 자들에게 참을 수 없이 역한 것이라면, 그것은 죽은 자들의 냄새가 산 자들에게 그러하기 때문이다. 프레이저가 말하듯이, 산 자들은 그들이 살아 있다는 사실만으로도 죽은 자들을 모욕하는 것이다. 25) 돌간 민속문학에서도 마찬가지이다. "이 남자는 자기 세상의 행동거지를 가지고 그녀를 보러왔으므로 죽임을 당했다. "26) 그 때문에, 저세상에 몰래 들어가려 하는 주인공들은 때로 그들의 냄새를 미리 없앤다. "두 형제가 숲에 들어가 한 달을 거기 숨어 있었다. 그들은 매일 호수에서 목욕을 하며 솔가지로 몸을 문질러, 아주 깨끗하고 더 이상 인간의 냄새를 풍기지 않게 되었다. 그러자 그들은 쿨르나 Koulenas 산에 기어올라 거기에서 천둥의 신의 거처를 발견하였다. "27)

이 모든 것은, 이반의 냄새가 죽은 자들의 왕국에 뚫고 들어가려 하는 산 자의 냄새임을 보여준다. 만일 그가 풍기는 냄새가 야가에게 참을 수 없는 것이라면, 그것은 일반적으로 죽은 자들은 산 자들과의 접촉에서 공포를 느끼기 때문이다. 살아 있는 어느 한 존재도 숙명의 문턱을 넘어설 권리가 없다. 아메리카 인디안의 한 신화에서는, 산 자를 보고 죽은 자들이 겁에 질려 비명을 지른다. "그가 저기 있어! 그가 저기 있어!" 그리고는 서로서로 숨으려 하여 커다란 무더기로 쌓였다. 28) 우리는, 입문 제의시에, 신참자들이 '여자 냄새'를 제거하기 위한 세척에 처해졌다는 사실을 증명하는 상당한 자료들을 가지고 있다(영령 뉴기니아에서 수집된 증언들29)). 크와큐틀 부족의 신화들, 보아스가 보여준 대로 제의와 밀접히 관련된 신화들에서, 주인공은 길을 가면서 매우 자주 씻고, 자신의 냄새를 쫓기 위해 향풀로 몸을 문지른다. 30) 이 주제에 관한 자료들은 많이 있으나, 지금까지 제시한 것들만으로도 이 모

---

24) 스네기로프, 『줄루 이야기들』, 1937, p. 123. (P.A. Snegirev, *Skazki Zulu*, 1937, str. 123.)

25) *The Fear of the Dead*, 1939, I, 143.

26) 『돌간 민속문학』, p. 169.

27) Boas, *Sagen*, p. 96, cf. p. 41.

28) Dorsey, "Traditions of the Skidi—Pawnee," p. 75.

29) Nevermann, *Masken und Geheimbünde*, p. 66.

30) Boas, *Soc. Org.*, p. 449.

제 3 장 신비한 숲 97

티프의 의미를 설명하기에는 족할 것이다.

7. 그녀는 그에게 먹고 마실 것을 주었다

이야기의 법칙들은 "쳇, 쳇, 쳇!" 하는 감탄문 뒤에 곧 여행의 목적에 관한 질문이 뒤따를 것을 요구한다. "자, 너는 시험을 찾아가는가 아니면 피해가는가?" 우리는 주인공이 즉시로 그가 찾아가는 목적을 말하리라 기대한다. 그런데 그렇지가 않으며, 그의 대답은 전혀 뜻밖의 것으로, 야가의 위협과는 무관하다. 그는 우선 먹을 것을 청한다. "이봐, 할머니, 소리칠 게 뭐 있어? 먹고 마실 것이나 가져오고, 한증막에나 데려다줘. 그리고 나서 질문을 하지"(Af. 60/105). 그리고 무엇보다도 놀라운 것은 이 질문이 단번에 야가를 조용하게 한다는 것이다. "그녀는 그들에게 먹고 마실 것을 주고, 그들을 한증막에 데려다주었다" (Af. 60/105). "그녀는 난로에서 내려와 큰절을 하였다"(Af. 77/137).

음식의 등장은 야가 및 그에 상응하는 인물들 모두와의 만남이 갖는 전형적인 특징이다. 왕자가 이즈바에 들어갔을 때 야가가 아직 집에 없는 경우에는, 식탁이 차려져 있어 혼자 식사를 한다. 때로는 이즈바 그 자체가 이 기능을 하는 것으로 이야기되기도 한다. 즉 그것은 "파이로 떠받쳐" 있으며 "크레프에 덮여" 있다는 식으로, 이는 서구의 동화에서는 "생강빵으로 된 작은 집"으로 이어진다. 이 작은 집은, 생긴 것만으로도 이미 음식의 집인 것이다.

여기에 야가의 또 한 가지 불변의 특징이 있다. 즉, 그녀는 주인공에게 먹을 것을 준다는 것이다. 또한 주인공은 음식을 먹기 전에는 말하기를 거부한다. 야가는 말한다. "배고프고 추운 사람에게 질문을 하다니, 나도 참 바보로군!" 이러한 사실은 무엇을 의미하는가? 어찌하여 주인공은, 예컨대 자기 집에서 떠나기 전에 먹지 않고, 꼭 야가의 집에 도착해서만 먹는가? 이것은 일상 생활에서 차용된 사실적 세부가 아니라, 나름대로의 역사를 갖고 있는 세부이다. 음식은 여기서 특수한 가치를 갖는다. 북아메리카의 인디언들이 도달한 발달 단계에서는, 죽은 자들의 나라에 들어가려는 자는 누구나 특별한 음식을 먹어야 하는 것으로 되어 있다. 예컨대, 북아메리카의 전설들에서는 물의 왕이 젊은이들을 자기에게로 이끄는데, "한 노파가 생쥐의 모습으로 나타나 젊은이들을 주의시킨다. 그들은 코모코아 Komokoa 가 그들에게 주는 음식을 먹어서는 안 되며, 만일 그럴 경우, 그들은 지상의 세계로 다시 돌아오지

98

못하리라고."[31] 마오리족 les Maoris 의 민간 신앙에 따르면, "산 자들과 죽은 자들을 갈라놓는 강을 건넌 후에라도, 그림자들의 음식을 건드리지 않았다면, 되돌아올 수 있다."[32]

이러한 경우들은, 죽은 자들을 위해 예비된 음식을 먹음으로써, 새로 온 자는 결정적으로 그들과 같아진다는 것을 매우 분명히 보여준다. 거기에서, 산 자들은 이 음식을 건드리면 안 된다는 금지가 생겨난다. 죽은 자로 말할 것 같으면, 그는 그 음식에 대해 역겨움을 느끼지도 않을 뿐 아니라, 산 자들의 음식이 이들에게 힘과 건강의 원천인 것과 마찬가지로, 죽은 자들의 음식은 죽은 자들에게 특수한 마술적 힘을 준다.

먹을 것을 달라고 함으로써, 주인공은 그가 이 음식을 두려워하지 않으며, 그것에 권리가 있다는 것, 그는 "겁쟁이가 아니라"는 것을 증명하는 것이다. 그 때문에 야가는 그가 먹을 것을 요구하는 것을 들으면 조용해진다. 북아메리카의 전설들에서, 주인공은 때로 먹는 시늉만을 하면서, 실제로는 이 위험한 음식을 땅에 버리기도 한다. 러시아의 주인공은 그런 짓은 전혀 하지 않으며, 그는 이 음식을 두려워하지 않는다. 죽은 자들에 대한 예배가 충분히 발달한 곳에서는, 순례자가 길에서 음식을 먹어야 할 필요가 분명히 표현되며, 그 세부들이 보존되어 있다. 특히 현저한 예는 이집트에서 발견되는바, 이집트의 자료는 왜 우선 먹어야 하며, 그리고 나서야 말하는가를 설명해준다. 음식은 죽은 자의 입을 연다. 그는 그것을 먹고 나서야 비로소 말할 수 있는 것이다.

이집트의 사자 예배에서는, 죽은 자나 그의 미이라를 무덤에 넣자마자, 그에게 먹고 마실 것을 바친다. 이것이 이른바 봉헌 제물의 식탁이다. 버지 Budge 는 이 의식을 다음과 같이 묘사하고 있다 : "음식이 상에 실려가고, 그리하여 두 개의 봉헌 제물의 식탁이 무덤 안에 들여졌다. 상(像) (즉 미이라)은, 당연히, 식탁에 앉을 수가 없으며, 누군가가, 아마도 사제가, 그의 자리에 앉아 대신 먹었다. 음식은 여러 종류의 빵과 과자, 그리고 체서트 tchesert 라는 음료로 되어 있었다. 식사 후에는, 미이라의 입술이 열려졌고, 그러면 그의 미이라에 의해 현현되는 죽은 자는 큐 khu 또는 정령으로 변하여, 저세상의 정령들이 갖는 모든 능력을 얻게 되었다고 믿어졌다."[33] 이러한 텍스트에서 더할 나위없이 분명하게

31) Boas, *Ind. Sagen*, p. 239.
32) Frazer, *The Belief in Immortality and the Worship of the Dead*. Vol. I~Ⅲ, London, 1913, Ⅱ, p. 28.
33) E.A.W. Budge, *The Book of Opening the Mouth*, London, 1909, p. 3.

드러나는바, 음식은 죽은 자의 '입을 열기' 위해, 그리고 그를 정령——이는 동물에로의 보다 오래된 변신을 대체한 것이다——으로 변화시키기 위해 있는 것이다. 입술을 여는 의식은 예배의 가장 중요한 것들 중 하나였다. 사자 예배에 관한 책들 중에, 어떤 책은, 거기에서 제목을 빌어 『입술 열기의 책 Le Livre de l'ouverture des lèvres』이라 하였다. 하지만 그러한 예는 『사자의 서』에서도 발견된다. 『사자의 서』 122장에는 다음과 같은 대문이 들어 있다. "문을 열어다오!——하지만 너는 누구냐? 네 이름은 무엇이냐?——나는 너희들 중 하나이며, 내 배[舟]의 이름은 영혼들을 모으는 자이다…… 내게 우유와 과자와 빵과 고기를 다오…… 그것을 전부다오…… 그러면 나는 베누 Bennou 새처럼 내 여행을 계속할 터이니……."

이 대문에는 '먹고 싶다'와 '새가 되고 싶다'라는 두 가지 욕망이 나타나 있다. 하지만 사실상 그것은 한 가지 욕망으로, "나는 새가 되기 위해 먹고 싶다"라는 것이다. 『사자의 서』 106장에는, 이것이 보다 뚜렷이 나타나 있다. "내게 빵을 다오, 내게 기름을 다오, 내가 허리(?)*와 희생의 과자들로써 정화될 수 있도록." 그러니까 이 음식은 지상적인 모든 것으로부터 죽은 자를 정화하여, 그를 가볍고 날아다니는, 지상적이 아닌 존재로, 새로 변화시키기 위한 것이다. 브레스티드 Breasted 는 이렇게 썼다 : "결국, 사제가 죽은 자에게 바치는 이 이상하게 강력한 빵과 음료는 '그를 영혼으로 변화'시키고 '준비'시킬 뿐 아니라, 그에게 '힘'을 주고 그를 '강력하게' 만든다. 이 힘이 없이는, 죽은 자는 무력할 것이다. 이 힘은 죽은 자가 저세상에서 만나게 될 장애들을 극복하기 위해 필수적인 것으로 간주된다."[34]

버지의 연구가 보여주듯이, 이 의식은 매우 중요한 것으로 간주되었으며, 극빈자들을 포함한 모든 사람들을 위해 행해졌다. 다시 말해서, 그것은 전국민에게 적용되었으며, 그러므로 민속문학 속에 완전히 보존될 수 있었던 것이다.

바빌론에서도 비슷한 것을 찾아볼 수 있다. 「길가메쉬 Gilgamesh」 서사시의 제이서판(第二書版)에서, 에아바니 Eabani 는 지하 왕국에로 내려갔던 꿈을 이렇게 이야기한다. "나와 함께 내려가자, 나와 함께 흑암의 처소로, 이르칼라 Irkalla 의 처소로 내려가자. 거기서는 한번 문턱을 넘

---

*) 괄호 안 물음표는 원문 그대로임. 〔역주〕

34) J.H. Breasted, *Development of Religion and Thought in Ancient Egypt*, London, 1912, p. 66.

어서면 아무도 되돌아올 수 없고, 그 나라의 주민들은 귀환이라고는 모른다. 그들은 새들처럼 깃털로 옷입고 있다. "그 다음은 좀 모호하고, 이어 음식의 봉헌이 나온다. "아푸 Apu 와 엘릴 Ellil 은 그에게 구운(아마도 삶은?)*) 고기를 낸다. 그들은 그에게 과자를 전하고, 가죽부대에서 따른 차가운 물을 준다."[35]

그러니까 여기서도 우리는, 이 세계의 문턱을 넘은 후에는 먹고 마시는 것으로부터 시작해야 한다는 것을 보게 된다. 우선은 마술적 음식이 나오고, 그리고 나서 집주인의 질문이 시작된다.

고대 이란의 종교에서는, "하늘에 이른 영혼에게, 어떻게 거기에 이르렀는가를 알기 위해, 질문들이 퍼부어졌다. 하지만 아구라 마즈다 Agura-Mazda 는, 영혼이 험한 길을 지나오자마자 질문하는 것을 금하고, 그에게 우선 하늘의 음식을 제공하도록 명하였다."[36] 여기서도 다시금 우리는 (명백한 합리화와 함께) 질문하는 것의 금지와 음식의 우선적 제공을 보게 되는 것이다.

같은 사고 개념은 고대 그리스-로마에서도 발견된다. "칼립소 Calypso 는 율리시즈 Ulysse 가 신주와 신들의 양식을 들기를 원한다. 하지만 요정들의 음식과 음료를 건드린 자는 영원히 그들의 지배하에 있게 된다. [……] 마찬가지로, 페르세포네 Perséphone 는 일단 붉은 사과를 먹은 후에는 하데스에 속하게 된다. [……] 망우수 *lotus* 도 마찬가지이다. 그리스인들 중에서 이 감미로운 음식을 맛본 자는 누구나 조국을 잊어버리고, 취생몽사하는 자들 les Lotophages **)의 나라에 머물게 되었다."[37] 로드 Rohde 도 같은 말을 하고 있다. "저세상 주민들의 음식을 맛본 자는 누구나, 그들과 같은 신분이 된다."[38]

이상에서 제시된 자료들과 고찰들로부터, 우리는 다음과 같은 결론에 이르게 된다. 즉 주인공이 열의 세 곱절째 왕국을 향해 가는 도중에 야가에게서 대접받는 음식이라는 모티프는, 죽은 자는 저승을 향한 여행 도중에 마술적 음식을 먹어야 한다는 생각을 출발점으로 한다는 것이다.

---

*) '괄호 안 물음표는 원문 그대로임.
35) H. Gressmann, *Altorientalische Texte und Bilder zum Alten Testament*, Tübingen, 1909, p. 42.
36) D.W. Bousset, "Die Himmelsreise der Seele," *ARW*, Ⅳ, 1901, p. 156.
**) 직역하면 '망우수 열매를 먹는 자들'이라는 뜻. 〔역주〕
37) H. Güntert, *Kalypso*, 1919, pp. 79~80, 151.
38) E. Rohde, *Psyche, Seelencult und Unsterblichkeitsglaube der Griechen*, 4. Auf., Bd. Ⅰ~Ⅱ, Tübingen, 1907, Ⅰ, 241.

8. 뼈로 된 다리

이상과 같은 것이, 주인공의 도착에 대한 야가의 반응이다.

이제 우리는 야가 자신을 살펴보기로 하자. 그녀의 모습은 일련의 특성들로 이루어져 있는바, 우선은 그것들을 개별적으로 살펴보고, 그리고 나서야 인물의 전체적 개관을 하게 될 것이다. 외관상으로 말하자면, 야가는 두 가지 양상으로 등장한다. 즉 그녀는 이반이 들어올 때 이즈바 안에 누워 있거나——이것이 야가의 한 유형이다——또는 날아서 들어온다——이것이 야가의 또 다른 유형이다.

증여자 야가는 이반이 들어올 때 이즈바 안에 있다. 우선 그녀는 누워 있다. 난로나, 긴의자나, 천정 위에. 다음으로, 그녀는 이즈바 안의 전면적을 차지하고 있다. "안에 바바 야가가 있었다. 머리는 앞쪽에, 한 다리는 이쪽 구석에, 다른 다리는 저쪽 구석에 두고"(Af. 58a/102), "난로 위에, 뼈로 된 다리를 한 바바 야가가 누워 있었다. 모든 구석을 차지하면서, 코는 천정에 박고"(Af. 77/137). 그런데 이 "코를 천정에 박고"란 어떻게 이해해야 할는지? 그리고 야가는 왜 이즈바 전체를 차지하는지? 아무데서도 그녀는 거인으로 묘사되거나 언급된 적은 없다. 그러니까, 그녀가 큰 것이 아니라, 이즈바가 작은 것이다. 야가는 시체, 좁다란 관이나 또는 죽은 자를 묻거나 죽어가는 자를 넣어두는 특별한 우리 속에 갇힌 시체를 생각나게 한다. 그녀는 죽어 있다. 이미 다른 연구가들도 그녀에게서 죽은 자, 시체를 보았던 바 있다. 예컨대 귄터트 Güntert 는, 고대의 칼립소에서 출발하여 야가라는 인물을 분석하면서, 이렇게 말하였다. "만일 헬 Hel(죽은 자들의 지하세계를 다스리는 북구의 여신)이 시체의 색깔을 띠고 있다면, 그것은 죽음의 여신인 그녀 자신이 죽은 자임을 의미한다."[39]

러시아의 야가는 그녀가 시체임을 나타내는 다른 표지를 갖고 있지 않지만, 전세계적 인물로서의 야가는 이 모든 표지들을 고도로 소유하고 있다. "해체의 속성은 항상 이런 존재들의 특징이다. 움푹한 등, 해체된 살, 일그러진 뼈, 벌레먹힌 등……"(귄터트).

만일 이 고찰이 옳다면, 그것은 뼈로 된 다리라는 야가의 한 특징을 이해하게 해줄 것이다.

이 특징을 이해하기 위해서는, '시체의 의식(意識)'이란 매우 뒤늦은 현상임을 염두에 두어야 한다. 이미 인용되었던 바, 더 오래된 아메리

---

39) *Kalypso*, p. 74.

카 인디언의 자료들에서, 죽은 자들의 나라는 동물이나 또는 눈먼 노파에 의해 항상 파수되지만, 이들에게는 부패의 표지가 없다. 숲과 그 동물들의 왕국의 여주인으로서의 야가에 대한 분석은, 이 인물의 가장 오래된 형태는 동물적 형태임을 보여줄 것이다. 그녀는 러시아의 이야기에서 때로 그러한 형태로 나타난다. 젤레닌이 수집한 비아트카 지방의 한 이야기(Z.V. II), 대체로 오래된 형태들이 많은 한 이야기에서는, 이즈바 안의 야가라는 역할이 염소에 의해 대행된다. "염소 한 마리가 벽장 안에 누워 있었다. 발들을 선반에 두고, 등등." 또 다른 경우에는, 공이나 작은 까마귀 등등이 되기도 한다(Af. 140a, var./249, var.). 하지만 그 동물은 러시아 자료(에서는 '야가'와 '나가 naga'——다리, 또는 발——간의 모음조화에 의한 언어학적 설명도 가능하다)에서나, 전세계적 자료에서나, 뼈로 된 다리는 갖고 있지 않다. 결국, 뼈로 된 다리란 어떤 식으로든 야가의 인간적 형태에, 그 인간 형태화에 관련되어 있다. 동물과 인간 존재 사이의 중간적 단계는 동물의 다리나 발을 가진 인간 존재이다. 야가는 그런 다리를 가진 적이 없지만, 판 Pan과 야수들, 그리고 모든 종류의 악마들은 그것을 가지고 있다. 모든 요정들·난쟁이들·귀신들·악마들은 동물의 발을 가지고 있다. 그들은 이즈바가 그러하듯, 짐승의 발을 간직하고 있다. 하지만 동시에 야가는 죽음의 관념에 워낙 긴밀히 관련되어 있으므로, 이 짐승의 발이나 다리는 뼈로 된 다리로 대치된다. 즉 죽은 자나 해골의 다리이다. 야가의 뼈로 된 다리는, 이 인물이 결코 걷지 않는다는 사실과도 관계가 있다. 그녀는 날거나 누워 있거니와, 다시 말해 그녀는 시체처럼 운신하는 것이다. 비슷한 역사적 변모는 어찌하여 지옥 입구를 지키는 엠푸사 Empouse가, 때로는 짐승(당나귀나 황소)의 형태로 때로는 여자의 형태로 변하는 외관을 갖는가를 설명해줄 수 있을 것이다. 그녀가 여자일 때는 한쪽 다리는 쇠로, 다른 다리는 당나귀의 똥으로 되어 있다. 여자가 되면서도, 그녀는 본래 당나귀이던 특성을 간직하는 것이다. 이 다리에는 뼈가 없는바, 이것은 죽은 자의 다리, 즉 썩은 다리를 나타내는 또 다른 방식이다. 이러한 양상은 러시아의 이야기에서도 발견된다. "한쪽 다리는 물거름으로, 다른 다리는 흙으로 되어 있다"(Z.V. II).

그러나 여기 제시된 설명은, 비록 귄터트가 내놓은 것보다는 더 진실임직하지만, 의문의 여지가 있다. 그에 따르면, 동물의 발은 뼈로 된 다리로부터 발달한 것이다. "이 이상한 사고 개념은, 난쟁이나 요정·마귀 들은 짐승의 발을, 특히 거위나 오리의 발을 갖고 있다는 매우 널리 퍼져 있는 미신을 그 출발점으로 하고 있다. 많은 전설들에 공통된 이 이상한 특징을 설명하기 위해서는 그들의 짐승으로의 변신에서 출발하는 것이 자연스럽겠지만, 나는 진정한 원인은 거기 있지 않다고 생각한다. 우리는 마귀들이 해체되어가는 해골로 상상되는 것을 알거니와, 그 때문에, 다리나 발의 끔찍한 형상은 다음과 같은 관념에로 소급될 수 있다. 즉 해골의 발자취는 거위나 오리의 발자취로 해석되었으며, 그리하여 그러한 연관이 더 이상 감지되지 않게 되자, 마귀의 발에 대한 전설이 생겨났다."[40]

이와 같은 설명에서는 인위적인 냄새가 날뿐더러, 그것은 역사적으로도 사실이 아니다. 뼈로 된 발이나 다리가 해골의 발자취로부터 비롯되는 것이라는 설명은 자연에서는 이런 종류의 발자취를 발견할 수 없으므로 사실이 아니다. 이 발자취는 민중적 사고 개념들(예컨대 독일의 마녀발 *Drudenfuß*)에서 일정한 역할을 하는바, 이 개념 자체가 설명될 필요가 있다. 뼈로 된 다리가 먼저이고, 동물의 발이나 다리가 나중이라는 주장은, 발달의 처음 단계에서 수집된 자료들에 의해 지지될 수 없다. 실상, 죽음의 동물적 재현은 그 해골적 형해적 재현보다 더 오랜 것이다.

9. 야가의 눈멀음

야가는 차츰 우리 눈앞에, 열의 세곱절째 왕국의 입구를 지키는 자로서, 그리고 동물 세계와 죽은 자들의 세계에 관련된 존재로서 드러나기 시작한다. 주인공이 산 사람이라는 것을 알고는, 그가 지나가지 못하게 하려 하며, 그에게 위험들에 대한 경고를 한다 등등. 그가 먹고 난 후에야, 그녀는 그에게 길을 가르쳐준다. 그의 냄새에서, 그녀는 이 반이 산 사람이라는 것을 안다. 하지만 그녀가 그를 냄새로밖에는 알 수 없는 또 다른 이유가 있다. 러시아의 이야기는 그 점에 대해 명백히 말하고 있지는 않지만, 그녀가 눈이 멀었다는 것은 입증할 수 있다. 포테브니아 Potébnia 는 이미 이 눈멀음을 추정한 바 있다. 그는 그것을 이렇게 설명한다 : "무엇보다도, 야가는 장님이다. 야가의 눈멀음은 그녀의 기분나쁜 모습을 강조하기 위한 것이라고도 할 수 있다. 어둠과 눈멀음과 기형이라는 개념들은 이웃해 있으며, 서로서로 대치될 수 있다.

---

40) *Kalypso*, p. 75.

이것은 슬라브 언어들에서 'lep'라는 어근의 분석에 의해 증명될 수 있다."[41] 포테브니아의 이 결론은, 이 인물이 러시아나 슬라브의 이야기에서만 눈이 먼 것이 아니라는 사실만 보더라도, 사실이 아니다. 야가와 비슷한 인물들의 눈멀음은 전세계적인 현상이며, 눈멀음을 가리키는 말들의 어원을 연구하려 한다면(이는 매우 위험하고 혼히 그릇되는바, 말은 그대로이지만 의미가 변하기 때문이다), 여러 언어에서 눈멀음을 가리키는 말들의 비교 연구를 해야 할 터이다. 그리고 그 중 어느 것도 설명을 제공하기는 어려운 것으로 보인다. 하지만 이런 종류의 분석은, '눈멀음'이 그저 시각의 부재만으로 이해되어서는 안 된다는 것을 보여준다. 예컨대, 라틴어의 'caecus'는 능동적인 눈멀음(보지 못하는 자)뿐 아니라, 수동적인 눈멀음(보이지 않는 자, 예컨대, 캄캄한 밤을 'caeca nox'라 한다든가)도 의미한다. 독일어에서 눈먼 창문 *ein blindes Fenster* 이라 하는 것도 비슷한 의미로 이해될 수 있을 것이다.

그렇듯, 눈멀음이라는 개념은 보이지 않음이라는 개념을 유도할 수 있다. 즉 그것은 그 자체로서의 눈멀음이 아니라 무엇인가에 대한 눈멀음이다. 눈멀음이란 보이지 않음이라는 관념을 두 가지 방향에서 포함하는 것이다. 야가에게로 돌아가보면, 이는 산 자들의 세계의 관계들을 죽은 자들의 세계로 전위하게끔 할 수 있다. 즉 죽은 자들이 산 자들을 보지 못하는 것은, 산 자들이 죽은 자들을 보지 못하는 것과 마찬가지인 것이다. 하지만, 이 경우에, 주인공 또한 장님으로 나타나야 하지 않겠는가 하는 의문도 있을 수 있다. 이것은 옳으며, 실제로 그런 경우도 있다. 우리는 주인공이 야가의 집에 도착하면서 시력을 잃어버리는 것을 보게 될 것이다.

하지만, 야가는 정말로 눈이 멀었는가? 이 점은 직접적인 방식으로는 나타나지 않지만, 그렇게 추정하는 것을 가능케 하는 간접적 표지들은 있다. 『바바 야가와 꾀쟁이』라는 이야기에서, 야가는 꾀쟁이를 잡으려고, 그의 동료들, 고양이와 참새가 나무를 하러 나간 사이에, 그의 집으로 날아들어간다. "그녀는 숟가락을 세기 시작한다. '고양이 숟가락, 하나, 참새 숟가락, 둘, 꾀쟁이 숟가락, 셋!' 꾀쟁이는 그것을 참

---

41) 포테브니아, 『어떤 제의 및 신앙들의 신화적 가치에 대하여 : 러시아 역사 및 고대 학회에서의 강연』, 1865, 4~12, pp. 85~232. (A.A. Potebnja, *O Mifičeskom značenii nekotorykh obrjadov i poverij. Čtenija v Obščestve istorii i drevnostej rossijskikh.* 1865, 4~12, str. 85~232.)

을 수가 없어서 소리쳤다. '내 숟가락을 건드리지 말아, 바바 야가！' 당장에 바바 야가는 꾀쟁이를 잡아가지고, 그녀의 절구 속에 그를 넣어 갔다……"(Af. 61a/106). 그러니까, 꾀쟁이가 어디 있는가를 알기 위해서 야가는 그의 음성을 들을 필요가 있는 것이다. 그녀가 그를 덮치는 것은 눈으로 보아서가 아니라 소리를 듣고서이며, 마찬가지로, 냄새를 맡고서야 누가 왔는가를 안다.

또 다른 이야기들에서는, 야가를 눈멀게 만들기도 한다. "야가가 잠들자마자, 소녀는 그녀의 눈에 역청을 쏟아붓고 그 모든 것을 솜으로 붙인 후, 아이를 데리고 달아났다"(Khoud. 52). 마찬가지로, 폴류페모스 Poly-phème(그의 야가와의 유사성은 명백하다)는 율리시즈에 의해 눈이 멀게 된다. 이 주제의 러시아판 「애꾸눈의 악신」에서는 눈이 파열되는 것이 아니라 액체로 가득찬다. 이 신체적 특성——애꾸눈——은 눈멀음의 한 변이체로 간주될 수 있다. 독일의 이야기들에서, 마녀는 타는 듯한 눈꺼풀과 붉은 눈을 가지는바, 이는 그녀가 제대로 된 눈이 아니라, 안구가 없는 붉은 안와만을 가지고 있음을 의미한다. [42]

하지만 여기에는 야가의 가능한 눈멀음에 대해 긍정적인 논거는 있으나, 그것이 야가의 실제적인 눈멀음을 증명하지는 못한다. 야가와 동격인 인물들의 실제적인 눈멀음은 수렵 민족들의 이야기에서 발견되는바, 이 인물들은 보다 생생하고 덜 화석화된 현상에 대응한다. 이 이야기들에서는, 이 유형의 노파들은 항상(또는 거의 항상) 실제로 장님들이다. "그는 아주 외따른 오두막에 다가갔다. 안에는 한 눈먼 여자가 있었다."[43] 기적적 탄생으로 특징지어지는 주인공은, 집을 떠난 후, 이 노파를 만난다. 그녀는 그에게 어디를 가느냐고 묻는다. 또는, 주인공은 바다의 밑바닥에 도착하여, 세 여자가 음식을 준비하는 것을 본다. "그는 그녀들이 장님이라는 것을 본다." 그녀들은 그에게 길을 가르쳐준다. [44]

만일 야가가 열의 세 곱절째 왕국을 산 자의 틈입으로부터 지키며 틈입자는 돌아가는 길에 그녀를 눈멀게 하는 것이 사실이라면, 이는 야가가 자기의 왕국으로부터 산 자들의 나라로 돌아가는 자를 보지 못함을 의미한다. 마찬가지로, 고골 Gogol의 누벨 『비이 Le Vii』[45]에서도, 악마

42) H. Vordemfelde, *Die Hexe im deutschen Volksmärchen*, *Mogk Festschrift*, Halle, 1921, pp. 558~75.
43) Dorsey and Kroeber, "Traditions of the Arapaho," *Field Columb. Mus. Publ. 81*, *Anthrop. Ser.*, vol. V, Chicago, 1903, p. 301.
44) Boas, *Indian. Sagen*, p. 55.
45) 제 4 장, 주 65) 참조(N.d.T.).

들은 코자크병을 보지 못한다. 악마들 중에서 산 자들을 볼 수 있는 것은 그들의 무당뿐이며, 이는 산 자들 중에서 죽은 자들을 볼 수 있는 것이 무당인 것과 마찬가지이다. 그래서 악마들은 그 사람을 무당 또는 비이라 부르는 것이다.

하지만 문제는 아직도 해결되지 않는다. 위에서, 야가는 입문 제의와 관계가 있음이 드러났던바, 이 관계는 우리에게 차츰 더 구체화될 것이다. 입문자는 숲으로 끌려가 오두막집 안으로 들어가게 되며, 거기에서 그는, 죽음과 동물들의 왕국의 주인인 괴물적인 존재 앞에 서게 되었었다. 그는 죽음의 영토에로 내려갔다가 다시 돌아오는 것으로 치부된다. 그는 상징적 눈멀음──이야기에서 야가나 폴류페모스가 겪는 것과 같은──을 겪는바, 눈이 가리워졌다. 프로베니우스는 다음과 같이 묘사하고 있다 : "신참자는 눈을 가린 채 오두막집 안으로 들여진다. 웅덩이 안에는 걸쭉한 액체가 준비되어 있다. 입문자들 중 한 사람이 신참자를 붙잡아 그의 눈에 이 액체를 칠하고 그 위에 후추를 뿌린다. 끔찍한 울부짖음이 터져나오고, 그 소리를 들으며, 오두막 밖에 있던 구경꾼들은 손뼉을 치고, 정령을 찬양하는 노래를 노래하기 시작한다."[46] 하지만 다른 경우들도 많다. 오세아니아에 대해 네버만 Nevermann 은 다음과 같은 사실을 알려주고 있다. "며칠간의 휴식 후에, 신참자들은 온몸이 희어지고 눈을 뜰 수 없도록 석고로 고약칠을 한다."[47] 이러한 행동들의 의미는 제의의 전체적 의미로부터 나온다. 흰색은 죽음과 보이지 않음의 색깔이며, 일시적 눈멀음은 죽음의 왕국에로의 출발의 표지이다. 그리고 나서, 석고를 털어내고 씻어버린 후보자들은 시력을 되찾는바, 이는 새로운 시각의 획득을 상징한다. 그와 동시에, 그들은 새로운 이름을 얻으며, 이것이 의식의 마지막 단계로서, 그후에 신참자는 집으로 돌아간다. 그러니까 위에서 분석하였던 입술 열기 외에, 여기에는 눈 열기가 있는 셈이다. 또한 동시에, 할례와 앞니 뽑기도 행해졌던 것이지만, 이 두 가지 중 어느 것도 이야기 속에 보존되지 않는다. 이 모든 행위들의 대조는 할례도 금욕에 뒤따른 마술적 개방의 한 형식으로 설명할 수 있게 한다. 마치 눈 열기가 인위적 눈멀음에 뒤따르고, 입술 열기가 말의 금지──이 또한 입증되었다──에 뒤따르는 것처럼. 이 모든 것을 완수한 후에, 젊은이는 결혼할 권리를 얻는다. 하지만 우

---

46) L. Frobenius, *Masken und Geheimbünde in Afrika*, p. 62.
47) Nevermann, *Masken und Geheimbünde in Melanesien*, p. 26.

리는 이러한 사실들 중 이야기 속에 반영되지 않은 것들은 건드리지 않을 것이다.

젊은이가 치르게 되는 입문 의례적 행위들은, 주인공이 야가나 폴류페모스에게 치르게 하는 행위들을 상기시킨다. 하지만, 제의와 이야기 사이에는 근본적인 차이가 있다. 제의에서는 눈이 머는 것이 젊은이이지만, 이야기에서는 마녀 또는 그에 해당하는 인물이다. 다시 말해서, 신화나 이야기는 제의의 충실한 역전인 것이다. 이 역전은 어떻게 생겨나는가?

제의는 아이들이나 어머니들이 두려워하는 끔찍한 시련으로서, 그것이 필요하다고 간주되었던 것은, 후보자가 거기에서 이른바 동물들에 대한 마술적 능력을 얻기 때문, 다시 말해서, 제의는 원시적 사냥의 방식들과 밀접한 관계가 있었기 때문이다. 그런데 무기의 발달, 농경에로의 이행, 새로운 사회 체제의 출현 등과 함께, 잔인한 옛 제의들이 불필요하고 저주스러운 것으로 생각되기 시작하자, 그것들이 내포하고 있던 가학성은 그 제의의 집행자들에게로 돌려지게 되었다. 제의에서는 젊은이가 그를 고문하고 삼켜버리겠다고 위협하는 존재에 의해 숲에서 눈이 멀지만, 신화는 제의에 대해 거리를 두는 것으로서, 이미 항의의 수단이다. 우리는 나중에 불의 시험이라는 모티프를 분석하면서 이러한 유형의 한 경우를 보게 될 것이다. 즉 제의에서는 아이들을 '불사르지만,' 이야기에서는 아이들이 마녀를 불사르는 것이다.

하지만, 이러한 역전의 경우들 외에, 이야기가 주인공 자신의 눈멀음의 흔적들을 간직하고 있는 경우도 있다. 야가의 작은 이즈바에서, 주인공은 때로 눈에 대해 불평한다. 이 고통의 원인은 여러 가지로 설명된다. "내게 우선 눈을 씻을 물을 다오. 먹고 마실 것을 다오. 그리고 나서 질문을 하라"[48] (Af. 171/303), "나는 눈이 부었다"라고 그는 또 다른 이야기(Af. 50/93)에서 불평한다. 이것은 극히 합리적인 모티프라고 반박할 수도 있을 것이지만, 이미 제시된 자료들에 비추어볼 때, 그렇지가 않다. 줄루족의 한 이야기에서, 입문 의례를 거쳐나온 한 소녀는 "아무것도 안 보인다"고 말한다. [49] 눈멀음에 대한 별도의 연구는 아마도 왜 예언자와 점쟁이(티레시아스 Tirésias), 백성의 해방자(삼손), 족장(야곱, 이삭), 시인(호메로스)들이 흔히 장님으로 묘사되는가를 보여줄 수

---

48) 1946년판의 번호에는 오류가 있다. 이 인용은 171/303의 이야기에 해당되지 않는다 (N.d.T.).

49) *Contes Zoulous*, p. 21.

있을 것이다.

10. 숲의 여주인

야가라는 인물의 또 다른 특성은 몹시 두드러진 여성적 생리학이다. 그녀의 성적 표지들은 과장되는바, 그녀는 거대한 유방들을 가진 것으로 표현된다. "젖꼭지들을 선반에 두고"(Ontch. 178), "야가 야기슈나 Yaga Yaguichna 는 천정에 코를 박고, 젖꼭지들은 문턱을 넘쳐나오고, 콧물은 끈에 달리고, 혀는 검댕을 뒤지고," 또는 "그의 앞, 난로의 아홉번째 벽돌 위에 뼈다리 바바 야가가 누워 있었다. 천정에 코를 박고, 문 위로 콧물을 늘어뜨리고, 걸쇠에 젖통들을 감아놓고, 열심히 이를 갈면서," 또는 더 노골적으로, "이즈바에서 뼈다리 바바 야가가 뛰쳐나왔다. 뼈 불거진 엉덩이와 거품 이는 성기를 하고서"(Ontch. 8).

그러니까 바바 야가는 모성의 모든 속성들을 가지고 있다. 하지만 그녀는 부부 생활이라고는 모른다. 그녀는 항상 노파이며, 남편 없는 노파이다. 야가는 인간 존재들의 어머니가 아니라, 숲의 짐승들의 어머니이며 여주인 *la maitresse* 이다. 야가는 생산이 남성적 참여와는 무관한 여성적 작업으로 간주되던 단계에로 소급한다. 그녀의 재생산 기관들의 과장은 부부 생활의 어떤 기능에도 대응하지 않는다. 아마도 그 때문에 그녀는 항상 늙은 것일 터이다. 자기 성의 상징이면서도, 그녀에게는 성적 생활이 없다. 그녀는 어머니이지만, 현재에도 과거에도 아내는 아니다. 이야기의 어디에서도 그녀는 동물들의 어머니라고는 불리우지 않는다는 것이 사실이다. 하지만 그녀는 그들에 대해 무한한 세력을 갖는다. 러시아 북부 지방의 한 이야기에서, 그녀가 어떻게 숲의 짐승들을 부르는가를 보자 : "너희들이 어디에 있건, 회색 이리들아, 모두 달려오너라. 둥글게 모여서 너희들 중에 가장 크고 가장 힘센 자를 뽑아라. 그가 이반 왕자를 뒤쫓을 수 있도록"(Ontch. 3). 카시체이에 대한 한 이야기에서는, 가장 젊은 야가가 이반 왕자를 자기 맏언니의 집으로 보낸다. "네 길을 계속 가라. 더 먼 곳에 사는 내 맏언니는 아마 길을 알 것이다. 그녀는 전세계에 밀사들을 가지고 있다. 그들 중 첫번째는 숲의 짐승들이고, 두번째는 하늘의 새들이며, 세번째는 물고기들과 물에 사는 짐승들이다. 세상의 모든 생물들이 그녀에게 복종하게 되어 있다"(Af. 93b/157), 또는 "문간 층계에 올라, 노파는 천둥치는 음성으로 외쳤다. 그러자 당장에 모든 짐승들이 숲에서 나오고, 모든 새들이 쏜살같이 날아왔다"[50] (Af. 122a/212). 바람들도 역시 야가에게 복종한다. "노파는 문간 층계로 나아가, 천둥 같은 음성으로 소리치고 휘파람을 불었다. 당장에, 사방에서, 거친 바람들이 일어나, 이즈바가 혼들릴 정도로 불기 시작하였다"(Af. 152b/272). 또 다른 텍스트에서, 그녀는 바람들의 어머니로 불리운다(Af. 108R/565). 마찬가지로, 그녀는 태양의 열쇠들을 가지고 있다(Sm. 304). 야가의 남성적 동격인 젤루는 추위의 주인 *la maitre*이며, 독일의 이야기에서는 눈을 부르는 홀레 할머니 Frau Holle가 그에 해당한다. 에스키모족에게 있어서는, 그녀는 물에 사는 짐승들의 여주인이다.[51] 돌간 민속문학에서는 물의 주인이 그에 해당한다.[52]

하지만 모성이 여기에서 왜 나타나는가, 하고 의문이 생길 것이다. 우리는 여기에서 어머니가 또한 주권자였던 아주 옛날의 사회 구성의 혼적들을 보아야 한다. 모권 체제의 쇠퇴와 함께, 여자는 권력을 상실하고, 그녀에게는 모성만이 사회적 기능으로 남는다. 하지만, 신화에서는 어머니이자 주권자인 여자는 전혀 다른 운명을 겪게 된다. 즉 그녀는 모성──그녀는 그 속성들만을 간직하고 있다──은 잃는다 해도, 반면에 동물들에 대한 그녀의 모든 세력을 견지하는바, 수렵 사회의 모든 삶은 동물에 달려 있으므로, 이러한 세력은 각 인간 존재의 생사에 계속 영향을 끼치는 것이다.

그녀가 동물들의, 보다 구체적으로는 숲의 짐승들의 여주인이라는 사실은 사회 발달의 이 단계에서, 숲의 사냥감──거기에서 그가 그 자신의 부족 구성을 차용하기도 하는──에 대한 인간 존재의 의존과 관계가 있다. 달리 말해서, 야가는 민속학에서 주인이라는 용어로 알려진 현상을 대표하는 것이다.

주인이라는 문제는, 매우 복잡하고, 아직까지 만족할 만한 설명이 제시되지 못했던 문제이다. "어떻게 주인이라는 개념이 조성되었는가? 중요하고도 복잡한 이 질문에 대답하기 위해서는 특수한 연구가 필요하다"고 젤레닌은 말한다.[53]

'주인'이라는 용어는 어떤 의미를 갖는 것일까? 슈테른베르크 Sternberg는 수많은 예를 통하여 다음과 같은 사실들을 보여주었다. 즉 동

---

50) Af. 112a라는 1946년도판의 기호는 잘못된 것이다(N.d.T.).
51) Nansen, *Eskimoleben*, pp. 220~25.
52) 『돌간 민속문학』, p. 137.
53) 『온곤의 예배』, p. 206.

물들에 대한 경배는 원시적으로는 한 종류의 동물 전체에 대한 경배의 형태를 갖는다. 그리고 나서 이 경배는 그 종류 동물의 대표자, 신성한 것으로 간주되는 대표자(곰, 이집트의 소 아피스 Apis, 등등)에게 바쳐지며, 마지막으로 그 종류 동물의 주인을 인간 형태화하게 되는바, 이 주인은 완전히 인간이거나, 반인반수이거나, 양자간의 변신이 가능하거나 한 형태를 가질 수 있다. 이 주인에게, 그 종류의 모든 동물들이 복종하는 것이다. 하지만 주인을 갖는 것은 동물들뿐이 아니며, 천둥·태양·산·바람 등 원소들의 주인들도 있다. 동물들에게는 부족 관계가 투영되고, 원소의 주인들로부터는 차츰 개별화한 신들이 생겨났다.

이제 우리는, 야가가 문화의 보다 오래된 단계들에서 무엇을 나타내는가, 그녀는 무엇에 해당하는가를 살펴보기로 하자.

거기서도, 그녀가 노파라는 것은, 조금 전에 살펴본 바이다.

우리는 또한 그녀가 흔히 노파인 동시에 동물이라는 것도 보았다. "이 여자는 오리이다." 러시아의 야가에 해당하는 짐승이 있는 경우들은 우리에게는 특히 흥미롭다. 아메리카 인디안의 한 신화에서는, 부모가 아이들을 숲에 데려가서, 그들을 나무에 묶은 채 내버린다. 늑대 한 마리(그가 늙었다는 것이 강조된다)와 코요트 한 마리가 나타난다. 늙은 늑대가 외친다. "사방에서 내게로 오너라!" 그리고는 이렇게 이야기된다. "땅의 모든 구석들로부터 늑대와 코요트들이 몰려왔다." 그러자 늙은 늑대는 아이들을 풀어주라고 명령한다. 아이들은 겨울을 나기 위해 오두막집을 짓는다. 누이는 늑대들로부터 자기 소원을 이루는 재주를 얻는다. 그리하여 그녀가 바라는 대로, 순록과 물소와 그 밖의 사냥감들이 그들의 집 주위에 무리지어 살게 된다. 소녀가 바라보는 것만으로도 그들을 죽일 수 있다. 그녀가 말만 하면 가죽은 저절로 꿰매어져서 천막이 지어진다. 천막 위에는 그림까지 나타나는바, 그 그림들이 바로 오늘날 이 부족의 표장으로 사용되는 것이다. 소녀는 오라비에게 표범과 곰을 부하로 준다. [54]

이 예는 매우 시사적이다. 여기서 주인은 동물(늙은 늑대)이다. 그는 늑대들뿐 아니라, 사냥꾼에게 필요한 모든 동물들에 대한 권능을 준다. 그는 이 권능을 오라비가 아니라 누이에게 주며, 누이가 오라비에게 부하들을 준다. 이 경우는, 이러한 부류의 주제들의 경제적 하부구조가 수렵임을 보여준다. 이것은 또한 토테미즘과의 관계도 보여주는바,

---

54) Dorsey and Kroeber, "Traditions of the Arapaho," p. 286.

소녀는 부족에게 신성한 표장(標章)을 주는 것이다.

이런 유형의 많은 경우들을 제시할 수 있을 것이다. 하지만 우리의 관심은 예들의 수가 아니라, 현상의 본질이다.

여주인 야가 Yaga-maîtresse에 대한 우리의 연구를 더 계속하기 전에, 우리는 또 한 가지 질문을 해보아야 한다. 지금까지 야가는 죽은 자들의 왕국의 입구를 지키는 자로 나타났었다. 이제 그녀는 동물들의 여주인으로 나타난다. 이 두 야가들 사이에는 관계가 있는가? 이 경우 우리는 두 가지 병행하는 전통들이 하나의 인물로 합쳐진 것을 보는가 아니면 여주인 야가와 파수인 야가 Yaga-gardienne 간의 인과적 관계가 성립하는 한 인물을 보는가? 달리 말해서, 저세상의 입구를 지키는 것이 왜 이 '주인'인가? 대답은 자료들 그 자체로부터 나온다. 우리가 이미 알거니와, 진화의 어떤 단계에서는, 죽음은 동물에로의 변신으로 생각되었던 것이다. 그리고 죽음이 동물에로의 변신이므로, 죽은 자들의 왕국(즉 동물들의 왕국)의 입구를 지키는 것이 동물들의 주인이라는 것, 그리고 그가 변신의 능력과, 그로써 동물들에 대한 권능을 준다는 것은──보다 나중의 해석에서는, 그는 마술적 도움을 준다──자연스러운 일이다.

그리하여, 보아스 선집의 매우 흥미로운 한 전설에서는, 주인공이 늑대들의 나라에 가게 된다. 모든 늑대들과 곰들과 수달들이 모여서, 새로 온 자를 성대히 영접한다. "그때 갑자기 늑대들은 죽은 사람을 날라왔다. 그들은 그를 늑대의 가죽에 싸고, 그를 불 가까이 둔 채, 그의 주위에서 박자를 맞춘 춤을 추기 시작했다. 그러자 죽은 자는 일어나 비틀거리며 걷기 시작했다. 다른 이들이 노래할수록, 그의 움직임은 점차 더 확실해지고, 마지막에는 마치 그가 늑대인 듯이 달리기 시작했다. 그러자 늑대들의 우두머리가 그에게 말했다. '너는 죽은 자들이 어떻게 되는가를 보았다. 우리는 그들을 늑대로 변신시킨다.'" 그리고 나서 늑대들은 그에게 늑대의 춤을 가르쳐준다. "네가 집에 돌아가거든 사람들에게 우리의 춤을 가르쳐주어라." 그들은 그에게, 겨누기만 하면 사냥감을 죽일 수 있는 마술 화살을 준다. 이러한 예는 나아가 야가의 마술적 선물들이 무엇인가를 이해하게 해준다. [55]

이 신화는 제의 또한 설명해준다. 우리는 왜 토템적 우두머리 조상을 만나기 위해 죽음의 왕국으로 떠나야 하는가를 이해한다.

우리는 여기에서 야가의 여성적 면모를 분석하지는 않겠다. 그것은

55) Boas, *Indian. Sagen*, p. 111.

더 나중에, 변장의 문제를 연구하면서 다시 다루게 될 것이다. 우리에게 중요한 것은 야가가 이부(異父)적 연계에 의해 토템적 조상에로 소급한다는 것을 입증하는 일이다. 이후로는 권력과 부족의 지휘권은 남자에게 넘어간다. 야가가 아궁이와 연관되어 있는 것은 바로 조상으로서이다. "손으로 그녀는 숯을 집는다"(Ontch. 178), "그녀는 난로 위에 누워 있다"(Af. 77/137), "그녀는 혀로 그을음을 뒤진다"(Sm. 150), "그녀는 난로 위에 이빨들을 얹고, 긴 의자 위에 누워 있었다"(Khoud. 103). 아궁이는 역사에서는 남성 조상의 경배와 함께 나타난다. 엄격히 말해서 아궁이는 여자 야가가 아니라, 부족의 여자 조상과 관련되는 것이다. 그녀에게 아궁이보다는 요리와 관련된 부지깽이 · 빗자루 · 걸레자루 같은 여성적 성격의 온갖 물건들이 귀속되는 것은 그 때문이다. 절구공이 같은 다른 취사 도구들과의 관계는 그로부터 생겨난다.

우리는 여기에서 이런 종류의 인물이 어떻게 발전해갈는지 알 수 있다. 순록을 낳는 늑대로부터, 짐승-여자를 거쳐, 길은 곧장 퀴벨레 Cybèle 타입의, 과장된 출산 기관을 가진 여신들에게로, 영원히 처녀이며 짐승들에 둘러싸여 숲속에 사는 아르테미스 Artémis에게로 이어진다. 퀴벨레의 수렵적 기원은 슈테른베르크에 의해 그의 종교적 신앙의 진화에 대한 강연에서, 또 프레이저에 의해 『황금가지』에서, 제시된 바 있다.

그후, 농경의 발달과 함께 파수인이 동물 세계와의 연관을 상실하기 시작했을 때에도, 그녀는 여전히 저세상의 입구 파수인이며 길 안내자이다. 우리는 이집트의 사자 예배에서 그 예를 찾아볼 수 있다. "그는 그의 어머니들인 이 둘로부터 왔다. 제제 Sehseh산 위에 사는 머리칼이 길고 젖가슴이 늘어진 두 마리 독수리들로부터, 그녀들은 페피 Pépi 왕의 입 위에서 젖을 짜내었다…….'' 죽은 페피가 복 있는 자들의 왕국에 들어가기 위해서는 이러한 말을 해야 한다. 그러니까, 저승의 입구를 지키는 짐승-여자는 신화나 이야기에서뿐 아니라, 보다 나중 단계의 사자 예배에서도 직접적으로 나타나는 것이다.

11. 야가에 의해 부과되는 시험들

널리 퍼져 있는 견해에 의하면, 야가는 전형적인 방식으로, 수행하기 어려운 시험들을 부과하는 인물이다. 하지만 이것은 주인공이 여자인 이야기들에서만 사실인바, 이런 이야기들은 그 본질에 있어 보다 나중에 생긴 것들이다. 시험이 남자에게 부과되는 경우는 훨씬 드물고, 그 시험이라는 것도 사실상 극히 희소하고 종류가 많지 않다. 일반적으로는, 대화 끝에 즉시로 보상이 온다. "'자, 이건 쉽지 않은 일이로군! 내가 너를 도울 수 있을지 어디 볼까!' 그러면서 그녀는 그에게 자기 말을 주었다"(Af. 104d/174), "그녀는 그에게 먹고 마실 것을 주었고, 그에게 자기의 황금말을 넘겨주었다"(Nor. 46). 이 같은 예들은 많이 있거니와 전형적인 형태이다. 그렇다면 이 보상에는 뚜렷한 이유가 명시되지 않느니만큼, 왜 야가가 주인공에게 이런 상을 주는가 하는 의문이 생길 수 있다. 하지만 우리가 수집한 자료들에 비추어볼 때, 주인공은 이미 일련의 시험들을 성공적으로 치러낸 것이라 할 수 있다. 그는 작은 이즈바가 회전하여 열리게끔 할 수 있는 주문을 알았고, 문에 물을 뿌리고 입구를 지키는 짐승들에게 노여움을 푸는 제물을 가져다줄 줄도 알았다. 그리고 무엇보다도 중요한 것은, 그가 야가의 음식을 두려워하지 않았으며 그 자신이 그것을 청하기까지 하였으니 그럼으로써 그는 단번에 저세상의 존재들과 동화되었다는 사실이다. 이러한 시험들 다음에 심문이, 심문 다음에 보상이 오게 되었던 것이다. 이 모든 것은 주인공의 침착성을 설명해준다. 그가 보는 것 중에 그를 놀라게 하는 것이라고는 없으며, 반대로, 모든 것은 그에게 오래 전부터 알던 것처럼, 그가 기대하던 바로 그대로인 것처럼 보인다. 그는 마술적 준비가 잘된 덕택으로 자신이 있다. 이러한 준비 그 자체에는 뚜렷한 동기화가 나타나 있지 않다. 소녀에게 야가의 집에서 처신하는 방식에 대해 충고해주는 아주머니라든가 하는 인물들은 드물게밖에는 나오지 않는다. 주인공은 그가 주인공이기 때문에 그 모든 것을 안다. 그가 주인공(영웅)*인 것은 다름아닌 그의 마술적 지식과 그 지식의 힘에 기인하는 것이다.

이 모든 시험의 체계는 매우 오래된 사고 개념들을 반영하는바, 이에 따르면, 마술적으로 비가 오게 하거나 사냥감이 사냥꾼 앞으로 나아오게 하는 것과 마찬가지로, 저세상에로의 틈입 또한 가능케 할 수 있다. 본래 이것은 '미덕'이나 '순수성'보다는 힘의 문제였다. 그러나, 기술 및 사회 조직의 발달과 함께 법률적 관계를 위시한 여러 관계들에서 일정한 규범들이 차츰 형성되었고, 이 규범들은 신성시되어 미덕으로 간주되기에 이르렀다. 그 때문에 매우 일찍부터, 죽은 자의 마술적

---

*) '주인공 le héros'이라는 말은, 주지하듯이 '영웅'이라는 뜻도 된다. 다음에서 경우에 따라 '주인공'과 '영웅'을 병기한 것은 역자이다. 〔역주〕

힘에 대한 시험과 나란히, 그의 미덕에 대한 시험이 나타난다. 이처럼 상이한 사고 개념들은, 더 오래된 것이나 덜 오래된 것이나, 이집트의 『사자의 서』에 반영되어 있다. 나중의 개념에는, 예컨대 죽은 자의 마음을 저울에 달아본다든가 하는 생각, 뒤에 보게 되듯이 이야기에까지 파급되었던 생각이 추가되었다. 깃털이 마아트 Maât 여신의 표장, 법과 정의의 표장으로서 저울추가 사용된다는 것은 특기할 만하다.

미덕의 시험이라는 개념은 이야기에도 들어와서 보존되었으니, 사자 예배와 관련된 비교적 오래된 개념들로부터, 빨래를 깨끗이 하거나 베개를 잘 부풀리는 기술 같은, 일상 생활의 범주에 속하는 비교적 근래의 개념들에 이르기까지, 매우 다양한 양상으로 나타난다. 한편으로는 죽은 자의 마술적 능력에 대한 심사와, 다른 한편으로는 죽은 자들의 왕국에까지 길을 다 갈 수 있도록 그를 도와주는 자의 선물이, 그의 미덕에 대한 심사이며 보상이라는 형태로 변하는 것이다. 그리하여 시험은 기능적인 것이 된다. 시험의 내용 그 자체는, 흔히 다른 모티프, 왕녀에 의해 부과된 임무들이라는 모티프에서 차용된다. 여기에서 시험은 그 본령을 찾는바, 그 임무들이란 예컨대 열두 명의 똑같이 닮은 사람들 중에서 한 사람을 찾아낸다든가, 또는 그들 모두를 데려온다든가 하는 것들이다. 하지만, 야가에 의해 부과되는 시험들 중에는, 아주 고대적인 것들도 있다. 예를 들어 잠들지 말라는 조건, 즉 잠의 금지도 그러한 시험 내지는 조건에 해당되는 것이다.

12. 잠의 시험

야가에 의해 부과된 잠들지 않기 시험은 대개는 주인공에게 주어진 임무, 저절로 소리나는 구슬리 gousli*)를 찾는 임무와 연관되어 있다. "나는 그것들(구슬리들)을 다 준비해놓았어. 네가 원한다면 선물로 주지. 하지만 내가 그것들을 줄 때, 아무도 잠들지 말아야 한다는 조건으로야!"(Af. 123/216). "이제 앉아서 잠들지 말아. 안 그러면 너는 저절로 소리나는 구슬리를 받지 못할 거야"(Sm. 316).

인용된 예들로 미루어보아, 잠의 금지는 구슬리의 모티프와 연관된 것이라 생각할 수도 있다. 하지만 그 관계는 일정치 않으며, 러시아 자료에 고유한 경향일 뿐이다. 러시아 자료에서는 실제로 그것이 상당히 자주 나타난다. 주인공의 출발 전에, 그의 아내는 그에게 한 송이 꽃을

---

*) 다섯 혹은 일곱 줄의 현악기. 〔역주〕

준다. "'이 꽃으로 귀를 막으세요, 그리고 아무것도 두려워 마세요!' 바보는 그대로 했다. 주인은 구슬리를 타기 시작했으나, 바보는 눈 하나 까딱 않고 거기 앉아 있었다"(Af. 123 var./216 var.). 여기에서 우리는 사이렌들의 소리를 듣지 않으려고 귀를 막은 울리시즈를 상기하지 않을 수 없다. 이 유사성은 그들의 노래로써 주인공을 유인하여 그를 멸망케 하는 사이렌들의 일화를 조명해줄 수도 있을 것이다. 야가의 작은 이즈바에서는 졸음이 즉각적인 죽음을 초래한다. "조심해, 하고 게걸스러운 늑대가 말했다. 자지 않도록 해! 네가 눈이라도 감는 듯하면, 내가 너를 삼켜버리겠어!"(Af. 123 var./216 var.). 하지만 러시아의 이야기에서도, 구슬리와는 무관한 잠의 금지를 발견할 수 있다. 숲은 마술적이며, 물리칠 수 없는 졸음을 가져온다. "그들은 가고 또 가서, 어둡고 깊은 숲에 도달했다. 그들이 거기에 가자마자 물리칠 수 없는 졸음이 엄습했다"(Af.72/131). 다른 민족들에게는, 잠의 주제는 구슬리의 모티프와는 항상 관련되어 있지 않지만, 야가의 모티프와는 항상 관련된다. 돌간 민속문학에는 이 금지의 매우 상세한 전개가 나타나 있다. 주인공은 야가와 카드 놀이를 하는데, 문득 물리칠 수 없는 졸음이 몰려온다. 두 번이나, 그는 자는 게 아니라 생각하는 거라고 상대를 속이기에 성공하지만, 세번째에는 잠이 들었던 것을 인정하며, 그러자 마녀는 그를 삼켜버리려 한다.[56]

이 모티프를 해독하기 위해서는, 우선 아메리카 인디언의 자료를 참고해보자. 죽은 아내를 찾아나선 남편의 주제에 바쳐진 게이튼의 연구에서,[57] 우리는 새로 온 자는 하품을 해서도 잠을 자서도 안 된다——왜냐하면 그것이 그가 살아 있다는 증거이므로——는 것을 보게 된다. 산 자들은 냄새나고 하품하고 자고 웃지만, 죽은 자들은 그 중 아무것도 하지 않는 것이다. 그러므로 죽은 자들의 왕국을 지키는 자가, 냄새와 웃음과 잠으로써 새로 온 자의 본성을 알아내며, 그가 그의 편력을 계속할 권리가 있는지 여부를 정한다는 것은, 자연스러운 일이다. 이 주제의 변이체들 중 한 가지가 게이튼에 의해 소개된다. "아내를 찾으러 떠난 주인공은 저세상의 주인의 집에 도착한다. 그리고 식사 후에, 자기가 원하는 바를 말한다. 그러자 집주인은, 그러기 위해서는 온 밤을 새워야 하므로, 아내를 찾기란 어려우리라고 대답한다. 그가 한 순간이라도

---

56) 『돌간 민속문학』, pp. 144~45.
57) *Journal of American Folk-Lore*, 1935.

졸면, 아내를 찾지 못하리라는 것이다."[58]

잠의 시험이 결코 공연한 것이 아님은 「길가메쉬」 서사시에도 분명히 나타난다. 주인공 길가메쉬는 불멸(우리의 이야기에서, 살아 있는 물과 유사하다)을 얻기 위해 우트나피쉬팀 Ut-Napishtim 을 찾아간다. 우트나피쉬팀은 이야기에 나오는 것과 같은 종류의 시험자이며 증여자이다. 그는 주인공에게 엿새 낮 이레 밤을 계속 깨어 있을 것을 종용한다. 하지만, 긴 여정에 지친 길가메쉬는 잠이 들고 만다. 우트나피쉬팀의 아내가 그를 불쌍히 여겨 깨운다.[59] 그레스만 Gressmann 은 덧붙여 이렇게 말한다. "그러자 그녀의 남편이 그녀에게 길가메쉬를 위해, 아마도 여행을 위해, 빵을 구우라고 한다. 그리고는 마술적 힘이 들어 있는 것으로 보이는 빵을 굽는 것과 관련된 신비한 장면이 뒤따른다."[60] 우리는 이미, 죽은 자들의 왕국 입구에서 먹게 되는 음식에 어떤 힘이 들어 있는가를 안다. 요점만 말하자면, 이러한 경우들은 잠의 금지가 야가라는 인물과 역할에 완전히 일치함을 보여준다.

입문 제의에 관한 저작들 중에, 잠의 특별한 금지에 관한 것은 아무 것도 없다. 하지만 이 점에 대해서는 개별적 증언들이 있다. 예컨대, 카프르족 les Cafres 의 소년들은 열네 살의 나이에 할례를 치르는데, 상처가 아물기까지는 자는 것이 금지되어 있다. 유대족은 할례 전야에 밤샘을 하는바, 이는 셰딤 Shedim 즉 악령들이 소년들을 앗아가지 못하게 하기 위해서는 자지 말아야 하기 때문이다.[61] 할례 제의는 일반적으로 잘 알려져 있지 않다. 우리는 그것이 죽음과 부활 또는 재생을 의미한다는 것을 안다. 삼터는 출생·죽음·결혼 등의 경우에 자는 것의 금지에 대한 중요한 자료를 수집하였다. 이것은 자는 것의 금지와 죽음 및 출생의 영역 즉 입문 제의의 기초 그 자체인 영역간의 관계를 간접적으로 확인해주는 것으로서, 우리에게 매우 중요한 자료이다.

13. 숲으로 쫓겨난, 또는 데려가진 아이들

지금까지 우리는 근본적으로, 열의 세 곱절째 왕국의 입구를 지키는 자로서의 야가를 검토해보았다. 그러면서 우리는 이 인물이 죽음이라는 추상적 관념보다는 거기에 관련된 구체적 제외들을 반영하고 있음을 발

---

58) Gayton, p. 268.
59) W. Jensen, *Das Gilgamesch-Epos in der Weltlitteratur*, 1906, p. 46.
60) Gressmann, *Altoriental. Texte*, p. 56.
61) Samter, *Geburt, Hochzeit, u. Tod.*, p. 132.

견하였다. 이러한 제의들의 혼적은 남아 있지만, 오늘날까지 그것들은 고립적으로 미미하게 표현되었을 뿐이다. 우리는 이제 제의와 이야기 간의 비교를 좀더 깊이 파고들어보아야겠다. 우리가 찾아내었던 대응 관계의 예들——비록 어느 정도 가정적이긴 하지만——은 사태를 좀더 면밀히 검토하고 비교를 더 치밀하고 심화된 것으로 이끌어가게 해준다.

지금까지 우리는 자료를 제시하기 위해 먼저 이야기에서 출발하였다. 주인공이 앞으로 나아감에 따라, 우리는 그에게 보이는 바를 검토하였다. 이제 우리는 제의를 출발점으로 삼아, 자료를 제의가 시사하는 순서에 따라 검토하려 한다. 우리는 제의의 전개를 처음부터 끝까지 되새기면서, 그것을 이야기가 우리에게 말해주는 바와 대조해볼 것이다. 그럼으로써 우리는 이제껏 방치되었던 이야기 시작의 어떤 요소들을 이해하게 될 것이다.

아이들이 입문 제의를 치르는 나이는 일정치 않으나, 그것은 성적 성숙기 이전에 행해지는 경향이 있다. 식인귀 야가의 집에 들어가게 되는 것은 항상 아이들인 것을 기억하자.

결정적 순간이 오면, 아이들은 어떤 식으로든 숲속 신비하고 무서운 인물의 집으로 데려가진다. 이 출발의 형태들은 다양하다. 민속문학자로서는, 세 가지 형태를 기억해둘 만하다. 즉 아이들이 부모에 의해 데려가지는 것, 아이들의 납치, 부모의 참여 없이 아이들이 자발적으로 떠나는 것이 그것들이다.

아이들이 데려가지는 경우에는, 항상 아버지나 형이 그 일을 맡았다. 어머니는 그 일을 할 수 없었다. 왜냐하면 제의가 시행되는 장소는 여자들에게는 금지되어 있었기 때문이다. 이 금지를 위반하면, 여자는 즉시로 처형될 수 있었다. "저녁이 되면, 신참자들은 아버지나 다른 남자 어른에 의해 숲속 깊은 곳으로 데려가지며, 거기에서 그들은 코바르 Kovare 앞에 서게 된다"라고 웹스터 Webster 는 뉴기니아에서 아이들을 제의에 데려가는 방식을 묘사하고 있다. [62] 우리가 염두에 두어야 할 것은, 아이들은 항상 성소 그 자체에까지 데려가지는 것은 아니며, 저희들끼리 남겨져서, 스스로의 힘으로 오두막집을 찾아야 한다는 사실이다. 이야기에서는, 우리가 알거니와, 숲속에서 길을 잃거나 버려진 아이들은 나무 위에 올라가 불빛을 찾으려 한다. 이 경우, 그들이 발견하게 되는 것은 보통 집이 아니라 우리가 연구하였던 유형의 숲속 작은 이

---

62) Hutton Webster, *Primitive Secret Societies*, p. 102.

즈바이 다.

후보자에게 작별하는 것은 죽은 자에게 작별하는 것과 같았다. 그는 특별한 방식으로 치장되고 머리가 꾸며지고 옷 입혀졌다. "여자들은 소년이 이렇게 치장된 것을 보고는 울기 시작하며, 가까운 친척들, 아버지와 어머니의 형제들도 운다. 그들은 슬픔을 나타내기 위해 진흙과 재를 몸에 칠한다."[63] 달리 말해서, 우리는 여기서 원시적 초상의 전형적 장면을 보게 되는 것이다.

이 묘사는 부족의 일부, 특히 소년들 자신이 이 출발을 불행으로 겪고 있음을 보여준다. 이 소년들은 아직 그것이 그들에게 가져올 커다란 이익들을 알지 못한다. 하지만, 숲으로의 출발은 끔찍한 일로 생각되기는 하지만, 여론에 의해 요구되는 것이었다. 입문자는 거기에서 가장 큰 이익을 끌어내야 했다. 출발의 입문 주도자 *l'initiateur* 는 아버지였다. 후에, 제의가 쇠퇴하고 사라지기 시작하자, 여론도 변했음에 틀림없다. 입문 의례의 행위와 관련된 이익들은 불가해한 것이 되었고, 여론은 방향을 바꾸어 이 끔찍한 제의를 비판하기 시작했다. 이야기는 이러한 시점에서 나타나는 것이다. 제의가 살아 있는 한, 그것을 반영하는 이야기는 있을 수 없었다.

이야기에서는, 아이들을 숲속에 데려간다는 것은, 비록 그 결과 사태가 아무리 호전된다 하더라도, 항상 가증할 행위로 나타난다. 이야기에서, 숲으로의 이 출발이 어떻게 일어나는가를 보자. 이야기의 처음에 소개되는 가족은 모호한 점이 없지 않다. 한편으로는 아이를 바라고 기다리면서——그가 세상에 나면 따뜻이 보살핀다. "그리고 테료셰츄카 Tériochétchka 는 요람 속에서 그야말로 작은 경이처럼 자라기 시작했다!" (Af. 63/112)——다른 한편으로는 은밀한 또는 표명된 적의가 오래잖아 느껴지게 되는바, "어떻게 그를 제거할까?"라는 것이 이야기의 불변의 공식들 중의 하나이다. 이런 말은 가족의 모든 구성원들이 서로에 대해 할 수 있는 것이지만, 한 가지 예외가 있으니, 그것은 결코 젊은 세대가 나이든 세대에 대해, 즉 아들이나 딸이 아버지나 어머니에 대해서는 할 수 없는 말이다. 제거해버리는 것, 죽게 하는 것은, 나이든 자들이 어린 자들에 대해 갖는 욕망이다. 이러한 욕망이 띠게 되는 지배적인 형태는, 원치 않는 아들이나 딸, 또는 남매를 숲으로 쫓아내거나 데려가거나 보내는 것이다. "그는 몹시 화가 나서, 누이동생을 숲으로 데려

---

63) *Ibid.*, p. 21.

갔다"(Af. 158b/280), "자, 애들아, 숲으로 가자. 나는 장작을 펠 테니 너희들은 나무열매를 따오렴"(Sm. 233). 혼히는 처음부터 작은 흙집이 나타난다. "그는 그의 딸을 숲으로 데려가서 작은 흙집에 두었다"(Z.V. 122). "나는 내 아들들을 각기 숲으로 데려가서 그들이 무엇을 할 수 있는가를 본다"(P.V. 249). 이 경우에는 처음부터, 숲속에서 아들은 그의 능력을 보이든지 얻든지 해야 한다는 것이 드러난다. "어느 날 그들은 어머니에게 그들이 어린 동생을 사냥에 데리고 가게 해달라고 하였다. 그들은 그를 깊은 숲으로 데려가서 그를 거기에 버려두었다"(Af. 120b/209), "'그러니까, 숲으로 가자.' 거기에 가자, 그는 그의 옷을 벗기고 빈 나무둥치에 들어가게 한 후 그를 거기에 벌거벗은 채 버려두었다"(Sm. 85). 이런 종류의 인용들은 몇 페이지나 계속될 수 있을 것이다. 또, 아이들을 데려가는 이야기의 주제들은 무엇인가, 그들을 쫓아내는 이야기의 주제들은 무엇인가를 체계적으로 알아볼 수도 있을 것이고, 이러한 추방의 동기를 연구하고 누가(아들·딸·나이 등등) 데려가지는가를 연구할 수도 있을 것이다. 하지만 이것은 우리의 논의에 본질적인 것이 아니다. 우리는 문제의 한 측면 즉 누가 아이들을 숲에 데려가는가만을 살펴보려 한다.

우리는 이미, 이야기에서 추방의 동기는 주제의 필요에 따라 일부러 만들어진다는 것을 보았던 바 있다. 역사적으로, 추방의 주도자는 아버지, 또는 맏형·외삼촌 등등이다. 하지만 아들에 대한 아버지의 증오란 불가해하고, 가족적 이상에 맞지 않으므로, 이 증오를 정당화하기 위해 이야기는 두 가지 가능성을 사용하게 된다. 우선, 그것은 아들을 나쁘게 말하고 흠잡을 수 있다. 아들은 집에서 쫓겨날 만한 것이, 그는 게으르고, "아무것도 하지 않으며"(Af. 113b/193), 화를 가져오고, 바보인 데다 "재수가 없다." 하지만 이런 경우들은 비교적 드물다. 대개의 경우, 이 증오는 러시아 마을들에 잘 알려진 가족적 불화에서 그 구실을 찾는다. 적의는 이 적의를 가진 새로운 인물——전실 자식들이 있는 경우 계부나 계모——이 가족 중에 출현함과 동시에 구체화된다. 그리하여 이야기에는 계모가 나타나는바, 그 역사적 역할은 전에 아버지의 몫이었던 분노를 떠맡는 것이다. 아이들을 숲속으로, 야가의 집으로 등등, 추방시키는 주도자는 그녀이다. 친부모가 증오를 갖는 경우는 매우 드물다. "아들이 태어났을 때, 어머니는 그를 매우 사랑하고 돌보았으며 최선을 다해 양육하였다. 아버지도 역시 그러하였다. 하지만 그가 더 커져서 읽고 쓸 줄을 알게 되었던 열세 살 무렵, 그녀는 그에게 반감을 품었다"(K. 19). 오라비와 누이가 사이좋게 살던 중에 올케가 나타나는 경우에도, 같은 일이 생긴다. 올케는 시누이의 원수가 되고, 오라비는 동생을 숲으로 데려간다. 그러니까, 부모들은 아이들을 중개자를 통하여 쫓아내는 것이다. 나는 여기에서 계모와 의붓딸간의 증오의 예들은——잘 알려진 것이니까——들지 않겠다. 그러나 그 경우 딸을 숲속에 데려가는 것은 아버지이며, 그는 거기서 애처로운 역할을 한다. "농부는 그 모든 것에 속을 썩히던 끝에, 딸을 숲속에 데려가기로 결심하였다"(Af. 58a/102), "노인은 그의 맏딸을 불쌍히 여겼을 것이다. 그는 그녀를 사랑하였다. 〔……〕하지만 그는 어쩔 수가 없었다. 그는 힘이 없었고, 노파는 화를 잘 내는 성질이었다……"(Af. 52a/95), "노인은 마음이 아파서 울기 시작했다. 하지만 그래도 딸을 썰매에 타게 하는 수밖에 없었다"(Af. 52b/96). 그러므로, 왜 계모 자신이 의붓 자식들을 처치하지 않는지, 왜 그 역정과 사나움으로 아이들을 숲속으로 제 손으로 힘껏 끌고 가지 않는지, 하는 의문이 생길 것이다. 논리적으로 그녀는 유감없이 그렇게 할 수 있지만, 그러나 역사적으로는 그러지 못한다. 왜냐하면, 역사적으로는, 그 일은 아버지나 형이나 삼촌이 하는 것이지 여자가 하는 것이 아니기 때문이다. 남자만이 그것을 할 수 있는바, 남자의 이 역할은 이야기에서도 완전히 지워지지 않은 것이다.

14. 납치된 아이들

제의적 출발의 또 다른 형태는, 사실이건 위장된 것이건, 아이들을 납치하는 것이다. "소년은 자청 악마에게 납치되어 그리그리 Gri-Gri 숲으로 실려가는 일이 흔히 있다. 아무도 그것을 확실히 알지는 못하지만, 짐작은 하고 있다."[64] 이 경우, 어머니들은 귀신이 그를 호려갔다고 말한다. '악마'나 '귀신'이라는 말의 사용은, 이것이 비교적 나중의 현상이거나 또는 그릇된 표기임을 의미한다. 숲에서 온 존재들은 그들이 흉내내는 짐승이나 새의 가면을 쓰고 있다. 숲에서는 딸랑이들의 소리가 울려오고, 모두가 겁에 질려 달아난다. 소년들의 납치 후에는, "마르사바 Marsaba 가 그들을 삼켰으며, 돼지와 타조를 아주 많이 바치기 전에는 그들을 돌려주지 않을 것"[65]이라고 한다. 이 존재들 및 그들과 관

---

64) Frobenius, *Masken und Geheimbünde*, p. 119.
65) Webster, p. 103.

련된 비밀 예식들에 대한 두려움은 워낙 커서, 기독교가 도입되고 제의들이 소멸한 후에도 오래 존속되었다. [66] 이 두려움은 교육적 역할을 한다. "나바호 Navajo족의 어머니는 말 안 듣는 아이에게 체벌을 가하는 대신에, 가면들이 복수할 것이라고 위협한다."[67] 이 두려움과 이 위협은 수세기를 살아 남아, 오늘날까지도 그 흔적이 남아 있다. 이 위협은 고대에도 있었다. 아이들을 잡아가는 존재는 라미 Lamie 라 불리웠다. "라미란 아마도 총칭적 이름일 것이다. 모르모 Mormo, 겔로 Gélô, 카르코 Karko, 엠푸사 등은 특정한 라미들이고."[68] 이런 종류의 존재들에 대한 믿음은, 유럽에 관해서는, 만하르트 Mannhardt 에 의해 분석되었다. 여기서 그의 자료들을 다시 옮겨 그들과 우리의 야가——아이들을 호려가는——간의 친족성을 증명할 필요는 없을 것이다.

15. 사전 매매

직접적으로 보내는 것과 납치를 위장하는 것 외에, 숲에로의 출발은 또 다른 형태를 가질 수 있는데, 이것을 이해하기 위해서는 제의와 그 의미에 대한 몇 가지 명세들을 우리의 논의에 도입시키는 것이 필요하다. 이제까지는, 다음과 같은 방식으로 일이 진행되었었다. 즉 일단 입문 제의를 치르고 나면, 소년은 자기 집으로 돌아가 결혼을 할 수 있다는 식이다. 그런데 이 입문자들은, 흔히 '남성 결사'라든지 또는 영국식 용어를 빌자면 '비밀 결사'라 불리우는 일종의 조직을 결성하였다는 점을 지적할 필요가 있다. '비밀'이라는 말은 꼭 들어맞지는 않는바, 그러한 결사의 존재 자체가 비밀이 아니라, 그 내적 조직이나 생활이 비입문자들에게는 비밀이라는 뜻이다. 이러한 결사들은 부족 생활에 있어 중요하고 다양한 역할을 하였으며, 흔히는 정치적 권력도 그들에게 속해 있었다. 요구되는 입문의 수준에 따라 구별되는 여러 개의 결사들이 존재할 수도 있었다. 입문 제의란 동시에 이 결사에의 가입 제의이기도 하였다. 결사에 가입하는 것뿐 아니라 낮은 수준의 결사에서 높은 수준의 단계에로 옮기는 데에도, 해당 결사의 비밀들에 대한 입문이 요구되었다. 결사에의 형식적(아직 실제적이 아닌) 가입은 아이의 출생시에 또는 심지어 그 이전에 행해졌다. 아이는 태어나면서부터, 말하자면

---

66) *Ibid.*, 168.
67) *Ibid.*, 178,187.
68) Rohde, *Psyche*, I, p.410. 아이들에게 들려주는 이야기 속의 허깨비들에 대해서는, Dieterich, *Nekyia*, Leipzig, 1893, p.48.

미리 팔리는 것이다. 이러한 경우, 아버지는 일정 금액을 붓고, 만기가 되면 아이를 결사에 넘겨주며, 그때에 그 결사가 입문 제의를 담당하게 된다. "소년들은 아직 어린 나이에 결사에 가입이 되지만, 그들이 그 결사의 춤을 배우며 실제로 거기에 참여하게 되는 것은 훨씬 나중에 가서이다."[69] 슈르츠는 더 분명히 이렇게 말한다. "아이들도 역시 미리 팔릴 eingekauft 수 있었다. 하지만 그들은 필요한 나이가 되어야 비로소 춤을 배운다." 두크-두크족 les Douk-Douk 의 잘 알려진 결사에 가입하는 데 있어서도 같은 일이 일어난다.[70] 소년들은 출생 즉시로 팔릴 수 있지만, 실제적 가입은 열여섯 살이 되어야 한다. 이러한 사실은 러시아의 이야기에 잘 나오는 다음과 같은 말에서도 반영된다. "너는 아들이나 딸을 낳을 것인데, 열여섯 살까지는 네 아이이지만, 열여섯이 되면 내게 보내야 한다"(P.V. 247).

달리 말해서, 이러한 대응 관계는 "네가 알지 못하는 채 집에 가지고 있는 것을 달라"는 모티프를 조명해준다. 이 모티프는 '사전 매매의 모티프'라 부를 수 있는바, 그 일반적 도식은 다음과 같다. 어떤 사람이 집을 멀리 떠나 있을 때 어려운 상황에 처하게 된다. 예컨대, 호수 위에서 그의 배들이 멈춰선다든가, 강가에서 물을 마시려고 몸을 굽혔는데 물에서 괴물이 솟아나와 그의 수염을 붙잡는다든가, 숲에서 길을 잃는다든가, 미지의 요술적인*) 정원에서 딸을 위해 꽃을 꺾는다든가 등등. 이러한 상황들에 대한 동기화도 없지 않지만, 그것들의 검토는 직접적으로 우리의 관심사가 아니다. 모티프의 두번째 국면은 다음과 같다. 파도의 짜르 le tsar de l'onde(또는 연못의 노인, 정원의 소유자, 악마 등등)는 이 곤경에 처한 사람에게 "그가 알지 못하는 채 집에 가지고 있는 것을 달라"고 요구한다. 그가 무엇을 하는지 모르는 채로, 그는 그의 아이를 괴물에게 넘겨주기로 약속하고, 그럼으로써 풀려나 집에 돌아가는데, 그제야 그가 막 아들을 낳았다는 것을 알게 된다.

이 모티프는 바움가르텐에 의해 특별히 연구되었으나, 저자는 "이 모티프의 존재와 근원들은 충분히 명확치 않다"[71]는 결론밖에는 얻지 못

---

69) Parkinson, *Dreissig Jahre*, p. 599.
70) *Altersklassen*, pp. 371, 384.
71) W. Baumgarten, "Jephtas Gelübde," *ARW*, XVIII, 1915, pp. 248~49.
*) 다소 어색하기는 하지만, 'conte merveilleux'를 '민담〔요술담〕'으로 옮기고 있는 것과 맥을 통일하기 위하여 'merveilleux'라는 형용사는 '요술적인'으로 옮기기로 한다. 〔역주〕

하였다. 하지만 이야기에서 일어나는 바를 검토해볼 때, 우리는 다음과
같은 결론에 이르게 된다. 즉 이것은 아이의 출생시에 맺어진 거래로
서, 그 거래에 의해 아이는 숲이나 물의 신비한 존재에 귀속되는 것이
다. 이 거래를 좀더 자세히 살펴보자. 그것은 극도의 비밀에 싸여 있다.
사물들은 그들의 이름으로 불리우지 않으며, 특히 아이는 "네가 알지
못하는 채 집에 가지고 있는 것"이라는 위장된 표현으로써 지명될 뿐이
다. 이러한 종류의 위장된 표현은, 가장 엄격한 일련의 금기들로써 보
호되는 비밀 조직 체계내에서는, 전적으로 있을 수 있는 역사적 사실이
다. 두번째 상황은 거래를 체결한 당사자들 중 한 쪽이 숲이나 물의 성
격을 갖는다는 것이다. 이 신비한 노인의 본성은 아직 규명될 수 없거
니와, 소년이 누구의 집에 가게 되는가를 살펴보게 될 때 분명해질 것
이다. 끝으로, 이 거래의 세번째 사항은——우리에게는 이것이 가장 중
요하다——정해진 유예 기간이다. 거래가 맺어진 후, 소년은 일정한 나이
까지 아버지 곁에 머물며, 주어진 유예 기간이 만기가 되어서야 떠난다.
이 유예 기간이란 무엇인가? 노인은 무슨 이유로 소년을 요구하며, 왜
즉시로 그를 데려가지 않는가? 모든 것은, 이 '유예'가 성적 성숙에 도
달하기까지 소요되는 기간이라 할 때 분명해진다. "너는 아들을 낳을
것인데, 단, 그가 열일곱 살이 되면 내게 넘겨주어야 한다는 조건에서이
다"(Sad. 99). 이야기꾼은 때로 이 조건의 이유를 잘 이해하지 못하여,
거기 대한 구실을 찾아낸다. "내가 열두 해 동안은 내 아들을 키우게 해
주시오. 내가 그의 덕을 볼 시간을 주시오"(Sad. 11). 달리 말해서, 이야
기꾼은 그에게 이해되지 않는 이 유예를 일종의 호의로 보는 것이다. 아
들은 떠나면서 이렇게 말한다 : "아빠 안녕! 나를 약속했던 곳으로 보
내주세요! 떠날 시간이 되었으니, 축복해주세요!" "아버지와 어머니
는 울면서, 그를 떠나보내기를 원치 않았다. 하지만 그들이 결국 졌고,
그는 길을 떠났다"(Z.V. 118). "'아빠, 안녕! 나는 이제 더 이상 당신의
것이 아니예요! ——아들아, 너는 지금 어디를 가느냐?' 아들은 말한
다. '나는 숲의 괴물에게 먹히러 가요'"(Z.P. 24).

출발자는 그의 대부에게로 가는 수도 있다. 이것은 매우 흥미로운 변형
으로서, 세례 의식과 할례 의식은 역사적 친족성을 가지므로, 역사적으로
도 정당화될 수 있는 변형이다. 대부는 옛날의 주인이나 지도자를 대신
한 것이다. "그리고 그는 그의 대녀가 자라면 그에게 보내지도록 명하였
다"(Sm. 73). 이 경우, 대부는 때로 대녀를 잡아먹으려 할 때도 있다.

이 거래와 매우 근사한 것이 아들을 마술사나 장인(匠人)·악마, 그 밖에 돌연히 나타나는 신비한 인물——이 선생 또는 교육자라는 인물에 대해서는 다시 말하게 될 것이다——에게 위탁하는 것이다. 어떤 여자에게 바보 아들이 있었는데, 웬 노인이 나타나 말한다. "'자, 그를 내게 주시오. 내가 그를 가르치겠소,' 그래서 그녀는 아들을 그에게 주었다" (Sm. 221), "그를 내게 주시오, 삼 년이면 내가 그에게 알아야 할 것을 다 가르칠 것이오"(Af. 140a/249). "어머나 Oh là là !"라고 말할 때마다 나타나는 (때로는 무덤에서) '어머나'도 이 신비한 선생들 중의 하나이다. 크레츠머 Kretschmer 는 그에게서 죽음의 사자 내지는 화신을 보는바, 이는 여기서 우리가 다루고 있는 사실들과도 완전히 일치한다.[72] "어디를 가는 거요, 노인, 아들을 어디로 데리고 가는 거요?——나는 그를 숲에 버리러 가오. 우리는 더는 먹을 것이 없소——그를 내게 주시오. 내가 그를 가르치겠소"(Z.V. 30).

그리하여, 집을 떠남으로써, 주인공은 흔히 '수련'에 들어가게 된다. 그것이 어떤 수련인가를 살펴보자.

16. 그녀는 있는 힘을 다해 그를 팼다

숲에서, 그들을 잡아먹게 될 무서운 귀신의 집에 있는 소년들에게는, 어떤 일이 일어나는가? 입문 제의의 한가운데서는, 이미 보았듯이, 어디에서나 할례가 발견된다. 하지만 할례는 숲에서 소년들이 겪게 되는 것의 극히 일부에 불과하다. 그들은 끔찍한 학대와 고문에 처해지곤 하였다. 많은 여행자들이 이 오두막집으로부터 들려오는 울부짖음에 대해 공포심을 가지고 이야기한 바 있다.[73] 이 아이들에게 불의 시험을 겪게 하였다는 것은 좀더 나중에 보게 될 것이다. 고문의 또 다른 방법은 그들에게 커다란 상흔들을 남기는 상해를 입히는 것이다. 슈르츠와 웹스터는 목부터 아래까지 절개된 등에 대해 말한다. "입문 의례의 가시적 상징은 등가죽을 길게 째는 것이다."[74] 때로는 등과 가슴의 살갗 아래로 가죽띠를 넣어 소년들을 매달기도 한다.[75] 이러한 제의들은 특히 남미에서 잔인하였던바, 거기서는 아이들의 상처에 후추를 뿌린다

---

72) P. Kretschmer, "Das Märchen vom Blaubart," *Mitt. d. Anthrop. Ges. in Wien*, XXXI, 1901.
73) Webster, p. 33.
74) *Ibid.*, p. 26; Schurtz, p. 97.
75) *Ibid.*, p. 185.

——마치 러시아의 이야기에 나오는 것처럼. [76] 이 모든 것에 매질이 더해진다. 이야기에서 주인공은 같은 방식으로, 똑같이 작은 오두막이나 이즈바에서, 똑같이 숲의 정령에 의해 고문을 당한다. 야가는 "절굿공이를 집어들고 '콧수염 *La Moustache*'에게 달려들었다. 그녀는 그에게 우박 같은 매질을 퍼부어, 그는 반쯤 죽은 듯이 의자 아래 쓰러졌다. 그러자 그녀는 그의 등에서 가죽띠를 도려내가지고 떠나갔다"(Af. 81a/141). "갑자기 한 노인이 절구통을 타고 공이로 노저으며 쏜살같이 다가왔다……노인은 소년을 붙잡아서 절구통에 쑤셔넣고 사정없이 쳤다. 그리고는 그의 등에서 가죽띠를 도려낸 후, 톱밥으로 그를 문질러가지고 의자 밑에 던졌다"(Af. 79/139).

이러한 잔인성의 의의에 관한 질문에 대해 연구가들은, 그것은 젊은 이들에게 연장자들에 대한 절대 복종을 가르치기 위한 것이라든가, 또 거기서 미래의 전사들이 단련된다든가 하고 대답한다. 원주민들 자신은 그것을 때로 인구 수를 줄이려는 의도로써 설명하는바, 실제로 무시 못할 비율의 아이들이 이 '입문 의례'의 후유증으로 죽는다. 하지만 이 모든 설명들은 우리가 보기로는 별로 설득적이지 못하다. 보다 진실에 가까운 것은, 이 잔인성은 "이성을 잃게 한다"는 점이다. 매우 오래(때로는 여러 주 동안) 계속 되고, 갈증과 기아·어두움·공포 등에 수반되어, 그것은 입문자에게 죽음에 인접한 상태를 유발하였다. 그것은 일시적 광기(게다가 특정한 음료를 마심으로 인해 촉진되는)를 유발하여, 입문자로 하여금 세상만사를 잊게 하였다. 그는 자신의 이름을 잊고, 자기 부모도 알아보지 못하며, 때로는 매우 확고히, 사람들이 그에게 말해주는 대로, 그가 죽었다가 되살아난 것이라고 믿을 정도로, 모든 기억을 상실하였다.

일시적 죽음과 광기라는 현상은 좀더 나중에 보다 상세히 연구될 것으로, 그 형태는 매우 다양하다. 한 가지 흥미로운 세부만을 더 옮겨보자. "키가 팔뚝만한 그 자는 거인 콧수염을 잡아 흔들기 시작했다. 그는 그를 사정없이 때려서 의자 밑에 던졌다. 그리고 나서는 그들의 음식을 더럽혀서 찌꺼기만 남게 하였다"(Z.P. 22). 슈르츠와 그 밖의 저자들은, 사람들이 일부러 소년들에게 구역질이 나게 하였다고 말한다. 소년들은 그들의 선생의 오줌을 마셔야 했다든가 등등. [77] 그들은 물거름 웅덩이

76) Schurtz, p. 98.
77) Loeb, *Trib. Init.*, p. 253.

애 처넣어졌고, 물거름을 뒤집어썼다. [78] 세부를 생략한 채, 슈르츠는 "고룡의 극복과 마찬가지로, 구역질의 극복이 요구되었다"고 말한다. "그녀는 그를 의자 밑에 던져 뒹굴게 하였다"라는 세부는 어둠 속에 뒹구는 느낌, 죽음과 암흑의 인상과 탈없이 일치하는 것이다.

17. 광   기

우리는 이러한 관행의 결과로서 일어나는 광기라는 현상을 아주 간단히 검토해보겠다. 그 자체로서의 광기는 이야기에 거의 반영되어 있지 않지만, 그것은 민속문학의 특정한 국면들을 설명해주느니만큼, 연구되는 일반적 과정의 필요불가결한 부분으로서 지적되어야 할 것이다. 그것이 매질 때문이든 기아·고통·고문, 마약이나 최면제가 든 음료 때문이든, 신참자는 착란 상태에 빠지곤 하였다. 슈르츠는 이러한 상태가 강신(降神) *la descente de l'Esprit* 즉 구하던 자질들의 획득에 해당하였다고 추정한다. 프로베니우스 역시 사태를 그렇게 이해하고 있다. "필시 이것은, 뉴기니아에서보다는 남기니아에서 더 흔히 발견되는바, 신들림 *la possession*으로 이해되어야 할 경우이다. 이러한 상태들이 나타나는 방식은 아직도 밝혀지지 않았다. 이 사람들은 초자연적인 힘을 가진 듯하며, 예컨대, 나무를 뿌리째 뽑을 수가 있다. "[79] "어떤 경우에는, 사람들은 실제로, 새로 할례받은 자는 신들려 있다고, 착란 상태를 거쳤다고 생각하는 것으로 보인다. "[80] 샤머니즘(과 제의와의 관계는 특수 연구의 주제가 될 수도 있을 것이다)에서도, 우리는 동일한 현상을 본다. "부리아트족 les Bouriate의 무당들은 정신착란과 간질 발작의 상태에 도달해야 하며, 흔히 그렇게 한다. 거기에 도달한 자들은 부리아트인들의 존경과 대우를 받는다. "[81] 끝으로, 고대의 그리스-로마도 이러한 황홀경의 표현에 광범한 장(場)을 제공한다. 나중에 보게 되겠지만, 오레스테스 Oreste의 광기도 지금 우리가 다루고 있는 현상들과 모종의 관계를 갖는 것이다. 하지만 신성한 광기 μαγια의 다른 경우들도 마찬가지로 그와 관련될 수 있다. 또한 이야기에서도 광기가 발견되기는 하지만, 매우 드물다. 그리고 그때 그것은 능지처참된 시체를 보는 것과 관련되어 있다. 우리가 능지처참 *la mise en morceaux*의 모티프를 검토하게 될 때,

---

78) Schurtz, p. 385.
79) L. Frobenius, *Masken*, p. 126.
80) Schurtz, p. 107.
81) 젤레닌, 『온꼰 예배』, p. 314.

재의에 있어 능지처참과 광기 사이에는 역사적으로 증명된 연관이 있음이 드러날 것이다. 이러한 경우, 이야기에서는 이렇게 말해진다. "그러고 그녀는, 마치 미쳐버린 것과도 같았다"(P.V. 380), 또는 "그녀는 제몸에 상처를 내며 실성하였다"(Ontch. 45). 비아트카 지방의 한 이야기에서는, 광기의 모티프가 보다 강하게 나타난다. "'네가 세 시간 꼬박 그 소리를 들으며 미치지 않는다면, 저절로 소리나는 구슬리들은 네 것이 될 것이다. 하지만 네가 미쳐버린다면, 너도 거기에 머리를 두고 와야 할 것이다⋯⋯.' 군인은 제정신으로는 십오분도 들을 수 없었다. 그는 미쳐버렸다"(Z.V. 1.). 이 모든 경우에, 광기의 발작은 숲의 집이나 강도들의 집 또는 그 소리가 광기를 촉발하는 구슬리를 주는 신비한 존재의 집에서 일어난다. 지금으로서는 이 정도의 간결한 지적들만 해두기로 하자. 이러한 문제는 특별한 연구의 대상이 될 수도 있을 것이지만, 우리로서는, 중요한 것은 이러한 사실을 지적하는 것이다. 그럼으로써 우리는 모호하게 남아 있던 이야기의 특정 국면들을 이해하게 될 것이다.

18. 손가락의 절단

이야기에 의해 특히 잘 보존된 손상의 형태들 중 하나는 손가락의 절단이다. 이빨을 뽑는다든가 하는 손상의 다른 형태들은 보존되지 않았다. 손가락의 절단은 할례 후에 행해졌다. 이 문제에 관해 웹스터는 이렇게 말한다. "부분적 치유 후에, 그들은 가면을 쓴 사람 앞으로 나아갔다. 그는 도끼를 찍어 그들의 왼손 새끼손가락을 잘랐다. 때로, 우리가 들은 바에 의하면, 후보자들은, 보충적 희생으로서, 같은 손 검지를 내놓기도 하였다."[82] 이야기에서도 주인공은 흔히 이즈바 안에서 손가락을 잃거니와, 그것은 바로 왼손 새끼손가락이다. 손가락의 상실은 다음과 같은 상황에서 자주 나타난다. 1) 야가 및 그와 동격인 인물들의 집에서. 여기서 손가락이 잘리는 것은 소년이 충분히 살이 쪘는가를 보기 위해서이다. 2) 애꾸눈의 악신(폴류페모스)의 집에서. 여기서는 주인공이 달아나다가 손가락으로 무엇인가를 건드리는데, 거기서 손가락이 떨어지지를 않는다. 악신이 그를 잡으려는 순간에, 그는 목숨을 건지기 위해 스스로 손가락을 자른다. 3) 강도들의 집에서. 희생자의 손가락은 끼고 있는 반지 때문에 잘린다. 이러한 경우들 만으로도, 고립된 경우들

---

82) Webster, *Primit. Secr. Soc.*, p. 185.

이 더 있다. 무훈을 세우고 돌아오는 주인공은 대로 손가락 하나가 모자란다. 때로는 모자라는 손가락이 가짜 주인공을 찾아내는 데에 쓰이기도 한다. 이 가짜는 진짜 주인공에게, 요술적인 무엇인가를 찾아오는 대가로, 손가락 하나 발가락 하나와 등에서 도려낸 가죽띠 하나를 주었는데, 그는 그 요술적인 무엇을 자기 것으로 주장하려 하지만, 결국 모자라는 손(발)가락들 때문에 들키게 되는 것이다.

비아트카 지방의 한 이야기에서는, 염소가 소년들에게 말한다. "너희 손가락을 잘라다오, 시험을 해보게." 그는 손가락들을 난로 위에 던지지만, 그것들은 익지 않는다. "아니, 아직도 그것들은 살이 덜 쪘어. 아직 너희들을 구워먹을 때가 아니야"(Z.V. 11). 독일의 이야기에서는, 손가락을 자르지 않고 그냥 더듬어본다. 러시아의 이야기에서는, 손가락을 자른다. "갈색 암소가 말한다. '내 예쁜 딸들아, 내 귀여운 딸들아, 그의 새끼손가락을 잘라라.' 소녀들은 새끼손가락을 자른다. '아니예요, 엄마, 그는 아직 살이 덜 쪘어요'"(Sm. 250).

주인공이 손가락을 잃게 되는 또 다른 상황은 그가 폴류페모스나 그 비슷한 인물들의 집에 머물 때이다. 이 세부는 그것만으로도 야가와 폴류페모스간의 대응 관계를 수립하게끔 한다. 러시아의 폴류페모스(애꾸눈의 악신이라 불리우는)는 숲의 한가운데, 그가 가축을 키우는 우리 안에 산다. 그의 애꾸눈이란 야가의 눈멀음에 상응하는 것으로서, 주인공은 달아나면서 그의 눈에 녹인 주석을 붓는다. 이것은 소녀가 마녀의 눈을 반죽으로 막아버리는 것과 마찬가지의 일이다. 끝으로, 야가와 꼭 마찬가지로, 폴류페모스는 동물들의 주인인데, 야가가 숲의 짐승들을 다스리는 것과는 달리, 그는 암양과 암소와 암염소들을 키운다. 어떤 이본에서는, 주인공이 애꾸눈의 악신에 의해 던져질 때, 황소 한 마리가 함께 던져져서, 그는 그것을 붙든다. 주인공을 잡기 위해서 악신(또는 '필요 le Besoin')은 그가 있는 쪽으로 금도끼와 금사슬을 던진다(폴류페모스도 율리시즈에게 바위를 던졌던 것을 상기하자). 대장장이인 주인공은 그대로 유혹된다. "대장장이는 사슬을 가져가고 싶었지만, 겁이 나서, 손가락 하나를 살짝 얹어보았다. 그러자 그 손가락은 사슬에 들러붙었다. 곤경에 처한 것을 알고는, 대장장이는 칼을 꺼내 손가락을 자름으로써 다시 떠날 수 있게 되었다"(Sm. 212). 마찬가지로, "손을 희생하여 잘라버림으로써, 그는 달아날 수 있었다"(Z.P. 13).

숲에서는 손가락 대신 손을 자른다는 것에 주목함으로써, 우리는 이

것이, 숲속에서 오라비에 의해 한 손 또는 두 손이 잘린 소녀를 모티프로 하는, 『외팔이 소녀』 이야기의 출발점이 된다는 사실을 상기하게 된다. 이 손들은 기적적으로 다시 자라난다.

숲속에 있는 강도들의 집으로 끌려간 소녀들의 손가락도 잘린다. "강도들은 첫번째 소녀의 눈을 포크로 찔렀으며, 두번째 소녀를 산 채로 가죽 벗기고 그녀가 금반지를 끼고 있던 손가락을 잘랐다"(Sm. 344). 또 다른 경우들에서는, 이와 반대로, 손가락이나 손이 없는 것은 강도 신랑들이다. "결혼이 성립되자, 잔칫상을 벌였다. 손이 없는 신랑은, 여우털을 넣은 검은 장갑을 끼고 있었다. 누가 거기 대해 물으면, 그는 '아, 나는 손이 좀 아파서요'라고 대답하였다"(Sm. 127). 또한 자주, 금지된 항아리나 냄비에 넣은 손가락(Khoud. 58)은 잘라져서 그 용기 안으로 떨어진다.

여기서 우리는 오레스테스를 상기하게 된다. 메갈로폴리스 Megalopolis 에서 일곱 스타디온 떨어진 미케네 Mycènes 에는 미친 여자들 μαγιατ 이라 불리우는 여신들의 신전이 있었다. 거기서 오레스테스는, 어머니를 죽인 후, 광기의 발작에 사로잡혀 이빨로 손가락을 물어끊는다. 신전에서 멀지 않은 곳에, 돌로 된 손가락이 세워진 고지가 있어서, 손가락 입문 δακτύλον μνῆμα 이라고 불리웠다.[83]

19. 죽음의 증거들

원하든 원치 않든, 여기에서 그러한 제의의 의미라는 문제가 제기된다. 명백히, 여기에서 손상은 그저 완수된 입문 의례의 표지로서만 나타나는 것은 아니다. 이야기에서, 손가락의 절단은 때로 전신의 능지처참을 대신하는 것이다. 소녀는 사실상 능지처참되고, 그 위에 별도로 손가락이 잘릴 수도 있다. "그들은 그녀를 잡아다가 옷을 벗기고 도마 위에 올려놓고 멱을 땄다. 그리고는 그녀가 손에 끼고 있는 반지들을 빼갔다." 반지 한 개가 잘 빠지지 않자, "그는 도끼를 들고 하도 세게 내리쳐서, 손가락이 반지와 함께 튀었다"(Af. 200/344). 하지만 대개의 경우, 잘린 손가락이 담보 구실을 하므로, 도살은 일어나지 않는다. 『외팔이 소녀』 이야기에서도 이런 종류의 담보가 [발견된다. "머리를 그루터기 위에 올려놓아라, 잘라버리게!" "내가 네 아이를 능지처참했다면, …… 그렇다면 내 팔을 팔꿈치에서 잘라라"(Z.V. 72). 또 다른 이본에

83) Radermacher, *Das Jenseits im Mythos der Hellenen*, p. 139.

서는, 아내가 남편에게 그의 누이를 죽이라고 한다. "숲으로 가서 당신 누이를 죽여요." 누이가 애원한다. "내 두 팔을 잘라서 그녀에게 가져 가세요." 오라비는 그렇게 했고, 아내는 만족하였다. "자! 이것은 당신이 당신 누이를 죽였다는 뜻이지요"(P.V. 446). [84]

하지만, 그렇다면, 그것은 주인공이 숲으로 보내져 거기에서 죽음을 만나게 되는, 그리고 이 죽음의 증거들——피묻은 옷, 빼가지고 오는 눈·심장·간, 그리고 피묻은 무기 등등——이 요구되는 모티프를 밝혀주는 것이다. "'여기 내 아들이 있다, 그를 들에 데리고 가서 능지처참하고, 그의 피가 묻은 네 칼을 내게 가져오너라.' '형리님, 날 죽이지 말아요! 내 왼손 새끼손가락을 잘라서 그 피를 칼에 발라요!'"(Khoud, 41). 때로는 피가 묻은 옷을 보이기도 한다. "그는 개를 죽여서 그 피를 옷에 묻히고, 그녀를 놓아주었다"(Sm. 243).

우리가 이미 알거니와, 입문자들은 죽은 것으로 간주되었다. 이 경우, 그들의 죽음의 증거가 부모들에게 제시되었다. 슈르츠는, 오두막집의 지붕을 통해 피묻은 창이, 마치 이야기의 피묻은 검처럼, 달리 말해서 피가 묻은 무기가 보이면 관중들은 의식이 거행되었음을 알게 되었다고 지적하고 있다. 때로는 피가 묻은 옷을 보여줄 때도 있었다. "다음날 그들은 여자들에게 피묻은 옷을 보이며, 아이들은 죽었고 결코 돌아오지 않으리라고 말한다."[85]

20. 일시적 죽음

인용된 자료들은 우리로 하여금 앞서 문제되기는 하였으나 그 의미가 분명치 않았던 현상, 즉 일시적 죽음에 주목케 한다.

이 죽음의 형태들은 매우 다양하지만, 지금 우리에게 중요한 것은 형태들이 아니라 사실 그 자체이다. 몇 가지 증언들을 살펴보자. "거의 어느 곳에서나, 할례 제의는 후보자의 죽음과 재생의 모방적 묘사를 포함하고 있다."[86] "의식의 가장 중요한 부분은 후보자의 죽음과 재생——그는 그럼으로써 주술적 힘을 얻게 되었다——에 있다."[87] "정해진 날에, 마을의 마법사는 딸랑이를 젊은이들 쪽으로 흔든다. 그들은 죽은 자들처럼 쓰러진다. 그들은 수의에 싸여 마을 밖 벨라 Vela 라고 불리우는

84) 루리에, 『숲속의 집』, p. 179.
85) Loeb, *Trib. Init.*, p. 261; Boas, *Soc. Org.*, pp. 555, 568, etc.
86) Webster, p. 38.
87) Schurtz, p. 404.

울타리 안으로 실려간다. 이 '죽은 자들'은 부패하여, 마법사는 그들의 뼈를 주워모아 그들을 소생케 하는 것으로 추정되었다."[88] 이러한 증언들을 많이 모아서 체계적으로 연구할 수도 있겠으나, 그것은 민속학자의 일이지 민속문학자의 일이 아니다. 우리로서는, 사실을 수립할 뿐, 그것을 설명하려 하지는 않겠다. 그리고 그 사실이란 이 죽음과 재생이 마술적 능력의 획득에 필수적인 것으로 간주되었다는 것이다.

하지만 우리가 사실 그 자체의 분석에 들어갈 수는 없다 하더라도, 반면에 이야기가 반영하는 바 죽음과 재생의 형태들은 분석할 수 있을 것이다. 우리는 이 형태들이 매우 다양하며, 그것들이 충분히 완전하고 정확한 방식으로 이야기 속에 보존되었음을 보게 될 것이다.

또한 죽음이 공간적 이동의 형태를 취하였다는 사실도 반드시 지적되어야 할 것이다. 그것도 또한 여기에서 우리가 보는 바이다. 입문자는 "죽었고, 영들의 세계로 떠났다"[39]고 말해진다. "그 동안에 그는 지하 세계에 있었다"거나 "하늘로 떠났다"[90]고 생각된다. 우리는 여기에서 주인공의 편력에 대한 단서를 찾게 될 것이다.

이 일시적 죽음에 대해서는 많은 자료가 있다. 보다 자세한 분석을 해보지 않고 가설을 세운다는 것은 있을 수 없는 일이다. 몇 가지 경우들을 검토해보자.

21. 능지처참과 재생

일시적 죽음이 취하는 형태들 중의 하나는 능지처참이다. 우리는 이 능지처참을 목표로 하는 제의들도 실제로 존재하였다는 것을 알지만, 거기 대한 자료는 아주 적다. 예컨대, 와라문가 Warramunga 부족의 오스트레일리아 원시인들에게서는, 젊은이가 잠이 들면, "사제는 그가 자는 동안 그를 죽이고 몸을 열어 장기를 바꾸며, 주술적 힘의 화신인 작은 뱀을 그 속에 넣는다."[91] 또 다른 예는 이룬타리아 Iruntaria 부족의 것으로, 거기서는 입문 의례가 동굴 속에서 행해진다. 후보자는 동굴 앞에서 잠이 든다. 그러면 사제는 "보이지 않는 창으로, 목덜미에서 혀를 관통하여 다시 입으로 나오게끔, 그를 꿰뚫는다"(혀는 영구히 구멍 뚫린 대로 있으며, 그것은 정령들과의 관계를 증명한다). 두번째로, 창은 귀를 꿰뚫는다.

88) *Ibid.*, p. 434.
89) Webster, p. 173.
90) Boas, *Soc. Org.*, pp. 568, 659.
91) Saintyves, *Contes de Perrault*, p. 381.

그리고는 잠든 자를 동굴 안으로 날라간다. 거기에서 "그의 모든 장기를 꺼내어 대체시킨다…… 그의 열린 몸에 마법의 수정들을 집어넣은 후, 그를 소생시킨다. 그러나 그는 이성을 잃어버렸다." 차츰 그는 제정신으로 돌아와서, 무당이 된다. [92]

좀더 자세히 들여다보면, 혀는 실제로 창에 꿰뚫리는 반면, 몸을 열고 장기들을 대체시킨다는 것——피수술자가 의식이 없는 동안 행해지는 것으로 치부되는——은 전혀 실제의 일이 아님을 알 수 있다. 단지 그러한 인상을 줄 뿐이다. 어떻게 그렇게 하는지는 정확히 알 수 없다. 좀더 나중의 경우들에서는 입문자가 다른 사람이나 동물에 의해 대치된다. 전쟁 포로나 노예의 실제적 처형의 혼적들도 있다. 어떤 경우에는, 희생자를 화상(畵像)들 위해서 목자르기도 하였다. 몇 가지 예를 들어보자. "한 노예가 비밀 조직의 구성원들에 의해 죽임을 당했다. 그는 능지처참되어 그들에게 먹혀졌다." [93] 이 경우에는 실제로 사람이 죽었었다. 쿄와큐틀 Kwakiutl 부족에서는, "머리를 자르면서, 그 머리를 자르는 자는, 얼굴이 죽음을 나타내는 머리가 재현된 조각품을 구경시킨다. 이 머리들은, 조형자의 기술이 그것을 나타낼 수 있는 한에서, 필시 춤추는 자들의 초상일 것이다." [94]

어떤 자료들이 보여주는 바에 의하면, 입문자들에게는 죽은 자들, 손상된 시체들이 구경시켜졌으며, 이 시체들은 소년들 위에 놓여져서, 이들은 시체들 위로 기거나 그것들을 넘어가야 했다. 이것은 분명히 입문자 자신의 죽음을 상징하는 것이었다. "그들은 피투성이가 된 사람을 넘어가야 했다. 이 사람 위에는 돼지 창자가 놓여져서 마치 내장이 터져나온 시체처럼 보였다. 또 다른 사람들도 죽은 것처럼 누워 있었는데, 베레 Vere 의 한 구성원은 후보자들에게 그들을 죽였다고 비난하였다." 여기서는 입문자가 죽임을 당하는 것이 아니라, 다른 사람이 그를, 그것도 허구적으로, 대신한다. 이러한 허구적 처형 이전에는 이 다른 사람——이 경우에는 먹히기까지 하는——이 실제로 처형되었을 수도 있다.

문제의 제의에서 식인이 행해졌음은 의심의 여지가 없다. 모든 관찰자들이, 비록 전적으로 이해할 만한 이유들로 인해, 직접 그것을 목격하지는 못했지만, 그것에 대해 말하고 있다.

92) *Ibid.*, p. 380.
93) Schurtz, p. 397.
94) Boas, *Soc. Org.*, p. 491.

인체를 갈갈이 찢는 것은 많은 종교 및 신화에서, 그리고 이야기에서도, 중요한 역할을 한다. 우리는 여기에서 능지처참과 환생이 능력의 원천 또는 신격화의 조건이 되는 몇 가지 경우들만을 검토해보자.

디렌코바 Dyrenkova 의 논문 「터키 부족들의 사고 개념에 있어 무격화(巫覡化)하는 재능의 획득」[95]에는, 능지처참 및 장기 교체의 센세이션이 무당이 되기 위해 불가결한 선제 조건임을 보여주는 방대한 자료의 인용들이 들어 있다. 시베리아의 모든 터키 부족들에게 있어 이 능지처참의 형태들은 유사한바, 그것은 환각 상태에서 행해진다. 이 자료들에서 몇 가지 예들을 인용해보자. 야쿠트족의 무당 게라시모프 Guérassimov 는 인류학자 포포프 A.A. Popov 에게 다음과 같은 이야기를 들려준다. 그가 잃어버린 순록들을 찾고 있었을 때, 문득 그는 하늘에서 세 마리 까마귀들을 보았고, 등에 타격을 느끼며 의식을 잃었다. 그러자 '정령들'이 나타나 그를 고문하기 시작했다. "그들은 그를 밧줄과 가죽끈으로 매질했으며, 파충류들이 그를 물어뜯고 핥았다. 그는 진한 피 속에 담겨져서 숨이 막혔으며, 끔찍한 노파의 젖을 빨아야 했다. 눈알을 뽑혔으며(눈멀음에 대해서는 앞서의 논의를 참조할 것), 귀가 뚫렸고, 그의 몸은 갈가리 찢긴 채, 쇠로 된 요람 속에 갇혔다 등등……"[96] 많은 연구가들의 주석에 따르면, 야쿠트족에게 있어서 미래의 무당은 "머리가 잘리고 찢기고 산 채로 삶아지는 등 온갖 고통을 겪는다"(동서). 텔레우트족 Les Téléoutes 의 무당 코요느 Koyone(=토끼)는 다음과 같은 환영을 본 후에 무격화된다. "몇 사람이 그의 지체들을 떼어 끓는 냄비 속에 넣었다. 그리고는 두 사람이 더 나타나서 그의 살을 자르고 내장들을 꺼내어 삶게 했다."[97] 이것이 무당이 무격 기능에 취임하기 이전에 보게 되는 환영들의 전형적인 요지이다. 여기서 생겨나는 의문은, 왜 모든 무당들이 같은 환각들을 가지며, 왜 이 환영들은, 한편으로는, 아메리카, 아프리카, 폴리네시아, 오스트레일리아 등지에서 제의의 형태로 행해지는 것과, 다른 한편으로는 이야기가 우리에게 제공하는 자료들과, 때로 세부에 이르기까지 비슷한가(냄비에 삶기 등등) 하는 것이다. 제의에서는, 해당 민족들의 경제적 기층 및 사회적 구성에 확고히 관련된 보다 옛날의 형태가 발견된다. 시베리아의 터키인들은, 경제적 관점에서나 사회적·종교적 조직의 관점에서나, 보다 나중의 단계를 대표한

---

95) r. MAE, IX, 1930, pp. 267~93.
96) Dyrenkova, p. 273.
97) Ibid., p. 274.

다. 이야기로 말할 것 같으면, 그것은 전혀 새롭고 변화된 사회적 조건 속에서 같은 자료를 화석화된 채로 포함하고 있다. 고대 국가들(동양을 포함하여)이 도달한 발전 단계에서는 이 모티프가 종교 속에 존재하되 형태가 바뀐 것을 볼 수 있다. 즉, 거기서 능지처참되는 것은 무당이 아니라 신이나 영웅인 것이다. 가장 잘 알려진 예가 오르페우스의 예이다. 하지만 이집트의 오시리스, 시리아의 아도니스 Adonis, 트라키아 Thrace 의 디오니소스 자그레우스 Dionysos Zagreus, 등도 다 마찬가지로 죽음을 당해 사지가 찢겼다. 모두가 "때이르게 처참한 죽음을 겪었다. 그러나 그들은 아주 죽은 것이 아니라 되살아나서 예배의 대상이 되었다. "[98] 이 고대적 경우들에서, 우리는 좀더 나중에 자세히 살펴보게 될 단두·문신·광기·춤, 성소에 악기를 보존하는 것, 허구적 시체와 나무 사이의 관계 등을 발견할 수 있다.

야코비 Jacoby 가 전하는바,[99] 아스바고샤 Açvagosha 이본에 따르면, 붓다 역시 자기 몸을 토막내었다가 다시 붙였다고 한다. 그 동기화——그는 아버지를 갚기 위해 그렇게 한다는——는 나중에 추가된 것으로, 이 모티프를 이해하지 못하고 있음을 보여준다.

능지처참과 재생이라는 모티프는 이야기에서도 매우 흔히 나타난다. 주제별로 몇 가지 유형들을 수립해볼 수는 있으나, 대개는 어떤 주제와도 유기적으로 관련되어 있지 않은, 고립된 경우들이다.

능지처참이 나타나는 주제들 중의 하나는 강도들의 집에 있는 약혼녀의 이야기——『푸른 수염』은 그 변이체이다——이다. 우리는 뒤에서 강도들의 집에 대해 보다 자세히 알게 될 것이다. 지금은 우선, 『푸른 수염』 유형의 이야기들에서는, 소녀가, 금지된 방안에서 푸른 수염의 아내들이 토막쳐져 있는 것을 보게 된다는 것만을 알아두자. 그림은 이렇게 이야기한다. "그녀가 그 안을 들여다보았을 때, 무엇이 보였겠는가? 한가운데에는, 피투성이가 된 커다란 대야 안에, 토막난 시체들이 들어 있었고, 그 옆에는 도마와, 그 위에는 날이 시퍼런 도끼가 있었다. " 소녀가 금지된 방에 들어갔었다는 것을 알자 마법사는 "그녀를 땅에 내팽개치고, 머리채를 잡아 끌고 가서는, 도마 위에서 머리를 자르고 토막을 쳤다. 그녀의 피가 솟구쳐 바닥에 뿌려졌다"(Grimm. 46). 러시아 북부

---

98) S. Reinach, "La Mort d'Orphée," *Cultes, Mythes, Religions*, Ⅰ, Paris, 1906, pp. 85~122.

99) A. Jacoby, "Zum Zerstückelungs und Wiederbelebungswunder der indischen Fakire," *ARW*, XVII, 1914, p. 465.

지방의 한 이야기에서는, 소녀와 어린 소년이 강도의 집에 가게 된다. 그들은 들어오라고 권유받는다. "'들어와서 식사합시다.' 그들이 들어 가자, 양배추 수프와 흰 빵, 그리고는 포도주 대신 끓인 팔다리가 차려 져 나왔다"(Ontch. 45). 강도들이 도착한다. "그들은 순례자들이 있는 방안에 들어와 어린 소년을 잡아가지고 부엌으로 끌고 갔다. 난로에 불을 지피고 냄비에 물을 끓여서, 소년을 거기에 넣었다. 그는 얼마 소 리도 지르지 않고 곧 죽었다. 그러자 그들은 그를 꺼내어 접시에 담아 가지고 가서, 식탁에 앉았다. 모두가 잘 먹고 난 후, 그들은 자러 갔다" (Ontch. 45).

이러한 경우들에서 우리에게 중요한 것은, 능지처참이 숲속의 집에 서 행해진다는 사실이다. 야쿠트족의 한 이야기에서는, 두 소녀가, 팔 하나 다리 하나밖에 없는 무서운 노파가 사는 오두막집에 이르게 된 다. 두 소녀는, 그녀가 옆방에서 사람의 고기를 자르는 소리를 듣는다. 그녀는 팔과 다리들을 잘라서 소녀들에게 대접한다. 그리고는 한 소녀 의 머리를 잘라 그것을 나무에 매달아놓는데, 이 머리는 죽지 않고 눈 물을 흘리기 시작한다(P.V. 462). 여기에서 흥미로운 것은, 소녀들이 사 람의 고기를 먹는다는 사실이다. 러시아의 이야기에서는, 그런 음식은 거절되며, 반면 죽었다가 되살아난 자가 거기서 주인공에게 사람의 피 를 마시게 한다(Z.V. 20). 이 피는 초자연적인 힘의 원천이다. "'그에게 힘이 나기를!' 그는 자기 옆구리에서 피가 솟게 하여, 그것을 병에 가 득 담아가지고 그에게 주며 말한다. '네가 엄청난 힘이 솟는 것을 느끼 거든 그만 마시고 내게 남겨다오.' 그는 그 병의 것을 마셨고 무한한 힘이 솟구치는 것을 느꼈다. 그는 그것을 전사에게 남겨주지 않았다" (Z.P. 2). 「저절로 소리나는 구슬리」 유형의 이야기들에서는, 단두가 행 해진다. "'너는 열두 명의 상인들을 데려왔느냐? ——그렇소' 그는 열두 명의 상인들을 지하실로 데려가라고 명하고, 이렇게 말한다. '이제 움 직이지도 졸지도 말고 앉아 있어야 한다. 안 그러면 너는 저절로 소리나 는 구슬리를 얻을 수 없어.' 상인의 아들은 앉아서 보았다. 그가 데려 온 상인들이 그의 앞으로 지나가면서 머리가 잘려졌는데, 시체를 지하 실에 던져놓으면 되살아났다"(Sm. 310).

그러니까, 숲의 통나무집은, 여러 가지 유형의 이야기들에서, 인체의 능지처참이 일어나는 장소인 셈이다. 또 다른 유형의 토막내기는, 특정 주제와 강력히 관련된 것으로서, 「이상한 치유」라는 이야기에 나오는 능지처참이다. 한 노인이 대장간에 가거나, 성 니콜라스를 만나는데, 이 성자가 그를 토막내고 되살리고 젊어지게 한다(Sm. 155와 기타 이야기들). "'구유에 누우시오, 노인' 하고 순례자가 말한다. 노인이 눕자, 순례자는 도끼를 들어가지고 그를 토막낸다. 신부가 물을 가져오고, 순례자는 그 토막들 위에 한 번 물을 뿌린다. 그러자 토막들이 다시 붙는다. 두 번 물을 뿌리자 몸이 되살아나고, 세 번 물을 뿌리자 젊은 청년이 벌떡 일어난다"(Sm. 270). 여기에서 제의의 의미는 분명하다. 즉 능지처참은 사람을 새롭게 다시 만들기 위한 것이다.

하지만 이것은 사태의 한 국면에 불과하다. 우리는 위에서, 입문 의례 시에 후보자의 몸에 뱀을 집어넣는 것—이 뱀은 직접 뱃속에 넣어진다—을 보았거니와, 그러한 행위의 필요성과 거기에서 도출된다는 이익은 곧 불가해한 것이 되어 역전을 겪었다. 즉 이후로는, 병의 원인인 뱀과 그 밖의 파충류들을 없애기 위해 몸이 토막내지는 것이다. 이 이야기(또는 이 모티프)는 톨스토이 I. I. Tolstoï 교수에 의해 연구되었던바, 그는 이 주제에 관한 러시아의 모든 자료를 수집하고, 고대의 관련된 자료들과의 병행 관계를 수립하였다.[100]

인체를 토막내는 것의 세번째 형태는 주인공이 결혼하는 마법에 걸린 왕녀의 능지처참이다. 이 토막내기는 어떤 특정 주제와도 확고부동한 관계는 없다. "그는 도끼를 들고 아름다운 마리아를 마구 쳐죽였다. 그리고는 불을 가져오라고 명하여, 아름다운 마리아의 토막들을 불 속에 던져넣었다. 그러자 그녀에게서 뱀·개구리·도마뱀·생쥐 등 온갖 끔찍한 짐승들이 나왔다."

이 세 가지 기본 형태들(강도들의 집, 이상한 치유에 관한 이야기, 왕녀의 능지처참) 외에도, 토막내기가 나오는 고립된 경우들은 많다. 여기서 해보았던 간단한 분석만으로도 이야기와 제의 사이에 존재하는 관계가 드러난다. 이러한 접근을 시사하는 것은 사실 그 자체뿐 아니라, 상황적 세부들의 전체이다. 예컨대, 이 모티프와 작은 이즈바간의 빈번한 연관이 그러하고, 이 모티프의 또 다른 특징인 뱀을 몸에 집어넣거나 꺼내는 것도 역시 제의에로 환원될 수 있다. 끝으로, 능지처참당한 자가 항상 다시 살아난다는 것은, 그것이 일시적 죽음이라는 사실의 좋은 증

---

100) 톨스토이, 「이상한 치유(러시아 이야기의 고대적 병행들)」, 『언어와 문학』, 제8권, 레닌그라드, 1932, pp. 245~65. [I. I. Tolstoj, "Neudačno e vračevanie(Antičnaja paralel' k russkoj skazke)," *Jazyk i Literatura*, T. VIII, L., 1932, str. 245~65.]

좌이다. 또한 노인의 회춘은 인간 존재의 재생이라는 관념에 소급하는 것으로서 이러한 관념 속에 제의의 모든 의의가 요약될 수도 있을 것이다. 또 다른 문제는, 이 상이한 유형들이 어떻게 형성되었는가 하는 것이다. 야가의 작은 이즈바에서나 강도들의 집에서, 사람의 몸에서 뱀이나 악마를 꺼내는 일은 결코 없다. 이 문제는 이야기의 일반적 비교 연구에 의해서는 해결될 수 없으며, 각 주제를 개별적으로 보다 깊이 연구함으로써 해결되어야 할 것이다.

22. 야가의 화덕

인용된 경우들에서, 우리는 흔히 토막으로 잘린 몸들이 불에 익혀지는 것을 보았다. 불도, 난도질만큼이나 젊게 하는 것이다. 우리가 알거니와, 입문 제의에서 신참자들은 극히 다양한 형태로 불 시험을 겪었다. 여기서 우리는 이 형태들을 연구하고, 그것들을 비교하고, 그것들이 상호간에 갖는 관계 여부를 분석하고, 그 발전 과정과 상징적이고 약화된 대치 형식들의 출현을 연구할 수도 있을 것이다. 이와 병행하여, 신화 및 종교적 개념들에 관한 풍부한, 거의 무궁무진한 자료를 연구하고, 신화와 제의에서 불 시험이 갖게 되는 형태들간의 대응 관계를 추적하고, 왜, 어디서, 어떻게 하여 이 현상이 그 반대로 바뀌었는가 즉 불에 태워야 할 사람이 역전되었는가——아이들을 태우는 대신, 이제 불의 교사자를 태운다——를 입증해야 할 것이다. 이것은 방대한 사회적 역사적 탐구의 소재가 될 것이다. 여기서도, 다시금, 우리는 주요한 단계들을 설정하고 그 관계들을 살펴보는 데에 그칠 수밖에 없다.

입문자들을 불에 태우고 익히는 온갖 형태들이, 입문 제의의 알려진 가장 오래 된 단계들에서 이미 발견된다. 스펜서 Spencer 와 길렌 Gillen 은 오스트레일리아 원주민들에게서 이 제의를 관찰하였다. 그들이 묘사하는 바 제의는 여러 날 동안 계속되었고 커다란 구경거리와도 같았다. 그 일화들 중의 하나는 다음과 같다. 사람의 몸을 넣기 위해 땅에 길다란 구멍이 미리 파여졌으며, 이를 '화덕'이라 하였다. 집행자들 중 하나가 거기에 눕고, 두번째 사람은 그의 발치에, 세번째 사람은 그의 머리께에 무릎을 꿇었다. 이 두 사람은 아룬타 Arunt 인들을 대표하여 땅의 화덕 속에 누운 자를 굽는 것이었다. 이들은 서로 주고받는 부머랭을 이용하여, 익어가는 사람 위에 물을 뿌리거나 뜨거운 숯으로 그를 덮거나 하는 시늉을 하였다. 그러면서 그들은 고기가 구워질 때의 탁

탁 튀기는 소리를 비상한 솜씨로 흉내내었다……. 그때에, 어둠 속으로부터, 알체룽가 Altcherunga 시대(즉 원시 시대)의 개구리라는 토템인의 역할을 맡은 네번째 연기자가 나타났다. 그는 마치 익은 고기의 냄새를 맡으려 하는 것처럼, 그런데 그 냄새가 분명 나지 않는다는 듯이, 끊임없이 공기를 들이쉬면서, 불확실한 걸음걸이로 다가왔다.

이상이 스펜서와 길렌의 이야기이다. 마지막 연기자가 나타나는 것은 흥행의 제일 마지막, 후보자가 다 타버렸을 때이다. 그리하여 그의 인간적 옛 성질의 흔적이 전혀 없다는 것이, 그의 냄새를 맡을 수 없다는 것으로 표현되었던 것이다.

이 경우, 제의는 상징적으로만 수행되었지만, 보다 직접적인 실행도 일어날 수 있었다. 젊은이들을 사오 분 가량 불 위에 두기도 하였고, 고(高)기니아에서는 신참자들이 "죽임을 당하고 불에 구워져서, 아주 변해버렸다."[101] 빅토리아섬에서는, 제의가 이렇게 묘사되었다. "전날밤에 지펴진 기세좋은 불이 다 타고, 재와 꺼져가는 숯밖에 남지 않는다. 깜부기불과 재가 여러 삽 담긴 주머니쥐의 가죽이 그 위에 설치된다. 젊은이들이 그 가죽 아래로 지날 때면, 재와 숯이 그들 위로 쏟아진다. 뜨거운 숯을 다루는 자들은 특별한 이름을 갖는다."[102] 가죽 아래로 지나가는 것은 동물을 통하여 지나가는 것의 뒤늦은 형태이다. 멜라네시아에서는, 후보자가 길고 좁은 모양의 건축물을 통하여 지나갈 때, 끓는 물을 그 위에 붓는다.[103]

우리가 알거니와, 입문 의례는 젊은이에게 새로운 영혼을 획득하고 새로운 사람이 되는 가능성을 제공해주는 것으로 여겨졌었다. 여기에서 우리는 정화하고 쇄신하는 힘으로서의 불이라는 개념을 보게 되는바, 이것은 기독교의 연옥에 이르기까지 이어질 개념이다.

오세아니아에서는, "전날밤에 커다란 불을 지핀다. 남자들은 신참자들에게 불가에 앉으라 하고, 자기들은 그들 뒤에, 몇 겹으로 빽빽이 줄지어 앉는다. 갑자기, 아무 예고 없이, 그들은 소년들을 붙잡아다가 불에 바짝 들이대어 털이란 털은 다 타버리게 한다. 심하게 데는 자들도 많지만, 이들의 울부짖음은 고려되지 않는다."[104] 크와큐틀 부족의 사

---

101) Th. Achelis, *Die Religion der Naturvölker im Umriss.* Berlin-Leipzig, 1919, p. 11.
102) R. H. Mathews, "Some Initiation Ceremonies of the Aborigines of Victoria," *ZfE*, 1905.
103) Schurtz, p. 385.
104) Nevermann, p. 25.

회 조직에 관한 보아스의 저작에서도 이러한 상징적 환상의 많은 예들이 발견된다.

모든 형태의 익히기·태우기·굽기는 가장 큰 이익, 일반적으로 모든 제의의 목표인 이익 즉 부족 사회의 온전한 구성원에게 필요한 자질들의 획득을 가져온다.

우리가 알거니와, 제의는 그 전체가 지옥에 내려감에 해당하였다. 후보자들이 겪는 것은 또한 죽은 자들의 몫이기도 했다. 소시에테 Société 군도에서는, "영혼은 땅의 화덕에서, 마치 돼지들이 거기에서 구워지듯이, 불에 구워진다"고 생각되었다. "그리고 나면 이 영혼은 종려잎으로 만든 바구니에 담겨서, 죽은 자가 생전에 공경하였던 신에게 바쳐졌다. 그리하여 그것은 이 식인적 신에 의해 먹히우는바, 그후 설명할 수 없는 어떤 과정을 거쳐, 이 죽고 난도질당한 자는 신의 몸으로부터 발산되어 나와 불멸이 되었다."[105]

우리는 방대한 자료가 보여주는 바 원시 신화의 단계에는 머물지 않겠다. 우리는 직접 이야기로 넘어가, 거기에서 불 시험을, 우선은 이로운 것으로서, 연구해보겠다. 노브고로드의 한 이야기에서, 소년은 '숲의 할아버지'의 집으로 '배우기 위해' 보내진다. 그의 딸들이 난로에 불을 지피고, "할아버지는 소년을 난로 속에 던졌다. 그 안에서 소년은 데굴데굴 굴렀다. 할아버지는 그를 꺼내어 물었다. '너는 무엇을 아느냐?'―'아무것도, 난 아무것도 몰라요'(이것이 세 번 반복된다. 난로는 백열한다). '자, 이제 무엇을 배웠느냐?'―'나는 할아버지보다 더 잘 알아요!' 소년이 대답했다. 그리하여 수련이 끝나자, 숲의 할아버지는 아버지를 부르러 보내어 아들을 찾아가게 하였다." 이야기의 계속은 소년이 여러 가지 짐승들로 변신하는 것을 배웠음을 보여준다(Sm. 72). 비아트카 지방의 한 이야기에서도, 소년은 숲속 선생의 집에 있다. 아버지가 그를 찾으러 온다. "'아니, 아직은 그를 돌려줄 수 없소. 나는 그를 냄비에 끓일 일이 아직 남았소.' 그는 커다란 불을 지펴서 그 위에 냄비를 걸고, 아들을 잡아다가 냄비 안에 던졌다. 아들은 거기에서 멀쩡하게 돌아나온다. 그는 그를 두번째로 던졌다. '이것으로 충분해요!'―'아니, 아직 한번 더…… 자, 이제는 네가 나보다 더 잘 안다. 이제 되었다'"(Z.V. 30). 여기서는, 소년은 새들의 말을 배웠다. 이 두 경우에는, 수렵 사회에 고유한 원시적 모티프가 보존되어 있다. 즉, 신참자는 짐승

---

105) Frazer, *Belief in Immortality*, p. 310.

의 자질들을 얻기 위해 거기 있는 것이다. 볼트 Bolte 와 폴리브카의 자료(Ⅲ, n° 147)에서도, 불에 탄 자가 동물이 되는 경우들이 발견된다. 이러한 사고 개념은, 늙은이로부터 젊은 사람을 만들어내는 대장장이(그리스도·악마)에 대한 전설들을 낳았다. 불은 젊음을 부여하는 것이다.

그러나, 이처럼 이로운 것으로서의 불의 개념과 나란히 그 반대의 개념도 매우 일찍부터 존재해왔다. 우선 그렇다는 사실만을 지적해두고, 자료를 검토한 후 거기 대한 설명을 시도해보기로 하자.

우리는 이러한 부정적 태도를, 예컨대 허비 Hervey 군도에서 발견한다. 거기서는, 영혼은 몇 가지 모험 후에 미루 Mirou 라고 불리우는 무서운 존재의 그물에 잡힌다고 생각되었다. 프레이저는 이렇게 썼다. "마침내 영혼이 붙잡혀 있는 그물이 끌어올려졌고, 그는 반쯤 질식하여 떨면서 무서운 마녀 미루에게로 나아가게 되었다. 그녀는 빨갱이라는 별명으로 알려졌던바, 이는 그녀의 얼굴이 그녀의 비지상적인 희생자들을 태우는 뜨거운 화덕의 붉은 불을 비추기 때문이었다. 그녀는 그 희생자들에게 우선은 검은 스카랍, 붉은 흙벌레, 게, 작은 새 등을 먹여 살찌게 했다. 그리하여 튼튼해진 후에, 그들은 마녀의 딸들인 네 미인들의 아름다운 손으로 끓인 진한 카바 Kava 를 한 잔씩 마시게 되었다. 이 취하게 하는 음료에 의해 무의식 상태에 떨어진 채로, 영혼들은 아무 저항 없이 화덕에 넣어지고 구워졌다."[106]

여기에서 누가, 마녀에게 잡혀가 먹히기 위해 살쪄워진 아이들의 이야기를 상기하지 않겠는가?

이 경우에는 화덕에 넣어지는 데 대한 항거가 없다는 점이 흥미롭다. 행위의 전적으로 불가피한 양상과 영혼-희생자의 동의가 명백하다. 이 자료는 허비 군도에서 수집되었고, 불 시험이 신격화의 조건이 되는 먼저의 자료는 거기에서 멀지 않은 소시에테 군도에서 수집되었다. 그러니까, 지구의 같은 지역에서, 완전히 상반된 개념들이 발견되는 것이다. 그러므로 문제되는 것은 영토적 근접이 아닌 다른 어떤 것이다. 즉 영혼의 운명은 죽은 자의 사회적 지위에 달려 있다. 불에 태워지는 것은 여자나 아이들, 그 밖에도 자연사하는 자들에게는 치명적인 것으로, 그들은 빨갱이 미루의 덫에 떨어지게 되며, 이는 결정적 죽음, 영원한 파괴를 의미한다. 반면에, 싸움터에서 죽은 자들, 그리고 일반적으로 전사들과 족장들은 다른 죽음에 대한 권리를 가졌으니, 그들의 영혼은 불

---

106) *Belief*, Ⅱ, 241.

을 통과하여 하늘로 올라가 영원한 삶을 누리게 된다. 그러니까, 이러한 이중적 태도는 사회적 분화의 시작과 관련하여 나타나는 것이다.

우리는 신화란 금단의 신성한 이야기라는 것을 안다. 우리는 그것을 마지막 장에서 자세히 보게 될 것이다. 하지만, 도구의 발달, 마술의 쇠퇴, 그리고 그에 수반되는 사회 분화 등과 연관된, 이야기의 탈신성화라는 과정이 개입함에 따라, 우세하는 것은 '세속적' 방식의 이야기, 즉 불 시험의 이익을 부인하고 그 가학성을 불의 교사자에게 돌려 그를 화덕에 던져넣는 식의 이야기이다. 이와 나란히, '위대한 자들'——족장들·영웅들·반(半)신들, 그리고 좀더 나중에는 신들——에 대해서는, 제의에서 직접 나온 옛날 식의 이야기가 여전히 통용되었다.

이러한 관점에서 고대 그리스-로마의 자료를 검토해보는 것은 무척 흥미롭다. 호메로스의 찬가에서, 대지와 생산과 지하왕국의 여신인 데메테르 Déméter 는 딸을 찾아 헤매다가, 켈레오스 Kéléos 의 집에 이르러 맞아들여진다. 신분을 밝히지 않은 채, 그녀는 머물러 데모폰 Démophon 의 유모 노릇을 한다. "데메테르는 머물러 어린 아이의 유모가 되기를 수락하였다. 그녀는 불멸의 팔에 아이를 안고, 향기나는 가슴에 그를 끌어안았다. 어머니의 마음은 즐거웠다." 그리하여 데메테르가 데모폰을 키우게 되는바, 아이는 마치 신처럼, 젖이나 다른 인간의 음식을 먹지 않고 자랐다. 왜냐하면 매일 데메테르는, 그가 마치 정말로 신들의 아이이기나 한 것처럼, 신주로 그의 몸을 문질러주었기 때문이다. 그녀는 그를 팔에 안고 숨결을 불어넣었으며, 밤에 그와 단둘이 있을 때면, 그녀는 그를 마치 작은 불씨인 양 불꽃 속에 몰래 감추어두었다. 왜냐하면 그녀는 아이를 몹시 사랑했으므로, 기꺼이 그에게 불멸을 선물로 주고자 했기 때문이다.

이와 같이 호메로스 찬가에서는 이야기되고 있다. 그러나 불의 시련은 중단되었다. 어느 날 밤, 아이의 어머니가 데메테르가 하는 짓을 보고는 소리지르기 시작한다. 미련한 어머니에게 화가 난 여신은 아이를 불꽃에서 끌어내며, 그럼으로써 그는 불멸을 얻지 못하게 된다. 신화의 주제는 불의 시련이라기보다는 이 시련에의 저항이라 할 것이다.

펠레 Pélée 와 테티스 Thétis 의 신화에서도 똑같은 것이 발견된다. 아킬레스 Achille 의 어머니인 테티스는, 아들이 그의 아버지 펠레에게서 물려받은 필멸성을 불에 태워 없애고 그에게 신성과 불멸을 부여하기 위해, 매일밤 아들을 불에 집어넣는다. 하지만 펠레가 그들을 현장에서 발견하여, 그녀에게서 아들을 빼앗아간다. 그러니까 이미 고대의 그리스-로마에서도 불 시험은 더 이상 행해지지 않았으며, 그 모티프는 사라져가고 있었던 것을 알 수 있다. 그것은 저승과 관련된 개념들, 이야기와 매우 유사한 개념들에 귀속되게 된다. 신화의 등장인물들이 신이나 반신(半神)들이라는 사실에도 불구하고, 그 자신이 신이 되기로 운명지워져 있었던 자들은, 보통 사람들의 '몰이해'로 인하여 신이 되지 못한다. 의미의 전위가 겪는 역사적 과정이 여기서는 아주 분명하다.

마찬가지로, 이야기는, 사냥꾼이나 족장에게 필요한 자질들을 얻게 해주는 시련으로서의 불 시험이라는 오래 된 형태를 보존하는 동시에, 이 시련을 어떻게든 피해야 할 그릇된 관행으로 보는 반대 개념도 보존하고 있다. 그 예들은 너무 잘 알려져 있으므로 따로 들지 않겠다.

23. 마술적 지식

이야기와 입문 제의간의 관계에 대한 우리의 견해가 옳다면, 그것은 또한 마술적 지식이라는 주제——추방되거나 집에서 쫓겨났던 주인공이 특별한 지식이나 재주나 학문의 소유자가 되어 돌아온다는 이야기——를 밝혀줄 수 있을 것이다. 『마술적 지식』이라는 이야기에서, 부모들은, 자신들의 의사에서건 필요에 의해서건, 그들의 아들을 견습에 보낸다. 이것은 극히 사실적인 요소로 보일 수도 있으며, 실제로, 특히 독일의 이야기들에서는, 주인공은 흔히 직업을 배워가지고 돌아온다. 하지만, 대개의 경우, 선생이라는 인물이나, 견습의 조건이나, 배워지는 지식이나, 그것을 배우는 방식이나, 그 어느 것도 19세기의 역사적 현실과는 무관하며, 오히려 한없이 더 먼 과거의 그것에 연관되어 있다.

소년을 맡는 선생은, 노인·마법사, 숲의 요정, 현자 등이다. 그는 파도의 저편에 산다. "파도의 저편에는, 모든 종류의 학문을 가르치는 선생이 산다"(Khoud. 94). 그는 "파도의(또는 강의) 저쪽에" 즉 다른 나라에, 때로는 다른 도시에 산다. "불가강의 다른 편, 어느 도시에, 온갖 언어와 기술들을 가르치는, 그리고 여러 가지로 변신할 수 있는 학자가 있었다. 그는 젊은이와 소년들을 삼 년간 부모에게서 데려다가 가르쳤다"(Sad. 64). 때로 그는 '어머나!'하고 말할 때 무덤에서 솟아나기도 하고(Af. 140c/251), 나무 그루터기에 앉으면 나타나기도 한다. 그는 '숲의 할아버지'이다(Sm. 72). 이러한 예들에서 보듯이, 선생은 숲에서 오며, 다른 나라에 살며, 부모에게서 아이들을 데려다가 삼 년간

(일년간·칠 년간) 숲에서 가르친다.

주인공은 무엇을 배우는가? 그는 여러 가지 짐승들로 변신하는 법이나, 또는 새들의 말을 배운다. "그들은 그가 여러 가지 언어들을 배우도록 학식많은 현자에게 맡겼다. 그들은 그가 새처럼 노래하고 암양처럼 울고 말처럼 힝힝거리기를, 그가 모든 것을 알게 되기를 바랐다"(Af. 140d/252). 그는 마술을 배운다. "마술을 가르치게 그를 내게 주시오!" (Z.P. 57). "그는 새들의 말을 배우도록 맡겨졌다"(Af. 140e/253). 견습이 끝나면, 그에 대해 이렇게 말해졌다. "당신 아들은 잘 배웠소. 그는 이제 큰 힘을 가지고 있소!"(Khoud. 19). 그리고 그는 큰 힘과 마술적 능력을 소유하였다. 그는 과거뿐 아니라 미래의 학문도 알고 있었다" (Khoud. 19).

가르치는 방법에 대해서는 거의 알려져 있지 않다. 우리는 위에서, 주인공을 냄비에 삶는 것이 그에게 예언의 능력을 주게 되는 것을 보았다. 선생의 집 또한 거의 묘사되어 있지 않다. 우리는 단지 한 경우에 그것이 '정원 안에 있는 집'이며 거기에는 열두 명의 소년들이 산다는 것을 알 수 있을 따름이다(Khoud. 94. 집의 모티프에 관해서는, 제30절을 참조). 또 다른 경우에는 '큰 학교'(Sad. 64)라고 말해지기도 한다.

선생이 숲에서 왔다는 것, 아이들의 출발, 가르침의 마술적 성격, 동물들로 변신하거나 새들의 말을 이해하는 기술 등등, 이 모든 세부들은 이 모티프군을, 앞에 나왔던 모티프들과 같은 현상에 관련시키게 한다.

입문 제의는, 말의 고유한 의미에서의 학교 및 교육에 해당한다. 젊은 이들은 거기에서 부족의 모든 신화적 사고 개념들, 제의·예식·관습 등에 입문되는 것이다. 연구가들은 은밀한 어떤 학문이 그들에게 가르쳐졌으리라는 의견을 내놓는다. 실제로, 그들은 부족의 신화들을 듣는다. 한 증인은 그들이 "조용히 앉아서 노인들의 말을 듣고 있었다. 그것은 마치 학교와도 같았다"고 말한다. [107] 하지만 그 본질은 거기 있지 않았으니, 지식보다는 수완을 얻는 것이, 당시에 이해되던 바의 세계에 대한 지식을 얻는 것보다는 그 세계에 대한 힘을 소유하는 것이 중요했다. 이러한 사태는 『마술적 지식』이라는 이야기에 특히 잘 반영되는바, 거기서는, 이미 지적했던 대로, 주인공은 일련의 동물들로 변신하는 것을 배운다. 즉, 그는 추상적 지식이 아니라 실제적 지식을 얻는 것이다.

이 가르침(또는 교육)은 전세계에 걸친 입문 의례의 특징이다. 오스트

---

107) Webster, *Primit. Secret Societies*, p.7.

레일리아의 뉴사우드웨일즈 Nouvelle-Galles du Sud 에서는, 연장자들은
젊은이들에게 "그 지방 고유의 놀이들을 하는 것과 부족의 노래들을 부
르는 것, 그리고 여자들이나 비입문자들에게는 금지되어 있는 코로보리
Korroborri 라는 춤을 추는 것을 가르쳤다. 또한 부족의 신성한 전통들
(이야기들)과 학문도 전수되었다."[108] 우리는 여기서 다시금 이야기의 단
계는 행동의 단계 다음에 오게 되는 것을 본다. "제의는 신화나 전설들
의 조잡한, 그러나 흔히 매우 풍부한 재현이다. 가면을 쓰고 특별한 의
상을 입은 연기자들은 신화에서 이야기하는 신들이나 동물들을 나타낸
다."[109] 이런 식의 설명은 신화가 극적인 구경거리보다 선행적이라는 전
제――"신화가 극화된데"――에서 출발하는 것인데, 우리가 보기로는, 사
태는 그와 정반대의 방향으로 진행한다. 우선적으로 극적 행동이 오고,
그 연후에 신화가 발전하는 것이다. 극적 상연들은 매우 길고 복잡한
반면, 신화들은 짧고 지리멸렬하고 분명치 않고 유럽인들에게는 흔히
불가해한, 오스트레일리아의 예는 이 점을 특히 입증해준다.[110] 이 상
연과 춤들은 구경거리가 아니라, 자연에 대해 힘을 행사하는 마술적 수
단이었다. 입문자는 매우 오랫동안 꼼꼼히 모든 춤과 노래들을 배웠으
니, 아주 작은 실수도 예식 전체를 좌우하는 치명적인 것이 될 수 있기
때문이었다. 이 점에 관해서는, 백러시아의 한 이야기에서, 곰에게 잡
혀간 고아 소녀가 그의 앞에서 춤을 한 가지 추어보인 후에야 놓여나는
것이나, 또는 보아스 선집의 몇몇 이야기들에서, '다른 왕국'으로 떠났
던 주인공이 거기에서 춤을 배워가지고 와서 그의 부족에게 가르치는
것 등을 상기해보자.
　청년이 배우는 춤과 의식들은, 가을과 봄과 겨울의 제의들, 즉 사냥
감들이 잘 번식하게 하고, 비를 오게 하고, 수확이 잘 되게 하고, 병을
쫓아내는 등의 제의들의 일부를 이룬다.
　러시아의 이야기에서 주인공들은 숲의 선생에게서 춤이 아니라 마술
적 능력을 배워가지고 돌아오는 것이 사실이다. 하지만 이 춤이란 그
역시 이 능력들을 표현하는 방식 내지는 그 적용이었다. 러시아의 이야
기에서는 춤이 사라지고, 숲과 선생이나 교육자, 마술적 지식만이 남아
있다. 하지만 춤의 흔적들이 발견되는 다른 유형의 이야기들이 있다.
춤은 음악으로 반주되었으며 악기들은 금단의 신성한 것으로 여겨졌다.

---

108) *Ibid.*, p. 58.
109) *Ibid.*, p. 178.
110) A. Van Gennep, *Mythes et Légendes d'Australie*, Paris, 1906.

입문 의례가 시행되고 입문자들이 일정 기간 동안 살게 되는 집은 때로 '피리의 집'이라 불리웠다. [111] 이 피리들의 소리는 정령들의 음성으로 간주되었다. 그 점을 염두에 둔다면, 주인공이 그처럼 자주 숲의 작은 통나무집에서 저절로 소리나는 구슬리나, 피리들, 바이올린들을 발견하게 되는 이유는 명백해진다. 이 구슬리들의 소리에는, 싫건 좋건 모두가 춤추기 시작한다. 주인공은 춤에 대한 지배력을 얻는다. 이 춤들의 성격은, 물론, 전적으로 달라져 있다. "그들은 통나무집을 한 채 발견하고 그리로 들어갔다…… 위쪽을 쳐다보았을 때, 그는 피리를 발견했다…… 그는 그것을 불기 시작했다"(Z.P. 43). 피리의 소리에 키가 팔뚝만한 난쟁이가 나타난다. 피리 소리는 정령들을 불러내는 것이다.

『저절로 소리나는 구슬리』 이야기의 어떤 이본에서는, 구슬리는 사람의 핏줄로 만들어져 있다. [112] "우두머리 장인은 그를 자기 작업실로 데려갔다. 곧 한 사람이 잡혀와서 기계 위에 으스러졌다. 그는 거기에서 핏줄을 골라내기 시작했다"(Sm. 4). 신성한 악기들이 사람의 뼈로 만들어져 있었다는 것도 알려진 사실이다. 하지만 이 춤들의 반영은 다음과 같은 이야기에서도 발견된다. "니키타 Nikita 는 창턱에서 작은 호루라기를 발견했다. 그는 그것을 집어 입술에 가져가서는 힘껏 불었다…… 그러자 이게 웬일인가? 이즈바가 춤추고, 장님이 춤추고, 식탁과 의자와 접시와, 모든 것이 춤춘다!"(Af. 116b/198). 그 소리가 바바야가를 나타나게 한다. "소년은 자기 바이올린을 집어들고 소나무에 기대어섰다 (그는 형들과 숲속에 살고 있었다). 바바야가가 다가왔다. '애야, 너는 무얼 하는 거냐?── 나는 바이올린을 켜고 있어요.' 바바야가는 물동이들을 던져두고 춤추기 시작했다"(P.V. 269). 비아트카 지방의 한 이야기에서, 군인은 고아가 된 젊은 수련 수녀의 방에서 밤을 보내게 된다. 그런데 거기에서 잘 치장된 커다란 집(집에 대해서는, 좀더 나중을 보라)을 발견하고는, 군인은 그 집에서 밤을 보낸다. "그러자 마귀들은 희극을 하기 시작했다. 그들은 알고 있는 것을 다 하고 나자, 이렇게 말한다. '이젠 네 차례야, 군인. 우리는 다 했어.'" 숲의 춤들이 여기에서 '마귀들의 희극들'이라 불리운다는 것은 매우 흥미롭고 의미심장하다. 여기서 중요한 것은, 주인공도 자기 차례에 해야 한다는 것, 흉내내는 재

---

111) Schurtz, 295; Parkinson, 641.

112) 러시아의 농부에게 있어 'jila'라는 말은, 현대 러시아어에서는 정맥만을 의미하지만, 정맥·동맥·힘줄·신경 등을 구분 없이 가리키는 말이었다. 여기서 이 말은 분화되지 않은 이 의미로 쓰였다(N.d.T.).

주를 보여야 한다는 것이다.

페름 Perm 지방의 한 이야기에서, 주인공 바냐 Vania 는 큰 집의 금자된 다락에서 세 소녀를 발견한다. 그는 그녀들에게 옷을 돌려준다. "그녀들은 제각기 옷을 꿰어입고는, 그의 팔을 붙잡고서 사인무를 추기 시작했다"(Z.P.I). 소녀들의 옷이나 날개들이 토템적 가면이나 의상으로 간주될 수 있다는 것은, 위에서 지적한 바 있다. 끝으로, 젤레닌의 지적대로, 종교적 제의들은 흔히 유희로 변한다. 숲의 작은 통나무집에서 곰과 숨바꼭질 놀이를 하는 것은, 숲에서 배운 춤들의 반영일 수도 있다.

이야기의 자료와 민속학적 자료의 비교 연구는, 여기서도 또한, 그 관계가 밀접함을 보여준다.

24. 마술적 선물

우리가 이미 보았듯이, 이야기는 주인공에게, 그가 자기 목표를 달성할 수 있게끔 해주는 마술적 선물을 손에 넣게 한다. 이 선물은 물건 (반지·수건·공 등등)이거나 동물, 주로 말이다. 우리는 여기서 야가라는 인물이 입문 의례에 얼마나 긴밀히 관련되어 있는가를 또한 보게 된다. 이 제의들에는, 선물의 획득에 상응하는 그 무엇이 있는가?

마술적 원조자 l'aide magique 라는 문제는 따로이 취급될 것이다. 지금은 우선, 선물이 주어지는 순간만을, 제의와 관련하여, 살펴보기로 하자. 입문 의례에도 이 순간이 존재할뿐더러, 그것은 전제의의 중심이며 절정에 해당하는 순간이기도 하다. 주인공의 마술적 능력은 그가 마술적 원조자——영국의 민속학자들이 별로 적당치 못하게 수호신 guardian Spirit 이라 불렀던——를 얻어내는 역량에 달려 있다. 이 점에 관해 웹스터는 말한다. "도처에서, 여자들과 아직 입문되지 않은 아이들간에는, 입문 제의를 인도하는 연장자들은 그 어떤 신비하고 마술적인 물건들을 가지고 있으며, 그것들을 후보자들에게 보이는 것은 제의의 중심이요 결정적 순간이 되리라는 믿음이 퍼져 있다."[113] 또 다른 곳에서는 이렇게 썼다. "근본이 되는 것은, 개인적 수호신에 대한(즉, 원조자에 대한) 믿음이다. 남근 숭배적 성격의 제의들 때문에, 사회의 구성원들은 아 수호신들이 되었다고 생각된다."[114] 슈르츠는 소녀들의 입문 제의는 "수호신 즉 마니투 Manitou 의 획득에 있다"고 말한다.[115] 이 문제의 보다

---

113) *Prim. Secr. Soc.*, p. 61.
114) *Ibid.*, p. 123.
115) Schurtz, p. 396.

자세한 연구는 다음 장에서 제시될 것이다. 우리는 거기에 반지뿐 아니라 지팡이·공, 그 밖의 물건들까지도 포함하여, 주인공과 이 동물— 원조자간의 관계를 다루어보겠다. 지금으로서는, 원조자—수호자가 부족의 토템과 밀접한 관계에 있다는 것만을 지적해두기로 하자.

25. 장모 야가

야가라는 인물에 있어서, 모든 것은 아직도 분명치 않다. 이미 제시되었던 모든 것으로 미루어보면, 야가는 입문 제의를 인도하는 인물 내지는 가면에 해당된다. 야가는 여자 또는 동물이다. 그녀의 동물적 면모는 우리가 제의에 대해 아는 바와 완전히 일치한다. 제의를 인도하는 대선생이나 선조는 때로 동물의 형태——그는 그것의 가면을 쓰고 있다——로 재현되었다. 하지만 그의 인간적 면모로 말할 것 같으면, 비록 민속학적 자료들이 직접적으로 그것을 지적하지는 않지만, 그는 항상 여자가 아니라 남자로도 나타난다. 이제 우리는 이 점에 비추어 야가와 제의들을 다시 검토해보자.

제의의 목표들 중의 하나는 젊은이를 결혼에 준비시키는 것이다. 그런데 족외혼의 규율은, 입문 제의가 젊은이가 속해 있는 부족이 아니라 그가 신부를 구해야 할 외부 부족의 대표자들에 의해, 수행되어야 함을 의미한다. 이는 오스트레일리아에서 나타나는 특성으로, 입문 의례의 가장 오래된 형태이리라 생각된다. [116] 처녀를 다른 부족의 젊은이에게 주기 전에, 미래의 아내의 부족은 소년에게 할례와 입문 의례를 행하였다. 빅토리아섬에서, 매튜즈 Mathews 는 또 다른 상황을 이렇게 적고 있다. [117] "원조자(소년이 얻는)는 후보자의 가족에 속해서는 안 된다. 그는 축제에 온 부족들 중에서, 장차 소년이 결혼에 의해 들어가게 될 부족에 의해 선택된다." 나중에 원조자들에 대한 장에서 보게 되겠지만, 이 원조자는 유전적으로 전수되었다. 우리는 여기에서 이 유전적 전수가 모계 혈통적으로 이루어졌음을 본다.

이야기는 이러한 상황을 보존하였다. 우리가 관찰할 수 있는 바, 만일 야가나 또는 다른 증여자나 이즈바의 거주자가 주인공과 친족 관계에 있다면, 그녀는 결코 주인공의 아버지 가족이 아니라 항상 어머니나 아내의 가족에 속한다. 비아트카 지방의 한 이야기에서, 야가는 말한다.

---

116) Webster, p. 139.
117) ZfE, 1905.

"자, 그런데 너는 내 조카란다. 네 엄마가 내 동생이거든!"(Z.V. 47). 여기서 '동생'이라는 말은 문자 그대로 받아들일 것은 못 된다. 이 말들은 우리의 친족 체계와는 다른 친족 체계에 준한 것이며, 단지 그의 어머니가 야가와 같은 모계 혈통에 속함을 의미할 뿐이다. 주인공이 결혼하면, 사태는 훨씬 더 분명해진다. 이 경우에는 "내 사위가 오는구나!"라고 말해지는바, 야가는 주인공의 아내의 어머니이거나 언니, 또는 단순히 아내의 친척이다. "여기 내 사위가 있군!"(Z.V. 32), "이 할머니가 네 장모이다"(Sad. 9), "아, 너는 내 조카다, 라고 그녀는 말했다"(Nor. 7), "아, 여기 내 동생의 남편이 있군"(K. 7), "그녀(공주)는 내 친조카다"(K. 9) 등등.

우리는 페름 지방의 한 이야기(Z.P. I)에서 매우 흥미로운 예를 발견한다. 사라진 아내를 찾아 떠난 주인공은 야가의 집에 가게 된다. "──대체 너는 어디에 있었느냐?──나는 칠 년 동안 한 노인의 집에 살았고, 그의 학생이었소. 그는 나를 그의 막내딸과 결혼시켰소──이런 바보가 있나! 너는 내 오라비의 집에 살았고, 내 조카와 결혼을 한 거로군!" 여기에서, 대스승은 야가의 오라비이다. 주인공은 야가의 동생이 아니라 조카의 남편이다. 물론 이런 단서들에는 구체성이 결여되어 있다. 주인공이 그의 장모에 대해 전혀 들은 바가 없고, 그녀가 숲에 산다는 것도 몰랐다는 사실은, 장모·아주머니·언니 등등의 말로써 우리가 항용 의미하는 바를 의미한다면, 매우 이상하게 보일 것이다. 하지만 만일 아주머니·언니 등이 다른 형태의 친족 관계를 가리키는 말이며, 주인공은 이즈바에 들어감으로써 우리가 이해하는 바와 같은 친척집이 아니라 아내의 토템적 혈통에서의 친척집에 이르는 것이라 한다면, 그것은 전혀 놀라운 일이 아니며, 또한 웹스터의 관찰에 비추어서도, 주인공이 숲에서 자기 친척이 아니라 아내의 친척을 만나게 되는 이유는 명백하다.

이 모든 자료들은 주인공과 야가간의 친족 관계를 설명해주기는 하지만, 왜 야가가 여자인가에 대한 설명이 되지는 못한다. 그러나 그것들은, 가능한 설명은 과거의 모권적 관계들에서 찾아져야 한다는 사실만은 분명히 해준다. 우리는 입문 의례가 처족의 소관임을 보았거니와, 그것이 단지 처족을 통해서뿐 아니라 문자 그대로 아내(여자)를 통해 행해지는 것임──입문자는 잠시 여자로 변한다──을 보여주는 자료들도 있다. 그런가 하면, 수호신도 여자의 형태로 상상될 수 있었다. 여기서는 이 정도로 그쳐두기로 하자.

26. 변　장

우리가 여기서 대조하였던 자료들에는 모순이 있다. 모든 비교의 작
업은, 야가가, 그녀의 모든 성질들 및 기능들로 보아, 후보자가 그 앞
에 출두해야 하는 형상이나 가면에 해당하는 것임을 보여준다. 그런데,
우리가 제시하였던 자료들에는, 제의를 진행하는 인물이 여자로 상상되
거나 표현되었다는 단서는 없는 것이다. 야가와 숲의 주인은, 이야기에
서는, 동격의 인물로서, 양자가 모두 아이들을 냄비에 삶는다든가 한다.
야가가 그 일을 하거나 하려고 헛되이 애쓸 때에는, 필사적인 싸움이
일어난다. 숲의 주인이 그 일을 할 때는, 제자는 거기에서 우주적 지식
을 얻게 된다. 하지만 야가 역시 호의적인 인물이며, 그녀가 주는 선물
들에 대해서는 다시 말하게 될 것이다. 야가와 숲의 마법사 사이에, 이
야기는 친족성을 수립한다. 거기에는 역사적 이유들이 있는가? 이야기
로 미루어보면, 제의에도 역시 여자가 나타났으리라는 생각이 들기도
한다.

대개의 경우, 제의를 보고 묘사한 여행자나 수렵가들은, 연희의 진행
자가 여자였다는 말은 하지 않는다. 하지만 몇몇 경우에서, 우리는 그
역할이 여자로 변장한 남자들에 의해 연기될 수 있었음을 본다. 또 다른
증언들은, (비밀) 결사의 구성원들이 늙은 여자를 공동의 어머니로 가지
고 있었음을 증명한다. 네버만은, 네덜란드령 뉴기니아의 마린드-아님
Marind-Anim 부족에게서, 제의의 시작을 이렇게 묘사한다. "남자들
은, 늙은 여자의 옷을 입고, 얼룩덜룩한 여자 앞치마를 두르고, 말하는
것이 금지되었다는 표시로 입 위에 갈고리들을 달고서, 마요-아님 mayo-
anim(즉 후보자들)에게로 다가왔다. 이들은 그들의 '할머니들'의 목을
얼싸안으며, '그녀들'에 의해 성소로 이끌려갔다. 거기서 '그녀들'은
그들을 땅에 던지며, 그들은 자는 시늉을 했다."[118] 이것은 노파에 의해
숲속으로 납치되어감의 모방적 재현에 다름아니다. 증여자가 여자인
신화들은 이것과 일치한다. 도오시 Dorsey 는 다음과 같은 이야기를 적
어두었다. 한 남자가 꿈을 꾸는데, 꿈속에서 그는 머리 위에 진흙을 얹
고 산 위에 가서 여러 날 여러 밤을 기다리라는 지시를 받는다. 그는
그대로 하여 산 위에서 나흘을 기다린다. 닷새째에, 그는 독수리들에

---

118) Nevermann, *Masken und Geheimbünde*, p. 74.

둘러싸인다. 커다란 붉은 독수리가 그에게 말한다. "나는 여자이다. 나
는 하늘에 살며 그들에게 꿈을 주기 위해 사람들을 찾으러 왔다. 나는
네게 누군가를 보내겠다. 너는 내 깃털을 지팡이에 달아라. 그러면 그
것은 네게 마술지팡이가 될 것이다." 그리고는 그에게 물소 한 마리가
나타나 그를 가르친다. "네게 나타났던 독수리는 모든 짐승들을 다스린
다." 그의 집에 돌아가, 그는 "물소의 춤을 추는 자들의 단체"를 만들
고, 그의 부족에게 물소의 춤과 노래를 가르친다. 구격화하는 능력의
획득이 반영되어 있는 이 신화에서, 흥미로운 것은 신참자에게 나타나
는 동물이 여자라는 사실이다. [119]

우리는 이러한 존재들의 여성적 성격에서, 야가의 그것에서와 마찬가
지로, 고대의 모권적 관계의 반영을 볼 수 있다. 이 관계들은 역사적으
로 강화되어가는 남성적 권력과 갈등하게 되었다. 이 갈등은 어떻게 해
결되었는가? 입문 제의가 실제로 존재하였던 시대에는 그 과정이 마무
리지어졌음이 분명하다. 왜냐하면 제의란 남성 결사에 들어가기 위한 조
건이기 때문이다. 이러한 갈등에는 여러 가지 해결책이 존재한다. 제의
의 집행자가 여자로 변장한다는 것이 그 하나로서, 그는 남자-여자가
되는 것이다. 이것은 여장을 한 신이나 영웅들(헤라클레스, 아킬레스)과 많
은 영웅 및 신들의 양성주의에로 직결된다. 또 다른 해결책은, 제의는
남자들에 의해 수행되되, 어딘가 신비한 먼 곳에 부족 구성원들의 공동
의 어머니인 여자가 존재하는 것이다. 이 형태는 다른 것들보다 더 널리
퍼졌던 것으로 보인다. 몇 가지 예를 들어 보자. "부족(뉴 포모르즈 Nou-
velle-Poméranie)의 모든 가면들은 공동의 어머니를 가지고 있다. 그녀는
가면을 쓰는 자들의 집회가 열리는 곳에 산다고 하며, 비입문자들은 결
코 그녀를 볼 수 없다······ 그녀는 병들었고, 종양이 나서 걸을 수가 없
다고 한다."[120] 이 신비한 어머니가 잘 걷지 못한다는 것은 야가 또한
그렇다는 사실을 환기시킨다. 두크-두크족의 사회에서는, 지고의 존재
는 투부안 Toubouan이라 불리웠다. "그는 여자이며 두크-두크의 모든
가면들(즉 가면을 쓰는 모든 자들)의 어머니로 간주된다. 필시 그가 영혼-
새의 기원일 터이지만, 그렇다는 것은 원주민들의 의식에서 거의 사라
졌다."[121] 네버만은 또한, 축제 때에는 "남근과 유방을 모두 가진, 사

---

119) G. A. Dorsey, "Traditions of the Skidi-Pawnee," p. 68.
120) Nevermann, *Masken*, p. 88.
121) *Ibid.*, cf. Parkinson, *Dreissig Jahre*, p. 578.

전 지식이 없는 관찰자에게는 자웅동체로 보이는" 이상한 그림자들이 나타났다고 지적한다. "그러나 원주민들은 그러한 해석을 완강히 부인하며, 그것은 항상 오직 남자들이라고 주장한다." 끝으로, 입문자 자신도 때로는 여자로 변하는 것으로 상정되었다. 그의 비밀한 이름은 때로 여성이다. [122] 입문 의례의 높은 단계는 여자로 변신하는 기술까지 포함한다. [123] 인도 문학은 수많은 변장의 예들을 제공한다. 그리고 우리는 거기서도 역시, 여자에로의 변신은 숲에서 일어남을 보게 될 것이다. 야 저주받은 숲, 거기에서 여자로 변하는 것을 두려워하는 남자들이 어떻게 해서이건 피하려 하기 때문에 저주받은 이 숲은, 우리의 금단의 숲에 대한 분명한 암시이다. [124]

여기에 제시된 자료만으로도, 프라이덴버그 Freidenberg 의 다음과 같은 해석이 갖는 근본적 오류를 입증하기에는 충분하다. 그에 의하면, "여성-남성의 변장은 여자가 남자가 되고 남자가 여자가 되는 성적 융합의 은유이다."[125] 변장이 우리에게 중요한 것은 그 자체로서가 아니라, 그것이 야가의 여성적 성격 및 이야기에서 그 남성적 동격의 존재를 설명해주는 한에서이다. 숲에 사는 스승이란 역사적 존재이다. 여자·어머니·여주인, 마술적 능력의 여증여자, 그녀는 역사 이전적 antéhistorique 이다. 그녀는 믿을 수 없을 만큼 아득한 옛날에 속하지만, 그러나 제의의 자료들 속에서 그 흔적을 찾아볼 수 있다. 야가가 여자인 것은, 시베리아의 무당이 흔히 여자, 자웅동체, 여성적 속성이 표현된 의상을 입은 남자인 것과 같은 이유에서이다. 우리에게는 여기서 이 연관, 우리의 자료처럼 그렇게 간결한 자료의 검토로부터도 뚜렷이 드러나는 연관을 정립하는 것이 중요하다.

27. 결 론

야가에 대한 분석은 끝났다. 그녀는 일련의 세부들과 특징들로 해체되었다. 이제 우리는 전체를 재구성해야 한다.

하지만 그것은 불가능한 일임이 명백하다. 아이들을 삶아 먹으려 하는

---

122) Nevermann, pp. 99, 126.
123) Parkinson, p. 605.
124) J. Hertel, *Indische Märchen*, Jena, 1921, 14. 헤르텔의 자료(p. 371)에는, 특히 고대 세계에서 취해진 많은 병행 관계들이 제시되어 있다.
125) 『주제와 장르의 시학』, 레닌그라드, 1936, p. 103 (*Poetika sjuž eta i žanra*, L., 1936, str. 103).

152

납치자 야가와, 주인공에게 질문을 하고 선물을 주는 야가와는 하나로 합쳐질 수가 없는 것이다. 그런가 하면 그녀들은, 이름만 같을 뿐 완전히 다른 두 인물은 더더욱 아니다.

근본에 있어, 납치자 야가는 입문 의례의 계열에 관련되며 여기에 또한 마술적 보조자 l'auxiliaire magique의 증여가 결부되는 것으로 보인다. 한편, 야가와 그녀의 행동들과 감탄들 중 어떤 것들이 갖는 속성들은, 죽음의 왕국에서의 산 자의 체류라는 관념과 연관된다. 이 두 계열의 현상들은, 그러나, 전혀 상호 배제적이 아니다. 그와 반대로, 그들의 역사적 친족성은 매우 밀접하다.

아이들이 숲으로 떠나는 것은, 죽음을 향해 떠나는 것이다. 바로 그 때문에, 숲은 아이들의 납치자인 야가의 거처인 동시에 지하 세계의 입구로 나타난다. 숲에서 일어나는 사건들과 실제 죽음 사이에는 차이가 없었다. 그러나 제의는 사라지고, 죽음은 그렇지 않다. 제의에 결부되었던 것, 입문자에게 일어났던 것은 이제 죽은 자에게밖에는 더 이상 관계가 없다. 이것은, 제의와 죽음에서 모두 숲이 나타난다는 것뿐 아니라, 매우 일찍부터, 마치 입문자들에게 그렇게 하였던 것처럼, 죽은 자들을 불에 익히고 굽게 하였다는 것, 그리고 또한 입문자는, 좀더 나중에 저세상에의 틈입자가 그렇게 되듯, 냄새로써 감지되었다는 것을 설명해준다.

하지만 아직 이것이 전부는 아니다. 농경 및 그에 상응하는 종교가 나타남과 동시에, 모든 '숲의 종교'는 불순해지고, 대스승은 심술궂은 마법사가 되며, 동물들의 어머니이자 여주인은 아이들을 먹어버리기 위해——전혀 상징적이 아닌 방식으로——유인하는 마녀가 된다. 제의를 파괴한 생활 조건들은, 그것을 창조하고 보급시켰던 사람들 또한 파괴하였다. 예컨대, 아이들을 불태우는 마녀는, 이제, 이야기의 서사적 전통의 소지자인 이야기꾼에 의해 불태워지는 것이다. 이러한 모티프는 제의에도 민간 신앙에도 존재하지 않는 바, 그것은 이야기가 제의와는 무관히 유통되기 시작할 때에 나타난다. 그렇다는 것은, 그것이 제의를 산출한 생활 조건에 의해서가 아니라, 그에 뒤이은 조건들, 즉 신성하고 무서웠던 것을 괴상하고 반(半)영웅적·반희극적으로 만들어버리는 조건들에 의해 창조된 것임을 보여준다.

제 4 장

큰 집

Ⅰ. 숲의 형제단

1. 숲의 집

야가가 이야기의 유일한 증여자는 아니다. 우리는 이제 다른 유형의 증여자들을 검토해보아야겠다. 하지만, 우리가 입문 제의를 다루었던 만큼, 우리는 우선 거기 관련된 모든 것을 연구하고, 그리고 나서야 다른 증여자들을 보게 될 것이다.

지금까지 우리는 고유한 의미에서의 입문 의례만을 검토하였다. 그러나 이 입문 의례는, 신참자의 귀가에 관련되는 또 다른 국면을 포함한다. 일단 입문 의례의 행위 그 자체가 완수되면, 지역과 민족에 따라, 입문적 단계의 연장 또는 중단의 세 가지 다른 형태들이 있을 수 있다. 1) 입문자는 상처가 아문 후에 바로 집에 돌아가거나 결혼을 하러 떠난다; 2) 그는 숲속에 남아, 작은 이즈바나 오두막집이나 움막에서 일정 기간——때로는 여러 달, 때로는 여러 해 동안일 수 있다——동안 산다; 3) 그는 작은 이즈바를 며나 '남자들의 집'에 가서 몇 년간 머문다.

입문의 순간과 그 이후 '남자들의 집'에서의 체류 사이에는 분명한 경계가 없다. 이 연속되는 사건들은, 입문 제의에 관련된 현상들의 전체에 속한다. 하지만 귀가가 곧 이루어지지 않을 경우, 두 단계를 구별할 수 있으니, 즉 고유한 의미에서의 입문 의례의 단계와 그 이후 결혼까지의 시기이다. 이제 우리가 다루고자 하는 것은, 이 시기와, 주인공의 귀환을 둘러싸고 있는 상황들이다.

그러나 우선 우리는 '남자들의 집'이라는 용어를 분딩히 해야겠다. 남자들의 집이란 부족 체제에 고유한 독특한 제도로서, 이 제도는 노예주의적 국가의 대두와 함께 종식되었다. 그 출현은, 물질적 생활의 근본적 생산 형식으로서의 수렵과, 그리고 그것의 이데올로기적 반영인 토테미즘과 관련되어 있다. 농업이 발달하기 시작하는 때에도, 이 제도는 존속하지만, 쇠퇴하고 변질된 형식들을 띠는 경향이 있다. 그것의 기능은 다양하고 비고정적이다. 확실히 말할 수 있는 것은, 어떤 경우에, 남성 인구의 일부 특히 젊은이들은, 성적 성숙으로부터 결혼에 이르기까지, 흔히 집을 떠나 큰 집, 특별히 지어진 집, 흔히는 '남자들의 집' '남성적 집' '독신자들의 집' 등으로 불리우는 집으로 살러 간다는 사실이다. 그들은 거기에서 독특한 유형의 공동체들을 이루며 산다.

대개의 경우, 모든 입문된 남자들은, 특정한 이름과 특정한 가면들 등을 갖는 하나의 결사로 뭉쳐진다. 이 결사의 기능들은 매우 폭넓고 다양하다. 전부족에게 실제적 능력을 행사하는 것도 흔히 이 결사이다. 남자들의 집이란 이 결사의 집회 장소이다. 무도회나 의식들이 열리는 곳도, 부족의 가면들이나 신성한 물건들이 보관되는 곳도 거기이다. 때로는 같은 장소에 두 채의 집이, 할례가 일어나는 작은 집과 그리고 큰 집이 있기도 하다. 결혼한 남자들은 보통 거기에 살지 않는다.

이 남성적 결사, 또는 영국식 용어를 따르자면, 이 '비밀 결사'의 구성에 대한 자세한 묘사는 프로베니우스, 보아스, 슈르츠, 웹스터, 로이브 Loeb, 반 게넵 Van Gennep, 네버만 등등의 책들에서 찾아볼 수 있다 (제 3 장 제 4 절 참조).

이야기는 우리에게 이 제도의 매우 명백한 혼적들을 보존해주었다. 집에서 떠난 주인공은 숲이나 숲속의 빈터에서 대개는 그저 '집'이라 불리우는 독특한 유형의 건물을 만나게 되는 것이다.

이 집에 대한 연구는, 그것이, 그 모든 특징들로 미루어보아, 우리가 방금 이야기했던 '남자들의 집'에 해당하는 것임을 보여준다. 이야기에 나타나는 이 집의 모든 특징들을 검토해보자.

이 집은 주인공을 놀라게 한다. 그것은 우선 그 크기 때문에 그를 놀라게 한다. "그들은 말을 타고 가서 숲에 이르러 길을 잃어버렸다. 멀리에 불빛이 보였다. 가까이 가보자. 그것은 어마어마하게 큰 집이었다" (Khoud. 12). 그는 넓은 빈터에 이르러, 일찍이 그렇게 큰 집은 본 적이 없을 만큼, 커다란 집을 본다(Sk. 27), "넓고 커다란 집"(Nor. 47), "그들은 숲속을 가고 있다. 날씨가 나빠져서, 비와 우박이 쏟아진다. 그들은 달리고 또 달려서 거대한 집에 도착한다. 날이 저문다. 문간 층계에 한 노인이 나타난다……. '너는 네 아들을 견습에 데려왔느냐? ……그를 내게 다오. 내가 그에게 알아야 할 모든 것을 가르쳐줄 터이니'"(Z.P.
p. 303). 또 다른 이본에 의하면, 이 노인은 오백 살이나 되었다(Z.P. 1).
이런 유형의 예들은 얼마든지 있다. 깊은 숲속에 그렇게 커다란 집이
있다는 사실의 기이함은 이야기꾼에게 전혀 문제되지 않으며, 또한 그것
은 오늘날까지 어떤 연구가의 주의도 끌어본 적이 없다. 물론 그 집의
크기와 엄청난 규모 그 자체는 아무것도 증명하지 않는다. 그러나 남자
들의 집은, 바로 그 때로 위압적인 규모에 의해 구별되는바, 그것은
마을의 모든 독신 청년들의 공동 생활을 위해 설비된 거대한 건물이기
마련이었다. 쿡 Cook 은 타히티에서 길이가 200 피트나 되는 집을 보았
다고 한다. 이 집은 부모의 작은 오두막집에서 온 젊은이에게 강한 인
상을 주었음에 틀림없다.

  그 집의 또 다른 특징은, 울타리로 둘러싸여 있다는 점이다. "이 빈터
에는, 하얀 돌로 된 궁전이, 철책에 둘러싸여 있었다"(Af. 121a/211), "이
궁전 둘레에는 걸어서도 말을 타고서도 넘어갈 수 없는, 높은 철책이
솟아 있었다"(Af. 116b/199), "궁전 둘레에는, 대문은 물론 어떤 종류
의 문도 없는, 높은 성벽이 솟아 있었다"(Af. 107/195). 그런데 실제로,
슈르츠가 보여주듯이, [1] 남자들의 집도 울타리에 둘러싸여 있었다. 집안
에는 부족의 성물들이 보관되어 있었으며, 여자들이나 비입문자들은 거
기에 접근하면 사형을 당하게 되어 있었다. 이 집에는 흔히 두개골들이
보관되었는데(이 두개골들에 대해서는 프로베니우스의 책에 자세한 내용이 나
와 있다), 이 두개골들은 철책 위에 전시되기도 했다. "파도의 짜르는
그의 궁전 둘레에 높은 울타리를 갖고 있다. 울타리의 말뚝들에는, 단
하나만을 제외하고는, 머리가 박혀 있다"(Af. 125d/222). 이 울타리는 집
을, 거기에 접근하는 즉시로 죽임을 당할 자들의 시선으로부터 보호하는
것이었다. 때로, 이 집은 살아 있는 생울타리에 둘러싸여 있다. "축제가
열릴 때면, 두크-두크인들은, 그 어느 때보다도 속인들을 멀리하며, 타
라이유 taraïou(축제의 장소)의 둘레에 높은 담을 쌓아 그 위에 거적을 덮
는다. 때로 이 울타리의 안에, 그들은 살아 있는 생울타리를 자라게도
한다."[2] 살아 있는 생울타리란 러시아의 이야기에는 보존되어 있지 않
지만, 잠들어 있는 그러나 죽지는 않은, 미녀의 둘레에서 우리는 그것
을 보게 된다. 이 장소에 들어가는 것의 금지 또한 이야기에 의해 보존

  1) *Altersklassen und Männerbünde*, p. 235 et *passim*; Parkinson, 599.
  2) Nevermann, *Masken*, p. 87.

되었다. "문들은 막히고 완전히 잠긴 철책에 의해 둘러싸인 정원이 있었다. 그 정원은 금지된 정원으로서, 안에는, 아버지와 아들이 살고 있었다"(Sm. 182).

이야기는 이 집들의 이교적 기능들에 대한 희미한 기억까지도 간직하고 있다. "성상(聖像)이라고는 없었고, 그 자리에는 솔방울들만이 있었다"(Sm. 135).

이 집의 모든 다른 특징들은, 외부 세계로부터 자신을 보호하려는 욕망에 의해 설명될 수 있다. 이 집은 말뚝들 위에 세워져 있다. "그들은 가고 또 가서, 말뚝들 위에 지어진, 어마어마하게 큰 집을 보았다"(Ontch. 45). 남자들의 집도 흔히 말뚝들 위에 세워졌으며, 위층에서 살았고 잠을 잤다. 이야기에 나오는 집은 가끔 여러 층을 가진 것으로 묘사되지만, 그 집의 최초의 형태는 쉽사리 재발견된다. "그는 궁전에 다가가 위층으로 올라간다"(K. 24). "길을 찾다가, 그는 빈터에 이르러 커다란 사층 돌집을 발견한다. 대문은 잠기고, 창의 덧문들은 닫혀 있다. 단 하나의 창만이 열려 있고, 그 아래 사다리가 기대어져 있다"(Af. 118b/203). 그러니까, 사다리를 타고 위층을 통해서밖에는 들어갈 수 없는 것이다. "그는 대궐에 다가가 들어가려 하였으나, 문도 창문도 아무것도 보이지 않았다. 마침내 그는 단추를 찾아내어, 그것을 누르자, 문이 열렸고, 그는 올라갔다"(K. 12). 주인공은 일층은 무시하고, 이층으로 올라가는 것이다. 보다 분명한 예를 들자면, "그는 집을 한바퀴 돌았으나, 문도 문간 층계도 어떤 종류의 입구도 발견하지 못했다. 어떻게 할까? 문득 긴 장대가 그의 눈에 띄었으므로, 그는 그것을 집어들어서 발코니에 기대어놓고는 기어오르기 시작한다"(Af. 122c/214). "숲의 한가운데에, 울타리에 둘러싸인 커다란 집이 있다." "집 그 자체는 신기할 것이 없다. 신기한 것은 터널로서, 아주 크고 잘 치장되어 있다. 올라가기 위해서는, 사다리를 사용한다"(Sad. 17). 말뚝들의 흔적은, 예컨대 다음 경우들에서 찾아볼 수 있다. "소년은 집을 한바퀴 돌았으나 문이라고는 발견하지 못하였고 그래서 다시 떠나려던 참에 작은 말뚝 안에 겨우 보이는 문을 발견하였다. 그는 열고 들어갔다"(P.V. 346). 이러한 예는 어떻게 집 안에 들어가는가를 보여주는 동시에, 입구가 얼마나 조심스럽게 감추어져 있는가를 강조한다. 슈르츠는 아노스 Anoes 섬의 남자들의 집을 다음과 같이 묘사하고 있다. "이 집은 말뚝들 위에 서 있었다. 이 말뚝들 중에서 어떤 것들은 남자나 여자의 모습으로 조각되어 있었다. 입구문까지 기어올라가는 데에 쓰이는 말뚝 또한 거대한 남근이 있는 남자의 모습을 재현하고 있었다. 입구들은, 어떤 여자도 안쪽을 들여다볼 수 없도록, 그리하여 죽임을 당하는 일이 없도록, 휘장들에 가려 있었다. "[3] 안드로스 Andros 근도에 있는 집은 이렇게 묘사된다. "말뚝 위로 커다란 휘장이 늘어져 있었는데, 이 휘장은 위층의 입구를 가리는 것이었다. 위층에는 네 개의 방이 있어서, 첫번째 방에서는 먹고, 두번째 방에서는 자고, 세번째 방에는 물건을 정리해두고, 네번째 방에서는 일을 하였다. "[4]

이 마지막 예는 우리에게 집의 내부 구조를 보여주는바, 그것은 별개의 방들로 구성되어 있다는 특징을 갖는다. 이야기가 우리에게 보존해주는 것도 바로 이러한 유형의 배치이다. "이 집 안에는 아무도 없었다. 그는 방들을 둘러보기 시작했다"(Z.P. 2). 이것이 한 가지 특징이다. 집에 왜 아무도 없는지는 나중에 보게 될 것이다. 이야기에서 이 방들이 매우 빈번히 언급된다는 것은 그 자체로써 이미, 그 점이 주인공에게는 예사롭지 않고 주목할 만한 것임을 보여준다.

슈르츠가 보여주듯이, 이 집들은 흔히 부랑인들에게 피난처로 쓰였다. 이야기는 이 집안에 '순례자들의 방'을 위치시킨다(Ontch. 45). 또 다른 예를 들어보자. "그는 우랄 산맥을 가로질러 헤매어가서, 커다란 집을 만나게 되었다. 이 집 안에는 아무도 없었다. 그는 방들을 둘러보았다. 그는 어떤 특별한 방에 들어가 긴 의자에 누워 쉬었다"(Z.P. 2).

이 집들은 때로 웅장한 외관을 갖고 있었으며, 칠해졌고, 조각된 나무로 장식되어 있었다. 그것이 '상아 궁전'으로 변하는 것은 전혀 놀라운 일이 아니다. 이야기에서, 이 집들은 동물들에 의해, 가장 흔히는 뱀이나 사자들에 의해, 파수된다. 우리는 여기서 이 세부들은 검토하지 않겠다. 열의 세곱절째 왕국을 묘사할 때에, 우리는 그것들을 다루게 된 것이다.

슈르츠의 저작에는, 남자들의 집에 관한 방대한 자료가 수집되어 있다. 이 집들의 외관은 매우 다양할 수 있었지만, 그럼에도 불구하고, 이야기에 나타나는 바와 같은 몇 가지 전형적 성격들로 특징지어진다. 이 성격들은 대체로 다음과 같다. 1) 집은 깊은 숲속에 있다 ; 2) 그것

---

3) Schurtz, p. 216. '아노스'라는 말은 슈르츠의 텍스트에 따라 복원되었다. 러시아어 텍스트는 '안데스 Andes'로 되어 있다(N.d.T.).
4) Ibid., p. 245.

은 그 규모가 현저히 크다 ; 3) 그것은 때로 두개골들로 장식된 울타리에 둘러싸여 있다 ; 4) 그것은 말뚝들 위에 세워져 있다 ; 5) 거기에는 사다리(또는 말뚝)에 의해 들어갈 수 있다 ; 6) 입구와 다른 문이나 창문들은 휘장으로 가리워져 있다 ; 7) 그것은 여러 개의 방들로 구성되어 있다.

우리에게 의심을 불러일으키는 유일한 점은 첫번째 항목이다. 남자들의 집은 깊은 숲속에 있지 않았으며, 또는 적어도 항상 거기에 있지는 않았다. 여기서 한 가지 유추가 생겨나는바, 거기 대해서는 나중에 다시 보게 될 것이다.

2. 큰 집과 작은 이즈바

이야기에 있어서는, 숲속에 있는 것은 '큰 집' 뿐만이 아니며, 야가 및 그 변이체들의 것과 같은 유형의 작은 이즈바도 있다. 위에서 명시했던 대로, 입문 의례는 때로 숲의 오두막집이나 이즈바에서 행해지며, 그후에 입문자는 그의 가족에게로 돌아가거나, 또는 그곳에 머물거나, 또는 남자들의 큰 집으로 떠난다. 슈르츠는 이 두 가지 유형의 건물들을 '할례의 집 Beschneidungshaus'과 '남성의 집 Männerhaus'이라고 부른다. 이 세 가지 경우가 모두 이야기에서 발견된다. 우선, 즉시로 집에 돌아올 수 있다. 이것은 항상 아이들이나 소녀들의 경우이다. 결혼까지의 일정 기간을 숲에서 지내는 두번째 경우 역시 발견된다. 하지만 주인공은 항상 길에서 '큰 집'을 발견하게 되지는 않으며, 흔히 그는 동무들과 함께 살 이즈바를 발견하거나 그 자신이 짓거나 한다. 우리는 나중에 이 점을 자세히 살펴보게 될 것이다. 여기서 대응 관계는 매우 정확하다. 우리는 단지 주인공 자신에 의한 숲의 집의 건축은, 예컨대, 이집트의 유명한 이야기, 두 형제의 이야기에서 발견됨을 지적해야 한다. 이 이야기의 주인공 바타 Bata 는 '삼나무 골짜기'를 향해 떠난다. 이 '삼나무 골짜기'에 대해서는 일련의 연구들이 있지만(비켄티에프 Vikentiév 참조), 아무도 그것을 우리 이야기들의 숲과 우리가 여기에서 생각하는 의미에서 비교하려 하지 않았다. "그리하여 수많은 날들이 지나간 후에, 그는 삼나무 골짜기에 그 자신의 손으로 집을 지었다. 그 집은 그가 그 집에 가득차도록 만든 온갖 좋은 것들로 채워졌다."[5] 이 이야기의 계속에서, 우리는 일시적 죽음, 재생·변장·결혼 등의 모티프들을 발견할

---

5) 비켄티에프, 『이집트의 두 형제 이야기』, 모스크바, 1917, p. 38.

수 있다.

작은 집에서 큰 집에로의 미행은 다소 다른 방식으로 일어난다. 흔히 이 두 집은 나란히 위치해 있었다.[6] 이야기도 역시 때로 그러한 배치를 보여준다. "어느 날 그가 숲을 가로질러가고 있었을 때, 그는 크고 아름다운 집과, 멀지 않은 곳에서, 오죽잖은 통나무집을 발견하였다"(Sm. 78). 이야기에도 역시, 주인공이 처음에는 작은 통나무집에서 그리고는 큰 집에서 차례로 살게 되는 경우들도 있다. 페름 지방의 한 이야기에서는, 주인공의 게으름을 벌하기 위해서, 그의 부모들은 그를 숲으로 쫓아내며, 거기에서 그를 위해 목욕장으로 쓰이던 낡은 오두막을 찾아준다. "바냐는 나무를 해다가 팔아서, 양식을 구했다. 아주 깊은 숲속의 빈터에서 그는 한 채의 집을 발견하였다. 창문들은 닫혀 있었고, 문도 그러했다"(Z.P. p. 305). 이러한 경우가 이것뿐이라면, 이 목욕장 오두막은 순전히 묘사적인 것이라 할 수도 있다. 하지만 비슷한 경우들이, 다른 선집들에서도 발견된다(Sm. 229). 아파나시에프에게서도 같은 것이 발견된다. 주인공은 목욕장 오두막에 산다. "바보는 숲속에서 일하고, 그렇듯 제 밥벌이를 하기 시작했다." 어느 날 그는 길을 잃은 끝에 커다란 사층 돌집을 보게 된다(Af. 118b/203). 한 소녀가 처음에는 골짜기에 있는 오두막집에 살다가, 나중에는 강도들의 큰 집에 살게 된다(Sad. 17. 강도들에 대해서는 좀더 나중을 참조). 하지만 이러한 경우들은 별로 잦지 않다. 이야기는 일반적으로 작은 집에서 큰 집에로의 이행을 보여주지 않는다고 하는 것이 더 정확할 것이다. 이야기는 작은 집만을 또는 큰 집만을 안다. 이 두 가지 유형의 건물들은 이야기에 의해 기능적으로 구분되지 않는다. 이야기는, 보통 마을 안이나 가까이에 있는 '남자들의 집'을 숲속으로 가져갔으며, 그것을 '작은 이즈바'와 구별하지 않는다. 우리는 그것이 '큰' 집인지 '작은' 집인지 알려고 애쓰는 대신, 숲의 집에서는 어떻게 사는가를 살펴보기로 하자. 우리는 이제, 이미 지적하였듯이, 입문제의 그 자체가 아니라, 그에 뒤따르는 기간을 검토한다. 이러한 생활 방식의 한 가지 특징은, 여러 동료들이 숲속에 함께 있는 것이다.

3. 차려진 식탁

이 집의 거주자들을 검토해보자. 주인공은, 들어가면서, 식탁이 차려

---

6) Parkinson, p. 576.

져 있는 것을 발견한다. "방안에 식탁이 차려져 있다. 열두 사람분의 식기와 빵과 또 그만큼의 보드카 병들이 있었다"(Af. 121b, var./211, var.). 주인공은 여기에서 그가 익숙해져 있던 것과는 다른 방식으로 음식이 서브되는 것을 보게 된다. 각자가 자기 몫이 있고, 몫들은 균등하다. 신참자는 아직 자기 몫이 없으므로 각 접시에서 약간씩의 음식을 취한다. 다시 말해서, 거기서는 공동으로 먹는 것이다. 우리는 이것이 생활 방식 전체에로 확대됨을 보게 될 것이다. 음식을 먹는 두 가지 방식 즉 따로 먹는 것과 공동으로 먹는 것은, 벨루치스탄 Béloutchistan의 한 이야기에서, 다소 다른 맥락 가운데 분명히 대조되어 있다. "네가 왕의 집에 도착하면, 사람들은 네게 인사를 하고, 일곱 가지 다른 음식들 즉 빵·사과·고기와 그 밖의 요리들을 가져올 것이다. 그러면 네 목동의 습관대로 한 접시씩 차례로 비우거나 하지 말고, 각 접시에서 약간씩을 덜어라."[7] 소년이 이제까지 살았던 마을에서는 접시들을 하나씩 차례로 비우는 습관이 있었던 것이다. 아프리카의 자료에서, 우리는 아이들 몰래 그들보다 많이 먹는 아버지의 모티프를 찾아낼 수 있다. "어머니와 아이들이 자는 동안에, 그는 혼자서 엉긴 우유를 먹었다."[8] 이런 처신 방식은 숲에서는 통용되지 않는다. 왜냐하면 거기서는 단체로서, '형제들'로서 살기 때문이다.

4. '형제들'

동시적 행동을 피하고 반복을 좋아하는 이야기의 전통에도 불구하고, '형제들'은 모두가 동시에 집에 있다.

이 형제들의 수효는 변할 수 있다. 일반적으로는 두 명에서 열두 명 정도이지만, 스물다섯이나 서른 명까지도 될 수가 있다(Z.P. 305). 이처럼 적은 수는 우리가 남자들의 집에 대해 아는 바와 모순되지 않는가? 남자들의 집은 그 이상의 거주자들을 포함할 수가 있었다. 각 사람이 거기서 여러 해를 지냈다. 매년(또는 다른 어떤 기한을 따라) 신참자들의 유입과 결혼을 하기 위해 떠나는 자들의 출발이 있었다. 하지만, 한편으로는, 이미 보았듯이, '형제들'은 '큰 집'에서 살 뿐 아니라 작은 이즈바에서도 살며, 다른 한편으로는, 이 큰 공동체 내부에는 보다 긴밀한 관계들이 있을 수 있었다. 어떤 민족들에게서는, 같은 때에 할례나 입문

---

7) 『벨루치스탄의 이야기들』, 짜루비느임선, 레닌그라드, 1932, p.40. (*Beludžskie Skazki*, sobrannye J.J. Zarubinym, L., 1932, str. 40.)
8) 『줄루 이야기들』, p.92.

의례를 거친 사람들은 특별히 가까운 것으로, 마치 한 식구나 되는 것처럼 간주되었다. 오스트레일리아 원주민들에게서는, 이 관계는 특별한 명칭을 가지기도 한다. 같은 나이의 젊은이들이 자기들끼리 매우 가까운 동아리를 형성한다는 것은, 웹스터도 지적하고 있다. "이 형제단들의 구성원들은, 일반적으로, 절대 서로에게 불리한 증언을 하지 않으며, 그들 중 한 사람이 다른 동무들 앞에서 혼자 먹는 것을 큰 모욕으로 간주한다. 정말이지, 그들간의 우애는, 영국에서 같은 학교를 졸업한 동창간의 우애보다 훨씬 강하다." 이 모임의 모든 구성원들은 서로를 '형제들'이라 부른다. [9] 슈르츠는, 이 집단들의 내부에, 보다 한정된 집단들이 형성될 수도 있음을 지적한다. 이 소집단들은 단 두 사람만으로 이루어질 수도 있었으며, 구성원들간에는 전투시에 서로를 지켜줄 의무로써 맺어져 있었다. 그러니까 이야기는, 그 집에서의 모든 생활이 아니라, 그 집 내부의 한 동아리의 생활을 반영하는 것이라고 추정할 수 있다.

5. 사냥꾼들

주인공이 집에 도착할 때, 집은 대개 비어 있다. 주인공은 때로 노파나 소녀에 의해 맞아들여진다. 우리는 소녀들에 대해서는 좀더 나중에 말하게 될 것이다. 노파들로 말할 것 같으면, 그녀들은 더 이상 여자로 간주되지 않았으므로, 남자들의 집에 접근할 수 있었던 것이 사실이다. [10] 형제들은 그녀들을 어머니라고 부른다. 주인공과 노파간의 다음과 같은 대화는 왜 집이 비어 있는가를 설명해준다. "——누가 여기 삽니까?——남자들·강도들이 열두 명——그러면 그들은 어디 있지요?——사냥을 나갔는데, 곧 돌아올 거요."(Z.P. 61). 젊은이들은 함께 사냥을 떠나, 밤에야 돌아오곤 하였다. 실제로, 남자들의 집은 밤에만 안식처로 쓰이고 낮에는 비어 있는 때가 많았다. [11] 형제들은 모든 것을 공동으로 함으로, 사냥 또한 함께 하리라고 추정할 수 있으며, 이러한 추정은 원시 사냥의 형태들과 모순되지 않는다.

이야기에서 형제들은 숲속에 자리잡자마자(작은 집이건 큰 집이건 상관 없이) 사냥을 떠난다. "그들은 어두운 숲속으로 뚫고 들어갔다. 거기에 그

9) Webster, *Prim. Secr. Soc.*, pp. 81, 156.
10) Loeb, *Trib. Init.*, p. 251.
11) Frazer, *Belief in Immortality*, Ⅲ, p. 22.

들은 이즈바를 한채 짓고 [······] 사냥을 하여 살기 시작했다"(Af. 116c/ 200). "그들은 거기에 살기로 정하고, 오두막집을 지었다. 그리고는 온 갖 종류의 사냥거리들을, 날짐승이든 길짐승이든 사냥하기 시작했다" (P.V. p. 359). 남성의 집단은 전적으로 사냥으로 먹고 산다. 젊은이들의 양식도 전적으로 육식이며, 농작물은 때로 그들에게 금지된다. 슈르츠 는 이 점을, 농사는 여자들 손에 있었다는 사실과 결부시킨다. 때로는 사냥의 권리에 대한 독특한 독점——입문자들만이 사냥할 권리를 갖는다 ——이 개입되기도 한다. [12] 그림의 동화 『열두 명의 사냥꾼』에서는, 왕의 식탁에 사냥거리들을 제공하는 일군의 사냥꾼들이 등장한다. 러시아의 이야기에서도 마찬가지이다. "어떤 나라에, 결혼하지 않은 왕이 살고 있었다. 왕의 근위대가 그의 신변을 지켰다. 이 근위대는, 관례에 따라 사냥을 나가서 왕의 식탁에 사냥거리를 제공해야 했다"(Af. 122b/212.).

6. 강도들

하지만 이 집단은, 이야기에서는 흔히 다른 직업을 갖는바, 이 형제 들은 강도들이다. 이것은 오래 된 모티프를 후세의 생활 방식, 이 경우 에는 강도질이라는 후세의 더 잘 알려진 현상과 접근시키기 위한 단순 한 변형이라 생각할 수도 있다. 그것이 예컨대, 루리에의 관점이다. [13] 하지만, 숲의 형제들의 강도질 역시 먼 역사적 과거이다. 새로 할례를 받은 자들은 때로 이웃 부족에 대해서이든 자신의 부족에 대해서이든 강도질할 권리를 부여받았던 것이다. "그후에, 소년들은 모든 사람들에 게 유효한 법을 벗어나, 과도와 폭력에의 권리를, 특히 훔치고, 어떤 수단으로건 양식을 얻을 권리를 얻었다. 푸타 디알루 Futa Djallou 에서, 새로 할례를 받은 자들은, 한달 동안, 무엇이건 내키는 대로 훔치고 먹 을 권리가 있다. 다르 푸이 Dar Fui 에서, 그들은 이웃 마을들을 돌아 다니며 가금을 훔친다." 이것은 고립된 현상이 아니라, 반대로, 특징적 인 현상이다. "신참자들의 힘은 그처럼 멀리까지 미치므로, 그들은 비 입문자에게 속한 어떤 물건이든 가질 수가 있다. "[14] 이러한 허용의 의 미는 아마도, 젊은 전사이자 사냥꾼은 그의 이전 생활, 살던 집, 여자 들, 농사 등에 대한 반발심을 가지게끔 되어야 한다는 생각에 있을 것

---

12) *Altersklassen*, p. 321.
13) 루리에, 『숲속의 집』, pp. 159~95.
14) Schurtz, pp. 107, 379, 425.

이다. 강도질은 새로운 입문자의 특권이며, 이야기의 주인공 또한 입문자이다.

이야기에 나오는 숲의 강도들을, 보다 근래 시대의 범죄자들에 비교할 수 있을까? 가장 합리화된 모티프들에서까지도 때로는 극히 고대적인 세부들이 나타난다. "그는 도시를 가로질러 가다가, 삼층집을 한 채 보았고, 그리로 들어간다. 그런데, 이 집에는 한 떼의 강도들이 살고 있었다. 집안에 들어가서 그는, 그들이 식탁에 둘러앉아 보드카를 마시고 있는 것을 보았다." 주인공은 그들의 패에 넣어줄 것을 청한다. "믿지 않는다면, 보시오, 손에 나도 표시를 가지고 있소……"(Z.P. 17). 그 표시가 입문 제의의 한 특징이라는 것을 우리는 이미 보았다. 그것은 문신에 다름아니다. 몸에 찍힌 표시나 도장이라는 문제는 로이브에 의해 특별히 연구되었다. 하지만 이 모티프와 입문 제의간의 관계를 입증해주는 표지는 또 있다. 즉 그것은 형제 강도들이 일반적으로 먹는 인육이다. 양배추국에서 발견되는 사람의 뼈들, 잘리고 뽑힌 팔들, 다리들, 머리들, 먹기 위해 식탁에 놓여진 몸뚱어리들……에서, 우리는 제의적 식인주의의 흔적을 볼 수 있다.

7. 임무의 분배

이 형제단은 매우 원시적인 조직을 갖고 있다. 그것은 우두머리를 가지며, 그는 선출된다. 이야기는 때로 그를 '맏형'이라 부른다. 때로, 형제들은 집을 나온 후, 공을 던지거나 활을 쏘는데, 화살(또는 공)이 가장 멀리 가는 자가 우두머리가 된다. 숲의 집과의 관계는 다음 예에서 더 분명하다. "네 명의 친구들이 떠났다. 그들이 도착한 곳에는, 참호와 돌벽이 왕국을 둘러싸고 있었다. 문을 부수는 자가 우리의 맏형이 되기로 하자"(Z.V. 45). 쿠디아코프 선집에서는, 요리사에게 주어져 먹히게 되어 있던 소년이, 대장장이에게서 견습을 받게 된다. 그는 우두머리 자격을 얻으려 하여 다음과 같은 대답을 듣는다: "저기 강에 개구리들이 시끄러운데, 그것들을 조용하게 하는 자가 황제가 될 것이다" (Khoud. 80). 페름 지방의 한 이야기에서는, "'강물아, 거꾸로 흘러라'든지 '숲아, 젖은 땅으로 굽혀라' 든지 '숲의 짐승들아, 조용하라'고 외쳐보라"고 한다. 명백히, 선택되는 자는 가장 지혜롭고 강한 자, 자연에 대해 마술적인 힘을 가진 자이다. 그리고 입문 의례의 한 국면은 바로 거기에 이르게 하는 것이다. 즉 사냥꾼은 원소들 특히 숲의 짐승들에 대한 세력을 소유해야 한다. 슈르츠 역시, 우두머리의 선택에 있어 이러한 유형의 조건들에 대해 말하고 있다. [15]

이 공동체에는 일정한 임무의 분배가 있다. '형제들'이 모두 사냥하러 가는 동안, 그들 중 한 사람은 남아서 음식을 준비한다. 이야기에서, 형제들은 순서대로 번갈아가며 항상 요리를 한다. "그들은 자리에 앉았다. 그들은 떡갈나무 형제 *Le Chêne*가 식사를 준비하게 했다." "너희들 중 누가 국을 끓였느냐?"고 강도들의 집에 새로 온 자는 묻는다 (Z. V. 52). 이야기는, 도착한 자들의 전집단이 집 전체를 위해 음식을 준비하고 청소를 해야 한다는 역사적으로 입증된 상황은 보존하지 않았다. [16] 아메리카에서는 신참자들은 이 년 동안 노예의 일을 해야 했다. 아시아의 어떤 지방들에서는, 낮은 계급의 신참자들은 '장작 나르는 자들'이라 불리웠으니, 그들은 실제로 삼 년간 그 일을 했다. [17] 러시아와 독일의 이야기들에서는, 악마의 집에 도착한 군인(이 모티프는 숲의 정령의 집에 머무는 것의 등가물이다)은 몇 년 동안 냄비 아래 장작을 넣는 일을 해야 한다. 루리에 역시 이 관계를 언급하면서, 예로서 스위스의 한 이야기를 들고 있다. 그 이야기에서도, "숲의 집에 도착한 소년들의 주요한 임무는 불을 지키는 것이었다."[18]

8. 누   이

이제까지 말해진 모든 것은 상황적이고 부수적인 성격, 정적이고 비약동적인 성격을 갖는다. 역동성이 개입되는 것은, 이 형제단에 한 여자가 등장하면서부터이다.

우리는 여기에서, 이야기의 소녀가 어떤 방식으로 숲의 집에 있게 되는가 하는 문제는 다루지 않겠다. 그녀는 계모에 의해 쫓겨났을 수도 있고, 강도들의 집으로 유인되거나 납치되었을 수도 있다. 아파나시에프 선집의 한 이야기에서는, 두 친구가 숲에 사는데, 하나는 장님이고 다른 하나는 앉은뱅이이다. 그들은 싫증이 난 나머지, 한 소녀를 부모에게서 빼앗아오기로 한다(Af. 116a/198). 그리하여 납치된 소녀는 매우 정중히 대해진다. "친구들은 상인의 딸을 깊은 숲속에 있는 그들의 아즈바로 데려가 그녀에게 말했다. '우리들의 누이가 되어주시오. 보시

---

15) *Altersklassen*, pp. 126, 130.
16) *Ibid.*, p. 379.
17) *Ibid.*, p. 169.
18) 루리에, p. 188. 저자는, 특히 고대에서 수집된 다른 예들도 들고 있다.

오. 우리는 불구이고, 아무도 우리를 위해 음식을 만들고 빨래를 해줄 사람이 없소. 우리와 함께 살면서 집을 돌보아주시오. 선하신 하나님께서 당신에게 갚아주실 것이오!' 상인의 딸은 그들 곁에 머물렀다. 불구자들은 그녀를 존경하고 사랑했으며 **누이**처럼 대했다. 그들은 사냥을 가고 그녀는 집에 남아서 모든 살림을 도맡아 했다"(Af. 116a/198). 이 예는 그것만으로도 '누이'의 다음과 같은 특징들을 보여주기에 충분하다. 그녀는 납치되거나, 또는 다른 이본들에 의하면, 우연히 제 발로 그곳에 오게 된다. 그녀는 형제들의 집을 관리하며 존경받는다. 그녀는 형제들과 누이처럼 산다.

이 세 가지 중에서, 마지막 한 가지만이 역사적 현실과 맞지 않는바, 그 점에 대해서는 나중에 다시 보게 될 것이다. 처음 두가지는, 세부에 이르기까지 극히 역사적이다.

한편으로, 남자들의 집이란 젊은 남자들을 여자들로부터 격리하기 위한 것이다. 집 전체와 그 집에서 일어나는 일이 여자들에게는 금단의 것이었다. 이러한 적대감은, 예컨대, 독일의 이야기에 보존되어 있다. "맹세커니와, 우리는 어디서건 소녀를 만나면, 그 피를 쏟게 만들 것이다 !"(Grimm, n° 9; Lourié, p. 168). 이러한 예는, 여자들과 관련된 금기를 명백히 보여준다. 하지만 이 예는 또 다른 사실에 대해서도 분명한바, 그것은 집 밖의 여자들에만 해당된다는 것이다.

남자들의 집은 일반적으로 여자들에게 금지되어 있지만, 이 금지는 상호적인 것이 아니며, 여자는 남자들의 집에 금지되어 있지 않다. 이것은 남자들의 집에는 형제들의 배우자들인 여자들이 항상 있다는 것을 의미한다. 이 점은 이 체제의 전형적인 특성이므로, 슈르츠는 남성 인구를 세 집단으로 구분하기를 주저치 않는다. 즉 그것은, 비입문자들과, 남자들의 집에 살며 자유로운 성적 관계를 갖는 젊은이들과, 규범화된 부부 관계를 갖는 결혼한 남자들이다.[19] 이 사실의 많은 예들이 웹스터와 슈르츠에게서 발견된다. "남자들의 집에 사는 소녀들은 전혀 멸시되지 않았다. 심지어는 그들의 부모가 그들에게 거기에 들어가도록 권하기까지 하였다. 〔……〕 이 집에는, 대개 결혼하지 않은 한 명이나 여러 명의 소녀들이 있어서, 젊은이들의 일시적 소유가 된다. "[20] "보로로 Bororo 인들에게 있어, 젊은이들은 강제로 소녀들을 납치해다가 **그들의 성적인**

---

19) Schurtz, p. 85; Webster, p. 87.
20) Webster, p. 165.

욕구를 충족시킨다. 그녀들은 그들에게 애인이 되고 그들로부터 선물을 받는다."[21]

강제 납치나 부모의 희망 외에도, 소녀나 젊은 여자들로 하여금 남자들의 집에 살러가게 하는 다른 이유들이 있을 수 있다. 때로, 그녀들은 남편으로부터 도망치며, 그러한 경우 역시 이야기에 나타나 있다. 페름 지방의 한 이야기에서는, 교황의 딸이 결혼날 밤에 허리띠로 남편을 때리며 이렇게 말한다. "나는 애인이 있어요. 그는 카르크 카르코비치 Khark Kharkovitch, 솔로느 솔로니치 Solone Solonytch 라고 하지요, 그는 거기에 양말이나 말리기에 딱 좋을 얼굴을 하고 있지만, 그래도 당신보다는 나아요!" 그러니 그 남편은 지독히 추했음에 틀림없다. 그리하여 그를 비단 허리띠로 쫓아버린 후에, 그녀는 그를 떠난다. 아침에 들러리 소년들은 일어나 신부가 사라진 것을 발견한다. 남편은 그녀를 찾아나서며, 이번에는 그가 이렇게 알려준다. "그녀는 카르크 카르코비치, 솔로느 솔로니치의 집에 있다. 그는 집 둘레에 울타리를 쳤는데, 그 말뚝 하나하나에 사람의 머리가 박혀 있다"(Z.P. 20). 사마라 Samara 지방의 한 이야기에서는, 어떤 여자가 남편에게서 달아나기 위해 숲으로 피신하는데, 거기에서 그녀는 강도들의 아타만 *atamane*(=우두머리, 역주)이 된다. 칠 년 후에, 그녀는 뉘우치고 남편의 집으로 돌아온다 (Sad. 107).

'누이'가 누리는 존경이나 그녀의 가사 임무는 전적으로 역사적이다. 펠레 Pelée 군도의 남자들의 집에 사는 젊은 아가씨들에 대하여, 프레이저는 다음과 같은 사실들을 언급한다. 그녀가 거기에 있는 동안, 그녀는 집의 소유를 관리하며 불을 돌보아야 한다. 남자들은 그녀에게 정중히 대하며, 그녀의 호의를 강요하지 않는다.[22] 그녀는 그녀에게 할당된 처소에서 산다. 젊은이들은 그녀에 대해 기사적으로 처신한다. 아무도 감히 그녀의 처소에 침입하지 못한다. 그녀는 잘 먹고, 젊은이들은 그녀에게 장신구들을 가져다준다. 그들은 그녀에게 베텔 열매와 담배를 선물한다.

여기에서 우리의 주의를 끄는 또 한 가지 세부는 『에로스와 프시케 *Amour et Psyché*』 유형의 이야기들을 설명하기 위해 매우 중요한 것으로서, 그녀의 음식은 그녀가 보지 않는 새에 주어진다는 사실이다. 음

---

21) Schurtz, p. 296.
22) Frazer, *Belief in Immortality*, Ⅲ, p. 217.

식은 그녀에게 정해진 장소에서 주어졌다. 이 점에 대해서는 다시 살펴보아야 할 것이다. 여자들은 이 집에 일시적으로밖에는 머물지 않으며, 그후에는 결혼을 하였다. 만일 어떤 여자가 일생 동안 거기에 머물고자 한다면, 그녀는 존경받지 못할 것이었다.

이 모든 자료는 남자들의 집에 사는 소녀는 전혀 그들의 '누이'가 아님을 증명한다. 하나(또는 몇 명)뿐인 이 여자들과 남자들의 집단 사이에 어떤 형식으로 부부 관계 내지는 성적인 관계가 이루어지는가 하는 문제로 넘어가기 전에, 우리는, 이야기에서 누이가 단순히 '누이'인가부터 살펴보기로 하자.

한편으로, 이야기는 성적인 관계의 존재를 단호히 부인하는바, 그렇다는 사실만으로도 우리는 경계해야 할 것이다. 『요술 거울』이라는 이 이야기에서, 우리는 다음과 같은 대문을 읽게 된다. "그녀를 보고는, 모두가 그녀와 결혼하기를 원했다. 하지만, 그들은 그 점에서 의견 일치가 되지 않았으므로, 그녀는 그들의 동생이 되게 하고 모두가 그녀를 존중하기로 결정하였다"(Af. 121a/210). 또 다른 이본에서는, "만일 우리 중의 누가 우리의 누이를 건드린다면, 다른 사람은 주저 없이, 바로 이 칼로, 그를 동강내기를!"(Af. 121b/211). 여기서 이야기는 부부간의 관계와 동기간의 관계 사이의 경계를 다소 뒤섞어놓았다. 비아트카 지방의 한 이야기를 참조해보자. 계모에게서 쫓겨난 한 소녀가, 두 강도가 사는 숲의 집에 가게 된다. "그들은 그녀에게 온갖 양식과 장신구들을 주었다. '모두가 네 것이야. 먹고 마시고 가장 예쁜 옷을 입어!' 〔……〕 그녀는 그들의 어린 딸을 낳았다"(Z.V. 116). 그들 중 하나가 아니라 '그들의' 딸인 것이다. 아이에 대해서는 다시 말하기로 하겠다. 백러시아의 한 이야기에서는, 다음과 같은 대문을 읽게 된다. "옛날에 왕과 왕비가 있어, 매우 아름다운 딸을 가지고 있었다. 열두 명의 구혼자가 그녀에게 청혼을 했는데, 그들 모두가 강도들이었다"(Af. 200/344). 그러니까, 열두 명(한 명이 아니라)의 신랑이 동시에 청혼을 하는 것이다. 물론 이런 것들은 고립된 경우들이기는 하지만, 이 경우들은 부부 관계와 동기 관계간의 경계가, 결혼의 보다 나중의 형식 즉 일처다부를 금지하고 벌하는 형식의 영향으로 변했음을 보여준다. 일부일처제가 확립되지 않은 곳에서는, 사태가 훨씬 명백하다. 몽고의 한 이야기에서는, 일곱 명의 왕자가 수풀(초보적 상태의 숲) 속으로, '권태를 쫓으러' 간다. 거기에서 그들은 매우 아름다운 소녀를 만난다. "'우리의 제안을 들어보오.

우리는, 일곱 형제, 일곱 왕자들인데, 아직까지 아내가 없었소. 우리의 아내가 되어주시오!' 소녀는 응락하였고, 그들은 함께 살기 시작했다."[23]

우리는, 남성들의 집뿐 아니라 여성들의 집도 있을 수 있었음을 잊지 말아야 할 것이다. 여기에서 여자들의 집이라는 문제에 들어갈 수는 없으므로, 그렇다는 사실만을 적어두기로 하자. 슈르츠는 그것을 남성들의 집을 모방한 뒤늦은 현상으로 간주한다. 페름 지방의 한 이야기에서는, 세 '형제'가 세상을 돌아다닌다. 소녀가 남자들의 집에 도달하는 것과 꼭 마찬가지로, 주인공들은 여자들이 사는 집에 도착하게 된다. "문득, 아름다운 집이 한 채 보인다. 그들은 대문을 열고, 집안으로 들어간다. [……] 그들은 흰빵과 온갖 종류의 요리들을 발견한다." 곧 세 명의 아름다운 소녀들이 나타나며, 그들에게 다음과 같이 보고된다. "세 명의 용감한 친구들이 오늘 우리 집에 도착했다. 셋 중에서 한 사람은 매우 아름답다." 아름다운 소녀들은 주인공들에게 질문을 하고, 이렇게 말한다. "우리를 당신들의 아내라고 불러주세요. 그러면 우리도 당신들을 우리의 남편이라고 부르겠습니다. 우리와 함께 자고, 천한 말을 쓰지 마세요. 안 그러면 우리 집에 두지 않고, 쫓아낼 테니까!"(Z.P. 23). 그렇듯 이야기는 부부 관계를 전적으로 동기간의 관계로 바꾸어놓은 것은 아니다.

남자들의 집에서 부부 관계 내지 성적인 관계의 형식은 어떠했는가? 이 문제에 대해서는 거의 자료가 없다. 어쨌든, 그 형식들이 도처에서 항상 같지 않았음은 말할 수 있을 것이다. 여자들은 모두에게 속할 수도 있었고 그들이나 형제들 중 한 사람의 선택에 따라 여러 명 또는 한 명에게 속할 수도 있었다. 그녀들은 "젊은이들의 일시적인 소유였다."[24] 그녀들이 제공하는 봉사나 호의에 대해, 그녀들은 반지나 다른 개인적인 물건들, 그녀들의 형제를 위한 화살들, 나중에는 돈으로 보답되었다. 이 집단 결혼은 일부일처의 결혼으로 끝나는 경향이 있다. "그녀는 그녀가 명목상 그의 애인으로 한 사람을 고른다. 그는 그녀의 급료 또는 보수에 책임이 있다. 하지만 그녀는 어떤 조건하에서는, 다른 남자들과 자유로 관계를 가질 수 있다." 이 경우, 주도권은 여자에게 있다.

23) 『마술적인 죽음. 몽고-오이라트족의 민담 선집』, 블라디미르초프 역, 페트로그라드, 1923, p. 31. (*Volšebnyj metrvec. Sbornik mongolo-ojratskikh skazok*, Perevod, vstupitel'naja statja i primeč anija B. Ja. Vladimircova, Ptg., 1923, str. 31.)
24) Webster, p. 169.

하지만 남자에게 있을 수도 있다. "남자는 소녀에게 그녀가 거기에 있는 동안 그와 결혼해줄 것을 청할 수도 있다. 그리고 가끔 그런 일이 일어난다. 만일 그의 청혼이 수락되면, 그는 다른 형제들에게 그의 아내에 대한 대가를 치른다. 하지만 대개는, 아가씨들은 그들의 봉사 기간이 끝나 마을로 돌아간 후에야 결혼을 한다."[25]

이야기는 이 모든 가능성들을 반영하지는 않으며, 일반적으로, 소녀는 아무에게도 속하지 않든지, 아니면 모두에게 속하든지 한다. 어떤 경우에는, 매우 드물기는 하지만, 그녀가 형제들 중 하나에게 속하는 것도 볼 수 있다. 쿠디아코프 선집의 한 이야기에서 그녀는 신참자에게 아내로 주어진다. 이 이야기에서 주인공은 강도들의 집에 도착한다. "왜 가려 하느냐. 티몬 Timone? 우리와 함께 있자. 우리는 너를 결혼시켜주마. 네게 누이를 주마." 또 다른 경우에는, 그녀가 패거리의 두목에게 속하는 것으로 추정할 수 있는바, 그는 그의 십자가를 그녀와 바꾼다. 그녀가 받는 선물들은 러시아의 이야기에는 반영되어 있지 않지만, 전세계적 자료에는 그러한 예들이 들어 있다.[26] 반면에, 이야기는 또 다른 사실, 즉 이 결혼이 일부일처의 결혼으로 변하는 경향을 반영하는바, 이러한 경향에 있어 역할은 아이들이 하게 된다.

9. 아이의 출생

그러한 공동 생활로부터 아이들이 태어날 수 있었다는 것은 명백하다. 이 아이들의 도래에 의해 유발되는 감정은 항상 똑같지는 않다. "이러한 결합에서 태어나는 아이들은 거의 항상 죽임을 당했다."[27] 이런 일은 여자들이 동시에 모두에게 속해 있었을 때 일어났으리라고 추정할 수 있다. 하지만, 성적인 관계를 기초로 하여 이미 두 사람의 결합이 이루어져 있어서, 아버지가 누구인가가 알려진 경우에는, 관계는 다를 수도 있었다. "많은 경우에, 아이는 원치 않는 것으로 간주되지 않았고, 자유로운 사람의 관계가 공인된 결혼으로 변화하는 동기가 되었다."[28]

이야기에서 우리는 아이의 출생이 가져오는 분규의 흔적들을 발견할 수 있다. 페름 지방의 한 이야기(Z.P. 13)에서, 주인공은 숲의 오솔길을 통하여 어떤 '집'에 가게 된다("그는 집 한 채를 본다"). 그 안에는 전사인

---

25) Frazer, *Belief in Immortality*, Ⅲ, 217~18.
26) 무리에의 책에 나와 있다.
27) Schurtz, 134.
28) *Ibid.*, 91.

한 여자가 살고 있다. "나는 길을 잃었소. 당신은 나와 함께 남편과 살 듯 살지 않겠소?" 그녀는 그를 남편으로 삼기를 수락하고, 일년 후에 그들은 어린 아들을 낳는다. 아내는 말한다. "이제, 표도르 부르마킨 Fiodor Bourmakine, 제대로 결혼하여 삽시다. 아이는 당신과 나의 아이이 니까." 그러나 표도르는 달아날 결심을 하였고, 그의 아내가 '전쟁터에' 나간 사이에, 그녀를 떠나 뗏목을 타고 멀어져간다. "그러자, 아이는 울고, 숲은 신음하기 시작한다. 그녀는 아이가 울부짖는 소리를 들었고, 급히 돌아왔다. 그녀는 달려가 아이를 집어들고 물가로 달려가서 아이 의 한 다리를 발로 밟고 다른 한 다리를 잡아당겨 두 조각으로 찢는다. 그녀는 그 반쪽을 미끄러져가기 시작하는 표도르의 배에까지 던진다. 하지만 그는 이 반쪽을 되던지고 제 갈길을 간다. 그러자, 그녀는 그녀 에게 남은 반쪽을 먹어버렸다." 이 이야기의 구성 요소들은 분명하다. 즉 숲의 집, 공동 생활, 아이의 출생, 결합을 안정된 것으로 만들고자 하는 여자의 욕망, 남편의 거절, 아이를 죽임(몸뚱이의 반쪽은 먹히고, 다 른 반쪽은 남편을 호리기 위한 마술적 방편으로 사용된다), 그리고 남편의 도 주 등이다. 위의 경우에서, 남편은 아내로부터 달아나기에 성공한다. 러시아 북부 지방의 한 이야기에서도, 우리는 비슷한 경우를 본다. 여 기서는, 쌍둥이가 세상에 태어나고, 그후에 주인공은 도망친다. 여러 가지 모험 끝에, 그는 집에 돌아가 아내를 되찾는다. 여기서 숲의 아 내는 그녀의 남편을 그의 집에까지 따라갔다. 결합을 결혼으로 바꾸게 하는 동기는 바로 아이들이 있음이다(Ontch. 85). 이 경우들에서, '큰 집'과의 관계는 분명하다. 하지만 우리는 이야기에서, 대개 결혼이 숲 의 집에서는 이루어지지 않음을 본다. 이야기에서 이 경우들에, 여자 는 그저 '누이'이다. 이야기의 이 인물의 어떤 특징들은 또 다른 인물 즉 왕녀에게로 전이되었을 수도 있다. 이 경우, 『젊음의 물』이라는 이 야기의 왕녀는 이러한 일련의 현상들에 속할 것이다. 이 이야기들에서 주인공은 왕녀와 잘못을 저지르며, 공주는 두 아이를 낳아 그를 찾아가 서 그들은 "제대로 결혼한다"(Af. 104h/178). 그러나 이 문제는 왕녀 자 신에 대한 연구와 관련하여서만 결정적으로 해결될 수 있을 것이다.

10. 무덤 속의 미녀

이미 제시된 것으로부터 드러나는 사실은, 남자들의 집에 사는 여자 들은 일시적으로밖에는 거기 살지 않는다는 것이다. 일정 기간 후에,

그녀들은 거기에서 떠나, '형제들' 중의 한 사람과, 또는 그녀들의 마을에서 결혼을 한다. 여기에서, 역사적으로 한 가지 난점이 생길 수 있었다. 남자들의 집에서 일어나는 모든 것은 여자들에게는 비밀이었다. 그 집에는 부족의 성물들이 보관되어 있었고, 신성한 춤들이 행해졌다. 그러나, '누이'에 대해서는 비밀이 없었다. 그렇다면 그녀가 집을 떠나도록 그렇게 그냥 놔둘 수 있었을까? "그녀들(즉 독신자들의 집에 사는 젊은 여자들)에게는, 다른 여자들에게는 금지되어 있는, 노래와 춤을 보고 듣는 것이 허용된다."[29]

이야기에서, 숲속 전사들의 집에 사는 소녀는 때로 갑작스레 죽는다. 그리고는, 얼마 동안 죽어 있은 후 되살아나서 왕자와 결혼을 한다. 우리가 보았듯이, 일시적 죽음이란 입문 제의의 불변의 특징들 중의 하나이다. 우리는 소녀가 떠나기 전에 입문 제의에 처해졌을 것이라 추정할 수 있다. 우리는 그 이유들을 짐작하는바, 입문 의례는 비밀이 지켜질 것을 보장하였기 때문이다. 여기에서 이야기는, 사건들의 외적인 안배가 아니라 내적인 안배를 변화시킨다. 이야기에서 그녀는 갑자기 죽고 또한 갑자기 되살아나 결혼한다. 이 갑작스러움만이 역사적이 아니다. 그녀가 결혼하기 위해 집을 떠난다는 사실 자체가 입문 의례의 필요성, 즉 죽음과 재생의 필요성을 초래하는 것이다.

우리는 앞서 일시적 죽음에 대해 말한 바 있다(III, 20). 여기에서는, 우리의 이야기와 관계가 있는 이 죽음의 외적인 형태들을 정립해보아야겠다.

『요술 거울』 유형의 이야기들에서, 소녀는 무엇 때문에 죽는가? 볼트와 폴리프카의 자료에 따르면, 이 죽음을 유발하는 세 가지 그룹의 물건들을 확증할 수 있다. 첫번째 그룹은 바늘·핀·가시 등, 살갗에 들어가는 물건들로 구성된다. 이 그룹에 머리핀이나 머리에 꽂는 빗도 포함시킬 수 있다. 두번째 그룹은, 독이 든 사과·배·포도, 그리고 드물게는 음료 등, 몸 속에 들어가는 물질들로 구성된다. 세번째 그룹은 옷(속옷·드레스·양말·덧신·허리띠)이나 보석(목걸이·반지·귀걸이)으로 이루어진다. 그리고 끝으로, 소녀들이 짐승이나 새로 변했다가 다시 사람이 되는 경우들도 있다. 그녀를 되살아나게 하는 방법들은 매우 간단하다. 핀이나 바늘을 빼주거나, 독이 든 조각이 나오도록 몸을 흔들거나, 속옷이나 반지를 벗겨주거나 하면 되는 것이다.

---

29) Frazer, *Belief*, III, 161.

입문 제의에서 일시적 죽음에 도달하기 위해 사용되는 방편들 가운데
에는, 이제 열거한 모든 방법들이 들어 있다. 그것들 중 하나는 살갗 속
에 날카로운 물건을 집어넣는 것이었다. "예식의 본질적인 부분은 입문
자의 죽음을 야기하는 데에 있었으며, 그럼으로써 그는 큰 마술적 힘을
얻게 될 것이었다. 이 죽음은 입문자들의 몸 안에 신성한 조가비들을
허구적으로 또는 마술적으로 집어넣음으로써 야기되었다. 그러고 난 후,
그들은 노래에 의해 소생되었다." 이 조가비들은 입문자들에게 총 쏘듯
쏘아진 것이다. 그러한 죽음이 허구적이거나 마술적인 것으로 보이는
것은 연구가나 관찰자에게뿐이며, 입문자 자신에게는 그렇지 않았으니,
그는 마치 실제로인 듯 죽음과 소생을 체험하였다. 위에 든 예도 예외
가 아니다. 전세계, 또는 거의 전세계적으로, 병은 몸 안에 이질적인
것이 들어 있는 것으로 해석되고, 따라서 무당에 의해 행해지는 치료들
은 이 이물질을 제거하는 것을 목적으로 한다는 사실은 잘 알려져 있
다. 여기에서 죽음과 소생은 바로 이러한 해석을 받는 것이다.[30]

일시적 죽음을 유발하기 위한 또 다른 방편은 중독이었다. 이 방편은
매우 널리 시행되었다. 젊은이들은 의식을 잃고 죽은 듯이 넘어져서, 일
정한 시간이 흐른 후에야 제정신으로 돌아오곤 하였다. 예컨대, 저(低)
콩고에서는 사제-마술사 *Zauber-Priester*가 입문 의례를 인도하는 일을 맡
았는데, 그는 제자들과 함께 숲으로 떠나 거기에서 그들과 일정 시간을
보냈다. 제자들은 아마도 최면제의 효과로 잠이 들었고, 죽었다고 선
포되었다.[31] 여기서는 독이 든 과실 등은 문제되지 않으며, 독은 항상
음료의 형태로——이야기에서도 그럴 때가 있듯이——주어진다. 하지만
이야기에서는, 음료의 해로운 작용이 과실들에로 투영된다.

끝으로, 소녀에게 속옷·목걸이·허리띠 등을 하게 하는 것은, 이야
기에 고유한 뒤늦은 현상이기도 하지만, 또한 그것은 죽은 자에게 옷 입
히기의 반영이기도 하다. 입문자들은 수의가 입혀진 후,[32] 죽은 것으로
간주되었던 것이다. 일반적으로 옷이 알려지지 않은 지방들에서는, 입
문자에게 죽음의 표시로 흰 흙을 칠하였다. 소녀에게 입혀진 속옷은
죽음의 옷이다. 사마라 지방의 한 이야기에서는, 소녀에게 '죽음의 속
옷'이 보내어진다. 소녀는 "속옷을 입어볼 생각이 들었다. 그녀는 그

30) Schurtz, 404.
31) Schurtz, 436; Webster, 173 etc.
32) Frobenius, *Masken*, p. 50.

것을 입자, 쓰러져 죽었다"(Sad. 17).

　물론 무덤은 뒤늦은 현상이다. 하지만 무덤의 출현과 변천은 추적될 수 있다. 무덤 이전에는 짐승 모양의 나무로 된 관들이 있었다. 그 자취는 여러 지역들에서 발견된다. 예컨대, 슈르츠는 그 안에 족장들의 시체가 보존되었던 상어를 나타내는 나무 조각들이 있는 집들에 대해 말하고 있다. 그것은 가장 오래 된 무덤의 형태이다. 이 형태는, 인간이 죽으면 동물로 변하거나 또는 동물에게 먹힌다는, 고대적 사고 개념들을 반영하는 것이다. 그후로, 무덤은 그 동물적 속성들을 잃어간다. 그리하여 이집트의 『사자의 서』에서는, 그 위에 미이라가 누워 있는 석관이나 장례용 평석들에 대한 묘사를 볼 수 있다. 그것들은 동물의 발과 머리와 꼬리를 가지고 있다. 그후에, 동물적 속성들은 완전히 사라지고, 무덤은 우리가 아는 바와 같은 형태를 갖게 된다. 이러한 관점에서 보면, 한편으로 소녀가 동물로 변했다가 다시 사람으로 변하는 것과, 다른 한편으로 그녀가 무덤에 넣어졌다가 되살아나는 것은, 같은 차원에 속하는 사건들이, 상이한 고대성의 양상들을 띤 것이다.

　무덤이 때로 유리로 되어 있는 것은 왜일까? 이 질문에 대해 우리는, '수정산' '유리산' '유리집' 등의 연구, 그리고 수정과 석영 및 유리가——중세 또는 보다 근래 시대들의 마술 수정까지도 포함하여——종교적 사고 개념에서 하게 되는 모든 역할에 대한 연구와 관련하여서만 대답할 수 있을 것이다. 수정에는 일정한 마술적 속성들이 부여되었으며, 수정은 입문 제의에서도 일역을 담당하였다. 그러므로 수정 무덤이란 아보다 광범한 현상의 한 특수한 경우에 불과한 것이다(제8절 제8절 참조).

　여기에서, 또 다른 질문이 제기될 수 있다. 왜 무덤에는 소녀들만이 넣어지는가? 왜 이야기는 젊은이들에 대해서도 핀이나 다른 것에 찔리는 것을 기록하지 않았는가? 하지만 이러한 지적은 아주 정확치는 못하다. 어떤 경우에는, 유리 무덤 안에 누워 있는 것은 젊은이이다(P.V. 339). 잠들어 있는 미녀들에, "잠들어 있는 젊은이들"(Sm. 56)을, 또는, 물의 요정에게 갔다가 "수의와 흡사한 흰 옷을 입는" 젊은 주인공(Z.P. 8)을 대립시킬 수도 있다. 하지만 그렇다 하더라도 여전히, 여기에서는 일시적 죽음의, 특히 여성적인 형식들에의 경향이 나타나는 것을 볼 수 있다. 민속학적 자료들은 그러한 구분을 존중하지 않는다. 우리는 그것을 이야기의 전통에 고유한 현상으로 간주해야 하려니와, 그 시발점이나 원인은 적절한 연구에 의해서만 이해될 수 있을 것이다.

11. 에로스와 프시케

여기에 다루어진 모든 사실들은 매우 복잡하다. 모든 관계가 노정된 것도 아니고, 아직 모든 것이 발견되거나 조명되지도 않았다. 그런가 하면, 어떤 유추들이 거짓으로 드러날 수 있으리라는 것도 전적으로 가능하다.

예컨대, 위의 사실들과 『에로스와 프시케』 이야기의 어떤 요소들과의 연관이라는 문제를 들어보자.

프시케는 어디 있으며, 그녀의 에로스와의 관계는 어디에서 일어나는가? 그 장소들은 성과 정원으로 알려져 있다. 하지만 러시아 민담들에서의 프시케는 숲의 집에 살며, 거기에서 그녀는 열두 형제들 중 한 사람의 아내이다. 북러시아의 한 이야기에서는, 집주인은 한 노파이다. 소녀가 나타나자, 그녀는 소녀를 휘장 뒤에 눕게 한다. "갑자기 문 두드리는 소리가 나고, 열두 명의 장정들이 들어온다. 그러자 노파는 열두 번째 형제에게 말한다. '너는 저녁을 먹지 말아라, 너를 기다리는 신부가 있어.'" 그는 새로 온 여자와 밤을 보낸다(Ontch. 178, 『에로스와 프시케』 유형). 물론, 이러한 예는 아무것도 증명하지 않는다. 그것은 열두 강도의 모티프와의 동화가 일어날 것이다, 라고 반박하기는 쉽다. 사태를 그렇게 볼 수도 있다. 하지만 또 다른 해석이 가능한바, 프시케와 에로스의 관계는, 이야기가 다른 형제들을 차치하고 있으며 일처다부적 결혼이 나중에 생긴 일부일처적 결혼으로 재구성되었다는 사실을 감안할 때, '형제들'과의 일시적 결혼이라는 현상을 반영한 것이 아니겠는가? 일련의 관찰들이 이러한 추정을 확증한다.

에로스의 궁전이 숲 한가운데에 있다는 것은 러시아의 이야기 고유의 특성이 아니라, 이 종류의 이야기에 전적으로 전형적인 특성이다. 하노버 Hanovre 의 한 이야기에서, 한 소녀는 그런 곳에서 칠 년간 즉 일시적으로 살며, 그 기간 동안, 마치 꼭 우리의 '누이'처럼, 집을 정돈해야 한다. 하인들·마부들 등은 줄을 지어, 그녀와 하룻밤을 함께 지내려 한다.

하지만 이것만으로 그러한 생각에 이른 것은 결코 아니다. 소녀는 보통 괴물에게 팔린다. 사전 매매의 연구는, 팔린 자는 입문 의례와 관련된 분위기에 처하게 됨을 보여준다. 소녀가 남자들의 집에 들어가도록 부모에 의해 팔릴 수도 있었음을, 우리는 위에서 보았다. 우리는 또한, 부모들 자신이 그녀를 거기에 보낼 수도 있었음을 보았다. 『에로스와 프시케』유형의 이야기들에서, 소녀는 거의 저항을 하지 않는다. 게다가 이 새로운 장소에서 그녀가 항상 준비된 음식을 발견한다면, 그것은 우리가 이미 인용한 자료와 매우 흡사하다. "'마음상하지 마세요, 아버지—소녀는 말한다—선하신 하나님 뜻이라면, 저는 거기에서 잘 지낼 거예요! 저를 용에게 데려다주세요!' 아버지는 그녀를 데리고 가서 미지의 궁전에 남겨두고는 혼자 집에 돌아갔다. 상인의 아름다운 딸은 방들을 둘러보기 시작했다. 그것들은 모두 황금과 빌로드로 치장되어 있었지만, 아무데서도, 살아 있는 사람이라고는 보이지 않았다. 시간이 지나갔다. 그녀는 배가 고파서 이렇게 생각하였다. '아, 먹을 것이 있었으면!' 그러자 그녀가 몸을 돌이키기도 전에, 그녀 앞에는 요리들, 음료와 후식들이 가득한 식탁이 나타났다. 모든 것이, 아마도 새의 젖만 빼고는 다 있었다"(Af. 155/276).

우리는 여기에서, 비록 그것이 명명되거나 묘사되지는 않았지만, '큰 집'을 쉽게 알아볼 수 있다. 우리는 위에서, 이 집에서 소녀는 마음대로 먹을 수 있다는 것을 보았다. 그녀에게는, 그녀가 아무도 볼 수 없도록 음식이 주어진다. 다시 말해서, 그것은 하인들의 보이지 않음을 나타내는 것이다. 보이지 않는 하인들이란 이 이야기들의 불변의 특성이다. 프레이저에게 있어서는, 사태가 매우 합리적인 방식으로 제시되었다. 하지만, 거기에서 더 심오한 무엇을 보는 것도 가능하다. 우리는 이미, 이 집에 머무는 사람들은 죽음의 왕국에 살아 있는 것으로 상상됨을 안다. 이 왕국의 특성들 중의 하나가 보이지 않음이다. 신참자들의 '눈멀음'이나 흑백의 뒤섞음은 거기에서 기인하는 것이다. 또한, 뒤에서 보게 되겠지만, 샤프카 즉 보이지 않게 하는 모자도 마찬가지이다. 이 보이지 않음은 다소 약정적이기는 하지만, 그래도 그 집 거주자들의 실상 가면에 기인하는 동물적 양상만큼이나, 사실적인 것으로 느껴졌다. 이러한 보이지 않음의 가장은, 이야기에서는, 실제적인 보이지 않음의 형식으로 보존되었다.

끝으로, 이것은 신랑의 동물적 본성 및 그의 갑작스러운 사라짐과 모순되지 않는다. 반대로, 그것은 우리의 추정을 확증해준다. '숲의 형제들'이 동물적 양상을 가질 수 있다는 것은 전혀 놀라운 일이 아닌 것이다(Af. 120b/209 참조). 입문자들과 남자들의 집 또는 '숲의 집'에 사는 자들은 흔히 동물로 생각되었으며 또 그러한 가면을 썼다. 신랑이 아침에 사라지는 것으로 말할 것 같으면, 그것은 낮 동안 비어 있는 집의 모

176

티프와 연관되어 있다.

이 모든 모티프들은 다른 이야기들에서도 발견되며, 그것들에 특별히 새로운 점이라고는 없다. 문제의 이야기들의 계열에서 보다 특수한 것은 부모의 방문이라는 모티프이다. 마술적 신랑에 관한 이야기들에서, 소녀는 자기 부모를 방문하거나——때로는 신랑을 동반하고(Grimm, n° 88)——또는 자기 가족을 손님으로 맞거나 한다. 프시케가 사는 왕국은 오래 전부터 죽은 자들의 왕국으로 인정되었다. 우리는 이미, 입문 의례를 겪은 자들은 저세상에 사는 것으로 생각된다는 것을 보았다. 하지만 용의 정원이 단순히 저세상일 뿐이라면, 부모들의 방문이란 설명할 수 없을 것이다. 반면에, 소녀와 결혼하여 사는 용의 정원 및 왕국과, 또 뒤에 남겨진 가족 및 부모의 왕국을, 우리가 지적했던 의미로 이해한다면, 부모에의 방문은 이해할 수 있는 것이 된다. 아풀레이우스 Apulée 에게서는, 소녀는 그녀의 언니들의 방문을 받는다. 우리의 이야기들에서는 흔히 그 반대가 일어나, 소녀가 자신의 부모를 방문한다. "그녀는 고향을 생각하기 시작했다"(Z. V. 13). "내가 어머니를 보러 가게 해주세요"(Khoud. 63). "내 부모님을 보러 갑시다"(Sm. 126) 등등. 웹스터가 보여주듯이,[33] 부모에의 방문은 일정한 기간 뒤에 허락되었다. 볼트는 "이야기는, 아내가 자기 아버지를 방문하도록 남편을 설득하기에 성공할 때에, 그 요술적 성격을 상실한다"고 본다(B.P. I, 46, p. 400). 이것은 아마 사실일 것이다. 그러나 이야기에서는, '요술적인 것'과 '비요술적인 것'은 똑같이 역사적일 수 있다.

12. 남편이 재혼하는 아내

우리가 묘사하려 하였던 상황은, 젊은이들이 어떤 소녀들과 마찬가지로, 일생 동안 두 번의 연속적인 결혼을 하였다는 것을 보여준다. 첫번째는 '큰 집'에서의 자유로운 집단적 일시적 결혼이고, 두번째는 집에 돌아간 후에 하는 지속적이고 규범적이며 가정을 만들게 하는 결혼이다.

이야기에서 주인공은 어떤 경우에 두 번 결혼함을, 보다 정확히는, 첫번째 아내를 잊어버린 후 다시 결혼하려 함을 볼 수 있다. 우리 자료의 관점에서, 우리는 집 밖에서 다른 왕국의 어딘가에서 만난 첫번째 아내란 남자들의 집에 사는 일시적인 배우자가 아닌가 하는 의문을 제

---

33) *Prim. Secr. Soc.*, p. 78.

기할 수 있다. 주인공이 집에 돌아와서 결혼하려 하는 두번째 아내는 두번째 규범적 결혼의 배우자에 해당할 수 있다. 역사적 현실에서는, 첫번째 아내, 일반적으로는 '형제들'의 그리고 개별적으로는 각자의 아내는 뒤에 남겨지고 잊혀졌다. 집에 돌아와서 지속적이고 견고한 결혼이 행해졌고, 가족이 만들어졌다. 적어도 그것이 주인공이 항상 하기를 원하는 바이다. 하지만 첫번째 아내는 그에게 자신의 존재를 상기시키며 경쟁자를 능가한다.

만일 이러한 관찰이 옳다면, 그리고 거기에 역사적으로 형성된 유추가 있다면 이는 이야기가 뒤늦은 단계, 이 체제가 해체되어가는 단계, 농경 경제에 속하는 제도들과의 갈등이 나타나 다른 결혼 형태들이 상정되는 단계를 반영함을 의미한다.

그와 관련하여 몇 가지 경우들을 검토해보자. 『파도의 짜르와 마법의 바실리사 Le Tsar de l'Onde et Vassilissa la Magique』라는 이야기에서는, 주인공은 파도의 짜르에게 사전 매매된다. 그는 파도의 짜르의 집에 이르러, 그의 딸과 결혼하고, 그녀를 자기 집에 데려오려 한다. 돌아오는 길에 바실리사가 말한다. "앞서 가세요, 왕자님, 아버지 어머니께 우리가 가는 것을 알리세요, 나는 당신을 기다릴께요. 하지만 내 말을 기억하세요. 모든 사람과 입맞추되, 당신 누이만은 안 돼요. 그러면 당신은 나를 잊어버릴 거예요!"(Af. 125a/219). 여기에서 한 가지 의문이 생긴다. 대체 무엇이 바실리사를 도중에 멈추게 하는가? 이야기에서는, 그녀가 왕자와 함께 그의 집에 직접 들어가는 것에 대한 아무런 장애도 발견되지 않는다. 이 이상한 행동의 동기는 이야기 그 자체가 아니라 역사에 있는 것이다. 그녀가 도중에 멈추지 않는다면 두 아내 사이의 갈등도 없을 것인데, 이러한 갈등은 완전히 잊혀지지 않은 역사적 현상이다. 도중에 멈추는 것은 모티프를 이야기에 연결하는 보이지 않는 실이다. "당신 누이와 입맞추지 마세요!"라는 금지도 우리에게는 분명하다. '누이'라는 것이 숲의 집 식으로는 무엇을 의미하는지 우리는 안다. "입맞추지 말라"는 것도 역시 애매함이 없는 단서이다. 그녀는 주인공에게 다른 여자를 알지 말라고 청하는 것이다. 하지만 그는 '누이'와 입맞추는바, 즉 그는 그로 하여금 첫번째 아내를 잊게 하는 새로운 성적 관계들을 갖는 것이다. "우리 짜르는 아들을 부유한 왕의 딸과 결혼시킨다." 이번에는 아들을 부유한 신부에게 결혼시킨다(주도권이 그에게 있지 않다)는 것, 즉 금전적 결혼을 주선한다는 것은 특징적이다. 두 결혼은

178

성격이 다르다. 바실리사는 잊혀진다. 그러나, 이야기에서는, 그녀는 잔치가 한창일 때에라도 그녀를 기억하게끔 할 방법을 반드시 찾아낸다. "그러자 왕자는 그의 아내를 기억했고, 깜짝 놀랐다." "아무도 불쌍한 '왕의 딸'을 개의치 않으며, 주인공은 바실리사와 결혼한다. 다른 신부와 손님들은 물론 얼떨떨했지만, 그러나 아무것도 바꿀 수 없었다" (K. 6).

입맞춤의 이 같은 해석은 합리화된 것이라고 반박할 수도 있다. 일련의 저자들은 또 다른 해석을 제안한다. 망각은 산 자들의 세계에서 죽은 자들의 세계로, 그리고 그 역으로, 이행할 때에 일어나는, 기억의 상실로 간주된다. 그것이 아르느 Aarne 의 의견이다. "소녀가 저세상의 주민들에게 속한다는 것은 젊은이가 이 세상의 소녀에게 입맞춤으로써 그녀를 잊는다는 사실에서 드러난다."[34] 그러한 해석도 가능하다. 우리는 주인공의 '저세상'에서의 체류를 어떻게 이해할 수 있는가를 보았다. 『사자의 서』에는 기억을 간직하기 위한 기도들이 있는바(제22장), 이는 기억의 상실이라는 관념이 있었음을 보여준다. 하지만 망각은 왜 바로 입맞춤의 순간에 일어나는가? 이 점은 그러한 해석으로는 밝혀지지 않는 반면, 우리가 제안하는 바와 같은 입맞춤과 '누이'의 해석은 어느 정도 빛을 던져준다.

소녀가 그녀의 존재를 환기시키는 방법은 다음과 같다. 그녀는 두 마리 비둘기가 날아나오는 과자를 만든다. "그 과자를 자르자, 암수 비둘기 한 쌍이 날아나왔다"(Nor. 1). 이 비둘기들이 서로 입맞춘다. 비둘기들의 애정의 충실함이 주인공으로 하여금 자신의 불실을 의식하게 하는 것이다. 카가로프 E.G. Kagarov 는 혼인 제의에 관한 연구에서 이렇게 말한다. "둥근 빵 위에 '우리 아이들이 해로하도록' 한 쌍의 비둘기를 새기거나, 또는 혼례용 둥근 빵 가장자리에 '신혼 부부가 사이좋게 살도록' 두 마리 작은 새가 입맞추고 있는 것을 새긴다. 이것은 두 개의 인형이 다정히 포옹하고 있는, 그리하여 당사자들의 화목을 촉발하게 되어 있는, 마술적 상형(포르투갈)과 비교할 수 있다." 저자는 이 제의를 결합의 제의에 결부시킨다.[35] 우리는 이야기 속에 이 제의의 반영을 가지고 있다.

입맞춤과 망각은 바실리사와 파도의 짜르에 관한 이야기들의 유형에

34) A. Aarne, "Die magische Flucht. Eine Märchenstudie," FFC, n° 13, Hamina, 1913, p. 155.
35) Recueil MAE, Ⅷ, pp. 182~83.

만 고유한 것이 아니며, 다른 데서도 발견된다. 이 경우들에 대한 자세한 연구는 무엇이 문제인가를 분명히 밝혀준다. 주어진 상황의 언어적 표현 그 자체가, 다음 자료들에 비추어 특히 명백해진다. 비아트카 지방의 한 이야기에서, 주인공은 악마에게 팔려 그의 딸과 결혼을 하고 집으로 돌아온다. "그러자 그는 결혼할 생각을 하였고, 그녀에 대해서는 완전히 잊어버렸다……"(Z.V. 118). 우리는 위에서, 일시적 결혼이 영속적 결혼으로 변하는 데 있어 아이들이 하는 역할을 살펴보았다. 부모들은 돌아온 아들에게 말한다. "네가 데려온 이 먼 나라의 신부는 대체 뭐냐? 주교의 부인에게 가보아라. 그녀에게는 세 딸이 있으니, 청혼을 해!"(Sm. 97). 이반 왕자는 그의 옛 신부를 생각하고 왕에게 말한다. "나는 당신의 딸을 취할 수 없소. 나는 이미 우랄에(한 솥에, 숲에 등등) 신부가 있소"(Z.P. 12). 그리하여, 이야기에서 그처럼 자주 나타나는 중혼이 설명된다. "나는 그녀와 결혼해야 할 것이오. 하지만 나는 벌써 아내가 있으므로, 필요가 없소"(K. 6).

『피니스트』(Af. 129/234~35) 역시 이 이야기군에 속한다. 하지만 거기서 인물들은 다소 다른 역할을 한다. 자유로운 결합인 첫번째 결혼은 숲이나 저승의 나라에서가 아니라 소녀의 집에서 행해지며, 그후에 애인은 짐승의 모양으로 저승을 향해 떠나, 거기에서 재혼 내지는 재재혼을 하려 한다. 처음의 소녀는 그녀의 경쟁자로부터 사흘밤을 삼으로써 그를 되찾는다. 매수된 밤들의 모티프는 그 또한 역사적인 것임이 분명하지만, '남자들의 집'에 관한 자료에는 그것을 정확히 설명할 만한 여건들이 나와 있지 않다. 이것은 단지 새-젊은이 즉 가면을 쓴 자, 이미 가족을 떠나 '다른' 나라에 가 있는 젊은이와, 그리로 그를 찾으러가는 그의 신부인 소녀 사이의 금지된 관계와 관련된 것이라고 추정할 수 있을 뿐이다.

13. 때투성이

'남편이 재혼하는 아내'라는 모티프는 '아내가 재혼하는 남편'이란 모티프에 반향한다. 하지만 이 후자의 모티프로 넘어가기 전에, 입문 의례 후 주인공의 귀가에 관련되는 몇 가지 상황들을 검토하는 것이 필요하다.

이야기에서, 신분을 알리고 싶지 않은 주인공은 흔히 더럽거나 검댕에 뒤덮여 있거나 한다. 그것이 '때투성이'이다. 그는 악마와 계약을 맺었는데 악마가 그에게 씻는 것을 금지한 것이다. 대신에 악마는 그에게 엄청난 부를 주며, 그후에 주인공은 결혼한다. 그는 "머리도 깎지 않고, 면도도 하지 않고, 코도 닦지 않고 옷도 갈아입지 않는다"(Af. 157/278). [36] 이것이 십사 년 동안(독일의 이야기에서 칠 년 동안) 계속된다. 이 기간 후에, 주인공은 "이제 내 일은 끝났다"고 말한다. 그러자 "악마는 그를 작은 토막들로 잘라서 냄비에 넣고 끓였다. 이것이 다 되자, 그는 그 토막들을 꺼내어 다시 제대로 맞추었다." 그는 그 위에 생명의 물과 죽음의 물을 뿌린다. 더러운 신랑이라는 모티프는 독일의 이야기에서 더 발전되었다. "앞으로 몇 년간, 너는 씻고 수염과 머리를 깎고 주기도문을 외우는 것이 금지된다"(Grimm. 101). 마찬가지로, "씻지 말 것, 면도하지 말 것, 코 풀지 말 것, 손톱 깎지 말 것, 눈을 닦지 말 것" 등이 명령된다(Grimm. 100). 숲에 사는 소녀도 마찬가지이다. "그녀는 얼굴과 손을 검댕으로 더럽혔다"(Grimm. 65). 그녀는 잡색털 Allerleirauh 즉 짐승의 가죽에 덮여 있다. 남자 주인공은 곰가죽을 입은 차 Bärenhäuter이다. 남녀 주인공들의 이러한 상태는, 그들의 숲속 체류나 악마의 집에서의 봉사에 특징적인 것으로, 그들의 결혼에 선행한다. 하지만 그것은 때로 그러한 상황 밖에서도 발견된다. "그는 취하여 진흙 속에 넘어졌고, 그리고는 새털더미에서 뒹굴었다. 그렇게 되는 대로 칠갑을 해가지고서, 그는 배 위에 올라왔다"(K. 10).

썻는 것의 금지는, 제의에서 빈번히 나타날 뿐 아니라, 예식의 거의 필수적인 부분을 형성한다. [37] 이 금지의 기간은 다양하다. 그것은 금지된 영역에서의 체류 기간에 대응하여, 30일, 100일, 5개월 등이다. 입문자는 씻지 않을 뿐 아니라, 재를 뒤집어쓴다. 이 칠갑은 나름대로의 중요성을 가지는바, 검댕이나 진흙으로 칠하는 것 즉 검정이나 하양으로 칠하는 것이 문제이다. "처음 백 일 동안, 그는 씻지 않으며, 너무나 더러워져서 밖에 나가면 아무도 그를 몰라보았다. 그가 너무나 더러워져서 보이지 않게 되었다고 하였다." [38] 그러니까, 씻지 않는다는 사실은 보이지 않음과 관계가 있다. 흰색으로 칠하는 것 또한 보이지 않음과 관련된다. "머리부터 발끝까지 그들을 흰색으로 칠했고, 게다가 씻지 않았으므로 그들은 더럽고 불쾌한 인상을 준다." [39] 우리는 위

---

36) Af. 150이라는 1946년판은 오류이다. 이 이야기의 불완전한 인용은 아파나시에프 선집에 의거하여 복원되었다(N.d.T.).
37) Schurtz, 383, 385; Codrington, *The Melanesians*, Oxford, 1891, pp. 81, 87 etc.
38) Codrington, 81.
39) Frobenius, *Masken*, p. 45.

에서 이미 흰색은 눈멀음이나 보이지 않음과 관련이 있음을 보았다. 필경 검정도 마찬가지이다. "그들은 검댕과 더러움으로 검어져서 나왔다. 그들이 씻지 않는 한, 사람들은 그들을 쳐다볼 수조차 없다"[40] ("are not to be seen"은 "보이지 않는다"라는 의미도 된다. 그러나 여기서 금지는 허구적 보이지 않음의 표현에 다름아니다). 그런데, 이것은 우리에게 별로 중요하지 않으며, 중요한 또 한 가지는 금지의 사실 자체를 수립하는 것이다. 여기에서 또 다른 특성을 찾아낼 수도 있다. 파킨슨이 제공하는 정보들에 의하면, 금지는 마(麻)가 익는 기간 동안, 파종에서 수확까지 지속된다. 씻는 것의 허가는 추수기와 일치한다. 여기에서 우리는 보다 나중의 농경적 사고 개념의 근원들을 발견하는바, 그것은 추수를 돕는 신의 지하에로의 떠남과 관계된다. 제의가 사냥거리를 풍부하게 한다는 것은 우리가 이미 알거니와, 이러한 관념이 수확의 성숙에 투영된 것이다. 러시아의 이야기는 이 점에서 흥미로운 반향을 보존하고 있다. 숲의 큰 집에서 소녀가 주인공에게 말한다. "일어나요, 농부의 아들 이반. 밀은 거두어졌어요. 내가 다 맡아서 했지요. 가서 얼굴을 검댕으로 칠하고 온통 더럽게 하세요. 그리고서 내 아버지 앞에 나가세요"(Sm. 126). 이 이야기에서, 소녀의 아버지는 밀을 씨 뿌리고 자라게 하고 거두는 일을 시켰었다. 그런데 왜 주인공은 그 일을 한 것이 자신임을 입증하기 위해 검댕으로 칠해야 하는가? 여기에서 이제 분명한 것은, 수확은 보이지 않음과 더러움과 컴컴함의 상태 속에 머문 시간에 달려 있다는 사실이다.

씻지 않는다는 것은 또한, 어떤 식으로건 결혼을 예비한다. "그의 몸은 진흙에 뒤덮여 있었으며, 그는 며칠 낮 며칠 밤 동안 마을을 돌아다니며 진흙을 여자들 쪽으로 던지도록 시켜졌다. 마침내, 그는 여자들의 손에 맡겨져서, 그녀들은 그를 씻고 치장하고 그리고는 그들 앞에서 춤을 추었다."[41] 그후에 젊은이는 결혼할 권리를 얻는다. 여기에 러시아의 이야기를 비교해보자. "사람들이 그를 데려왔다. 그는 온통 털에 덮여 있었다. 그녀는 손수 그의 머리칼을 자르고 수염을 깎아주었다. [……] '이제 나는 당신의 아들과 결혼할 수 있어요'"(Khoud. 83).

씻는 것의 금지는 민속학적 문제로서, 이 연구의 한계를 넘는 것이므로, 우리는 그것을 다루지 않겠다. 이야기에서는, 더러운 주인공과 동

---

40) Codrington, p. 87.
41) Webster, p. 79.

물 형태의 주인공 사이에 명확한 한계를 긋기가 어렵다. 칠갑은 동물적 외관의 상형과 관계가 있거나 일종의 가면일 수도 있다. 예컨대, 소녀는 씻지 않고 검댕으로 칠할 뿐 아니라, 몸에 꿀을 칠하고 깃털 속에 뒹굴기도 하는 것이다(Grimm. 46). 입문 의례가 오래 전에 사라져버린 경우에 또는 그것이 사춘기의 도래와의 연관을 상실하고 다른 성격을 띠게 되었을 때에도, 칠갑과 더럽히기는 여전히 존속한다. 예컨대, 그리스의 신비극에서, 입문자는 진흙·석고, 또는 밀가루나 톱밥으로 몸을 칠한다. 어떤 저자들(삼터를 위시하여)은 거기에서 자신을 알아보지 못하게 만들려는 욕망을 보고자 하는바, 우리가 앞으로 보게 되겠지만, 익명은 주인공의 귀환에 필요하고 불가결한 조건이다. 그러니까, 씻는 것의 금지란 보이지 않음과 눈멀음과 동물적 양상과 익명에 관련된, 매우 복잡한 현상이다. 그것은 또한 죽음의 나라에서의 체류와도 관련되어 있다. 삼터는 라들로프 Radlov 가 인용하는 바, 죽은 자의 영혼을 사자(死者)들의 왕국에까지 동반하는 시베리아의 무당은 그의 얼굴을 검댕으로 칠하는 것을 보여준다. [42] 이 자료들에 비추어 우리는, 민담에 그처럼 자주 나오는 주인공의 변장, 거지와 옷을 바꿔입기 등은 저세상에서의 체류와 관련된 이 외관의 변화의 특별한 경우라고 확언할 수 있다. 코르구이에프 Korgouiev 에 의해 수집된 한 이야기에서는, 놀랍게도, 옷을 바꿔입는 것뿐 아니라, 바로 이 같은 의미에로의 해석까지도 발견된다. "그는 길을 떠났다. 그러나 그의 옷들은, 저세상으로부터 돌아오는 자의 그것들처럼, 달라져 있었고, 그 위에는, 등 위에, 이렇게 씌어져 있었다. '그는 저세상에서 오는 길'이라고"(K. 10).

14. 나는 모른다

'때투성이'의 모티프는 "나는 모른다"의 모티프와 밀접하게 연관되어 있다. 이 모티프의 본질은 주인공이 신분을 감춘 채 자기 집에(또는 그의 미래의 아내의 나라에) 도착한다는 데에 있다. 한편으로는 그가 아무것도 알지 못하고, 아무것도 기억하지 못하는 척을 한다. "짜르가 그에게 묻는다. '자, 친구여, 너는 어떤 가문의 출신이며, 네 이름은 무엇인가?──나는 모른다.' 짜르의 모든 질문들에 대해 그는 한 가지 대답밖에는 하지 않는다. '나는 내 이름을 모른다'"(Z.P. 2). 또는 "너는 누구냐?──나는 내가 어디에서 왔는지, 내 부모가 누구인지 모른다."

---

42) Samter, *Geburt, Hochzeit u. Tod*, p. 95.

이 경우에, 주인공은 한 손가락을 잘리운다(Khoud. 41). 말은 주인공에게 이렇게 충고한다. "왕의 정원에 가서, 밭이랑에 누워, 얼굴을 가리고, 네 얼굴을 보이지 말아라(왜냐하면 그는 매우 아름다우니까). 모든 질문에 대해, 그저 너는 모른다고만 해라"(P.V. p. 242). 이러한 예들은 아주 많다. "너는 어디에 있었으며, 무엇을 보았느냐? 나는 아무데도 있지 않았으며 아무것도 보지 못했다. 아무리 그에게 질문을 해도, 그는 아무것도 기억하지 못했다"(Sm. 5). "'네 이름이 무엇이냐? 너는 어디서 오느냐?' 이 모든 질문에 대해 그는 '나는 모른다'고 대답했으므로, 그는 '나는 모른다'는 별명으로 불리웠다'"(Sm. 305). 너는 누구냐?— 나는 모른다—너는 남자이냐?—나는 모른다"(Nor. 47). 다른 한편으로, 그의 부모도 또한 돌아온 아들을 알아보지 못한다. "아버지는 그를 알아보지 못했다"(Khoud. 1). "아무도 그가 그들의 아들인 것을 알아보지 못했다. 그러므로 그를 잃어버린 줄로만 생각했다. 여러 해 동안, 그는 거기서 다 찢어진 누더기를 입고 살았다"(Z.P. 12). 마찬가지로, 비아트카 지방의 한 이야기에서도 아버지는 아들을 알아보지 못한다 (Z.V. 85).

이야기가 여기에서 무엇을 반영하는가는 굳이 증명할 필요도 없을 것이다. 그것은 귀환의 순간들 중의 하나이다. 이러한 경우에, 본래의 예절은 '귀환자'가 그의 이름과 부모와 집을 잊었을 것을 요구하였다. 그는 새로운 다른 사람, 죽었다가 되살아나 다른 이름을 가진 사람이다. 부모들 역시 그를 알아보지 못하는 척하며, 그리고 부재가 여러 해 동안 계속되었다면 그들이 그를 실제로 알아보지 못한다는 것도 있을 수 있는 일이다.

15. 대머리들과 가죽으로 덮인 자들

확인할 수 없는 신분이라는 모티프는 흔히 덮인 머리나 또는 반대로 벗겨진 머리의 모티프와 관련된다. 이미 인용된 대문에 "네 얼굴을 감추어라, 보이지 말아라"라는 것이 있었거니와, 주인공은 흔히 머리 위에 창자나 방광이나 누더기를 쓴다. "그러자 내장을 집어다가, 그는 거기에서 창자를 꺼내 잘 씻어서, 그것으로 일종의 모자를 만들었다. 그리고 남은 것은 팔에 감았다"(Z.P.2, p. 16). 또는 "상인의 아들 이반은 그의 말이 가게 내버려두고, 황소의 가죽을 입은 후 머리에는 방광을 쓴 후 물가로 다가갔다"(Af. 165a/295). "그녀는 소가죽을 석 장 샀다.

그는 그것으로 한 사람이 다 가리워질 만한 껍질을 만들고, 두 사젠[43]이나 되는 꼬리를 거기에 꿰매 붙였다"(Nor. 47).

우리는 이런 경우에 주인공이 어떤 이유에서이건, 그의 머리칼과 머리를 감추는 것을 본다. 덮인 머리라는 모티프는 이상하게도, 흔히 그 역인 벗겨진 머리 또는 대머리와 관련이 된다. 이 모티프는 흔히 "나는 모른다"의 모티프와 관련이 된다. "그는 도살장에 가서 방광을 찾아다가 그의 머리에 썼다. 그리고는 짜르에게 구걸을 하러 갔다. 짜르가 그에게 물었다──네 이름이 무엇이냐?──대머리!──그러면 네 아버지는?──역시 대머리──너는 어떤 가문 출신이냐?──나는 순례자이며, 어디 출신인지 모른다"(Khoud. 4). 여기에서, 머리에 방광을 쓴 주인공은 스스로를 가리켜 대머리라고 한다. 명백히, 창자나 방광은 머리칼을 가리고 대머리의 인상을 주기 위한 것이다. 우리는 통캉 Tong-Kang의 한 이야기에서도 아주 똑같은 것을 발견한다. "어느 때 세 형제가 있었다. 〔……〕 막내는 머리에 양의 위장으로 만든 모자를 쓰고 있었으며, 그 때문에 모든 사람이 그를 '대머리'라고 불렀다."[44] "그는 대체 왜 머리에 수건을 쓰고 있느냐?──왜냐하면 그는 대머리이기 때문이다. 보기가 흉하니까"(Nor. 91).

한편 이야기의 주인공들도 흔히 '대머리'라고 불리운다. "모든 질문에 대해, 너는 '대머리'라고만 말해라"(P.V. 334). 이미 연구된 자료들에 비추어, 이 대답은 "너는 내 머리가 덮인 것에서 내 출신을 보지 못하느냐? 나는 말하는 것이 금지되었다는 것을?"이라는 의미이다. 그런데 때로 왕녀의 수수께끼를 푸는 것은 바로 대머리이다(동서, 481). "이 대머리가 나의 세 가지 수수께끼를 풀었어요. 비록 대머리이기는 하지만 나는 그와 결혼해요."라고, 우즈벡 Ouzbek의 한 이야기에서 왕녀는 말한다. "옛날에 일곱 명의 바보 대머리들과 꾀쟁이 헝클머리가 있었다"라고 몽고의 한 이야기는 시작된다.[45] 이 헝클머리는 독일의 딱지머리 Grindkopf, 버짐 핀 주인공을 상기시킨다. 이것은 무엇을 의미하는가? 이 모티프의 파급, 그 빈도의 꾸준함은 어디에서 오는가?[46]

입문 제의에서, 손질되지 않는 인체의 부분은 아마도 없을 것이다. 이

---

43) 사젠 Sagène은 2.13미터에 해당한다(N.d.T.).
44) 『동방민족들의 민담』, 과학아카데미 편, 1938, p.27(Skazki narodov vostoka, Izd. A.N., 1938, str. 27).
45) Ibid., pp.33,40.
46) 열왕기, 제4권, 2장 23절에서, 선지자 엘리사의 대머리를 보라.

미 보았듯이, 내장기관들까지도 꺼내지고 대체되는 것으로 간주되었다. 머리와 머리칼에 대해서는 특별한 손질이 행해진다. 머리칼에 대한 두 가지 종류의 손질이 있었으니, 그 하나는 머리칼을 자르고 태우는 것이고, 다른 하나는, 그와 반대로, 머리칼이 자라도록 내버려두되, 벗는 것이 금지된 특별한 모자 속에 그것을 감추는 것이었다.

이 점에 관해서는, 모든 대륙들의 특히 태평양 섬들의 증거들이 있다. 솔로몬 Salomon 군도에서는, 긴 머리칼을 가지고 그 위에——사춘기 즉 성적 성숙기 동안——원추형의 특별한 모자를 쓴 남자들만 결혼할 수가 있다. 머리칼은 이 모자 안에서 자라는바, 모자를 벗는 것은 금지되었다. 네버만은 이렇게 말한다 : "그는 '모자'를 쓰지 않은 채로는 결코 여자들 앞에 보일 수가 없다. 시초에, 그의 머리가 아직 짧은 때에도 그렇다. 그가 모자를 쓰지 않은 것을 보는 여자는, 마치 그녀가 결사의 집회 장소에 몰래 들어간 것과도 마찬가지로, 즉시 죽임을 당할 것이었다."[47] 입문 의례에서 결혼에 이르기까지, 젊은이들은 마타제젠 Matazezen 이라는 이름을 갖는다. 그 이후, 모자와 머리칼은 동시에 제거되었다.[48] 그러니까 이 모자는 미래의 신랑을 구별하는 표지이다. 네버만은, 머리칼의 자람이 성적 능력을 돕는다고 간주한다. "머리칼이 자람과 동시에 소년은 남자가 되며, '결혼모'를 씀으로써 그는 성적 능력을 얻는다."[49] 이것은 가능한 한 다스의 해석들 중의 하나이다. 머리칼에 힘이 결부되어 있다는 것은, 삼손과 델릴라의 이야기만 보더라도 생각나는 일이다. 인용된 자료들로부터는, 이 모자가, 우리의 이야기가 지적하듯이 동물의 창자나 방광으로 되어 있다는 사실은 드러나지 않는다. 하지만 아프리카에는 확실히 이 형태가 존재하였다. "감비아 Gambie 에서, 새로 할례받은 자들은 한 쌍의 쇠뿔이 달린, 이상한 모양의 모자를 쓴다."[50] 우리는 이제 왜, 아메리카 인디언의 신화들에서, 고래에게 삼켜졌다가 되뱉아진 자들은 그의 위로부터 머리칼 없이 나오는가를 이해한다. 이 모든 자료들은, 머리칼 없는 신랑 또는 머리칼을 가진 신랑이라는 모티프와 입문 제의간의 발생적 관계를 수립하게 해준다.

16. 아내가 재혼하는 남편

이러한 세부들은 '아내가 재혼하는 남편'이라는 모티프를 연구하는

---

47) Nevermann, 139.
48) Cf. Parkinson, 658; Loeb, 256.
49) Nevermann, p. 160.
50) Frobenius, *Masken*, p. 146.

데에 보완적 요소들을 제공한다. 이 경우는 '남편이 재혼하는 아내'라는 모티프와는 상당히 다르다. 먼저 경우에는, 주인공이 집 밖에서 약혼자를 만나고, 집에 돌아가서 새로운 결혼을 준비하였다. 여기에서는 사태가 다르다. 이야기의 처음에서 주인공은 결혼하고(또는 결혼시켜지고), 그리고 집을 떠나 있다가, 그의 아내가 다시 결혼할 준비를 하고 있다는 것을 알게 된다. "그녀는 다른 사람과 결혼하기를 원한다"(Sm. 135). 그래서 그는 결혼식에 참석하기 위해 서둘러 돌아온다.

이 두번째 경우는, 입문 의례 이전에 행해진 결혼이다. 그후에 남편은 '숲'으로 떠나, 오래 집을 비우며, 집에 남은 아내는 다시 결혼하려 하는 것이다.

하지만 이러한 추정은, 입문 의례가 결혼의 조건이게끔 하는, 사건들의 필연적인 순서에 모순이 아닌가? 우리는 여기에서 모순이 아니라, 뒤늦은 형태를 본다. 관습의 해체와 더불어, 제의는 점점 드물게 거행되었고, 때로는 십 년 또는 그 이상의 간격을 두게 되었다. 슈르츠나 웹스터 모두에게서 이 점에 관한 충분한 예들을 찾을 수 있다. 그 사이에 젊은이는 성인이 되어, 입문 의례를 기다리지 않고 결혼하며 그후에 그것을 거치게 되었던 것이다. 그리하여 마흔 살이나 된 남자들이 이제 겨우 사춘기의 소년들과 나란히 입문 의례를 치르는 경우도 있었다. [51]

'부인이 재혼하는 남편'이라는 모티프는 이반 톨스토이에 의해 연구되었다. [52] 톨스토이 교수는 이 모티프의 기원을 연구할 목적은 아니었으나, 그의 저작에서 그는 우리에게 중요한 질문 "아내가 그를 기다리는 동안, 남편은 어디 있는가?"에 대답할 수 있게 하는 방대한 자료를 수집하였다. 그는 매우 설득력 있는 방식으로, "주인공은 죽음의 영토에로 떠났음"을 입증한다. 비아트카 지방의 한 이야기에서, 숲의 정령의 집에서의 체류는 십이 년간 걸리는데, 그것은 마치 열두 시간처럼 지나간다. "죽음의 나라에서 시간이 지나가는 속도에 대한, 이야기에서 혼한 모티프——거기에서는 사람이 느끼기에 일 년이 하루처럼 지나간다"(p. 517). 아르한겔스크 Arkhangelsk 지방의 한 이야기에서는, "어미 곤들매기는 이반을 삼켰다. 그리고 제방에 이르러 그를 다시 뱉아놓았다. 이반은

---

51) W. Schmidt, "Die geheime Jünglingsweihe der Karesauinsulaner," *Anthropos II*, 1907, Heft 6; Codrington, 71; Nevermann, 18.

52) 톨스토이, 「『오딧세이』 및 러시아 민담에서의 남편의 귀환」, 『올덴부르그를 기리는 문집』, 레닌그라드, 1934, pp. 509~23. (I.I. Tolstoj; "Vozrraščenie muža v Odissee i russkoj skazke," *Sb. v. čest' S.F. Ol'denburga*, L., 1934, str. 509~23.)

길을 떠났다"(Tolstoï, p. 517; Ontch. 35 etc.)고 한다. 입문 의례의 방편
으로서, 동물의 뱃속에 머무는 것은 우리에게 알려져 있다. 우리를 이
점에 이르게 하는 다른 세부들도 있다. "남편은 너무나 변하여 돌아왔
으므로 그의 아내도 가까운 친척들도 그를 알아보지 못했다." 톨스토이
는 적절히 지적한다. "남편의 외관만이 변한다는 것에 주목해야 한다.
이야기는 아내의 어떤 변화에 대해서도 말하지 않는다"(p. 517).

끝으로, 톨스토이 교수가 말하듯이, "그는 머리칼이 자라고 더럽고
허술한 모습으로, 누더기를 걸친 부랑자처럼 돌아온다"(p. 516)면, 거
기에서 또한 우리는 그의 '숲으로부터의' 귀환에 대한 확실한 표지를
보게 된다.

17. 자랑하는 것의 금지

이미 열거된 모티프들만으로는 '큰 집'에 대한 이야기의 관계가 다
밝혀지지 않는다. 이제까지는 가장 덜 추정적이고, 가장 명백한 경우들
만이 제시되었다. 이제 추정의 차원에서, 우리는 '큰 집'과 어떤 금기
들 특히 허풍의 금기와의 관계라는 문제, 그리고 금지된 방의 모티프라
는 문제를 제기할 수 있다.

집에 돌아온 후, 입문자는 그가 보고 들은 모든 것에 대해 철저한 침
묵을 지켜야 한다. "욥슨 Jobson 은 그 전날밤에 '배〔腹〕'에서 나온 소년
을 보았다. 그는 아무리 해도 소년의 입을 열게 할 수가 없었다. 소년
은 손가락으로 굳게 입을 막았다."[53] 우리는 여기에서, 이야기에서 그
처럼 빈번히 나오는 '무엇'을 보게 된다. 프로베니우스가 보여주듯이,
이 무엇은 때로 정해진 기간이 있다. 즉, 그것은 제의가 지속되었던 시
간만큼 지속된다.

독일의 이야기들에서도, 숲의 집으로부터 돌아오는 소녀는 일정 기간
동안 말도 하지 않고 웃지도 않는다(Grimm. 9). 우리는 러시아 자료들에
서도 이 무엇을 발견한다. "젊은이가 잠이 깨어 일어났을 때, 그는 한
마디도 말할 수가 없었다. 그에게는 더 이상 혀가 없었다"(Z.P. 107).

이 금기는 숲에서 보고 배운 모든 것에 관련된다. 그 금기를 위반하는
것은 죽음을 무릅쓰는 것이다. "너는 이후로 우주의 모든 피조물들이
말하는 것을 이해하게 될 것이다. 하지만 아무에게도 그것을 말하지 말
아라. 만일 네가 그런다면, 너는 죽을 것이다"(Af. 139/248).

---

53) Frobenius, *Masken*, p. 146.

188

특히 '숲'에서 얻은 마술적 물건이나 원조자, 부적 등을 소유하고 있다는 사실은 철저한 비밀로 지켜진다. 그 때문에, 주인공이 집으로 돌아가기 전에, 마술적 원조자는 그에게 자기를 자랑하는 것을 금한다. "조심해, 아무에게도 네가 내 등에 말타고 왔다는 것을 자랑하지 말아. 안 그러면 나는 너를 죽일 테야"(Af. 135/242). '내 등에 말타고 왔다는 것'이란 단순히 '나를 소유하고 있다는 것'의 비유적 표현일 뿐이다. "네가 아는 것을 아무에게도 말하지 말아. 왜냐하면, 만일 네가 그렇게 하면, 너는 이 분도 더 살아 있지 못하고 즉시로 죽을 테니까"(Khoud. 38), "너는 나를 자랑하지 말아, 우리가 하룻밤 새에 이 집을 지었다는 것을 자랑하지 말아!"(Af. 178/313), "만일 네가 나를 자랑한다면, 나는 가차 없이 너를 먹어버리겠어"(Z.P. 13).

이 금기들과 마술적 원조자를 둘러싸고 있는 비밀과의 관계는 명백하다. '충실한 하인' 유형의 이야기들에 나오는 금지들은 덜 분명하다. "이 말들을 듣고 그것들을 그에게 옮기는 자는 무릎까지 돌로 변할 것이다"(Af. 93c/158). [54] 이야기에 나오는 금기들의 연구는 특별한 탐구의 대상이 될 수도 있을 것이나, 금기와 금기의 위반을 동시에 연구해야 하리라는 것은 두말할 필요도 없다.

18. 금지된 방

'큰 집'의 모티프와 결부되어야 할 다른 모티프는 금지된 방의 모티프이다. 『마술 셔츠』라는 이야기(Af. 120b/209)에서, 주인공은 처음에는 숲에서 나무열매들을 따먹고 살다가 어떤 집에 가게 되는데, 이 집은 빈방들, 차려진 식탁 등등 우리가 아는 숲의 집들에 의례적인 장치를 가지고 있다. 거기에는 동물의 모양을 한 세 형제들이 산다. 하나는 독수리, 하나는 매, 하나는 참새이다. 이들은 젊은이들로 변하여, 주인공을 '형제'로서 맞이한다. 그에게는 식탁을 차리는 일이 맡겨지며, 아무 데나 돌아다니고 들어가보는 것이 허용되어, 독수리는 그에게 열쇠들을 준다. 그러나 벽에 걸린 열쇠 하나만은 건드리는 것이 금지된다. 이반은, 물론, 금지된 열쇠를 꺼내어 벽장을 열고 거기에서 말〔馬〕을 발견한다. 그후에, 그는 잠이 들어 일년 후에야 깨어난다. 이 일이 세 번 반복되며, 세 번이 지난 후, 형제들은 그에게 말을 주어, 그는 떠난다.

이 이야기는 아주 분명한 방식으로, 금지된 방의 안에는 주인공의 미

---

54) Af. 43이라는 1946년판은 잘못(N.d.T.).

래의 마술적 원조자가 있음을 보여준다. 이 이야기는, 금기의 위반이 아무런 갈등도 가져오지 않는다는 점에서 또한 [흥미롭다. 사실들이 역사적으로 일어난 것은 아마 그런 식이었을 것이다. 마술적 원조자와 관련된 금기는 기껏해야 일정한 순간까지인바, 예컨대 잠에는 끝이 있고 그후에 그는 일어나는 것이다.

금지된 방은 여러 차례 연구되었다. 하틀랜드는 "민담의 연구는 아직, 우리에게 이 신화들을 공통의 기원에로 소급하고 그들의 의미를 만족스러운 방식으로 설명할 가능성을 주기에는, 충분한 진보를 하지 못했다"[55]고 정직하게 인정한다. 커비 Kirby는, 금지된 방안에는 때로 여자가 있다는 사실에 기초하여, 가장 '사실주의적인' 설명들 중의 한 가지를 제시한다. 그는 "동양의 집들의 평평한 지붕들이나 여자들의 가둠은 극히 자연스럽게 동양에서의 이런 유형의 상황들을 만들어내었음에 틀림없다"[56]고 본다. 이 같은 해석은 가장 위태로운 것들 중의 하나이다.

우리가 보기로는, 이미 수집된 자료들은 금지된 방 또한 '큰 집'에 결부되는 것이라는 가정을 유도하는 듯하다. 그것을 증명하기 위해, 우리는 다음과 같은 점을 밝혀야 할 것이다. 이 집들에는 금지된 구역들이 있는가, 없는가? 우리는 또한 거기에 무엇이 들어 있는가도 알아보아야 한다. 이야기의 자료에서 얻어진 결과들을 대조하여, 우리는 I) 이 금지된 방들은 어디에 위치하는가? 2) 거기에는 무엇이 들어 있는가를 물어보아야 할 것이다.

그러나 우리는 여기에서 한 가지 난점, 이 집들이 민속학적으로 충분히 묘사되어 있지 않다는 사실에 부딪히게 된다. 하지만 일련의 세부들은 그러한 은밀한 장소들의 존재를 증명한다. 우리는, 예컨대 피지 Fidji 군도에는 첫번째 울타리 안에 좀더 작은 두번째 울타리가 있어 그 안에 지성물 das Allerheiligste 이 들어 있음을 안다. [57] 그것이 무엇인지는 언급되어 있지 않다. 더구나 우리는 이런 종류의 물건들이 피지 군도 이외의 곳에도 있었음을 안다. 남자들의 집에는, 비입문자들에게는 금지된, 부족의 신성한 물건들이 보존되었던 것이다. 파킨슨은 다음과 같은 사실을 전해준다. "섬의 일정한 지역에, 비입문자들에게는 엄격히 금지된

55) E. S. Hartland, "The Forbidden Chamber," *The Folk-Lore Journal*, Ⅲ, 1885, pp. 194~242.
56) W. F. Kirby, "The Forbidden Doors of the Thousand and One Nights," *The Folk-Lore Journal*, Ⅴ, 1887, pp. 112~24.
57) Schurtz, 387.

장소가 있었다. 이 금지된 구역은 열두 부분으로 나뉘어, 그 각각에 신성한 집이 있었다. 이 집들 중 둘은 너무나도 신성하여, 아무도 그 안에 들어가거나 심지어 가까이 가지도 못하였다. 이 집들 안에는, 새와 물고기와 악어와 상어, 그리고 인간과 해와 달을 나타내는 목제 조각들이 있었다."[58]

그러니까, 우리는 나무로 조각된 동물들이 있는 금지된 장소들이 있었음을 알 수 있다. 이것은 이야기의 금지된 방안에서 발견하는 원조자-동물들을 상기시킨다. 거기에는 또한 해와 달의 재현들 또한 보관되었던바, 그 점에 대해서는 다시 이야기하기로 하자.

집회가 열리는 집들의 비밀한 장소들에 대해서는 보아스도 언급하고 있다. 크와큐틀인들에게서, 입문 의례는 남자들의 집의 비밀방 secret room에서 거행되었다. 신참자는 오래 거기에 머물렀고, 그에게 필요한 모든 작업들이 행해졌다.[59] "너는 금지된 방에 다가간다. 대마법사여, 너는 금지된 방에 있었다,"[60]라고 사람들은 입문자에 대하여 노래한다. 비밀방에서의 체류가 마술사를 만들어낸다는 것은 명백하다. 이 점은 또 다른 증언에 의해서도 확인되었다. 제의 동안에, 집 안에는 무도가 열린다. 입문자는 춤추기를 배운다. 이 집 안에는 비밀방이 있어, 그 앞에는 까마귀가 새겨져 있다. 까마귀가 입을 열면 그 안에 입문자를 던져넣으며, 그는 얼마 후에(기간은 명시되지 않았다) 되뱉아진다.[61] 이 증언은, 어떤 경우에는, 앞에서처럼 작은 집과 큰 집이 따로 있는 것이 아니라, 큰 집 안에 입문 의례를 위해 유보된 장소가 있음을 보여준다. 그것이 '비밀방'이다. '비밀방'이라는 용어는 아주 적합치는 못한 것이, 실상 그 방은 입문자에게, 제의가 수행되기까지만 비밀일 뿐, 그 이후로는 더 이상 비밀이 아니기 때문이다.

이제, 이야기로 돌아가서, 금지된 방이 어디에 있는가를 알아보자. 여기서 우리는 다음과 같은 몇 가지 경우들을 보게 된다.

1) 대다수의 경우, 그 방은 '큰 집' 안에 위치해 있다. 이런 예는 이미 제시되었거니와, 두세 가지를 더 들어보자. "두 형제가 길을 가다가, 굉장히 큰 집에 다가간다." 이 집의 주인은 까마귀이다. "곧 그는 그들을 모두 죽여 지하실에 던져넣고는, 그들을 보존하기 위해 생명수에 그

---

58) Parkinson, 666.
59) Boas, *Soc. Org.*, p. 613.
60) *Ibid.*, 573.
61) *Ibid.*, 404.

들을 적신 후 땅에 묻었다."몇 년 후에, 세번째 형제가 도착한다. 그는 죽임을 당하지 않는다. "자, 하고 까마귀가 그에게 말했다. 여기 열쇠들이 있다. 마음대로 다녀도 좋다. 단, 첫번째 외양간의 위층 맨 안쪽 방만은 안 된다"(Sm. 11). "숲속에 한 체의 커다란 집이 있다. 그는 안에 들어가서, 금으로 된 열쇠들을 본다. 방들 중 하나는 열쇠로 잠겨 있다"(Sm.316). 여기에서 모든 경우를 인용하기란 불가능하다. 그러한 상황이 이야기에 존재하며 매우 빈번하다는 것을 지적하는 것으로 족할 것이다. 그것은 그 방이 '큰 집'에 결부됨을 증명한다.

2) 금지된 방은 강도들의 집에 있다: 예컨대 비엘로제르스크 Biélozersk 지방의 한 이야기에서, 주인공은 강도들의 집에 도착한다. 한 노파가 그를 특별한 벽장 속에 감춘다. 그는 그가 먹히리라는 말을 듣는다. 방 바닥에서 그는 뚜껑문을 발견하여 연다. 그러자 시체들투성이인 지하실이 나타난다(Sk. 15). 물론 여기에는 금기란 없지만, 그러나 특수한 방과 시체들이 있다. 이 특수한 방의 흥미로운 예는 토볼 Tobol 의 한 이야기에 의해 제공된다. 한 소녀가 강도들의 집에 가게 된다. 한 노인이 그녀를 지하실로 데려가는데, 그 바닥은 수정으로 되어 있다. 거기에는 세 개의 벽장들이 있어, 첫번째에는 금이, 두번째에는 은이, 세번째에는 시체들이 들어 있다. "너는 여기에서 죽을 것이다!"(Sm. 334). 강도들은 여기에서 녹색의 얼굴을 하고 있다. 강도들 집이 '큰 집'의 변이체라는 것은 위에서 보았다. 그러니까, 이 경우들 역시 금지된 또는 특별한 방의 모티프는 '큰 집'의 모티프에 결부되는 것임을 확증해준다.

3) 금지된 방은 『푸른 수염』유형의 이야기들에서 불가결한, 전형적 모티프이다. 페로 Perrault 의 변이체는 러시아 민담에는 알려져 있지 않다. 우리 이야기에서는, 숲의 신랑은 동물의 모습을 하고 있다. 비아트카 지방의 한 이야기에서, 그는 곰이다. 곰은 말한다. "너는 이 방들 중에서 두 방에는 들어가도 되지만, 세번째 방에는 안 된다. 그 방의 문은 자작나무 껍질로 잠겨 있다"(Z.V. 16). 러시아 이야기들의 금지된 방에서는, 대개 완두콩죽이 끓고 있다. 소녀가 거기에 손가락을 넣자 "손가락이 떨어져나간다"(Khoud. 58). 러시아의 자료는 이 이야기를 제대로 다룰 수 있게 해주지 않는다. 그러나, 하틀랜드와 크레츄머의 자료들에 따르면, 이 이야기에 대해서도 역시, 위의 경우들과 같은 관계를 확증해주는 일련의 세부들을 수집할 수 있다. 여기서, 우리는 떨어져나가는 손가락 외에, 여주인공의 새의 모습, 검댕으로 칠한 얼굴, 토막으로 잘

리는 몸, 되살아나는 죽은 자들 등도 볼 수 있다. 깊은 숲속에 있는 신랑의 집이라는 상황 또한 이 이야기에 특징적이다. 크레츄머는 푸른 수염에게서 죽음의 지배자를 보았다.

4) 보다 드물기는 하지만, 금지된 방의 모티프는 『마술적 지식』 유형의 이야기들에서도 발견된다. 페름 지방의 한 이야기에서, 아버지는 아들을 오백 살이나 먹은 노인이 사는 집에 견습으로 데려간다. 이 집에는 일곱 개의 방들이 있다. 아들에게는 일곱번째 방에 들어가는 것이 금지되지만, 그는 그럼에도 불구하고 거기에 들어간다(Z.P. 1). 우리는 『마술적 지식』의 모티프에 관해서는 이미 말한 바 있다.

5) 금지된 방은 저세상에서 빈번히 발견된다(Grimm, n° 3). 전설적 성격의 독일 이야기들에서, 저세상은 하늘이 되었다. 러시아 이야기들에서는, 주인공은 그의 대부의 집이나 교회나 큰 집에 있으며, 그가 신의 집에 있다는 것, 그의 대부가 세상을 다스린다는 것은 점차적으로 드러나게 된다(Sm. 28). 대부는 말한다. "너는 하나만을 제외하고는 모든 방에 들어가도 좋다."

이 다섯 가지 유형들은 모든 여건이 비슷하며, 어떤 식으로이건, 큰 집과 관련된 현상들에로 귀속된다. 하늘에서도, 강도들의 집에서와 마찬가지로, 손가락이 떨어져나가거나 또는 금빛이 된다. 금기를 어겼다는 이유로 저세상으로부터 땅 위로 돌려보내지는 소녀는, 일정 기간 동안 말의 사용을 상실한다, 등등.

하지만, 그렇다는 것은 아직도 금지된 방의 모티프가 그 자체로써 반드시 숲의 집에 귀속되어야 함을 의미하지는 않는다. 명백히 아무 관련이 없는 변이체들도 존재한다. 예컨대, 다음과 같은 변이체들이다.

6) 금지된 방은, 이야기의 처음부터, 부모들의 집 안에 위치한다. 이 방과 관련된 비밀은 아버지가 죽기까지 지켜진다. 죽으면서, 아버지는 아들에게(또는 충실한 하인에게) 모든 방들의 열쇠들을 주면서, 그 중에 하나는 열지 말아달라고 간청한다. 그가 그것을 열자, 주인공은 놀랍도록 아름다운 여인의 초상화를 보게 된다(Grimm, n° 6).

7) 때로, 금지된 방의 모티프는 결혼의 모티프에 뒤따른다. 이 경우, 벽장 안에는, 뱀이나 카시췌이가 있다. 그들 모두가 회오리바람을 일으키며 주인공의 아내를 데리고 사라진다.

우리는 가장 중요하고 자주 만나게 되는 무리들밖에는 인용하지 않았다. 특수한 연구(러시아의 자료에 국한하지 않는)는 아마 몇 가지 무리들을 더 보여줄 수도 있을 것이다. 하지만, 우리가 든 예만으로도, 사태를 좀 더 분명히 볼 수 있을 것이다. 마지막 두 경우의 역사성은, 지금으로서는, 증명될 수 없으며, 그것들이 모티프를 이야기의 처음으로 옮기고 그것을 주요한 동기로 삼는 등——주인공이 길을 떠나는 것은 초상화를 보았기 때문이다——은 미학적 세련의 결과이리라는 추정은 여전히 가능하다. 이야기의 처음과 특히 그 동기화는 이 장르의 매우 불안정한 부분인 것이다. 아내의 궁전에 있는 방에 대해서도 마찬가지로 말할 수 있을 것이다. 금기의 위반은 뱀을 놓아주게 하여, 그것이 아내를 납치해가는 것이 주인공의 모색의 이유가 된다. 다시 말해서, 그런 식으로 주제의 갑작스러운 복잡함이 창출되고, 아내의 사라짐과 주인공이 그녀를 찾아 떠남을 문제삼는 새로운 흥미의 중심이 나타나는 것이다. 하지만, 이런 것은 추정에 불과하다. 이 모든 것의 배후에는 전혀 다른 것이, 아마도 『에로스와 프시케』에서처럼, 결혼의 금기들과 관련된 무엇인가가 있을 수도 있다.

이제, 문제의 또 다른 측면, 즉 그 금지된 방에는 무엇이 들어 있는가를 간단히 살펴보기로 하자. 이 방의 위치에 의한 특징과 내용물에 의한 특징 사이에 항상 고정적인 연관은 없다. 문제의 이 측면은 별도로 검토되어야 한다. 하틀랜드의 자료로부터, 우리는 이 금지된 방에서 발견하게 되는 것의 일람표를 만들어 볼 수 있다.

동물-원조자(대개는 말·개·독수리·까마귀) 외에, 벽장 안에서는 사슬에 묶인 뱀을 위시하여 온갖 끔찍한 것들——토막난 시체들, 반쯤 죽은 자들(반쯤 죽은 강도들의 두목), 뼈, 잘린 팔다리, 피, 피묻은 대야, 도마와 도끼 등등——이 발견된다. 종교적 전설의 성격을 갖는 이야기들에서는, 이 끔찍한 것들은 순교자들의 고문(주인공은 그의 어머니가 불의 형차 위에 있는 것을 본다) 또는 신의 고문(십자가에 달린 예수) 등으로 변한다. 때로 주인공이 보게 되는 불·태양·하늘의 삼위일체 등은 아득한 고대에로 소급하는 것일 수도 있다. 우리는, 남자들의 집의 금지된 구역에는 해와 달의 형상들이 보존되었던 것을 보았다. 그 밖의 것들도 우리가 이미 아는 것들이다. 입문 제의와 난도질의 모티프간의 관계로 이미 분석되었던 것이다. 이 점에 관해서는, 이 경우 방에는 고약도 있으므로 난도질당한 자들은 흔히 되살아난다는 것을 기록해두자.

끝으로, 이 모티프의 특수한 무리는 여자들(날개나 옷을 잃어버린, 묶여있으며 마실 것을 청하는 미녀들, 또는 이 미녀들의 초상화들)이 있는 방으로 대표된다. 여기서는 남자들의 집과의 어떤 직접적 관련도 수립할 수 없는바, 그것을 가능케 하는 아무런 민속학적 자료도 없기 때문이다. 하지만, 프레이저의 자료에 따르면, 남자들의 집에 있는 여자들은, 남자들이 들어갈 수 없는, 따로 마련된 장소에 거처하였다는 것을 상기하자. 거기에는 전적으로 규명되지 않은, 부부간의 또는 성적인 금기들의 반영이 있을 수도 있다. 일반적으로, 금지된 방에서 여자를 발견하는 주인공은 그녀와 결혼한다. 결혼의 일시적 금기는 결혼과 함께 끝나는 것이다. 그러니까, 이 경우는, 금지된 방의 모티프와 남자들의 집이라는 제도간의 관계에 대한 가정을 확증해주지도 않지만, 그것에 모순되지도 않는다.

19. 결 론

우리가 보듯이, 입문 의례 및 남자들의 집에서는 체류라는 제의들과 숲의 작은 집 또는 '큰 집'에서 일어나는 일 사이의 일치는 현저하다. 이야기는 여기서 매우 소중한 역사적 자료임이 드러나는바, 왜냐하면 그것은 이 제의들의 내적 메커니즘의 일부를 간직하고 있기 때문이다.

이런 종류의 제의들을 잘 모르는 독자는, 여기에서 일치는 거의 너무 완전하다고 생각하여 의심을 품을 수도 있다. 이 일치는 사실적인 유사성이라기보다는 해설의 결과가 아닌가? 입문 제의의 어떤 특성들이, 이야기의 모티프들과의 유사성을 명백히하려는 의도 가운데, 일부러 선택된 것이 아닌가? 유사성이 너무 클 때, 그러한 의문이 생기는 것은 전적으로 타당하다. 하지만 여기에서 일치는 단지 세부들에만 관련된 것이 아니라, 입문 제의의 과정 전체——그 속성과 외적인 부수물까지도 포함한——에 관련된 것이다.

그러나, 물론, 이야기와 제의는 서로 완전히 겹쳐지지는 않는다. 그리하여, 이야기에는, 주어진 제의를 통하여 설명되지 않는 어떤 특성들도 존재한다. 예컨대, 야가나 다른 어떤 식인의 딸과 역할을 바꾸어 자기 대신 그녀가 불에 타고 먹혀지게 만든 후에 달아나기에 성공하는 주인공의 모티프가 그러하다. 또 다른 설명할 수 없는 세부는, 여주인공의 무언, 젊은이에게 그의 인간의 모습을 되돌려주는 무언의 모티프이다.

한편, 제의는 이의의 여지 없이 이야기보다 더 다양한 것으로, 이야기는 제의의 모든 양상들을 반영하지는 않는다. 예컨대, 이야기는 옛날에 남성들의 결사에 의해 수행되던 정치적 역할은 전혀 반영하지 않는 것이다. 하지만, 족장의 역할이 이미 강화된 지방들에서는, 남성 결사들은 부차적 역할을 할 뿐 조직으로서의 힘은 갖지 못하였던 것도 사실이다. 이렇게 보면, 이야기는 역사적으로 정당한 조망을 제시하는 것이다. 이야기에는 '형제들'(정치적으로 힘이 없는) 외에 '짜르'도 등장하는바, 다시 말해서 우리는 역사적으로 입증된 상황을 보게 되는 것이라 하겠다.

모든 관계들이 발견되지도 않았으며 모든 것이 노정되지도 않았다는 것이 의심할 여지 없는 사실이다. 발견된 것은 앞으로 연구를 해나가야 할 방향인바, 이 연구들은 아직도 더 소중한 결과들을 가져올 수 있을 것이다.

Ⅱ. 무덤 저편의 증여자들

20. 죽은 아버지

우리는 남자들의 집 내부에서 입문 제의의 제도와 결부되는 모든 사실들과 현상들을 검토하였다.

물론, 문제의 제도가 이야기의 유일한 기초였으리라고 추정한다면 그릇된 일일 것이다. 이 제도는, 이야기의 주제들이 아직 형성 단계에 있을 무렵에, 이미 쇠퇴기에 들어섰던 것이다. 역사적 조건들의 변모는 이 주제들의 발전에도 급격한 변화들을 가져왔다.

야가는 이야기의 가장 오래 된 증여자이지만, 유일한 증여자는 아니다. 증여자와 함께, 증여의 대상과 조건들도 변한다. 하지만, 연관은 아직 결정적으로 끊긴 것은 아니다. 그렇다는 것은 다음과 같은 사실들에서 명백히 드러난다. 1) 새로운 증여자들도 야가와 같은 종류의 증여들을 한다는 사실, 즉 그들은 원조자를 선물한다. 단지 이 원조자는 더 이상 숲의 동물이 아니라 말인데, 나중에는 말도 마찬가지로 야가에게 속하게 된다. 2) 새로운 증여자들 역시 죽음의 왕국에, 조상들의 세계에 관련되어 있다는 사실.

증여자로서, 숲의 정령은 이해할 수 없는 것이 되었다. 그는 남차 조상으로 대치되었다. 야가가 토템적 조상과 관련되어 있다는 점은 이미 살펴보았거니와, 토템적 조상은, 아직도 때로는 모계에 속하기는 하지만, 부계 계승에로의 이행과 함께, 아버지·할아버지 등이 된다. 그리하여 이제는 더 이상 숲의 작은 이즈바 안에서가 아니라 그의 무덤으로부터, 야가를 대신한 죽은 아버지가, 아들에게 말을 선물하는 것이다. 한편, 증여의 대상도 바뀌었다. 진짜 야가, 본래의 야가는 숲의 짐승들을 다스린다. 그녀는 수렵에 근거한 생활 방식의 반영이다. 이러한 사실은 이야기에도 나타나는바, 그녀는 늑대와 곰들을, 새들을 부르며, 그것들을 주인공에게 원조자로 준다. 그 이후, 숲의 짐승들은 다른 짐승들, 특히 전사의 생활에서 중요한 역할을 하기 시작하는, 말로서 대치된다. 그러자 야가가 말을 주게도 되지만, 말이란 야가보다 훨씬 나중 시대의 산물이다. 그것은, 총림 속에 숨어 있는 적에게 화살을 쏘는 숲이 아니라, 몸을 드러내고 전사들과 맞싸워야 하는 들판의 동물이다.

여기에서 우리는, 아버지와 아들 사이에, 깊고 신비한 관계가 있는 것을 발견하게 되는바, 그것은 이반이 그의 살아 있는 부모가 아니라 죽었거나 죽어가는 부모를 필요로 한다는 사실에서 나타난다. 살아 있는 부모들은 이야기에서 보잘것없는 역할밖에 하지 않는다. 이반을 떠나게 하는 것은 바로 그들의 무력함인 것이다. 그러니만큼, 대조적으로, 죽은 아버지라는 인물은 강력해진다.

죽은 아버지라는 인물이 가장 잘 묘사되는 것은 『시브코-부르코 *Sivko-Bourko*』라는 이야기에서이다. 이야기는 이렇다. "아버지가 죽음이 다가오는 것을 느끼고 말했다. '애들아, 내가 죽거든, 너희 셋이 번갈아가며, 사흘밤을 계속 내 무덤에 와다오.' 그는 죽었고 땅에 묻혔다. 첫날 밤이 왔다. 맏아들이 그를 지키러 가야 했으나, 두려움에서인지 게으름에서인지, 그는 주저했고, 막내에게 말했다. '바보 이반아! 너는 할 일이 아무것도 없으니 아버지 무덤에 가서 내 대신 지키려므나!' 바보 이반은 채비를 갖추고 무덤에 가서 누웠다. 그러자 곧 무덤이 열리고 노인이 나와 묻는다. '누구냐? 너, 내 맏아들이냐? —— 아니요, 아버지! 저예요, 바보 이반이에요!' 그러자 그를 알아본 노인이 말한다. '왜 내 맏아들은 오지 않았느냐? —— 그가 저를 보냈어요, 아버지! —— '네게 복이 있을지어다!' 그리고는 노인은 용사의 음성으로 휘파람을 분다. '시브코-부르코, 갈색 말, 요술 말아!' 시브코-부르코가 달려오자 땅이 진동하고, 그의 눈에서는 불꽃이 뿜어져나오며, 콧구멍에서는 연기가 난다. 노인은 말한다. '자, 내 아들아, 여기 좋은 말이 있다! 그리고 너, 시브코-부르코는 내 아들을, 네가 나를 섬겼듯이, 섬기어라 !'"(Af. 105a/179).

주인공의 미덕은 어디에 있는가? 또는 그가 죽은 자에게 해준 것이 무엇인가? 무슨 이유로 죽은 자는 그에게 말을 선물하는가? 확실히 여기에는 이야기가 지나쳐버리는 무엇인가가 있다. 논리적 연결에 한 고리가 빠져 있으니, 우리는 그것을 복원하여야 이 모티프를 이해하게 될 것이다.

두 가지 추정이 가능한바, 이것들은 상호 배제하지 않으며, 오히려 보완적이다. 이 두 가지 추정은 자료에 의해 확증된다. 문제되는 것이 단순히 '밤샘'만이 아님은 물론이다. 그것은 사자 예배의 너무나 진부한 행위이므로, 기원의 형식은 아닐 것이다. 이야기는 헌물과 제주(祭酒)라는 오래 된 제의들을 제쳐놓았다. 하지만 어떤 경우에는 그것들을 보존하기도 하였다. 예컨대, 이런 이야기도 있다. "어머니가 죽었을 때, 형제들은 각기 암소 한 마리씩을 받았다. 바보 이반은 자기 암소를 끌고, 어머니가 묻혀 있는 숲속의 장소까지 갔다. 그곳에 이르자 그는 불렀다. '——어머니, 소를 드릴까요? ——그래, 다오,' 어머니가 말했다. '그걸 묶어놔라 !'"(Sm. 306). 이 경우는 매우 오래 된 것임이 드러난다. 한편으로는 숲이 아직도 나타나며, 다른 한편으로는 주인공이 찾아가는 것이 아버지가 아니라 어머니의 무덤인 것이다. 그리고 이 오래 된 경우에서, 그가 무덤에 가는 목적이 암소를 데려가는 것임이 드러난다.

이 자료들과, 앞서 제공되었던 자료들에 비추어, 아버지의 소청은 다음과 같이 해석될 수 있다. "내 무덤에 와서 마땅한 희생을 드려다오." 하지만 이것만으로는 문제가 다 설명되지 않는다. 죽은 자는 왜 희생이 드려지는 것을 필요로 하는가? 만일 희생이 드려지지 않으면, 다시 말해서 죽은 자의 굶주림이 채워지지 않으면, 그는 안식하지 못하고 유령이 되어 돌아올 것이다. 이것이 산 자나 죽은 자가 다 같이 두려워하는 일인바, 죽은 자들에 대한 두려움은 거기에 근거해 있다. 그러므로 우리는 위의 형들이 실제로 무덤에 가기를 두려워했음을, 죽은 자를 두려워했음을, 보게 된다. 여기에서 나오는 두번째 추정은, 무덤에 가는 것은 어떻게 보면 구마적 apotropaïque 행위라는 것이다. 이러한 추정은 이야기의 자료들뿐 아니라, 그것에 매우 가까운, 민속학적 자료들에서도 확증을 얻는다. 벨루치스탄의 한 이야기에서는 이렇게 말해진다. "얘들아, 내가 죽거든, 사흘밤 계속 내 무덤에 와서 지켜다오." 아버지는 무시무시한 뱀의 모양으로 무덤에서 나오며, 주인공은 그를 죽이고 무

덤을 뒤져서 말과 검과 총을 찾아낸다. [62]

러시아의 이야기들 중에는, 죽은 자의 의사가 존중되지 않아 그가 돌아오는 경우들도 있다. "옛날에, 어느 한적한 곳에 사는 농부가 있었다. 그에게는 세 아이가 있었는데, 한 아이는 요람에 있었고, 다른 아이는 한 살, 그리고 맏이가 세 살 난 계집아이였다. 그는 집의 안주인에게 말했다. '내일 나는 죽을 거요. 당신은 나를 성상 아래 눕히고 사흘 동안 향을 피워주시오.' 남편이 죽자, 아내는 이틀은 향을 피웠으나, 사흘째 날에는 잊고 말았다. 갑자기 세 살 난 계집아이가 소리치며 그녀에게 달려왔다. '──엄마, 엄마, 보세요. 아빠가 일어났어, 저기 앉아 있어요! ──뭐라고? 너 미쳤니? 그가 앉아 있다니 무슨 소리야? 죽은 사람이 !' 아내는 고개를 들어 그녀의 남편을 보았다. 그는 의자에 앉아 이빨을 돌에 갈고 있었다. 그녀는 아래의 두 아이를 안고 단숨에 난로 위로 올라갔고, 어린 소녀만이 남게 되었다. 죽은 자는 요람의 배냇옷들을 집어삼키고, 그리고는 어린 딸을 잡아먹었다"(Ontch. 45).

기독교는 장례 예배도 이러한 관념에 기초해 있다. 기도로써 물리치는 죽은 자는, 이야기에서는, 항상 다시 살아 돌아오려 한다(『비이』[63] 참조). 우리의 이야기에서, 주인공은 때로 기도를 하러 무덤에 간다.

민속학적 자료들도 같은 결과에 도달한다. 사람들은 죽은 자가 일어날 경우에 대비하여, 그를 다시 묻기 위해 무덤에 밤샘을 하러 간다. 이것은 가장 고대적 단계들에서도 발견된다. 예컨대, 폰 덴 슈타이넨 Von den Steinen은, 파레시 Paressi 인디언들에게서는 친척들이 사람이 죽은 후 엿새를 무덤에서 지내며 그 동안 극히 엄격한 금식을 지킨다고 전한다. "이 엿새 동안 죽은 자가 되돌아오지 않으면, 그가 저세상에 도착한 것으로 간주하고, 그를 지키기를 그만둔다."[64] 같은 일이 파푸아 Papou 만(남뉴기니아)에서도 입증되었다. 거기서는, 죽은 자의 맏처남이 닷새 동안 밤새 무덤을 지켜야 한다. 그는 가끔씩 일어나 허공에 팔을 내흔들며 고함을 지르는데, 그것은 죽은 자의 영혼을 시체에서 내몰기 위함이다. 다섯번째날 마지막에 다른 친척들이 도착한다. 영혼이

---

62) 『벨루치스탄 민담』, p. 198.

63) 『비이』는 고골의 누벨(Mirgorod군)로서, 다음과 같은 민속적 주제를 사용한다. 한 죽은 공주(소녀)가 젊은이에 의해 지켜진다. 악마들의 도움을 빌어, 그녀는 그를 삼키려 한다(안드레예프의 이야기 주제들 목록의 307번) (N.d.T.).

64) K. Von den Steinen, *Unter den Naturvölkern Zentralbrasiliens*, Berlin, 1894, p. 434.

만일 그때까지도 거기 있다고 생각되면, 다 함께 고함을 질러서 쫓아보
낸다.[65] 이러한 밤샘의 구마적 성격은 명백하다. 그러므로, 아버지가
그의 무덤에 와달라고 한다면, 그것은 저세상에서의 안식을 확실히하기
위함이라고, 어렵지 않게 추정할 수 있다.

끝으로, 죽은 자가 말을 선물하는 것도 역사적 기초, 즉 선조들은 그
들이 저세상——모든 것의 원천인——에 산다는 사실만으로도 강하다는
관념에 의거해 있다. 산 자는 그러므로, 입문 제의에서 행해지는 것처
럼 그 자신이 저세상에 가고자 더 이상 애쓰지 않는다. 마술적 원조자는
죽은 자에 의해 얻어지는 것이다. 이러한 믿음의 시초는 매우 고대적인
단계들에서 발견된다. 이미 인용된 남뉴기니아의 경우에는, 시체가 부
패한 후, 두개골은 장식되어 집에 보존된다. 그리고 그에게 부탁을
하는 것이다. 길버트 Gilbert의 군도에서는, 무덤을 돌보지만, 때로는
거기에서 뼈를 꺼내어 낚시바늘이나 다른 도구들을 만든다.[66] 죽은 어
머니가 사냥을 도와주도록 하기 위해서, 인도인은 그녀의 무덤 위에서
자며, 며칠을 계속하여 금식한다.[67] 이러한 예들에서, 이 사고 개념들의
경제적 하부 구조는 명백하다. 거기에서 조금만 더 가면, 죽은 자가 요
술 말을 주거나 또는 그 자신이 도와주러 오거나 하게 되는바, 우리는
이것을 은혜 갚는 죽은 자 le mort reconnaissant 라는 모티프에서 발견한
다. 북아메리카에서는, 사냥 계절이 시작될 때, 사냥꾼은 아버지나 삼촌
의 무덤 위에 가서 잡초를 제거하여 대충 이런 말로 기도한다. "나는 당
신의 무덤을 청소했습니다. 내일 나는 숲에 사냥하러 갑니다. 〔……〕
숲은 사람이 사는 곳이 아니라 죽음의 영역입니다. 내가 사냥에서 성공
을 거두고 무사히 돌아오게 해주십시오."[68]

이렇게 하여 우리는, 무덤으로부터 말을 주는 아버지라는 테마를 검
토하였다. 하지만 아버지가 유일한 죽은 증여자는 아니다. 우리는 몇 가
지 비슷한 경우들을 더 살펴보기로 하자. 우선은 이야기들의 자료만을
역사적 병행 설명 없이 분류하여 제시하고, 다음으로는 죽은 증여자들
전체에 대한 몇 가지 설명들을 시도해보자.

아들에게 마술적 수단을 준다는 모티프는 때로 역사적이고 일상적인

65) G. Kounov, *Origine de la religion et de la croyance en Dieu*, Moscou, 1919. (G.
    Kunov, *Proiskhož denie religii i very v boga*, M., 1919.)
66) Frazer, *Belief in Immortality*, Ⅲ, 47.
67) *ZfE*, 56, 1924, p. 59.
68) Frazer, *The Fear of the Dead*, Ⅰ, 80.

현실의 색채들로 칠해진다. 아버지는 아이들에게 유산을 남겨준다. "죽기 전에 노인은 그들에게 돈을 나누어주었다. 그는 맏이에게는 백 루블리, 둘째에게도 백 루블리를 주었으나, 바보에 대해서는, 어떤 식으로든 돈은 잃어질 것이 뻔했으므로, 주저하였다"(Af. 123/216). 하지만 바보도 제 몫을 요구하여 얻는다. 이 돈으로 그는 고양이와 개를 사는데, 이들은 곧 그의 마술적 원조자임이 드러난다. 그러니까, 여기서도, 마술적 보조자, 비록 간접적인 방식으로이지만, 죽어가는 아버지 덕분에 얻어지는 것이다.

21. 죽은 어머니

상대적으로, 주인공이 여자인 이야기들에서는, 마술적 보조자는 어머니에 의해 제공된다. "마지막이 가까워오는 것을 느끼자, 어머니는 딸을 불렀다. 그리고 이불 밑에서 인형을 하나 꺼내어주며 이렇게 말했다. '내 말을 잘 들어, 바실리사, 그리고 내 마지막 말을 기억해. 나는 죽는데, 내 축복과 함께 네게 이 인형을 주마. 그것을 늘 네 곁에 두고 아무에게도 보이면 안 돼. 네가 힘들 때마다, 그것에게 음식을 주고, 충고를 청해. 그녀는 한입 먹으며 네게 어떻게 해야 할지 말해줄 거야!'" (Af. 59/104).

이 인형이 소녀의 마술적 보조자이다. 아주 흔히, 어머니는 무덤 저편으로부터 도우러 온다. 『돼지 가죽』이라는 이야기에서는, 아버지가 딸에게 반하여 그녀와 결혼하려 한다. "그녀는 묘지에 가서 어머니의 무덤 위에서 울었다." 어머니는 그녀에게 말한다. "그에게 별들이 뿌려박힌 옷을 사달라고 해." 소녀는 그대로 하였으나, 아버지는 점점 더할 뿐이었다. 그러자 어머니는 딸에게 해와 달이 수놓인 옷을 요구하라고 일러준다. "어머니, 아버지는 나를 그래도 더 사랑해요." 이번에는, 어머니는 그녀에게 돼지 가죽을 씌워달라 하라고 말한다. "아버지는 구역질이 나 침을 뱉으며, 그녀를 내쫓았다"(Af. 161a/290). 『신데렐라』의 러시아 이본에서도, 어머니가 무덤으로부터 소녀를 도와준다.

마찬가지로 『에다』에서도, 스비프다그 Svipdag에 관한 노래의 주인공은 어머니에게 이렇게 말한다.

> 그로아 Groa, 일어나요, 일어나세요!
> 저승에서 내 말 들으세요, 엄마!
> 도움이 필요하면 엄마 무덤에

오라고 했던 것 기억하세요 !

그리고 그로아는 아들에게 열 가지 저주를 가르쳐준다.

22. 은혜 갚는 죽은 자

끝으로, 덕을 입은 모든 죽은 자가 비슷한 기능을 할 수 있다. 예컨대 아브카즈의 한 이야기에서, 주인공은 장례에 참석한다. "사람들이 죽은 자를 묘지로 나르기 시작했다. 어떤 사람들은 시체의 목에 끈을 매어 끌고 있었고, 또 다른 사람들은 나뭇가지로 그를 때리고 있었다." 죽은 자가 빚을 치르지 않고 죽었다는 것을 알자, 주인공은 빚쟁이들에게 돈을 갚아준다. [69] 이것은, 명백히, 이 모티프의 뒤늦은 합리화이다. 러시아의 이야기들에서는, 주인공은 죽은 자를 그저 매장해주며, 그럼으로써 그를 원조자로 삼게 된다. 이 모티프는 릴리예블라트의 저서에서 연구되었다. [70] 불행히도, 이 저서의 결론은 부당하거니와, '은혜 갚는 죽은 자들에 대한 이야기들'이란 존재하지 않는다는 사실 하나만으로도 그렇다. 릴리예블라트는 몇 가지 유형들을 모아서, 이 자료를 하나의 전체로서 연구하려 한다. 그의 오류는, 이야기의 각 모티프가 특정한 이야기에 본래적으로 결부되어 있다는 그릇된 전제에서 출발하는 데에서 기인한다. 그런데 실상, 형태론적 가치가 같은 방대한 양의 모티프들은 호환 가능한 것이다. 예컨대, 모든 증여자들은 서로 대치될 수 있다. 릴리예블라트는 도합 '여덟 개의, 은혜 갚는 죽은 자들에 대한 러시아 이야기들'을 발견하였다. 그런데 실상, 은혜 갚는 죽은 자는 훨씬 더 자주, 극히 다양한 이야기들에서 발견된다. 내가 고려하였던 예들 중 아무것도 릴리예블라트에 의해 고려되지 않았거니와, 나는 존재하는 자료의 극히 미미한 부분을 제시했을 따름이다. 게다가, 릴리예블라트는 텍스트들만의 대조에 국한하여, 은혜 갚는 죽은 자들에 의해 제기되는 문제에는 전혀 들어가지도 않는다.

젊음의 사과에 대한 이야기의 변이체들 중 하나에서, 야가는 주인공에게 충고한다. "그렇다면, 이웃 마을까지 가봐. 그 바로 옆에 산이 있는데, 거기에 한 전사가 무덤도 없이 개처럼 누워 있지. 사제들에게 그를 제대로 묻어주라고 해. 이 전사는, 열두 개의 구리 빗장들로 열두 개

---

69) 『아브카즈 민담』, p. 151.
70) S. Liljeblad, *Die Tobiasgeschichte und andere Märchen mit toten Helfern*, Lund, 1927.

의 문 뒤에 갇혀, 열두 개의 사슬에 묶인 말 한 마리를 가지고 있단다.
이반 왕자는 실제로 전사를 묻어주고, 그를 위해 성대한 장례식을 치른
다. "그러자 죽은 자의 음성이 들려온다. '너에게 감사한다. 젊은 이반
왕자여, 네가 내게 준 점잖은 무덤에 대하여! 그 보답으로, 나는 네게
내 말을 주마!'"(Af. 104f/176). 주인공과 시체를 묻기를 거부하는 인부
들간의 언쟁을 등장시키는 이야기들도 있다. 주인공은 마침내 그들에게
얼마간의 돈을 주며, 그제야 그들은 직무를 수행한다. 그후에, 그렇게
하여 묻힌 죽은 자는, 주인공의 원조자가 된다(Sm. 86). 시브코-부르코
의 변이체들 중 하나에서는, 아버지의 역할이 세 명의 전사들에 의하여
대신된다. 이 전사들은 이반 왕자를 앞서간 불운한 자들로, 그들은 공
주의 창문에 도달하지 못하여 목이 잘렸던 것이다. 이반은 그들을 묻어
주고, 그들로부터 세 마리 말들──구리와 은과 금의──을 받는다(Sm. 9).

23. 죽은 머리

주인공이 전사의 죽은 머리를 묻어주는 경우도 이 그룹에 속한다. "길
을 가다가, 그는 전사의 머리에 발부리를 부딪혔다. 그러자 머리가 그
에게 말했다. '나를 치지 말아, 이반 투르트이긴 Tourtyguine! 차라
리 나를 모래 속에 묻어다오!'" 그래서 이반은 머리를 모래 속에 묻어
주며, 머리는 그에게 그가 필요로 하는 마법의 열매들을 어디에서 구할
지를 보여준다(Sad. 2). 이 경우는 어쩌면 루슬란 Rouslane이 만나게
되는 머리의 이야기를 조명해줄 수도 있다. 민담에서, 머리는 땅 밖에
솟아나 있는 것이 아니라, 그냥 그 위에 누워 있다. "그는 머리 하나가
누운 것을 보았다. 그는 다가가서 물었다 '누워 있는 이 머리는 뭐요?'"
그리하여 머리와 루슬란 사이에는 흥미로운 대화가 오간다. "머리야,
내가 너를 되살아나게 하려면 어떻게 해야 하지?" 머리가 그에게 말한
다. "내가 다시 죽는다면, 되살아나게 하지 말아. 하지만 만일 내가 영
원히 산다면, 나를 되살려다오."(Sm. 220). 매장을 함으로써 봉사하던 것
이 여기서는 되살아나게 함으로써 봉사하는 것으로 대치된다. 보굴족의
한 이야기에서도 같은 것이 발견된다. [71]

『나자로의 아들 예루슬란 Iérouslane』이라는 이야기에서도, 머리는 여
전히 누워 있다. 그것은 죽은 자의 머리이다. 하지만 대중적 이미지에서
는, 그것은 땅 밖에 나와 있다. 두 가지 묘사 중 어느 것이 원초적인 것인

---

71) 『보굴 민담』, p. 87.

지는 말하기 어렵다. 웨이저 Waser 가 보여주듯이,[72] 고대의 보석들에서
는 땅에서 나오는 듯이 보이는 수염난 머리들의 상형이 혼히 발견된다.
그 머리 위에는 대개 주의깊게 기울여진 그림자가 묘사되고 또 그 머리
의 입이 조금 벌려진 것으로 보아, 머리는 예언을 하는 듯하다. 저자는
이 머리들을 고르곤 Gorgone 이나 또는 스랍 Séraphins 및 그룹 Chérubins
천사들의 날개달린 머리들에 비기며, 그것들이 죽은 자의 영혼을 상징
한다는 결론에 이른다. 이는 진실임직도 하지만, 입증된 것은 아니다.
이야기에서, 머리는 매장되지 않은 죽은 자이다. 땅에서 솟아난 머리와
재현은, 일어나기 위해 또는 그에게 장례를 치러줄 자를 찾기 위해 땅
밖으로 몸을 내미는, 불편한 사자(死者)의 개념에 대응할 수도 있다. 일
단 제대로 땅에 묻히면, 은혜 갚는 죽은 자는 검이나 말이나, 마법의
과실들 등을 선물하는 증여자나 또는 길을 가르쳐주는 조언자나 또는
주인공의 원조자가 된다. 『에다』에서 미미르 Mimir 의 머리도 마찬가지
이다. 베인족 les Vanes 은 미미르를 죽여서 그의 머리를 신들에게 보
냈다. 하지만, 적절한 주문을 써서, 오딘 Odin 은 이 머리가 썩지 않게
보존하고 그에게 말하는 능력을 준다. 이후로 그는 그 머리에게 종종
조언을 구하였다.[73] 이러한 예는, 머리나 두개골을 보존하는 관습을 설
명하게 해준다. 두개골은 칠해지고 장식되어 집에 보관되었다. 물론 이
두개골이나 머리는 죽은 자를 나타냈다. 죽은 자의 머리에 대해 세력을
갖는다는 것은 죽은 자 그 자신에 대해 세력을 갖는 것을 의미했다. 죽
은 자는 그리하여 산 자들을 도와줄 의무에 처해졌다.

　이러한 사실은, 다이야족 les Dayaks 을 위시한 어떤 족속들이 머리를
사냥하는 것을 설명해준다. 사실상, 뷔르거 Burger 가 말하듯이, "그들
은 그들이 머리를 소유하는 자들의 영혼이, 그들이 살아 있는 동안 그들
을 지켜주며, 저세상에 가서도 그들에게 복종함이 분명하다고 생각한
다."[74] 죽은 자로 하여금 봉사하도록 강제하는 이 직접적인 방식은 하지
만 곧 다른 형태의 강제들에 의해 대치된다. 죽은 자가 죽은 자로서 필
요로 하는 모든 제의적 행위들을 수행함으로써도 그로 하여금 봉사하도
록 강제할 수 있다. 우리는 멜라네시아의 한 전설에서 이에 대한 흥미
로운 예를 발견하는바, 거기에는 하나의 이미지 속에, 야가와 죽은 자

---

72) O. Waser, "Charon," *ARW*, I, 1898, pp. 152~82.
73) 『스비리덴코 역의 에다』, 모스크바, 1917, p. 106. (*Edda v perevode S. Syiridenko*
　　M., 1917, str. 106.)
74) F. Burger, *Unter den Kannibalen der Südsee*, Dresden, 1923, p. 39.

와 머리가 혼동되어 있다. 주인공은 달아나던 중에, 작은 오두막집을 발견하고 들어간다. 오두막 안에는 두 시체가 있다. 그는 두개골을 가져다 씻는 등, 그 밖의 제의적 행위들을 수행한다. 두개골들은 그에게 어디로 가야 할지를 말해준다. 다시 말해서, 야가처럼, 그들은 길을 가르쳐주는 것이다.[75] 러러아의 이야기에서는, 사람의 머리가 이 같은 역할을 한다(Khoud. 13).

24. 결   론

우리는, 이야기에는 우리가 증여자라고 부르는 인물들의 일정한 범주가 있음을 입증하였다. 죽은 자들도 거기에 속한다. 이 증여자들은, 그러므로, 야가, 죽은 부모, 죽은 자, 머리 등이다. 이 모두가 기능적으로 유사하다. 하지만 이들의 동일성은 그저 형태론적인 것만은 아니다. 그들간에는 역사적 관계도 있다. 야가는 우리에게 이미 원소들의 여주인, 인간 존재에게 필요한 힘들의 지배자로 나타났다. 대상들에게 투영된 이 힘들을 찾아, 인간은 밤의 왕국에 뚫고 들어가기를 서슴지 않는다. 이러한 사고 개념들은 이야기 주제의 출발점에 있는, 제의들에 표명되어 있다.

그것이 가장 오래 된 층이다. 야가에 의한 마술적 수단의 증여는 외적으로 동기화되어 있지 않음을 우리는 보았다. 제의에서는, 이 증여가 목적을 이루는바, 모든 제의가 거행되는 것은 그것을 위해, 그것을 얻기 위해서인 것이다. 이후로도, 증여자의 기능 자체와 그것에로의 어떤 도입적 상황들은 보존되나, 그러나 증여자의 인물이 변하여 새로운 동기화들이 도입된다. 우리는 야가가 죽은 자들의 세계와 관련되어 있음을 보았다. 남자-조상이란, 농경의 출현, 부계 계승과 소유권의 출현과 관련되어 있다. 그리하여 조상 숭배가 생겨나며, 증여자 아버지, 아버지-조상이 나타나는바, 그 싹은 이미 전부터도 존재하였던 것이다.

그가 가져오는 원조의 본질도, 각 민족의 역사적 발달 단계에 따라 변할 수 있다. 베다족 les Veddas에게서는, 사냥을 위해 그에게 기도한다.[76] 농경 민족들에게서는, 조상들이 풍작을 허락한다. 그들은 땅 속에 있으면서, 거기로부터 과실들과 수확들을 보내주는 것이다. 그들은, 전쟁에서도, 전투에 가담하여 돕는다.[77] 마침내, 사후 예배가 확장될

75) L. Frobenius, *Die WeltanSchauung der Naturvölker*, p. 208.
76) S. G. Seligmann, *The Veddas*, Cambridge, 1911, p. 131.
77) Rohde, *Psyche*, I, 195~96.

때에는, 그들은 죽은 다음에도 돕는다. 로드갸 보여주듯이, [78] 사자 예배는, 죽은 자들이 가깝고 친근한 신들로서 막강한 공식적 신들에게보다는 그들에게 부탁하는 것이 쉽기 때문에, 특히 오래 지속된다. 사자 예배는 밀접하고 실용적이다. 우리는 이제 왜 고기를 많이 낚기를 원하는 인도인들이 어머니의 무덤에 가서 자고 기도하며 며칠을 거기에서 보내는가를 이해한다. 꼭 마찬가지로, 러시아의 신데렐라는, 불행 속에서, 어머니의 무덤에 가서 물이나 자신의 눈물을 그 위에 뿌린다. 즉 제주 행위를 하는 것이다.

우리가 여기서 조상 예배라는 현상에 더 깊이 들어갈 수 없다는 것은 명백하다. 우리는 단지 이 예배와 이야기간에 존재하는 관계를 지적해 둔다. 조상이 예배에 나타나면, 그는 일정 기간이 지난 후에는 이야기의 주제에도 나타나며 그가 가져오는 원조는 예배 행위의 수행에 의해 동기화된다. 시브코-부르코를 주는 아버지는, 사실상, 그 또한 은혜 갚는 죽은 자이지만, 그에게 드려진 봉사 le service 의 성격은 이야기의 자료들로부터 분명히 드러나지 않는다. 그것은 다른 자료들과의 대조로부터 드러난다. 야가는 시험을 겪게 하는 증여자이므로, 그녀를 '은혜 갚는'이라고 하는 것은──설령 주인공이 그에게 좋은 일을 해주는 경우들이 나타날 수 있다 해도──이상할 것이다. 시브코-부르코를 주는 아버지는 그 역시 시험을 겪게 하여, 드려진 봉사보다는 성공한 시험에 대해 보답을 준다. 역사가나 연구가에게는 여기에 이미 드려진 봉사가 포함되어 있지만, 그러나 청취자에게는 아니다. 이것은 이 모티프가 매우 오래 된 것이라는 사실, 그러나 야가의 모티프보다는 덜 오래 되었다는 사실을 보여준다.

아버지는 조상 예배가 사라짐과 동시에 사라지고, 단순히 죽은 자만이 남게 된다. 시험은 완전히 없어지고, 드려진 봉사가 전면에 자리하게 된다. 그리하여 '은혜 갚는 죽은 자'라는 인물이 창조되는바, 그는 아버지나 야가와 마찬가지로 말, 또는 마술적 수단을 준다. 이 경우가 그룹 전체에서 가장 나중의 것이다.

---

78) *Ibid.*, p. 184.

Ⅲ. 증여적 원조자들

25. 은혜 갚는 동물들

이러한 고찰들에 비추어, 증여자의 또 다른 형태, 즉 은혜 갚는 동물들이라는 형태가 이해 가능한 것이 된다. 이것은 복잡한 테마이다. 은혜 갚는 동물들은 증여자로서 이야기에 등장하여 주인공의 뜻대로 따르거나 또는 그에게 자기들을 불러낼 수 있는 주문을 가르쳐줌으로써, 이후에는 원조자 역할을 하게 된다. 누구나 아는 이야기로, 주인공은 숲속에서 길을 잃고 굶주림에 허덕이다가, 가재나 고슴도치나 새를 발견하여 그것들을 잡아먹으려는 순간에, 그에게 애원하는 소리를 듣는다. "갑자기 새매가 날았다. 이반 왕자는 활을 겨누었다. '아, 아, 새매여, 나는 너를 죽여 산 채로 삼켜버리겠다! ——나를 먹지 말아, 이반 왕자! 내 도움이 필요할 때가 있을 거야!'"(Af. 93b/157),[79] "나를 먹지 말아!" "길에서 만나는 것을 먹지 말아라!"(Af. 103b/170) 등등의 표현은 조수가 될 수도 있을 동물을 먹는 것에 대한 금지를 반영한다. 하지만 주인공은 항상 동물을 먹으려 하지는 않는다. 때로 그는 그들에게 좋은 일을 해주기도 한다. 예컨대, 비에 젖은 새들이나 뭍에 던져진 고래를 구해주며, 이들은 그의 보이지 않는 원조자들이 되는 것이다. 동물들에 대한 이 같은 연민의 형태는 뒤늦은 형태라고 짐작할 수 있다. 일반적으로, 이야기는 연민이라고는 모르기 때문이다. 만일 주인공이 동물을 놓아준다면, 그는 연민에서가 아니라 어떤 협정을 맺고서 그렇게 하는 것이다. 이것은 특히 동물이 주인공에 의해 쳐진 그물이나 함정이나 동이에 빠지는 경우에 잘 나타난다. 예컨대 어부와 물고기의 이야기, 또는 『바보 에멜리아 Émélia』라는 이야기에서도 그렇다. 에멜리아는 곤들메기를 놓아주기를 망설이며, 그와 물고기 사이에 흥정이 오간다. 에멜리아는 처음에는 물고기를 믿으려 하지 않지만, 물이 가득찬 동이들이 자기들끼리 집을 향해 가는 것을 보고는, 거래의 이익을 믿게 되어, 곤들메기를 놓아주기로 한다(Af. 100a/165).

이반에게 은혜를 입는 물고기나 다른 동물들은 조상-동물들, 먹을 수 없는 동물들이며, 그들이 도와주러 오는 것은 바로 그들이 토템적 조상

---

79) (Af. 92)와 (Af. 103a)라는 번호는 1946년판의 오류.

이기 때문이다. 앙커만 Ankermann 의 말에 따르면, "사람이 죽으면 그의 영혼은 그 순간에 태어나는 그의 토템의 동물에게로 들어가며, 역으로, 죽어가는 토템적 동물의 영혼은 그에게 맺어져 있는 가족의 신생아에게로 들어간다. 그러므로, 동물은 죽이거나 먹을 수 없는 것이니, 죽임을 당하거나 먹히는 것이 친척일 수가 있기 때문이다."[80]

이러한 토템적 신앙은, 농경 정착 생활에로의 이행과 함께, 또 다른 형태를 취하게 된다. 인간과 동물간의 동일성은, 그들간의 우의, 협정에 의거한 우의로써 대치된다. 토테미즘의 소멸에 대해 이야기하면서, 앙커만은 이렇게 말한다. "많은 다른 부족들에서도, 인간과 동물 사이에는, 상호 연민이나 상조에서 나타나는 바 우의 관계가 있다는 관념이 지배적이다. 이 관계의 기원은 부족의 시조에게로 귀속되며, 흔히는 옛날 이 시조가 큰 곤경에 처했을 때 그 신성한 동물의 도움을 받았거나 그에 의해 위험으로부터 구출되었다는 사실로써 설명된다. 모두에게 알려진 전설들이 그것을 입증한다. 예컨대, 부족의 조상이 숲에서 길을 잃고 배고픔과 목마름으로 죽을 위기에 처한다. 그 동물은 그를 샘터에 데려가며 돌아오는 길을 가르쳐준다. 또는 조상은 그를 뒤쫓는 적들로부터 달아나던 중에, 건널 수 없는 강에 막혀버린다. 거대한 물고기가 나타나, 그를 등에 싣고 물을 건네준다, 등등."[81]

토템 신앙을 묘사하는 것만 아니라면 우리의 이야기와 매우 가까울 이 자료들을 검토해본다면, 은혜 갚는 동물 또한 조상을 나타낸다는 것은 전적으로 있을 법한 일이다. 이 자료들에서는 단지 사람이 동물을 살려놓아주는 순간만이 빠져 있거니와, 이는 토템을 믿는 자에게는 그의 토템에게 살을 겨눈다는 것조차 생각할 수 없는 일이기 때문이다. 토테미즘이 유효할 때에는, "이 물고기를 먹지 말라"는 금기가 사람들에 의해 말해지는 반면, 나중에는 그것이 동물 자신의 애원으로 변하는 것이다. 이러한 변화는, 예컨대, 멕시코의 한 전설에서 드러난다. 거기서는 도마뱀 한 마리가 주인공에게 "나를 쏘지 말라!"고 애원하며, 그의 아버지가 죽은 장소를 보여준다.[82] 우리는 이제 그 이유를 이해하는 바, 도마뱀은 조상들의 세계와 밀접한 관계에 있는 것이다. 그리고 그

80) B. Ankermann, "Die Verbreitung und Formen des Totemismus in Africa," *ZfE*, 47, 1915, pp. 114~80.
81) *Ibid.*, pp. 1~2.
82) W. Krickeberg, *Märchen der Azteken und Inkaperuaner, Maya und Muisca*, Jena, 1928, p. 195.

가 주인공에게 동물 토템적 가계에 있어서의 아버지가 아니라 그의 인간
적 아버지가 어디 있는가를 가르쳐준다는 것은, 이 민족에게 있어 토테
미즘이 쇠퇴기에 있으며 그들에게서는 인간적 조상들이 신화에서까지도
이미 실재성을 획득하였다는 사실에 기인한다. 하지만 조상-동물과의
관계는 아직도 완전히 상실된 것은 아니다. 이러한 유형의 변화는, 드
문 예를 제외하고는, 전세계적으로 동일한 방식으로 일어난다. 예컨대,
줄루족의 이야기에서도, 잡힌 동물은 주인공의 모든 조상들을 안다. "짐
승은 입을 열어 이렇게 말하기 시작했다. 너는 누구의, 또 누구의 자식
이다…… 그리하여 그것은 그 사람 자신도 모르는 조상들의 이름을 십대
까지 열거하였다."[83]

한편, 은혜 갚는 동물과 인간 조상간의 이러한 관계는 오늘날 유럽
의 이야기에까지도 보존되었다. 『작은 미에트 Miette』(Af. 56/100)[84] 라는
이야기에서, 계모는 어미 없는 아이의 암소를 도살시킨다. 암소는 말한
다. "자, 내 말 들어, 아가야. 내 고기는 절대로 먹지 말아라!" 일련
의 변이체들에서, 이 암소는 소녀의 죽은 생모에 다름아니다. 암소의
고기를 먹음으로써, 소녀는 자기 어머니의 살을 먹은 것이 되었을 것이
다. 바로 이 경우에 암소는 은혜 갚는 동물이 아니라고 반박할 수도 있
다. 하지만, 엄격한 의미에서의 은혜 갚는 동물들 역시 주인공의 친족
일 때가 흔하다. 사실 현대 러시아의 이야기에서, 동물은 더 이상 "나를
먹지 말아, 나는 네 형이야!"라고 말할 수는 없다. 이러한 상황은 다
음과 같은 것으로 대치된다. 즉, 은혜 갚는 동물은, 주인공의 아버지나
형인 것은 아니지만, 그렇게 되는 것이다. "나를 먹지 말아, 그보다는
형제가 되자!"라고 야쿠트족의 한 이야기에서 까마귀는 말한다(P.V.P.
,75). 더욱 중요한 것은 사람과 동물이 형제(이것은 전사들 사이에서 흔히
발견된다)가 아니라 아버지와 아들이 되는 것이다. "내 아버지가 되어다
오, 그러면 나는 네 아들이 되마"(Ontch. 16). "그는 왜가리를 잡아 그에
게 말했다. '내 아들이 되어라!'"(Af. 109/187). "나를 먹지 말아. 그보다
는 형제가 되자"라는 표현은, 역사적 시각에서는, "나를 먹지 말아, 왜
냐하면 우리는 형제니까!"의 전위로서 이해되어야 한다. 토템적 조상
들과의 관계는 또 다른 사실, 즉 은혜 갚는 동물이 동물들의 왕 또는,

---

83) 『줄루민담』, p. 211.
84) 이 이야기의 제목을 『갈색머리 아가씨』—이것은 (Af. 57/101)에 해당한다—라 한 것
    은 1946년판의 오류이다(N.d.T.).

민속학적 용어를 쓰자면, 주인이라는 사실("나는 가재들의 여왕이다" 등등)에 의해서도 입증된다. 우리는 이미 여주인 야가에 관하여, 그 점을 이야기하였다. 하지만, 은혜 갚는 짐승이 집에 데려와져서 음식을 먹게 될 때에, 우리는 이 관계의 또 다른 증명을 발견한다. 우리는 좀더 나중에, 보조자들에 대한 장에서, 이 경우를 검토하게 될 것이다.

시베리아의 자료로부터 젤레닌은, 아프리카의 자료를 기초로 하여 앙커만이 얻었던 것과 동일한 결과에 도달하였다. 하지만 시베리아의 자료는 보다 복잡한 것이, 아프리카에서는 토테미즘이 아직도 살아 있는 반면, 시베리아에서는 그 현상을 더 이상 직접적으로 관찰할 수 없으며 그 흔적들만이 남아 있기 때문이다. 우리의 모티프와 토테미즘과의 관계는 젤레닌에게는 너무나 명백한 것이어서, 그는 그것을 입증할 필요조차 느끼지 않는다. "토템 동물이 인간에게 이로운 존재로 나타나는 전설들 중에서, 은혜 갚는 동물들에 관한 것들은 아주 오래 된 것들로 간주해야 한다"고 그는 말한다. [85] 젤레닌은, 그 또한, 이 관계들이 협정에 기초해 있음을 간파하였다. "우리가 보기로는, 이 이야기들은, 그것들이 인간과 동물 사이의 협정이나 협약, 우리가 토테미즘의 출발점으로 간주하는 협정이나 협약을 묘사하고 있다는 점에서, 매우 괄목할 만하다."[86]

이 모든 유사성들은, 은혜 갚는 동물들이 어떤 부류의 사실이나 현상들과 결부되어야 하는가를, 그리고 코즈켕 Cosquin 이 이 모티프를 "순수히 인도적인 관념"[87]으로 간주했을 때 얼마나 그릇되었던가를 보여준다.

26. 놋쇠 이마

이 이야기에서 때로 놋쇠 이마, 숲의 괴물 등으로 불리우는 인물은 은혜 갚는 동물들의 한 변이체로 간주될 수 있다. 놋쇠 이마란 황제의 궁전에 갇혀 있는 괴물적 존재이다. 그는 왕자에게 자신을 놓아달라고 애원한다. "나를 놓아줘, 그러면 나는 네게 시중들겠어!"(Sm. 159), "나를 자유롭게 해줘, 왕자님, 나는 네게 시중들겠어!"(Af. 67a/123), "나를 가게 해줘, 그러면 너는 원하는 것은 모두 갖게 될 거야"(Ontch. 150). 이 인물은 증여자들의 범주에 속한다. "나는 네게 시중들겠어!"라는 표현은 은혜 갚는 동물들의 말에 정확히 해당된다. 주인공은 그를 놓아

---

85) 『온쾬의 예배』, p.233.
86) *Ibid.*, p.235.
87) E. Cosquin, *Études folkloriques*, 1922, p.25; P. Saintyves, *Contes de Perrault,* p.31.

주며, 이후로 이 갇혔던 자나 또는 그의 딸들은 주인공에게 요술 식탁보(Khoud. Ⅲ, 44), 요술 깃털과 구슬리(Khoud. 115), 힘과 살아 있는 물(Af. 68/125), 말, 등등을 선물로 주거나, 또는, 은혜 갚는 동물들과 마찬가지로, 주인공의 뜻대로 하는 그의 원조자가 되어, 주인공이 그를 생각하거나 그의 이름을 부르기만 하면 나타난다.

이제 우리는 은혜 갚는 동물들과 놋쇠 이마 사이에 친족성이 있음을 입증하였으니, 이 인물을 좀더 자세히 검토해보자. 우선, 그는 어떤 식으로 이야기에 등장하는가? 우리는 아파나시에프 선집에서 그 가장 완전한 경우를 발견한다. 이야기의 처음에서 왕은 탐욕스러운 것으로 묘사된다. "이 왕은 단 한 가지 정열 즉 탐욕에 사로잡혀 있었으며, 이익을 얻고 가능한 한 세금을 거두어들일 방법밖에는 생각지 않았다. 어느 날 그는 검은담비와 담비, 수달과 여우의 가죽들을 실어나르는 노인을 보았다. '거기 서라, 늙은이! 너는 어디서 오는 거냐?──저는 아무개 마을 출신으로, 지금은 숲의 사람을 위해 일하고 있습니다.──그런데 어떻게 이 모든 짐승들을 잡았느냐?──아, 숲의 사람이 덫을 놓으면 짐승들이 잡히지요.──내 말 들어봐, 친구. 너는 술 한잔 마시고 돈도 좀 얻고 싶지 않은가? 그리고 그 덫을 어디에 놓는지 가르쳐다오.' 노인은 꾀임에 넘어가, 그 장소를 가르쳐주었다. 곧 왕은 숲의 사람을 잡아가두라고 명령했다. 그리고는 그 대신에, 그의 사냥터로 사냥하러 갔다"(Af. 67a/123). 그 이후에, 주제는 대체로 다음과 같이 발전한다. 갇힌 자는 왕자에게 그를 놓아달라고 애원하며, 왕자는 감옥의 열쇠를 훔쳐다가 그를 놓아준다. 그리하여, 갇혔던 자는 그의 조력자가 되든가 아니면 다른 조력자를 주든가 한다.

아파나시에프본은 이 인물이 어디서 오는가를 분명히 지적한다. 그는 숲에서 어쩌다 잡혀, 집으로 끌려가 갇히는 것이다. 하지만 이 이본은 또 다른 사실, 즉 숲의 정령을 가두는 것은 동물들에 대한 세력을 확보하기 위해서라는 사실도 보여준다. 또 다른 이본들에서 그가 동물 형태적이라는 사실은 우리에게 매우 중요하다. 사냥에서, 막내는 둥지에서 떨어진 새를 발견하였다. 그는 그것을 집으로 가져가 열두 개의 사슬로 묶고, 열두 개의 빗장 뒤에 가두었다(Sm. 303). 이 새는, 은혜 갚는 동물이 집으로 데려가져서 먹여지는 것과 똑같은 방식으로 먹여진다. 우리는 이미 은혜 갚는 동물들과 토템적 동물들간의 관계를 수립한 바 있다. 숲의 정령과 은혜 갚는 동물들간의 친족성은, 숲의 정령 또한 안간 형태화된 동물이며 그에 대한 세력은 동물들에 대한 세력을 주는 것이라는 추정을 가능케 한다. 우리가 알거니와, 토템적 동물은 흔히 "별도의 장소에서 지켜지고 돌보아지는"[88] 것이다.

그의 인간적 형태하에, 이 인물은 많은 다양한 신화들에서 알려져 있다. 이야기는, "왕이 마신적 인물을 가두는 이유는, 본래 그의 예언자적 지식을 자기 것으로 삼고자 하는 욕망에 있다"(B.P. Ⅲ, p. 106)고 하는 볼트의 추정이 그릇되지 않음을 보여준다. 그는 단지 한 가지 사실, 즉 문제되는 것은 지식보다는 권능이라는 사실에서밖에는 틀리지 않는다. 왕의 욕망이란 사냥꾼의 이해 관계의 표현인 것이다. 원전과 참고 자료들을 제시하면서, 볼트는 마이다스 Midas 가 실레노스 le Silène, 뉴마 Numa, 숲의 목신(牧神) 파우누스 Faunus, 솔로몬, 아스모데 Asmodée, 로다르크 Rodarch, 숲의 지배자 메를렘 Merlin 등등을 잡게 하는 것을 보여준다.

이러한 것이 이 인물의 가장 오래 된 본성, 수렵에 기초한 사회에까지 소급되는 본성이다. 우리는 그러므로 실레노스가 기능적으로는 야가와 동일하다고 생각한다. 그 역시 마술적 수단을 선물로 주는 것이다. 또한 야가와 마찬가지로, 그도 숲의 출신이다. 은혜 갚는 동물들과 마찬가지로, 그도 목숨을 건져달라고 애원하며, 차꼬에 채워져서 먹여진다. 이 모든 특징들은 그의 기원을 분명히 보여준다. 그는 숲의 지배자이다. 이론적으로, 우리는 그와 마술적 지배자, 숲의 마법사 사이에는 친족성이 있다고 언명할 수 있다. 현대의 민속문학은 이러한 주장을 확증하지 않지만, 이반 톨스토이에 의해 연구된[89] 고대의 자료는, 놋쇠 이마가 고대의 실레노스에 해당함을 분명히 보여준다. "실레노스를 잡는 것은 그에게 세력을 행사하기 위함이다. 즉, 그로 하여금 사람들에게 부를 주고, 그들에게 인생의 의미와 세계 창조의 신비를 보여주며, 그들에게 요슬적인 노래를 불러주도록 강제하는 것이다."[90] 이야기는 여기에 보다 오래 되고 보다 본래적인 특징을 첨부하는바, 즉 그로 하여금 동물 세계에 대한 세력을 주도록 한다는 것이다. 마술적 수단을 주는 것도 또한 그이다. 이 점에서, 이야기는 신화보다 더욱 고대적이다. 하지만

88) 카루친, 『민속학』, Ⅳ, pp. 76~77, 151.
89) 톨스토이, 「감금되고 구출되는 실레노스」, 『마르를 기리는 문집』, 모스크바/레닌그라드, 1938, pp. 441~57. (I. I. Tolstoï, "Svjazannyj i osvoboždennyj silen," *Sb. pamjati N. Ja. Marr*, 1938, M.-L., str. 441~57.)
90) *Ibid.*, p. 443.

그리스 신화는, 이야기가 전하지 않은 것을 우리에게 전해주는 점도
있으니, 실레노스가 인간들에게 세계 창조의 신비를 보여주며 그들에게
'요술적인 노래'를 들려준다는 점이 그러하다. 나중에, 우리가 전체로
서의 이야기를 검토할 때에 우리는, 아메리카 인디언의 신화들에서는,
주인공이 동물들의 주인인 신비한 동물에 의해 숲으로 안내되는 것을
보게 될 것이다. 그는 그곳에서 우주의 비밀들과, 춤과 노래를 배우며,
그곳으로부터 신성한 그림들과 자수들을 가지고 돌아온다. 그러니까,
고대의 실레노스는 우리가 보는 앞에서 마술사 주인으로 변하는 것이다.
그리하여 그는 아스모데나 또 다른 비슷한 인물들의 모습으로 중세에까
지 이르는 것이다. "그는, 땅과 하늘의 상급 학교에서 가르쳐지는, 인
식의 위대한 신비를 소유하고 있다."[91]

전형적으로 삼림적인 이 인물은 농경이 출현하기까지는 존속하나, 농
경적 종교와는 충돌하게 된다. 그때부터, 인간들이 그와 갖는 관계가
변한다. 그는 위험하고 무섭고 크고 서투른 숲의 괴물이 되는 것이다.
그를 잡는 사람들은 항상 농부들이다. 숲은 밭과 정원에 의해 정복된다.
실레노스는 포도주에 의해 정복되지만, 그러나 그는 밭의 원수이며 파
괴자가 되어, 파종을 망치고 못쓰게 만들어버린다.

숲의 요정이나 실레노스와 비슷한 인물들은 흔히 사로잡히기 이전에
술에 취한다. 러시아의 한 이야기는 이렇다. "정원사는 세 동이의 센 보
드카와 달리 또 꿀 한 통을 요구하였다. 그는 구유를 가져다가, 거기에
꿀과 보드카를 섞어서, 그것을 사과나무 아래에 두었다. 갑자기, 정원에
는, 굉음이 일더니 [……] 공중에 한 괴물이 나타난다 [……]. 구유를
발견하자, 그는 몸을 굽혀 마시고는, 취하여 죽은 듯이 그 옆에 쓰러진
다"(Af.67b, var. 1/124, var. 1). 우리는 고대 그리스-로마 및 중세에서
도 정확히 같은 것을 발견한다. 막심 드 티르 Maxime de Tyr 에게서는
이러한 대문을 읽을 수 있다. "가난하고 욕심많은 한 프리지아인 Phry-
gien 이 사티로스 Satyre 를 사로잡기에 성공하였다. 그는 사티로스가 매
일 물을 마시러 가는 샘에 포도주를 탔던 것이다."[92] 이 프리지아인
도 농부이다. 텍스트에서는, "그의 땅, 그의 나무들, 그의 밭, 그의 풀
밭과 그의 꽃들"이 문제되고 있다. 오비디우스에게서도 역시, 사람들

91) 베젤로프스키, 『솔로몬과 켄토르에 대한 러시아 이야기들』, 전집, 제8권, 제 I 부,.
   1921, p.143. (Veselovskij, Slavjanskie skazki o Solomone i Kitovrase, Soč., t. Ⅷ,.
   vyp. I, 1921, str. 143.)
92) I.I. Tolstoĭ, op. cit., p.441.

은 실레노스를 사로잡기 위해 술취하게 한다. 사전 계획된 술취하게 하기는 중세에도 유포되어 있다. 그 예들은 베젤로프스키에게서 발견할 수 있다.

여기까지만 해도, 이 인물은 비록 가정적이고 요약적인 방식으로이긴 해도, 상당히 분명하게 드러난다. 한 가지만이 그렇지 않으니, 즉 그의 이름이다. 그는 실상 '놋쇠 이마' '놋쇠 노인' '강철의 팔과 주물로 된 머리를 가진, 놋쇠의 농부' '강철의 도둑' 등등으로 불리우지만, 이름을 제외하고는, 그는 금속들과 아무런 관계도 없다. 러시아 민담들에 대한 그의 고찰 가운데서, 아파나시에프는 그에게서 보물지기를 보고자 한다. 하지만 '놋쇠의'라는 수식어는 '노란'이라는 형용사의 동의어이며, 금속보다는 그 색깔이 문제되는 것이라는 추정이 더 옳을 것이다. 놋쇠의 노란색은 황금빛의 한 변이체이다. 그리고 실제로 이 숲의 괴물이 황금으로 되어 있다고 하는 이야기들도 있는 것이다. 예컨대 피네그 Pinègue 지방의 한 이야기에서, 그는 '황금으로 된 사람, 큰 키의 할아버지'(Nor. 91)이다. 또한 레닌그라드 학술원의 민속 고문서들(콜레니츠카이야 Kolésnitskaïa 의 수집, 인쇄본)에서도, 그는 황금으로 되어 있다. 피네그의 이 이야기에는, 우리에게 중요한 또 다른 사실이 있다. 즉, 그가 그를 놓아준 왕자의 머리를 건드리자, 이 머리가 금빛이 된다는 것이다. "그러자 그는 왕자의 머리를 쓰다듬었다. 그후로, 이반 왕자의 머리칼은 금빛이 되었다"(Nor. 91).

이 경우를 순전히 기능적인 방식으로 검토한다면, 우리는 다음과 같은 사실에 이르게 된다. 즉, 숲의 요정과의 접촉은 금으로 변화시키거나 금빛으로 만든다는 것이다. 러시아의 이야기에서 그러한 경우는 드물다. 하지만 고대 그리스-로마에는 유사한 예가 있다. 실레노스는 그를 가둔 자에게 위험한 능력을 주는바, 마이다스 Midas 가 건드리는 모든 것은 금이 되는 것이다. 이반 톨스토이는 이 형태를 후기의 것으로 간주한다. 왜냐하면, 금은 여기에서 물질적 가치로 나타나는데, 원초적으로 그것은 전혀 다른 차원의 가치였기 때문이다. 이야기에서 금과 금빛이라는 문제는 별도의 장에서 다루어질 것이거니와, 우리는 거기에서 금이란 그 기원이 금속이 아니라 불인 것을 보게 될 것이다. 이론적으로 우리는 우리의 숲의 요정과 불 사이의 관계를 전제해야 한다. 러시아의 이야기들에서 이 관계는 아무 데서도 직접적으로 나타나지 않는다. 하지만, 이 인물과 대장장이 뵐룬트 Völund 에 관한 전설의 모든 상황간의 인상적인 유사성에 주목해보자. 뵐룬트는 깊은 숲에 살며, 거기에서 그는 사냥을 하고 쇠사슬 갑옷의 고리들을 버린다. 그런데 니두드 Nidud 왕이, 그의 장딴지 힘줄을 자른 후에(헤파이스토스 Héphaïstos 를 상기할 것), 그를 잡아다 가두며, 이후로 뵐룬트는 왕을 위해 일한다. 그가 짜르에게 사냥감에 대한 세력을 주는 이야기에서와 꼭 마찬가지로, 이 인물은 여기서 대장장이의 신화적 의인화이다. 이야기에서, 그는 짜르의 아들에 의해 풀려난다. 뵐룬트의 전설에서, 뵐룬트는 왕의 아이들을 죽여서, 그들의 두개골과 눈으로 보석을 만든다(즉, 비교된 자료들에 비추어보면, 그는 그것들을 불 속에 던지며, 시체들을 풍로에 던져넣는다). 그리고는 그는 날개들을 만들어가지고 날아가버린다. 러시아의 이야기들에서, 놋쇠 이마의 역할은 때로 새, 특히 불새로 대신된다.

여기서 우리는, 크레타 Crète 의 청동 거인, 새로 오는 자들을 그의 가슴에 눌러죽여서 그들과 함께 불꽃 속으로 뛰어들곤 하던, 탈로스 Talos 의 전설을 상기한다. [93] 그를 송아지나 황소의 모양으로 즉 동물적 형태로 묘사하는 전설들도 있다. 러시아의 이야기에서, 놋쇠의(또는 청동의) 사람은 항상 상징적 성격을 갖는다. 이야기의 한가운데에서, 그는 야가와 꼭 마찬가지로 숲에서 움직인다. 만일 여기에, 탈로스가 미노토르 Minotaure——이방인들뿐 아니라 아테네의 소년소녀들을 잡아먹는——와 병행 관계에 놓일 수 있다는 사실을 비교한다면, 탈로스의 불은 숲의 불, 아이들을 굽는 야가의 불, 왕의 아이들이 그 속에 던져지는 뵐룬트의 풍로 등과 분명 연관되는 것으로 보인다. 그러나 그것은 이 이상한 인물의 한 면모에 불과하다.

우리는, 이야기에서, 놋쇠 이마의 출현이 동기화되어 있지 않음을 보았다. 그는 우연히 숲에서 사냥을 하다가 만나진다. 이 우연, 이 동기화의 부재는 아주 오랜 고대성의 단서이다. 주인공의 야가와의 만남 역시 외적으로는 결코 동기화되지 않는다. 동기화의 부재가 현대의 이야기꾼에게는 흔히 일종의 결여로 보이는바, 이 결여를 메꾸려는 시도들이 때로는 그 자체로 매우 고대적인 모티프들을 차용하게 된다. 서로서로 연결되어, 이 모티프들은 상호적인 동기화로 쓰이는 것이다. 숲의 괴물은 항상 우연히 만나지지는 않는다. 이야기는, 밭에 씨를 뿌렸다거나 무엇을 청원에 심었다는 식으로 시작할 수도 있다. 밤 사이에, 무례한 도둑이 나타나 파종을 망치고 정원을 쑥밭으로 만들어놓는다. 그 도

---

93) Frazer, *Le Rameau d'or*, Ⅱ, 122.

둑을 잡아보니, 그것은 새이든지 놋쇠의 노인이든지 하며, 그것을 가두게 된다. 다시 말해서, 망쳐진 밭이라는 모티프가 놋쇠 이마의 모티프에 대한 도입부의 구실을 하는 것이다. 망쳐진 밭의 모티프는 농경적 모티프이며, 따라서 놋쇠 이마의 모티프보다 더 나중의 것이다. 이 모티프들은 서로 교차된다. 망쳐진 밭은 놋쇠 이마뿐 아니라, 요술 말·불새, 또는 그냥 도둑의 소행일 때도 있다. 또한 놋쇠 이마 역시 항상 이 모티프를 통하여 이야기에 등장하는 것은 아니다(종종 그렇기는 하지만).

우리는 망쳐진 밭이라는 모티프를, 누가 그렇게 했는지와는 상관 없이, 검토해보고, 이 모티프와 숲에서 나타나는 신비로운 인물 사이의 관계가 무연한 것인지 아닌지 알아보기로 하자. 몇 가지 예를 들어보자. "한 농부가 완두콩 씨를 뿌렸다. 그런데 누가 그의 밭을 짓밟으러 오기 시작했다." 그는 그의 아이들을 보내어 파수하며 "누가 그렇게 우리의 완두콩을 엉망진창으로 만드는지" 알아보게 한다(Af. 67b/124). "어떤 농부가 밀을 씨뿌렸다. 그러나 매일 밤 누군가가 와서 그것을 짓밟았다"(Khoud. 115). 사과나무들에 대해서도 같은 일이 일어난다. 때로 이 사과들은 예사 사과가 아니며, 도둑도 예사 도둑이 아니다. 스미르노프 선집에서, 짜르의 아들은 황금 사과들이 열리는 사과나무를 사달라고 한다. 그것을 사다가 심고는 감탄을 아끼지 않던 중에, 문득 이 사과들이 사라지는 것을 발견한다. 또 다른 변이체에서는, "보이지 않는 자가 밤이면 정원에 날아들어와서, 아침이면 몇 그루의 나무들이 부러져 있었다"(Sm. 181). 어떤 경우들에는, 그것은 짜르가 특별히 아끼는 비밀 정원이다(Af. 67b, var. 1/124, var. 1). 어떤 경우에는, 농부와 그의 아들들이 밀을 씨뿌리는데, "푸른 싹 대신에, 온 밭이 보석들로 덮인다"(Af. 67b, var. 2/124, var. 2).

밤이면 새들과 다른 보이지 않는 자들이 날아드는, 이 보기드문 정원과 이 수확은 대체 무엇인가? 그것이 농경적 전통과 관련되어 있다는 것은, 의심할 여지 없는 사실이다. 농경 제의들 가운데에는, 다음과 같은 것이 있다.[94] 셀레브족 Les Célèbes의 섬에서는, 파종을 하기 전에, 정령들에게, 밭일을 하겠노라고 알린다. 그러면, 사제를 중개로 하여, 정령들은 그들이 어떤 희생을 요구하는가를 알린다. 모든 밭일은 죽은 자들에게 바쳐진 작은 밭에서 미리 수행되어야 한다. 그리하여 두 개의

---

94) *ARW. XXX*, p. 373.

작은 밭들이 준비되는바, 하나는, 죽은 자들의 영들의 화신인 쌀새 Reisvögel 들이 뿌려질 쌀을 먹지 않게 하기 위해, 이른 아침에 마련되고, 다른 하나는, 역시 죽은 자들의 화신인 생쥐들로부터 초목들을 같은 방식으로 보호하기 위해 해질 무렵에 마련된다.

우리는, 새가 날아드는 씨뿌려진 밭이 예전에는 특별히 죽은 조상들을 위해 마련되었던 것이리라고 추정할 수 있다. 그것은, 죽은 자들을 거기에만 끌어모음으로써, 산 자들을 위한 밭들로부터 멀리하기 위함이었다. 이야기들에서, 이 밭은 결코 보통 밭이 아니라, 금지된 밭, 진주들이 자라는 밭 등이다. 농경의 시초에는, 숲에 사는 죽은 자들이 밭을 탓하지 않을까 하는 두려움이 있었음에 틀림없다. 이것은 특히, 밭에 파종하기 위해 숲을 파괴하던, 화전 시대에 그러하였을 것이다. 거기 대해 프레이저는 이렇게 말한다. "숲으로부터 취해진 장소에 타로감자를 심기 전에, 그들은 죽은 자들의 영들에게 이런 말로 기도한다. '우리 밭에 자주 오지 말고, 숲에 계십시오. 우리가 밭을 만드는 데 도와준 이들이 편안히 살게 해주십시오. 각 사람의 타로가 잘 익게 해주십시오.' "[95] 여기에서는, 숲을 베고 밭을 만든 것에 대한 변명이 제출되는 것이나, 그것을 만든 자들이 단순히 그 일을 도왔을 뿐인 것으로 묘사되는 것이나, 모든 것이 중요하다. 이 경우, 무엇을 두려워하는 것일까? 누가 숲으로부터 와서 파종을 망치며, 그럼으로써 숲을 파괴한 것에 대해 복수할 수 있다는 것일까? 우리는 이미 알거니와, 그것은 숲의 피조물들이다. 사람들은, 마술에 능하고 아는 것이 많은, 이미 인간 형태화되었지만 아직도 동물 형태적 특징들을 가지고 있는, 이 항상 같은 신비한 동물-조상들의 호의를 얻고자 하는 것이다. 하지만 약간의 행운만 있으면, 그들을 사로잡아서, 그들의 권능과 지식의 비밀을 알아낼 수도 있을 것이다.

또한 그들의 복수는, 희생 제사를 드림으로써도 모면될 수 있다. 프레이저가 보여주는 바, 밭에 씨를 뿌릴 때, 사람들은 "정령들로 하여금 수확을 망가뜨리지 않도록 하기 위하여" 거기에 쌀과 옥수수·사탕수수 등을 놓아둔다. [96] 물론 이러한 희생은 이야기에는 보존되지 않았다. 하지만 그리스 신화에서는, 그 연관이 아직도 명백하다. 즉, 칼리도니아 Calydon 의 멧돼지는, 희생 제사가 드려지지 않았기 때문에, 파종을

---

95) Frazer, *The Fear of the Dead*, I, p.83.
96) *Ibid.*, p.85.

망친다. 칼리도니아의 왕은 모든 신에게 수확한 과실들을 바쳤다. 데메테르에게는 곡식의 수확을, 디오니소스에게는 포도를, 아데나 Athéné 에게는 올리브나무를. 그러나 그는 아르테미스를 잊어버렸고, 이 여신은 게걸스러운 멧돼지를 보내어 밭과 정원들을 황폐케 하는 것이다.

그런데, 이 경우는 이야기와 또 다른 유사성을 갖는다. 아르테미스는 삼림적 기원의 존재로서, 그녀는 숲의 여신이며 동물들의 지배자이다. 놋쇠 이마 역시 그렇다. 그는 깊은 숲속에 살며, 야생 짐승들의 보호자이다. 농경의 출현과 함께, 그의 권위와 세력은 실추된다. 이후로 사람들은 숲의 정령인 그를 술취하게 하고, 감옥에 가둔다. 이 감금의 형태는 토템 동물의 감금으로부터 차용되는바, 의미에 있어서나 내용에 있어서나, 그녀는 토템 동물에 상응한다. 사람들이 원하는 것은, 그에게서 짐승들에 대한 세력을 탈취함으로써, 그가 여우와 담비와 검은 담비의 사냥을 도와주게끔 강제하는 것이다.

하지만 여기에서, 망쳐진 밭의 모티프와의 관계는 어떠한가? 밭에 날아드는 것이 정말로 죽은 자들이라면, 우리의 숲의 사람이란 아마도, 숲속에 있는, 죽은 자들의 왕국으로부터 온 존재일 것이다. 그가 놓아준 숲의 사람을 따라가면서, 주인공은 야가의 것과 비슷한 환경에 놓이게 된다. 숲의 사람은 이즈바에 살며, 주인공에게 말을 준다(Af. 67a/123). 그러니까 그가 밭이나 정원에 나타나는 것은 이유 없는 일이 아니며, 단순히 미학적 차원에서의 동기화를 제공하는 것만은 아니다. 그것은 역사적으로 조건지워진 현상인 것이다. 농경 시대에도, 신비한 숲은 죽은 자들 및 조상들의 세계와의 연관, 야가라는 인물에 의해 그처럼 분명히 규명되는 연관을 여전히 간직한다. 파종된 밭들의 출현과 함께, 이 존재들은 위험하고 수확을 망치는 자들이 되며, 따라서 사람들은 그들을 다스리고, 그들을 무해하게 만들려고 애쓰는 것이다. 농경적 기원을 갖는 이 새로운 경향은 이야기에도 나타나지만, 그 시작밖에는 변화시키지 않는다. 이야기의 시작은, 일반적으로, 가장 개작이 잘 되는, 쟝르의 가장 약한 고리이다. 이야기의 중간은, 반대로, 매우 고정적이다. 그러므로, 손발이 열두 개의 사슬에 묶여 감금된 이 서투른 숲의 괴물은, 이야기의 중간쯤에서, 주인공의 좋은 보호자로, 삶과 죽음과 동물들과 그들의 은밀한 능력의 막강한 지배자로 변하는바, 그는 자신의 등가물인 야가와 꼭 마찬가지로 행동하는 것이다.

그렇다는 사실의 확증으로서, 우리는 고대의 한 항아리를 예로 들 수 있다. 그 내벽에 그려진 장면들은, 톨스토이 교수에 의해, 실레노스에 대한 그의 인용된 저서에서 분석된 바 있다. 이 항아리는 엘레우시스 Éleusis에서 발견되었으며 주전 6세기에까지 소급되는 것으로서, 한쪽에는 포로가 된 실레노스를 높은 인물——이야기에서는 짜르에 해당하는——에게로 데려가는 농부가 그려져 있고, 다른 쪽에는 밭갈이와 파종의 장면이 묘사되어 있다. 이제까지 이 항아리의 양면들은 관련지어지지 않았었다. 실레노스의 감금을 나타내는 쪽은 톨스토이 교수에 의해 해독되었다. 우리는, 이야기에 참조함으로써, 다른 쪽도 해독할 수 있다. 거기에 파종이 그려진 것은 우연이 아니다. 이 파종은 실레노스에 의해 망쳐졌으며, 그 때문에 그를 결박하여 왕 앞으로 끌고 가는 것이다. 그리하여, 오늘날까지 고고학자들에게 애매한 채로 있었던, 항아리의 양쪽을 연결하는 관계는 명백해진다.

27. 속량된 죄수들, 채무자들, 등등

우리는 야가, 아버지, 은혜 갚는 동물들, 죽은 자들, 숲의 요정 등 일련의 증여자들을 검토하였다. 그들은 이 범주의 가장 중요한 대표자들이다. 그들과 비교하면, 다른 증여자들은 부차적 중요성밖에 갖지 않는다. 대개, 그것은 이 일차적 인물들의 메아리이며 변형들에 지나지 않는다. 예컨대, 어떤 할머니나 아낙네에게서 퇴색한 야가를 알아보기란 쉬운 일이다. 흔히, 이것은 합리화되고 현대화된 형태들로서, 정확한 비교 연구나 또 계시적인 어떤 세부만이 그 기원을 밝힐 수 있게 해준다. 예컨대, 길의 어딘가에서 아이들이 개나 다른 동물을 때리고 괴롭히며 목매달려고 한다면, 또는 어떤 농부가 고기를 훔친 고양이를 물에 빠뜨리려 한다면, 그러나 주인공이 나타나 동물을 되사고 풀어주며, 이 동물이 후에 필요한 때에 그에게 원조자로 나타난다면, 여기에서 은혜 갚는 동물들의 변형된 모티프를 알아보기란 쉽다. 우리가 이미 명시하였듯이, 이 경우에, 주인공이 동물을 사는 돈은 아버지가 유산으로 준 것이다. 그러니까 마술적 원조를 주는 죽은 아버지의 모티프는, 원조자나 보조자를 살 유산을 남겨주는 죽어가는 아버지의 모티프로써 대치된다.

증여자인 죽은 자는 또 다른 데서도 탐지될 수도 있다. 예컨대, 왕녀가 죽고, 주인공은 파수들을 매수한 후, 그녀의 반지를 가진다. 전혀 뜻밖의 방식으로 증여자인 죽은 자가 여기서도 나타난다. 이 모티프의 해체의 또 다른 형태는, 빚을 못 갚는 채무자를 때리는 경우이다. 이 사람은 상인에게 만 루블리를 빚지고 있다(Af. 93c/158). 또는 그를 때리는 사람들 각자에게 일 루블리씩을 빚지고 있다(Af. 116b/199). 이반은 그를 대신하여 빚을 갚으며, 다시금 자유로워진 이 불행한 채무자는, 죽은 자나 은혜 갚는 동물들과 마찬가지로, 마술적 원조자가 된다.

그런데 만일, 주인공이 길을 가다가 굶주린 행인에게 먹을 것을 주며, 이 사람이 그에게 마술 배[船]를 얻는 것을 가능케 하는 비밀을 가르쳐 준다면, 거기에서 우리는 야가에 의한 음식의 제공이 간접적으로 반영된 것을 본다. 야가의 집에서, 주인공은 동시에 음식과 마술적 수단을 얻곤 하였다. 여기서는 그가 노인에게 음식을 주며, 노인은 보답으로 마술적 수단을 준다. 그렇다는 것은 노인과 주인공 사이의 대화에 의해 드러나지만, 또한 주인공이 고작 제공할 수 있는 초라한 식사가 풍성한 음식으로 변한다는 사실, 즉 여기서도 결국 주인공을 먹이는 것은 증여자라는 사실에 의해서도 드러난다.

끝으로, 주인공이 일을 함으로써 마술적 수단을 얻는 많은 경우들 역시 야가의 집에서의 봉사나 그의 임무의 완수에로 환원된다. 거기에는, 이야기에 침투되는 일상적 현실의 영향에 기인하는, 내적 발전이 있다. 예컨대 '진실 la Vérité'이 상인의 집에서 일하여 그 대가로 성상——그로 하여금 뱀이나 어떤 다른 불순한 힘을 쫓게 해주는——을 받는 경우(Af. 66a/115)를 들어보자. 주인공이 장인(匠人)의 집에서 일하는 경우들은 이 일상적 현실에 보다 가깝다. "곧, 젊은이는 값진 물건들을 만들 줄 알게 되었으며, 그의 선생까지도 능가하였다"(Af. 111/189). 이 주인의 집에서, 그는 마술 금고를 발견한다. 주인공이 사냥꾼이나 다른 직업인들을 도와주며 그들로부터 요술적인 지식을 얻게 되는 이야기들은, 아마 이런 종류의 변형에 소급할 것이다. 이런 종류의 많은 예를 지적할 수 있겠지만, 그것들은 우리에게는 부차적 중요성밖에는 없다. 왜냐하면 그것들의 발생은 명백한바, 그것들은 이미 존재하는 이야기 요소들의 변형에서 비롯되는 것이다.

제 5 장

마술적 선물들

Ⅰ. 마술적 원조자

1. 원조자들

이야기는 주인공이 마술적 수단을 손에 넣음으로써, 절정에 달한다. 그때부터는, 결말에는 이의의 여지가 없다. 자기 집에서 출발하여 '곧장 앞으로' 나아가는 주인공과 야가의 집에서 나오는 동일한 주인공 사이에는 엄청난 차이가 있는 것이다. 이제 주인공은 그의 목표를 달성할 것을 확신한다. 그는 다소 자랑하는 경향마저 있다. 사실상 그의 원조자에게 있어, 풀어야 할 과제들이란 별로 힘들이지 않고 해줄 수 있는 일인 것이다. 이어지는 사건들 속에서, 주인공은 순전히 수동적인 역할을 하게 된다. 즉, 그의 마술적 원조자가 그 대신 모든 일을 하든지, 아니면 그가 마술적 수단에 힘입어 움직이든지 하는 것이다. 원조자는 그를 머나먼 나라에로 실어가며, 왕녀를 납치하고, 그녀의 수수께끼들을 풀며, 용을 죽이거나 적의 군대를 쳐부수고, 그의 주인을 추적으로부터 구해낸다. 그래도 주인공은 여전히 주인공(영웅)인바, 원조자란 그의 힘과 그의 재능의 표현인 것이다.

러시아의 이야기들을 통틀어 우리가 만나게 되는 원조자 및 보조자들의 명단은 상당히 길다. 여기에서는 그들 중 가장 전형적인 인물들밖에는 연구할 수 없을 것이다. 그런가 하면 마술적 원조자는 마술적 물건들과 따로 떼어 연구할 수 없다. 이들은 정확히 같은 방식으로 움직인다. 에컨대, 독수리나 말·늑대 등과 꼭 마찬가지로, 마술 양탄자는 주인공을 저세상으로 실어나르는 것이다. 그 때문에, 마술적 원조자들과 마술적 물건들은 같은 장에서 다루어질 것이다. 모든 원조자들은 같은 그룹의 인물들이다. 우리는 우선 그들이 이야기에 나타나는 바대로, 개별적으로 검토해볼 것이다. 그러면서, 특정한 원조자를 설명하게 해줄 자료들이 제공될 수도 있을 것이다. 하지만, 개별적으로 취급된 원조자는, 원조자들의 전범주에 상당하지는 않으며, 그 전범주를 설명하게 해줄 수도 없다. 각각의 원조자를 개별적으로 연구해본 후에야, 우리는 전범주를 연구하고 전체적인 판단을 내릴 수 있을 것이다. 하지만 이 판단도 결정적인 것이 될 수는 없다. 사실상 우리는, 완전한 조망에 이르기 위해서는, 원조자의 모든 기능들을 검토해보아야 한다. 그리고 이 기능들은 각각 별개의 장을 구성하여, 예컨대 주인공의 저세상에로의 실려감, 왕녀의 수수께끼들의 해결, 용과의 싸움 등이 개별적으로 연구될 것이다. 문제는 복잡한 만큼이나 방대하므로, 단번에 해결될 수 없다. 조금씩조금씩 해결되어갈 것이다.

2. 주인공의 변신

앞서도 잠깐 언급하였거니와, 우리는, 이야기에서 원조자란 주인공의 재능이 의인화된 것으로 간주되어야 한다는 사실을 지적해두는 바이다. 숲에서, 주인공은 때로는 동물을, 때로는 스스로 동물로 변신시킬 수 있는 능력을 얻는다. 예컨대, 어떤 경우에 주인공이 말을 타고 질주하여 떠나간다면, 또 어떤 경우에는 이렇게도 이야기된다. "이반이 손가락에 반지를 끼자마자, 그는 말로 변하여, 아름다운 엘레나의 궁전까지 질주하여 갔다"(Af. 120b/209). 이어지는 줄거리 속에서, 이 두 가지 경우는 유사한 역할을 한다. 지금으로서는 그렇다는 사실만을 지적해두기로 하자. 하지만 그것은 이미, 왜 이반이 그의 수동성에도 불구하고 여전히 주인공(영웅)인지를 설명해준다. 우리는 동물로 변신하는 주인공이 동물을 얻는 주인공보다 더 오래 된 것임을 입증할 만큼 충분히 이야기를 연구하였다. 주인공과 그의 원조자는 기능적으로 하나이며 같은 인물이다. 주인공-동물이 주인공 더하기 동물이 된 것이다.

3. 독수리

주인공의 원조자들 가운데에는, 우선 독수리나 또는 다른 새가 있다. 새의 기능은 항상 같다. 즉, 그는 주인공을 저세상으로 실어나르는 역할을 하는 것이다. 이 실어감에 대해서는 별도의 장에서 살펴보게 될 것이다. 지금으로서는 독수리 그 자체를 검토해보기로 하자.

『파도의 짜르와 마법의 바실리사』(Af. 125/219~216) 유형의 이야기들에서는, 주인공이 독수리를 죽이려 하자 독수리가 그를 먹여달라고 한

다. "그보다는 차라리 나를 데리고 가서 삼년간 먹여줘"(Af. 125a/219),
"나를 아홉 달 동안 아낌없이 먹여줘. 그러면 내가 네게 그 값어치는 할
거야. 매일 목장의 암소 여섯 마리나 아니면 황소 여섯 마리를 갖다줘.
그게 너한테 아무리 힘든 일로 보이더라도, 그 모든 것으로 너는 톡톡히
덕을 보게 될 거야!"(K.6). 독수리는 놀라울 만큼 요구가 많고 아귀처
럼 먹어대지만, 주인공은 참을성있게 그의 요청대로 해준다. "농부는
그 말을 따랐다. 그는 독수리를 집으로 데리고 가서, 살찐 고기를 먹여
주었다. 때로는 송아지가 통째로, 때로는 양이 먹어치워졌다. 농부는
혼자 사는 것이 아니라 대가족을 거느리고 있었으므로, 그가 살림을 축
낸다는 불평들이 시작되었다"(Af. 125b/220).

독수리를 먹이는 것은 전적으로 역사적인 사실이다. 시베리아의 민족
들은 독수리를 사육하였거니와, 분명한 목적에서 그렇게 하였다. "그것
을 죽을 때까지 먹여주고, 그리고는 매장해주는 것이 좋다. 이런 경우
에 결코 손해를 불평해서는 안 되니, 왜냐하면 독수리는 그 모든 것을 백
배로 갚을 것이기 때문이다. 옛날에는 독수리들이 겨울을 나기 위해 사
람들의 집에 나타나곤 했다는 이야기가 있다. 그래서 집주인은 독수리
를 먹이기 위해 가축의 반은 죽여야 했는데, 봄이 되어 날아가기 전에
독수리는 집주인들에게 절을 하며 감사하였고, 그러면 그들은 곧 놀라
운 방식으로 부유해지곤 했다는 것이다"[1]라고 젤레닌은 전한다.

집주인은 그러니까 이야기의 주인공처럼 하는 것이다. 그는 그의 가
축들로 독수리를 먹인다. 그러나 젤레닌이 전하는 예는 보다 나중의 것
이다. 우리가 알거니와, 독수리는 다시 떠나보내지기보다는 죽임을 당
하는 경우가 많다. 슈테른베르크에 의하면, 독수리를 죽이는 것은 그를
저세상으로 보내는 것에 해당했다. 아이누족은 그에게 다음과 같은 기
도를 한 후에 그를 죽였다. "오 소중한 신, 그대여, 신성한 새여, 내
그대에게 비노니, 내 말을 들으라. 그대는 이 세상에 속함이 아니라,
왜냐하면 그대의 집은 창조주와 그의 황금 독수리들이 있는 곳에 있으
니……. 그대가 그의 집에, 그대 아버지의 집에 이르면, 그에게 말해다
오. 나는 아이누족의 집에 오래 거하였더니, 그들이 부모처럼 나를 먹
이고 돌보아주었노라고, 운운."[2] 독수리를 먹이고 그를 죽이는 것은 독

1) 젤레닌, 『온곤의 예배』, p. 183.
2) 슈테른베르크, 「시베리아 부족들에서의 독수리 숭배」(『원시종교』, pp. 112~27), p.
119. [Šternberg, "Kul't orla u sibirskikh narodov," (Pervobytnaja religija, str.
112~27), str. 119.]

수리들의 주인인 정령(보다 나중에는, 창조주)의 호의를 얻기 위함이다. 즉 기도의 의미는 이렇다. "그들은 나를 잘 돌봐주었다. 그렇게 한 자들을 도와주라." 죽인다는 것, 그것은 저세상으로 보내는 것이다.

이제, 이야기에서는 어떠한가? 이야기에서는, 사실, 주인공은 독수리를 죽이지 않는다. 삼년간 그를 돌보아준 후에, 그는 단지 그럴 의도를 가질 뿐이다. "사냥꾼은 칼을 들고 그를 겨누었다. '이 독수리를 죽여버리자' 하고 그는 생각했다. '내가 아무리 정성을 다해도, 그는 아무 이익도 되지 않고, 공짜로 내 빵을 축낼 뿐이다'"(Af. 125c/221). 하지만 그는 또다시 일이 년 동안 그를 먹인 후에, 결국 그를 다시 놓아주고 만다. 그러자 독수리는 그를 데리고 열의 세곱절째 왕국으로 간다. 그들은 함께 날아가는 것이다. 이야기가 묘사하는 바, 이 비상의 우여곡절은 사후의 제의적 비상의 에피소드에 일치한다. 제의에서는 독수리를 먹인 후에 그를 그의 아버지들에게 보내며, 이야기에서는 이것이 자유롭게 놓아주기로 변형된다. 독수리는 독수리들의 아버지의 집이 아니라, 그의 '맏누나'의 집에 도착하여, 그녀에게 이렇게 말한다. "내가 이 사냥꾼을, 내 은인을 만나지 않았더라면, 당신은 몇 세기 동안 나의 죽음을 애곡했을 겁니다. 그는 삼년간이나 나를 먹이고 돌보아주었으니, 내가 아직 살아 있는 것은 그의 덕택입니다"(Af. 125c/221). 즉 그는 아이누족이 그의 독수리에게 기도로써 요청하는 바로 그대로 하는 것이다. 그리고, 실제로, 그 보상은 즉시로 주어진다. "감사하오, 선한 이여! 자, 여기에 금과 은과 보석들이 있소. 원하는 대로 가지시오!" 그러나 주인공은, "놋쇠로 된 열쇠가 달린, 놋쇠함"밖에는, 아무것도 원치 않는다(Af. 125b/220).

이 경우는, 제의의 해체의 요소들을 포함하고 있으므로 흥미롭다. 그것은, 다른 경우들에도 그렇지만, 이야기가 보다 나중의 단계를 반영함을 보여준다. 독수리를 먹인다는 행위는, 주인공에게 부담이 되는, 불필요하고 부조리한 제약으로 제시된다. "독수리의 식욕은 하도 엄청나서, 가축떼가 다 없어지고, 짜르에게는 암소 한 마리, 암양 한 마리 남지 않았다……. 그래서 황제는 일년 더 독수리를 먹이기 위해 도처에서 가축을 꾸었다"(Af. 125a/219). 또는 "상인은 독수리를 집으로 데려갔다. 즉시로 그는 황소를 한 마리 잡고, 물통에 꿀을 가득 담았다. '이것이면 꽤 오래 독수리를 먹일 수 있겠지' 하고 그는 생각하였다. 하지만 독수리는 그 전부를 단 한 번에 먹고 마셨다"(Af. 125f/224). 행위의 불필요함과 부조리함이 여기에 분명히 표현되어 있다. 그후에 부유해지는 것은 그러므로 기적인 것이다.

이야기에서 독수리를 먹이는 행위와 시베리아의 예배적 현실에서 그렇게 하는 것을 대조해보기 위해서는, 이 현실을 설명해야 할 것이다. 하지만, 그것은 토템 동물을 먹여야 할 의무에 속하는 것으로, 독수리를 먹인다는 것은 그 특수한 경우일 뿐이다.

이 모든 것에서, 우리는 다음과 같은 결론을 얻을 수 있다. 즉, 독수리에게 제공된 양식이라는 모티프는 오래 된 관습에 그 기원을 두고 있다는 것이다. 역사적으로는, 동물을 먹이는 것이 그를 죽여 그의 주인에게—그의 호의를 얻을 목적으로—보내는 것에 선행하였다. 이야기에서는, 죽이는 것이 불쌍한 일로 여겨져 놓아주는 것으로 변형되며, 독수리 주인의 호의는 주인공에게 부와 권력의 요인인 물건을 주는 것이 된다.

이러한 결과는 주로 시베리아의 자료들로부터 얻어진 것이다. 독수리 숭배에 관한 시베리아의 자료들은 또 다른 점에서도 흥미롭다. 즉 그것들은, 독수리의 소유자와 독수리-마술적 조력자간에 존재하는 상호 관계를 보여주는 것이다. 독수리와 무당 사이에는 더없이 밀접한 연관이 있다. 길리악족 les Guiliaks 의 언어에서, 독수리는 무당과 같은 이름 즉 'tchame'으로 불리운다. 바이칼 지방의 통구스족 무당들에게 있어서는, 머리가 흰 독수리는 무당의 수호자이다. 그래서 그는 철판에 새겨져, 무당의 관 위에, 뿔들 사이에 놓인다. 텔레웃족에게 있어서, 독수리는 '하늘의 주인새'로 불리우며, 그는 무당의 필수적 동료이며 원조자이다. "무당을, 그 황홀경 동안에, 천상과 지하의 세계를 누비며 다니게 이끌고, 그를 위협하는 위험들로부터 지키는 것은 그이다. 또한 그를 희생된 동물들이 가리키는 바대로 여러 신들에게까지 이끄는 것도 그(독수리)이다." 무당의 옷 위에는 독수리의 깃털이나 뼈나 발톱이 달려 있다. 또한, 시베리아 민족들의 사고 개념에 따르면, 무당의 옷은 그 자체가 독수리의 상형이다. 예컨대, 통구스족 les Toungouses, 예니세이 Iénisséï 의 오스티악족 les Ostiaks 을 위시한 많은 민족들에 있어, 옷은 새 모양으로 재단되며, 거기에 날개나 깃털을 상징하는 긴 술장식이 꿰매붙여진다.[3] 이러한 자료들은, 주인공과 그의 원조자간의 단일성에 대한 보완적 증명이다.

---

3) 슈테른베르크, 「독수리 숭배」, p. 121.

4. 날개달린 말

우리는 이제 주인공의 또 다른 원조자 즉 말에게로 넘어가보자. 말이 숲의 짐승들보다, 인간의 의식과 문화에서, 더 나중에 나타난다는 것은 두말할 필요도 없다. 인간과 숲의 짐승들간의 관계는 태고적으로 소급되는 반면, 말을 길들이던 흔적들은 발견될 수 있는 것이다. 말의 출현과 함께, 또 다른 상황을 고려에 넣는 것이 불가결하다. 말은 그저 숲의 짐승들을 대치하는 것이 아니라, 새로운 경제적 기능들의 보유자로 나타난다. 말이 순록이나 개를 대치했다고는 말할 수 있어도, 말이 새나 곰을 대치하고 그것들의 경제적 기능이나 역할을 맡았다고는 할 수 없는 것이다.

그러면 이러한 이행은 민속문학에 어떻게 반영되었는가? 우리는 다시금, 경제의 새로운 형식이 즉시로 그에 대응하는 사고의 형식들을 초래하지는 않는다는 것을 보게 된다. 이 새로운 형식들이 오래 된 사고방식과 갈등하는 시기가 존재하는 것이다. 경제의 새로운 형식은 새로운 인물이나 주제들을 낳고, 이것들은 새로운 종교를 창출하게 되지만, 그러나 즉각적으로 그렇게 되지는 않는다. 말은 새라고 불리우는바, 새로운 것에 옛 이름을 투영하는 것이다. 같은 일이 민속문학에도 일어나, 말과 새가 하나로 합쳐져서 얻게 되는 것이 날개달린 말이다. "우리가 알거니와, '말'이란 원시 시대에는 '새'를 의미하기도 했다. 하지만 '새'는 의미적으로 하늘에 연관되어 있으므로, 그가 원시사의 일상적 생활과 물질적 환경 속에서 지상의 '말'을 대치하지 않았음은 물론이다."[4]

말이 새를 대치하는 것은 유라시아적 현상인 것으로 보인다. 이집트에는 말이 뒤늦게야 알려졌으며, 아메리카에서는 말이란 유럽인들의 도래에서 비롯된다.[5] 하지만 거기서도 유사한 과정이 발견되는바, 그것은 새가 아니라 곰에 관한 것이다. 아메리카 인디언의 한 신화에서, 곰들의 주인은 소년을 지하로 데리고 가서, 곰 한 마리를 원조자로 고르라고 한다. 소년은 검은 곰을 고른다. "곰들의 주인은 울부짖고 몸을 떨

---

4) 마르, 『역사상의 운송 수단, 방어와 생산의 도구들』 선집, 제3권, pp. 123~51). 〔N. Ja, Marr, *Stredstva peredviženija, orudija samozaščity i proizvodstva v istorii* (*Izbrannye raboty*, T. Ⅲ, str. 123~51). cf. 야페트 선집, Ⅰ, p. 133(Jafet, sb., Ⅰ, str. 133.)〕

5) C. Hermes, "Der Zug des gezähmten Pferdes durch Europa," *Anthropos*, 32, 1937, Heft 1~2.

더 검은 곰 위로 달려들었다. 그 아래로 들어가, 그는 그것을 공중에 던졌다. 그러자 그 대신에 훌륭한 검정말이 나타났다. "[6] 이 경우는 새로운 동물이 이전 동물의 종교적 기능들을 맡게 됨을 분명히 보여준다. 말은, '지하에서' 곰들의 주인에 의해 주어지던 마술적 원조자의 역할에 있어 곰을 대신하는 것이다. 그리고 이 말은 그의 기원을 나타내주는 특색을 지니는바, 그는 등에 곰가죽을 지니고 있다. 이것은 러시아 이야기의 시브코가 옆구리에 새의 날개들을 갖고 있는 것과 마찬가지이다. 한마디로 말해서, 두 동물간의 동화가 일어난 것이다.

아메리카에서 말의 출현이 유럽에서와 꼭같은 제의 및 민속문학적 모티프들을 야기했다는 것은 흥미로운 사실이다. 이 점을, 아누친은, 그가 연구한 스키티아의 무덤들이 아메리카 인디언들의 무덤과 그토록 유사하다는 데에서, 이미 지적하고 있다. 도시의 증언에 의하면, 죽은 자가 특히 아끼던 말이 있었을 경우, 그의 친족들은 그 말을 무덤 위에서 죽여, 그것이 죽은 자를 영혼들의 세계로 싣고 가게 하였다. 또는 말갈기를 조금 잘라 무덤에 넣어주기도 하였다. 이 갈기들은, 이야기에서처럼, 말에 대한 세력을 주는 것이었다. 이러한 예들은, 비슷한 사회적·경제적인 사실들에 따라, 비슷한 민속문학적·제의적 모티프들이 한결같이 나타남을 보여준다. 또한 이러한 예들은 말의 날개들을 설명해준다.

5. 말을 먹일 의무

말은 새의 속성들(날개)뿐 아니라 그 기능까지도 맡게 되었다. 이야기의 독수리처럼, 토템 동물처럼, 그는 더 이상 토템 동물이 아니지만 역시 먹여진다. 하지만 말을 먹이는 행위는, 짜르의 모든 가축을 먹어치우는 독수리의 환상적 탐식에 비하면, 훨씬 약화된 다른 형식을 띤다. 말을 먹이는 것은 그에게 마술적 능력을 부여하기 위함이지만, 외형적으로는 현실과 동화되어 있다. "내가 사흘 새벽을 이슬에서 풀뜯게 해다오"(Af. 95/160)라는 것은 독수리의, 그리고 위에서 보았던 다른 은혜갚는 동물들의 요청에 대한 희미한 반향이다. "나를 삼년간 먹여다오." "세 번, 그는 그것에게 옥수수[7]를 먹였다. 그리고는 그것을 타고 쏜살같

---

6) G. Dorsey, *Traditions of the Skidi Pawnee*, 1904, p. 139.

7) 옥수수 *mais*. 러시아어의 'beloyaraïa pchenitsa'는 이야기의 말들이 먹는 요술적인 곡식이다. Dal(『러시아어사전』, 1863)은 그것을 옥수수 *mais*라고 번역하는데, 만족스럽지 못한 것으로 보인다(N.d.T.).

미 떠났다"(Sm. 112).

말을 먹이는 행위는 요술적인 동물들을 먹이는 의무의 한 특수한 경우이다. 은혜 갚는 동물들도 그렇게 먹여진다. 독수리·말, 그리고 심술궂은 왕녀(또는 누이)에 의해 먹여지는 용에 이르기까지, 우리는 이 모티프의 토템적 기원을 이미 언급하였다. 실상 문제되는 것은 말을 먹이는 것보다는 그에게 마술적 능력을 부여하는 것이다. "열이틀 새벽을 이슬에서" 먹여진 후에, 그는 "빈약한 망아지"에서 영웅(주인공)이 탈 만한 불 같은 준마로 변한다. 말에게 마술적 능력을 주는 것은 이 양식이다. "이반은 해질녘에 열두 번, 해뜰녘에 열두 번, 이슬에 덮인 푸른 풀밭으로 풀뜯기러 갔다. 그러자 그의 말은 상상할 수도 꿈꿀 수도 없을 만큼, 아마 그저 이렇게 이야기로나 할 수 있을 만큼, 그렇게 힘차고 아름다워졌다. 그리고 어쩌나 영리해졌는지, 그는 그의 주인이 생각하는 것을 즉시로 알아차렸다"(Af. 107/185). 먹이에 의해 생겨나는 이 마술적 자질들은 다음과 같은 대문에서 한층 뚜렷이 부각된다. "이 모든 날 동안, 내게 귀리를 먹여다오. 그러면 나는 너를 내 발굽 밑에 감추어주마"(Sm. 341). 이 변신은 대조적 방식에 의해 미학적으로 강조된다. 즉, 먹여지기 전에는 빈약한 망아지이던 것이, 그후에는 당당한 준마가 되었다는 것이다. 빈약한 망아지라는 테마는 전적으로 이야기에 속한다. 이야기는 대조를 좋아하는바, 바로 이 같은 이유에서 바보 이반은 주인공(영웅)이고, '때투성이'는 왕녀인 것이다. 예배적 성격의 사육을 당하는 것이 왜 약하고 변변치 못한 동물인지를 설명할 만한 제의적 유사성이란 아무리 찾아보아야 허사일 것이다.

6. 무덤 저편의 말

말에 대해서는 종교적 영역에 속하는 여러 연구들이 있다.[8] 다양한

---

8) 아누친, 「장례제의의 속성들로서의 썰매·배·말」, pp. 81~226; J. Negelein, "Das Pferd im Seelenglauben und Totenkult," Zt. d. Ver. f. Volkskunde, 1901; J. Negelein, "Das Pferd in der Volksmedizin," Globus, 1901; J. Negelein, "Das Pferd im arischen Altertum," Teutonia, Heft 2, 1903; P. Stengel, "Aides klytopolos," ARW, VIII, 1905, pp. 208~13; L. Malten, "Das Pfered im Totenglauben," Jahrb. d. deutsch. Arch. Inst. Bd. 39, 1914, pp. 179~225; Radermacher, "Hippolytos und Thekla," S. Ber. Wien, ph. h. Kl. 182, III, 1916; M.O. Howey, The Horse in Magic and Myth., London, 1923; 쿠디아코프, 「카마 지방에서의 말 숭배」, 『전자본주의적 사회들의 역사를 위하여, 마르의 학문 활동 45주년을 위해 출판된 논문집』, 1933, pp. 251~280(M. Khudjakov, "Kul't konja v Prikamii," Iz istorii dokapit. formacij, Sb. statej k 45-letnej naučnoj dejatel'nosti N. Ja. Marra, 1933, str. 250~80).

자료들로부터 출발한 이 연구들이 상당히 단일한 방식으로 이르고 있는 결론은, 예전에는 말이 영혼 인도적 동물의 역할을 하였다는 것이다. 우리는 이야기의 말(에 대해서는 연구가들의 언급이 없다)이 같은 기원을 갖는지 아닌지를 규명해보아야겠다.

여기서 역사적 검토를 하기란 어렵다. 말은 여러 가지 다양한 동물들의 뒤를 잇고 있기 때문이다. 아주 오래 된 자료들은 찾아보아야 소용이 없을 것이다. 주요한 자료는 문명화된 민족들에 의해서 제공될 수밖에 없다.

우리는 앞에서, 말이 무덤에서 나오는 죽은 아버지에 의해 주인공에게 주어지는 것을 보았다. 그때는 증여자 아버지가 우리 주의의 중심에 있었지만, 이제 주의를 말에로 옮겨, 이 모티프의 역사적 기층이 어떤 것인가를 생각해보기로 하자. 전사들의 무덤에 말들을 함께 묻어주었다는 것은 잘 알려진 사실이다. "말들과 노예들을 죽여서 죽은 자와 함께 매장하여, 이들이 그를 생전에 섬기던 것처럼 저세상에 가서도 섬기게 하였다"고 퓌스텔 드 쿨랑쥬 Fustel de Coulanges 는 말한다. [9] 이것은 이야기의 "네가 나를 섬겼던 것처럼 그를 섬겨라!"는 것과 정확히 일치하는 것이다. 하지만 말이 죽은 자에게 해줄 수 있는 일이란 무엇이겠는가? 말은 의미적으로 여행의 관념과 결부되어 있다. 그 때문에, 네겔라인의 다음과 같은 지적은 전적으로 옳다. "영웅이 죽었을 때 그에게 말을 제공해주는 관습은, 더 나은 세계에로의 운반자 내지는 인도자라는 말의 기능에서 비롯되는 것으로, 에스키모족에게 있어 마찬가지로 불가결한 개와의 유추 역시 이 점을 확인해주는 바이다."[10] 에스키모족은 무덤에 개를, 그리스인들은 말을 넣는다. 하지만 여기에 한 가지 모순이 있으니, 즉 이야기에서 죽은 아버지는 그의 말과 함께 떠나는 것이 아니라 거기에 머무르며 말 또한 그렇다는 것이다. 그리스인들의 민간 신앙에서 역시 사정이 같다는 것은 흥미로운 일이다. 분트 Wundt 의 다음과 같은 지적은 순전한 착오이다. 전장에서 쓰러진 전사의 영혼은, 그리스인들이나 로마인들이나 게르만인들이 믿는 바에 따르면, 빠른 말에 실려 영혼들의 나라로 간다."[11] 어떤 경우에는 그럴 수도 있었겠지만, 그러나 그것은 고대 그리스-로마 일반에 대해서는 사실이 아

9) 『고대세계의 도시공동체』, 성 페테르스부르크, 1906, p. 11. (*Graždanskaja obščina drevnego mira*, Spb, 1906, str. 11.)
10) "Das Pferd im Seelenglauben," 373.
11) 『신화와 종교』, 성 페테르스부르크, p. 111.

니다. 원초적으로는, 이미 우리가 보았던 대로, 죽은 자는 멀리 가지 않는다. 그후에 공간 개념의 발달과 더불어 그에게 먼 여행과 비상이 귀속되기 시작했던 것이다. 하지만 마침내 정착 농업에로의 이행과 함께 이해의 반경이 땅에로 집중되고 땅에 대한 애착과 조상 숭배가 나타나자 죽은 자들은 더 이상 가버리는 것이 아니라 거기에, 집의 아궁이 가까이 나 문턱 밑에, 또는 땅 속 그들 무덤 속에, 머무는 것으로 상상되었다. 그리하여 말은 그 구체적 의미를 상실한 채, 죽은 자의 일반적 속성으로 남게 된다. 예컨대 로드가 보여주듯이, 베오티아 Béotie에서 발견된 무덤의 부근에서는, 죽은 자가 말을 타거나 말고삐를 잡고서 헌물을 받는 모습이 나타나는 것이다. [12] 네겔라인도 그리스와, 나중에는 기독교의 무덤 포석에 말이 나타나는 것을 보여준다. "그것은 영웅의, 즉 이후로는 일반적으로 죽은 남자의, 필수적 속성이다." [13] 로드는, 말은 여기에서 "영혼들의 세계로 들어가는 죽은 자의 상징"이라는 조심스러운 가설을 제출하고 있다.

말텐 Malten은 좀더 구체적으로, 헬레니즘의 민간 신앙에서는 죽은 자가 동시에 말의 형상과 말을 탄 자 즉 말의 소유주로 나타난다고 본다. 그 어느 쪽도 이행을 말하지 않는다. 자료들의 비교 연구는 죽은 자-동물이 죽은 자 더하기 동물로 변했음을 보여주는바, 이는 말텐은 보았지만 로드는 보지 못했던 이원성, 즉 죽은 자는 말인 동시에 말의 소유자라는 것을 설명해준다. 이야기에는, 또 다른 모순, 다른 차원의 모순이 존재한다. 즉, 말을 타고 날아가는 것이 아버지가 아니라 아들이라는 것이다. 말을 타고 날아간다는 것은, 농경 이전의, 보다 오래 된 현상으로, 주인공이 새의 모습으로 또는 새를 타고 날아가는 것으로부터 발전한 모티프이다. 무덤 속에 말과 함께 머무는 아버지는 보다 나중의 현상으로, 조상 및 조상의 무덤에 대한 숭배의 반영이다. 이후로 아버지는 말을 타고 날아가지 않게 된 것이다.

여기서 우리는 다시금, 이야기는 몇 가지 세부들에서 그리스 종교보다 더 고대적인 특성들을 드러낸다는 사실을 지적할 수 있다. 이야기에서 말은 죽은 자에 의해 주어지지만, 그리스 신화에서 말을 주는 자들은 항상 신들이다. 예컨대 벨레로폰 Bellérophon에게 페가서스 Pégase를 길들일 수 있게 하는 고삐를 주는 자는 아테나 여신이다. 이야기에

---

12) Rohde, *Psyche*, I, 241.
13) Negelein, "Das Pferd im Seelenglauben," 378.

서는, 마술적 주문을 가르쳐주거나 말갈기 또는 말고삐를 주는 것이 아버지이다.

지금으로서는 이러한 지적들에 그쳐두기로 하자. 그것들만으로도 죽은 자와 함께 무덤 속에 있는 말이라는 모티프의 역사성이 드러나며, 그것들은 또한 우리가 처음에 제기하였던 질문에도 답해준다. 즉, 고대 종교에서와 마찬가지로 이야기에서도, 말은 영혼 인도적 *psychopompe* 동물인 것이다.

7. 거부되고 대치된 말

방금 검토한 모티프에서, 말은 영혼 인도적 동물로 나타났던바, 이야기는 종교에서 말의 역할에 대해 연구가들이 도달하였던 결론을 확증한다. 이러한 결론은 거부된 말 또는 가짜 말의 검토에 의해서도 확증될 수 있다. 살아 있는 아버지에 의해 전해진 말은 적당치 않으며, 무덤 저편의 말만이 요술적이다. "모든 말들을, 그는 한 마리씩 엉덩이를 때려보았다. 그랬더니 모두가 차례로 풀베이듯 넘어졌다. 500마리 중에서, 그의 마음에 드는 것이라곤 한 마리도 없었다. 그래서 왕자는 아버지를 향해 돌아섰다. '아버지, 아버지 말들 중에는 한 마리도 내 마음에 드는 것이 없어요. 그러니 안녕히 계세요, 저는 들판으로 가겠어요. 거기에는 푸른 초원을 가로질러 뛰어다니는 말들 중에, 제 마음에 드는 것이 있을지도 모르지요.'"(Af. 104f/176).

이반이 길을 떠나면서 타는 말, 보통 말은 적당치 않다. 야가도 그에게 그렇게 말하며, 그 때문에 주인공은 그녀의 집에 도착하여 흔히 말을 바꾸게 되는 것이다. "그녀는 그에게 그의 말을 거기에 남겨두라 하고, 자기의 날개달린 말을 빌려주어 자기 둘째언니에게 가게 했다"(Af. 104a/171).[14] 둘째언니의 집에서는 이 말이 날개 넷 달린 말과 교환되며, 셋째언니의 집에서는 날개 여섯 달린 말과 교환된다. 이것은 왜 아버지의 보통 말이 적당치 않은가를 설명해준다. 아버지의 말은 날개가 없는 지상적 피조물일 뿐인데, 저세상에 들어가기 위해서는 그와는 다른 말이 필요한 것이다.

8. 지하실의 말

하지만 그렇다면 알맞는 말이란 어떤 말인가? 야가는 그것을 분명히

---

14) 착오 : 문제의 이야기에서는 이 '그녀'가 야가가 아니라 '아름다운 소녀'이다(N.d.T.).

말한다. "아, 네 아버지는 좋은 말 한 마리 없단 말이냐? 자, 귀를 빌려다오. 좋은 말이 한 마리 세 개의 문 뒤에서 그 문들을 발굽으로 뚫어 버리려 하고 있어!"(Af. 104e/175). 아버지의 마굿간에서 가져간 말은 적당치 않다. 지하 묘소에서 나온 말만이 적당하다. 이야기에서는 그것이 단순히 지하실이고, 때로는 '지하 보고'일 때도 있지만, 세부적 사실들로 미루어보아 그것은 실제로 무덤임에 의심할 여지가 없다. "너른 들판으로 가거라. 거기에서 너는 열두 그루의 떡갈나무를 보게 될 것인데, 이 나무들 아래에 포석이 하나 있다. 그리고 그것을 들치면 네 선조의 말이 나타날 것이다"(Sk. 112). "이 돌 아래에 지하실이 있었고, 이 지하실에는 혈기왕성한 세 마리 준마가 갇혀 있었으며, 벽에는 갑옷과 무기들이 걸려 있었다"(Af. 77/137). "노파는 그를 산으로 데려가 그 장소를 보여주었다. '여기다, 파라!' 이반 왕자는 팠다. 〔……〕 포석을 들어올리고, 그는 지하로 내려갔다"(Af. 93a/156). "이 산에는 굵기가 20 베르쇼크[15]되는 떡갈나무가 한 그루 있었고, 그 나무 아래에 지하 묘소가 있었다. 그 안에는 두 마리 종마가 문 뒤에 갇혀 있었다"(Us. On., p. 143). 이것들은 무덤의 명백한 표지들이다. 산과 돌과 포석, 그리고 나무까지도, 이 지하실이 무덤이라는 것을 상당히 분명히 보여준다.

이반이 이 지하실로 내려가면, 말은 그를 보고 기쁨으로 힝힝거린다. 그리고 이반이 문을 부수는 동안, 말은 그의 사슬들을 부수어버린다. 우리는 위에서 마술적 수단이 모계적으로 전수됨을 보았거니와, 입문자는 자기 처족의 토템 표지를 받곤 하였다. 하지만 여기서는 그와 달리, 말은 부계적으로 전수된다. 주인공이 받는 말은 '네 할아버지와 증조할아버지의' 것이었다. 말의 기쁜 울음 소리는, 마침내 말의 진정한 소유자, 말의 계승자가 나타났음을 보여준다.

이 모티프의 분석은 이야기에 나오는 말의 사후(死後)적 성격에 대한 귀납을 확증해주며, 말과 그 소유자의 선조들간의 관계에 대한 분석을 완성시켜준다.

9. 말의 털빛

이러한 자료들에 비추어볼 때, 말의 털빛도 우리에게 무관하지 않다. 이야기는 존재하는 거의 모든 빛깔들을 들고 있는 것이 사실이다. 말은 회색·갈색·다갈색·적갈색 등등이다. 이러한 다양성은 물론 현실의

---

15) 베르쇼크 verchok는 4.4cm와 같다(N.d.T.).

반영이기도 하지만, 또한 그것은 부분적으로는 이야기에서 말이 흔히 세 마리로 나타나 이 세 마리 말들 각자에 다른 빛깔이 부여되기 때문이기도 하다. 이러한 다양성의 보다 면밀한 검토는 특히 두 가지 빛깔 즉 회백색과 적갈색의 우세함을 보여준다. 말은 회고, 거의 은빛이다. "그의 갈기들은 은으로 되어 있었다"(Af. 78/138). 즉 그것은 눈부신 흰색, '청백색'(Sm. 298)이다. 검정·회색·흰색의 세 마리 말 중에서, 흰말이 세번째, 즉 가장 강하고 가장 아름다운 말이다(야보르스키 Yavorsky, 27, p. 312. 검정·적갈색, 그리고 흰색, Af. 106c/184). 그런가 하면, 회색·검정·적갈색의 세 마리 말 중에서는, 흔히 적갈색 말이 마지막으로 지명된다(Af. 79/139). 용과의 싸움을 나타내는 러시아의 성화상에서, 말은 거의 항상 아주 흰색이거나 불타는 빨강이다. 이 경우 빨강은 명백히 불꽃의 빛깔로서, 말의 불 같은 성격에 상응하는 것이다.

흰색으로 말하자면, 그것은 저세상의 빛깔인바, 이 점은 네겔라인와 흰색의 의미에 대한 연구에서 아주 분명히 입증되었다.[16] 흰색은 육체적 연고를 상실한 존재들의 빛깔이다. 유령이나 환영들은 그 때문에 희다. 또한 흰 말이 때로 보이지 않는 말로 말해지는 것도 우연이 아니다. "어느 나라, 어느 곳에, 푸른 초원이 있어, 보이지 않는 암말 한 마리가 열두 마리 망아지들과 함께 뛰논다"(Sm. 184). "그리고 그는 짜르로부터 보이지 않는 말을 선물로 받았다"(Sm. 181). 어떤 경우에, 그것은 '청백색 말'이라고도 불리운다(Sm. 298). "그의 갈기들은 은으로 되어 있다" 같은 표현 역시 그것이 희며, 이 흰색이 눈부셔 보이지 않음을 나타내는 것이다. "아무도 그 말을 타거나 똑바로 바라볼 수도 없다"(Khoud. 36) 같은 표현도 거기서 나오는 것이다.

말이 예배적 역할을 하는 곳에서는 어디에서나, 그는 희다. "부리아트족에게 있어, 울레 Oulé 왕국의 주인인 나가드-사간-조린 Nagad-Sagan-Zorine은 흰 발굽이 달린 흰 말의 소유자로 묘사된다."[17] 야쿠트족의 한 신화에서, 뱀은 빈정거리며 주인공에게 무덤 저편의 말을 타보라고 하는바, 주인공이 타는 그 말은 온통 회고 등 한가운데에 새처럼 은빛 날개들이 달려 있다.[18] '온통 흰 말'이란 야쿠트족에게는 흔한 것이기도 하다.[19] 그리스인들에게 있어서는, 제의적 희생의 말들이 흰색이었

16) J. Negelein, "Die Volkstümliche Bedeutung der weissen Farbe," ZfE, 1901, p. 79.
17) 겔레닌, 『온곤의 예배』, 218.
18) 『베르호얀스크 Verkhoïansk 선집』, p. 142.
19) Ibid., p. 137.

다. [20) 요한계시록에서도, 죽음은 '창백한 말'을 타고 있다. [21) 게르만의 인간적 사고 개념에 있어, 죽음은 희고 마른 노마(老馬)를 타고 있다. [22) 호라티우스 Horace 가 죽음을 'pallida mors(창백한 죽음)'이라 하는 것도 우연이 아닌 것이다. 이러한 예들은, 말의 털빛이 무관하지 않음을 증명해주는바, 통계적 자료가 말의 회색이나 흰색이 가장 혼한 색이 아니라 한다고 해도, 그것은 아무것도 증명하지 못할 것이다. 왜냐하면 청백색 말이 이야기에서나 저승 개념에서 다 같이 나타난다는 사실은, 거기에서 말의 가장 오래 된 형태를 보게 하며, 그밖의 빛깔들에서는 사실적 변형들만을 보게 하기 때문이다.

10. 말의 불 같은 성격

말의 털빛의 연구는, 그것이 때로 적갈색임을 보여준다. 용을 때려눕히는 말탄 성 게오르크를 나타내는 성화상에서, 그것은 빨갛다. 여기에서 말의 불 같은 성격에 관련된 세부들, 즉 그의 콧구멍에서는 불꽃이 뿜어져나오고 그의 귀에서는 불과 연기가 나온다는 등의 세부들을 반복할 필요는 없을 것이다. 우리가 해야 할 것은, 그러한 현상을 설명하는 일이다.

말이라는 형상은 왜 어떻게 불의 개념과 관련되는가? 어떻게 그러한 관계가 형성되었는가를 보여줄 만한 자료들이 있는가? 우리가 알거니와, 말의 근본적 기능은 두 세계간의 중개 구실을 하는 것이다. 그가 주인공을 열의 세곱절째 왕국으로 실어나르는 것이다. 다양한 민간 신앙에서, 그는 흔히 죽은 자를 죽은 자들의 나라로 실어나른다.

그런데, 불도 역시 이 중개 역할을 한다. 아메리카, 아프리카, 오세아니아, 시베리아 등지의 상이한 신화들에서, 주인공은 동물들이 아니라 불에 힘입어 하늘에 오르는 것이다. 몇 가지 예를 들어보자. 야쿠트족에게서 발견되는 예는 이렇다. "그리고 나서 그는 사젠[23)되는 무덤을 파서, 거기에 큰 불을 피워, 일곱 그루의 나무를 통째로 태웠다. 그리고 그는 젊은 흰 매의 모습으로 날아올랐다."[24) 그러니까, 하늘에 오르기 위해, 주인공은 큰 불을 피워 올라가는 것이다. 흥미로운 것은 그

---

20) Stengel, *op. cit.*, p. 212.
21) Malten, *op. cit.*, p. 188.
22) *Ibid.*, 211.
23) 한 사젠 *sagène*은 2.13m와 같다(N.d.T.).
24) 『베르호얀스크 선집』, p. 97.

렇게 하면서 그가 새로 변한다는 사실이다. 이것은 동물 형태적인 옛 표현이 아직 잊혀지지 않았으며 동물로의 변신이라는 옛 전통이 새로운 요소, 불의 요소와 결합함을 보여준다. 그러나 여기에서, 원초적인 것은 불이 아닐까? "훨씬 후에는, 시체의 화장에서 하늘에로의 송환을 보게 되었다"고 젤레닌은 말한다.[25] 미크로네시아의 한 신화의 주인공은 하늘에 있는 아버지를 다시 만나려 애쓴다. 그는 날아보려 하지만 되지 않는다. "그는 그의 바라는 것을 포기하지 않고, 큰 불을 피워서, 연기의 도움으로 두번째에는 하늘에 오르기에 성공하였으며, 거기에서 마침내 아버지를 포용할 수 있었다."[26] 시체들의 화장뿐 아니라 제물을 불 위에 희생시키는 것의 기초가 되는, 이 현상에 대해서는 길게 말할 필요가 없을 것이다. 그러니까 동물들과 마찬가지로 불도 때로는 두 세계간의 중개자로 이해된다. 말이 나타나면, 불의 역할이 말에게로 전이된다. 이 전이는 이야기에서는 발견되지 않지만 그 또 다른 예는 종교이다. 여기서 우리는 이야기의 역사적 단계들에 해당하는 두 가지 사실들을 지적할 수 있다. 즉, 한편으로는, 불의 숭배와 말의 숭배간에 존재하는 관계이며 그 고전적인 예는 인도에서 발견된다. 다른 한편으로는 샤마니즘에서 불과 말이 하는 역할이다. 말이 항상 존재하였으며 아마 거기서부터 전세계로 퍼져나갔을 나라는 인도이다. 그리고 바로 베다 종교에서, 우리는 아그니 Agni 신의 모습을 통하여 말-불의 가장 완전한 발달을 보게 된다. 신성한 말의 번제 예식을 올덴베르크 Oldenberg는 이렇게 묘사하고 있다. "대사제가 사제들 중 하나에게 명한다. '말을 데려오라.' 말은 불을 비벼 지피는 곳에서 아주 가까이에 두어져서 그 모든 과정에 참관할 수 있게 된다. [……] 말이 아그니의 화신인 것은 의심할 바 없다."[27] 여기서 말은 단순히 어떻게 마찰로부터 불이 지피는가를 볼 뿐이지만, 베다의 찬가에서는, 마찰을 통해 얻어지는 것이 바로 그이다. "아그니, 두 막대기를 비벼 태어난 자여."[28] 아그니가 말과 혼동되는 것은, 그를 구성하는 많은 세부들에 의해서뿐 아니라, 그의 본성, 그의 근본적 기능에 의해서이다. 그는 두 세계간의 사자(使者)

25) 『온곤의 예배』, 257.
26) Frobenius, *Weltanschauung*, 116.
27) H. Oldenberg, *Die Religion d. Veda*, 1894, p. 77.
28) H. Ludwig, *Der Rigveda oder die heiligen Hymnen der Brahmana. Zum ersten Mal vollständig ins Deutsche übersetzt*, I～V, Prag, 1876～1883. 이후 『리그베다』로 인용.

역할을 하는 신이며, 불로써, 죽은 자들을 하늘로 데려가는 자인 것이다. 베다의 종교는, 사회 진화의 단계에 있어, 이미 매우 나중의 현상이다. 『리그베다 Rigveda』는 신학적 작품으로서, 하지만 민중적 사고 개념들의 간접적이기는 하지만 이의의 여지 없는 반영이다.

여기서 이야기의 말이, 베다의 말 아그니와 마찬가지로, 마찰에 의해 얻어진다는 점을 강조할 필요가 있다. 『리그베다』는 두 개의 막대기의 마찰에 의한 불의 획득이라는 가장 오래 된 형태를 보존하고 있는 반면, 이야기는 그것을 보다 현대적인 방식 즉 부싯돌과 부시로 대치하고 있는 것이다.

베다의 아그니와 러시아의 이야기에 나오는 말간의 전적인 대응 관계는, 양자간의 비교를 특별 연구 대상이 되게끔 할 만한 것이다. 베다 시대의 배화(拜火)에 관한 연구에서 오브시아니코-쿨리코프스키 Ovsianiko-Koulikovsky 는, 불의 신인 아그니에 관한 수백 개의 수식어를 수집하였다.[29] 수식어들의 연구란, 그 문맥을 떠나게 되면, 그릇된 결론에도 이르기 십상이지만, 그렇다 하더라도, "등이 밝은," "불의 입을 가진," "불의 머리를 가진," "연기가 그의 표짓인," "머리칼이 황금인," "이가 황금인," "수염이 황금인" 등등 불말신(火馬神)에게 적용되는 수식어들은 이야기와 너무나 비슷하므로, 무관한 것이라고는 생각하기가 어렵다. 그것들은 이야기의 사고 개념들과 비슷한 개념들에 의거해 있기 때문이다.

이러한 관계는 우리를 너무 멀리까지 끌고 갈 터이므로, 여기서는 다루지 않겠다. 우리로서는, 두 세계간의 중개인 불말이 국가의 단계에 도달한 마육(馬育) 민족의 종교에서 나타난다는 사실을 안 것으로 족하다. 아그니의 연구는 우리로 하여금 말의 본성을 설명하게 해준다. 말의 본성은, 두 세계간의 중개자로서의 말의 개념과 불의 개념간의 접속에서 비롯되는 것이다. 새-말, 말, 불이라는 세 가지 기본 요소들 중에서, 새가 가장 오래 된 요소라면, 불은 가장 나중의 요소이다.

이미 말했던 대로, 두 세계간의 이 중개 역할은, 신성(이는 베다 종교의 문화가 그러하듯이, 진전된 문화의 표지이다)뿐 아니라 무당에 의해서도 밑아질 수 있었다. 그리고 무당 역시 말의 도움으로 행하는 것이다. 슈테른베르크는 그가 목격하였던 강신(降神)의 연회(演戲)를 이렇게 묘사

<hr>

29) 오브시아니코-쿨리코프스키, 『베다 시대의 불 숭배의 역사에 관한 시론』, 오뎃사, 1887. (D.P. Ovsjaniko-Kulikovskij, *K istorii kul'ta ognja v epolchu Ved*, Odessa, 1887.)

한다. "만일 악마가 병자를 고치기를 완강히 거부하면, 무당은 특별한 신령을 불러낸다. 이는 불덩어리로 변하여 무당의 뱃속으로 들어가서, 그의 몸 각 부분들로 번져간다. 그리하여, 연희 동안, 무당은 입과 코와 몸의 모든 부분들로부터 불을 뿜어낸다."[30] 이러한 예는, 입과 눈과 귀에서 뿜어나오는 불이 이야기에만 있는 것이 아님을 보여준다.

난센 Nansen 에 의하면, 이러한 사고 개념은 에스키모족에게서도 존재한다. 그들에게 있어 "무당의 변별적 특징은 불을 뱉는다는 것이다."[31] 그런데 이것은 일반적으로 검은 무당에 대해서만 사실이다. 난센은 그것을 중세 유럽의 불뱉는 악마와 비교하면서 아마도 불뱉는 무당이라는 관념은 유럽의 영향으로 형성되었으리라고 추정하는데, 사실은 그 역이다. 불뱉는 악마란, 산 자들의 나라와 죽은 자들의 나라간의 불의 중개에 대한 마지막 형상화이다. 같은 사고 개념은 아프리카의 요루바 Yoruba 부족에게도 존재한다. 신화의 주인공인 샹고 Chango 는 아버지로부터 막강한 마술적 수단을 받아서 삼킨다. 회합이 열려 모두가 차례로 발언하게 된다. 주인공의 차례가 오자, "그의 입에서는 불이 나왔다. 모두들 두려워했다. 샹고는 그가, 마치 신과도 같이, 아무것에도 더 이상 종속되어 있지 않음을 깨닫자, 발로 땅을 차고 떠올라갔다."[32] 우리는 여기에서 불에 의한 나중의 상승들——선지자 엘리야 불병거[33]를 위시하여——의 원형을 본다. 하지만 말이 샤머니즘과 관계가 있다면, 그것은 단순히 그 불을 뱉는 성질 때문만은 아니다. 무당은 흔히 말을 조수로 사용하거나, 또는 말과 관련되어 있는 것이다.

포포프 Popov 는 야쿠트족의 강신 연희를 이렇게 묘사한다. "무당이 들어온다. 사람들은 그가 옷입는 것을 거들며, 그에게 한줌의 흰 말갈기를 준다. 그러면 그는 그 일부를 불 속에 던지는바, 이것은 불에 탄 갈기의 연기를 매우 좋아하는 신령들에 대한 속죄의 희생으로서이다."[34] 덧붙여 무당은 흰 암말의 가죽 위에 앉아 있다는 사실도 말해두어야 할 것이다. 불에 탄 갈기 냄새라니 신령들은 무슨 야릇한 취미인가, 무슨 야릇한 속죄의 희생인가 하고 생각할 수도 있을 것인데, 이야기는 말갈

---

30) 슈테른베르크, 「길리약족의 종교」(『원시종교』, pp. 31~50), p. 46.
31) F. Nansen, *Eskimoleben*, 1903, p. 252.
32) Frobenius, *Weltanschauung*, 235.
33) R. Holland, "Zur Typik der Himmelfahrt," *ARW*, xxxii, 1925.
34) 포포프, 「샤머니즘에 관한 자료들」, 『동방의 문화와 저술』, 제 3 권, 바루, 1928. (A. Popov, "Materialy po šamanstvu," *Kul'tura i pis'mennost' Vostoka*, t. Ⅲ, Baku, 1928.)

기를 태우는 것이 신령들을 나타나게 하는, 심지어는 그들이 원하든 원치 않든 나타나도록 강제하는 마술적 수단임을 분명히 보여준다. 말갈기 터럭 셋을 태우기만 하면 말이 나타나는 것이다. 그리고 무당은 바로 그렇게 하고 있다.

우리가 다루고 있는 예에서, 무당에게 나타나는 것은 말이 아니라 신령이며, 그 모습은 묘사되지 않는다. 하지만 우리가 알거니와, 무당의 조수들 가운데에는 말들도 있다. "부리아트 전설에서, 어떤 죽은 무당들은 회거나 검거나 얼룩진 말의 소유자로 간주된다. 그들은 생전에 그것을 타고 여행하였으며, 이제는 그것을 타고 이웃을 방문한다는 것이다."[35] 미누신족 Les Minoussines 에게서는, 무당은 "텔레웃족의 수호자"라고 불리우는 온곤에게 이렇게 말을 건넨다. "청회색 말을 타고, 너는 쿠즈네츠크 Kouznetsk 산들로부터 정오에 여기까지 왔다." 야쿠트족의 한 신화에서는, 악마가 이렇게 행동한다. "그래서 악마는 북을 뒤집어 놓고 그 위에 올라서서, 그것을 막대기로 세 번 쳤다. 그러자 북은 다리가 셋인 암말로 변하여, 그는 그것을 타고 동쪽으로 떠났다."[36]

11. 말과 별들

여기에서 말과 관련된 또 다른 특성을 지적해야겠다. 그는 "옆구리에 별들이 뿌려 박혔으며, 이마에는 환한 달이 있다." 하늘과 땅의 중개자인 말이 하늘의 표지들을 갖는다는 것은, 쉽게 상상할 수 있는 일이다. 『리그베다』에서, 하늘은 진주들로 장식된 말에 비유된다. "진주들로 장식한 검은 말처럼, 피타르 Pitar 는 별들로 하늘을 장식했다"(『리그베다』 XI, 8, 11). 여기에서, 루드비히 Ludwig 는, 말이 천상의 상징으로 간주됨을 지적한다. 우리는 여기에, 흔히 달과 동일시되는 아그니를 비교해볼 수 있을 것이다(『리그베다』 II, 2, 2). "하늘의 사자(使者)처럼 그대는 매일 밤 인류를 비춰는도다."

하지만 밤하늘을 나타내는 말이란, 낮의 말, 태양의 말로부터 이차적으로 생성된 것일 수도 있다. 달-말의 이미지에 무엇인가 인위적이고 어색한 것이 있다고 한다면(그리고 이 이미지는 별로 흔치 않다), 반대로, 태양신 헬리오스 Hélios 의 마차, 인드라 Indra 의 마차, 라 Râ 신의 태양의

---

35) 겔레닌, 『온곤의 예배』, p. 299. 시베리아 민족들간에는, '울루 ouluo'라는 말은 마을, 천막들의 무리, 부족 등의 뜻을 갖는다(N.d.T.).
36) 『베르호얀스크 선집』, p. 142.

배 등은 웅장하고 아름다운 이미지들이다. 하지만 이 이미지들은 이야기에까지 전해지지 않았으며, 그러한 신들에 대한 신앙이 사라짐과 동시에 사라졌다. 그것들은 아주 부차적인 에피소드들 속에 희미한 반향으로밖에 남아 있지 않다. 예컨대, 바바 야가가 그것을 타고 "매일 날아서 세계를 일주하는" 암말이라든가(Af. 94/159) 또는 아름다운 바실리사 이야기의 세 기사들 같은 것들이다. 이야기는 태양을 그 역학 속에 반영하고 있지 않다. 이야기에서 태양은 왕국이라든가 궁전으로 나타나는 바 이 점에 대해서는 다시 말하게 될 것이다. 마찬가지로 흥미로운 것은 입이나 콧구멍에서 나오는 불의 이미지가 이집트 종교에서는 태양 그 자신에게 귀속되며 이러한 관점에서 이야기의 말은 태양을 반영할 수도 있다는 사실이다. "오 그대(태양신 또는 단순히 태양인 라), 그대의 말 속에 있으며, 그대의 원 가운데서 빛나는 자여, 그대는 지평선에서 떠올라 하늘의 황금처럼 빛난다…… 그대는 입에서 불의 물결들을 쏟아놓는다……"(『사자의 서』, XVII).

12. 말과 물

이야기에 나오는 말의 또 다른 특성은 그의 물과의 관계이다. 이 관계를 그는 그의 아시아와 유럽의 동료들, 즉 인도의 아그니와 그리스의 페가서스와 함께 공유한다. 물론 파도의 말이란 이야기에서는 다소 이례적이고 드물며 항상 주인공의 보조자는 아니다. 그는 밤에 나타나 수확을 망치며 건초를 먹고 짓밟아놓으므로, 형제들은 그를 잡아야 할 임무를 띠게 된다. "자정이 되자 바람이 불고 파도가 일렁이기 시작한다. 그리고 물 속 깊이로부터 요술적인 암말이 나타난다. 그것은 첫번째 낟가리에로 돌진해가서는 멈춰서 먹기 시작한다"(Af. 60/105). 하지만 마술적 원조자―말도 때로 물과 관계를 갖는다. 우연히 만난 노인은 주인공에게 이렇게 말한다. "네 아버지에게는 모두 비슷한 서른 마리의 말들이 있다. 집에 돌아가서 마부들에게 명하여 그들을 푸른 물의 호숫가로 데려가 물을 먹이게 해라. 그 중에 한 마리가 물 속 멀리까지, 목이 잠기기까지 나아갈 것이다. 그가 마시기 시작하면 파도가 일어 이쪽 언덕에서 저쪽 언덕까지 일렁일 것이다. 그것이 네가 가져야 할 말이다!"(Af. 93b/157).

그 지하적·사후적 성격에 비하면, 말의 수성(水性)은 이차적이고 뒤늦은 현상이다. 말텐은 그리스에서, 올덴베르크는 인도에서 각각 그것을 지적하였다. 이야기의 말과 꼭같이, 그리스의 페가서스도 물과 연관되어 있다. 그는 발굽질을 하여, 헬리콘 Hélicon 산 위에 히포크레느 Hippocrène 샘이 솟게 하는 것이다. 그 본래의 지하적 성격은 여기서도 명백하다. 아테나에게서 받은 고삐를 가지고, 벨레로폰은, 아크로코린트 Acrocorinthe 산 위의 피렌느 Pirène 샘에서 물을 마시고 있는 그를 잡는다. 바다의 신 포세이돈 Poséidon 의 신적인 말들은 물과의 이 연관을 한층 뚜렷이 드러내준다. 포세이돈은 때로 그에게 간절한 기도로써 탄원하는 자들에게 그 말들을 주었는데, 펠롭스 Pélops 도 그렇게 얻은 말들 덕분으로 외노마오스 Œnomaos 를 마차 경기에서 이기고 신부를 얻는다. 마찬가지로, 아르고 선(船)의 일행 les Argonautes 도 이중의 황금 갈기가 달린 말이 바다에서 솟아나는 것을 본다.

말텐의 연구에 의하면, 포세이돈은 항상 바다의 신이었던 것은 아니고, 더 옛날에는 대지의 신이었다고 한다. 원초적으로는 동일한 지하의 신이 "알곡과 생의 풍요에 책임을 지고" 있었던 것이다.[37] 그때에 이미, 그는 말과 연관되어 있었다. "해양적 인구들을 통하여, 보다 정확히는 바다의 식민화를 통하여, 단물의 주인은 바닷물의 주인이 될 수 있었다."[38] 그리고 그가 바다의 신으로 변함에 따라 그의 말들은 바다의 말들이 되었던 것이다.[39] 실상 파도에서 솟아나는 말이라는 이미지는 일차적 이미지일 수 없으며 역사적 과정, 그리스에 있어서는 방금 살펴보았던 것과 같은 과정의 결과일 수밖에 없다. 그 비슷한 것이 인도에서도 일어난다. 천상의 신 아그니에 대해, 그는 'apam napat(물의 아이)'라고 말해진다. 올덴베르크는, 이 'apam napat'란 예전에는 수성적(水性的) 존재이던 것이 아그니와 혼동된 것이리라고 추정한다. 그는 "바다의 물거품으로 된 옷을 갖고 있다"(『리그베다』, V, 65, 2). "그대는 물로부터, 순수히, 나온다"(Ibid., Ⅱ, Ⅰ), "호수의 물이 그에게 유익하다"(Ibid., Ⅲ, Ⅰ, 3) 등등.

13. 기타의 마술적 원조자들

말과 독수리만이 주인공의 원조자들은 아니다. 여기서는 이야기에 나오는 마술적 원조자들의 완전한 명단이나 체계를 제시하는 것은 불가능

37) Malten, *Das Pferd*, 179.
38) *Ibid.*, 179.
39) *Ibid.*, 179, 181, 185.

하므로 그 중에서 가장 중요한 것들만 검토해보기로 하겠다. 동물 원조자들의 가장 전형적인 예들인 독수리와 말을 검토해보았으니 이제 인간의 형태를 한 몇몇 원조자들을 간단히 살펴보자.

마술적 원조자들의 한 특별한 범주는 일련의 다양한 '전문가들'로 이루어진다. 흔히 그들은 형제들로서 각자가 특징적인 기술이나 재능을 가지고 있다. 때로는 우연히 만나게 되는 거인들로서 그들은 외관으로나 성격으로나 전혀 이례적인 인물들이다. 그들의 수효는 매우 많다. 볼트와 폴리브카의 색인에 따르면 열댓 명은 들 수 있다.

이 조력자들 중에서 가장 눈에 뜨이는 것은 '꽁꽁 얼기 *Le Gel Craquant*' 또는 '얼음장 *Le Glaçon*'이라 불리우는 인물이다. 그는 다양한 방식으로 묘사되며, 때로는 전혀 묘사되지 않는다. 어떤 이야기에서는, 그는 머리를 동인 노인으로 나온다. "──당신은 왜 머리를 동이고 있소? ──왜냐하면 머리칼을 싸맸기 때문이지요. 내가 머리칼을 풀어내리면, 얼음이 얼기 시작할 거요"(Khoud. I, 33). 그림 형제들도 그를 비슷한 방식으로 묘사하고 있다(n° 71). 그는 벙거지를 비스듬히 쓰고 있다. 주인공이 그에게 그 점을 지적하자, 그는 이렇게 말한다. "만일 내가 모자를 귀 위로 바로 눌러쓰면, 날이 하도 꽁꽁 얼어붙어 날던 새도 얼어 떨어질 거요."

러시아의 이야기에는 이런 인물들 중의 또 하나가 한층 생생히 묘사되어 나타난다. "아주 나이 많은 노인이 콧물을 흘리며 길을 가고 있다. 그의 코에 매달린 콧물은 지붕에 매달린 고드름처럼 얼어 있다"(Sm. 183). 이 '꽁꽁 얼기'의 기능은 항상 같다. 왕녀는 주인공들로 하여금, 그들을 죽여버리기 위해, 물이 펄펄 끓는 한증막을 준비하게 하는데, 그럴 때 '꽁꽁 얼기'가 행동을 개시한다. "그는 급히 목욕탕에 뛰어들어, 한 구석에서 입김을 내불고, 다른 구석에서 침을 뱉고 하였다. 그러자 한증막은 하도 차게 식어서, 바닥에 눈이 덮였다"(Af. 77/137).

이 인물의 성격을 규정하기는 쉽다. 그는 날씨의 주인, 겨울과 결빙의 지배자이다. 이러한 인물들은, 예컨대, 아메리카 인디언들의 신화에서도 발견된다. "여러 해 전에, 날씨가 무지하게 추웠다. 강의 샘 근원들에는 커다란 빙하가 있어서, 모든 추위가 거기서 오는 것이었다. 모든 짐승들이 그런 추위를 만들어내는 자를 죽이기 위해 차례로 그곳으로 갔으나 모두가 얼어버렸다. (늑대도 자기 차례를 시험해보았으나, 마찬가지로 얼고 만다. 마침내 여우가 그곳에 간다.) 여우는 빙하 앞으로 달려갔다. 그의 발자국마다 발 밑에서 불이 튀었다. 그는 ('꽁꽁 얼기'가 살고 있는) 집 안으로 들어가 한번 발을 굴렀다. (이어 네 번을 이렇게 한다.) 네번째에 는 모든 얼음이 녹고 날씨가 다시 따뜻해졌다."[40]

이 경우에, 결빙과 한파의 주인은 인간에게 적대적이다. 하지만 그는 저세상에 들어가기에 성공한 주인공에게는 굴복한다. 흥미로운 것은, 러시아의 한 이야기(Sm. 183)에서, '꽁꽁 얼기'가, 마치 모든 은혜 갚는 동물들처럼, 이렇게 청한다는 사실이다. "암말의 아들 이반아, 나를 먹 여다오, 그러면 내가 네게 도움이 될 때가 있을 거야!" 우리가 앞에서 보았듯이, 이것은 독수리가 하는 부탁 그대로이다. 여기에서는, 주인공 이 원소들의 주인을 굴복시키고 그의 섬김을 받을 수 있다는 생각이 반 영된 것이라 할 수 있다. 주인공은 바로 그렇게 행한다. 그가 일반적으 로 이러한 존재들을 우연히 만나 집으로 데려가는 것은 사실이지만, 이 우연이란 원소들의 주인을 굴복시키기 위한 다른 시도들도 감추고 있음 이 명백하다. 그 시도들 중의 하나가 여기서 "나를 먹여다오!"라는 말 로써 표현된 속죄의 희생일 것이다.

같은 부류의 또 다른 인물은 '콧수염'이다. "그는 큰길을 따라가다가 폭이 세 베르스타나 되는 강에 이르렀다. 강언덕에는 큰 거인이 입으로 강물을 막고서 콧수염으로 고기를 낚아다가, 혓바닥으로 튀기고 있었 다"(Af. 81a/141). '콧수염'이 무엇에 해당하는 인물일까를 상상하려 한 다면, 우리는 절로 방죽과 저수지의 이미지를 떠올리게 될 것이다. 달 리 말해서, '꽁꽁 얼기'가 자연의 힘들을 의인화한다면 '콧수염'은 인 간이 만든 것을 의인화한다. 지금은 우선 이 사실을 지적해두는 데 그 치기로 하자. 도구들, 원조자들 그리고 마술적 물건들간의 연관은 나 중에 검토될 것이다. 이야기꾼은 때로 '콧수염'을 강언덕이 아니라 물 속에 두기도 한다. 그는 물과 물고기들의 주인이며, 기적적인 낚시, 풍 부한 어획을 가져다주는 신이다. 이야기에서 그의 역할은 일정치 않다. 그는 일화적인 인물에 불과하다. 때로 그는 주인공으로 하여금 저세상 의 경계인 강을 건너게 하는 마술적 원조자의 구실을 한다. 주인공은 그의 콧수염 위로 강을 건너는 것이다. "큰 강 가까이에서, 그들은 거 인 '콧수염'을 본다. 그는 강언덕에 앉아서 콧수염으로 강물을 막아놓 고 있으며, 그 위로 마치 다리 위를 지나듯이 행인들과 기사들과 수레들 이 줄지어간다"(Af. 81b/142). 여기서 지적해야 할 것은 이 존재가 본래

---

40) Boas, *Indianische Sagen*, p. 5.

는 물고기임이 비교 연구에서 드러날 수 있다는 사실이다. 사실상 어떤 경우에는 주인공은 거대한 물고기의 등을 타고 강을 건넌다. 이러한 유형의 샘물들은 같은 예배적 단계, 예컨대 북아메리카에서 발견된다. 아메리카 인디언의 한 전설에서, 형제들은 그들 중 한 사람의 힘을 시험해보고자 한다. 그들은 강으로 간다. "저녁이 되자 그들은 누워서 그들의 동생을 머리칼을 잡아당기며 들볶기 시작했다. 하지만 이 동생은 어쩔 도리가 없어서 그냥 누워 자기의 담비 모자를 썼다. 그러자 강물이 넘쳐서 형제 자매들은 산으로 달아나야 했다. 그러나 그는 조용히 불가에 남아 있었다. 주위의 모든 것이 물에 잠겼는데도, 그만은 젖지 않았다. "[41]

흥미로운 것은, 이 경우에도, 독일이나 러시아의 이야기에서와 꼭 마찬가지로, 모자를 쓰는 것이 홍수를 일으킨다는 사실이다. 이 모자는 나중에 연구될 마술적 수단들 중의 하나이다. 그런데 이 경우에는, 물은 있지만 낚시는 없다. 인디언의 또 다른 전설에는 이런 것도 있다. "'얘들아, 아산 Asan이 강에서 물을 막고 있는 곳을 아느냐?──아뇨, 그게 어딘데요?──어디어디야.' 그들은 그곳에 가서, 아산이 물을 막고 퍼내어 고기를 잡는 것을 보았다." 그들은 그를 죽인다. [42] 여기서도 강물을 막고 있는 샘물은 물고기들과 연관되어 있다. 이 샘물은 항상 인간 형태적인 것은 아니다. 인디언의 한 전설에서는, 강 위쪽에 거대한 사슴이 버티고 서서 강을 내려오는 모든 것을 죽인다(삼킨다)고도 한다. [43]

'콧수염'의 형제들 중 하나는 일반적으로 '산'(또는 '산돌리기 tourne-montagne,' 또는 산의 아들')이다. "거인 '산'이 거닐 때면, 그는 산들을 발로 밀쳐놓는다"(Af. 82/143). [44] 그는 산의 정령이다. "그들은 가고 또 가서 거인 '산의 아들'을 만났는데, 그는 새끼손가락으로 산을 돌리고 있었다"(Z.V. 45). "자, 나는 산을 돌리기 위해 여기 있소"(Af. 50/93). 슈테른베르크의 증언에 의하면, 길리약족은 물의 주인의 무리에 속하는 자들을 'tol nivux' 즉 '물의 사람'이라고, 산의 주인의 무리에 속하는 자들을 'nal nivux' 즉 '산의 사람'이라고 부른다. 우리 이야기의 '산'은 이 '산의 사람들' 중의 하나이거나 아니면 '산의 주인'이다. 그의 역할은 정해져 있지 않다. 때로 그는 쫓기는 주인공을 구해주는가 하면(Af. 50/

---

41) Boas, *Indianische Sagen*, p. 23.
42) C.N. Unkel, "Sagen der Tembé-Indianer," *ZfE*, 47, 1915, p. 286.
43) Boas, *Indianische Sagen*, p. 2.
44) (Af. 83)이라는 것은 1946년판의 오류(N.d.T.).

93), 때로는 가짜 주인공의 역할, 막내를 속이는 만형의 역할을 하기도 한다. 그러나 그가 가짜 주인공의 역할을 할 때에라도, 그는 주인공에게 종속되어 있다. 이야기의 주인공이란, 날씨와 강물과 물고기와 산과 숲의 주인들이 모두 그에게 복종하는, 강력한 무당인 것이다. 이 모든 마술적 보조자들처럼, '떡갈나무 돌리기 tourne-chêne' *)도 우연히 만나지는 인물이다. 하지만 그의 굴복이라는 모티프는 아파나시에프 선집의 제 50/93화에 나온다. "나는 너를 우리집에 데려가면 좋을 텐데. 이반 왕자여 ! 하지만 나는 살 시간이 얼마 남지 않았어. 여기 이 떡갈나무들을 다 뿌리뽑고 나면, 내 죽음이 닥칠 거야 !" 그래서 주인공은 솥을 얻어다가 던짐으로써 산들이 솟아나게 하여, 이것이 '산돌리기'에게 일거리와 생명을 연장해주게 된다. 도피와 추적의 모티프는 여기에서는 다르게 전이되어 사용된다. 이 전이가 매우 흥미로운 것은, 원소의 주인의 삶이 인간에 의해 지탱되기 때문이다. 이 지탱이 없이는, 그는 죽고 말 것이다. 마찬가지로, '콧수염'도 "나를 먹여달라"고 청한다. 그리고 그 보답으로 원소의 주인들은 사람에게는 사후에, 무당에게는 생전에, 그들의 도움을 제공하는 것이다.

고대 그리스-로마에도 그 나름의 '산돌리기'들이 있지만, 이들은 전락한 신들에 불과하다. 그들은 타이탄들 les Titans 과 함께 제우스에게 맞서 싸우며, 산들을 뒤엎고 그것들을 쌓아올려서 하늘을 공략한다.

세번째 형제는 일반적으로 '떡갈나무' 또는 '떡갈나무 돌리기'라고 불리운다. "그는 떡갈나무들을 뿌리뽑고 있는 한 사람을 본다. '——안녕하시오, 떡갈나무 ! 대체 뭘 하는 거요 ?—— 나는 떡갈나무들을 뽑고 있소 "——내 형제가 되어, 함께 길을 갑시다'"(Khoud. I, 33). '떡갈나무'는 후에 적의 군대를 쳐부순다. 그는 또 다른 이야기에도 나오는데 거기서는 '떡갈나무'가 아니라 '둥근 활 Arc-de-Cercle'이라 불리운다. "나무들을 뿌리뽑아 둥근 활 모양으로 휘는, 거인 '둥근 활.'" 여기에는 잘못된 어원론(語源論)이 있다고 생각할 수도 있겠으나[45] 그리스 신화에도 다름아닌 '소나무를 휘는 자'인 강도 시니스 Sinis 가 나온다. 시니스는 두 그루 소나무를 마주 휘어다가 그 꼭대기에 여행자들을 묶어놓고 나무들을 놓아버려 그들이 찢어지게 한다. 그는 테세우스 Thésée 에 의

*) 여기서는 '산돌리기'와 '떡갈나무 돌리기' 사이에 혼선이 빚어지고 있는 듯하다. 〔역주〕

45) 실상, 러시아어에서 '떡갈나무 doubinia'와 '둥근 활 douguinia'은 'b'과 'gu'라는 자음의 차이밖에 없다(N.d.T.).

해 벌을 받는다.

'콧수염'이 '강의 사람'이고, '산이' '산의 사람'이라면, '떡갈나무'는 '숲의 사람'임이 분명하다. 이런 의미에서 그는 야가와 유사한 것이, 마치 '얼음장'이나 '꽁꽁 얼기'라는 이름의 원조자가 증여자 '젤루' (Morozko)와 유사한 것과 마찬가지이다. 주인공은, 등에 나뭇단을 지고 숲으로 가는 한 사람을 만난다. "──당신은 왜 숲으로 장작을 지고 가오? ──이 장작들이 보통 장작들이 아니기 때문이라오! ──아, 그러면 뭐지요? ──이 장작들을 사방에 던져놓으면 당장에 군대가 일어난다오!" (Af. 83/144).

그러니까 모든 부류의 수많은 전문가들 중에서 네 가지 유형이 드러나는바, 이들은 원소들의 주인으로 정의될 수 있다. 즉, 그들은 '꽁꽁 얼기' '콧수염' '산' 그리고 '떡갈나무'이다. 그들은 주인공이 어떤 예배적 행위를 수행하면 그에게 종속되는 것인데 이야기에서는 이러한 상황이 영성하게밖에 보존되지 않았으며 그들과의 만남은 우연한 것이 되어 있다.

원소의 지배자들과 전혀 무관한, 다른 유형의 전문가들도 있다. 예컨대 '활쏘기' '달리기' '대장장이' '밝은 눈' '가는 귀' '귀잡이' '헤엄치기' 등등이다.

자료들을 대조해볼 때, 이들은 높이와 깊이와 거리를 꿰뚫는 재능들을 상징하며 의인화한다. 우리는 왕녀에 의해 부과된 어려운 임무들을 다루게 될 때, 다시 이들을 보게 될 것이다.

14. 원조자라는 개념의 변천

그들의 온갖 다양성에도 불구하고, 이야기의 원조자들은 그들의 기능의 동일성에 의해 하나의 그룹으로 모아진다.

원조자들의 상이한 유형들에 대해 지금까지 말했던 것은, 부분적인 성격을 띨 수도 있다. 우리는 이야기 구조의 일반적 현상으로서의 원조자들 일반을 문제삼아보아야 할 것이다. 우리는 이미 원조자가 주인공에게 선물로 주어지는 것에 대하여는 살펴보았다. 흔히 이 선물을 주는 것은 야가로서, 야가의 역사적 근원들은 앞서 밝힌 바 있다. 그녀는 입문 의례와 연관되어 있으니, 입문 제의는 젊은이에게 동물들에 대한 마술적 능력을 전수하는 것을 포함한다. 하지만 개별적 원조자들에 대하여 우리가 수립한 병행 관계들은 우리를 입문 제의가 아니라, 샤머니즘·조상 숭배, 저승 개념 등에 이르게 한다. 제의가 폐지되었을 때에도 원조자라는 인물은 사라지지 않고, 사회적·경제적 발달에 따라 변천하여 기독교회의 수호천사들이나 성자들에까지 이르는 것이다. 이러한 변천의 한 단계가 이야기이다.

원조자들의 역사 속에서, 근본적으로, 세 단계가 구별될 수 있다. 제 1단계는 입문 제의 동안에 원조자를 얻는 것, 제 2단계는 무당이 원조자를 얻는 것, 제 3단계는 죽은 자가 저세상에서 원조자를 얻는 것이다. 이 세 단계는 기계적으로 연속되는 것은 아니며 변천이 이루어지는 방향을 나타내는 표지들일 뿐이다.

1. 먼저, 입문 제의의 틀 안에서 원조자라는 문제를 검토해보자.

이 문제는 입문 의례의 본질에 관계되는 것임에도 불구하고 민속학에서는 별로 다루어지지 않았다. 입문 의례라는 문제를 특별히 연구했던 슈르츠는 문제의 이 측면에 대해서는 괘념조차 하지 않았다. 웹스터는 거기 대해 좀더 말하고 있다. "기본 신조는, 개인적 수호천사에 대한 신앙이었다. 사회 구성원들은 남근적 성격의 상이한 제의들을 통하여 수호천사로 변한다고 믿어졌다"(웹스터, 125).

그러니까, 입문 제의 동안, 젊은이는, 그의 원조자로 변하는 것이다. 그렇다는 사실밖에 모른다 하더라도 우리는 이미 마술적 원조자와 입문의례 제도간의 관계라는 문제를 제기할 수 있다. 이것은 우리에게 원조자가 죽음의 왕국에서 얻어진다는 사실(왜냐하면 입문자는 죽은 것으로 간주되니까)뿐 아니라 원조자와 조상들의 세계간의 관계도 설명해줄 것이다. 이 관계는 위에서, 특히 우리가 말과 은혜 갚는 동물들을 연구하였을 때에 제시되었던 바, 우리는 그것을 여기서도 발견한다. 원조자-정령은 북아메리카의 어떤 부족들에서는 마니투 Manitou 라는 이름을 갖는다. 이 마니투는 세습적으로 전수된다. "젊은이가 원조자-정령을 만날 준비를 할 때, 그가 만나기를 기대하는 것은 다른 무엇보다도 그의 부족의 지정된 원조자이다"(웹스터, 151). 그러니까 입문자와 그의 원조자간에는 미리 수립된 연관이 있는 것이다. 이야기에서, 주인공은 우선적으로 말을 구하는바, 그것은 아무 말이 아니라 죽은 아버지의 말, 오래 전부터 자기 주인이 오기를 기다려온 말이다. 이 모든 경우에, 웹스터는 원조자를 일괄하여 '수호정령 guardian spirit'이라고 부른다. 하지만 우리가 알거니와 이 원조자는 동물적 본성을 갖는다. 제의 동안 벌어지는 춤에서, 사람들은 황소·곰·백조·이리 등등 상이한 동물들의 가죽을 쓰며 이 동물들의 머리는 가면으로 쓰이는데 이는 동물에로의 변신을 상징하는 것이다. 한편 이 능력은 선조들, 연장자들, 입문 의례의 연기자들에 의해 전수되며(웹스터, 61), 입문자들은 노래와 춤을 통하여 원조자를 부른다(웹스터, 151). 이야기에는 노래도 춤도 남아 있지 않으며 그것들은 마술적 주문으로써 대치된다. 여러 단계의 비밀 결사들이 발달하였던 곳들에서는, 낮은 단계에서 높은 단계에로의 이행은 전적으로 이런 유형의 원조자를 소유하는 데에 달려 있다. "이 결사들에의 입회는, 사춘기 소년이 그가 들어가고자 하는 비밀 결사가 가진 것과 유사한 개인적 수호정령(마니투 또는 개인적 토템)을 얻는 것에 달려 있다"(웹스터, 152). 크와큐틀족에서는, "원조자들과 그들에게 결부된 특권들은 부계의 직속 후계자들에게, 또는 남자 조상의 딸과의 결혼을 통해 즉 사위와 손자들에게 전수된다"(웹스터, 150). 이 모든 지적들은 매우 중요하다. 그것들은, 무엇보다도, 결혼하기 전에 그가 원조자를 가지고 있음을 증명해야 하는 주인공의 시험을 설명해준다. 이것은 우리가 앞으로 보게 될, '어려운 임무들'이라는 근본적 모티프를 이루는 것이다. 이 임무들은 원조자의 획득과 결혼간의 관계를 수립하는 것으로, 여기 대해서는 왕녀라는 인물을 분석하면서 다시 말할 기회가 있을 것이다.

그러나 웹스터는 이러한 정보들을 제공하기는 하지만, 원조자의 획득이 갖는 의의나 가치에 대해서는 그 역시 아무 말도 없다. 여기에서 우리는 보아스가 전하는 한 전설을 참조할 수 있다. "어느 날 한 사람이 산양들을 사냥하러 산으로 떠났다. 그는 거기에서 검은 곰을 만나 그의 집에 가서 연어를 잡고 배를 만드는 기술을 배웠다. 2년 후, 그는 고향으로 돌아갔는데 그가 도착하자 모두가 두려워했다. 그처럼 그는 곰과 닮아 있었던 것이다……. 그는 말도 못 했고, 익힌 것은 아무것도 먹지 않으려 했다. 그래서 마술의 풀로 그를 문질러주자, 그는 다시 보통 사람처럼 되었다……. 그후로 그가 무엇인가 필요할 때면, 그는 항상 그의 친구 곰을 보러 갔고, 곰은 항상 그를 도와주었다. 겨울이면 그가 그에게 연어를 낚아주었으니 이것은 아무도 할 수 없는 일이었다. 이 사람은 집을 한 채 지어 그 위에 곰을 그렸다. 그의 누이는 춤출 때 쓰는 너울에 곰을 무늬넣어 짰다. 그 때문에, 누이의 후손들은 곰을 상징으로 갖게 되었다."[46] 이 이야기에서 의미심장한 것은, 곰의 집에 2년간 머물렀다는 것뿐 아니라 돌아온 주인공의 무언, 그리고 날것 이외의 음

46) Boas, *Indianische Sagen*, 293.

식에 대한 거부이다. 이러한 예는 곰의 집에서의 체류의 결과들을 보여
준다는 점에서, 그리고 수행된 제의의 목표와 의의——돌아온 주인공
은 위대한 사냥꾼, 동물들에 대한 세력의 소유자가 된다——를 드러내준
다는 점에서, 매우 중요하다. 그것은 또한, 왜 원조자-동물들이 그처럼
다양한가를 보여준다는 점에서도 중요하다. 중요한 것은, 어떤 민속학
자들이 생각하듯이, 강한 동물을 소유한다는 것이 결코 아니다. 이 곰
은 배를 짓고 물고기를 낚는 법을 가르쳐 주는바, 이는 전혀 힘센 곰의
특성은 아니다. 어떤 다른 동물이라도 그 기능을 할 수 있을 것이다. 동
물은 그 체력에 있어서가 아니라, 일반적인 동물 왕국에 대한 관계, 그
소속에 있어 중요한 것이다.

이러한 것이 마술적 원조자 내지는 보조자라는 모티프의 가장 오랜
형태, 가장 오랜 원천이다. 그 이전에 일어난 것에 대해 입문 의례가 나
타난 방식에 대해서는, 우리는 추정밖에 할 수 없을 것이다. 왜냐하면 그
러한 원형을 해독할 수 있게 해주는 자료들이란 존재하지 않기 때문이다.

여기에서는 아직 개별적 원조자들의 다양한 특정적 기능들은 나타나
지 않는다. 두 세계간의 중개자·사자 등도 없고, 인간 형태적이고 불
가시적인 원조자들도 없다. 이 자료들에 비추어볼 때, 자신의 토템 또
는 자신의 원조자로 변신하는 능력은 동물에 대한 세력의 가장 오래 된
형태임에 틀림없다. 사냥꾼의 목표와 이해 관계야말로, 원조자, 마니투,
또는 영국식 용어를 따르자면 守護精靈의 출현에 대한 가장 오래 된 동
기라 할 것이다.

그러나 이야기는 이 원조자들의 사냥에 대한 적성은 거의 간직하고
있지 않다. 그러한 적성은 불완전한 형태로, 예컨대 다음과 같은 경우
에 남아 있을 뿐이다. 즉 주인공은 숲속에서 그의 심술궂은 누이와 함
께 사는데 암늑대와 암콤과 암사자의 새끼를 얻게 된다. 그리고 이야기
에서는 이 짐승들이 주인공의 '사냥'이라고 불리우는 것이다.

입문 의례가 없는(아마도 더 이상 없는) 곳에서는, 원조자의 획득은 개인
적이다. 하지만 그것은 여전히 제의를 환기하며, 단지 입문 의례를 책임
지는 인물이 결여되어 있을 뿐이다. 즉, 젊은이가 혼자 숲이나 산으로
떠나 금식을 하고 침묵을 맹세하고 하는 것이다. 이러한 형태는 아프리
카나 아메리카에 다 같이 존재한다. 앙커만은, 트릴 Trilles을 참조하면
서, 프낙 Fnag 부족에 대하여 이렇게 말한다. "각 씨족 sippe의 선조는
엘라넬라 elanela로서의 동물을 갖고 있었다. 트릴은 이 말을 '한 사람에

게 헌신된 동물'이라고 번역한다."[47] 그러나 원조자의 개인적 획득이란 대체로 뒤늦은 현상이다. 그리고 이러한 경우, 원조자는 모든 사람이 얻을 수 있는 것이 아니라, 선택된 자들, 무당들만이 얻을 수 있는 것으로서, 이들은 강한 정령들과 동물-원조자들의 보유자로 간주되었다. 웹스터는 비밀 결사들이 어떻게 차츰 배타적 계층들로 변해가는가를 보여주었다. 일반적으로, 무당들은 아직 계층을 이루지 않는다. "모든 인디언은 그의 청년기나 그 이후에 만난 원조자-정령을 갖고 있다. 그는 때로 사냥·낚시·수공업·전쟁 등등에 전문화된 여러 명의 원조자들을 갖기도 한다. 병을 물리치는 원조자들은 무당에게 속하는 정령들이다. 이 정령들의 대부분은 동물의 형태를 하고 있다"고 해벌린 Haeberlin 은 말한다.[48]

2. 여기에서 우리는 무당의 원조자들을 검토하기에 이른다. 입문 제의를 통해 얻어지는 원조자에게서 결여되어 있던 것, 즉 두 세계간의 중개자 기능 등이, 무당의 원조자에 의해 제공된다. 이것은 보다 나중의 단계이다. 슈테른베르크에 의하면 "무당의 초자연적 힘은 그 자신에게 있는 것이 아니라 그가 부리는 원조자-정령들에게 있다. 병을 쫓아내는 것, 무당이 병든 자의 영혼을 찾아 구해내야 하는 곳, 보통 사람은 갈 수 없는 가장 후미진 곳으로 무당을 데려가는 것도 그들이며 죽은 자의 영혼을 저승까지 데려다주게 하는 것도, 무당에게 던져지는 모든 질문들에 대답하도록 영감을 주는 것도 모두 그들이다. 이 정령들이 없이는 무당은 무력하다. 그의 정령들을 잃어버린 무당은 더 이상 무당이 아니며 때로는 죽기까지 한다."[49] 무당들이 원조자들을 얻기 위해 사용하는 방법들도 다양하다. 캘리포니아 인디언들의 종교를 연구했던 크뢰버는 이렇게 말한다. "캘리포니아에서, 무격적 능력을 얻기 위한 가장 단순한 방법은 꿈을 꾸는 것이다. 정령은 그것이 동물의 정령이든 특정 장소의 정령이든, 또는 태양이나 다른 어떤 자연의 힘의 정령이든, 또는 죽은 친족의 정령이나 완전히 탈육(脫肉)한 정령이든, 미래의 무당의 꿈을 고취하며, 그들간에 성립되는 연관이 무당의 힘의 원천이며 기원이다. 정령은 그의 수호정령, 또는 '개인적' 정령이 되며 그에게 노래와 춤을, 또는 병을 부르거나 쫓아내고 남들로서는 불가능한 일을 하거

47) ZfE, 47, 1915, p.139. 괄호 안의 말들은 원문에서 붙어로 되어 있다(N.d.T.).
48) Haeberlin, ZfE, 56, 1924.
49) "L'Élitisme dans la religion" (La Religion prim. 140~79), p.141.

나 참아낼 수 있는 능력을 주는 마술적 주문들을 가르쳐준다. "50)

캘리포니아의 샤스투 Shastu 부족이 믿는 바로는, 땅에는 '힘들과 악들'이 가득하며, 이들은 근본적으로는 인간적인 형태로 바위나 호수나 산길이나 해나 달 속에 살면서 죽음과 병과 모든 악들을 만들어낸다. 이들이 무당의 원조자들인 것이다. 51) 여기에서 원조자의 획득은 크뢰버가 묘사했던 것과는 다른 방식으로 이루어진다. 원조자는 무당에게 "살을 쏜다." 그러면 무당은 갑작스런 고통 einen zuckenden Schmertz 을 느끼게 되는 것이다. 이야기에서는 말이 주인공에게 발길질을 함으로써 그로 하여금 마술적 능력을 얻게 한다는 것을 기억하자.

무당의 원조자에 대해서는 워낙 자료가 많으므로, 이 방면으로 더 파고들 필요는 없을 것이다. 단지 이야기와 특히 가깝고 이야기를 설명할 수 있는 몇 가지 경우들만을 살펴보기로 하자. 아노킨 Anokhine 이 수집한 알타이 부족들에 관한 자료들은 우리에게 특별히 흥미로운 것들이다. "천상과 지하의 정령들과 교통하기 위해서는 아루-코모시 Arou-Körmössy 들의 도움이 불가결하다. 왜냐하면, 그런 영역에 이르는 길에는 숱한 장애들이 있기 때문이다. 이 장애들은 강신의 연희 동안에 자세히 묘사된다. 무당은 아루-코모시들의 도움으로써만 이 장애들을 극복할 수 있다. 길을 가는 동안, 이들은 그를 위험으로부터 보호하고 도중에 만나는 악령들과 싸워주는, 살아 있는 힘이다. 보이지 않는 아루-코모시들이 무당을 둘러싸고 있으니, 그의 어깨·머리·팔·다리 등에 앉아 있으며, 사방에서 그의 허리를 감고 있어서, 그 때문에 그들은 갑옷·허리띠 등으로 불러내어진다(어떤 무당들은 다른 무당들보다 이들을 더 많이 갖고 있다). 무당의 갑옷을 이루는 이 정령들의 꼭대기에는, 항상 무당의 직계 선조인 개인적 수호정령이 있다. "52) 여기서 원조자는 그 동물적 본성을 더 이상 갖고 있지 않다. 그는 불가시적 존재가 되었다. 정령을 '갑옷'이라는 말로 부르는 것은 매우 특징적이다. 이야기의 원조자의 진정한 원소는 공기이다. 예컨대 크마트-라줌 Chmat-Razoum 을 위시하여 주인공의 다른 보이지 않는 조력자들을 보자. "——크마트-라줌! 거기 있니?——

50) A.L. Kroeber, "The Religion of the Indians of California," *Univ. of Calif. Publ. Arch. Ethnol.*, Vol. 4, n° 6, 1907, p. 325.

51) K. Th. Preuss, "Religionen der Naturvölker Amerikas," *ARW*, XIV, 212~301(235).

52) 아노킨, 「알타이족에게 있어서의 샤머니즘에 관한 자료들」, *MAE* 문집, Ⅳ, 2, 1924, p. 29. (A.V. Anokhin, "Materialy po šamanstvu u altajcev," *Sb. MAE*, Ⅳ, 2, 1924, str. 29.)

그래, 두려워하지 말아, 나는 너를 따라가고 있어！"(Af. 122a/212). 이
보이지 않는 정령이 두 세계간의 중개역을 한다. 공기를 통하여 그는
주인공을 저세상으로 실어나르는 것이다. 그러나 이 보이지 않는 원조
자들 외에, 알타이족은 동물 형태적인 존재들도 알고 있다. 예컨대 말의
눈을 가지고 있으며 주위에 30일은 걸려야 갈 수 있는 거리를 볼 수 있
다는, 수일라 Souïla 를 들어보자. 어떤 무당들은 수일라를 말의 눈을 가
진 왕독수리의 형태로 표현하기도 한다.[53] 이러한 변형은 즉각적인 것
이 아니며, 잡종적 존재란 전이의 증좌이다.

이 원조자들의 사냥에의 적성은 차츰 뒷전으로 물러나고 병을 돌보는
기술이나 두 세계간의 중개 기능으로써 대치됨을 볼 수 있다. 이동에
쓰이는 동물들(말처럼)에 점점 큰 중요성이 부여되며, 배를 위시한 어떤
이동 수단들도 그들과 동화된다. 그리하여 이야기에서는, '전문가들'
이 때로 배를 타고서 선원들이 되기도 한다. 그들 역시 배를 타고 항해
하는 아르고선의 일행은, 우리의 시메온 Siméon 과 매우 가까운 것으로
간주할 수 있다. 저세상에로의 이 여행은, 고대 그리스-로마에서나 러
시아의 이야기에서나 사냥과 관련된 하부 구조를 완전히 가려버렸다.
무당과 그의 원조자들은 사냥꾼으로부터 차츰 치료자로 변하여 영혼들
을 찾아 떠난다. 바빌론의 한 신화에서, 네르갈 Nergal 은 지하의 세계
로 떠나면서 아버지가 주는 일곱 명의 원조자들을 데려간다. 그들의 이
름은, 번개·열·더위 등등이다. 서판들은 보존 상태가 나쁘기는 하지
만 사냥의 모티프가 없다는 것, 저세상에로의 여행, 원소들의 의인화,
치료술로서의 샤머니즘과의 관계 등은 명백하다. 그후에, 네르갈은 지
하 왕국의 여왕인 에레슈키갈 Ereshkigal 과 결혼한다. 일곱 명의 원조자
들이 여기서도 그를 돕는 것은 물론이다. 그렇듯, 보다 나중에 생겨난
이 단계는 이야기와 좀더 가깝다.[54]

3. 여기에서 우리는 무덤 저편의(사후의) 원조자를 검토하기에 이른다.
아직 삶과 죽음간의 구별을 하지 않았던 원시 시대에는 사후의 원조자
에 대한 특별한 표현이 있을 수 없었다. 그러나 입문 의례 전체가 죽음
의 개념과 더없이 밀접하게 연관된 것이므로 제의의 어떤 요소들은 사
자 예배에로 넘어가 그러한 원조자들의 창조에 있어 기초가 되었다. 이
러한 변천의 마지막 구현이, 영혼을 하늘로 실어가는 반(半)동물 형태

---

53) *Ibid.*, p. 13.
54) A. Jeremias, *Hölle und Paradies bei den Babyloniern*, Leipzig, 1903, p. 22.

적(왜냐하면 날개가 달려 있으므로) 존재들인 천사들에게서 발견된다. 이러한 현상은 뒤늦은 것으로, 그것은 공식적인 사자 애배——그 대표적인 예가 고대 이집트의 사자 예배이다——에서 완전한 개화에 이른다. 투라이에프 Touraïév, 비드만 Wiedemann, 브레스티드 등의 저작을 통하여 우리는 이런 종류의 원조자들이 이집트에 존재하였음을 안다. 무덤 속에서는 투라이에프의 표현에 따르면 "죽은 자를 무덤 이후에 도와주는" 일을 맡은 정령들이 새겨진 판들이 발견되었다. 이집트학의 이 문제를 자세히 검토하는 것은 우리의 일이 아니다. 우리의 관심은 관계 그 자체의 수립에 있을 뿐이다.

우리는 원조자 내지 보조자의 변천에 있어 근본적인 단계들을 지적하였다. 그 가장 오래 된 형태는 입문 의례시에 개인이 동물로 변신한다는 생각이다. 이후로 원조자는 개인적으로밖에는, 그리고 더 나중에는 무당에 의해서밖에는 얻어지지 않는다. 무당에 이르러서는, 원조자는 새로운 기능, 두 세계간의 중개 기능을 얻게 되며 그 수렵적 기원은 희미해진다. 원조자의 외관 또한 변모한다. 한편으로는 동물이 정령에 자리를 내주게 되며 다른 한편으로는 동물들 중에서도 인간의 이동과 관련되는 것들이 두드러지게 되어, 예컨대 독수리가 말과 결합하는 것이다. 이처럼 개관된 도식이 옳다면, 이야기는 이 변천의 모든 단계들을 반영한다고 할 수 있다. 이야기는, 숲의 짐승들, 새들, 정령들, 전문가와 그룹들(알타이 부족들에게서는 그들의 사냥과의 관계가 여전히 명백하다), 말 등 원조자들의 상이한 형태들뿐 아니라 변모까지도 포함하는 것이다. 이 원조자라는 개념이 어떻게 이야기에까지 이르렀는가 하는 문제로 말할 것 같으면, 그것은 우리를 일반적으로 종교적 개념들이 어떻게 이야기에까지 이르렀는가 하는 문제에로 이끄는바, 거기 대해서는 마지막 장에서 다시 말하게 될 것이다.

II. 마술적 물건

15. 물건과 원조자

마술적 원조자의 연구는 마술적 물건의 연구에 대한 준비가 되며 그것을 용이하게 한다. 양자간에는 밀접한 친족성이 있다.

이 물건들이 원조자의 특수한 경우가 된다는 사실은 쉽게 알 수 있.

다. 산 존재들인 원조자들과 마술적 물건들은 원칙적으로 동일한 기능을 갖는다. 예컨대 말이 주인공을 아홉의 세곱 되는 나라들의 너머로 실어 나른다면, 날으는 양탄자나 빠른 장화도 같은 일을 한다. 말이 적군을 쳐부순다면, 몽둥이도 그러하며, 심지어 포로들을 잡기까지 한다……. 물론 상호 교환이 불가능한 특수한 원조자들도 있지만, 이런 특정 경우들이 양자간의 형태적 유사성이라는 일반 원칙을 저해하지는 않는다. 이 야기에서 마술적 물건들의 수효는 하도 많아서, 묘사적 접근은 아무 결론에도 이르지 못할 것이다. 마술적 물건이 될 수 없는 물건이란 없는 것으로 보인다. 옷(샤프카·셔츠·장화·허리띠), 장신구(반지·핀), 무기와 도구(칼·몽둥이·활·소총·장난감·막대기·지팡이), 온갖 종류의 자루와 지갑들, 단지와 통들, 동물의 몸의 부분들(털·깃털·이·머리·심장·알), 악기(호루라기·각적·구슬리·바이올린), 일상용품(부싯돌·부시·손수건·솔·양탄자·실꾸리·거울·책·카드들), 음료(물·물약), 과일과 야생의 나무 열매들, 등등. 어떤 식으로 분류하고 열거해보아도 이해의 단서는 발견되지 않는다.

이 물건들을 그들의 기능이라는 관점에서 다루어보아도 사태는 나아지지 않는다. 같은 기능들이 다른 물건들에 귀속되며, 그 역도 또한 사실이다. 예컨대, 주인공의 명령을 수행하는 친구들은 각적에서(Af. 108/186), 배낭에서(109/187), 상자에서(Af. 109, var./188, var.), 통에서(Af. 111/189), 땅에 내리치는 지팡이 밑에서(Af. 113b/193),[55] 마술의 책에서 (Af. 122a/212), 반지에서 솟아나온다. 이러한 기능들을 우리는 특별히 검토하게 될 것이다. 예컨대 주인공을 열의 세곱절째 왕국으로 실어나르는 기능은 별도의 장에서 취급될 것이다. 그 때문에 우리는 물건들을 다른 방식으로 즉 그들의 본질이나 기능에 따라서가 아니라 자료가 허락하는 한, 그 기원에 따라서 분류해보겠다.

16. 손톱·털·가죽·이

마술적 물건들이 마술적 원조자들과 비슷한 것은 비단 형태론적인 데에서만은 아니다. 그것들은 같은 기원에서 나오는 것이다. 예컨대, 수많은 마술적 물건들이란 가죽·털·이, 등등 동물의 신체 부분들에 다름 아니다. 우리가 알거니와, 입문 의례시에 젊은이들은 동물에 대한 세력

---

55) 1946년판에는 두 가지 오류가 있다. (Af. 109/188)의 번이체에서는 통이 아니라 상자가 나오며, (Af. 113b/193)에서는 내리치면 용감한 친구들이 나오는 지팡이란 없다 (N.d.T.).

올 얻게 되는바, 그 외적인 징표로서 그들은 그 동물의 일부를 받곤 하였다. 그때부터, 젊은이는 그것을 작은 주머니에 넣어 몸에 지니고 다니든지, 아니면 먹어버리든지 마사지를 하여 몸에 흡수시키든지 하였다. 우리가 이 마술적 물건들의 범주에, 역시 동물적 기원의, 고약을 포함시켜야 하는 것은 그 때문이다.

하지만 대개의 경우에는 동물의 신체 부분이 입문자의 수중에 들어가며, 그것이 그 동물에 대한 세력을 준다. 그것은 원조자를 개인적으로 얻는 경우에도 마찬가지이다. 아라파호 Arapaho 인디언들에게 있어, 입문자는 산꼭대기에 오른다. "이틀, 사흘, 길어야 이레 후에는, 수호정령이 그에게 나타난다. 일반적으로 그것은 인간의 모양을 한 작은 동물로서, 달아나면서 그 동물적 양상을 되찾는다."[56] 그후에, 입문자는 이 동물의 가죽을 입게 된다. 이러한 경우들 및 유사한 경우들로부터, 우리는 마술적 물건들의 가장 오래 된 형태는 동물의 부분이라는 사실을 알 수 있다. 이 증여의 의의는 이야기에서도 아주 명백히 보존되어 있다. 즉, 말의 꼬리털은 말에 대한 세력을 준다든가 하는 것이다. 새들에 대해서도 같은 지적을 할 수 있다. "그러자 우두머리 새가 일어나, 머리에서 깃털을 하나 뽑아 그에게 준다. '이 깃털을 잘 간직하고 감추어두세요. 불행이 닥칠 때, 당신이 그것을 흔들고 한 손에서 다른 손으로 옮겨가지기만 하면, 우리가 무슨 일이든 도와주겠어요!'"(Z.V. 129). 주인공은 곤들메기[57]의 뼈를 얻으며, 위급한 순간에 곤들메기가 그를 자기 구멍에 감추어주든지 그를 삼키든지, 아니면 주인공 자신이 곤들메기로 변하든지 한다(P.V. 265. 변이체에서는, 그는 까마귀의 뼈, 사자의 발톱, 물고기의 비늘 등을 얻는다). 매 피니스트도 소녀에게 자기 날개의 깃털을 하나 준다. "오른손으로 그 깃털을 흔들어. 그러면 곧 네 앞에 네가 바라는 모든 것이 나타날 거야!"(Af. 129b/235). "네가 바라는 모든 것"이라는 말은 물론 더 오래 되고 구체적인 다른 바람들을 뒤늦게 대치한 표현이다. 이 바람들은 동물 그 자신에 사냥감으로서의 동물에 대한 것이었다. 아메리카 인디언의 신화들에서, 그 점이 분명히 나타난다. "그는 한 사람이 낭떠러지 가장자리에 다리를 늘어뜨리고 앉아서 두 개의 둥근 딸랑이를 가지고 있는 것을 보았다. 그는 노래하면서 딸랑이들을 땅에 던졌다. 그러자 그의 양쪽에서 물소들이 떼를 지어 나타나, 쓰러

---

56) Preuss, *ARW*, XVI, 249.
57) 러시아어에서는 새와 곤들메기는 여성형이다(N.d.T.).

져 죽었다. "[58] 딸랑이들은 일반적으로 동물의 형태, 가장 흔히는 새의 형태를 하고 있었다. 여기에서 우리는 다시금, 동물들에 대한 세력을 갖기 위해서 꼭 강한 동물을 소유할 필요는 없다는 생각을 발견하게 된다. 이 원칙에 따르면 까마귀도 물소의 풍성한 노획을 가져다줄 수 있는 것이다. 그러한 민간 신앙은, 입문 제의를 모르는 민족들까지를 포함한 많은 민족들에게서 존재한다. 그리하여 보굴족의 사냥꾼들에 대하여, 젤레닌은 이렇게 말한다. "보굴족의 한 민간 신앙에 따르면, 여우나 검은담비나 흰담비의 주둥이를 가지기만 하면 사냥에 성공할 수 있다고 한다. "[59]

우리의 견해가 옳다면, 동물 원조자(원조의 주체)와 사냥되는 동물(원조의 대상) 사이에 고정적 관계가 없다면, 그렇다면 아무 동물이나 아무 물건이 원조자 구실을 할 수 있다. 그렇다면, 원조자와 그 기능간의 대응 관계의 부재, 특정한 동물들이나 물건들에 대한 기능의 고착의 부재——신기함의 인상을 주는 부재——는 시적 창조의 방편일 뿐 아니라, 원시적 사고 속에 역사적 기초를 갖는 것이다. 입문 의례시에 쓰이는 의학적 용도의 작은 주머니들을 묘사하며, 프레이저는 이렇게 말한다. "주머니는 대체로 그것이 그 가죽으로 만들어진 동물의 모양을 환기하게끔 만들어진다. (비밀) 결사의 모든 구성원은 이런 종류의 주머니를 몸에 지니며 그 속에 기이한 작은 물건들, 원시인의 부적과 호신부들을 간직한다. "[60] 근본적으로 동물들과 관련된 이 부적과 호신부들이 우리의 '마술적 증여'의 원형을 이루는 것이다. 그 중요한 한 부류는 온갖 종류의 자루·배낭·쌈지·통 등으로 구성된다. 이 자루나 함에서 원조자-정령들이 솟아나온다. 하지만 이 물건들로 넘어가기 전에, 그 중에서, 도구로부터 비롯되는 것들부터 검토해보자.

17. 도구와 무기들

지금까지 말한 모든 것은 원시적 사고의 현저한 특성을 나타내고 있다. 사냥에서 근본적인 역할은 무기(화살·그물·올가미·덫)가 하는 것이 아니다. 본질적인 것은, 마술적 힘, 동물을 끄는 기술에 있다. 동물을 죽인다면, 그것은 사수가 솜씨가 좋다거나 화살이 단단하기 때문이 아

---

58) Kroeber, *Gros Ventre Myths*, p. 75.
59) 젤레닌, 『금기』, 56. 저자는 다른 예들도 들고 있다. Preuss, *Geistige Kultur*, 23도 참조할 것. 젤레닌의 『온곤의 예배』에는 많은 자료들이 있다.
60) *Le Rameau d'or*, Ⅳ, 225.

니라 사냥꾼이 그의 화살 아래로 동물을 틀림없이 끌어들이는 마술적 주문을 알고 있기 때문이며 그가 털들을 넣은 작은 주머니 형태로 마술적 힘을 몸에 지니고 있기 때문이다. 무기의 역할은 그러므로 한동안 이차적인 것으로 간주된다. 엥겔스는 이렇게 말한다. "자연과 인간의 능력과 정령들, 마술적 힘들 등에 대한 온갖 그릇된 개념들의 기초에는, 대개의 경우, 후진적 경제가 있다. 원시 시대의 미약한 경제적 발달은 자연에 대한 그릇된 개념의 조건이며 또한 원인인 것이다."[61] 우리는 여기에서 자연에 대한 이 그릇된 개념의 특정한 한 경우를 본다. 무기가 발달함에 따라 일어나는 현상은, 처음에는, 원조자-동물에게 귀속되던 마술적 힘이 이제는 이 물건에로 전이된다는 것이다. 인간은 그자신의 노력보다는 무기나 도구에 더욱 중요성을 부여한다. 무기(또는 도구)는 거기에 들이는 노력(무기가 발달할수록 노력은 덜 든다)보다는 거기에 내재하는 마술적 속성들에 힘입어 기능한다는 신념이 나타난다. 그리하여 인간의 개입 없이 또는 인간을 대신하여 기능하는 무기라는 개념에 이르게 되는 것이다. 그럴 때 무기-도구는 신격화된다. 신격화된 무기-도구는, 마술적 머리칼·털 등에 비하면 마술적 물건들의 역사에서, 이차적이고 뒤늦은 층에 속한다. 이 무기와 도구들의 기능이 그것들이 신격화되는 이유이다. 이 점은, 16세기 북러시아의 한 원고, 라폰족 les Lapons의 복음화에 관한 『구원의 정원』에, 매우 순박하지만 아주 정확한 방식으로 나타나 있다. "그가 돌을 가지고서 짐승을 죽이기에 이르면 그는 돌에 경배하고, 그가 덫에 걸린 짐승을 몽둥이로 때려 죽이기에 이르면 그는 몽둥이를 신격화한다."[62] 수렵 민족들에 특징적인 이러한 종교는 농경의 여명기에도 존속한다. 어떤 인디언들은 "그들이 괭이질하는 데에 쓰이는 곡괭이들에게 기도한다."[63] 무기-도구가 거기에 들이는 노력보다는 그 내재적 성질에 힘입어 움직인다는 사고 개념은, 이미 지적했듯이, 인간의 개입 없이 기능하는 도구들의 개념에로 이어진다. 이 도구들은 수렵인들의 신화에 존재하며, 이야기는 그것들을 우리에게 전해준다. 톨리팡 Taulipang 인디언들의 한 신화에서, 주인공은 숲속에 칼을 박아놓기만 하면 칼이 혼자서 나무들을 자르는 일을 떠맡

---

61) 엥겔스, 콘라드 슈미트 Konrad Schmidt에게 보낸 편지, 1890년 10월 27일 ; Marx-Engels, *Ausgewählte Briefe*. Moskau-Leningrad, 1934, p. 376.

62) 카루친, 『러시아의 라폰족』, 모스크바, 1890, p. 137. (N. Kharuzin, *Russkie lopari*, M., 1890, str. 137.)

63) Sternberg, *l'Évolution des croyances religieuses*, p. 268.

는다. 그가 나무를 도끼로 치기만 하면 도끼가 혼자서 나무들을 찍어넘긴다. [64] 되는 대로 공중에 쏘아올린 화살이 혼자서 새들을 맞힌다, 등등 (동상, 92). 러시아의 이야기에서는, 도끼가 혼자서 배를 만들거나(Af. 122a/212), 나무들을 찍어넘기거나(Af. 100/165), 또는 물이 가득한 물동이들이 저희들끼리 집으로 돌아가거나(동상) 한다. 이 마지막 이야기에서는 모든 것이 곤들메기의 호의로 일어나는 것으로, 동물과의 고대적 관계가 아직 상실되지 않았음이 흥미롭다. 하지만 이 관계가 항상 실수적인 것은 아니다. 밧줄은 혼자서 적의 군대를 쳐부수고 포로들을 만들며 빗자루와 몽둥이로 "어떤 적의 힘도 때려부술 수 있다"(Af. 107/185), 등등. 이 마지막 경우에서는, 그러한 관계가 상실되어 있다.

18. 정령들을 불러일으키는 데에 쓰이는 물건들

인용된 자료들은 우리로 하여금, 정령들을 불러일으키는 데에 쓰이는 물건들에 이르게 한다. 이 물건들은 동물적 성질의 것(말갈기)일 수도 있지만, 무기나 도구들(밧줄)과 일련의 잡다한 물건들(반지)일 수도 있다.

인용된 경우들은 예전에 물건들, 특히 도구들이 어떻게 이해되었던가를 보여준다. 그것들 안에는 어떤 힘이 있다고 생각되었다. 하지만 힘이라는 관념은 추상적 개념이다. 그것을 나타내기 위한 수단은 언어에도 사고에도 존재하지 않았다. 그러나 추상화의 과정이 일어났고, 추상적 개념은 화육되었으니, 보다 정확히 말하자면, 살아 있는 존재의 형태를 띠게 되었다. 이 점은 말을 부를 때에 쓰이는 갈기털에서도 드러난다. 그 힘은 동물의 전체, 그 몸뚱이의 모든 부분들에 내재한다. 말갈기에는 말이라는 짐승 전체에 있는 것과 같은 힘이 있으니, 다시 말해서 말이 갈기털 안에 들어 있는 것이다. 마찬가지로 그는 고삐에도 들어 있으며, 마찬가지로 한 개의 뼈 안에도 동물 전체가 들어 있다. 힘을 가시적인 존재로 나타내는 것은, 힘이라는 개념의 세련을 향한, 즉 구체적 이미지의 상실과 추상적 개념에 의한 그 대치를 향한 보완적 일보이다. 그리하여, 정령들이 솟아날 수 있는 반지라든가 그 밖의 물건들의 개념이 형성된다. 여기에서 우리는 도구에 대한 경외심보다 우월한 정도의 추상화를 본다. 그 물건과 분리된 힘이, 이후로는 그 힘의 어떤 표지도 외부적으로 보이지 않는, 아무 물건에나 귀속되는 것이다. 그것이 '마술적 물건'이다.

---

64) Th. Koch-Grünberg, *Von Roroima zum Orinoko*, Bd. Ⅱ. *Mythen und Legenden, etc.* 1924, p. 125.

하지만 지금까지 우리는 이 물건들이 마치 이야기의 소산이 아니라 실제의 소산인 듯이 말해왔다. 그러한 물건들이 정말로 실제에 있어서도 존재했던 것일까? 대답은 긍정적일 수밖에 없으며, 우리는 그 사실이 굳이 해명할 필요가 없을 만큼 충분히 알려져 있다고 생각한다. 그것이 이른바 물신(物神) *les fétiches*, 호신부·부적 등이다. 비교민속학에서, 이 문제는 아직도 미결로 있다. 이 물건들의 형태나 사용 방법들은 때로 이야기가 제시하는 바와 정확히 일치한다. 단순히 "그것을 끼고 있는 자로 하여금 정령들과 교통하게 해주는 반지들"[65]을 알고 있는 어떤 부족의 예를 지적해두자. 그러니까 여기서도 이야기는 과거의 반향들을 보존하는 것이다.

19. 부싯돌

정령들의 출현을 야기하기에 적합한 물건들 중에서 말을 나타나게 하는 부시와 부싯돌은 별도의 위치를 차지한다. 이야기에서, 그것은 보통 규석(부싯돌)으로서, 때로 말의 갈기털과 관련되어 있다. 말이 나타나기 위해서는, 갈기털을 태워야 하는 것이다. 부싯돌과 말과의 거의 영속적인(하지만 배타적은 아닌) 관계는 말의 불 같은 성질에 의해 설명된다.

부싯돌 속에는, 물건들에 고유한 마술적 힘이 아주 독특한 강도로 나타난다. 부싯돌과 부시는 분명, 나무 막대기들을 비빈다든가 하는, 불을 얻는 더 오래 된 방법들을 대치한 것이다. 그 점에 대해서는 두 개의 막대기를 비비는 데서 태어난 아그니와 관련하여 말한 바 있다. 그러므로 그것은 말만이 아니라 정령들 일반을 부르는 데에 쓰이는 마술적 물건이다. 예컨대 백러시아의 한 이야기에서, 주인공은 숲속의 이즈바에서 담배가 아니라 부시가 들어 있는 담배 쌈지를 발견한다. "'자, 불꽃이 튀게 해볼까! 이건 나그네에겐 언제든 쓸모 있거든!' 그가 부시를 비비자, 열두 명의 친구들이 나타났다. '무얼 원하시오?'"[66] 독일의 한 이야기(Grimm. 116)에서는, 정령이 나타나게 하기 위해, 담배 파이프를 한모금 빨아야 한다. 이는 우리에게 알라딘의 램프와, 원조자-정령이 나타나기 위해서는 반지를 문질러야 한다는 사실 또한 설명해준다.

20. 막대기

막대기·나뭇가지·지팡이·채찍 등은 전혀 상이한 개념들에 소급한

---

65) Frobenius, *Weltanschauung*, 326
66) V.N. Dobrovol'sky

다. 지금까지 문제되었던 물건들은 동물이나 도구를 기원으로 한다. 막대기는 식물적 기원을 가지며 땅과 초목들에 관련되어 있다. 이야기가 보존하지 않은 단 한 가지 세부는, 막대기가 푸른 나무로 되어 있고 바로 그 점에서 마술적이며, 건드리는 모든 것에 다산과 번영과 생명력을 준다는 것이다. "사람들과 가축들과 초목들은, 연중 각기 다른 시기에, 힘과 건강을 되찾기 위해 푸른 나무의 회초리(또는 나뭇가지)로 맞는다"고 만하르트는 말한다. 그는 초목의 소생케 하는 힘이 맞은 자에게 투영되는 것임을 분명히 보여주는, 이런 종류의 수많은 예들을 제공한다. 뿌리와 풀들도 같은 힘을 가지고 있는 것으로 간주된다. 『꾀병』이라는 이야기(Af. 119b/207)에서 죽임당한 왕자는 한 노인이 준 뿌리에 힘입어 소생한다. "그들은 뿌리를 가지고 이반 왕자의 무덤을 찾아가서, 땅을 파서 시체를 꺼내가지고 그것을 뿌리로 문지르며, 그 위로 세 번을 넘어뛴다. 이반 왕자가 일어난다." 또 다른 이야기에서는, 뱀이 다른 뱀에게 푸른 잎사귀를 붙임으로써 되살아나게 한다(Af. 119a, var./206, var., 이 점은 용에 관한 장에서 더 자세히 볼 것). 이는 왜 '생명의 채찍'이 죽은 자를 소생시키는가(Ontch. 3)를 이해하게 해준다.

21. 영원한 풍요를 주는 물건들

지금까지 말해진 모든 것에 덧붙여야 할 것은, 어떤어떤 종류의 어떤어떤 물건이 마술적인 것은 그 자체로서가 아니라 그 기원이나 획득에 힘입어서라는 사실이다. 이야기에서는 죽은 아버지, 야가, 은혜 갚는 죽은 자, 동물들의 주인들 등에 의해 주어진 물건이 마술적이다. 한마디로, '저쪽 là-bas'으로부터 온 물건이 마술적인 것이다. '저쪽'이란, 가장 원시적인 단계에는 말의 가장 넓은 의미에서의 '숲'을 의미하며 좀더 나중에는 '저세상,' 즉 이야기에서는 열의 세곱절째 왕국을 의미한다. 죽은 자를 소생케 하는 것은 여느 물이 아니라 열의 세곱절째 왕국으로부터 새가 가져온 물이다. 이는, 그 마술적 힘이 열의 세곱절째 왕국으로부터의 유래에 기인하는, 일군의 물건들이 존재함을 의미한다. 예컨대, 생명이나 시력을 돌려주는 물, 젊음을 주는 사과들, 영원한 양식과 풍요를 주는 식탁보, 등등. 지금으로서는 단지 그렇다는 사실만을 기억해두자. 그것은 열의 세곱절째 왕국의 검토(제8장을 볼 것)에서 비로소 설명될 것이다.

22. 생명의 물과 죽음의 물, 힘의 물과 약함의 물

이 물건들 중에서, 특히 생명의 물과 죽음의 물을, 그리고 그 변이체로서, 힘의 물과 약함의 물을 언급해야 하겠다. 생명의 물과 죽음의 물은 상반되지 않으며 보완적이다. "그는 이반 왕자에게 죽음의 물을 뿌렸다. 그러자 몸이 다시 붙었다. 생명의 물을 뿌리자, 그 용감한 자는 일어났다"(Af. 102/168). 이러한 것이 이 물의 공인된 사용 방법이다.

여기에서 두 가지 질문이 생겨난다. 첫째로, 이 물은 어디에서 오는가? 둘째로, 이 물은 왜 이중화되는가? 왜 죽은 자에게 생명의 물을 뿌리는 것으로 충분치 않은가? 드물기는 하지만 그런 경우들도 있는데?

대답하기 위해 우리는 저 너머에 대한 그리스인들의 신앙과 관련된 몇 가지 자료들을 검토해보겠다. 그리스인들에게서 이 신앙은 지하 왕국의 물의 두 유형이라는 개념과 분명히 연관되는바, 이는 예컨대 이탈리아 남부의 서판들에서 결정적 방식으로 드러난다. 예컨대 무덤 안에 놓여진 페텔리아 Petelia 의 [67] 황금 서판은 고인의 영혼에게 말하기를 지옥에서는 오른편과 왼편에 두 개의 샘을 보게 되리라고 한다. 첫번째 샘 곁에는 흰 물푸레나무가 자라는데 이 샘에는 가까이 가지 말아야 한다. 서판들은 영혼에게 오른편으로, 므네모신 Mnémosine 의 연못 쪽으로 돌아서라고 명한다. 거기에서는 신선한 물이 흘러나오며, 파수들이 그 물을 지키고 있다. 영혼은 이들에게 이런 말로 청해야 한다. "나는 목이 말라 죽을 지경이오! 내게 마실 것을 주시오!"

이 텍스트를 좀더 자세히 살펴보자. 여기에도 두 가지 다른 물들이 언급되어 있다. 그 중 하나는 지키는 자도 없고 죽은 자에게 흥미도 없다. 반면 다른 하나는 매우 조심히 지켜지며, 이 물을 주기 전에는 죽은 자에게 심문을 한다. 이 물이란 대체 어떤 것인가? 텍스트에서, 그것은 '생명의' 또는 '죽음의' 물이라고 수식되어 있지 않다. 하지만 그것은 죽은 자에게 좋은 물, 죽은 자들을 위한 물, 그러니까 한마디로 '죽음의 물'이다. 이 물은 죽은 자를 진정시킨다. 즉 그에게 결정적 죽음을 또는 하데스에 머무를 권리를 주는 것이라고 추정할 수 있다.

하지만 그렇다면 왼쪽에 있는, 아무도 지키지 않는 다른 물은 어디에 쓰이는가? 텍스트는 그것을 말하지 않는다. 하지만 몇 가지 병행 관계들을 통하여 우리는 그것이 '생명의 물,' 하데스에 들어가는 대신 되돌아나오고자 하는 죽은 자들을 위한 물이라고 추정할 수 있다. 그것은 죽

---

67) G. Kaibel, *Inscriptiones graecae...*, XIV, n° 641; Dieterich, *Nekyia*, p.86.

은 자들의 거처에 들어가는 데 도움이 되지 않으며 그 때문에 지키는 자도 없는 것이다. 이 점은 바빌론의 여신 이슈타르 Ishtar의 지옥 하강에서도 나타난다. 예레미아스 Jeremias가 말하듯이, "그녀는 파수가 그녀에게 생명의 물을 뿌린 후에야 돌아온다."[68] 만일 이러한 추정이 옳다면 그것은 왜 주인공에게 처음에는 죽음의 물이, 그리고 나서는 생명의 물이 뿌려지는가를 설명해준다. 죽음의 물은 그를 결정적으로 죽게 하는 데에, 그를 결정적으로 죽은 자로 변화시키는 데에 쓰인다. 그것은, 죽은 자에게 흙을 던지는 행위와 유사한, 일종의 장례 제의이다. 이때부터라야 비로소 그는 정말로 죽은 자로서, 더 이상 두 세계 사이를 따돌며 흡혈귀의 모양으로 되돌아올 수도 있는 존재가 아니게 된다. 그리고 죽음의 물이 뿌려진 후에라야 비로소 생명의 물로 작용할 수 있는 것이다.

만일 이러한 추정들이 옳다면, 그것은 동시에 '힘의 물'과 '약함의 물'도 해명해준다. 이 물들은 신참자의 오른편과 왼편에 있는 것으로, 야가나 용의 동굴에서 주어진다.

야가는, 용과 마찬가지로, 다른 왕국의 입구를 지킨다. 용은 열의 세곱절째 왕국에 이르는 강과 다리를 지킨다. "힘의 물은 다리 오른편에, 약함의 물은 왼편에 있다"(Af. 77, var./137, var.). 싸움이 있기 전에, 이 물들은 자리가 바뀐다. 주인공은 힘의 물을 마시고 용을 죽인 후 다른 왕국에 이른다.

인용된 그리스 자료와의 유사성은 충분히 완전하지만 절대적이지는 않다. 이 물들 중 어떤 것을 주인공이 마시는가(생명의 물 즉 산 자들을 위한 물, 또는 죽음의 물 즉 죽은 자들을 위한 물)라는 질문에 대해 정확한 대답을 하기란 불가능하다. 본래의 정확한 의미가 여기에는 상실되고 지워져 있다. 주인공이 산 자인지 죽은 자인지 하는 질문만큼이나 이 질문도 대답하기 어렵다. 그는 용감한 파괴자요 약탈자로서 죽은 자들의 왕국에 틈입하는 산 자이다. 여기에서도 우리는 수립된 질서의 파괴를 본다. 주인공은 그가 죽은 자로서 마셔야 할 물을 마시지 않으며, 그 사실만으로도 그는 힘을 얻는다. 마치 젊음의 사과들이나 그밖의 요술적인 것들을 훔치듯 그는 힘을 훔치는 것이다.

그러므로 나는 '죽음의 물과 생명의 물' 및 '약함의 물과 힘의 물'은 동일한 것이라고 생각한다. 까마귀가 날개 밑에 달린 두 개의 주머니에

68) *Hölle und Paradies*, p. 32.

실어오는 것은 바로 그 물들인 것이다. 저세상에 이르기 위해 죽은 자는 그 물들 중 하나만을 써야 하며 산 자 또한 마찬가지이다. 하지만 죽음의 강을 떠났다가 삶으로 되돌아오고자 하는 자는 두 가지 물들을 차례로 써야 한다.

이러한 추정들은 보다 상세한 자료들이 발견되기 전에는 가정의 상태로 있을 수밖에 없다. 하지만 이러한 추정들에 힘입어 우리는 이슈타르가 저세상의 입구에서 '죽음의 물'만을 마시며 그것이 그녀에게 통행권 역할을 한다고 말할 수 있다. 돌아오면서 그녀는 다른 물을 마신다. 그런데 이 이중화된 물은 역시 저세상에서 얻는 '치유와 생명의 물'——눈멀음 등등을 치유하는——과는 구별되어야 함을 덧붙여 말해둘 필요가 있다. 이 나중 물은 열의 세곱절째 왕국을 연구할 때에 문제될 것이다.

23. 인형들

그리하여 몇 가지 마술적 물건들의 검토는 우리를, 이미 다른 많은 요소들의 검토가 우리를 이끌어갔던, 죽은 자들의 왕국으로 이끌어간다.

우리를 거기로 이끌어가는 것들 중에는 마술적 원조자와 마술적 물건 간의 접합점에 있는 물건 즉 인형들도 있다.

이런 종류의 인형은 『아름다운 바실리사』이야기 (Af. 59/104)에 나온다. 여기서는 어머니가 죽는다. "마지막이 다가오는 것을 느끼자, 어머니는 딸을 불렀다. 그리고 이불 밑에서 인형을 하나 꺼내어, 이렇게 말하며, 그것을 딸에게 주었다. '……나는 죽는다. 내 축복과 함께 이 인형을 네게 주마. 이걸 항상 네 곁에 두고 아무에게도 보이지 마라. 네가 힘들 때면 인형에게 먹을 것을 주고 충고를 구하도록 해라.'" 아자로프스키, 안드레이에프, 소콜로프 등은 아파나시에프 선집을 편집하면서, 이 모티프를 비민속문학적인 것으로 간주하는 경향이 있었다. 왜냐하면 민속문학 속에서 그와 비슷한 것들을 찾을 수 없었기 때문이다. 하지만, 첫째로, 비슷한 예들이 존재한다. 『때투성이』이야기 (Sm. 214)에도 같은 식으로 기구하는 인형들이 있다. "너희 인형들아, 먹고 내 괴로운 걸 들어주렴." 북러시아의 한 이야기에서도, "장롱 속에 인형이 네 개 있는데, 네가 필요할 때에 그것들이 널 도와줄 거야!"라고 어머니는 죽기 전에 딸에게 말한다(Nor. 70). 인형에게 먹을 것을 주어야 한다는 사실도 아울러 지적해두자. 둘째로, 인형들은 다양한 민족들의 민간 신앙 속에 널리 나타나며, 이야기와의 유사성 또한 상당히 정확하다.

이 모티프를 좀더 잘 이해하기 위해, 이야기에서 끌어낸 또 다른 예를 들어보자. 『다니엘 왕자』이야기(Af. 65/114)에서, 뒤쫓김을 당하는 소녀는 땅 속으로 꺼져들어가면서(즉, 지하 왕국으로 들어가면서) 그 자리에 인형 네 개를 남겨놓아, 그것들이 그녀 대신 그녀의 목소리로 추적자에게 대답한다. 이 경우, 인형은 땅 밑으로 떠난 자를 대신하는 역할을 한다.

수많은 민족들의 민간 신앙에서도 인형이 하는 것은 바로 이 역할이다. "잘 알려져 있는바, 아시아에서는 오스티악족, 골드족 les Goldes, 길리악족, 오로치족 les Orotchi, 중국인들, 유럽에서는 마리족 les Maris, 츄바시족 les Tchouvaches, 그리고 그 밖의 여러 민족들이, 세상을 떠난 가족을 기억하기 위하여 '나무 우상' 또는 인형을 만들었으며, 거기에 죽은 자의 영혼이 들어 있다고 생각하였다. 이 죽은 자의 대리자에게, 자기가 먹는 모든 것을 바치며, 마치 그것이 살아 있는 것처럼 돌보았다."[69]

아프리카의 에임족 les Eimes 에서는, 아내가 죽고 남편이 재혼할 경우, 그는 저세상에 있는 아내를 나타내는 인형을 자기의 오두막에 간직한다. 그리고 인형에게 온갖 영예를 주어, 저세상의 아내가 이세상의 아내를 질투하지 않게 한다.[70] 네덜란드령 뉴기니에서는 죽은 여자를 본따, 예언을 하는 데에 쓰이는 작은 나무 인형을 새긴다. 프레이저는 어떻게 병자의 영혼을 인형 속에 끌어들이는가를 상세히 묘사한다.[71] 병자의 영혼을 품을 수 있는 인형은, 죽은 자의 영혼 또한 품거나 나타낼 수 있다. 고인의 가족은 작은 인형을 만들어 경배하는바, 그 인형은 고인의 화신인 것이다. 인형을 식탁에 앉히고 먹을 것을 주고, 재우고 한다.[72]

이집트에서는, 이러한 개념이 사자 숭배 속에 반영되었다. 프란초프 Y.P. Frantsov 는 고대 이집트의 이야기들에 대한 그의 저서에서 고위 성직에 관하여, 이 사실을 지적하였다.[73] "고대 이집트의 마술에서, 마술적 목적으로 인형들을 사용하는 것은 널리 유포되어 있었다. 우리의 이

---

69) 젤레닌, 『온곤의 예배』, 137.

70) C. Meinhof, *Die Religion der Afrikaner in ihrem Zusammenhang mit dem Wirt‐schaftsleben*, Oslo, 1926, p.63.

71) Frazer, *Gold. Bough*, Ⅱ, 1911, 53~54.

72) 『소비에트 민속문학』, 2~3, 1936, pp.159~223. (*Sovetskij fol'klor*, 2~3, 1936, str. 159~223.)

야기에서 이 인형들의 사용에 부여되는 것과 같은 의미로 즉 인형-원조자라는 의미로, 이 개념은 사자 숭배에서 인형-원조자 유세브티 *uchebti* 또는 쇼아브티 *chauabti* 라는 형태로 유포되었다.” 그리고 이 인형들은 동물적 양상을 갖기는 했지만 인간 조상이 동물적 조상을 대신하였으므로 그 관계는 여기서 분명하다. 비드만이 보여주듯이, 유세브티 인형들은 작은 조상(彫像)의 모양을 하고 있었다. 그것들은 죽은 자의 무덤 속에 놓였으며, '대답'이라 불리우며 죽은 자를 저세상에서 도와주게 되어 있었다. 이 모든 자료들은 인형이 어떤 사고 개념들과 어떤 관행들에 소급하는가를 보여준다. 그것은 죽은 자를 나타낸다. 인형 속에 화육한 죽은 자가 도움을 가져다주기 위해서는, 인형에게 먹을 것을 주어야 한다.

24. 결 론

여기에 제시된 자료들은, 물건들이, 그 내용으로 보아, 다양한 기원들을 갖는다는 것을 보여준다.

다음과 같은 유형들을 구별해볼 수 있다. 동물적 기원의 물건들, 식물적 기원의 물건들, 도구나 무기로부터 유래하는 물건들, 독립적이거나 의인화된 힘들이 투영되는 다양한 물건들, 그리고 끝으로, 사자 예배와 관련되는 물건들, 하지만 이것은 스케치에 불과하다. 보다 천착된 분석은 또 다른 유형들이나 또는 지적된 유형들 속에 들어갈 수 있는 다른 물건들을 보여줄 수도 있을 것이다. 이러한 것이 이 물건들에 대해 그것들의 내용의 관점에서 그려볼 수 있는 조망이다. 일반적인 역사적 범주로서, 그것들은 원조자와 같은 원천들에 소급하며, 그 일부를 이룬다.

이야기의 모든 진행, 마술적 물건들이 야가(또는 그 등가자들)나 동물들의 왕에 의해 주어진다는 것, 그것들이 숲속에서 발견된다는 것 등은 이야기의 동질적이고 조화로운 구성, 그 역사적 가치 및 의미에 대한 설득력 있는 증거를 제공해준다.

야가와 그녀의 증여는 동일한 전체의 두 측면이며, 그것들을 연결시키는 관계는 이야기에 의해 매우 완전한 방식으로 보존되었다.

제 6 장
횡　단

1. 구성적 요소로서의 횡단

저세상에로의 이행은 말하자면 이야기의 축인 동시에 그 중심이다. 그 횡단을 신부나 또는 어떤 요술적인 것, 불새라든가……의 탐색이나 또는 사업차 여행 등으로 동기화하고, 거기에 대응하는 말미(신부를 구하였다든가, 등등)를 제공하기만 하면 이야기의 골격, 물론 아주 일반적이고 단조롭고 단순한 것이기는 하지만 그 위에 다양한 주제들이 접목될 수 있는, 특징적인 골격이 생겨나는 것이다. 횡단은 주인공의 공간 이동의 특별히 강조되고 확대되고 두드러진 한 순간이다.

러시아의 이야기에는 여러 가지 형태의 횡단이 있다. 여기서는 가장 전형적인 방식들, 자주 반복되는 횡단의 방식들만을 살펴보겠다. 예를 들어 주인공은 동물이나 새로 변하여 달아나거나 날아간다. 또는 새나 말의 등에 타거나 날으는 양탄자에 타기도 한다. 그는 발빠른 장화를 신기도 하고 정령이나 악마가 그를 실어가기도 하며, 그는 배나 날으는 배를 타고 여행하는가 하면, 나룻배를 타고 강을 건넌다. 그는 심연으로 내려가고 또는 사다리나 밧줄이나 끈이나 사슬이나 손톱으로 산을 기어오른다. 그는 나무에 기어오르며 나무는 하늘까지 자란다. 또는, 그저 단순히 안내자에게 인도되어갈 때도 있다.

우리는 이러한 형식들의 완전한 목록을 만들 필요는 없으며 또 그것들을 완전히 분류하고 체계화할 필요도 없다. 횡단의 형식들은 서로 섞이고 동화되고 변형된다. 여기서 중요한 것은 체계화가 아니라 모든 횡단의 형식들이 동일한 기원을 갖는다는 사실, 모든 형식들이 죽은 자와 저승 여행에 대한 원시적 개념으로부터 나오며 그 중 어떤 것들은 구체적으로 장례 제의를 반영하고 있다는 사실이다.

2. 동물 형태로의 횡단

이야기에서, 저세상으로 가거나 거기에서 돌아오기 위해 주인공은 때로 동물로 변신한다. 동물로의 변신은 이미 죽음의 개념으로서 검토된 바 있다. 때로 주인공은 야가의 집에서 머문 후에 날아간다. 거기까지는 걸어갔는데 거기서부터는 하늘을 날아가는 것이다. 변신은 공중의 이동이라는 원칙과 연관되어 있다. 주인공은 열의 세곱절째 왕국의 존재를 알게 될 때 비로소 변신한다.

주인공이 구체적으로 어떤 동물들로 변하는가를 살펴보면 흥미롭다. 잘 알려진 이동의 표현으로는, "그들은 흰담비들처럼 산을 가로질렀다. 그들은 회색 오리들처럼 푸른 파도를 가로질렀다"(Sm. 298)와 같은 것이 있다. 여기에서 동물들은 빠른 횡단에는 별로 적합치 않은 것들이다. 또 다른 예로 "용감한 이반은 해리에 올라타고 푸른 파도를 건넜다. 뭍에 닿자 그의 등에서 내렸다"(Khoud. 62)는 것도 있는데 이 동물들의 선택은 테마의 수렵적 기원에 의해 결정되는 것이다. 보다 흔하게, 일반적으로, 다른 어떤 형식들보다 흔하게 나타나는 것은 새이다. "'태풍 용감이 *Ouragan Le Valeureux*'는 땅을 치고, 독수리로 변하여 궁전까지 날아갔다"(Af. 76/136). 이런 부류의 예들은 아주 많다. 우리는 새와 그 말로서의 대치에 대해 앞서 말한 것을 여기서 다시 반복하지는 않겠다. 여기에서 새의 관념이 가장 오랜 것임은 이의의 여지가 없다. 그러나 탈 수 있는 짐승들이 나타나자, 횡단의 기능은 이들에게로 전이된다. 물론 여전히 새에 타기도 하지만 말이다. 마르 Marr가 언어학적 자료들로부터 보여주는 바로는, 유럽에서 탔던 가장 오랜 동물은 순록이라고 하는데, 이 자료들은 나중에 발굴들에 의해 확증되었다. 이야기에도 역시 순록이 나온다. "⋯⋯그는 날쌘 다리의 순록으로 변하여 쏜살같이 나아갔다. 그는 달리고 또 달려서 지치게 되자, 산토끼로 변하여, 새로운 힘으로 내달았다. 다시금 그는 달리고 또 달리다가 다리에 힘이 빠지게 되자, 금빛 머리의 작은 새로 변하여 점점 더 빨리 날아갔다. 하루 반나절 만에 그는 마리아 왕녀의 왕국에 이르렀다"(Af. 145/259). 여기에서 특징적인 것은, 순록과, 보다 오랜 것들인 새와 토끼가, 삼중적 이미지를 이룬다는 점이다. 말의 출현과 함께 변신의 토템적 전통은 종료되었으며 동물에 타는 것이 시작되었다. 하지만 한편으로는 여전히 "그는 말로 변하여 아름다운 엘레나의 궁전까지 달려갔다"(Af. 120b/209)는 식의 표현도 발견된다. 즉 마술적 사용의 옛 형식들이 새로운 동물에 투영되는 것이다. 그런가 하면 다른 한편으로는, 동물(이후로는 타게 된)을 사용하는 새로운 형식들이 옛 동물들에 투영되어, 앞서도 보았듯이 새의 등에 타기도 하는 것이다.

3. 짐승의 가죽에 싸임

열의 세곱절째 왕국을 향한 주인공의 횡단이 죽은 자의 저승 여행에 관한 원시적 개념들에 그 기원을 두고 있다는 생각은 방금 제시한 자료들만으로는 뚜렷이 드러나지 않는다.

이야기에서는 다음과 같은 횡단의 형식이 매우 자주 발견된다. 즉 동물로 변신하는 대신에 주인공은 동물의 가죽을 꿰매입거나 또는 그 시체 속에 들어가며 새가 그것을 그대로 낚아채어 실어가는 것이다. 이 모티프의 변이체들은 다양하다. 그의 하인이 황금산으로 실려가게 하기 위하여, "상인은 칼을 꺼내어 노마(駑馬)를 죽였다. 그리고는 그 배를 갈라 속을 비우고, 소년을 뱃속에 들어가게 한 후에 다시 꿰매었다. 그리고 그는 덤불에 숨었다. 갑자기 쇠부리를 가진 검은 까마귀들이 쏜살같이 날아들어 시체를 채어다가 산 위로 가져가서 물어찢었다. 곧 그들은 상인의 아들을 드러나게 하였다"(Af. 136/243). "한 마리 새끼독수리가 나타나, 젖은 가죽으로 그를 덮고는, 황금산 위로 끌어올렸다"(Sm. 49). 이 경우에 우리는 주인공이 동물의 몸 안에 숨는 대신, 그 시체로 몸을 싸는 것을 본다. 또 다른 이야기에서 이반은 시체를 던져넣는 구덩이에 있게 된다. "어떻게 거기에서 나올 것인가? 문득 그는 시체들을 가져가는 커다란 새를 본다. 그리고 구덩이에는 또 하나의 시체가 던져진다. 그는 거기에 몸을 묶으면 되겠다 하는 생각이 들어서 그렇게 한다. 새가 와서 짐승을 채어 실어간다. 새가 소나무 위에 앉자, 이반 왕자는 몸을 떼어낼 수 없는 채, 그 꼭대기에서 흔들리기 시작한다"(Af. 111/189).

이런 형태의 횡단을 먼저 것과 비교해보면 이것이 변신보다 나중의 형태로서 변신에 대치된 것이라는 결론은 쉽게 얻어진다. 횡단을 실행하는 가장 오랜 동물인 새도 아주 없어지지 않고, 운반자의 역할로 남아 있다. 하지만 동시에 여기에는 이미 말·암소·황소 등이 반영되어 있다. 이러한 추정은 자료들에 의해 확증된다. 싸개나 덮개로 쓰이는 동물의 가죽은 입문 제의에서도 발견되는바 그것은 거기에서 동물과의 동일시를 상징하는 것이다. 입문자들은 늑대·곰·물소 등의 가죽을 쓰

고 춤추며 그 동물의 동작을 모방함으로써 그들의 토템 동물을 흉내 낸다. [1]

같은 개념이 수렵민족들의 장례 제의와 신화에서도 발견된다. 슈테른 베르크는 이렇게 말한다. "인간이 사후에 그의 토템 동물이 된다고 한다면 그것은 자연히 장례 제의에 반영된다. 즉 죽은 자는 그의 토템이었던 동물의 가죽에 싸이는 것이다." [2] 예컨대 물소를 토템으로 가졌던 오와하 Owaha 부족에게서는 죽은 자들은 물소의 가죽에 넣고 꿰매어졌다. [3] 난센은 에스키모족에게서도 같은 관습을 본다. "흔히 (죽은 자의) 다리들은 접히며 그 자세대로 짐승의 가죽 속에 넣고 꿰매어진다." [4] 난센은 이러한 관습을 죽은 자로 하여금 무덤 속에서 가능한 한 자리를 적게 차지하게 하려는 의도로써 설명하는바 이것은 다리를 접는 데 대한 설명일 수는 있어도 죽은 자를 가죽 속에 넣고 꿰매는 데 대한 설명은 못될 것이다. 라스무센 Rasmussen 은 에스키모들이 가죽 속에 꿰맨 죽은 자들을 바다에 던지곤 하였다고 지적한다. [5] 그러니까 이 관념은 난센이 생각하듯이 구덩이와 연관된 것은 아니다. 난센은 또 그것이 어떤 동물인지도 명시하지 않는다. 같은 관습이 츄크치 Tchouktchi 족에게서도 존재한다.

해당 모티프는 어떤 신화들에서도 발견되는바 동물의 가죽에 싸이거나 그 살 속에 들어감으로써 동물과 동일시된다는 관념은, 거기서 아주 명백히 드러난다. 이러한 경우에 지배적인 동물은 새이다. 예컨대 주인공은 독수리를 잡는다. "그는 그것을 하도 세게 흔들어 모든 뼈와 살이 떨어졌다. ……그러자 그는 독수리의 가죽을 쓰고 하늘로, 죽은 자들의 왕국으로 날아갔다." [6] 이런 종류의 신화들은 아메리카에는 매우 흔하다. 옐치 Iélch 의 틀링기트 Tlingit 부족의 한 신은 까마귀를 죽여 그 깃털을 쓰고서 하늘까지 날아가 태양을 제자리에 두었다고 한다. [7] 무당의 의상이 흔히 새 모양인 것은 이런 의미에서 이해되어야 할 것이다.

이러한 관습은 사육민족들에게서는 더 흔하다. 이야기에서처럼 그들

1) Webster, *Prim. Secret Societies*, p. 183.
2) Sternberg, *Évolution des croyances religieuses*, p. 477.
3) Kohler, *Urspr. d. Melusinensage*, p. 39.
4) Nansen, *Eskimoleben*, p. 216.
5) K. Rasmussen, *Grönlandsagen*, Berlin, 1922, p. 254.
6) Frobenius, *Weltanschauung d. Naturvölker*, pp. 27, 153; Boas, *Indian. Sagen*, p. 38.
7) Frobenius, *ibid.*, p. 30.

은 죽은 자들을 황소나 암소의 가죽 속에 넣고 꿰맨다. 아프리카에는 그 많은 예들이 있다. 라움 Raum 은 디야가 Djagga 부족에 대해 이렇게 말한다. "누가 죽으면 가축 중 한 마리를 죽여서 그 가죽으로 죽은 자를 덮는다."[8] 필러보른은 또 이렇게 말한다. "와히히족 les Wahehe 은 죽은 자를, 그가 그 위에서 죽은 짐승의 가죽에 넣고 꿰매었다." "장례의 애 곡은 일주일간 계속되었다. 그러나 이 더운 기후에서는 시체가 빨리 부패하므로, 죽은 자를 소가죽에 넣어 꿰매고 그것으로 충분치 않으면 두 겹째 가죽에, 세 겹, 네 겹, 다섯 겹째의 가죽에 넣어 꿰매었다."[9] 이러한 기계적·합리적 해석이 그릇되었다는 것은 다른 예들과의 비교에서 드러난다. 프로베니우스는 이렇게 말한다. "위대한 왕이 죽으면 선조의 관습에 따라 그를 암소의 가죽에 넣고 꿰매어 호수 위에 사흘간 떠다니게 두었다." 이러한 관습을 만들어낸 민족들은 보통 그 동기를 밝히지 않는다. 연구가들은 동기들을 상상할 뿐이다. 악취를 피하기 위해서라든지 관의 자리를 아끼기 위해서라든지 하는 설명들이 모두 그렇다. 이 모든 동기화들은 그릇된 것인바, 진정한 이유는 외적인 형식이 아니라 관습의 역사에서 구해져야 할 것이다.

우리가 지금까지 말했던 민족들은 사육민족들이다. '베다' 시대의 인도 주민들도 사육민족이었으며 우리는 그들에게서도 동일한 관습을 발견하는바 여기 대해서는 다소 상론할 필요가 있다. 높은 문화의 수준에 이르렀던 인도에는 죽은 자를 짐승의 가죽에 넣고 꿰매는 옛 관습이 남아 있기는 했지만 죽은 자들은 화장되기도 했으므로 그 옛 관습은 특수한 동기화를 얻게 되었다. 즉 죽은 자는 화장되기 전에 암소의 대응하는 부분들 위에(즉 머리에 머리를, 등등) 놓여지거나 또는 같은 방식으로 가죽에 덮이거나 한다. 또는 염소를 시체와 함께 태우기도 한다. 그러면 불의 신 아그니가 불꽃 속에서 죽은 자를 데려가는 것이다.[10] 이러한 관습의 동기는 대체 무엇인가? 명목상으로 그것은 아그니가 사람이 아니라 동물을 태우게(즉 먹게) 하기 위해서라고 한다. 『리그베다』에는 이런 말이 있다. "아그니로부터 너를 보호하기 위해 암소의 가죽을 뒤집어쓰라"(『리그베다』, X, 16, 7). 이러한 동기화는 뒤늦게 생긴 것이 명백하다. 그 가죽이 죽은 자를 덮는 데 쓰이는 암소를 일컬어 독일의 학

8) I. Raum, "Die Religion d. Landschaft Moschi, *ARW*, XIV, 1911, p. 184.
9) F. Fülleborn, *Das deutsche Nyassa und Ruwuma Gebiet*, Berlin, 1904, pp. 148, 184.
10) J. Hertel,, *Die arische Feuerlehre*, Leipzig, 1925, p. 18.

문은 'Umlegetier' 즉 포장동물이라는 특수한 용어를 만들어냈던바 시체는 머리와 다리와 꼬리가 그대로이고 털에 덮여 있는 동물의 가죽에 싸이는 것이다.

고대의 농경 민족들의 문화에서도 이 제의 또는 관습이 존재하되 잔존의 상태로 그러하다는 것은 흥미로운 사실이다. 고대 이집트에서는 죽은 자들을 매장하기 위하여 짐승의 가죽에 싸곤 하였으며 그러한 포장의 흔적이 발굴에서 발견되었다.[11] 버지는 거기에서 미이라 만들기의 처음 시도를 본다. 이는 아마도 옳은 지적이겠지만 우리가 보기에 그것은 또한 보다 오래 된 장례 형태의 궁극적 단계이기도 하다. 후에, 미이라 제의가 완전히 정립되었을 때에도 짐승의 가죽에 싸는 관습은 또 다른 형태로 남아 동물과의 동일시라는 그 본래의 의미를 명백히 드러내준다. 즉 이제는 죽은 자가 아니라 예식의 수행을 맡은 사제가 가죽에 싸이는 것이다. 버지는 이렇게 말한다. "자리에 눕기 전에, 그는 황소나 암소의 가죽으로 몸을 싸는데 이는 그럼으로써 재생에 이르기 위함이다. 황소의 가죽을 통해 지나감으로써 새로운 탄생을 부여받는다고 믿었던 것이다……." 그들은 신들이 바로 그렇게 하는 것이라고 생각하였다. 아누비스 Anubis 도 그렇게 오시리스의 가죽을 통과했던 것이다. 우리는 여기에서 동물이 신이 되며 동물의 가죽에 싸는 것은 죽은 자에게 그 동물과의 동화를, 따라서 불멸성을 주는 것임을 본다. 희생 제의에는 바로 이러한 사고 개념이 반영되어 있다. "짐승의 가죽은 희생 제의의 특징으로서 그것을 통과하는 것은 인간에게 희생 제물의 힘과 생명을 주며 그를 죽여진 동물의 대리자로 만들었다. 황소가 오시리스——그 자신이 '황소 아멘티 Amenti'인——의 상징인 것과 마찬가지로 그 가죽을 입은 사람은 오시리스의 대리자였다."[12]

여기에는 운동의 개념이 결여되어 있는 것으로 보인다. 가죽은 모레 Moret 의 표현을 빌자면, '피에 물든 수의'로 쓰였다.[13] 이는 이집트인들이 죽은 자의 여행을 비상이 아니라 그들에게는 더 자연스러운 이동 수단이었던 배 여행으로 상상하였다는 사실에서 기인한다. 그러나 저 세상에로의 안내라는 황소의 역할은 이집트에서도 생소한 것이 아니다. 모레는 이렇게 말한다. "황소는 셋 Seth 의 공모이며 오시리스의 경쟁

11) E.A.W. Budge, *The Book of the Dead*, I, p. xxi.
12) Budge, *The Book of Opening the Mouth*, p. 31.
13) A. Moret, *Rois et dieux d'Égypte*, Moscou, 1914, p. 9(러시아어 역).

자로서 희생된다. 그리고 그는 죽은 후에 오시리스를 등에 태우고 하늘로 메려간다. 그의 가죽은 낙원으로 가는 신적인 배의 돛으로 쓰인다."그러니까 가죽은 돛이 되는 것이다. [14]

그리스에서는 죽은 자들이 아니라 신들이 짐승의 가죽에 싸인다. 이점은 헤라클레스에 관하여 이미 말해진 바 있다. 그러나 디오니소스 또한 머리와 뿔들이 달린 황소의 가죽을 입고 있는 것으로 묘사된다. 죽은 자를 저승까지 동반하는 동물들은 이제 흔히 죽은 자를 위한 단순한 양식으로 상상된다(이러한 사고 개념의 시작을, 우리는 인도의 경우에서 보았다). 인간-동물이라는 관념은 인간 더하기 동물이라는 관념으로써 대치되는바 이 동물은 단순히 죽은 자의 양식으로 쓰이기도 하고, 또는 슈텡겔 Stengel이 생각하는 대로, 저세상에서 하인 역할을 하기도 한다. "식용 동물의 가죽을 벗겨서 죽은 자를 그 기름에 넣고 태우며 죽은 자의 바로 곁에서는 그 동물의 몸을 항아리에 가득한 꿀이며 기름과 함께 태운다."[15] 하지만 말의 가죽은 벗기지 않는데, 왜냐하면 "말은 죽은 자를 저승에서 섬기기 위해 따라가야 하기" 때문이다.

이 모든 자료들은 동물의 시체 속에 들어가거나 그 안에 꿰매어지는 주인공이라는 모티프가 사후의 인간을 동물과 동일시하는 고대적 개념을 반영하는 장례 제의, 사육의 경제적 단계를 거쳐온 제의를 기원으로 한다는 사실을 분명히 보여준다.

4. 새

짐승의 가죽에 싸는 것은 이미 짐승과의 동일시라는 원시적 개념의 망각이 시작되었음을 의미한다. 주인공이 동물에 타는 모티프는 같은 망각의 또 다른 단계에 해당한다. 여기서도 주목해야 할 것은 우선은 죽은 자를 나타내는 동물 즉 새에 타는 것이 먼저이고 진짜로 탈 수 있는 동물들이 나타나는 것은 더 나중이라는 사실이다. 이야기에서는 이렇게 말해진다. "'내 날개에 타라. 내가 너를 내 나라로 데려가마……' 상인은 독수리에 탔고 새는 날아올랐다. 푸른 호수 위를 지나며 독수리는 높이 아주 높이 솟구쳤다."(Af. 125f/224). [16] 이 이야기의 또 다른 변이체에서는, 독수리가 주인공에게 발 밑에 무엇이 보이는가를 세 번 묻는다. "농부는 독수리에 탔고 새는 푸른 호수 위로 날아올랐다. 호수를 지나면서

---

14) *Ibid.*, p. 110.
15) Stengel, "Aides Klytopolos," *ARW*, Ⅷ, 1905, p. 208.
16) 1946년판은 변이체를 구체적으로 지적하지 않는 채, 125f 대신 125라 하였다(N.d.T.).

새는 농부에게 물었다. '잘 보아라, 그리고 우리의 앞과 뒤와 위에 무엇이 보이는가를 말해다오. ——우리 뒤에는 땅이, 앞에는 물이, 위에는 하늘이, 아래는 물이 있다'고 농부는 말했다"(Af. 125b/220). 풍경은 나아감에 따라 변한다.

이러한 예들은 새라는 관념과 머나먼 공간 특히 물과 바다의 관념간의 관계를 분명히 보여준다. 짐승의 가죽에 싸는 것이 목축·사육 민족들에게서 극에 달한다면 새의 개념은 해양민족들의 특징이다. 그러므로 그것은 중앙 아프리카에서는 거의 발견되지 않는 반면, 오세아니아와 아메리카의 해양민족들에게서는 지배적인 것이다. 이 민족들은 앞으로 보게 되겠지만 새와 함께 배를 알고 있다. 이들에게 있어 죽은 자들의 왕국은 숲이나 산의 너머에나 땅 밑에 있는 것이 아니라 수평선 너머에 펼쳐지는 것으로 상상되었다. 그것은 태양의 왕국인 동시에 물의 왕국이다. 이 민족들의 조형 예술에서는 배의 모양으로 된 새들의 재현이 발견된다. 죽은 자가 새에 탄다는 것은 프로베니우스에 의하면, 배 여행에 기원을 둔 사고 개념이다.

우리가 방금 언급했던 이야기에서, 이반은 파도의 짜르에게 가는데, 이 인물은 흔히 태양과 연관된다. 이 이야기의 한 이본(Af. 103/?)[17]에서 이반은 파도의 여왕을 찾아 떠나는데 그러기 위해 그는 아홉의 세곱되는 나라들의 너머로, 해가 지는 곳으로 향한다. 그곳에는 태양의 짜르가 파도의 여왕을 잃고 상심하여 있다. 이러한 이야기들은 거기에서 천체적 현상의 반영을 보려 하는 신화학자들에 의해 매우 존중되었다. 이 열의 세곱절째 왕국이란 사실 흔히(하지만 항상은 아니다) 태양의 왕국이다. 우리는 이 점을 나중에 이 모티프를 다룰 때에 보게 될 것이다. 그 중요성은 그러나 그것이 하늘과 별들에 대한 어떤 개념들을 반영한다는 데서가 아니라, 그것이 죽은 자들의 왕국을 반영한다는 데에서 기인한다. 사실상 새는 탁월히 영혼 인도적인 동물인 것이다. 분트 Wundt는 이렇게 말한다. "오세아니아와 북아메리카에서는 선조들이나 최근에 죽은 자들의 영혼들이 특정한 새들 속에 살아 있다는 생각이 지배적이다. 그리고 이러한 생각은 죽은 자의 영혼이 그의 비지상적인 거처인 태양을 향해 간다는 신화와 밀접히 결부되어 있다."[18] 새가 죽은 자의 영혼

---

17) 착오 : 아파나시에프 선집 103a와 103b의 이야기들에는 이 모티프가 없다. 이 모티프는 아파나시에프의 「자연에 관한 슬라브인들의 시적 개념」(I, 129)에, 우크라이나의 것으로 인용되어 있다(N.d.T.).

18) 분트, 『신화와 종교』, p. 109. (V. Vundt, *Mif i religija*, str. 109.)

이라는 사실은 잘 알려져 있다. [19] 그러나 연구가들은 때로 그러한 개념의 기원에 대해 매우 혼동된 생각들을 갖고 있다. 예컨대 분트는 영혼-새라는 관념의 출발점이 화장시에 영혼이 연기의 형태로 날아간다는 생각에 있다고 본다. "영혼이 소각되는 육체로부터 솟아오르는 연기로 변하는 것은, 또 다른 형태의 변신…… 즉 움직임이 빠른 동물들, 특히 새나 다른 날개달린 존재들에로의 변신에로 이어진다."[20] 우리는 이러한 관념을 변신에 대한 사고 개념들의 두번째 단계, 해양민족들에게서 발달한 단계로 본다.

많은 자료를 제시할 필요는 없다. 우리는 예증으로서 몇 가지 경우들을 제출할 뿐이다. 프로베니우스는, 원시 민족들의 우주에 관한 그의 저서에서 한 장 전체를 새에게 할애하고 있다. 타이티 Tahiti 와 통가 Tonga 섬들에서는 새들이 영혼을 실어간다는 민간 신앙이 19세기 말까지도 존재하였다. 누가 죽으면 그의 영혼은 새에 의해 실려갔다. 즉 새는 영혼을 저세상으로 실어가는 것이다. 죽은 자들을 실어가는 이 새들 중에는 오세아니아 주민들의 코뿔새, 오스트레일리아 주민들의 까막까치, 누트카 Nootka 부족의 까마귀 등이 있다. 타히티와 통가에서는 새가 죽은 자의 영혼을 엿보다가 삼킨다고도 한다. 코뿔새는 다이약족에게서도 나타난다. 이 새는 죽은 자의 영혼을 죽은 자들의 도시로 빠르고 안전하게 데려간다.

같은 유형의 민간 신앙이 제의와 신화들에서도 증명된다. 다이약족들은, 죽은 자의 가슴에 암탉을 잡아맨다. 보르네오에서는 암탉을 희생으로 드린다. 수마트라에서는 암탉의 피가 무덤 위에 뿜어지게 한다. [21]

같은 사고 개념이 오세아니아의 신화에도 존재한다. 불을 얻기 위해 마우이 Maoui 는 비둘기의 등을 타고 지하 세계로 내려간다. 미크로네시아의 한 이야기-신화에는 이런 말이 나온다. "새의 모이를 먹어라. (그 위에) 거적을 조금 놓아라. 그리고는 네 아내를 찾아 날아가거라."[22]

북서 아메리카의 신화에는 옐치 Iélch 라는 인물이 있다. "옐치는 무엇보다도 죽은 자들의 새, 영혼들의 인도자이다. 그는 죽은 자들을 함께 애곡하기 위해 다른 새들을 부른다."[23]

19) J. Negelein, *Die Seele als Vogel*, Globus, 1901; W.G. Weicker, *Der Seelenvogel in der alten Litteratur und Kunst*, Leipzig, 1902.
20) V. Wundt, p. 108.
21) Frobenius, *Weltanschauung*, chap. I.
22) P. Hambruch, *Südseemärchen*, Jena, p. 168.
23) Frobenius, *ibid.*, p. 26.

영혼-새 또는 새에 실려가는 영혼이라는 개념은 이집트, 바빌론, 그리스-로마 등지에도 보존되었으며 이 모든 형식들은 이야기와 가깝고 그것을 설명해준다. 이집트에는 저세상으로의 이행에 여러 가지 형식이 존재하는데 이는 단일성 및 지속성의 부재가 이집트적 사고 개념의 일반적 특징이기 때문이다. 죽은 왕들의 시체는 피라밋 안에 남아 있다. "그들의 영혼으로 말할 것 같으면 이들은 낙원에 이르는 신성한 길을 아는 바 때로는 지평선에 기대놓은 사다리를 타고서, 때로는 어두운 카이론 Charon이 젓는 배를 타고 강을 건너서 또 때로는 신성한 따오기 새 토트 Thot의 날개를 타고 공중으로 날아올라서 그들은 신들의 곁으로 살러 간다"고 모레는 말한다. [24] 층계나 배에 대해서는 나중에 살펴보게 될 것이다. 지금은 우선 새가 우리의 관심사이다. 새를 타고 날으는 것은 『사자의 서』에도 나온다. "나는 날아올랐다, 날아올랐다, 알에서 나오는 황금매처럼 힘차게. 나는 날고, 나는 앉는다, 마치 날개의 폭이 넉자나 되고 날개들은 남방의 에메랄드와도 같은, 저 매처럼"(『사자의 서』, XXVII, p. 248).

이러한 개념은 바빌론에서도 생소하지 않다. 「길가메쉬」 서사시에서 에아바니는 지하의 세계(이르칼라 Irkalla), "새들처럼 깃털옷을 입는 곳"에서 그를 부르는 소리를 듣는다. [25] 같은 개념이 그리스에도 존재하였다. [26] 예컨대 알렉산더 대왕이 죽었을 때 새가 날아올랐다는 가(假)칼리스테네스 Pseudo-Callisthènes의 이야기가 그러하며, 냉소자 페레그리누스 프로테우스 Peregrinus Proteus가 죽었을 때 지진이 나며 독수리가 하늘까지 날아올라 인간의 음성으로 "나는 땅을 떠나 올림포스로 올라간다"고 외쳤다는 이야기도 그러하다. [27] 또한 이러한 믿음은 아르테미도르 Artémidore의 『꿈의 해석 Onirocritique』같은 작품들에도 반영되는 바 거기에서는 꿈에 보이는 모든 새가 인간 존재로 해석되며, 모든 비상은 지상의 육신을 떠나 영혼-새의 형태로 엘리제 Élysée를 향해 날아가려는 영혼의 동경으로 해석된다. [28] 로마에서는, 황제가 죽으면 그의 영혼을 하늘로 실어가도록 독수리를 한 마리 풀어주었다. [29]

24) *Rois et dieux d'Égypte*, p. 134.
25) W. Jensen, *Das Gilgamesch-Epos*, p. 10.
26) W.G. Weicker, *Der Seelenvogel in der alten Litteratur und Kunst*, Leipzig, 1902, p. 23.
27) R. Holland, "Zur Typik der Himmelfahrt," *ARW*, XXXII, 1925, p. 210.
28) Weicker, p. 23.
29) Holland, "Zur Typik der Himmelfahrt," p. 213.

그리고 마침내 기독교의 시대에도, 우리는 날개달린 천사의 형태로
그러한 믿음의 최후의 흔적들을 갖고 있다.

5. 말을 타고

말이 새보다 나중이라는 것에는 이의의 여지가 없다. 말과 새 사이에
동화가 일어났으며, 날개달린 말이란 실상 새-말이었다는 것을 우리
는 이미 지적하였다. 말을 사육하기 시작했던 시대에는 동물에로의 변
신이라는 관념이──이야기에서는 여전히 말로의 변신이 드문드문 발견
되지만──아마도 뒷전으로 물러나는 중이었을 것이다. 말은 일련의 제
의들에서 나타나는바, 그것은 이동에 쓰이는 동물로서 죽은 자와 함께
매장된다. 말텐은 그리스에서의 이러한 변화를 지적하였다. "헬레니즘
의 (하지만 또한 오스트로-게르만의) 민간 신앙에서, 죽은 자는 말의 형태
Erscheinungsform 나 또는 말을 소유한 기수의 형태로 나타난다." 우리는
이미 말에 대해 살펴보았다. 주인공이 새를 타고 날아가는 것이 죽은
자들의 나라에로의 여행에 관한 개념들의 한 단계라면 그가 말을 타고
날아가는 것은 그 또 다른 단계를 반영한다. 이러한 상황은 너무도 명백
하므로 예를 드는 대신, 독자로 하여금 이미 인용되었던 아누친, 네겔
라인, 말텐 등등의 저서를 참조케 해도 좋을 것이다.

6. 배를 타고

말은 이미 검토된 바 있으므로, 운반자로서의 말을 별도로 검토할 필
요는 없겠다. 반면 지금까지 차치되어왔던 배에 대해서는 좀더 자세히
살펴볼 만하다. 주인공이 타게 되는 배는 예사 배가 아니라 날으는 배이
다. "그러면 네 앞에 배가 다 되어 있는 것이 보일 거다. 너는 거기 타고
어디든지 내키는 대로 날아가면 된다"(Af. 83/144). "문득 배는 공중으로
떠올라, 쏜살같이, 그들을 높은 바위산 꼭대기까지 실어갔다"(Af. 78/
138). 그런가 하면 일곱 명의 시메온의 배처럼 보통 배들도 있는데 거기
대해서는 이미 말한 바 있다.

날으는 배가, 말이나 마찬가지로, 새에서 변화된 것이라는 사실은 새
를 분석할 때에 이미 지적하였다. 말에게는 날개가, 배에게는 단순히 공
기를 가르고 나아가는 능력이 전이된 것이다. 바저는 이렇게 말한다.[30]
"이 지구상의 다소간에 중요한 지방 중에서 영혼의 배에 대한 신앙이 존

---

30) Waser, "Charon," *ARW*, I, 1898, pp. 152~82.

재하지 않는 곳을 찾기란 거의 불가능하다." 나는 이것은 정확한 말이 아니라고 생각한다. 인도, 아시아의 초원들, 스키티아족, 그리스족, 게르만족, 슬라브족 등에서는 말이 우세하며 배는 오세아니아의 해양민족들에게서 우세하다. 유럽에서 죽은 자들의 배 또는 보다 정확히는 배-무덤에 대한 신앙을 대표하는 지역은 스칸디나비아이다.

오세아니아 전역에 걸쳐, 온갖 모양의 배들이 무덤으로 쓰인다. 그것들은 나무에 달리기도 하고[31] 특별히 그 용도로 만들어진 높은 발판 위에 놓이기도 하고[32] 물결에 실리기도 하고 불태워지기도 한다. 이 모든 경우에, 특히 불태우거나 높은 발판 위에 노출되는 경우에, 죽은 자의 공중 여행이라는 개념이 드러난다.

이러한 개념들은 명백히 새의 개념으로부터 유래하는 것이며, 그렇다는 사실은 새 모양의 배, '영혼들의 배'를 나타내는 많은 조각품들에서도 알 수 있다. "새 모양의 배가 영혼을 저세상으로 데려간다"고 프로베니우스는 썼다. 그리고 티모르 Timor 섬에서는 배가 저세상에 도달하면 금빛이 되는바 이는 죽은 자가 태양의 왕국에 도달하였기 때문이다.

이집트에서는, 배가 태양과 혼동된다. 죽은 자들의 배는 태양을 따라 파도 위로 멀어져간다. [33] 우리는 「길가메쉬」 서사시를 통해 알거니와 바빌론에도 이러한 파도의 횡단이 있다. 그리스에는 배에 장사지내는 제의는 없었다. 볼드이레프 Boldyrev에 의하면, 그리스인들은 "결코 타고난 수부들이 아니었다." 그리스인들은 바다를 두려워했다. "물결에 따라 떠내려가는 배는 점진적이고 은연적인 방식으로 선경(仙境)에 틈입할 가능성이 항상 있으며, 따라서 보통의 항해는 언제라도 저세상에로의 여행으로 변할 수 있다."[34] 그리스인들에게 있어 바다는 낯선 원소였고, 그러므로 배에 묻힌다는 것은, 스칸디나비아인들에게서——아누친에 의하면, 이들에게서는 배에 장사되는 것이 매우 장엄한 형식을 띠며 그러한 면모들은 『에다』에도 반영되어 있다——와는 반대로, 전혀 달가운 일이 아니었다.

반면에 그리스적 사고 개념에 있어, 강을 건너는 것은 저 음산한 카

---

31) Frazer, *Belief in Immortality*, Ⅰ, 20.
32) Frobenius, *Weltanschauung der Naturvölker*, p. 14.
33) A. Wiedemann, *Die Toten und ihre Reiche im Glauben der alten Aegypter*, 2éd., Leipzig, 1902, p. 10.
34) 볼드이레프, 「고대 그리스의 항해자들의 종교」, 『종교와 사회』 문집, 레닌그라드, 1926, pp. 145~46. (A.V. Boldyrev, "Religija drevnegrečeskikh morekhodov," Sb. *Religija i obščestvo*, L., 1926, str. 145~46.)

이론과 함께인데, 이는 이야기에서도 발견된다. 러시아의 이야기에서는, 한 노인이 주인공에게 미리 경고를 준다. "……네가 가야 할 길은 세 개의 강을 건너게 되어 있다. 매번 너는 나룻배를 타야 할 터인데, 첫번째 배에서는 네 오른팔을, 두번째에서는 왼팔을, 세번째에서는 머리를 자를 것이다!"(Af. 104c/173). 여기에서 이야기 고유의 삼중화를 제한다면, 우리는 횡단 동안에 잘리는 손이라는 개념(cf. Ontch. 3)을 재발견하게 된다. 우리는 지체의 절단이 입문 의례의 전형적 요소임을 이미 보았다. 이 모티프는 뱃사공이 죽음의 뱃사공인 것을 보여주기에 충분하다.

7. 나무를 타고

하늘까지 올라가기 위해 타고 오르는 나무라는 모티프도 같은 기원을 갖는다. "그는 자루를 들고 떡갈나무를 타고 오르기 시작했다. 계속 올라가, 그는 마침내 하늘 한복판에 발을 디뎠다"(Af. 110/188). 여기서 러시아의 이야기는 두 세계를(때로는 지하와 지상과 천상의 세 세계를) 잇는 나무라는 매우 널리 유포된 개념을 반영하고 있다. 시베리아 민족들간의 독수리 숭배에 대한 슈테른베르크의 저서의 제 7 장은 바로 이 테마에 관한 것이다. 거기에서 우리에게 가장 흥미로운 것은 중개자로서의 나무라는 개념이 독수리의 관념과 연관되어 있다는 사실이다. 야쿠트족의 무당은 각기 '그의 나무' 즉 층계 모양의 가로장들이 달리고 꼭대기에는 독수리의 형상이 있는 높은 기둥을 갖고 있다. 이 나무는 무격적 입문 의례와 관련된 것이다. 슈테른베르크는 이렇게 말한다. "부리아트족에게 있어 무격적 입문 의례의 중심이 특별히 세워진 나무에 오르는 것이라는 사실, 그리고 이것이 무당과 천상의 딸과의 결혼을 통하여 이루어지는 그와 신들과의 지고의 결합에 연관된 것이라는 사실은 매우 인상적이다……. 이와 비슷하지만 좀 작은 나무가 또한 그의 오두막집 안에 세워진다. 오로치 Orotchi 무당의 가슴팍 위에는 상 중 하의 세 세계가 나타나 있으며 그와 동시에 한 그루의 낙엽송이 세계의 나무로서 나타나 있는 바 무당은 상천 세계에 이르기 위해 그 나무를 올라가야 한다. 무당의 추락은 세계의 종말을 가져온다."[35] 슈테른베르크는 시베리아의 여러 부족들에게서 이 나무에 주어진 이름을 연구하여 그것이 '길'을 의미한다는 사실을 밝혀냈다. 이 모든 자료는 무척 흥미롭지만 거기

---

35) 슈테른베르크, 「시베리아 부족들에게 있어서의 독수리 숭배」, 『원시종교』, pp. 112~27.

에서 그가 끌어내는 결론은 매우 경계할 필요가 있다. 슈테른베르크는 이 중개자-나무라는 개념을 인도의 신성한 나무와 결부시키는바 인도에서는 "각각의 부처──그리고 원초적으로는, 정령들의 영감을 받은 각 개인──는 시베리아의 모든 무당처럼 보디타루 *bodhitaru* 라 불리우는 그 자신의 나무, 지혜와 지식의 나무를 갖는다"는 것이다. 하지만 실상 하늘에 도달하기 위해 나무를 오르는 것, 태양의 딸과의 결혼 또는 지하 세계 최초의 인간들의 도래 등은 아시아나 아메리카에 모두 존재하는 주제들이다.

그러므로 나무는 나무 속에나 나무 둥치 속에 무덤을 만드는 경우를 제외한다면, 사자 숭배와 별로 관련이 없다. 그러나 중개자로서의 나무는 한편으로는, 무격적 입문 의례 및 새의 개념에, 다른 한편으로는, 아누친의 저서에서 보듯이 죽은 자를 넣는 통나무배와 관련되어 있다. 나무를 특별히 연구한 필폿 Philpot 과 젤레닌의 저서들에서도 두 세계간의 중개자로서의 나무는 문제되지 않고 있다. [36] 하지만 우리에게는 지금까지 제시된 사실들만으로도 족하다.

8. 사다리나 가죽끈의 도움으로

사다리를 빈 횡단은 나무와 긴밀히 연관되어 있다. 슈테른베르크의 자료들은 이미 무격적 나무가 사다리의 형태를 가진다는 것을 보여준 바 있다. 러시아의 한 이야기에서는, 완두콩 하나가 하늘까지 자란다. "그리고 곧 사다리가 나타났다"(Sm. 43). 이 사다리는 하늘뿐 아니라 산에 올라가는 데에도 쓰인다. "그리고 곧 산에는 밧줄 사다리가 나타났다"(Af. 93a/156). 반면 지하의 세계로 내려가기 위해서는 가죽끈이 쓰인다. "그래서 그는 그의 말들을 죽이고 가죽을 벗겨 그것으로 가죽끈들을 만들어 함께 묶고 그리고 또 가방을 만들어 거기에 걸어서 그 안에 타고 내려갈(지하의 왕국으로) 생각을 했다"(Khoud. 2). 말가죽끈으로 만든 가방에서 우리는 주인공이 덮어쓰는 짐승의 가죽이라는 모티프를 쉽게 알아볼 수 있다. 산을 오르는 것은 다소 의외적인 또 다른 방식으로도 이루어질 수 있다. "……그는 들어간다. 쇠로 된 손톱들이 그의 손발에 박히러 다가온다. 그래서 그는 산을 기어오르기 시작한다"

36) 젤레닌, 『유럽 민족들의 전설 및 제의에 있어서의 나무 토템』, 과학아카데미 편, 1937 (D.K. Zelenin, *Totemy-derevja v skazanijakh i obrjadakhevropejskikh narodov*, Izd. A.N., 1937); J.H. Philpot, *The Sacred Tree*, London, 1897.

(Af. 71b/129). 새의 발톱들은 이 모티프와 새와의 단계를 분명히 드러내준다.

우리는 여기에서 올라가거나 또는 반대로 내려가는 데에 쓰이는 서로 비슷한 다양한 형식들을 본다. 열거된 형식들은 모두 비교적 뒤늦은 것으로 그들의 동물적 유래를 쉽게 짐작케 한다. 그러나 밧줄을 타고 하늘에서 내려오거나 지옥에까지 가는 신들은 사회 진화의 상당히 원시적인 단계에서도 장례 제의에 나타나는 반면, 사다리는 이집트의 단계와 비등한 단계에서밖에는 발견되지 않는다. 고대 이집트인들에게는 몇몇 미이라들 곁에 놓여진 모형의 작은 사다리——영혼이 하늘로 올라가게 하는 데에 쓰이는[37]——가 발견되었다. 그러한 사다리는 물론 마술적인 것으로서 신성한 주문을 알아야만 그것을 사용할 수 있다. 그 사다리는 셋 Seth에게 속한 것이다. "셋은 태양신 및 그의 전그룹과 관계가 있다. 그리고 이와 일치하여, 오래 된 교의에 따르면, 셋은 죽은 자가 태양신에게까지 타고 올라가는 사다리의 주인으로, 그 자신도 그 사다리를 사용하였던 바 있다고 한다."[38] 『사자의 서』(제53장)에는 이런 말이 있다. "그대에게 영광이 있으라, 오 신성한 사다리여, 영광이 있으라, 오 셋의 사다리여, 일어나라, 오 신성한 사다리여, 일어나라 오 셋의 사다리여……".

횡단의 이러한 기계적 수단들(사다리·가죽끈·밧줄·사슬·갈고리 등등)은 보다 오래 된 개념들의 변형이다. 앞에 나왔던 것들과 마찬가지로 이 횡단의 형식은 여기에 반영된 사고 개념들이 저승 여행에 관련되는 것임을 보여준다.

9. 안내자의 도움으로

주인공의 저세상으로 안내되어가는 경우도 마찬가지이다. 여기에서 우리는 영혼의 안내자에 관한 광역(廣域)의 개념들과 만나게 된다. "늑대는 달리기 시작하였고, 그 뒤를 따라 이반 왕자도 질주하였다"(Af. 96/161). "호수의 상류 쪽으로 거슬러가보아라, 금빛 도가머리를 한 은빛의 작은 새가 네게로 날아올 터인데, 그것을 따라가기만 하면 된다. 그것이 네게 길을 보여줄 것이다"(Af. 71c/130). 안내자의 동물적 면모가

---

37) 슈테른베르크, 「길리악족의 종교」(『원시종교』, pp. 31~50), p. 34.
38) J.H. Breasted. *Devel. of Religion and Thought in Anc. Egypt*, London, 1912, p. 40.

항상 드러나는 것은 아니다. 다음 세 가지 경우를 비교해보자. 1) 주인공이 새로 변하여 날아간다 ; 2) 주인공이 새를 타고 날아간다 ; 3) 주인공이 새를 보고 따라간다(Af. 71c/130).[39] 주인공은 차츰 분화되어가는 바, 안내되어가는 주인공이란 사실상 뒤늦은 형식에 해당된다. 그것은 예컨대 아메리카 인디언의 신화에서는 발견되지 않는 것이다. 개인적 샤머니즘이 이미 뿌리를 내린 곳에서는, 안내자는 무당이다. 하지만 그 역시 우리가 아는 이동 수단들을 사용한다. 골드족의 한 무당은 슈테른 베르크에게 이렇게 털어놓았다. "영혼들은 제각기 다르기 때문에 다른 방식으로 안내해야 하오. 어떤 골드인이 순록을 키우는 자였다면, 그의 영혼은 순록들로써 안내해야 하고 개를 키우는 자였다면, 개들로써 안내해야 하고, 그 밖의 사람들에 대해서는 배를 써야 하오."[40]

수렵이 더 이상 경제적인 역할을 하지 않게 되자 영혼의 안내자는 인간 형태화되었지만, 동물과의 연관을 아주 상실한 것은 아니었다. 예를 들어 나중에 이집트에서는 이 안내자가 오시리스이다. "오시리스, 신들의 안내자가 투아트 Touat(지하 세계)를 건너간다. 그는 산을 건너고 바위를 건너 모든 큐 Khu의 마음을 즐겁게 한다"(『사자의 서』, XV, 84). 그러나 이것은 뒤늦은 현상임에 이의의 여지가 없다. 보다 오래 된 개념은 죽은 자가 스카랍으로 변하고 그 스카랍이 안내자가 된다는 것이다. "나는 나를 인도한 스카랍 덕분에 왕의 집에 들어왔다"(Ibid., p. 247).

10. 결 론

이러한 상이한 형식들의 연구는 어떤 결과들을 가져오는가? 가장 중요한 첫번째 결과는 횡단의 모든 수단들이 동일한 기원을 갖는다는 것이다. 즉 그것들은 모두가 죽은 자의 저승 여행에 관한 원시적 개념들을 반영한다.

두번째 결과는 형식들의 다양성은 흔히 오래 된 층들에 새로운 층들이 덧쌓인 결과로 분석될 수 있다는 것이다. 이 변화는 생산 형식의 변모로 인해 야기되었다. 그 원형은 개인이 그의 토템 동물로 변한다는 토템적 개념이다. 토테미즘의 쇠퇴와 함께 이 형식들은 변한다. 짐을 싣거나 사람이 타는 동물들의 출현 및 이동 수단들의 발달과 함께 우선은 횡단의 형식들이(새에 탄다) 그리고는 동물들 그 자신이(순록과 말이 나타

---

39) (Af. 96)이라는 것은 1946년판의 오류(N.d.T.).
40) 『종교적 신앙의 변천』, p. 328.

난다) 변모하기 시작한다. 말은 새와 동화되며 말이 없는 민족들에게서
는 배가, 그리하여 잡종적 형식들을 얻게 된다. 그리하여 마침내 죽은
자의 이미지는 안내자와 행인으로 나누어진다. 농경에로의 이행과 함께
안내자는 인간 형태화하여 신격화되나, 그 동물적 본성은 세부 및 병행
관계들에서 여전히 나타난다. 사다리·나무·끈 같은 형태들조차도 검
토해보면 그 동물적 본성을 드러내는 것이다.

제 7 장
불의 강가에서

I. 이야기의 용

1. 용의 외관

이 장의 중심은 용[1]이다. 우리는 특히 용과의 싸움이라는 모티프를 다루게 될 것이다. 용과 관련된 자료들에 조금이라도 친숙한 사람이라면 누구나, 그것은 지구상의 민속과 종교들에 있어 가장 복잡하고 가장 수수께끼 같은 인물들 중의 하나라는 사실을 알 것이다. 용이라는 인물과 그 역할은 일련의 세부들로 이루어져 있다. 이 세부들 각각이 설명되어야 한다. 하지만 이 세부들은 전체로부터 분리되지 않으며 전체는 또한 이 세부들로 구성되어 있다. 이 주제는 다양한 방식으로 다루어질 수 있다. 우리의 방식은 다음과 같다. 즉 우선 우리는 이야기 자료를 제시하고, 비교 자료에 괘념치 않고 이야기에 나타나는 용의 특성들을 찾아보겠다. 그러고 나서야 비로소 비교 자료를, 하지만 다른 순서로, 제출하게 될 것이다. 우리는 우선 가장 오래 되고 고대적인 상응 관계들로부터 시작하여 가장 근래의, 뒤늦은 상응 관계들까지 검토해보겠다.

이야기꾼과 그의 청중은 대체 용이라는 것을 어떻게 상상하였을까? 사실 이야기——진짜 러시아의 민중적 이야기——에서는, 용은 결코 묘사되지 않는다. 만일 우리가 용이 어떻게 생겼는지 안다면 그것은 이야기에서 안 것은 아니다. 이야기만을 토대로 하여 용을 그리고자 한다면, 몹시 난처해질 것이다. 하지만 그 외관의 몇 가지 특색들은 드러난다.

---

1) 용 : 즈메이 *zméi*(여성형은 zméïa : 뱀)의 번역. 이 남성명사는, 러시아어에서, 이야기나 신화에 나오는 환상적 인물의 의미로밖에 쓰이지 않는다. 그것은 '용' 또는 '뱀'으로 번역될 수 있다(N.d.T.).

우선적으로, 그리고 항상, 용은 머리가 여럿 달린 존재이다. 이 머리
들의 수효는 달라진다. 보통은 셋·여섯·아홉·열둘이지만, 다섯이나
일곱일 수도 있다. 이것이 용의 본질적·항구적·필수적 특성이다.

다른 특성들로 말할 것 같으면, 항상 언급되지는 않는다. 예컨대 용
이 난다는 것은 어떤 경우들에서밖에는 말해지지 않는다. "갑자기, 그들
은 한 베르스타쯤 떨어진 곳에 용이 날으는 것을 본다"(Af. 72/131). "그
러자 날개달린 용이 공중에 나타나 왕녀의 머리 위를 맴돈다"(Af. 104a/
171). 하지만 이 날개들은 거의 언급되는 법이 없으며 그는 날개 없이 날
은다고 생각할 수 있을 것이다. 그의 몸뚱어리도 역시 묘사되지 않는다.
그것이 매끈한지, 비늘이나 털로 덮여 있는지, 우리는 모른다. 날카로
운 발톱이 달린 발들, 가시가 달린 긴 꼬리 등은 민중적 이미지에는 중
요한 세부들이지만 이야기에는 보통 나오지 않는다. 용이 날으는 것은
때로 야가가 날으는 것을 상기시킨다. "갑자기, 세찬 폭풍우가 일고, 천
둥이 치며, 땅이 흔들리고, 깊은 삼림이 땅에 엎어지고, 그리고는 공중
에 머리가 셋 달린 용이 나타났다"(Af. 71, var./129, var.). 아파나시에
프 선집 전체에서 날개들은 단 한 번밖에는 언급되지 않았다. 즉 용이
왕녀를 "그의 불 날개 위에" 싣고 간다고 할 때뿐이다(Af. 72/131). 이러
한 묘사의 부재는, 용의 외관이 이야기꾼 자신에게도 선명히 떠오르지
않았기 때문일 수도 있다. 용은 때로 주인공과 동화되며 말에게 나타나
진다. 이 경우 보통 말은 비틀거린다.

용은 불의 존재이다. "그의 머리 위에는 사나운 용이 불꽃을 뿜으며,
죽음을 싣고, 떠 있었다"(Af. 92/155). 그가 어떻게 이 불을 뿜는지는,
우리는 역시 모른다. 예컨대 말의 경우에는 불꽃과 연기가 그의 콧구멍
과 귀에서 나온다고 자세히 알 수 있지만 여기서는 그렇지가 않다. 하
지만 뱀의 불에 대한 관계가 그 불변의 특성들 중 하나라는 것은 말할
수 있다. "용은 불꽃을 뿜으며 발톱을 내민다"(Khoud. 119). 용은 그 속
에 이 불꽃들을 가지고 있어서 토해내는 것이다. "그러자 용은 뜨거운
불꽃을 내뿜어 이반 왕자를 태워버리려 하였다"(Af. 95R/562).[2] "나는 네
왕국을 불로 태워버리고 그 재를 흩을 테다"(Af. 152/271). 이것이 용의
위협이 취하는 불변의 상투어들 중 하나이다. 이 경우 용은 불 짜르
le tsar Feu(Af. 119a/206)에 해당한다. "그의 왕국에서 삼십 베르스타 안
에는, 이미 모든 것이 거기에서 나오는 불에 타버렸다."

---

2) 1946년판의 오류.

2. 물과의 관계

하지만 용과 관련된 또 다른 원소가 있으니, 그것은 물이다. 용은 불의 짜르일 뿐 아니라 파도의 짜르이기도 한 것이다. 이 두 가지 특성들은 전혀 상호 배제적이 아니며, 심지어 흔히 섞이기도 한다. 예컨대 파도의 짜르는 세 개의 검은 도장으로 봉한 편지를 보내어 마르파 Marfa 왕녀를 요구하면서, "왕국을 불사르고 모든 주민들을 절멸시키겠다"(Af. 68/125)고 위협하는 것이다. 그러니까 불과 물은 서로를 배제하지 않는다. 용의 수성(水性)은 그 이름에서까지 나타나는바, 그는 '검은 파도의 용'이라 불리우며, 물 속에 산다. 그가 물에서 나올 때면 물이 그와 함께 일어난다. "그러자, 오리가 울고, 강언덕들이 울리고, 파도가 일고, 물결이 춤추면서, 츄도-유도 Tchoudo-Youdo 가 솟아나왔다"(Af. 76/136). "갑자기 파도에서 용이 솟구치며 그 뒤에는 물이 높이 세 아르신[3]되는 파도로 일었다"(Af. 68/125). 또 어떤 이야기에서는 그가 물 한가운데 있는 바위에서 잠자는데 "그가 코를 골 때마다, 일곱 베르스타 높이의 물결들이 일었다"(Af. 73/132).

3. 산과의 관계

하지만 용은 또 다른 이름도 있으니, '산의 용'[4]이 그것이다. 그는 산에 산다. 이 처소는 그가 물의 괴물이라는 데에 하등의 지장이 되지 않는다. "갑자기, 구름이 몰려오고, 바람이 일고, 파도가 치면서, 물에서 용이 나와 산을 오른다"(Af. 92/155). 아마도 '산을' 오른다는 표현은 러시아어에서는 단순히 "깎아지른 강언덕을" 오른다는 의미일 수도 있겠으나, 그렇다 하더라도 물에 사는 용과 산에 사는 용의 두 유형이 있다고 규명하기란 불가능하다. 그가 때로 산에 살기는 해도, 주인공아 그에게 다가갈 때, 그는 물에서 나온다. "그들은 일년, 그리고 이 년, 말을 타고 가면서, 세 개의 왕국을 지난다. 멀리 높은 산들이 푸르스름히 나타나며, 산들 사이에는 모래의 평원들이 펼쳐 있다. 그것이 사나운 용의 땅이다"(Af. 74R/560). 산에 사는 것은 용의 특성이다.

---

3) 아르신 *archine*은 0.71m와 같다(N.d.T.).
4) 러시아어의 gora는 '산'뿐 아니라, '암벽' '깎아지른 물가'라는 뜻도 된다(그 자체로서의 산은 러시아 농부에게 알려지지 않았다). 그러므로 이 표현은 '산의 용'이라기보다는 '암벽의 용'(절벽의 용, 깎아지른 물가의 용)이라는 의미일 가능성이 더 많다(N.d.T.).

4. 약탈자 용

이제. 용은 무엇을 하는가? 근본적으로 두 가지 기능이 그를 특징짓는다. 첫째는, 여자들을 약탈하는 것이다. 약탈은 보통 갑작스럽게 그리고 번개처럼 순식간에 일어난다. 짜르의 세 딸이 아름다운 정원을 거닌다. "갑자기 검은 파도의 용이 정원 위로 날아오기 시작했다. 어느 날 짜르의 딸들이 꽃을 보느라 지체하고 있었을 때, 그는 난데없이 나타나 그녀들을 그 불의 날개 위에 실어갔다"(Af. 72/131).

하지만 용이 이야기에서 유일한 약탈자는 아니다. 그와 정확히 같은 식으로 행동하는 다른 약탈자들과 무관히 그를 분석하기란 불가능하다. 약탈자의 역할로는, 예컨대, 불멸의 카시체이가 등장할 수 있다. "어느 어느 나라에 짜르가 살고 있었다. 이 짜르에게는 아들 셋이 있었는데, 셋 다 결혼할 나이였다. 그런데 그때 갑자기 불멸의 카시체이가 그들의 어머니를 약탈해 갔다"(Af. 93a/156). 때로는 새가 약탈자 노릇을 한다. "그때 쏜살같이 불새가 나타나, 그들의 어머니를 잡아다가 아홉의 세곱 되는 나라들 너머, 아홉의 세곱 되는 바다들 너머, 그의 왕국으로 실어 갔다"(Sm. 31).

공중의 약탈자로서 특히 자주 나타나는 것은 바람(또는 회오리바람)이다. 하지만 이 유형의 예들을 대조해보면, 회오리바람 뒤에는 보통 용이나 카시체이 또는 새가 숨어 있음이 드러난다. 회오리바람은 용이나 그 밖의 동물적 양상을 상실한 약탈자로 간주될 수 있다. 약탈을 자행하는 것은 회오리바람이지만, 주인공이 왕녀를 되찾게 될 때, 그녀는 용의 수중에 있음이 드러난다(Sm. 160). "이 회오리바람은 회오리바람이 아니라, 사나운 용이다"라고 이야기는 까놓고 말하기도 한다(Af. 74R/560). "무시무시한 회오리를 일으키며 카시체이는 창밖으로 날아갔다"(Af. 94/159) 같은 표현들은 동물적 양상이 어떤 경로로 상실되어가는가를 보여준다. "갑자기 세찬 바람이 일더니, 모래와 먼지가 회오리바람이 되어 아이를 유모의 손에서 채어다가 아무도 알지 못하는 곳으로 실어갔다"(Khoud. 53). 여기서도 동물적 양상은 없지만, 사람들이 찾는 왕녀는 독수리의 수중에 있다.

이후로 약탈자의 역할이 악마나 다른 잡귀들에게 맡겨질 때에도 우리는 거기에서 이야기꾼 당시의 종교적 개념들의 영향으로 뒤늦게 일어난 변형들을 보아야 할 것이다.

5. 용의 수탈

용의 기능들은 소녀를 삼키거나 잡아가거나 또는 나쁜 힘의 형태로, 살아 있는 소녀에게 들어가 그녀를 괴롭히거나 또는 죽은 소녀에게 들어가 그녀로 하여금 산 자들을 삼키게 하거나 하는 데에 그치지 않는다. 때로 그는 마을을 포위하고 위협하며 공물로서 여자를——결혼하기 위해 또는 먹어버리기 위해——요구하기도 한다. 이러한 모티프는 용의 수탈이라 일괄할 수 있을 것이다. 근본적으로 사태는 이렇게 요약된다. 주인공은 낯선 나라에 도착하는데 "어디를 가나 도처에서 그는 비탄에 젖은 사람들을 본다." 그는 지나가는 사람들에게 물어, 매년(또는 매월) 용이 공물로서 소녀를 요구한다는 것, 그리고 이제는 왕녀의 차례라는 것을 알게 된다. 이러한 경우에 지적해야 할 것은, 용이 항상 수성적 존재로 나타난다는 사실이다. 왕녀는 물가로 끌려간다. "사람들은 그에게 대답하기를, 짜르에게는 외딸인 아름다운 폴리우카 Polioucha 왕녀가 있는데 내일 그녀는 용에게 잡아먹히도록 끌려가야 한다고 하였다. 이 왕국에서는 매달 머리가 일곱 달린 용에게 소녀를 주어야 하는데, 왕녀의 차례가 돌아온 것이었다"(Af. 104a/171).

6. 경계를 지키는 용

이러한 경우에 용은 강가에 있는데, 이 강은 흔히 불로 되어 있다. 이 강에는 이름이 있어 까치밥 강이라 불리우며 다리는 항상 백당나무로 되어 있다. 주인공은 다리 가까이에서 용을 기다린다. "자정이 치자, 그들은 불의 강 위에 있는 백당나무 다리로 갔다"(Af. 74b/134). 이 강은 경계이며, 건널 수 없도록, 용이 다리를 지키고 있다. 용을 죽이지 않고는 건너편으로 갈 수가 없다. "그들은 말을 타고 가다가, 아무도 건너본 적이 없는, 붉은 다리에 이르렀다. 그들은 거기에서 밤을 보내야 했다"(Sm. 150). 이 통로는 야가를 생각나게 한다. 그녀도 역시 저세상의 입구를 지키고 있는 것이다. 하지만 그녀가 변경을 지키는 것이라면 용은 열의 세곱절째 왕국의 중심부를 지키고 있다. 몇 가지 세부적 주변 묘사는 야가를 강하게 환기한다. "……불의 강가에 이르렀다. 다리가 하나 건너지르고 있었다. 주위에는 거대한 숲이 펼쳐져 있었다"(Af. 78/138). 강가에는 때로 작은 이즈바가 있다. 하지만 아무도 거기 살지 않으며, 아무도 거기에서 질문하지 않으며, 먹고 마실 것을 주지도 않는다. 하지만 그래도 그것은 야가의 이즈바와 비슷한 것이, 때로 암탉의 발로 서 있는 것이다. 울타리도 없고, 뼈들이 말뚝마다 박혀 있지도 않지만, 이즈바 주위의 땅에는 뼈들이 그득하다. "그들은 까치밥 강에 이르렀다. 강언덕에는 사람의 뼈들이 그득하여, 무릎 깊이는 되었다. 그들은 작은 이즈바를 발견하고는, 그리로 들어갔다. 집은 비어 있었다. 그들은 거기에서 쉬기로 하였다"(Af. 77/137). 싸움이 있은 후에야 비로소 주인공은 "강을 건넜다"고 말해진다(Af. 95R/562).

7. 잡아먹는 용

용의 이 파수 역할은 때로 특별히 강조된다. "거기에는 큰 강이 있어, 백당나무 다리가 놓여 있다. 거기에 머리가 열둘 달린 용이 살고 있다. 그는 걸어가는 자건 말을 타고 가는 자건 아무도 지나지 못하게 하며, 잡아먹어버린다!"(Af. 95R/562). 용의 이러한 의도는 야가의 의도보다 훨씬 분명히 나타나 있다. 그의 목적은 주인공을 잡아먹는 것이다. "자, 너는 인생에 작별을 고하고 똑바로 내 입 속에 뛰어드는 게 좋을걸. 그게 더 빠르니까 말이야!"(Af. 92/155), "나는 너를 뼈째로 통째 먹어버리겠어!" 용이 왕녀를 가지고 있을 때도 그는 주인공을 잡아먹으려 하며, 거기 대해 왕녀가 주인공을 경계시킨다. "그가 당신을 먹어버릴 거예요!" "그가 그를 잡아먹으려 한다"(Af. 95R/562), "내가 너를 먹어버리겠다"(Af. 118c/204) 등은 매우 빈번히 나타나는 표현들이다. 심지어 싸움이 끝난 후에도, 그 위험은 완전히 가시지 않는다. 오히려 그 위험은 싸움이 끝난 후에 더 위협적인 것이 될 때도 있다. 용이 죽은 후, 이야기는 용의 어머니나 장모를 등장시키는데, 그 유일한 기능은 주인공을 삼켜버리겠다고 위협하는 것이며, 그 위협은 때로 실현되기도 한다. 그러니까, 용이라는 인물이 이중으로 나타나는 것이다. 즉 이제 우리는 잡아먹는 암용을 보게 된다. 그녀는 주인공을 추적하여 잡는다. "세 번째 암용이 급히 나타나, 땅에서 하늘까지 입을 벌렸다. ……어디로 달아날까?" 주인공은 그 입 속에 말 세 마리, 매 세 마리, 사냥개 세 마리를 던져넣는다. 그녀는 그것들을 모두 삼키고는 다시 그를 뒤쫓는다. 그는 자기의 두 동료를 그 입 속에 던진다. 마침내 그는 대장장이를 만나, 이들이 용의 혀를 뜨거운 집게에 잡아넣음으로써 주인공을 구한다(Af. 74b/134).

또 다른 이야기에서는, 주인공이 그 입에 소금 세 푸드[5]를 넣기도 한

---

5) 푸드 *poud*는 16.38kg과 같다(N.d.T.).

다(Af. 75/135). 암용이 거대한 암퉤지로 변하여 단숨에 두 형제와 그들의 말을 삼켜버린다는 이야기도 있다. 여기서도 주인공을 구하는 것은 대장장이들로서 이들은 암용의 혀를 집게에 잡아넣고 그것을 질질 끌어다가 회초리로 친다. "그러자 암퉤지가 애원하였다. '태풍 용감아, 내 뉘우칠 테니 살려다오! —— 너는 왜 내 형제들을 삼켰느냐? —— 기다려, 내 그들을 돌려줄 테니!' 그는 그것의 귀를 잡았다. 그러자 암퉤지는 여전히 말을 탄 채인 두 형제를 되뱉아냈다"(Af. 76/136).

8. 잠의 위험

용과 만날 때 주인공을 위협하는 한 가지 위험은 잠드는 위험이다. 우리는 야가에 관련하여 이미 이 위험에 대해 말한 바 있다. "그들은 말을 타고 가고 또 가서 깊은 숲에 이르렀다. 거기에 들어서자마자 물리칠 수 없는 졸음이 그들에게 엄습하였다. 프롤카 Frolka는 주머니에서 담뱃갑을 꺼내서 흔들어 열어 냄새를 맡았다. 그리고는 외쳤다. '자, 친구들! 잠들지 맙시다. 그럴 때가 아니야! 계속 걸어갑시다!'"(Af. 72/131). 이 졸음은 마법에 걸린 것이다. "왕자는 다리를 지팡이로 두드리며 성큼성큼 건너기 시작했다. 그러자 땅에서 단지가 하나 솟아나 그의 앞에서 춤추기 시작했다. 그것을 한참 보고 있다가 그는 잠이 들고 말았다." 가짜 주인공은 잠이 든다. 진짜는 결코 잠들지 않는다. "'태풍 용감이'는…… 그 위에 침을 뱉았다. 그러자 단지는 산산조각으로 부서졌다"(Af. 76/136). 오네가 Onéga 공장에서 수집된 한 이야기에서는 용들의 어머니가 주인공들을 도우러 와서 그들에게 말한다. "자, 이제 길을 가라. 하지만 파도 가까이에서는 잠들지 말아. 안 그러면 내 아들이 너희들과 너희의 말들 위로 날아와 너희들이 잠든 것을 보게 되면 너희들은 지는 거야. 하지만 너희가 잠들지 않으면 그는 너희에게 아무짓도 못할 것이고 너희를 이기지도 못할 거야"(Us. On. p. 144). 주인공이 싸움을 하는 동안에 주인공의 형제들은 작은 이즈바 안에서, 주인공이 경고를 했음에도 불구하고 어쩔 수 없이 잠이 든다. 싸움 전날 밤에 형제들이 술에 취해 결정적 순간에 잠이 들며, 주인공이 혼자 싸움을 하게 된다는 것도, 이 모티프의 변형이다.

9. 숙명적 적수

일반적으로 싸움이 있기 전에는 모욕적인 호통들이 오간다. 용이 큰

소리치면 주인공도 지지 않는다. "나는 한손으로 너를 잡아다 다른 손
으로 따귀를 치겠어. 그러면 너는 뼈도 못 추릴 거야!"(Af. 74R/560).
　이처럼 호통이 오가는 가운데 상당히 중요한 사실이 한 가지 발견된
다. 즉, 용은 그에 걸맞는 적수가 있으니 이 적수란 다름아닌 이야기의
주인공이라는 사실이다. 용은 주인공의 존재를 알고 있다. 심지어 그는
그의 손에 죽으리라는 것까지도 안다. 좀더 정확히 말하자면, 용은 무
적이고 불멸이므로 다른 사람의 손에는 죽을 수가 없으나, 단 주인공과
용 사이에는 이야기에 선행하는 연관이 있다는 것이다. "전세계를 통틀
어, 내 적수는 이반 왕자밖에 없어⋯⋯. 하지만 그는 까마귀밥이 되기에
는 아직 어리지!"(Af. 71, var./129, var.).

10. 싸　　움

　싸움은, 전이야기의 절정으로서, 주인공의 용맹과 힘을 부각시키는
수많은 세부들과 함께, 과장적으로 묘사되리라고 기대될 수도 있겠으나,
이야기의 스타일은 전혀 그렇지가 않다. 싸움과 전투가 중심을 차지하
고 상당히 길게 묘사되는, 많은 민족들의 영웅 서사시와는 반대로, 이야
기는 단순하고 간결하다. 싸움 그 자체는 결코 자세히 묘사되지 않는다.
"'태풍 용감이'는 몸을 솟구쳐 그의 방망이를 휘둘렀다. 그리하여 단숨
에 머리 셋을 때려눕혔다"(Af. 76/136). 하지만 주의를 끄는 몇 가지 세
부들이 있다. 용은 결코 주인공을 무기나 그의 발이나 이를 써서 죽이
려 하지 않으며, 그를 땅 속에 처박아 죽게 하려 한다. "유리한 입장이
된 츄도-유도는 그를 축축한 땅 속에 무릎까지 처박았다." 두번째는 "그
를 축축한 땅 속에 허리까지 처박았다." 용으로 말할 것 같으면, 그를
죽이기 위해서는 그의 모든 머리들을 단칼에 베어버려야 한다. 하지만
이 머리들은 다시 자라난다는 신기한 특성이 있다. "그는 츄도-유도의
아홉 개의 머리를 날려버렸다. 그러자 용은 그 머리들을 집어다가 그의
불 손가락으로 문지르더니 다시 붙였다"(Af. 77/137). 불 손가락마저 잘
라버린 후에야 주인공은 모든 머리를 베어버리기에 이른다.
　세번째 싸움은 가장 치열한 싸움이다. 형제들은 앞서 보았듯이, 그
동안에 작은 이즈바에서 자고 있으며, 이즈바에는 말이 묶여 있다. 결정
적인 순간에, 주인공은 그의 투구나 장화를 이즈바에 던진다. 거기에
맞은 이즈바가 뒤집히면서 풀려난 말이 그의 주인을 도우러 온다. 이것
도 역시 싸움의 묘사에 있어 불변의 특성이다. 단지 말(또는 주인공을 섬

기는 한 떼의 야생 짐승이라든가, 다른 원조자)만이 용을 죽일 수 있다. "종마들이 다리까지 쇄도해가서 용을 낭패케 한다"(Af. 76/136), "그러자 용감한 말은 싸움터까지 질주해 가서 용을 물어뜯고 짓밟기 시작했다"(Af. 71, var./129, var.). "짐승들이 용에게 달려들어 그를 갈갈이 찢었다"(Af. 117/201), "말들 중 한 마리가 뒷발로 일어나 용의 어깨를 내리쳤다. 또 다른 말은 말발굽으로 용의 옆구리를 상처투성이로 만들었다. 용이 쓰러지자 말들은 그를 마구 짓밟았다"(Us. On. p. 145).

물론 싸움은 주인공의 승리로 끝난다. 하지만 싸움이 끝난 뒤에는 해야 할 일이 있으니, 용을 결정적인 방식으로 처치해야 하는 것이다. 그의 몸뚱이 전체를 태우든지, 아니면 머리들만을 태우든지 해야 한다. "그는 그 몸뚱어리를 불의 강 속으로 굴려버렸다"(Af. 74b/134), "그는 모든 토막들을 주워다가 태워서, 그 재를 사방에 뿌렸다"(Af. 73R/559). [6] "……그리고 나서 그는 그것을 장작불 위에 태워 그 재를 사방에 뿌렸다"(Af. 71, var./129, var.). 때로는 그 재를 파도에나 다리 아래에 던져버리기도 하고, 땅에 묻고 그 위에 돌을 올려놓기도 한다.

용이 여자를 붙들고 있고 주인공이 싸움이 시작되기 전에 그녀를 보고 말을 하는 경우에는, 싸움이 다소 다른 방식으로 진행된다. 때로는 세 자매가 용이 도착할 때에 주인공을 감추어준다. 하지만 또 때로는, 왕녀는 굉장한 궁전에 살고 있다. 예컨대, 그녀는 산속에, "다이아몬드의 궁전에" 산다. 이런 경우에, 특히 왕녀가 용에게 잡아먹히기 위해 끌려온 경우에는, 주인공은 거의 언제나 싸움 전에 잠이 든다. 그는 왕녀의 무릎에 머리를 벤 채, 용사의 잠을 자며, 왕녀는 그를 깨우기에 애를 먹는다. 그러니까, 이야기에서 잠은 이중적 성격을 갖는다. 한편으로는, 싸움 전이나 싸움 도중에 가짜 주인공들이 잠들고, 다른 한편으로는 싸움 전에 주인공 자신이 잠드는 것이다. 이야기만을 보아서는 이 잠의 성격은 분명치 않으며 특별한 분석을 요한다.

우리는 그리하여 용의 본질적 특성들을 살펴보았다. 이제 그것의 역사적 검토에로 넘어가보자.

11. 용에 관한 저서들

용에 대한 저서들은 상당히 많이 있다. 여기에서는 그것들을 논평하거나 또는 완전한 서지를 만들기만도 불가능할 것이다. 우리는 그 주요

---

6) 이 문장을 (Af. 73)에 귀속시킨 것은 1946년판의 오류(N.d.T.).

한 범주들만을 언급하는 데 그치기로 하겠다. 이렇게 많은 연구가 있음에도 불구하고, 용이나 용과의 싸움이라는 테마의 기원 문제는 풀렸다고 볼 수가 없다. 이 모든 저작들은 몇 가지 범주들로 나누이는바, 각 범주의 원칙 및 방법은 이 저작들을 처음부터 실패하게끔 하는 것이다. 예컨대, 어느 한 범주의 저작들은 용이라는 것을 어떤 선사적 동물들의 기억으로 간주한다. 이러한 저작들은, 매우 정확한 방식으로 입증되었듯이, 인간은 이러한 동물들이 완전히 멸종한 후에야 지구상에 나타났다는 사실 하나만으로도, 그릇된 것이다. 뵐슈 Bölsche 는 이러한 결과는 부인하지 않지만, 그가 발견한 해골들을 보고서 그러한 동물들을 상상할 수 있었으리라고 생각한다. [7] 이러한 단정은 그 자체로서도 부조리할 뿐 아니라, 게다가 그것은 날개달린 용이라는 것이, 그 생성 과정을 추적할 수 있는, 뒤늦게 생겨난 현상이라는 사실에도 위배되는 것이다. 이러한 저작들은 하지만 현상의 본질을 설명하기 위한 시도로서의 이론을 가지고 있다. 같은 유형의 노력이 또 다른 범주의 저작들에서 이루어졌으니, 즉 신화 특히 태양 신화적 이론의 신봉자들에 의한 저작들이다. [8] 이 이론가들과 논전을 벌인다는 것은 무용한 일이다. 지크 Siecke 는, 예컨대, 용이란 달의 어두운 반쪽을, 주인공은 밝은 반쪽을 나타내는 것이라고 단언한다. 하지만 이러한 저서의 저자들은 자료를, 그르치거나 억지로 이론에 끼워맞춤이 없이, 매우 양심적으로 수집하고 제출한다는 사실은 인정해야 할 것이다. 그 때문에 그 자료들은 안심하고 사용될 수 있으며, 우리가 직접 자료를 수집하는 번거로움을 어느 정도면할 수 있게 해준다.

용이라는 현상을 설명하기 위한 노력은 이 두 가지 이론들로 제한된다. 다른 범주의 저작들은 이런 종류의 문제들을 제기하지조차 않는다. 용은 어떤 틀이나 한계 안에서, 또는 그 어떤 관계 안에서 연구된다. 특정한 국경의 한계내에서 이루어진 몇 가지 연구들은 우리에게 더없이 중요한 것이니, 그것들은 어떤 종류의 일반적 결론에도 이르려 하지 않으며, 단지 그 위에 그러한 결론을 수립할 만한 견고한 기초들을 제시하고 있다. 특히 중요한 것은 아프리카에 있어서의 뱀에 대한 햄블리 Hambly 의 저작들과, 오스트레일리아에 있어서의 뱀에 대한 몇 가지 저작

---

7) W. Bölsche, *Drachen. Sage und Naturwissenschaft*, Stuttgart, 1921.
8) E. Siecke, *Drachenkämpfe*, Mythologische Bibliothek, vol. Ⅱ, Leipzig, 1907; L: Frobenius, *Das Zeitalter des Sonnengottes*, Berlin, 1904.

들이다. [9] 이러한 범주와 매우 유사한 또 다른 범주는, 한 문화, 한 국가, 한 민족의 틀 안에서 용을 다룬 것이다. 이집트와 바빌론에 있어서의 용에 대해서는 특히 세계 창조에 관한 서판들의 발견과 관련하여 일련의 저서들이 있다. 이는 성서적 자료와 바빌론적 자료간의 대조의 바탕이 되었다. 고대 그리스-로마의 용에 대해서는 뱀의 특정한 면모들에 대한 저작들은 차치하고라도 두 편의 중요한 전문 연구들을 들 수 있다. 즉, 이미 오래 되었지만 매우 견고하고 신중한 멜리 Mähly 의 저서와, 보다 최근의 퀴스터 Küster 의 저서가 그것들이다. [10] 스미드 Smith 의 『용의 진화』라는 야심찬 제목의 저서도 들 수 있는데, 이 책은 제목과는 달리 지중해안의 자료들밖에는 제시하지 않고 있다. [11]

다음의 범주에 드는 것은 특정한 한 주제에 국한된 연구들이다. 우선, 페르세우스에 관한 하틀랜드의 주저(主著)에 언급해야 할 것이며, [12] 또한 용과 싸우는 주인공이 나오는 이야기들에 대한 랑케의 저작도 들 수 있다. [13] 러시아 북부 지방에서 용의 정복자에 관한 자료를 수집한 니키포로프 A.I. Nikiforov 는 랑케의 저작에 대해 적절히 평하고 있다. "랑케의 방대한 책은 엄격히 말해 주제의 분석이 아니라 변이체들의 서지와 또 그것들의 도식적·형식적 분류에 불과하다." 그루지아 지방의 용의 정복자에 관한 전설은 특히 주목되었으니, 네 편의 기본 저서들이 거기 대해 씌어졌다. 즉 키르피치니코프 Kirpitchinikov 의 저서와, 베젤로프스키의 그에 대한 답변(그것만으로도 독립된 저서를 이루는)과, 리스텐코 Ry stenko 의 저작과 아우프하우저 Aufhauser 의 독일어 저작이 그것들이다. 이 저자들은 전혀 판이한 결론들에 이르는바, 이는 불가피한 일이다. 왜냐하면, 전설에 나오는 용과의 싸움이라는 문제만을 이 모티프가 야기하는 일반적 문제와 무관히 다룬다면, 작업의 문헌학적 수준에서의 신뢰도가 아무리 높다 하더라도, 그릇된 결론들에 이를 수밖에 없기 때문이다.

끝으로, 용은 그의 면모들 중 특정한 것들('용과 나무 숭배' '용과 태

---

9) W.D. Hambly, "Serpent Worship in Africa," *Field Mus. of Nat. Hist. Publ.* n° 289, *Anthrop. Ser.*, vol. xxi, n° 1, Chicago, 1931.

10) J.A. Mähly, *Die Schlange im Mythus und Cultus der Klassischen Völker*, Basel, 1867; E. Kuster, "Die Schlange in der griechischen Kunst und Religion," *Religionsgeschichtliche Versuche und Vorarbeiten*, XIII, Giessen, 1913.

11) G.E. Smith, *The Evolution of the Dragon*, Manchester, 1919.

12) E.S. Hartland, *The Legend of Perseus*, I∼Ⅲ; London, 1894∼96.

13) K. Ranke, "Die zwei Brüder," Helsinki, 1934, *FFC*, n° 114.

양' '용과 야금술' '용과 여자' 등등)에 준하여 분석되기도 했다. 우리의 목표가 서지적인 것이 아닌 만큼, 그 목록을 제시하지는 않겠다.

12. 용과의 싸움이라는 모티프의 지역 분포

용이라는 것을 우리가 앞서 제시했던 바와 같은 의미에서의 역사적 연관 속에서 연구하고자 할 때, 우리는 무엇보다도 먼저 그것이 어떤 민족들에게서 나타나는가를 알아보아야 할 것이다. 용에 관한 저서들에서는 흔히 용과의 싸움이라는 모티프는 매우 오래 된 것이며 원시적 사고 개념을 반영한다고 주장되는데, 실상 전혀 그렇지가 않다. 에렌라이히 Ehrenreich 는, 소녀의 구출과 관련되는 용과의 싸움이라는 모티프는 '오래 된 세계에서 *In der alten Welt*' 즉 유럽과 아시아, 그리고 아프리카의 일부에서밖에는 발견되지 않는다고, 이미 지적한 바 있다.[14] 그런데 에렌라이히가 지리적 분포의 원칙으로서 제시한 것은 사실상 발달의 특정 단계에 대응하는, 역사적 차원의 현상이다. 용과의 싸움은, 이집트, 바빌론, 그리스, 이탈리아, 인도, 중국 등 고대 국가의 모든 종교들에서 발달된 형태로 존재한다. 이 모티프는 기독교에도 침투하여, 아우프하우저가 보여주듯이, 카톨릭 교회에 의해 암묵리에 정석화되었다.[15]

반면에, 이 모티프는 국가의 단계에 이르지 못한 민족들에게서는 존재하지 않는다.

그러므로, 용과의 싸움이라는 모티프가 국가의 형성과 동시대적이라는 결론은 쉽게 끌어낼 수 있다. 하지만 그러한 결론은 그 모티프의 기원에 대해서는 가르쳐주는 바가 없다. 추상적으로 이치를 따져보자면, 그 모티프는 국가의 형성시에 완전히 새로 창조된 것이거나, 아니면 기존의 다른 모티프들의 변형으로서 나타난 것이리라고 할 수 있다. 문화의 상이한 단계들을 점철하는 자료들의 대조는, 용과의 싸움이라는 모티프가 전혀 새로운 모티프로서 단번에 나타난 것이 아니라, 선행하는 모티프들로부터 발달한 것임을 보여줄 것이다.

이제 우리가 면밀히 검토해보고자 하는 것은 바로 이것이다.

---

14) P. Ehrenreich, *Die Mythen und Legenden der südamerikanischen Urvölker und ihre Beziehungen zu denen der alten Welt*, Berlin, 1905, p. 72.
15) Joh. B. Aufhauser, "Das Drachenwunder des heiligen Georg," *Byz. Arch.* 5, Leipzig, 1912.

Ⅱ. 삼키는 용 *Le Dragon avaleur*

13. 제의적 삼킴과 토함

러시아의 이야기에서 싸움의 전과정은, 두 때, 근본적인 두 단계로 이루어진다. 하나는 용 그 자체와의 싸움이고, 다른 하나는 남편(또는 아들)을 죽인 주인공을 삼켜버리려 하는 암용에 의한 뒤쫓기이다. 이 경우, 암용이란 청자에게는 전혀 뜻밖이며, 사건의 흐름 속에 그녀가 뛰어드는 것은 불필요하고 아무 동기도 없으며 이야기의 진전에 해가 됨이 없이 쉽사리 생략될 수 있다(그리고 흔히 실제로 생략된다).

위에서 우리는, 용과의 싸움이라는 모티프는 새로운 모티프가 아니며 더 오래 된 다른 모티프들로부터 형성된 것이리라는 가정을 제출하였다. 자료들이 보여주는 바에 의하면, 용과의 싸움이라는 모티프는 삼킴의 모티프로부터 형성되었으며 그 위에 중첩된 것이다. 이것은 우리로 하여금 우선, 용의 가장 오랜 형태 즉 삼키는 용을 검토하게 한다.

우리가 이미 알거니와, 이야기의 단서를 이야기 그 자체에서 구해서는 안 된다. 그렇다면, 이야기 이외의 어디에서, 사람을 삼키고 도로 토해내는 것을 보게 되는가? 위에서도 말했던 대로, 이러한 유형의 제의는 입문 의례 체계의 일부이다. 하지만, 그렇다는 사실을 지적한 후에는 그것을 좀더 자세히 살펴보아야지, 그렇지 않으면, 용과의 싸움이라는 모티프는 여전히 불가해할 것이다. 우리는 이 제의가 실제로 어떻게 기능하는가를 확실히 밝혀야 한다. 물론 여기에서 이 제의에 대한 정식의 연구를 할 수는 없겠지만, 그 주요한 특성들은 추출해낼 수 있을 것이다.

이 제의의 형식들은 변하지만, 그 중의 어떤 특성들은 고정적이다. 우리가 가지고 있는 정보들은, 실제로 그 제의의 시험들을 치른 자들이 비밀 서약을 어기고 들려준 이야기, 증인들의 술회, 신화, 조형 예술의 자료, 여자들과 비입문자들이 듣던 이야기 등에서 나온 것이다. 이 형식들 중 하나는 이렇다. 즉, 입문자는 괴물스런 동물 모양의 건물을 통과해야 했다는 것이다. 건물들이 이미 있는 지역에서는, 어떤 집이나 오두막이 괴물스런 동물을 나타냈다. 입문자는 삼켜지고 소화되어 새로운 사람이 되어 되뱉아진 것으로 치부되었다. 집들이 아직 없는 지역에서는 다른 장치가 마련되었다. 예컨대, 오스트레일리아에서는, 땅을 구불구불하게 파놓은 것이나, 강의 마른 바닥이나, 또는 은신처가 될 만한 나뭇가지들 앞에 괴물의 입을 상징하는 둘로 쪼갠 나뭇조각을 갖다놓은 것 등으로써 용을 나타냈다. [16]

이 제의는 다른 어디서보다도 오세아니아에서 정착되었다. 옛 독일령 뉴기니아에서는, 할례를 위한 특별한 집을 지었는데, "그것은 소년들을 삼키는 괴물 바알룸 Barloum 을 나타내는 것이었다."[17] 네버만의 자료들은, 여기에서 바알룸이라고 불리운 이 괴물이 뱀의 형태를 하고 있음을 보여준다. "신참자가 바알룸에게 삼켜진다는 것은 단순히 여자들에게 들려주는 우화가 아니다. 신참자들은 실제로 바알룸을 나타내는 집 안으로 들어가야 한다. 그것은 야빔 Yabim 부족이 괴물의 형상을 부여한, 할례의 집이다."

윗대들보는 종려나무로 되어 그 뿌리와 잎들은 머리칼을 나타냈다. "오두막의 입 또는 입구는 코코넛 나무의 잎들로 엮은, 그리고 선명한 색깔들로 채색이 된 울타리로 가려져 있다. 나의 '꼬리' 쪽으로는, 오두막은 더 좁고 낮아진다. 삼켜지는 것은 신참자들을 '뱃'속으로 들여놓는 순간에 바알룸의 음성이 울린다는 사실로써 상징된다." 다른 지역에서는, 신참자들 스스로가 그 안으로 들어가기도 한다. 동물은 그들을 삼키고 되뱉아낸다. 삼킴과 토함은 매우 상이한 형태들 속에 나타난다. 예컨대, 신참자들은 자기들의 둘레에 동물 모양의 울타리를 엮어야 하며, 울타리가 다 되면 그들은 동물의 배 안에 갇힌 것이다. 또는 단을 만들어 그 위에 제의의 주관자가 올라가고, 신참자들은 그 아래로 지나가는데, 그는 그들 각 사람이 다가올 때마다 삼키는 시늉을, 그리고는 자기 목을 조르는 시늉을 한 후, 야자 열매로 만든 잔에서 한 모금을 마시고 토하는 척하며 소년들 위에 물을 뿌린다. [18] 세람 Céram(오세아니아)에서는 밤에 입문자를 악어나 화식조(火食鳥)의 벌린 입 모양을 한 입구를 통하여 집 안에 던져넣고는, 젊은이가 악마에게 삼켜졌다고 한다. [19] "퀸즈랜드 Queensland의 어떤 지역들에서는, 딸랑이가 울리는 소리는 마법사들이 내는 것인데, 그들은 소년들을 삼킬 때 그렇게 한다고 한다. 그들은 소

16) A.R. Radcliff-Brown, "The Rainbow-Serpent Myth in South-East Australia," *Oceania*, 1930, vol. I, n° 3, p. 344.
17) Schurtz, *Alterklassen und Mannerbünde*, p. 224.
18) Nervermann, *Masken und Geheimbünde in Melanes*, pp. 24, 40, 56.
19) Frobenius, *Weltanschauung der Naturvölker*, p. 198.

년들을 청년들로 되토해낸다. ""퀸즈랜드의 여자들은, 딸랑이의 소리는 소년들을 삼켰다가 청년들로 토해놓는 도마뱀들이 내는 것이라고 생각한다."[20] 세네감비아 Sénégambie 에서는 호레이 Horrey 가 소년들을 삼켜서 얼마 동안 자기 뱃속에 가지고 있다가 빛 속에 토해놓는다고 한다.[21] 아프리카 포로족 les Poro 에서는, "비입문자들은, 거대한 괴물이 아이들을 삼키며, 상처 때문에 죽은 그들은 괴물의 뱃속에 남는다고 생각한다."[22]

비슷한 많은 예들을 들 수 있겠지만, 그 수효가 중요한 것은 아니다. 현상 그 자체도 분명하고 그것이 나타난 방식도 그러하다. 분명치 않은 것은 그것을 야기한 이유들이다. 정확히 무엇이 그러한 제의를 시행하게 하였는가? 그 수행에서 무엇을 기대하는가? 한마디로 말해, 분명치 않은 것은 제의의 역사적 기초이다.

14. 이 제의의 의미와 역사적 기초

제의 그 자체의 연구는 우리에게 그 이해를 돕는 아무 단서도 제공하지 않는다. 이 단서는 제의를 수반하는 신화들에 의해 제공되는데, 불행한 것은, 제의가 아직 살아 있을 때에는 신화들은 비밀이며 입문 의례 동안에밖에는 말해지지 않는다는 것이다. 단지 입문자들만이 그것들을 안다. 그것들은 공개적으로 말해지지 않으며 유럽인들에게 전해지지도 않는다. 그것들이 수집될 때에는 이미 제의로부터 분리되고 단절된 것이다. 그것들은 이미 제의와의 살아 있고 유기적인 연관을 잃어버린 민족들에게서 유럽인들에 의해 뒤늦게 기록된 것이다. 예컨대, 아메리카에서는 보호 구역으로 강제로 이식된 민족들에게서, 나이 든 사람들의 기억에 따라, 흔히는 영어로……. 달리 말해서 우리는, 그 신성한 성격을 잃고 와해되기 시작한 신화의 잔재들밖에는 모른다. 하지만, 이 신화들의 검토는 다음과 같은 추론을 뒷받침해준다. 즉, 짐승의 뱃속에 머무는 것은, 거기에서 다시 나오는 자에게 마술적 특성들을, 특히 동물들에 대한 세력을 주며, 그로 하여금 위대한 사냥꾼이 되게 해준다는 것이다. 이것은 제의와 신화의 경제적 기초를 드러내준다. 개념적 기초로 말할 것 같으면, 그것은 선사적인 것으로, 그 기초는, 식사(食事)는 먹히는 동물과의 교통을 가능케 한다는 것이다. 토템 동물과 교통하고 그

20) Webster, *Prim. Secr. Soc.*, p. 99.
21) Frobenius, *Weltanschauung*, p. 199.
22) Loeb, *Trib. Init.*, p. 264.

와 동일시되며 그럼으로써 토템적 결사에 들어가기 위해서는 이 동물에 의해 먹혀야 한다. 식사는 수동적일 수도 있고 능동적일 수도 있다(눈멀음과 보이지 않음을 참조). 인용된 경우들에서는, 우리는 수동적 식사 즉 삼켜짐을 보았다. 하지만 이러한 교통은 능동적 식사에 의해서도 실현될 수 있는바, 제의 동안에 토템 동물을 먹기도 하였다. 동물 속으로 들어간 입문자가 그를 삼킨 동물의 한 조각을 먹었는지는 모르겠으나, 신화에서는, 앞으로 보겠지만, 이런 일이 거의 항상 일어난다.

신화를 살펴보면서 염두에 두어야 할 것은, 신화를 제의의 완벽한 예증으로 간주할 수는 없다는 사실이다. 신화와 제의간의 전적인 일치는 실제적으로 불가능하다. 신화나 이야기는 제의보다 더 오래 존속한다. 이미 지적되었듯이 신화는 때로 제의가 사라진 곳에서 기록되었다. 그 때문에, 신화는 뒤늦은 성격들, 몰이해와 왜곡과 변모의 성격들을 갖는다. 예컨대, 뱃속에 머무는 것은 둥지나 소굴에 머무는 것으로, 또는 용이나 뱀이 주인공을 휘감는 것으로 대치되었다. 한편, 용이 주는 이득도 양상을 달리한다. 사냥 무기의 발달과 함께, 사냥을 잘 하게 하기 위한 마술의 형태는 희미해지고, 일반적 성격의 마술적 특성들만이 남는바, 그 중에서도 특히 병을 낫게 하는 능력과 동물들의 말을 알아듣는 능력이 발달하여 흔히 발견된다.

우선, 용이 주는, 사냥을 잘 하는 재주부터 검토해보자. 북아메리카의 한 신화에서 주인공 틀로메나초 Tlomentatso 는 물 위에 떠도는 불을 보고, 그것이 아이고스 Aigos(머리가 둘 달린 용)임을 알아차리고는 그의 소굴로 따라간다. 그러자 아이고스는 그에게 투명한 돌 한 조각을 주며 그의 영혼을 전세계로 안내한다. 다음날, 돌아온 주인공은 물개를 한 마리, 그 다음날은 두 마리……씩 잡는다. 아이고스가 그에게 그것들을 주는 것이다. [23]

이러한 개념들은, 사냥꾼의 기술이 동물을 죽이는 것(은 어렵지 않다) 보다는 동물을 자기에게 굴복시키는 것(이것은 마술의 힘으로써밖에는 얻을 수 없다)에 있다는 사실과 명백히 관련되어 있다. 사냥을 잘 하는 것은 매우 일찍부터 마술과 연관되었다. 농경이 나타났을 때, 용의 뱃속에서는 수확의 첫 소산들이 발견되기 시작한다. 아미로테 Amirauté 군도에서는 다음과 같은 일화를 포함하는 신화가 발견되었다. "용이 말했다. '내 뱃속으로 들어오너라.' 그는 입을 벌렸다. 사람은 들어갔다. 그는

23) Boas, *Indianische Sagen*, p. 81.

불을 보러 갔으며, 그는 타로감자를 보러 갔으며, 그는 사탕수수를 보러 갔다. 그는 가서 모든 것을 보았다." 주인공은 그 모든 것을 가지고 가버린다. 여기에서, 그가 그 모든 것을 인간들에게로 가져간다는 것은 분명하다. 마이어 Meier는 이 신화을 채집하여 원문과 원문의 말들을 그대로 옮긴 번역을 출간하면서, 이렇게 덧붙인다. "이 전설은 아미로테 군도의 모든 주민들에게 알려져 있다."[24] 네버만과 틸레니우스 Thilenius 의 자료들은, 용의 뱃속으로부터 나오는 것에는 불과 수확의 첫 소산뿐 아니라 토기를 굽는 기술도 있다는 것을 알려준다.[25]

이 자료들은, 입문 제의와 병존하는 삼킴의 제의 및 거기에 간접적으로 결부되는 일련의 다른 제의와 신화들의 경제적 하부 구조를 드러내준다. 예컨대, 오스트레일리아에서, 무당 후보자는 그를 '죽이는' 괴물뱀들이 득실거리는 것으로 치부되는 호수에 뛰어든다. 그는 병이 나서 이성을 잃음으로써 권능을 획득한다.[26] 같은 일이 아메리카에도 있다. "힘세고 단단하고 무적이 되고 싶은 자는, 밤에, 괴물과 우뢰들이 득실거리는 연못에서 목욕을 한다. 그가 그들이 있는 것을 참을 정도로 용기가 있다면, 그는 원하는 능력을 얻는다."[27] 틀링기트족에게서, '새로운 정령'을 얻고자 하는 무당은 "파도에 삼켜짐을 당하여," 나흘째 되는 날에 그는 다리를 허공에 든 채 나무 위에 얹혀 있는 자신을 발견하게 되었다.[28]

이러한 예들은, 동물에 의해 삼켜짐이 물에 의해 삼켜짐——그것이 뱀이 득실거리는 연못에서 먹감기이든 바다의 파도에 의한 삼켜짐과 되뱉아짐이든——으로써 대치되는 것을 보여준다.

그리하여 우리는 다음과 같은 사실을 정립하게 된다. 즉, 제의에 따르면 사냥꾼을 만드는 것은 용(또는 다른 어떤 동물)이며, 신화에 따르면 위대한 사냥꾼이나 위대한 무당을 만드는 것은 항상 용이다. 최초의 불을 준 것도 용이며, 농경의 여명기에 수확의 첫 소산을 주고 또 토기 굽

24) J. Meier, "Mythen und Sagen der Admiralitäts-Insulaner," *Anthropos* Ⅲ~Ⅳ, 1907~1909, p. 653.
25) H. Nevermann, "Admiralitäts-Inseln," *Ergebnisse der Südsee-Expedition*, 1908~ 1910, éd. v. Thilenius, Ⅱ, A., vol. 3, Hamburg, 1934, p. 369.
26) P. Elkin, "The Rainbow-Serpent Myth in North-West Australia," *Oceania*, 1930, vol. Ⅰ, n° 3, pp. 349~52.
27) L. Frobenius, *Weltansch. d. Naturvölker*, p. 198.
28) A.L. Kroeber, "The Religion of the Indians in California," *Univ. of Calif. Publ. Arch. Ethn.* vol. 4, n° 6, 1907, p. 328.

는 법을 가르쳐준 것도 용이다. 나아가 우리는 위대한 우두머리를, 그리고 또 나아가서는 신을 갖게 될 것이다. 줄루족의 한 신화에서는, 삼켜졌던 아이들이 집에 돌아오자, "온 고장에 큰 기쁨이 있었다. 아이들은 그들의 조부의 집에 돌아왔다. ……그리하여 이 아이들을 큰 우두머리로 삼았다."[29] 아프리카의 비교적 문명된 부족인 바주토족 les Bazouto의 한 신화에서는, 괴물에 삼켜졌던 주인공이 집에 돌아오는데, 그의 가족들은 그를 알아보지 못하며 그로 하여금 지상에서 사라지도록 강권한다.[30] 우리는 여기에서 신격화의 출발점을 본다. 아이들을 삼키고 되뱉는 크로노스 Cronos 의 테마에는 같은 개념의 편린들이 들어 있을 수도 있다. 크로노스가 아이들을 삼키는 것은 그가 신-아버지이며 아이들에게 신성을 부여할 수 있기 때문이 아니겠는가? 고래에 삼켜졌다가 되뱉아진 선지자 요나의 이야기도 같은 계열에 속한다. 그가 선지자인 것은 고래 뱃속에 머물렀기 때문이 아니겠는가? 이 경우에 대한 전문 연구를 하였던 라더마허는, 이 모티프는 전혀 불가해하다고 고백하고 있다.[31] 위에 제시된 자료들은 그 기원을 규명하게 해준다.

우선 우리는 제의적 삼킴이라는 한 가지 국면만을, 신화에서 그에 대응하는 반영 및 등가물들과 함께 검토하고 있다. 용(또는 다른 괴물)은 어디에서나 유익을 주는 존재로 상상되고 있다. 지금으로서는, 어떤 변천을 거쳐 그와의 싸움에 이르게 되는지를 전혀 알 수 없다. 하지만 유익한 용은 동방 아시아에 고유한 것이고 적대적 용은 유럽의 특정이라는(『태양신의 시대』, p. 145), 프로베니우스를 위시한 여러 연구가들의 주장이 얼마나 그릇된 것인지는 이미 드러난다. 사실에 있어, 유익한 용, 증여자 용은 용의 첫 단계로서, 그것이 이후에 그 반대로 변한 것이다. 유럽이나 아시아라는 지역적 차이는 여기서 전혀 문제되지 않는다.

15. 새들의 말

논의가 유익한 용에 이르렀으니만큼, 우리는 용과의 싸움에 대한 연구로 넘어가기 전에, 여기서 잠시, 지금까지 연구되었던 현상들의 계열에 직접 소급하는 모티프, 즉 주인공이 새들의 말을 알아듣게 된다는 모티프를 살펴볼 수 있겠다.

현대 그리스의 한 이야기에서도, 용은 주인공들에게 새들의 말을 가

29) L. Frobenius, *Das Zeitalter des Sonnengottes*, p. 113.
30) Id. *Weltansch.*, p. 106.
31) L. Radermacher, "Walfischmythen," *ARW*, IX, 1906.

르쳐주기 위해 그를 삼켰다가 되뱉는다. [32]『칼레발라 *Kalevala*』(제 17 뤼노 *runot*)에서, 바이나모이넨 Väinämöinen 은 세 마디 마법의 말을 배우기 위해 거대한 괴물에게 기꺼이 삼켜진다. 그리고는 괴물의 뱃속에서, 불을 피우고 쇠를 벼리기 시작한다. 괴물은 그를 되뱉아내며, 그에게 문제의 세 마디 말을 가르쳐주는 데 그치지 않고, 우주의 역사를 들려주며 그에게 전지(全知)를 부여한다.

돌간의 한 신화에서는, 주인공에 의해 구출된 소녀가 이렇게 말한다. "어떻게 감사를 해야 할는지요? 당신이 나를 두려워하지 않는다면, 나는 당신 몸을 세 번 휘감아, 당신에게 선물을 주겠어요." 주인공은 응낙한다. 그러자 한 마리 뱀이 그의 몸을 세 번 휘감고는 그의 귀에 속삭인다. 그리하여 주인공은 새들과 물고기들의 말을 이해하게 되는 것이다. [33] 이 두 경우의 대조는 목을 감는 것은 삼키는 것의 나중 형태, 삼키는 것이 더 이상 유익으로 생각되지 않던 시대의 형태임을 보여준다. 비아트카 지방의 한 이야기에서는, 목을 감은 뱀이 "물지는 않지만, 으스러뜨린다"(Z.V. 106). 주인공은 전지를 선물로 받는다. 우리는 위에서, 제의 동안에 토템 동물의 한 조각을 먹는 일도 있을 수 있음을 보았거니와, 이는 새들의 언어를 이해하는 것도 두 가지 방식으로 얻어질 수 있음을 시사한다. 즉, 주인공이 삼켜지고 되뱉아지든지, 아니면 반대로 그가 뱀의 토막을 먹든지 빨든지 또는 뱀고기로 만든 국이나 다른 요리를 먹는다는 것이다.

사마라 지방의 한 이야기에서, 스텐카 라진 Stenka Razine 이라 불리우는 주인공은 괴물 볼코디르 Volkodir[34]를 만난다. "암용은 머리를 들어 청년을 보았다. 그녀는 그 쪽으로 숨을 내뿜으며 다가왔다. ……볼코디르는 그를 끌고가 단번에 삼키려 하였다." 스텐카는 괴물을 죽여 토막낸다. 그는 그녀의 뱃속에서 돌멩이를 하나 발견하여, 그것을 삼키자 "세상에 일어나는 모든 일을 알게 되었다"(Sad. 110). 쿠디아노프 선집의 한 이야기에서는, 뱀의 고기로 햄을 만들어 국에 넣어 먹으며, 그것이 주인공으로 하여금 새들의 말을 이해하게 해준다(Khoud. 38). 뱀의 고기를 먹음으로써 새들과 숲의 짐승들과 물고기들의 말을 알게 된다는 모티프는 전세계의 민담에 매우 널리 유포되어 있다(그림 선집 제17화와, 볼트와

---

32) J.G. Hahn, *Griechische und albanesische Märchen*, Leipzig, 1864, Ⅰ, p. 23.
33) 『돌간 민족문학』, p. 101.
34) 볼코디르, 즉 늑대를 찢는 자. 러시아어 원문에서는 괴물이 여성형으로 되어 있다(la Monstre, la dragonne 하는 식으로)(N.d.T.).

폴리프카의 선집에서 그에 대응하는 이야기들을 보라).

여기서 삼킴과 입문 의례간에 존재하는 관계는, 새들의 말에 대한 이해가 다른 방식들로도 얻어지는바, 이 방식들과 입문 의례간의 관계가 의심할 여지가 없다는 사실에 의해 입증된다. 예컨대 주인공은 숲의 노인이나 현자의 집에 가게 되는데, 이 숲의 노인은 그를 냄비에 끓이든가(Z.V. 30) 아니면 난로 속에 던지든가(Sm. 70) 아니면 단순히 그를 교육한다(Af. 140d/252).

연구가들은, 일반적으로, 새들의 말이라는 모티프 앞에서 당혹케 된다. 볼트는 이 모티프를 새들의 예언적 능력과 관계시키며, 새들의 이 능력은 개인의 운명에 관련되는바, 새들이 그를 경계시킨다……고 한다. 이러한 접근은, 주인공이 이해하게 되는 것이 새들의 말만이 아니라 동물 일반의 말이므로, 정당화될 수가 없다. 이것은 또한 왜 뱀의 고기를 먹어야 하는지도 설명해주지 못한다. 바이커 Weicker 는, 뱀이란 동물들의 영혼이라고 설명하고 있으나,[35] 우리의 자료에 비추어보면, 사실은 그와 전혀 딴판이다. 우리는, 동물들 특히 새들의 언어에 대한 이해와 관련된 예언의 능력이라는 모티프의 기원이, 젊은이가 삼켜졌다가 되뱉아지거나 또는 그 자신이 동물의 한 토막을 삼킴으로써 다양한 능력과 마술적 재주들을 얻게 되는 제의들에 있다고 주장할 수 있다. 원초적으로, 이 획득된 능력들은 사냥을 잘하게 한다는 것이 목적이었지만, 나중에는 토기 굽기, 농경 등과도 연관이 되었다. 인간이 자연과 생산의 지배자가 됨에 따라, 이러한 지배력을 확보해주는 능력이나 기능들의 마술적 성격은 희미해졌으나, 반면에 인간이 아직도 무력한 영역에서는 그러한 능력들이, 비록 신화에서일지언정(멜람푸스 Mélampous, 기타 참조), 여전히 뱀의 덕택으로 얻어졌다. 새와 짐승들의 언어에 대한 이해란 이런 맥락에서 해석되어야 하는바, 그것은 예전에 사냥꾼이 동물—제의를 통해 그의 수중에 든 수동적 도구가 되어야 하는—의 의지에 대해 확보하였던 전적인 세력의 반향인 것이다.

마술적 능력을 부여하기 위한 삼킴의 흔적들은 이야기에서뿐 아니라 중세의 전설 문학에서도 산발적으로 발견된다. 예컨대, 그것은 솔로몬에 관한 전설들에서도 발견되는바, 탈무드의 한 전설에 의하면 솔로몬은 아스모데 Asmodée 의 도움으로 신전을 건축한다. "현왕은 마귀에게서 무엇인가를 배우고 싶어했으나, 그럴 시간도 기회도 없었다." 공사가

---

35) Weicker, *Der Seelenvogel*, p. 25.

끝나자, 솔로몬은 아스모데와 단둘이 남게 되어 그에게 묻기 시작한다. "'내 사슬들을 풀어다오'하고 아스모데가 말했다. '그러면 너에게 내 권능을 보여주고, 너를 모든 사람들 위에 세우리라.'" 솔로몬은 그 말을 따른다. "그는 솔로몬을 삼켰다가, 거기서 사백 파라산쥬 되는 곳에 되뱉아놓았다."[36] 이야기의 귀추에 따르면, 솔로몬은 일부다처로 인해 벌을 받았다(솔로몬을 되뱉아놓은 후, 아스모데가 그를 대신하여 왕이 되었다)는 것이 사실이다. 그러나 그것은 전설의 처음과는 모순되는 뒤늦은 전위라고 보아야 할 것이다. 솔로몬은 사실상 아스모데의 지혜를 자기 것으로 만들기 위해 삼켜진 것이다.

16. 다이아몬드

이야기에서, 주인공은 때로 용의 배나 머릿속에서 다이아몬드나 보석을 발견하며, 용은 그것을 주인공에게 선물로 준다. "머릿속에는 보석들이 있었다."[37] "파도 너머 불의 용에게 가서 그의 보석들을 가져와라"(Sm. 362). "그는 신음하기 시작했다. 그리고, 신음하면서, 그는 보석을 뱉아냈다"(Sad. 6), 등등.

이러한 세부는 원시 사회들의 신화에서도 발견된다. 보아스의 저서에도 용이 "투명한 돌 한 조각"[38]을 준다는 예가 나와 있다. 러시아의 이야기는 이 모티프와 삼킴·토함과의 관계를 보존하고 있는바, 이는 여기에도 입문 의례가 관계되어 있음을 시사한다. 우리는 앞서 이미 입문자의 몸 속에 수정을 넣는 것을 보았거니와, 수정이나 석영은 우리에게 알려져 있는 가장 고대적인 단계의 샤머니즘에 있어서 중요한 역할을 한다. 래드클리프-브라운 Radcliff-Brown 은 이렇게 말한다. "석영 수정과 무지개의 뱀 사이에는 널리 유포된 관계가 존재하며, 전오스트레일리아에 걸쳐, 이 수정들은 무당이 사용하는 가장 중요한 마술적 물질들과 관계가 있다."[39]

이와 관련하여, 다음과 같은 예들도 있다. 소녀의 유리 무덤(제 4 장 제10절 참조), 용의 거처인 유리산, 그리고 왕녀가 그 위에 앉아 있으며

---

36) 베젤로프스키, 『솔로몬과 켄토르에 대한 슬라브 전설』, 전집, 제 8 권, I, p. 136. 파라산쥬 Parasange 란 페르시아의 도량형으로, 6,400m와 같다(N.d.T.).

37) 니키포로프, 「용의 정복자」, p. 205, 『소비에트 민속문학』, 4~5, 1936, pp. 143~243. (A.I. Nikiforov, "Pobeditel' zmeja," str. 205, *Sovetskij fol'klor*, 4~5, 1936, str. 143~243.)

38) *Indianische Sagen*, p. 81.

39) *Oceania*, I, n° 3, p. 342.

주인공이 그의 요술 말을 타고 단번에 올라가야 하는 유리단(제 8 장 참조), 등등.

17. 삼키는 자―실어나르는 자 *l'avaleur―transporteur*

우리가 인용한 모든 경우들에서, 용은 지식과 마술적 권능을 주는 유익한 존재였다. 이야기들 전체에서, 이 유익한 용은 인류의 적, 파괴해야 할 괴물과 동일물이다. 용이 이중적 가치를 지닌 존재라는 것은 오래 전부터 지적되어온 사실이다. 슈테른베르크도 용에 관한 개념들의 이원성에 대해 종종 말한다. 하지만 실상 두 마리 다른 용들이 있는 것이 아니라, 용의 변천에 있어 두 가지 다른 단계들이 있는 것이다. 원초적으로는 유익한 존재였던 용이 차츰 그 반대로 변모하는바, 그때에 비로소, 괴물 용, 죽여야 할 심술궂은 용이라는 개념이 나타나며 용과의 싸움이라는 주제가 형성된다. 그리고 이 주제의 역사적 발달은, 내적인 변천이 아니라 고대적 사고 방식과 새로운 사회적·문화적 형식간의 모순에서 기인한다.

다음과 같은 관찰에서 시작해보자. 즉, 대개의 경우, 신화에서나 제의에서나, 자리를 옮기는 것은 삼키는 자(괴물·짐승 또는 용)가 아니라 삼켜지는 자라는 것이다. 예컨대, 아이들이 집에서 떠나 괴물에게 삼켜지고 되뱉아진 후, 집으로 돌아온다. 그러나 또 다른 유형의 신화들도 있다. 주인공은 삼켜진 후, 그를 삼킨 자의 뱃속에서 저세상으로 실려가 거기에서 되뱉아지든지 빠져나오든지 한다. 삼킨 자는 주인공에게 죽임을 당하는바, 이것이 용과의 싸움의 시초가 된다. 이러한 신화들은, 계층 분화 이전 단계의 민족들에게 널리 퍼져 있는 것으로, 좀더 면밀히 검토되어야 한다.

삼키는 자가 주인공을 저세상으로 실어간다는 사고 개념은 어디에서 오는가? 여기에는 그 시초를 제의에서 찾아야 할 몇 가지 요소들이 있다고 단언해도 좋을 것이다. 짐승의 뱃속에 머물렀던 자는 죽음의 왕국에, 저세상에 머물렀던 것으로 간주되었으며, 그 자신도 사태를 그렇게 보았다. 용의 내장을 통과함으로써, 그는 저세상으로 건너갔었던 것이다. 짐승의 입은 저세상에로 들어가는 것의 조건이다. 예컨대, 타타르 Tatar 의 한 이야기에서, 주인공은 용의 딸인 소녀를 구출한다. 그에게 감사하기 위해, 그녀는 그에게 이렇게 말한다. "내 아버지(즉, 용)의 무서운 모습에 겁내지 마세요. 그의 왕국에 가려면, 우리는 우선 내 어머니의 배와 그리고는 그의 배를 통과해야 해요. 짙은 어둠이 우리를 두를 터인데, 거기에서는, 용기 없는 자에게는 모든 것이 무시무시하지요. 하지만 그게 유일한 길이랍니다. 반면에, 우리가 도착하면, 용왕이 당신을 맞이하여 온갖 경의를 표할 것이고, 당신의 용기에 대해 상을 줄 거예요. "[40]

하지만, 이러한 제의와 주제들을 가진 자들의 의식 속에서는, 무엇인가 그 제의나 주제들의 고대적 형식에 더 이상 일치하지 않는 것이 일어났다. 신화는 여기에서 공간과 운동의 느낌이 발달하였던 것을 분명히 보여준다. 이러한 공간적 사고 개념들의 출현은 삼키는 자로 하여금 움직여 먼 여행을 하게 하였다. 동물적 외관을 가진 죽음의 나라라는 관념은 먼 나라로서의 죽음의 나라라는 개념에 의해 대치되었다. 그러한 개념들이, 공간의 개념을 의식하는 민족들, 철학적 반성을 통해서가 아니라 경제적 차원의 경험을 통해 그것을 의식하는, 다시 말해서 실제로 먼 여행을 하는 민족들에게서밖에 나타날 수 없었다는 것은 명백하다. 그러한 민족들이란 섬과 바닷가의 주민들인 바, 실제로 삼켜서 실어나르는 자에 관한 신화는 본질적으로 해양적인 신화이다. 주인공은, 거대한 물고기의 형태를 삼키는 자의 뱃속에서 바다를 건너 실려간다. 나아가, 삼키는 자의 자리를 바꾸면서, 이야기꾼은 삼킴의 의미까지도 바꾸었다. 즉, '숲'이 바다에 의해 대치되었으니, 이는 숲의 사냥감이 유일한 생존 수단을 나타내기를 그쳤으며, 거기에 관련된 제의들이 의의를 상실하였음을 뜻한다. 그러나, 동시에, 이러한 변모는 옛 제의나 주제들을 완전히 파괴하고 말소해버릴 정도로 심한 변혁은 아니었다. 연구가는 여전히, 신화의 전수자가, 많은 점에서 옛 형식들을 보존하고 있음에도 불구하고 망각해버린 관계를 분명히 볼 수 있다. 부동적인 것이 동적인 것이 되었으며, 무서운 것이 피카레스크 *picaresque* 한 것으로, 필요한 것이 무용하고 나아가 위험한 것으로 변하였다. 이후로, 주인공은 삼키는 자의 뱃속에서 더 이상 마술적 자질들을 얻지 못하게 된다. 반대로, 그는 그것에게서 죽여야 할 적——삼킴 이후에, 그가 그것의 뱃속에 있을 때 그 내부로부터라도——을 보게 된다. 용과의 싸움이 시작되는 것은 바로 이 시점에서라 할 것이다.

뒤에서 우리는 몇 가지 예를 들어보겠다. 이 주제에 관해서는 자료가

---

40) 『크리미아의 타타르족의 전설과 민담』, 심페로폴, 1936, p. 169. (*Skazki i legendi tatar Kryma*. Simféropol', 1936, str. 169.)

워낙 많아서 그것만으로도 책 한 권의 소재가 될 수 있을 것이다. 그리고 실제로 그런 책이 존재하는바, 프로베니우스의 『태양신의 시대』가 그것이다. 이러한 유형의 신화들은 그 책 속에 상당히 주의깊게 수집되어 있다. 불행히도 그 저작은, 고래는 바다이며 고래에게 삼켜진 주인공이란 저무는 해요 고래에게서 나오는 주인공이란 떠오르는 해라고 하는, 저자의 선입적 관념들로 인해 무효화되고 만다. 제의와의 관계, 이 신화들을 창조한 민족들의 경제적·사회적 여건과의 관계로 말할 것 같으면, 저자는 그런 문제들이 전혀 안중에도 없으며 괘념치 않는다.

18. 용과의 싸움의 첫 단계로서의 물고기와의 싸움

삼켜져서 저세상으로 실려가는 주인공에 관한 신화는, 그것을 야기한 원인들이나 그 연계의 다양성에 있어, 매우 복잡한 현상이다. 우리가 여기에서 연구하고자 하는 것은 이 신화의 그 모든 복잡성도 아니고 특별히 그 운송의 국면도 아니다. 우리는 용과의 싸움을 초래하게 되는 양상들만을 다루기로 하겠다.

우선, 그 운송이 아무런 싸움의 요소가 개입됨이 없이 일어나는 몇 가지 경우들을 살펴보자. 미크로네시아에는, 뱀장어의 아들인 한 소년이 나오는 신화가 있다. 여자들은 그에게 아버지가 없으므로 그를 조롱한다. 그는 아버지를 찾아 떠나서, 물 속으로 뛰어든다. 거기에서 그는 입을 딱 벌린 뱀장어를 보게 된다. 그는, 막대기 둘로 입이 다시 닫히지 못하도록 버티어놓은 후, 그 안으로 뛰어든다. 그러자 상어 한 마리가 그를 거기에서 끌어내어, 거북의 등껍질들이 많은 어떤 연안으로 그를 데려간다. 같은 길로, 그는 상어의 입 속으로 돌아가며, 그것이 그를 집으로 데려가 그는 결혼한다. [41] 우리는 여기에서 삼켜진 주인공이 피안을 향해 실려가는 것을 본다. 거북의 등껍질들이란 명백히, 마술적 권능의 원천인, 수정이나 석영을 대치하는 것이다. 이러한 예는 쇠퇴의 명백한 징후들을 보여준다. 여기에서는 삼킴이 아무 필연성 없이 이중화되며, 거북의 등껍질들에는 마술적 힘이 결여되어 있고, 결혼이란 그에 선행하는 삼킴·토함과——제의에 있어서는 이 두 사건이 결혼의 조건을 이루는 반면——더 이상 관련되어 있지 않은 것이다. 더 전형적이고 더 널리 알려져 있는 다른 예들을 보기로 하자.

한 아버지가 아들에게 임무를 맡긴다. 하지만 아들은 말을 듣지 않고

---

41) Frazer, *Belief in Immortality*, Ⅰ, 195.

동무들과 물가에 나가 배를 타고 먼 바다로 나간다. 갑자기, 배가 요동하기 시작하여, 주인공은 물에 빠지며 즉시로 큰 물고기에 의해 삼켜진다. 물고기의 뱃속에서 얼마간의 시간이 흐른 후, 그는 배가 고파져서, 주위를 둘러보다가, 그의 머리 위쪽에 물고기의 간이 매어달린 것을 보게 된다. 그는 조개껍질로 그것을 조금씩 베어먹기 시작한다. 물고기는 아파서 그를 되뱉는다. [42]

처음 경우에는, 삼킴이 삼키는 자에게 아무 해로운 결과 없이 일어났었다. 이번에는, 주인공이 물고기의 간을 베어먹는다. 이것이 동물의 토막을 먹던 제의의 반향인지 아닌지는 말하기 어렵다. 어쨌든, 이 모티프는 매우 널리 유포되어 있으며, 그러한 먹기는 여러 가지 구실하에 일어난다. 한편, 물고기가 주인공을 뱉아내는 것은 아픔 때문인바, 토함에는 동기화가 필요해진다는 사실을 볼 수 있다. 토함 그 자체로서만은 더 이상 이해가 되지 않는 것이다. 하지만 물고기는 여전히 살아 있으며, 아직도 엄격한 의미에서의 싸움——삼키는 자와의——은 일어나지 않는다는 사실을 지적해두자.

때로는, 물고기 안에 불이 지펴지는바, 그것은 물고기로부터 빠져나가기 위해서, 다시 말해서 그것을 공격하기 위해서이다. 어떤 주인이 새들의 도움을 받아 배를 지었다. 주인공은 그 배를 타게 해달라고 청한다. 오랜 협상 끝에, 수락이 얻어진다. 도중에, 고래가 배에 탄 채로 여행자들을 삼키나, 주인공은 고래의 입이 다시 닫히지 못하도록 두 개의 창을 가로질러놓는다. 고래의 뱃속에서 그는 그의 죽은 부모를 본다. 빠져나가기 위해, 그는 큰 불을 지핀다. 고래는 아픔으로 몸을 뒤틀며, 모래 언덕까지 헤엄쳐간다. 아직 열려 있는 입을 통하여 사람들과 배가 모두 나온다. 그들이 도달한 나라는, 풍요가 넘치는, 달의 나라이다. 그들은 타고 온 그 배를 타고 집으로 돌아간다.

이 경우에 주목할 것은, 주인공이 물고기의 뱃속에서 그의 죽은 부모를 본다는 사실이다. 이것은, 물고기의 뱃속에 들어감으로써 그가 죽은 자들의 나라에 갔음을 보여준다. 일반적으로, 물고기 속에서 주인공은 그의 전에 삼켜졌던 많은 죽은 자들과 산 자들을 만나, 다시 나오게 한다. 우리는 여기서 이 모티프는 다루지 않겠다. 단지, 러시아의 이야기에도 주인공이 물고기 속에 실려가는 것, 물고기 속에 불이 지펴지는 것 등이 나온다(Af. 133, var./240, var.; Af. 135, var./242, var.; Z.V. 138,

---

42) Frobenius, *Zeitalter des Sonnengottes*, p. 91.

134, etc.)는 사실만을 지적해두자. 물고기의 뱃속에 지펴진 불이란, 일반적으로, 널리 유포된 모티프이다. 하지만 그것은, 신화나 제의에 있어, 불을 포함한 모든 최초의 유익한 것들이 삼키는 자로부터 나온다는 사실을 고려에 넣지 않는다면, 이해할 수 없는 모티프이다. 삼키는 자의 내부에서, 입문자는 때로 불시험을 거치게 되며, 괴물 속에는 무서운 불이 타는 것이다. 신화에서 소년들이, 위의 경우에서처럼 달아날 목적으로 손수 불을 지피지 않더라도, 그 안의 열기를 불평하며 물고기로부터 벗어나오는 것은 그 때문이다.

이 모든 것은 제의가 이미 잊혀졌으며, 이후로 그 구성 요소들은 예술적 창조의 의도에서 사용됨을 보여준다. 이것은 왜곡이고 위조이기도 하지만, 또한 옛것이 사라지고 새로운 것이 나타나는, 모티프의 창조적 변형의 증좌이기도 하다. 삼킴과 토함은 더 이상 새로운 사회적·이데올로기적 여건이나 생산 방식에 일치하지 않으며, 따라서 사라져간다. 우리는 이미 신화에서 토함이 어떻게 동기화되는가——그것은 물고기의 아픔 때문에 일어난다——를 보았다. 이야기에서는, 토함이란 완전히 사라지며, 삼킴은 보다 흥미로운 국면으로서 좀더 오래 존속하게 된다. 그러니까, 삼켜진 자는 더 이상 되뱉아지지 않으며, 스스로 바깥으로 나갈 길을 마련해야 한다. 한 가지 예를 들어보자. 옛날에, 무투크 Moutouk라는 이름의 한 남자가 절벽가에서 낚시질을 하는데, 그의 그물이 얽혔다. 그는 그것을 풀기 위해 물 속에 뛰어든다. 그러자 상어가 나타나 그를 다치지 않은 채 삼켜버렸다. 상어는 북쪽으로 헤엄쳐갔다. 무투크는 열기를 느끼자, "이제 더운 물 속으로 왔구나" 하고 생각하였다. 상어가 더 깊은 물 속으로 내려가자, 무투크는 한기를 느끼고 그들이 내려가고 있다는 것을 알았다. 마침내, 상어는 보이가 Boiga를 향해 헤엄쳐갔으며, 파도가 그것을 해변에 던져놓았다. 무투크는 처음으로 물고기 위에 햇살이 내리쪼이는 것을 느끼자, 뭍에 올라왔음을 알았다. 그래서 그는 귀 뒤에 가지고 다니던 날카로운 조개껍질로 상어의 몸을 파서 나올 만한 구멍을 만들었다. 마침내 그의 감옥으로부터 나온 그는 그의 모든 머리칼이 없어진 것을 깨달았다.

우리는 여기서 머리칼의 상실에 주목하게 된다. 그것은 이 신화들의 특징이다. 프로베니우스에 의하면 사태는 명백한 것으로, 머리칼의 상실이란 떠오르는 해에 햇살이 없음을 의미한다고 한다. 우리가 보기로는, 이 일화는 입문 의례 동안에 일어나는 머리 모양의 변화로써 설명되는바, 머리칼은 깎이거나 태워지거나 또는 특별한 모자 속에 감추어졌던 것(이야기에서의 대머리에 관하여는, 제4장 제15절 참조)을 상기하자.

주인공이 삼켜지는 이유들의 다양성도 지적해두는 것이 좋겠다. 때로 주인공은 사람들에게 조롱을 당하므로 물 속에 뛰어들기도 하고, 때로 그는 아버지의 말을 듣지 않거나 모험을 찾아서 배를 타고 떠나며, 또 때로 그는 그물이 얽혔거나 낚시바늘을 잃어버렸으므로 물 속에 뛰어든다. 한마디로 말해서, 이야기꾼은 주인공이 왜 반드시 물 속에 뛰어들어 삼켜져야 하는지를 이해하지 못하므로, 각자가 생각하는 바대로 동기화를 제공하는 것이다.

삼키는 자로부터 나오기 위해 그것의 배를 깎는 주인공의 모티프가 토함의 모티프를 대치한다는 사실은 다음의 경우에서 분명히 드러난다. 한 소년이 낚시질을 하다가, 물고기의 왕에 바늘이 걸리게 된다. 물고기는 그를 배에 탄 채로 삼켜버린다. 거기서 나오기 위해 소년은 물고기의 심장을 공격한다. 물고기는 그를 토해내려 하나 소용이 없다. 소년은 물고기의 몸이 모래 위에 뒹구는 것을 느낀다. 그러자 갈매기들이 나타나 물고기를 쪼기 시작하며, 그리하여 그를 구출한다.[43]

이 경우는 여러 가지 점에서 우리에게 중요하다. 우선, 토함은, 아직도 필요한 것으로 느껴지지만, 사라져가고 있다. 심장을 공격하는 것은 앞서의 경우들에서는 단순히 실용적 원인(간이 베이는 것은 배고픔을 가라앉히기 위해서이다)에서 일어났던 반면, 여기서는 삼키는 자를 죽인다는 목적을 갖는다. 다시 말해서, 우리는 다시금 공격의 국면, 삼키는 자를 죽이는 국면을 보게 되는 것이다. 이 경우는 또한, 삼키는 자의 몸뚱이가 외부로부터 찢겨진다는 점에서도 흥미롭다. 대개의 경우, 이것은 동물들에 의해, 여기서는 갈매기들에 의해 일어난다. 삼키는 자는 동시에 내부와 외부로부터 공격당하며, 중심점은 차츰 외부로부터의 공격에로 옮겨지는 것을 볼 수 있을 것이다.

비슷한 예를 하나 더 들어보자. 삼키는 자는, 이번에는 사람들에 의해 찢겨진다. 두 형제가 바닷가에 있는데, 고래가 나타나 그들을 삼킨다. 고래 뱃속에서 그들은 심장을 발견하여 그것을 자른다. 고래는 죽고, 해변에 던져진다. 사람들이 나타나 고래를 저미기 시작하여 형제들이 거기에서 나온다. "그들은 서로를 보자 웃음을 터뜨렸다. 왜냐하면 고래 뱃속에서 그들은 머리칼이 다 빠져버렸으니, 그처럼 더웠던 것이

---

43) Frobenius, *ibid.*, p.93.

다. "44) 이 경우에는, 우리의 분석에 의하면, 모든 것이 극히 명백하다. 여기에 한 가지 더 매우 흥미로운 세부가 있으니, 그것은 고래에서 나오는 소년들이 웃기 시작한다는 것이다. 웃음의 제의적 성격은 우리의 다른 글에서 검토된 바 있다. 45)

우리가 이제 옮긴 예들은, 문제의 신화가 전적으로 물과 바다에 연관되어 있다는 인상을 줄 수도 있다. 그것이 근본적으로 물과 연관되어 있다는 것은 사실이다. 나중에 보게 되겠지만, 그것은 용의 수성과도 관계가 있다. 숲속에서, 세상과 격리되고 이동이나 상업을 모르는 채 사는 민족들은 보다 느리게 발달하였다. 하지만 이들에게서도, 비록 더 느리기는 해도, 비슷한 변천이 이루어진다. 여기 대해서는 자료도 훨씬 적고, 훨씬 덜 분명하지만, 다음과 같은 경우는 인용해보아야 할 것이다. 주인공은 집을 떠나는데, 아버지는 그가 늑대를 만날 것이라며 주의를 준다. 늑대는 그를 빨아들여 삼키리라는 것이다. 실제로 주인공은 그를 만나게 되며, 처음에는 이렇게 농담을 한다. "정말이지, 너는 굉장하구나! 자, 나를 삼켜보겠니?" 주인공은 저항하는 척하면서 어느새 짐승의 입으로 다가가 그 안으로 뛰어들고 만다. "그 안에서, 그는 사람들을 보았다. 어떤 이들은 아직 살아 있었고, 어떤 이들은 죽어가고 있었으며, 또 어떤 이들은 해골이 되어 있었다. 그의 위쪽에서, 그는 심장이 매달려 있는 것을 보았다. 그러자, 그는 이렇게 말했다. '춤을 춥시다! 당신들은 노래하시오, 나는 춤을 출 테니!' 그래서 모두가 노래하기 시작했다. 그는 머리에 칼을 잡아매고는 춤추기 시작했다. 칼이 늑대의 심장에 꽂혀 그를 죽였다. 그리하여 그는 그것을 갈갈이 찢어, 그 안에 있던 모든 사람을 구하고 가버렸다."46) 전에는 주인공이 삼켜진 자였다면, 이제 그는 삼키는 자를 죽이는 자이다. 전에는 삼키는 자가 주인공을 삼켰으므로 찢김을 당했다면, 이제는 역으로, 주인공이 그것의 뱃속으로 들어가는 것은 그것을 죽이기 위해서이다. 제의에 있어 주인공은 삼켜졌다가 토해지는 자(그리고 그는 이 사실만으로도 주인공[영웅]이었다)였다면, 이제 신화에서 주인공은 삼키는 자를 죽이는 자이다. 신화에서 일어난 이러한 이행이 사회적 급변의 반영이라는 것은 명백하다.

---

44) Boas, *Indianische Sagen*, p. 101.
45) 프로프, 「민속문학에서의 제의적 웃음」, 『레닌그라드 국립대학의 연구논문집』, 46호, 레닌그라드, 1939, pp. 151~76. (V. Propp, "Ritual'nyj smekh v fol'klore," *Učenye zapiski LGU* n° 46. Ser. filolog. nauk., vyp. 3, L., 1939, str. 151~76.)
46) Kroeber, *Gros Ventre Myths and Tales*, n° 4, 1907, p. 85.

주인공은 늑대를 조롱하며 그의 입 속으로 뛰어든다. 우리는 위에서도 몇 가지 조롱의 경우들을 보았다. 또한 우리는 여기서도, 주인공이 삼키는 자의 뱃속에서 죽은 자들을 발견하는 것을 본다. 괴물 속에서 발견되는 죽은 자들, 시체들, 삼키는 자의 안에나 또는 죽음의 오두막집 안에 있는 해골이나 죽음의 다른 표지들, 이 모든 것은 제의의 근본적 성격들을 아는 우리에게는 그것이 낯설지 않다. 주인공이 죽은 자들을 다시 살려낸다는 것도, 이미 우리가 아는바, 일시적 죽음의 모티프에 해당하는 것이다. 그러한 소생은 여기서는 늑대 속에 갇힌 자들의 해방으로 합리화된다. 또한, 늑대의 뱃속에서 춤을 추었다는 것도 흥미로운 사실이다.

영웅주의의 중심이 이동함에 따라, 이 신화의 역사에 있어 극히 중요한 혁신이 일어나게 된다. 이제까지는, 분석된 모든 경우들에는 한 가지 공통점이 있었으니, 즉 그 이야기들은 한 인물을 토대로 하고 있었다는 점이다. 그러나, 마술적 영웅주의가 개인적 가치와 용기에 의해 대치되자, 삼켜진다는 것은 더 이상 영웅적이지 않게 되었다. 그리하여 이러한 중심의 이동은 새로운 인물을 창조하게 된다. 즉, 신화는 삼켜지기 위한 인물과 그를 구하기 위한 인물이라는, 두 인물에 기초하게 되는 것이다. 그리고 주인공(영웅)은 더 이상 삼켜지는 자가 아니라 구하는 자이다. 아메리카의 누트카 Nootka 부족에게서는 다음과 같은 이야기가 발견되었다. "헬게이트 Hellgate 에는 '배들을 한꺼번에 삼키는 자'라는 이름의 거대한 고래가 살고 있었다." 그곳을 지나갈 때는 극도의 조심이 필요하였다. 어느 날, 주인공의 어머니가 작은 조각배를 타고 그곳을 지나가는데, 배가 물가에서 멀리 밀려가면서, 고래가 나타나 배와 여자를 한꺼번에 삼켜버렸다. 주인공은, 일어난 일을 알게 되자, 어머니의 복수를 하기로 결심한다. 그의 형제들과 함께, 그는 노래를 부르며 강의 하류 쪽으로 내려가기 시작했다. 그들이 두 번 노래를 불렀을 때, 물이 갈라지더니, 고래가 배를 삼켰다. 주인공은 형제들에게 배〔舟〕를 배〔腹〕 쪽으로 똑바로 몰라고 외쳤다. 거기서 그들은 내장을 마구 베며 심장을 베어버렸다. 고래는 죽었다. 물결이 그 몸뚱이를 물가로 실어갔다. 동물들(새·물고기 등등)이 나타나 고래의 배를 찢어서, 모든 갇혀 있던 자들이 나온다. 고래의 뱃속은 너무 더웠으므로, 형제들 중 하나는 머리칼이 다 빠져버렸다. [47]

47) Frobenius, *Das Zeitalter des Sonnengottes*, p. 82.

이 이야기는 원시 사회의 단계에서의 용과의 싸움의 모티프를 포함하고 있다. 한편으로는 그 주제는 이미 이야기와 가깝다. 즉, 여자가 삼켜지고(이야기에서의 납치에 해당), 괴물과의 싸움이 있고, 여자가 해방되는 것이다. 하지만, 동시에, 이 싸움은 아직도 옛 형식으로 이루어지는 바, 삼키는 자를 죽이기 위해서는 그것의 뱃속으로 뛰어들어야——삼켜져야 하는 것이다.

제의에 기원을 두고 있으며 신화에서도 아직 존속하는, 이 삼켜짐이 다른 형태의 싸움들로써 대치되는 것은 전적으로 자연스러운 일이다. 사실상, 삼키는 자가 더 이상 안쪽으로부터가 아니라 바깥쪽으로부터 죽임을 당할 때, 이미 삼킴에 대치되는 새로운 형태들이 나타나는 것을 볼 수 있다. 이것은 주제의 변천에 있어 한걸음 앞으로 나아간 것이다. 안쪽으로부터의 삼킴과 죽임이 바깥쪽으로부터의 패배로써 대치되는 과정이 특별히 잘 나타나는 한 가지 예를 들어보자.

괴물 체키스 Tsekis 는 모든 사람을 삼켜버렸고, 노인과 그의 손녀밖에는 남지 않았다. 주인공은 다른 곳으로부터 와서 그러한 상황을 알게 된다. 그는 소녀에게 뱀 시시우틀 Sisiutl 의 마술 허리띠를 둘러주고, 물을 구하러 보낸다. 체키스는 소녀를 마술 허리띠를 두른 채로 삼켜버린다. 소녀가 괴물의 뱃속에 있을 때, 주인공은 마술 노래를 부른다. "시시우틀, 일어나서 그를 죽여라!" 괴물은 물 위에 나타나 고통의 경련으로 몸부림친다. 주인공은 화살을 쏘아 그를 죽이고, 소녀를 꺼낸다.[48]

소녀가 왜 용의 뱃속으로 보내지는가는, 이 신화만으로는 분명치 않지만, 신화의 일반적 역사에 의해 분명해진다. 즉 여기서 우리는 삼키는 자는 그에게 삼켜짐으로써만 죽일 수 있다는 전통의 반향을 보게 되는 것이다. 그리고 설령 삼키는 자가 외부로부터 정복당한다 하더라도, 그의 내부에도 누군가가 있어야 하는 것이다. 또한, 내부에서 사용되는 수단이 마술적인 반면, 외부에서 사용되는 수단은 활이나 화살처럼 합리적이며 진부한 것이라는 사실도 특기할 만하다.

안쪽으로부터의 죽임이 약화되고, 바깥쪽으로부터의 죽임이 강화되는 것은, 이 모티프를 오늘날의 이야기 형식들에 가깝게 한다. 대치의 과정이 계속되는 것이다. 용을 정복하기 위해서는, 아직도 그의 입에 무엇인가를 던져넣어야 하지만 그것은 더 이상 사람이 아니다. 이제는 불타는 돌들을 던져넣는다. 예를 들어보자. 어떤 호수에 괴물이 살고 있

---

48) Frobenius, *Weltansch.*, p.97.

어, 거기에 물을 길러 오는 사람들을 모두 삼켜버린다. 주인공은, 다른 곳에서 와서, 돌들을 데워 괴물의 입 속에 던져넣은 후, 그것을 토막친다. 이 토막들은 먹을 수 있는 생선들로 변한다.[49] 여기에서 우리는 최초의 선물들의 원천이라는 삼키는 자의 유익한 면이 아직도 남아 있음을 보게 된다. 또 다른 예도 있다. 뱀이 모든 주민들을 삼켜버려서, 아이 가진 한 여자밖에 남지 않으며, 그녀에게서 쌍둥이가 태어난다. 두 소년은 뱀에게 사구 Sagou 술을 권한다. 뱀이 입을 열자, 그들은 뜨거운 돌들을 던져넣는다.[50]

마침내, 마술적 물건들이나 뜨거운 돌들을 입 속에 던져넣는 일마저 사라져버리면, 용과의 싸움만이 남게 된다. 예컨대, 두 여자가 먹을 감는데 두 괴물(쿠레아 Kurea, 프로베니우스에 의하면 악어들)이 그들을 삼켜버린다. 용들은 강물의 근원인 동굴로 간다. 그들이 모든 물을 삼키자, 강이 마른다. 삼켜진 여자들의 남편이 용들을 따라와 그들을 창으로 찔러죽인다. 물이 다시 흐르기 시작하고, 그는 용들의 배를 갈라, 그의 아내들을 구한다.[51]

이 경우에는, 희생자가 아직도 삼켜진다. 용은 수성적 존재인바, 여기 대해서는 다시 말하게 될 것이다. 삼킴마저 아주 사라지면, 우리는 우리에게 알려진 형태로 용과의 싸움을 보게 될 것이다. 하지만 주인공의 삼켜짐과 마찬가지로, 여자의 삼켜짐도 여러 가지의 대치 형식들을 야기하는바, 그것들을 분석해볼 수 있다. 다음의 예에는, 더 이상 고유한 의미에서의 삼킴은 없지만, 그것과의 관련은 아직 완전히 끊어져 있지 않다. 두 여자가 먹을 감는데, 가오리 한 마리가 그들을 보고는, 등 위에 싣고 멀어져간다. 두 주인공이 창으로 물고기를 잡아 죽인다. 여자들을 되살리기 위해, 그들은 큰 불을 지피며, 개미들로 하여금 그녀들을 물게 한다.[52] 가오리의 등에 실려가는 것은, 뱃속으로 실려가는 것에 대한 명백한 대치이다. 불과의 연관도 잊혀지지 않았지만, 변형되어 있다. 즉, 불은 죽은 자──일시적 죽음의 최후의 반향인──를 되살아나게 하는 데에 쓰인다. 이러한 세부들이 없어지고 나면, 오늘날의 형태로의 용과의 싸움이 남는다. 두 가지 예를 들어보자. 주인공은 떠돌이 나그네로서, 한 소녀를 만나는데, 그녀는 우유에 적신 쌀과 연못에 사

49) Frobenius, *Zeitalter*, p.96.
50) Frobenius, *Zeitalter*, p.70.
51) *Ibid.*, p.73.
52) *Ibid.*, p.74.

는 용의 고기를 가지고 있다. 주인공은 그의 칼로 용의 머리들을 자른다.[53] 또 다른 예에서, 늪지의 뱀은 매년 희생물을 요구한다. "그것은 아무도 그 이유나 기원을 알지 못하는 관습이었다." 그리하여 한 소녀를 그것에게로 데려간다. 적절한 순간에, 말을 탄 주인공이 나타나, 뱀을 죽인다.[54]

여기에서 잠시 우리의 분석을 멈추어보자. 우리는 주제의 변천 도식을 규명하고, 한 모티프(용과의 싸움)가 원초적인 모티프(삼킴)로부터 형성되어오는 것을 추적해보려 하였다. 그러나 우리는 이 모티프의 원천들 중 하나밖에는 다루지 못했다. 왜 용을 죽이는가 하는 물음에 대해 지금으로서는 완전한 대답을 할 수가 없다. 하지만 한 가지 사실만은 차후로 명백할 것이다. 즉, 용을 죽이는 것은, 사회 생활 속에서 변화들이 일어나 옛 주제를 불가해하게 하고, 그것을 새로운 이념에 맞도록 변모시켰기 때문이라는 것이다. 가장 오래 된 형식들이 항상 가장 원시적인 민족들에게서만 발견되지는 않는다는 사실에 주목하자, 예컨대, 러시아의 이야기는, 물고기에 실려가는 것, 거기에서 불을 피우는 것, 주인공이 토해지는 것 등을, 아메리카 인디언의 자료에서와 놀랍도록 비슷한 형식으로 싣고 있다. 그러니까 가장 오래 된 형식들이 반드시 가장 원시적인 민족들에게서 발견되는 것은 아니지만, 그 역은 불가능하다. 혁신은, 그에 대응하는 경제적 하부 구조가 존재할 때에만, 도입될 수 있는 것이다. 대체로 말해서, 우리가 문제삼고 있는 이 변첩은, 민족들의 문화 단계에 비례하여 일어난다. 그리하여, 우리는 무엇이 운송의 출발점에 있는가 알게 된다. 여기에서 우리에게 중요한 것은, 또 다른 세부와 변천이다. 즉, 용 또는 삼키는 자는, 처음에는 화살로, 그리고는 창으로, 마침내는 칼로 정복된다는 것이다. 그것이 칼로 정복된다는 것은 야금술과 대장장이의 일을 아는 민족들에게서만 있을 수 있는 일임이 명백하다. 우리의 마지막 두 예들은 카빌족 les Kabyles 에게서 채집된 것이다. 카빌족에게서 우리의 주의를 끄는 것은 그들의 경제 발달의 단계이다. 카빌족은 농경 정착적인 민족으로, 올리브 나무와 그 밖의 유실수들을 키우며, 오래 전부터 토기와 철공을 알고 있다. 그들은 또한 용감하고 전투적인 민족이기도 하다. 칼이나 말이 나타나는 것은 바로 이 단계에서이다. 중세의 체제는 용과 싸우는 주인공에게 기사의 갑옷을 입

---

53) Frobenius, *Weltansch.*, p. 70.
54) *Ibid.*, p. 121.

힌다. 카빌족들에게서 싸움 형태의 변화는, 용(매년 용에게 희생물로 소녀를 데려간다)의 본성의 변화를 초래하여 농경적인 것이게 한다. 이 경우는 나중에 다루어질 것이다. 쌀과 고기가 나타나는 것도 그들에게서이다. 그러니까, 주제의 변천은 경제적·사회적 변화들에 따라 일어나는 것이다.

19. 용과의 싸움의 뒤늦은 예들에 남아 있는 삼킴의 흔적들

용과의 싸움이라는 모티프가 삼킴의 모티프로부터 형성되었다고 하는 기본적 생각은, 계층 분화의 단계에 도달한 민족들에게서 발견되는 몇 가지 용과의 싸움의 예들을 분석함으로써 확증될 수 있다. 원시 사회의 자료에서 용과의 싸움의 맹아를 발견할 수 있다면, 보다 나중의 자료에서는 옛 상징의 명백한 흔적들을 발견할 수 있는 것이다. 싸움 동안에 용의 입으로 뛰어드는 주인공의 예는 러시아 이야기에는 존재하지 않지만, 일반적으로는 그리 드물지 않다.

세계 창조에 관한 바빌론의 신화에는 이런 대목이 있다. [55] "티아마트 Tiamat 가 한껏 입을 벌렸을 때, 그(마르두크 Mardouk)는 그녀가 다시 입을 다물지 못하도록 임휠뤼 Imhullu 를 집어넣었다." 그리하여 싸움이 시작된다. 이 대목은 그리 분명치 못하여, 그레스만 Gressmann 은 임휠뤼를 나쁜 바람이라고 설명하지만, 왜 바람이 입을 다물지 못하게 할 것인지는 분명치 않다. 일반적으로는, 주인공을 빨아들이기 위해 바람을 내는 것은 용이다. 한편, 이런 부류의 예들에서, 입이 다시 닫히지 않게 하기 위해 걸쳐놓는 것은 창이다. 여기서도 창이 발견되기는 한다. "그는 창을 찔러, 그것의 몸뚱이를 동강내고, 내장을 찢었으며, 심장을 베었다." 우리는 다음과 같은 해석에 이르게 된다. 즉, 마르두크는 암용의 입에 창을 걸쳐놓고 그 뱃속으로 뛰어들며, 그 일에 이르러서야 그것의 내장을 찢고 심장을 베며 그것의 몸뚱이를 동강낸 후, 다시 나온다는 것이다. 마르두크가 암용의 뱃속에 들어간다는 말은 아무데도 없지만, 이 같은 결론은 압도적이며, 이는 또한 그레스만의 견해이기도 하여, 그는 다음과 같은 시정을 도입하고 있다. "그는 바람과 함께 그의 뱃속으로 들어간다." 대영박물관을 위해 이 텍스트를 번역한 버지 역시 문제의 대목을 같은 방식으로 이해한다. "마르두크에 관한 일곱번째 서판(108)

---

55) H. Gressmann, *Altorientalische Texte und Bilder zum Alten Testament*, Tübingen, 1909, p.78.

에는 '그가 티아마트의 한가운데로 들어갔다,' 그리고 그가 그 일을 했으므로 '니빔 Nibim' 즉 '들어간 자' 또는 '한가운데(즉 내장)의 주인'이라고 불리운다는 말이 있다."[56]

주인공이 용의 뱃속에 들어간다는 것이 여기에서는 아주 명백하지는 않지만, 반면 그리스의 자료에서는 명백히 드러난다. 신화의 한 이본에 따르면, 헤라클레스는 헤지오네 Hésioné 를 구하기 위해 용의 입 속으로 뛰어들어 사흘을 거기에 머물며, 그 동안 그는 괴물 뱃속의 열기 때문에 머리칼이 다 빠져버린다. 그 안에서 그는 짐승의 배를 도려낸다.[57] 같은 것이 성화상적 자료에서 알려진 야손 Jason 의 신화에서도 발견된다. 황금 양털을 찾아 콜히드 Colchide 섬에 도착한 야손은, 그것을 지키는 용의 입 속으로 뛰어들며, 그리하여 그것을 죽이기에 이른다. 이러한 이야기는 아티카의 항아리에 새겨진 그의 그림에 나타나 있다.[58] 『라 제제리아드 La Geseriade』는 용의 뱃속에서의 싸움을 매우 분명히 그려보인다. 산처럼 커다란 호랑이가, "키가 하룻길쯤 되는 사람을 발견하고는, 반나절만큼을 삼켜버린다." 즉, 그는 앞서 인용되었던 아메리카의 늑대처럼 그를 빨아들이는 것이다. "제제르 Geser 는 신기한 방식으로 호랑이 입 속에 들어가, 다음과 같이 자리잡는다. 즉, 그의 두 다리로 그는 호랑이의 두 안쪽 엄니에 버텨서서, 머리로 입천장을 받치고, 그의 팔뚝들로는 턱뼈들을 받친다." 그의 길동무가 그에 대해 이렇게 말한다. "내 맘씨좋은 칸 Khan 은 ……산처럼 커다란, 검은 줄무늬의 호랑이에게 삼켜졌다." 전사들이 밖에서 그것을 공격하는 동안에, 제제르는 안에서 그것을 죽인다."[59] 삼킴의 모티프는 여기에서 싸움의 모티프와 매우 분명히 결합되어 있다. 마찬가지로, 벨루치스탄의 이야기에도, 이런 대목이 있다. "용은 디안게타 Djanguéta 를 삼키기 위해 공기를 들이쉬었다. 그러나 그는 칼을 이마 높이로 쳐들고 있었다. 그리하여 용이 그를 삼키자, 칼은 그것을 단번에 잘라버렸다."[60] 『에다』에서도 오딘이 늑대 팡리르 Fenrir 의 입 속으로 뛰어드는 것을 상기하자.

56) E.A.W. Budge, *The Babylonian Legends of the Creation etc.*, London, British Mus., 1921, p. 20.
57) Siecke, *Drachenkämpfe*, pp. 15~16.
58) L. Radermacher, *Das Jenseits im Mythus der Hellenen*, Bonn, 1903, p. 66.
59) 『라 제제리아드』, 코지나 역, 1935, pp. 91~97. (*Geseriada*, per. S.A. Kozina, 1935, str. 91~97.) 『라 제제리아드』란 제제르 칸을 주인공으로 하는 티베트의 서사시이다 (N.d.T.).
60) 자루빈, 『벨루치스탄 민담』, p. 125.

20. 결   론

이 모든 자료들은 우리로 하여금 다음과 같은 결론에 이르게 한다.

용과의 싸움이라는 모티프는 삼킴의 모티프로부터 형성되었다. 원초적으로는, 삼킴이란 입문 제의에 속하였다. 이 제의는 젊은이 또는 미래의 무당에게 마술적 능력들을 부여하는 것이 목적이었다. 이야기에서는 이러한 개념들의 반영이, 한편으로는 용의 머리나 뱃속에서 발견되는 마술적 돌들로써, 다른 한편으로는 동물들의 말에 대한 이해로써 이루어진다. 그러나 이러한 개념들은 더 이상 발달되지 않고 잊혀진다. 그리하여 삼킴은 더 이상 유익한 일로 생각되지 않으며, 우연히 일어나게 된다. 제의와의 관계가 상실된 것이다. 새로운 단계가 도입되는바, 주인공은 삼키는 자의 뱃속에서 어디론가 실려가게 된다. 이 단계에 실용적 동기화들이 나타난다. 예컨대, 먹기 위해, 삼키는 자의 심장이나 간을 베는 일 같은 것이다. 이후로 신화는 두번째 인물의 도입에 의해 한층 복잡해진다. 즉, 한 사람은 삼켜지고, 다른 한 사람은 삼키는 자의 입속으로 뛰어들어, 그 안쪽으로부터 그것을 찢음으로써, 전자를 구출하는 것이다. 이 단계에서, 용의 뱃속에서 실려감이라는 모티프는 사라지고, 그것에 대치하는 것으로서, 다음과 같은 모티프가 나타난다. 즉, 주인공은 스스로 뛰어드는 대신, 그 입 속에 뜨거운 돌이나 마술적 물건들을 던져 삼키는 자를 안에서부터 죽게 하는 동시에, 그 자신은 그를 밖에서 죽인다. 이러한 죽임의 형태는 차츰 변모한다. 삼키는 자는 살로써, 창으로써, 칼로써 죽여지며, 말을 탄 주인공에 의해 죽여진다. 거기에서 우리는 러시아의 이야기에 나타나는 바와 같은 싸움의 형태들에로 직접 넘어가게 된다. 계층 사회가 출현할 때에도, 싸움의 형태들은 근본적으로는 여전히 동일하다. 어떤 경우에는, 용과의 싸움의 뒤늦은 형태들에서도 삼킴의 흔적을 찾아볼 수 있다.

이러한 변천의 원인은 경제 생활과 사회 체제에 일어난 변화들에 있다. 제의가 사라짐에 따라 삼킴과 토함의 의미는 희미해지고, 삼킴은 중간적 형태들로써 대치되다가 사라져버린다. 영웅주의의 중심은, 삼킴에서 삼키는 자를 죽임으로 넘어간다. 이 죽임의 형태와 또 거기 쓰이는 무기는, 문제의 민족이 실제로 소유한 무기에 따라 변한다. 그 민족의 문화가 진보할수록, 그 싸움의 형태는 오늘날의 이야기에서 발견되는 것과 가까워진다. 정착·사육·농경과 함께 이러한 과정은 완료된다.

III. 통(桶) 속의 주인공

21. 운송에 쓰이는 배

용의 분석을 계속하기 전에, 우리는 우리의 자료가 어느 정도 설명하게 해주는 또 다른 모티프를 우리의 검토에 넣어보아야겠다. 그것은 물결에 따라 떠다니는 통이나 작은 배 안의 주인공이라는 모티프이다.

통 속의 주인공이라는 모티프는 물고기 속의 주인공이라는 모티프와 비슷하며, 거기에서 유래하는 것이다. 비아트카 지방의 한 이야기에서 예를 들어보자. "사람들은 나를 잡아다가 통에 넣고는, 쇠띠를 둘러가지고 물에 던졌어요. 나는 반쯤 죽은 채로 일년도 더 그 속에 있었지요. 마침내 다행히도 통은 물가에 멎었지만, 입구는 여전히 위쪽을 향한 채였어요." 늑대가 나타난다. "나는 그 꼬리를 살짝 잡아다가 내 몸을 거기에 묶고, 작은 칼로 그의 궁둥이를 찔렀어요. 그러자 달아나면서, 그는 내 통을 물 밖으로 끌어내가지고는, 나무 뿌리며 그루터기들 위로 그것을 마구 끌고 다녔지요. 통이 부서졌을 때, 나는 비로소 풀려나게 되었어요"(Z.V. 34). 통의 냄새를 맡으러 왔다가 그것을 부숴버리는 늑대에게서 우리는 외부로부터 주인공을 구해내는 동물들을 쉽게 알아볼 수 있다. 칼에서는, 물고기를 안에서부터 난도질하는 데 쓰이는 칼을 알아볼 수 있다. 페름 지방의 한 이야기에서는, 통은 황소에 의해 부서진다(Z.P. 57). 더 단순한 경우들에서도, 우리는 유사성을 입증할 수 있다. 예컨대, 주인공은 그를 시기하는 자들에 의해 큰 배에 태워진다. "얼마 후, 하늘에는 구름이 덮이더니, 폭풍우가 몰아치기 시작하고, 날뛰는 파도들은 배를 아주, 아주 멀리 낯선 고장으로 실어가서, 그것을 어떤 섬 위에 좌초시켰다"(Af. 237/130b).

하지만 외적 유사성에 대한 이러한 고찰들만으로는 실제적 친족성을 입증하기에 충분치 않을 것이다. 이 두 모티프들을 접근시키는 다른 차원의 고찰들도 있다. 물에 던져진 통이라는 모티프는 다양한 방식으로 동기화된다. 하지만 그것이 유기적으로 속해 있는 일련의 사건들이 있다. 즉, 왕은 어린 소년의 손에 죽으리라는 경고를 받고, 소년을 통에 넣어 물에 던지게 하는데, 소년은 어떤 목동이나 원정(園丁)에 의해, 때로는 다른 소년들과 함께, 몰래 키워지며, 후에는 왕위에 오른다는 것이다.

만일 우리의 가정이 옳다면, 통 속에서의 체류는 물고기 뱃속에서의 체류에 상응하며, 그가 받는 비밀한 교육, 동시에 다른 소년들에게도 주어지는 그 교육이란 선생의 지도하에 있는 입문자들의 공동 생활의 기간에 상응하는바, 그 모든 것은 우두머리가 되기 위해 필요한 자질들을 얻기 위한 조건, 다시 말해서 왕위에 오르기 위한 조건이다. 랑크는 이미 통에서 배[腹]를 보았지만, 그는 거기 대해 프로이트적 해석을 하고 있다. [61] 하지만 통이 실제로 배라면, 그것은 어머니의 배가 아니라, 마술적 권능을 부여하는 동물의 배이다.

그러나 이상과 같은 고찰들이 문제를 다 밝혀주지는 않는다. 우리가 알거니와, 제의, 삼킴과 토함의 모티프 등은 토템적 기원을 갖는다. 그런데 동물들뿐 아니라 나무들도, 토템 역할을 할 수 있었던 것이다. 그러므로 통에서, 우리는 나무의 전통 또한 발견할 수 있다. 통 속에 든 주인공이라는 모티프 속에서 이 두 가지 전통은 섞일 수도 있다. 미크로네시아의 한 신화에서는, 네 사람이 태양을 방문한다. 그곳에 이르러, 그들은 그들의 배가 사라진 것을 알게 된다. "그러자 태양은 그들을 거대한 대나무 속에 가두었는데, 대나무란 그때까지 팔라오스 Palaos 군도에 알려지지 않은 것이었다. 이 대나무가 그들을 고향의 바닷가까지 실어다주었다. 그후로, 그들은 유명한 족장들이 되었다."[62] 최초의 주민들에 대한 유사한 신화들도 있다. 북서 아메리카에는, 여자들이 커다란 바구니를 엮어 남편과 아이들과 함께 그 안에 들어앉아 물에 던져지게 한다는 신화도 있다. 바람과 파도가 바구니를 먼바다로 실어가 그것을 푸크파코틀 Pukpāk'ōtl 의 해안에 좌초시켰다. 그리하여 그들은 바구니를 열고 나왔으니 그들이 포텔텐 Pōte'mten 의 조상들이 되었다는 것이다.

그 역시 거대한 배 내지는 방주에 타고 그 안에 갇혀 있다가 나와 인류의 조상이 되었던 노아의 전설 또한 여기에 소급하는 것일 수도 있다. 이러한 접근은 유스너에 의해 이미 시도되었던 바 있다. 나무의 전통은 이집트에서도 발견되어 (오시리스), 그것은 러시아의 이야기에도 존재한다. 펜자 Penza 지방의 한 이야기에서, 소녀는 아버지의 학대를 피해 달아나 나무 둥치 속에 숨는다. 이 둥치가 물에 던져져, 다른 나라에까지 떠내려간다. 그것은 왕의 아들에 의해 발견되어, 그는 그것을 자기 방으로 날라가게 한다(『요술거울』 이야기에서와 꼭 마찬가지로). 그리하여 왕의 아들은 소녀와 결혼한다(Sm. 252). 나무는 여기에서 유리 무덤과 같

61) O. Rank, *Der Mythus von der Geburt des Helden*, Leipzig u. Wien, 1909.
62) Frobenius, *Weltansch.*, p. 204.

은 역할을 한다. 숲의 벙어리 소녀는 흔히 나무 위에서 왕자에게 발견
된다. 그녀는 보통 벗은 채, 긴 머리칼로 덮여 있고, 새와 비슷하며 때
로는 새깃들에 덮여 있다. 이 모든 것이 이 모티프의 기원을 보여준다.
나무 속의 또는 나무 위의 소녀란 무덤 속의 소녀, 일시적 죽음의 상태
에 있는 소녀와 똑같은 것이다. 이는 동물 뱃속의 체류에 상응한다. 동
물 뱃속의 체류란 결혼의 조건인 동시에 흔히는 권력의 조건이기도 함
을 상기하자.

이러한 관점에서, 모세(후에는 그의 백성의 구원자이며 안내자가 되었던)가
물에 띄운 바구니에 넣어졌었다는 이야기나, 사르곤 Sargon 왕(주전 2,600
년)의 유명한 자서전을 분석해보는 것은 흥미롭다. 그레스만이 번역하
는바, 그 서판을 이렇게 말하고 있다. "나는 사르곤, 아카드 Akkad 의
막강한 왕이다. 내 어머니는 가난하였고(쳐녀였고?), 나는 아버지를 알
지 못하였다. 내 아버지의 형제는 숲에 살았다. 나의 도성 아수피라누
Asoupiranou 는 유프라테스 강가에 있다. 내 가난한(?) 어머니는 비밀리
에 나를 배었고 낳아서는 나를 갈대 상자에 넣어 뚜껑을 역청으로 봉해
물결에 띄웠다. ……그리하여, 강은 나를 실어다 물뿌리는 자 아키 Akki
의 집에 내려놓았다. 물뿌리는 자 아키는 나를…… [누락]의 도움으로 물
에서 끌어냈다. 물뿌리는 자 아키는 나를 아들삼아 키웠다. 물뿌리는 자
아키는 나를 그의 정원사로 삼았다. 내가 정원사였을 때 이슈타르가 나
를 사랑하였고 나는 사 년을 치리하였다."[63] 이어 왕의 치적과 전적에 관
한 칭송의 열거가 나온다. 하지만 서판 전체가 칭송의 행위이며, 서두
또한 그러한 것으로, 단지 그런 식의 칭송에 우리의 귀는 별로 익숙지
않다. 사르곤의 위대함은 그가 상자에 넣어졌던 순간부터 시작되는바,
그는 그의 전적을 자랑하듯이 그것을 자랑한다. 왜냐하면 이 사건은,
그의 전적들과 마찬가지로, 그가 위대한 왕임을 입증하는 것이기 때문
이다.

Ⅳ. 약탈자 용 Le Dragon ravisseur

22. 용의 외관

전설적 용에 관한 우리의 연구는 퍽 진전되었지만, 이제까지, 우리는

---

63) Gressmann, *Altoriental. Texte*, p.79.

뒤늦은 경우들(마르두크, 헤라클레스, 야손 등등)을 제외한다면, 엄격히 말해 용을 보지 못했다. 이는 용이라는 것이 뒤늦게 나타난 현상으로 그 외관은 그 기능보다 나중의 것임을 의미한다. 실상 이제까지 우리가 삼키는 자로서 보아온 것은 무엇인가? 제의에서는, 온갖 동물들이 그에 해당하였다. 뱀, 때로 환상적으로 치장된 뱀이, 오스트레일리아에서처럼, 지배적이었지만, 늑대나 새도 있었다. 주인공을 바다 건너로 실어가는 동물들은 당연히 물고기의 형태를 취한다. 이 모든 동물들이 후에 용의 구성에서 한몫을 하게 된다. 용이란 어떤 원시 민족들이나, 계층 분화 이전의 사회에도 존재하지 않는다. 예컨대, 오스트레일리아에는, 거대한, 환상적으로 치장된 뱀들은 있지만, 용처럼 잡종적인 존재는·없다. 북아메리카에는 머리가 둘 달린 용이 있는 것이 사실이지만, 그것은 잡종적 존재는 아니다. 머리들은 나란히 달린 것이 아니라, 하나는 목에, 하나는 꼬리에 달린 것으로서, 꼬리는 뱀의 쏘는 혀를 연상시키므로, 거기에서 꼬리에 달린 머리라는 관념이 생겨난 것일 터이다. 용이란 뒤늦은 현상이다. 이 환상적 동물들은 뒤늦은 문화, 아마도 도시 문화의 소산이며, 인간이 이미 동물과의 긴밀하고 유기적인 접촉을 상실한 시대의 소산이다. 그러나, 이전의 단계에도, 예컨대 멕시코나 에스키모족에게서처럼, 합성된 동물들의 초기 형태들이 발견되기는 한다. 이러한 동물들의 전성기는 고대 국가들——이집트, 바빌론, 인도, 그리스, 고대 중국 등——의 전성기와 일치한다. 고대 중국에서는 용이 국가적 상징이 되기까지 하였다. 반면, 정말로 원시적인 민족들에게서는, 용이란 존재하지 않는다.

용은 몇 가지 동물들의 기계적 조합이다. 그는 이집트의 스핑크스나 고대 그리스의 반인반마들과 같은 현상을 나타낸다. 조형예술에 있어 용의 묘사들은, 그 기본적 양상(파충류 더하기 새) 외에도, 그것이 극히 다양한 동물들로써 구성될 수 있으며, 악어·천산갑·새뿐 아니라 표범·사자·염소 등 그 밖의 동물들도 그 구성에 들어간다는 것, 그것은 두세 가지 또는 네 가지 동물의 결합이라는 것을 보여준다.

여기에서 관찰되는 한 가지 사실은, 용이 인간 형태적 신들과 거의 동시에 나타난다는 것이다. 이것은 절대적 법칙이 아니라 경향이다. 종교사에 있어 신성이라는 용어를 어떻게 이해해야 하는가의 문제는 극히 복잡한 것이며, 우리는 거기에 착념치 않겠다. 동물적 외관의 토템 조상은 인간 형태적 제우스나 무형의 기독교적 성령이 신이라는 의미에서의 그런 신은 아니지만, 신성은 동물로부터 형성된다. 농경 및 도시의 출현과 함께, 토템적 기원을 갖는 다채롭고 다양한 동물 세계는 그 현실성과 윤곽을 상실하고, 인간 형태화의 과정이 시작된다. 동물은 인간의 몸을 얻으며, 흔히 가장 오래 동물적 특성들을 간직하는 것은 얼굴이다. 그리하여 늑대의 머리를 한 아누비스 Anubis 나, 매의 머리를 한 호루스 Horus 등등의 신들이 나타나는 것이다. 한편, 죽은 자들의 영혼은 새의 몸 위에 인간의 머리를 갖게 된다. 그리하여, 차츰 동물은 인간적 존재로 변형된다. 인간 형태화의 과정은 발뒤꿈치에 작은 날개들밖에 없는 헤르메스 Hermès 같은 신들에게서 거의 완료된다. 마침내, 마지막 단계에서는, 동물은 신의 속성으로 변한다. 예컨대 제우스는 독수리와 함께 형상화되는 것이다. 이것이 한 방향이다. 하지만 다른 방향도 있다. 동물은 도시인이 대면하는 그 무엇일 뿐 아니라, 죽은 자가 변신하는 그 무엇(뱀·벌레·새)이기도 하다. 그것은 일상 현실일 뿐 아니라 하나의 신비이며 신격(神格)이기도 하다. 그것은 그 의미와 동시에 외관을 상실한다. 동물이 인간과 융화되는 것과 마찬가지로, 동물들 상호간에도 융합이 일어난다. 그것들은 아무도 본 일이 없는, 신비한 권능을 가진 비지상적이고 신기한 존재들이다. 그리하여 이 잡종적 존재들이 생겨나는 바, 그 하나가 용인 것이다.

이제, 우리가 지금까지 말한 것으로부터, 다시금 용의 외관——근본적으로 뱀과 새로 이루어져 있는——을 검토해볼 때, 우리는 용이란 바로 가장 흔히 영혼을 나타내는 두 동물로 이루어져 있다는 결론에 이르게 된다. 원초적으로는, 인간 존재는 죽으면 그 어떤 동물로 변할 수 있다고 생각되었으며, 이 점은 많은 자료들에 의해 확증된다. 그러나, 죽음의 나라라는 관념이 나타나면서, 이 나라는 공중 아주 높은 곳이나 아니면 지평선 너머 아주 먼 곳, 또는 땅 속에 자리잡는다. 우리는 열의 세곱절째 왕국이 문제될 때에 이 점을 좀더 자세히 보게 될 것이다. 이와 더불어, 죽은 자가 변신할 수 있는 동물들의 수효도 제한된다. 먼나라를 위해서는 새들로 변신하고, 지하의 나라를 위해서는 뱀과 벌레와 그 밖의 파충류들로 변신하는바, 그 사이의 차이는 분명치 않다. 새와 뱀은 영혼을 나타내는 가장 의례적이고 널리 유포된 짐승들이다. 이들이 용이라는 형상 속에 융화되는 것이다. 그것이 분트의 의견이다. "(용의) 날개달린 형상 속에는 영혼-새의 재현(사실 오래 전부터 잊혀진)이, 그리고 용의 뱀몸뚱이에는, 역시 영혼을 나타내는, 벌레의 재현이 감추어져 있을 수도 있다. "64) 이것은 또한 용의 날개·발톱·비늘, 쏘는 혀가 달린 꼬리 등도 설명해준다. 우리는 이것이 또한 그 근본적 기능들 중의 하나인 여자들의 약탈도 설명해준다는 것은 곧 보게 될 것이다.

하지만 이것은 아직 용의 또 다른 항구적 특성 즉 그의 다두(多頭)적 양상은 설명하지 못한다. 그것은 여러 동물들로 구성되는 것과 마찬가지로, 여러 개의 머리를 갖는바, 이를 어떻게 설명할 것인가? 이 문제는, 말의 여러 개의 다리나 날개들과의 유추로써밖에는 해결될 수 없다. 여덟 개의 다리가 달린 말은 민담에 가끔 나오는 것으로, 예컨대 오딘의 말 슬라이프니르 Sleipnir 가 그러하며, 그 밖의 예들도 있다. 다리의 복수화는 질주의 속도를 나타내는 조형적 표현에 다름아니다. 날개의 복수화도 마찬가지로, 넷·여섯·여덟의 날개를 가졌다는 것은 비상의 속도를 나타내는 이미지이다. 그렇듯이 용의 다두적 특성, 입의 복수화는 삼키는 능력의 과장된 이미지이다. 여기에서 과장은 수의 강화라는 방향, 양적인 것을 통한 질의 표현이라는 방향으로 이루어진다. 이것은 뒤늦은 현상이다. 왜냐하면 일정한 양의 범주란 일반적으로, 뒤늦게 생겨난 범주이기 때문이다.

우리가 인용한 경우들에서는 다두적 존재들은 없었으나, 우리가 말을 관찰하였던 카빌족에게서는 그것들이 이미 존재한다. 삼키는 입의 이미지를 창조하기 위한 또 다른 방편은 복수화가 아니라 확대화를 사용하는 것으로, 예컨대 러시아의 이야기에서는 괴물의 입이 땅에서 하늘까지 벌려진다. 하지만 이 경우에는 입은 하나뿐이며 다두적 성격은 없다. 이제까지 인용된 자료들에도, 그런 것은 없다. 물고기는 대개 극히 정상적인 물고기이며, 하지만 그는 수천 명을, 때로는 나라를 전체를 삼킬 수 있다. 늑대의 뱃속에서도, 죽은 자들과 산 자들이 다수로 발견된다. 이 단계에서, 그러한 불균형은 문제되지 않는다. 물고기가 고래가 될 때, 거기에는 이미 비례의 개념을 도입하려 한 흔적이 보인다. 벌린 입으로 말할 것 같으면, 그것은 예술적 과장의 결과로서, 그 또한 뒤늦은 현상이다.

23. 약탈로서의 죽음

삼키는 용의 분석과 그의 외관의 분석은 동일한 결론, 즉 용은 발생적으로 죽음의 개념들과 관련되어 있다는 결론에 이른다. 여기에서 우

---

64) V. Wundt, *Mythe et religion*, p. 110.

리는 상호 대치적인 두 방향을 고려에 넣어야 하는바, 그 하나는 보다 오랜 것으로서 제의와 연관되며, 다른 하나는 보다 근래의 것으로서 순전히 개념적인 차원에 속한다. 죽음의 개념들 및 거기 관련되는 제의들에 대한 이 관계는 우리에게 용의 또 다른 양상, 즉 약탈자 용을 설명해줄 것이다.

우리는 여기에서 죽음의 개념들의 역사를 다루어볼 수도 있을 것이다. 하지만, 이 개념들 중 가장 고대적인 것들은 용이라는 형상 속에 반영되지 않는다. 용은 뒤늦은 개념들밖에 반영하지 않는다. 예컨대 약탈로서의 죽음이라는 개념이 그 하나이다. 죽음이 오는 것은 죽은 자의 영혼 또는 영혼들 중의 하나가 도둑맞았기 때문이라는 것이다. 따라서 치유 및 회복은 영혼을 찾아다가 제자리에 돌려놓는 일로 생각된다. 어떤 이야기들은 전적으로 이러한 약탈과 반(反)약탈에 기초해 있다.

하지만 약탈자는 누구인가? 우리는, 흔히 약탈자 자신도 죽은 자라는 것, 죽은 자들은 산 자들을 끌어가려 한다는 것을 보게 될 것이다. 약탈자로서의 죽음, 흔히 동물의 모습을 한 죽음이라는 관념의 형성 과정은, 영혼의 객체화라는 또 하나의 과정과 불가분이다. 예를 들어보자. 다코타족 les Dakotas은 네 가지 영혼이 있다고 생각한다. 즉, 육신과 함께 죽는 육신의 혼, 항상 육신 가까이 머물며 그 옆에 거하는 영혼, 육신의 행동을 주관하여 어떤 이들에게서는 남쪽으로 어떤 이들에게서는 서쪽으로 나아가는 혼, 그리고 네번째로 죽은 자의 머리타래 속에 거하는 혼 등이 그것들이다. 이 머리타래는 죽은 자의 친족들이 보관하다가, 기회가 나면 그들은 그것을 적의 영토에 던져버린다. 거기에서 그 영혼은 죽음과 병들을 가져오는 망령의 형태로 떠돌기 시작하는 것이다. [65]

이러한 경우, 흥미로운 것은 죽은 자로부터 나오는 영혼 또는 영혼들 중의 하나가 다른 사람들의 죽음의 원인이 된다는 사실이다. 달리 말해서, 영혼들 중의 하나가 객체화되면, 그것은 해로운 독자적 존재가 되고, 그 소유자와의 관련을 상실하며, 그것이 죽음을 야기한다는 것이다.

여기서 객체화의 과정이란, 영혼이 사람의 외부에서 독립적으로 살아갈 수 있는 능력에 대한 믿음으로 이해되어야 한다. 그러기 위해서는, 반드시 죽어야 할 필요는 없다. 살아 있는 자도 외적인 영혼을 소유할 수 있으니 카시췌이는 그 한 예이다.

---

65) Lévy-Bruhl, *Das Denken der Naturvölker*, 2ᵉ éd., Wien u. Leipzig, 1929, p. 65.

예컨대, 반투족 les Bantous 에게서는, 사람은 네 개의 영혼을 갖는데, 그 중 하나가 외적인 것으로서 동물의 형태를 지니며 가장 긴밀한 방식으로 육신과 연관되어 있다. 그것은 때로는 표범, 때로는 거북, 때로는 물고기나 다른 어떤 동물이다.

동물들이 산 자들의 영혼을 약탈한다고 할 때, 항상 제기할 수 있는 의문은 이 동물의 기원이 동물 형태적 사자(死者)가 아닌가 하는 것이다. 예컨대, 틀링기트 부족의 인디언들에게서는, 흡혈귀에게 특별하고 초자연적인 능력을 귀속시키는바, 그 하나가 산 자들을 납치하여 그들에게서 의식을 박탈한 후 그들 또한 흡혈귀로 변하게 하는 능력이다.[66] 죽은 자들에 대한 공포, 죽은 자들이 이미 오래 전부터 동물적 양상을 상실한 후에도 존속하는 공포는, 여기에 근거한 것이다. 예컨대, 소시에테 군도에서는, "죽은 자들의 영혼은 산 자들의 영혼을 훔쳐가는 힘이 있다"고 생각된다.[67] 프레이저의 저서에서, 여기 대한 상당히 많은 예들을 찾아볼 수 있다. 예컨대 타라휘마르족 les Tarahumares(멕시코)은, 병든 자의 생명을 구하려는 무당의 노력에도 불구하고 찾아드는 죽음은, "그보다 먼저 죽은 자들이 그를 불러 끌고 가기"[68] 때문에 일어난다. 죽은 자들은 산 자들을 함께 데려간다. 영령 뉴기니아의 파푸아족 les Papous 은 "죽은 자들의 영혼이 산 자들을 끌어간다"[69]고 믿는다. 영혼을 약탈하는 것을 기능으로 갖는, 특별한 신성들이 창조되기도 한다. 마오리족을 연구한 엘스돈 베스트 Elsdon Best 는 이렇게 말한다. "도마뱀은 죽음을 나타낸다. 이는, 마오리 사람들이 뱀을 보고 느끼는 큰 공포를, 그리고 도마뱀이 불길한 징조인 이유를 설명해준다. 그는 비로 Viro(불길한 신성)의 전령으로서 죽음을 통고한다. ……비로는 그가 선택한 희생물을 찾으러 그의 도마뱀들을 보낸다. "이제 왜 비로가 도둑이라고 불리우는지, 그가 왜 도둑들의 후견인인지 알 것이다. 그것은 그가 산 자들의 생명을 훔치기 위해 저 아래서 항상 서성이고 있기 때문이다."[70]

인용된 사실들은, 동물 형태를 한 죽은 자에 의한 영혼의 약탈의 결

66) 라트너-슈테른베르크, 「틀링기트 샤머니즘에 관한 박물관들의 자료들」, MAE 문집, Ⅶ, 1927. (Ratner-Šternberg, "Muzejnye materialy po tlingitskomu šamanstvu," Sb. MAE, Ⅶ, 1927.)
67) Frazer, Taboo, p.54.
68) J.G. Frazer, The Fear of the Dead in Primitive Religion, vol. Ⅰ~Ⅱ, London, 1933~34, Ⅰ, 71.
69) Ibid., Ⅰ, 37.
70) Elsdon Best, 107(책 제목은 표시되어 있지 않다, N.d.T.).

과로서의 죽음이라는 개념의 예증이다. 용은 그러한 동물들 중의 하나
이다.

예컨대 투라예프는 고대 동방의 역사에 대한 그의 저서에서 이렇게 말
하고 있다. "에키무 Ekimmu 라는 이름의, 죽음의 정령에 대한 관념 또한
존재하였다. 그는 도처에 돌아다니며 병을 가져온다는 것이다. 이 바빌
론의 악마들에 대한 형상화들이 보존되었거니와, 그것들은 대개 동물 형
태적이다."[71] 비슷한 사고 개념들이 이집트에서도 발견된다. 『사자의
서』 제27장에는 심장을 가져가는 신들에 대한 기도가 나온다. 하지만 이
집트에서는, 죽은 자들을 삼키는 자(약탈자가 아니라)는 다소 다른 양상
을 갖는다. 그는 불의 호숫가에 살며, 죽은 자에 의해 정복당하는바, 이
점에 대해서는 나중에 다시 말하게 될 것이다. 여기에서 콥트 Copte 의
성자 피젠티오스 Pisentios 의 『성자전』──약 7세기경의──을 인용해 보아
도 흥미로울 것이다. 피젠티오스는 미이라가 당하는 고통을 묘사한다.
그가 보기로는, 미이라란 불경한 삶을 살았던 죄인이다. 미이라는 이렇
게 말한다. "내가 캄캄한 어둠 속에 던져졌을 때, 나는 둘레가 200자도
더 되고, 파충류들이 득실거리는, 거대한 호수를 보았다. 이 파충류들
은 각기 머리가 일곱 개씩 달렸고 몸뚱이는 전갈과도 같았다. 거기에 또
한 큰 벌레가 있었는데, 그것을 보기만 해도 공포로 얼어붙는 듯하였다.
그 아가리에는 쇠말뚝 같은 이빨들이 나 있었다. 이 파충류들 중의 하나가
나를 잡아서, 쉬임없이 먹고 있던, 벌레에게로 던졌다. 그러자 곧 다른
모든 파충류들이 그의 주위로 몰려들었으며, 그가 내 살을 한 입 가득
베어물자, 다른 파충류들도 내 살을 베어물었다." "내 눈이 떠졌을 때,
나는 죽음이 여러 가지 형태로 공중에 떠도는 것을 보았다. 그때, 무자
비한 천사들이 다가와서 내 육신으로부터 영혼을 끌어내고, 그것을 검은
말로 변화시킨 후, 그들은 나를 아멘티 Amenti 안으로 데려갔다." 이 자
료들은 이야기에 있어서 무척 귀중한 세부들을 지니고 있다. 즉, 불의
호수, 용의 다두적 성격, 공중에 실려가는 사람, 말 등등이 모두 그러
하다. 이 자료들이 우리로 하여금 이야기의 기원을 이해하게 해줄 것
임은 두말할 필요도 없다. 여기에서 상사성은 거의 완벽하다. 이 모든
자료에서 있는 그대로의 죽음을 제거하기만 하면, 종교적 기초를 떠난
순수한 상태의 환상적인 것이 얻어질 것이다. 이야기는 바로 이 '환상

---

71) 투라예프, 『고대동방』, 레닌그라드, 1924, p. 228. (V.A. Turaev, *Drevnij Vostok*, L.,
1924, str. 228.)

적인 것'으로 이루어진다. 이러한 예들은 죽음의 일화를 매우 분명한 형태로 보존하고 있다. 여기에서 잊혀진 단 한 가지는 약탈자 자신이 영혼을 나타내는 동물들로 되어 있는 것인데, 보다 원시적인 (매우 드문) 예들에서는 이 점 또한 분명하다. 예컨대, 에스키모족에게서는 무당들의 영혼을 약탈하는 토르나쭈크 tornasouk 는 용의 전신으로 간주될 수 있다. 그는 흡반이 달린 해마의 모습을 하고 있다. '토르나쭈크'라는 말을 분석한 난센은, '역겨운 영혼'이라는 의미에 도달하였다.[72] 에리나이들 les Érinyes 도 또한 영혼과의 관계를 갖고 있다. 이러한 관계는 연구가에게는 분명하지만, 그 존재들을 실제로 믿는 사람들에게는 항상 분명치는 않다.

하지만, 이 모든 것의 보다 정확한 이해를 위해, 아직도 결여된 것이 있다. 우리의 모든 주의는 약탈자에 관한 것이고, 약탈당하는 자 즉 이야기에서의 왕녀·여자·미녀 등은 아직 우리의 관찰 범위 밖에 있다. 약탈의 대상으로서의 여자는 아직 우리의 자료에 나오지 않았다. 이제 이 요소의 연구로 넘어가 보아야 하겠다.

24. 에로틱한 국면의 도입

영혼의 객체화를 통하여 독자적인 삶을 누리게 된 죽은 자들에게는, 두 가지 강한 본능이 귀속된다. 즉, 굶주림 그 자체와, 성적인 굶주림이 그것들이다. 본래는 굶주림이 우선이다. 탐식적 죽음은 가장 오래 된 형태의 죽음이다. 이런 관점에서, 이집트의 죽은 자들을 삼키는 자들은 매우 고대적인 것으로 보아야 할 것이다. 여기서도, 바빌론에서처럼 에로틱한 국면은 아직 전무하다. 반면 이는 그리스 같은 데서는 매우 발달하였다.

사회적 진화가 일어남에 따라, 성적인 본능의 만족이 전면에 드러나게 된다. 이 두 가지 형태의 굶주림은 때로 동화되는데, 예컨대 러시아의 이야기에서도 그러하다. "용은 왕녀를 잡아다가 자기 소굴로 데려갔는데, 하지만 그녀를 먹지는 않았다. 그녀가 매우 아름다웠으므로, 그는 그녀를 아내로 삼았다"(Af. 85/148). 원시 사회에서는, 개인적 에로티즘이 나타날 만한 여지가 없다. 그러한 에로티즘은 비교적 늦게 나타나, 기존의 종교적 개념들 속에 삽입된다. 신은 필멸의 존재들 가운데서 애인을 고른다. 죽음의 원인은 약탈적 정령이 산 자에게 품은 사랑에 있

---

72) F. Nansen, *Eskimoleben*, Leipzig u. Berlin, 1903.

으니, 그것은 그와 결혼하기 위해 죽은 자들의 나라로 데려가는 것이다. 개인적 사랑이 아직 존재하지 않는 곳에서는, 약탈자의 욕망이란 이성에 대한 욕망일 뿐이며, 더 나중에야 이성 중의 특정인에 대한 욕망이 된다.

예컨대, 파킨슨은 뉴멕클렘부르크 Nouveau-Mecklembourg 섬에 관해 다음과 같은 사실들을 전해준다. 죽은 자들 즉 땅에 묻힌 자들의 영혼은 탕구 tangou 또는 케니트 kenit 라고 불리운다. 그들은 낮에는 보이지 않으나, 밤에는 불꽃이나 깜부기 불의 형태로 산 자들에게 나타난다. 죽은 남자들의 영혼은 여자들을 괴롭히고, 죽은 여자들의 영혼은 남자들을 괴롭힌다. 산 자들은 정령들의 접근을 가능한 한 재빨리 피한다. 왜냐하면 이들은 병과 고통과 죽음을 가져오기 때문이다.[73] 또한, 사산된 아이들이나 아이를 낳다가 죽은 여자들의 영혼은 제스제스 gesges 라는 이름으로 알려져 있다. 그들은 낮에도 남자나 여자의 모습으로 돌아다니며, 향기나는 풀로 치장을 하는데, 이 점이 그들을 멀리서도 알아보게 한다. 이 정령들은 살아 있는 남자와 여자들을 이끌어 그들에게 성적인 관계를 강요하려 한다. 그들은 특히 그들의 토템의 멤버들과 관계를 가졌던 자를 뒤쫓는다. 이 '제스제스'들은 바위틈에 산다.

하지만 죽음이라는 개념의 관능화는 계속 심화된다. 슈테른베르크는 이 현상을 '선별주의'라 불렀다. 즉, "신이나 또는 다른 존재가 애인을 골라, 그를 죽음의 왕국으로 데려간다"는 것이다. 슈테른베르크는 이렇게 썼다. "이러한 관념은 원시인의 사고 속에 워낙 뿌리박힌 것이어서, 개인의 삶에 일어날 수 있는 수많은 비극적 사실들이 거기에 귀속되었다. 예컨대, 벼락이나 불·물 등에 기인하는 죽음, 야생의 짐승, 사자·곰·악어 등에 의한 죽음도, 특정한 정령이 인간 존재에게 품은 사랑 때문이라고, 그것이 그를 정령들의 세계에서 소유하기 위해 죽인 것이라고 생각되었다."[74]

이러한 현상은 보다 고대적인 진화 단계들에서는 아직 전체적이고 미분화(未分化)된 성격을 갖고 있지만, 그 뒤늦은 양상은 고대 그리스에서 특히 빈번히 나타난다. 그리스인들은 죽음의 한 형태로서의 사랑의 약탈을 알고 있었다. 아르테미도르 Artémidore 는 이렇게 말했다. "만일 병자가 신이나 여신과의 동침을 꿈꾼다면, 그것은 그의 죽음이 가까

---

73) R. Parkinson, *Dreissig Jahre in der Südsee*, Stuttgart, 1907, p. 308.
74) 슈테른베르크, 「종교에 있어서의 선별주의」, 『원시종교』, 140~79.

윘음을 의미한다. "[75] 무덤에서 발견된 서판들은, 여자가 비탄에 젖은 친족들의 무리에 속하는 날개달린 소년에게 이끌려가는 모습을 재현하고 있다. [76] "고대 신앙에서, 죽음은 죽음의 신과의 결혼으로 해석되었다. 죽은 자는 그 결혼을 자축하는 것이었다. "[77] 그러한 표현은 혼례 제의에서도 발견된다. "결혼은 전형적인 방식으로 관 위에 표현된다. 결혼의 신들은 죽음의 신들이다. 장례의 행렬과 혼례의 행렬은 동일하다. 신부는 밤에 횃불 빛으로 인도되어가며, 혼례의 침상은 장례의 침상과 비슷하고, 제단 둘레의 행렬은 장례에서의 그것과 비슷하다. "[78] 고대 전문가들로 하여금 이러한 결론들에 이르게 했던 자료들을 여기에 옮길 필요는 없을 것이다.

25. 신화에서의 약탈

이러한 일반적 고찰들로부터, 우리는 신화에로 넘어간다. 동물에 의한 인간 존재의 납치에 관한, 극히 다양한 원시 민족들의 전설이며 이야기들이 여기에서 언급될 수 있다. 종교의 진화와 함께, 동물은 신──그러나 그 동물적 연고를 간직하고 있는 신──으로써 대치된다. 지옥의 신 플루톤 Pluton 은 그의 수레를 타고, 데메테르의 딸 코레 Koré 를 납치한다. 펠롭스는 바다 위를 가는 신기한 수레를 타고, 히포다미아 Hippodamie 를 납치한다. 공중을 나는 수레란, 이러한 기능에 있어, 동물의 대용물이다. 그리스 신화에서 인간의 여자들을 납치하는 신들의 명단은 매우 시사적이다. 특히 코레의 납치를 연구했던 말텐은, 이 모티프의 기원은 죽음에 의한 약탈이라는 관념이며 에로틱한 국면은 나중에 개입된 것이라는 결론에 이르렀다. [79] 이야기는 이러한 신화들보다도 더 고대적이다. 즉, 이야기에서는 약탈자가 아직 인간의 모습을 하고 있지 않으며, 신화에서는 거의 사라진, 탐식적 동물의 본성을 간직하고 있는 것이다. 반면, 오리페 Oriphée 를 납치하는 보레아스 Borée 의 신화──그는 그녀가 일리소스 Ilissos 해안에서 친구인 님프 타르마케 Tharmakée 와 함께 놀고 있었을 때, 그녀를 납치하여 트라키아 Thrace 의 사르페돈 Sarpédon 바위 위로 데려갔다──는, 소녀가 정원을 거닐다가 회오리바람에 납치되어가

---

75) Radermacher, *Das Jenseits im Mythos der Hellenen*, Bonn, 1903, p. 113.
76) *Ibid.*, p. 112.
77) Güntert, *Kalypso*, 1919, p. 151.
78) 프라이벤베르크, 『주제와 장르의 시학』, 레닌그라드, 1936, p. 78.
79) L. Malten, "Der Raub der Kore," *ARW*, XII, 1909.

는 이야기와 매우 근사하다.

　그 밖에도 그리스에는 형태가 없는 약탈적 죽음의 개념이 존재한다. 예컨대, 유리피데스 Euripide 의 알세스트 Alceste 에서, 여주인공은 창백하고 얼굴 없는 신, 그 이름만이 죽음을 뜻하는 신인 타나토스 Thanatos 에 의해 납치된다. 또는, 디트리히 Dieterich 가 말하듯이, 일반적으로 산자들을 삼키려는 욕망은 하데스 그 자체의 것이다. [80) 하르푸이아들 les Harpies, 그녀들은 남자들에게만 달려든다.

　하지만, 납치된 미녀라는 모티프가 발생적으로 분명해지기는 했지만, 그것은 아직 모든 것이 해결되었음을 의미하지는 않는다. 용이나 그 밖의 형태의 '죽음'에 의해 약탈되어간 왕녀는 하지만 결코 죽지는 않는다고 반박할 수 있는 것이다. 그녀의 운명은 이중적이다. 가장 오래 된 자료들에서는, 그녀는 그녀의 약혼자에 의해 용으로부터 구출된다. 그리하여 그녀는 두 가지 성적 결합을 갖게 된다. 그 하나는 짐승과의 강요된 것이고(그녀의 짐승과의 부부 생활은 『에로스와 프시케』 유형의 이야기들에서 연구되었다), 다른 하나는 인간인 왕자와의 것이다. 하지만 두 경쟁자가 없는 경우들도 있다. 용은 약혼자에 의해 대치되는 것이 아니라, 매력적인 왕자로 변신하는 것이다. 『에로스와 프시케』의 경우가 바로 그러하다. 좀더 나중에는, 신에게 납치되어간 여자는 신의 아내로 남게된다. 카시체이의 이야기에서, 용의 옆에 새·곰 등이 나타나는 것은 우연이 아니다. 납치된 왕녀의 운명은 우리를 다시금 숲의 집에로 데려간다. 그녀는 거기에서 카시체이로부터 결혼에의 입문 의례를 받은 후 인간의 약혼자에게 가게 되는 것이다. 우리는 왕자와 왕녀의 혼례의 밤을 연구할 때에, 이 에피소드의 궁극적 전개를 분석하게 될 것이다.

V. 물의 용

26. 용의 수성(水性)

　앞에 든 예들에서, 물고기·상어·고래·용·통(樋) 등은 항상 물과 관계되어 있었다. 용의 이러한 양상은 그 자체로서 분석되어야 한다. 이야기에서도 역시, 용은 수성적 존재이다.

---

80) A. Dieterich, *Nekyia*, Leipzig, 1893, p. 47.

우리는 용의 수성이 뒤늦게 첨부된 성격인지 아니면 그 근본적 성격들 중의 하나인지를 규명해야 하겠다. 우리는 이미 '전문가들'에 대해 말하면서, 이야기에 나오는 수성적 존재들을 보았었다. 원소들의 주인들을 다룰 때에, 물의 원소가 그 하나였던 것이다. 무릎을 접은 채로 있는 노인을 상기해보자. 그가 무릎을 접은 채로 있으면 호수에는 물이 차고, 그가 무릎을 내리면 물도 잦아진다. 용은 이러한 유형의 존재이다. 그가 물에서 나올 때면, 물결이 치솟는다.

이미 연구되었던 용의 기능들은 모두가 용 그 자체와 불가분으로 연관되지는 않는다. 삼킴과 토함은, 물고기·도마뱀·새 등, 용의 구성에 들어가는 여러 짐승들에게서 발견되는 것이다. 반면, 물의 파수의 기능은 보다 고정적으로 뱀과 용에게 관련된다. 물을 지키는 뱀이라는 이 개념은 가장 원시적인 민족들에게서 발견된다. 예컨대, 오스트레일리아 원주민들에게서도 그러하다. 스펜서와 길렌은 이렇게 말한다. "알리스 Alice 샘에서 약 50미터 떨어진 곳에 협곡이 하나 있는데, 거기에는 거대한 죽은 뱀의 정령과 그 후손인 수많은 산 뱀들이 살고 있다고 한다."[81] 이 용(또는 뱀)은 오스트레일리아에는 매우 널리 퍼져 있다. 다양한 묘사들 속에서, 그는 세 가지 불변의 특징들을 갖는다. 1) 그는 엄청나게 크고, 기괴한 모습을 하고 있다 ; 2) 그는 물 속에 살며, 물을 삼키거나, 삼킨 채로 있거나, 되뱉거나 할 수 있다 ; 3) 그는 인간들을 삼키는데, 인간들은 그로 인해 죽든지 아니면 마술적 능력들을 얻든지 건강을 되찾든지 할 수 있다. 오스트레일리아 동남부에서는, "깊은 지하수 속에 살며 수성적 원소를 상징하는, 오스트레일리아의 모든 주민들에게 대단한 중요성을 갖는" 뱀의 존재를 믿는다. 쿠레아 Kurréa 라고 불리우는 이 뱀은, "크기가 엄청난, 뱀 모양의 괴물"로 묘사된다. "카리아 Karia 라고 불리우는 다른 것들도 있는데, 이들은 희생자를 통째로 삼킨다."[82] 다른 곳에서는, 이 괴물이 예로 Yero 라 불리우며, "거대한 뱀장어나 뱀으로 묘사된다……. 그것은 붉은 머리칼이 달린 커다란 머리와 급류가 쏟아져나오는 거대한 입을 가지고 있다. 그의 몸뚱이에는 얼룩덜룩한 줄무늬가 있으며, 이 지방에 사는 사람들에게 그는 기적적 치유의 능력을 갖는다. 그의 물 속에서 멱을 감기만 하면, 병자는 건강을 되찾는

81) Spencer and Gillen, *The Natives Tribes of Central Australia*, London, 1899, p. 444.
82) Radcliff-Brown, "The Rainbow-Serpent Myth in South-East Australia," *Oceania*, 1930, I, 3, pp. 343~44.

것이다."[83]

이러한 자료는, 사회 진화의 가장 원시적인 단계들에서도 수성적 용에 대한 증언들이 발견됨을 보여준다. 물론 이 개념도 그 나름의 선사를 가진 것이겠지만, 우리는 거기 대한 자료는 갖고 있지 않다. 우리는 보다 먼 과거에 대한 가정들을 쌓아올리려 하지는 않겠다. 우리에게 분명한 두번째 점은, 삼키는 용과 수성적 용이 동일물이라는 사실이다. 이는, 이후에 신화에서 삼켜진 자의 이동이라는 모티프가 나타날 때, 그 이동이 왜 일반적으로 수성적 장소에서 일어나는가를 설명해준다. 오스트레일리아인들은 입문 제의를 위해, 입을 벌린 뱀을 만든다. 그러니까, 삼키는 용이란 수성적 용과 다른 무엇이 아니라, 동일물의 또 다른 양상이다. 경우에 따라, 때로는 한 양상이, 때로는 다른 한 양상이 강조되는 것이다.

전세계의 민족들에 있어, 그러한 뱀들은 사회 진화의 나중 단계들에서도 역시 물을 지배한다. 니아스 Nias(오세아니아) 주민들의 사고 개념에 의하면, "무시무시한 가재가 뱀의 아가리를 가리고 있어, 그것이 밀물과 썰물을 일으킨다."[84] 밀물과 썰물이 없는 곳에서는, 뱀은 단순히 물을 움직이게 한다. 아이누족은 "어떤 호수에 하도 힘이 센 송어가 있어서, 그것이 가슴지느러미로 물가를 칠 때면, 다른 물가에서 파도가 일었다"[85]고 이야기한다. 돌간의 한 이야기에서는, 주인공이 맘모스를 만난다. "맘모스가 걸어다니는 곳마다, 강물이 솟아났고, 그가 눕는 곳마다, 호수가 생겨났다."[86] 아마-줄루족 les Ama-Zoulous에서는, 사람들이 어떤 호수의 물은 쓰기를 두려워하는데, 왜냐하면 그것이 용 우무가르나 Oumou garna의 거처이기 때문이다.[87] 무이스카 Mouiska 인디언들은, 호수의 용에게 제사를 드린다.[88]

농경·목축적 아프리카에서는, 다산성과의 관계가 특히 발달되어 있다. "전하는 말로는, 뱀이 낚시를 잘하게 해준다고 한다. 그는 하천과 거기 들어 있는 모든 것에 대한 세력을 가지고 있다." 그러니까, 증여자 용은 다시금 수성적 용으로 나타나는 것이다. 그것의 제의와의 관계 또

83) McConnel, "The Rainbow-Serpent in North Queensland," *Oceania*, 1930, I, 3, 347~48.
84) Frobenius, *Das Zeitalter der Sonnengottes*, p. 78.
85) *Ibid.*, p. 153.
86) 『돌간 민속문학』, p. 83.
87) Frobenius, *Weltansch.*, p. 84.
88) Krickeberg, *Märchen der Azteken*, p. 237.

한 널리 입증된다. 아프리카에서는, 뱀 숭배의 남근적 양상이 특히 발달되어 있다(햄블리의 저서에서 자세한 자료들을 볼 것[89]).

삼키는 용과 마찬가지로, 수성적 용도 본래는 아무리 무섭더라도, 근본적으로 이로운 존재이다. 그는 물의 증여자이며, 후에는, 인간 및 자연의 다산성을 책임지고 있다.

그렇다면 대체 그와의 싸움은 어떤 식으로 나타나는가? 외부적으로, 주제만을 본다면, 용이 그의 힘을 오용한다는 모티프가 나타나는 것을 볼 수 있다. 수성적 존재로서, 그는 물을 다 삼킨 채 가뭄을 가져오기도 하고, 또는 반대로 물을 너무 토해내어 홍수를 일으키기도 한다.

호피 Hopi 인디언들에게서는, 호수의 뱀이 하늘까지 솟구치며 물결을 일으켜 범람을 야기하기도 한다.[90] 잉카족에게서는, 홍수가 생기는 것은 다음과 같은 이유에서이다. "파샤 Pacha 라는 최초의 인간 또는 신의 세 아들이 누구와 싸워야 할지를 몰라, 거대한 뱀과의 싸움을 시작한다. 그것은 온 땅이 물에 잠길 정도로 많은 물을 토해냄으로써 보복하였다"(크리케베르크 Krickeberg, 279). 이 마지막 예에서는 관계가 뒤바뀌어, 용이 물을 토하는 것은 사람이 먼저 그에게 싸움을 걸었기 때문으로 되어 있다. 붉은 가죽들 les Peaux-Rouges 이 발견되는 문화적 단계에서는, 그러한 예들은 드물다. 가장 흔히는, 용이 죽임을 당하는 것은 그가 수성적 존재이기 때문이 아니라 삼키는 자이기 때문이다.

그러나 정착적 농경 및 목축에로의 이행, 그리고 국가 형성과 더불어 사태가 변하기 시작한다. 인간 형태적 신들의 출현은 이 단계에 해당한다. 농경자에게는 물을 치리하는 것이 자기의 신들이라는 것이 중요하다. 그의 신들은 인간적 양상을 갖는다. 전에 신성한 것으로 간주되던 신적 존재들은 동물적 양상을 가졌었다. 신성한 동물에서 신에로의 이행과 함께, 신들은 동물들을 죽인다. 그들은 그들로부터 물에 대한 힘을 빼앗음으로써 그들의 권능을 박탈하며, 물을 목축자와 농경자의 이해 관계에 맞도록 다스리기 시작한다.

진화의 이 단계는 특히 인도에서 잘 나타난다. 그것은 그리스와 중국에서도 또한 분명하다.

『리그베다』에 나오는 용과의 싸움은 태양과 달에 관한 신화들과 관련하여 많이 논의되었다. 하지만 인드라 Indra 신에게 정복되는 용 브리트

89) Hambly, *Serpent Worship*, p. 19.
90) *Mitteilungen der anthropologischen Gesellschaft in Wien*, 39, 1901, p. 101.

라 Vritra의 의미들 중 한 가지가 특히 분명하다. 즉, 그는 강들을 묶어
두고 있다는 것이다. 강들은 인드라가 브리트라를 죽이고 그것들을 풀
어줄 때 비로소 흐르기 시작한다. 여기 몇 대목을 인용해보자.[91]

III —33 : "강들은 말한다. 인드라, 손에 벼락을 가진 그가, 우리를 위
해 물길을 파놓았다. 그는 물의 횡령자 브리트라를 붙잡아, 그를 죽였
다." IV —17 : (인드라에게 하는 말) "힘과 권능으로 브리트라를 죽인 후,
당신은 용이 삼켰던 강들을 풀어놓았소." I —32 : "당신은 일곱 개의 강
이 흐르게 했소." I —52 : "인드라는 강물의 횡령자 브리트라를 죽였
다."(찬가 I —32 전체, 그리고 I —51—4, I —51—5, I —52—2—6, I —121—
II, II —II—5, VIII—12—26, VIII—85—18 등을 볼 것).

중국에서도, 용은 수성적 존재이다. 그는 바다와 호수와 그리고 우물
속에 산다. 용은 바닷속 깊이 수정문이 있는 보석 궁전 속에 산다. 아침
일찍 날씨가 좋을 때면, 물 위에 몸을 굽혀 이 궁전을 볼 수 있다.[92] 달
리 말해서, 수성적 원소의 주인 또는 지배자로부터, 그는, 중국 황제의
이미지를 따라, 왕 또는 황제로 변한 것이다. 여기에서 북경의 건립에
관한 전설을 옮겨보아도 흥미로울 것이다.[93] 북경은 유배되어 있던 한
왕자에 의해 창건되었다. 도시는 번영했고 상업은 융성하였으며 왕자는
좋은 치리자였는데, 갑자기 가뭄이 들었다. 도시의 성문 밖에 용의 동
굴이 있었다. 아무도 수천 년 이래로 용을 본 적은 없었지만, 그가 거기
있다는 것은 알고 있었다. 성벽을 쌓기 위해 땅을 파면서, 토역꾼들은
무심코 그 동굴을 건드렸던 것이다. 몹시 화가 나서, 용은 거처를 바꾸
기로 결심했으나, 암용이 그에게 말했다. "우리는 수천 년간 여기서 살
았는데, 왕자 때문에 자리옮겨지는 것을 받아들여야 한다는 겁니까? 만
일 떠난다면, 우리는 물지게에 물이란 물은 다 실어가지고, 자정에, 왕
자의 꿈속에 나타나 그에게 가버릴 허락을 얻읍시다. 만일 그가 허락
한다면, 우리의 물지게를 가지고 가게 한다면, 그에게는 안된 일이지요.
물은 그의 허락을 받고 실려갈 테니까." 모든 일이 그렇게 일어난다. 용
들은 왕자의 꿈속에 노인과 노파의 모습으로 나타나 북경을 떠날 허락
을 얻는다. 그리고 그 결과가 가뭄으로, 모든 물이 증발해버렸다. 그러
나 왕자는 꿈을 해석하게 하여, 서둘러 노인을 따라잡고는, 창으로, 노

91) A. Ludwig, *Der Rigveda oder die heiligen Hymnen der Brahmana*, I ~ IV, Prag.
    1876~1883.
92) E.T.C. Werner, *Myths and Legends of China*, 2e éd., 1924, p. 210.
93) *Ibid.*, p. 232.

인의 물통들 중 하나를 뚫자, 범람이 일어났다. 한 불승의 기도가 물을 가라앉혔으며, 연못이 생겨났다. 그 옆에 사원이 지어졌다. 그 후로 황실에서 쓸 물은 이 연못으로 길으러 온다고 한다.

이러한 것이, 불승들이 자기들의 목적을 위해 사용하였던 민중적 신화이다. 이것은 마치 기독교가, 성 게오르크로 하여금 용을 죽이게 하고 그로 하여금 구출된 민족을 기독교로 개종시키게 함으로써, 용과의 싸움을 그 종교적 목적을 위해 사용했던 것과도 같다.

이 모든 예들은, 수성적 용(그 순수한 형태의, 즉 앞으로 보게 될 것과 같은 다른 사고 개념들에 물들지 않은)은, 때로는 이유 없이, 때로는 물을 묶어놓고 가뭄을 일으켰다는 이유로, 죽임을 당한다는 것을 증명해준다.

고대 그리스에서는, 레르나 Lerne 의 히드라 Hydre(또는 용)가 이런 유형의 존재이다. 조형 예술에서, 히드라는 다두적 뱀──머리의 수효는 셋에서 아홉까지로 달라진다──으로 표현된다. 아폴로도로스 Apollodore 에 의하면, 이 머리들 중 여덟 개는 죽을 수 있으며, 한가운데의 것만이 불멸이라고 한다. 용은 그 길이대로 몸을 펴서 물을 삼켜버리는 것으로 상상되곤 하였거니와, 레르나에서는 이 개념은 다음과 같은 관념으로까지 확대, 변모되었다. 즉, 가뭄이 창궐하는 것은 용이 나라의 모든 물을 삼켜버렸기 때문이며, 또한 용의 거처인 레르나 지방이 그처럼 늪지인 것도 그 때문이다. [94] 중국과 그 밖의 신화들에서 보았듯이, 나라의 모든 물을 삼키고 몰수하는 용이라는 관념이나, 또 물의 풍부(만물・홍수・강 또는 늪)와 용과의 관계라는 관념은, 결코 그리스나 레르나에 고유한 것이 아니다. 레르나의 용은 수성적 용의 한 특별한 경우로서, 수성적 용의 신화는 전세계적인 것이다.

이러한 특수한 경우들 중의 하나가 이야기에 나오는 '검은 파도의 용'이나 '파도의 짜르'──그들의 뒤에는 "물이 세 아르신의 높이로 치솟는다"는──들이다.

하지만 이것은 용의 한 양상에 불과하다. 일반적으로 용은 단일한 설명에로 환원되지 않는다. 그 의미는 복잡하고 다중적이다. 이 복잡한 전체를 단일한 것으로 귀추시키고자 하는, 프로베니우스, 지크 등의 모든 시도들은, 처음부터 실패하게끔 되어 있는 것이다.

러시아의 이야기에서는, 용은 물을 묶고 있지 않으며, 그와의 싸움이 벌어지는 것도 그 때문은 아니다. 하지만 다른 민족들의 이야기에서는,

94) Roscher, *Ausf. Lexikon*, s.v. Hydra.

극히 고대적인 이 동기화가 매우 분명히 보존되었다. 프하브 Pchave(?) 의 한 이야기에서, 주인공은 "데브 Dev 가 물을 묶어놓고, 소녀들을 공물로 바치라고 강요하고 있는" 한 도시에 이른다. [95] 벨루치스탄의 한 이 야기에서, 여주인공은 이렇게 말한다. "짜르가 나를 용에게 보내야 하는 것은 오늘이에요. 그래야 용은 운하에 물이 흐르도록 할 것이에요. 온도시가 목마름으로 고생하고 있거든요. "[96] 몽고의 한 이야기에서도, 용들의 황제는 인간 희생의 공물에 기분이 좋아져서, 물을 하사한다. [97] 나르트 Narte 의 서사시에서는, 머리가 일곱 달린 용이 개로 변신하여, 물 긷는 것을 방해한다. [98] 이런 자료들은 용의 수성이 그 원초적 특성들 중의 하나임을 보여준다. 본래 거기에는 용과의 싸움거리는 없다. 용은 물을 인간들에게 이롭도록 다스린다. 하지만 농경의 출현과 함께, 이런 기능은 신들에게로 넘어가며, 이들은 용을 죽이고, 용이 억류하고 있던 물과 강을 인간에게 준다. 이런 전통은, 삼키는 용과의 싸움이라는 전통과는 무관히 발달되었다. 러시아의 이야기에서 이런 전통은 그 기능에 있어서는 반영되지 않았으나, 용의 수성적 속성들로는 반영되어 있다.

27. 용의 수탈

용의 수성의 분석은 우리로 하여금 농경적 개념에 이르게 한다. 이 농경적 개념은, 앞서 우리가 '용의 수탈'이라 일컬었던 모티프에서 발견된다.

처음에 용에 대해 말해졌던 모든 것은 경제적 하부 구조로서의 수렵에 긴밀히 관련되어 있었다. 약탈자 용은 여자를 납치하였다. 반면, 여기에서는 그녀를 그에게로 데려간다. 그것이 일어나는 형식은 소녀들을 물의 마귀나 신들에게 바치는 제의, 온 나라의 풍요를 돕기 위한 제의에 상응한다.

이 모티프의 농경적 기원이라는 관념에 이르게 하는 것은, 그 지리적 분포의 검토이다. 이것은 오래 된 농경 국가들, 고대 멕시코, 이집트, 인도, 중국, 그리고 좀 덜하기는 하지만 그리스에서도 발견된다. 그것은 소녀를 신에게 희생으로 강제하여 드리던 제의를 반영한다. 그러한 제의의 맹아는 보다 고대적인 단계들, 예컨대 북아메리카처럼 아직 농

---

95) 『트리스탄과 이졸데』문집, p. 187. Pchave족은 그루지아 출신의 인종 집단이다(N.d. T.). Dev란 여기서 용의 이름이다.
96) 『벨루치스탄 민담』, p. 185.
97) *Le Mort Magique*, p. 38.
98) 『트리스탄과 이졸데』, p. 187.

경이나 수확이 없는 단계들에서도 발견된다. 이 제의는 좋은 어획을 확보하는 것을 목적으로 한다. 하지만, 이미 보았듯이 이 제의와 거기 관련된 신화들은 농경이 태어나는 나라들에서 그 완전한 발달에 이른다.

프레이저는, 슈테른베르크와 마찬가지로, 인간 존재와 신성간의 성적인 관계는 수확을 좋게 하기 위함이라는 사실을 아주 설득력 있게 보여주고 있다. 이는 우선 그러한 희생적 결혼이 수확 이전에 일어났다는 것, 그리고 그것은 농경이 하천의 범람에 의거해 있었던 지역 즉 나일, 갠지즈, 유프라테스, 티그리스, 황하 등의 골짜기에서 특히 유포되어 있었다는 것에서도 드러난다. 거기서는 소녀가 물에 사는 존재에게 희생 제물로 드려졌다. 슈테른베르크는 이렇게 말한다. "풍요(다산)의 신들은 특히 관능적인 신들로 간주되었고, 또 이 관능성은 일반적 풍요에도 필요했으므로, 인간 희생 특히 문제된 신의 성(性)에 따라 소년 또는 소녀의 희생이라는 관습이 생겨났다."[99] 그러한 희생 제의는 극히 다양한 형태를 가질 수 있었지만, 여기서는 물과 관계되는 형태들만을 다루어보겠다. 이 의례의 특징들은, 슈테른베르크에 의하면, 다음과 같다. 즉, 소녀에게 신부의 옷을 입히고 꽃으로 치장한 후 향품을 바르고, 물가로 데려가서 신성한 바위나 돌 위에 남겨둔다. "그러면 악어가 그녀를 강물 속으로 끌고 들어가며, 사람들은 그녀가 실제로 악어의 아내가 되었다고, 만일 그녀가 처녀가 아니었다면 악어는 그녀를 되돌려놓았을 것이라고, 전적으로 믿는다."

이러한 종류의 희생들은 일반적으로 수확과 다산을 돕는다는 목적을 가졌다. 어획 민족들에게서는, 이 제의들은 어획고를 증가시키기 위함이었다. 이러한 제의는 항상 신화와 긴밀히 연결되었던바, 신화는 희생의 불가피함과 그 기원을 설명하는 기능을 갖는다. 예컨대, 알곤킨족 les Algonquins 과 휴런족 les Hurons 은 이런 이야기를 가지고 있다. 어느 날, 물고기는 없고 굶주림이 위협하였다. 그러자 꿈속에서, 물의 신에 다름아닌 한 미청년이 족장에게 나타나 이렇게 말한다. "나는 아내를 잃어버렸는데, 내 전에 남자를 알지 못했던 다른 여자를 찾을 수가 없소. 그래서 당신들은 물고기가 없는 것이고, 그래서 당신들은 이 점에서 나를 만족시키기 전에는 물고기가 없을 것이오." 그래서, 그에게 주는 신부가 처녀임을 그에게 설득하기 위해, 분명 남자를 알 리 없는 어린 소녀를 골라주었다. 제의에서는 소녀를 낚시 그물과 결혼시킨다. 즉 그녀

99) 『종교적 신앙의 변천』, p.466.

를 물에 던지는 것이다. [100]

디젤도르프 Dieseldorf 에 의하면, 마야 부족의 삶은 전적으로 옥수수에 의존해 있다. 시세니차 Chichenitza 시에서는, 진주며 다른 장식품들과 함께, 산 채로 연못에 던져졌던 소녀들의 해골이 발견되었던바, 이는 연대기 작가들이 말하는 그대로이다. 저자에 의하면, 그것은 생명과 재산을 기꺼이 희생함으로써 신들을 즐겁게 하여, 응징을 당하지 않으려는 노력을 보여주는 것이다. 오늘날까지도 인디언들은 누군가가 물에 빠져 죽기 전에는 가뭄이 그칠 수 없다고 믿는다. [101] 아메리카 인디언들의 선 집들에서는, 이와 관련된 신화들이 발견된다.

그러한 계열의 관념들은 아프리카에 더 널리 퍼져 있다. 예컨대, 므루비아 Mruvia 라고 불리우는 커다란 호수는 매년 살갗에 아무 흠이 없이 매끈한(처녀성의 명백한 대체성으로) 살갗을 가진 아이의 희생을 요구한다고 믿어졌다. 매년 그러한 공물이 징발되었고, 아이는, 정해진 대로, 산 채 물 속에 던져졌다……. 만일 이 희생을 거르면, 호수는 말라붙고 하였다. 또한 바간다족 les Bagandas 은 여행을 할 때면 빅토리아-니안자 Victoria-Nyanza 호의 신 무카수 Moukasou 에게, 그의 아내들이 될 처녀들을 희생으로 드림으로써, 잘 보이고자 노력하였다. 영국령 동아프리카의 아키쿠이오 Akikuïo 원주민들은 그들의 강들 중 하나에 산다고 믿어지는 용에게 예배를 드리며, 주기적으로 그에게 여자나, 더욱 흔히는 소녀를 아내로 바쳤다. 아랍의 여행자 이븐 바투타 Ibn Battūta 는, 그가 들었다는 다음과 같은 이야기를 전하고 있다. 섬(맬다이브 군도 les îles Maldives 가 이야기되고 있다)의 주민들이 우상을 숭배하던 시절에는, 물 속으로부터 불밝힌 배의 형태로 솟아나오는 나쁜 정령이 매달 사람들에게 나타나곤 하였다. 주민들이 이 배를 볼 때면, 그들은 소녀를 하나 잡아다가 신부의 치장을 시키고, 그녀를 바닷가에 세워진 이교의 신전으로 데려 갔다. 소녀는 거기에서 밤을 보내며, 이튿날 아침에는 처녀성을 잃고 죽어 있는 것이 발견되었다. 매달, 정령이 나타날 때면, 제비뽑기를 하였다. 그리하여 죽음으로 끌려갈 최후의 처녀가 신심깊은 베르베르인 Berbère 에 의해 구출되었다. 그는 코란을 외움으로써 바다의 괴물을 쫓는 데에 성공하였다. [102]

100) *Ibid.*, p. 358; Frazer, *Le Rameau d'or*, I, p. 171.
101) E. Dieseldorf, "Kunst und Religion der Mayavölker," *ZfE*, 57, 1925, p. 7.
102) Frazer, *Le Rameau d'or*, I, 171, 172.

이 경우 우리에게 흥미로운 것은, 불빛을 단 유럽의 해양 선박들이 괴물로 간주될 수도 있었다든가 하는 것이 아니라, 다른 어떤 것이다. 그러한 희생들은 실상 그 당시 발달하던 농경의 형태들이나 그에 대응하는 사회 구성 및 가족 관계의 형태들, 그리고 신들을 창조하기 시작한 종교의 상이한 형태들과 분명 갈등하기 시작하였던 것이다. 토지에 대한 사유권의 출현과 함께, 새로운 가족 구조가 나타난다. 부모의 사랑이 강화되어, 더 이상 아이를 희생으로 드리는 것을 참지 못한다. 원시 적에는 다산을 주는 막강한 정령에게로 향하던 공감이, 이제는 희생자에게 로 옮겨지게 된다. 희생자가 포로들 중에서 골라졌다는 사실만 해도 이미 희생자에 대한 연민의 시초를 보여주는 것이다. 그럼에도 불구하고, 체제의 부동성으로 인해, 제의는 내부로부터는 파괴되지 못한 채로 존속한다. 그런데 그때 한 이방인이 나타나 소녀를 구하는 것이다. 제의의 전성기에라면, 이 이방인은 사람들의 사활이 걸린 이해 관계를 파괴하려는 불경자로 죽임을 당했을 것이다. 그의 행위는 수확에 위협이 되었을 것이다. 반대로, 이야기에서는, 그는 영웅으로 치하된다. 이야기에서도 역시 주인공이 흔히 이방인이라는 사실은 흥미롭다. 이러한 공감의 이전은 또한 몇 가지 대체——여자를 인형으로 대체한다든가——를 설명해준다. 불완전한 대체로 해석될 수 있을, 매우 흥미로운 예가 젤레닌의 『말의 금기 Tabou des mots』에서 발견된다. 손토제로 Sontozéro의 깊은 바닥에는 여자를 몹시 좋아하는 정령 세이드 Séïd가 살고 있다. 어획의 계절이 시작되면, 사람들은 그에게 여자 모양의 헝겊 인형을 던져준다. 얼마 후, 희생을 드린 어부의 아내가 죽는다. 세이드가 그녀를 아내로 취한 것이다.[103] 이집트에서는, 매년 파종 전에 강의 범람과 좋은 수확을 보장하기 위해 소녀에게 혼례복을 입혀 나일강에 던진다.[104] 이러한 관습이 아랍에 의한 정복 때문에 중단되었다는 것은 특기할 만하다. 같은 관습은 중국에도 있었으니, 중국에서는 매년 소녀를 황하에 빠뜨림으로써 강과 결혼시켰으며, 그 일을 위해 항상 가장 아름다운 소녀가 선택되었었다.[105]

---

103) 젤레닌, 「북아시아와 동·유럽 민족들에게서의 말의 금기」, *MAE* 문집, Ⅷ, 1929, p. 65.
   (D.K. Zelenin, "Tabu slov u narodov vostočnoj Evropy i severnoy Azii," *Sb. MAE*, Ⅷ, 1929, str. 65.)
104) Frazer, *Le Rameau d'or*, Ⅱ, p. 35.
105) 슈테른베르크, 『종교적 신앙의 변천』, p. 357.

28. 신화들

제의가 더 이상 존재하지 않을 때에도, 다양한 성격의 설화들은 존속한다. 때로 그것은 옛날에 일어났던 특정한 일에 대한 설화들이고, 때로는 예술적으로 미화되어 이야기의 성격을 지니며 '원시적 이야기들'의 선집에 실리기도 한다. 아주 흔히, 그것들은 다산이나 풍작에 대한 최초의 관계를 아주 상실한 것은 아니다. 멕시코의 한 신화에서는 백성들이 기근으로 고통당한다. 옥수수의 풍작에 대한 대가로서, 신들은 소녀를 요구한다. "그녀를 폰티틀란 Pontitlan 의 소용돌이로 데려오너라."[106] 여기에서 수확과의 관계는 극히 명료하며, 아무런 저항도 볼 수 없다. 와드샤가 Wadschagga 흑인들은 이야기하기를, 만(灣)의 정령들이 어느 날 길 가던 한 무리의 여자들 가운데 한 소녀를 납치하였다고 한다. 그들은 그녀를 그들의 도시로 데려갔으며, 그곳으로부터, 죽은 자들이 새로 온 자를 맞이하는 개선의 외침들이 들려왔다. 다음날, 주민들이 정령에 의해 지시된 공물을 가져갔을 때, 그들은 제방 위에서 소녀의 시체를 발견하였다. [107] 이 경우에는, 다산의 관념에 대한 관계는 보존되어 있지 않으나, 또 다른 관계 즉 정령들이란 죽은 자들이라는 생각은 분명하다. 때로, 희생은 단순히, 어떻게 해서든 우호적인 관계를 유지해야 하는, 물 속의 동물들이 겪게 하는 위험에 의해 동기화될 수도 있다. 프레이저는 다음과 같은 사실을 전해준다. 동인도의 한 섬의 주민들은 어느 날 한 떼의 악어들에 의해 위협받았다. 그들은 이 불행을, 악어들의 왕이 한 소녀에게 품은 정열의 탓으로 돌렸다. 그리하여 그들은 이 소녀의 아버지로 하여금 그녀에게 신부의 옷을 입혀 그녀의 악어 애인의 포옹 속에 던지게끔 하였다. [108] 이 마지막 경우에서는, 순전히 에로틱한 동기화가 보다 오래 된 예배적 동기화를 가리우고 있으며, 풍작에 대한 관계는 상실되어 있다.

우리는 그리스 신화에서도 동기화의 같은 전이를 발견하는바, 예컨대 페르세우스와 안드로메다 Andromède 의 신화에서도 그러하다. 페르세우스는 이디오피아에 이르러, 바닷가 바위에 묶인 안드로메다를 발견한다. 그녀는 왜 묶여 있는가? 그녀의 어머니는 전에 젊었을 때 네레

106) W. Krickeberg, *Märchen der Azteken und Inkaperuaner, Maya und Muisca*, Jena,. 1928, p.73.
107) B. Gutmann, "Die Opferstätten der Wadschagga," *ARW*, XII, 1909, p.94.
108) Frazer, *Le Rameau d'or*, I, 172.

이디스들 les Néréides 앞에서 아름다움을 자랑하여, 그녀들의 시기를 샀다. 그녀들은 바다의 신에게 호소하여, 그는 무시무시한 범람과 바다의 괴물을 보냈다. 신탁을 구하자, 이 재앙들은 왕의 딸이 괴물의 먹이로 주어지면 그치리라 한다. 마찬가지로, 헤라클레스도 그의 편력 도중에, 트로이의 해안에서 한 소녀가 바닷가 바위에 묶인 것을 발견한다. 그녀가 라오메돈 Laomédon 의 딸 헤지오네이다. 그녀의 아버지는 전에 포세이돈을 속이려 한 적이 있었다. 포세이돈은 그에게 트로이의 성벽들을 지어주었는데, 약속했던 보상을 받지 못했던 것이다. 그래서 포세이돈은 바다의 괴물을 보내어 나라를 황폐케 하며, 마침내 절망한 라오메돈은 그에게 자기의 딸을 내주기에 이르렀다. 헤라클레스는 괴물과 싸움을 벌여 헤지오네를 구출한다.

미노토르에 관한 전설 속에도, 정복당한 민족에게서 징발되는 공물이 보존되었다. 칠 년마다, 그리스인들은 아홉 명의 소년들과 아홉 명의 소녀들을 미노토르에게 주어 미로 속에서 잡아먹히게 하였다. 동시에, 미노토르 계열에서는, 나라에 가뭄이 들고 신들이 보낸 역병이 돌았음이 지적된다.

이 모든 경우들은 우리를 직접 이야기에로 이끈다. 이야기가 여기에 묘사된 제의에로 소급한다는 논지는 굳이 전개하거나 입증할 필요조차 없을 것이다. 이행 과정 그 자체가 분명하다. 신들의 이름들이 지워지고, 동기화들이 변하고(그것들은, 보다시피 제의에 비하면, 신화에서도 이미 변한다), 문체가 바뀌고, 그러면서 신화는 이야기로 변하는 것이다.

만일 우리가, 한편으로는 납치의 모티프를 그에 대응하는 신화들(제우스에 의한 오이로파 Europe 의 납치 등)과, 그리고 다른 한편으로는 강요의 모티프를 그에 대응하는 신화들과 대조해본다면 우리는 약탈자-동물이 신-동물로 변하는 납치의 신화들이 이야기보다 덜 오래 된 반면, 페르세우스와 안드로메다 유형의 신화들은 이야기보다 더 오래 된 것임을 보게 된다. 그러므로 신화와 이야기와의 관계는 항상 동일하지는 않으며, 이 문제는, 분트, 판저 Panzer 등이 바라는 것처럼 일괄적인 방식으로는 해결될 수 없음을 알 수 있다.

일군의 종교적 개념들은 하나의 종교적 신화를 만들어낼 수 있으며, 이것은 다시 종교적 색채가 없는 하나의 이야기를 만들어낼 수 있다.

트론스키 I.M. Tronsky 는 그의 저서 『고대의 신화와 현대의 이야기』——근본적으로는 폴류페모스에 관한 연구——에서 이러한 생각을 매우 명료하고 간결한 방식으로 표현하고 있다. "사회적 의미를 잃어버린 신화는 이야기가 된다."[109] 실제로, 페르세우스와 안드로메다의 신화는 러시아의 이야기들에 정확히 대응하는 것이다.

우리는 상세한 토론에 더 깊이 들어갈 필요는 없다. 왜냐하면 그것은 한두 가지 예를 들어 풀릴 수 없는, 일반적 차원의 문제이기 때문이다. 하지만, 이야기와 신화를 연결하는 관계에 관심을 갖는다면, 신화가 항상 이야기의 산출 요인 *causa efficiens*은 아니라는 점을 기억할 필요가 있다.

이야기는 또한, 신화를 거치지 않고, 직접 종교로부터 나올 수도 있다. 예컨대, 그리스 신화에는, 용에 의한 소녀의 납치란 존재하지 않는다. 하지만 우리에게 신화를 전해주는 유일한 자료인 그리스 문학에는 기록이 되지 않은 채로, 민중들간에는 그러한 개념이 존재하였을 수도 있다. 그것은 단지 문학에 표현될 방도를 찾지 못했을 수도 있는 것이다. 반면, 소녀를 바다의 괴물에게 넘겨주는 것은 보존되었던바, 왜냐하면 그것은 농경적 전설이며 그리스는 농경 국가이기 때문이다. 그에 대응하는 제의들도, 문학에는 반영되지 않은 채, 더 먼 과거에는 존재하였을 수 있다.

하지만 한 가지만은 분명하다. 즉, 동일한 주제에 관한 이야기와 신화는 오래 공존할 수 없다는 것이다. 그리스에서는 페르세우스와 안드로메다의 이야기가 아니라 신화만이 존재할 수 있었다. 이야기가 고대에 나타난 것은 더 나중이다. 하지만 그 맹아들은 존재할 수도 있었으니, 아마 이른바 민중적이라 불리우는 계층에서였을 것이다.

VI. 용과 죽은 자들의 왕국

29. 파수-용

우리는 위에서, 입문 제의를 검토하면서, 이 제의들이 죽은 자들의 왕국에서의 체류라는 관념에 얼마나 밀접히 관련되어 있는가를 보았다. 한편으로 입문자는 자신을 죽은 것으로 보며, 다른 한편으로 죽음은 입문의 한 형식으로 생각된다. 이는 왜, 더 나중에, 입문 의례가 잊혀진 오

---

109) 『올덴부르크를 기리는 문집』, 레닌그라드, 1934, pp. 523~34.

래 후에도 지하 세계에로 내려감——또는 카타바시스 Katabasis——이 영화
(榮華)의 조건이 되는지를 설명해준다.

이는 또한 왜 삼키는 자가 죽음의 개념에 있어 그처럼 중요한 역할을
하는지도 설명해준다.

물의 용은, 굳은 땅에서와 마찬가지로, 호수·연못·강·바다 등에서
사는 것으로 생각되었다. 하지만 이러한 물의 저장고들은 저세상에로의
입구 역할도 하였다. 저세상에로 이르는 길은 용의 입과 물을 지나는 것
이었다(처음에는 물을 건너야 했고, 나중에는 물 위를 저어가야 했다). 이는
우리로 하여금 용의 파수 역할을 검토하게 한다. 이 역할은, 그 자체로
서는, 의심의 여지가 없다. 물가에 또는 물 속에 살면서, 용은 물을 지
킨다. 산의 용으로 말하더라도, 그는 엄격히 말해 어떤 산들에 관련된
것이 아니라 동굴들에 관련되어 있는데, 동굴들이란, 물의 저장고들과
마찬가지로, 저세상에로의 입구로 간주된다. 그 때문에 용은 동굴이나
소굴 등에 사는 것이다.

우리는, 지표면의 물 속에 사는 것으로 상상되던 용이 차츰 다소간에
가공(架空)적인 먼나라에로 옮겨지는 것을 볼 수 있다. 이러한 이동은,
공간의 개념, 죽은 자가 하게 되는 여행이라는 사고 개념의 출현 등에 관
련되어 있다. 본래는 잘 알려진(그리고 때로는 그 옆을 지나가기조차 두려워
하는) 연못이나 호수에 살던 용은, 이제, 죽은 자의 여행의 처음이 아니
라 마지막에서 그 거처를 구한다. 이러한 이동은 이중적일 수 있다. 즉
용은 땅 밑에 사는 것으로 생각되어 지하적 존재가 되거나, 또는 반대
로 하늘로 옮겨져 천상적·태양적인 불의 존재가 되거나 하는 것이다.
용의 지옥적 성격이 보다 오래 된 것이기는 하나, 양자가 모두 비교적 뒤
늦은 것이다. 대충, 다음과 같은 단계들을 설정해볼 수 있다. I) 삼키
는 자는 숲속의 자리에서 움직이지 않는다(고립되고 외부와 차단되어 사
는 민족들의 경우) ; 2) 삼키는 자는 넓은 물의 면적을 가로지른다(보다 높
은 문화 수준에 도달하였고 이동을 알며 수렵만으로 살지 않는 민족들의 경우);
3) 삼키는 자는 땅 밑에 산다(원시 농경) ; 4) 삼키는 자는 하늘에 산다
(발달된 농경, 국가의 형성).

우리는 먼저 지하적 용을, 그리고 나서 태양적 용을 검토해보겠다. 케
르베로스의 분석에서 보게 되듯이 지하의 용은 어느 정도까지는 아직도
유용하고 필요한 존재로 느껴지지만, 앞서 우리가 용에 대한 적대적 태
도에서 보았던 경향은 두 경우에 모두 짙어진다. 태양적 용은 항상 그

리고 오직, 적일 뿐이다. 지하적 용은 죽은 자들의 왕국과 관련되어 있다. 인도의 천상적 용은 그렇지 않다. 그는 하늘로 올라간 물의 용이다. 이집트에서는 하늘로 올라가는 것은 분명 지하적 용이다. 왜냐하면 그와 관계되는 것은 죽은 자이기 때문이다. 이야기는 용의 진화의 이 모든 단계들을 반영한다.

삼켜지는 것은 저세상에 도달하기 위한 첫번째 조건이었다. 하지만 전에는 이 도달을 돕던 것이, 그 반대로, 거기 도달하기 위해 극복해야 하는 장애로 변한다. 그리하여 삼킴은 더는 일어나지 않으며 단지 위협으로 남는다. 이것이 이 삼킴이라는 테마의 변천에 있어 마지막 단계이며, 이 단계 또한 이야기에 반영되어 있다.

30. 케르베로스

지하의 용에 관한 자료가 아직 계층 분화의 단계에 이르지 못한 민족들에게서 매우 빈약한 것은 우연이 아니다. 이들에게서는, 가공적인 먼 나라로 옮겨진 수성적 용이 지배적이다. 디아가족 같은 민족에게서, 우리는 수성적 용으로부터 지하적 용에로의 이행의 분명한 형태를 발견한다. [110]

그러니까, 지적되었던 대로, 죽은 자들의 왕국을 지키는 지하의 파수라는 사고 개념이 전성하는 것은 농경 민족들에게서이다. 케르베로스는 이러한 종류의 파수들의 전형적 대표자로서, 우리는 그에 대해 잠시 살펴보아야겠다. 왜냐하면 케르베로스라는 인물은 이야기의 용이 갖는 파수의 역할을 선명하게 해줄 것이기 때문이다.

모든 물의 저장고(강·연못·호수)가 죽은 자들의 왕국에로의 입구라는 관념은 그리스에서는 아직도 매우 견고히 유지된다. "저세상에로의 입구는 무엇보다도 바다이다"라고 간쉬니츠 Ganschinietz 는 말한다. [111] 예컨대 늪지로 잠겨들어가는, 또는 땅에서 솟아나는, 흐르는 물은, 동굴이나 샘과 꼭 마찬가지로, 저세상에로의 입구로 간주되었다. [112] 이 물속에 사는 존재들은 용이나 황소의 모습을 하고 있었다. 예컨대, 데쟈니르 Déjanire 와 결혼하려 하다가 헤라클레스에게 죽임을 당하는 아켈로스 Achéloos 의 경우가 그러하다. 케르베로스도 이 범주에 속한다.

---

110) B. Gutmann, *ARW*, XII, 1909.
111) Roscher, *Ausf. Lex.*, s.v. Katabasis, p. 2379.
112) *Ibid.*, p. 2377.

케르베로스의 수성은 그가 아케론 Achéron 의 하구──헤라클레스가 그를 발견하는 것도 거기서이다──에 산다는 사실에 의해 드러난다. 여기서, 물의 다른 끝, 마지막 끝에로의 용의 이전은 아주 분명하다. 계층 분화 이전의 사회들에서는, 용은 샘에, 즉 강의 기원에 사는 반면, 하구에 사는 케르베로스는 용의 이동에 관한 우리의 가정──그는 물의 출구, 샘으로부터, 지하 세계에로의 입구로 옮겨간다──을 확증해준다. 그의 외관과 기능에 있어, 케르베로스는 러시아의 이야기에 나오는 용과 가깝다. 그는 개의 머리를 셋 가지고 있으며, 그 아가리들로부터는 유독한 점액이 떨어지고, 그는 머리와 혀가 달린 뱀 모양의 꼬리를 하고 있다.

이두성(二頭性)은 매우 고대적인 특성이다. 그것은 아메리카에 전형적인 것으로, 아메리카의 용은 거의 항상 머리를 둘, 몸의 양끝에 하나씩 가지고 있다. 뱀의 꼬리가 쏘는 혀처럼 느껴지는 데서 기인하는 이 같은 개념은, 그 자체로서는 다두성과는 다른 현상이다. 케르베로스의 모습에는 이 두 가지 양상이 합쳐져 있다.

헤라클레스가 유리스테우스 Eurysthée 의 명령으로 지옥으로부터 케르베로스를 데리고 올 때, 그것은 그를 혀로 쏜다. 케르베로스의 머리와 등에는 머리칼처럼 뱀들이 나 있다. 퀴스터가 입증하였듯이, 그가 단지 '용'이라고 불리우던 때도 있었다. [113] 헤지오도스 Hésiode 에 의하면 (Théog. 769), 그는 새로 온 사람들을 맞이하여 상냥히 꼬리치지만, 아무도 다시 떠나지 못하게 한다. 에네아스는 그것이 그를 들여보내지 않으므로 타르타로스 Tartare 에 들어가지 못한다. 그것을 무마하기 위해, 에네아스는 그에게 마법의 꿀과자를 던져 잠들게 한다(『에네이드』, Ⅵ, 419). 그러니까 용의 입 속에 자신의 몸을 던지는 대신, 주인공은 어떤 물건을 던지는 것이다. 여기에서 대체의 행위가 보인다. 그러니까, 케르베로스는 상냥히 꼬리치며 죽은 자들을 맞이하는 반면, 『에네이드』에 나타나듯이, 산 자들에게는 달려드는 것이다. 그러므로 통로를 맡은 용의 예전 역할이 완전히 잊혀지지 않은 동시에 그의 파수 역할도 완전히 형성되지 않은 것이라 할 수 있다. 케르베로스가 이야기의 용과 다른 점은 그의 머리들이 개의 그것들이라는 점인데, 이는 그의 파수 역할과 관련된 그리스적 특징이다. 고전 문헌학자들은, 케르베로스의 입에 던져

---

113) E. Küster, *Die Schlange in der griechischen Kunst u. Religion*, p. 90.

진 과자도 순전히 그리스적인 현상이며, 대체적 삼킴으로 해석될 수는 없다고 반박할 것이다. 하지만, 러시아의 이야기에서도 주인공은 그를 삼키려 하는 암용의 입 속에 과자며 한 푸드의 소금 따위를 던져 넣는다.

자료의 비교에 근거한 케르베로스의 이 같은 해석은, 디트리히가 그의 『네카이아 *Nekyia*』에서 제시하는 해석과는 다르다. 디트리히는 케르베로스를, 매장 후 시체들을 먹어버리는 땅의 의인화로 간주한다. 그는 증거로서 케르베로스가 썩은 시체를 먹는다는 사실을 든다. 디트리히에게 있어, 케르베로스는 "벌려진 입처럼 죽은 자들을 먹어치우며, 살을 썩히고 뼈밖에 안 남기는, 땅의 창자"를 나타낸다. 우리가 보기로는, 썩은 시체를 먹는다는 것은, 죽음이 사람들을 삼키는 것에 대한 합리화된 형태이다.

이 모든 자료들은 열의 세곱절째 왕국의 입구 파수로서의 용에 대한 충분한 설명을 제공한다.

이 그리스의 자료들은 매우 흥미롭다. 그것들은 수성적 용에서 지하적 용에로의, 그리고 유익한 용에서 해로운 용에로의, 변형의 보다 진행된 단계를 보여준다. 삼킴은 더 이상 일어나지 않으며, 위협으로만 남는다. 싸움 또한 일어나지 않는다. 헤라클레스는 케르베로스를 이기지만 살려둔다. 케르베로스는, 그 모든 부정적 특성들에도 불구하고, 여전히 인간들에게 필요한 존재로 느껴진다. 그는 하데스의 파수인 것이다.

31. 용의 하늘에로의 전이

이미 보았듯이, 용은 땅 속 깊이로만 옮겨지는 것이 아니라, 하늘로도 옮겨진다. 삼키는 용, 수성적 용의 하늘에로의 전이가 정확히 어느 때, 사회 발달의 어느 단계에서 일어나는가를 확실히 규정하기란 불가능한 일이다.

태양적 용을 아는 민족들은, 그것을 모르는 민족들보다, 항상 더 문화적이다. 태양적 용의 개념은, 예컨대, 오스트레일리아 대륙에서는 찾아볼 수 없다. 맹아적 상태로 그것은 오세아니아에 존재하며, 그것은 아프리카에서도 발견된다. 다시 말해서, 원시 농경을 아는 민족들에게서이다. 그것은 매우 완전한 형태로 야쿠트족에게서, 즉 사육 민족에게서 발견된다. 그것은 베다 시대의 인도에서도 발달되었으나, 그 가장 완전한 형태를 제공하는 것은 이집트이다.

이 전이는 일련의 결과들을 가져온다. 첫째로, 삼킴의 대상이 달라진다. 용이 삼키는 것은 더 이상 사람들이 아니라 태양이며, 그는 태양을 삼키는 자이기 때문에 죽임을 당한다. 한편, 그는 때로 태양으로써 상징되기도 한다.

둘째로, 그는 지상적 물의 억류자로부터 천상적 물의 억류자로 변한다. 그는 빗물을 품은 구름을 상징한다. 용을 죽임은 비를 야기한다.

셋째로, 죽은 자들이 가는 태양의 나라라는 개념이 특히 발달한 지역, 그 개념이 사회 생활에서 중요한 역할을 하는 지역에서는, 용은 죽은 자들의 천상적 처소를 지키는 존재로 변한다. 이집트는 그 전형적인 경우를 보여준다.

끝으로, 이 전이의 네번째 결과는, 용을 둘러싼 모든 것——그리고 용 자신——이 불의 성질과 빛깔을 획득한다는 것이다. 산 자들의 왕국과 죽은 자들의 왕국간의 경계인 강은 불의 강이 된다. 호수 역시 불의 호수이며, 용 또한 그렇다.

태양을 삼키는 용의 신화가 생겨나는 상태의 한 예로서, 우리는 팔라오스 Palaos 군도에 유포되어 있는 민간 신앙을 들 수 있다. 그에 따르면 "바다 서편에 태양의 집이 있다. 그곳에 덴지 *denges* 나무(이 고장에 빽빽한 숲을 이루고 있는 나무)가 자란다. 저녁에 태양이 나무에 다가갈 때면, 나무는 매달린 열매들을 흔들어 바다에 던진다. 태양의 나라 입구를 지키는 상어들은 과일에 달려들어, 태양이 집에 돌아가기 위해 물에 잠기는 것을 보지 못한다." 우리는 여기에서 태양을 삼키는 용이라는 개념의 맹아를 보는바, 이 개념은 농경 민족들에게서야 그 궁극적 발전에 이를 것이다. 태양 신화의 주창자들은 이 개념을 매우 고대적인, 심지어 원시적인 것으로 간주하는데, 그것은 잘못이다. 수렵 민족들에게서는, 태양은 보다 축소된 역할을 한다.

이 개념은 마우이 Maoui 의 신화에서도 발견된다. 마우이는 하늘과 땅이 만나는 나라를 향해 떠난다. 거기에, 조상 할머니 히네-누이-테-포 Hine-nui-te-po 의 벌린 입이 열린다. 마우이는 그녀를 죽이려 한다. 그는 함께 간 새들에게, 그가 입 속에 들어가는 동안, 웃지 말라고 이른다. 왜냐하면, 그들이 웃지 않는다면 그녀가 죽지만, 그들이 웃는다면 그가 죽을 것이기 때문이다. 문득 작은 새 티바카바카 Tivakavaka 가 웃기 시작하여, 암용은 잠이 깨고, 마우이는 죽는다. 만일 그가 그녀를 죽

일 수 있었더라면, 사람들은 더 이상 죽음을 몰랐을 것이다.[114]

우리는 다른 곳에서 웃음의 금지를 분석한 바 있다.[115] 여기서, 우리는 두 가지 점을 강조하고자 한다. 즉, 빌린 입의 지평선으로의 이동과, 그것과 죽음의 관념과의 관계가 그것들이다. 이 경우는 물 속에 살며 지나가는 자들을 삼키는 용들에 비하면 늦지만, 태양 라 Râ 를 향해 가는 도중에 죽은 자를 삼키려 하는 이집트의 용에 비하면 이르다. 신화의 이 전이적 단계는 수렵에서 농경으로 넘어가는 경제의 일시적 성격에 대응한다.

태양을 삼키는 용의 개념은 베다 시대의 인도에 잘 나타나 있다. 거기서 용은 이중적 역할을 한다. 한편으로 그것은 강물을 막는 지상적 존재인바, 여기 대해서는 이미 문제되었으며, 이는 용의 가장 오래 된 형태이다. 다른 한편으로, 그는 천상적 존재로서 비를 막는데, 동시에 그는 태양을 삼킴으로써 태양빛도 막는다.

『리그베다』, I—32, 4 : "오 인드라여, 그대가 최초로 태어난 용을 죽였을 때, 그리하여 심술궂은 술사들의 마술을 쳐부쉈을 때, 그대는 태양과 하늘과 여명을 드러내었으며 더 이상 아무 적도 없었다." I—52, 4 : "정신의 힘으로, 백마의 도움으로, 브리트라를 죽인 후, 오 인드라여 그대는 태양을 하늘에 두어, 모두가 그것을 보게 되었다." II—19, 3 : "전능한 인드라는 물결이 일어나 요동케 하고, 바다가 출렁이게 하며, 용을 정복하고, 태양이 보이게 하였다."

이 경우들에서는, 용보다도, 용을 죽임으로써 태양을 해방하여 사람들에게 보여준 인드라가 문제되고 있다. 용의 모습은 여기서는 뒷전으로 물러나고, 용을 정복한 신이 이후로 첫째 자리를 차지하게 된다.

여기에서 한 가지 세부가 우리의 주의를 끄는바, 인드라는 말의 도움을 받아 용을 죽인다는 것이다. 인도는 옛부터 말을 키우는 나라이며, 아마도 말 조련의 본고장일 것이다. 태양을 삼키는 용의 성질은 여기서 더없이 분명하다. 용은, 드물기는 하지만, 이런 모습으로도, 러시아의 이야기에 나타난다. "이반이 살던 왕국에는 낮이 없고 밤뿐이었으니, 이는 용의 소행이었다"(Af. 75/135). "그들은 용을 죽이고 그 머리를 취하여, 용의 작은 초가집에 이르러, 그것을 부숴뜨렸다. 그러자 곧 다시금 온 나라에 광명이 퍼졌다"(동상). 용을 죽임으로써 비가 오게 한다는

---

114) Frobenius, *Weltansch.*, p. 183.
115) 프로프, 「민속문학에서의 제의적 웃음」.

생각("용을 죽인 후, 그[즉, 인드라]는 하늘로부터 단비를 보낸다")은 이야기에는 반영되지 않는다.

용이라는 인물에 일어난 변화는 전적으로 설명이 가능하다. 기술적으로 무력한 사냥꾼이 동물의 의지를 지배해야 할 필요가 있었다면, 동물을 마음대로 다스리는 사육자는 그런 필요를 모른다. 반면, 그에게는 태양과 비와 강물이 필요하다. 『리그베다』는 이러한 이해 관계의 반영이다. 이러한 고찰은, 베다의 종교를 종교의 가장 오래 된 형태로 간주하였던 신화학자들이 얼마나 틀렸는가를 보여준다. 베다 시대의 인도는 계층들과, 성직과 발달한 종교를 가진 국가이다. 이 종교는 하지만 보다 원시적이고 오래 된 개념들로부터 진화한 민중적 개념들을 반영한다.

32. 천상적 용의 파수 역할, 야쿠트족

인도에서는 용의 파수 역할은 완전히 잊혀지며, 용이란 수성적 존재일 뿐이다.

천상적 용의 파수 역할을 검토하기 위해, 우리는 인도보다 원시적인 단계에 머물러 있으며 이 천상적 파수의 매우 뚜렷한 이미지를 보여주는 민족, 즉 야쿠트족을 참고해보겠다. 야쿠트족은 사육 민족으로서, 뿔 달린 큰 가축과 말들을 키웠다. 하지만 성직은 아직 조직이 덜 되어 있으며, 문자화는 알려져 있지 않고, 신학은, 신들을 전면에 두기는 하지만 아직도 용을 배제하지 않은 채이다.

야쿠트족에게서, 용의 모습은 매우 분명하고 각별히 풍부하며 흥미롭다. 그것은 찬가가 아니라, 형식에 있어 이야기와 몹시 가까운, 설화나 신화들에 표현되어 있다. 야쿠트 신화들에서는, 두 왕국이 분명히 맞서 있으니, 용의 왕국과 사람들은 왕국이 강물로 분리되어 있다. "그는 말을 타고 한참이든 아니든 갔다. 아무튼 갑자기 그는 높고 장엄한 산을 만나 기어오르기 시작했다. 그가 하늘과 땅이 만나는 곳, 신성한(즉 인간적인) 땅과 악마적인 땅 사이의 경계가 있는 곳에 이르렀을 때, 약 십오 베르스타에는 치명적인 불이 소리내며 타오르고 있었으며, 뱀들과 벌레들이 온 땅을 덮으며 기어다니고 있었다."[116] 이 경우는, 뱀과 다른 파충류들이 단순히 하늘에 있는 것이 아니라 '신성한 땅의 경계'에 있다는 것, 즉 용이 죽은 자들의 천상적 왕국에로 옮겨지고 있다는 점에서 흥미롭다.

---

116) 『베르호얀스크 선집』, p. 180.

인도에서는 천상적 강도 불의 호수도 발견되지 않는다. 야쿠트족에게서는 그것들이 발견된다. 그들에게서 우리는, 전에는 용의 처소로 간주된 나머지 사람들이 그 옆을 지나가는 것조차 두려워했던 호수가 하늘로 옮겨지면서 태양적 색조를 띠게 되는 것을 볼 수 있다. "한참을 날아다닌 후에, 그(주인공)는 뜨거운 불의 호수 위에 이르러, 내려가 얼음 언덕 위에 있는 엑시우키우 Eksioukiou 의 둥지에 자리하였다. 얼마 후, 남쪽 하늘에는 어둡고 시끄러운 엑시우키우가 발톱에 무엇인가를 그러쥔 채 나타났다." [117)

이 용은 죽은 자들과 관계가 있다. "그가 그렇게 살던 중, 어느 날 그를 밝혀주던 하늘이 밝아지지 않고, 해가 뜨지 않았다. 겁에 질려 그가 이런저런 의문들을 생각하고 있었을 때, 갑자기, 한 살박이 송아지 네 마리는 될 악마적인 힘을 가진 무서운 회오리바람이 땅을 휩쓸었다. 회오리는 말라붙은 온 땅을 머리칼처럼 일어서게 하였고, 날개처럼 뒤엎었다. 눈비가 오기 시작하고, 폭풍우가 일어나며, 붉은 불들이 빛나기 시작하였으니, 이 무슨 불행이 덮친 것이랴. 그러더니 팔다리를 가진 것처럼 보이는 커다란 먹구름이 하늘을 향해 기어오르기 시작했다. 그러더니, 캄캄한 가운데 구름들이 찢어지며 하늘이 깨어지는 것처럼 보였다. 마치 세 원소로 된 하늘 지붕이 열리며 무엇인가가 상상할 수조차 없는 소리를 내며 바닥을 친 것과도 같은, 큰 소리가 났다(뒤이어, 철사 머리칼에 튀어나온 눈을 하고, 따르라기들과 몽둥이를 가진 괴물의 묘사가 나온다). "나는 너를 죽이러 왔다. 네가 원하든 원치 않든, 나는 너를 데려갈 테다. 내 아주머니, 태양 주인의 딸, 케갈리크 Kegallik(부드럽게 도는 여자) 무당이 너를 부른다. ……네 죽음의 말에 타고, 네 죽음의 옷을 입고, 네 죽은 자들의 양식을 먹고, 그리고 떠나자!" 주인공은 그에게 욕설을 퍼붓는다. "떠도는 구름의 가련한 흙벌레야!" 그리고는 그를 치자, 하늘이 밝아지며, 해가 나온다. 동시에, 강이 나타나고, "들판의 자리에 큰 강물이" 생긴다. [118)

여기서 우리는, 태양을 삼키는 천상적 용과, 강물의 억류자이며 사람을 죽은 자들의 왕국으로 데려가는 약탈자인 지상적 용이, 동시에 한 마리 용의 모습 속에 아주 완전한 방식으로 나타나 있는 것을 본다. 하지만, 죽은 자들의 천상적 왕국의 파수로서의 용의 모습은 아직 여기에서

---

117) *Ibid.*, p. 227.
118) *Ibid.*, p. 139 이하.

별로 발달되어 있지 않다. 죽은 자들의 천상적 왕국의 용은, 발달한 농경적 단계에서, 태양을 관찰하며 수확을 위해 그 계절적 회귀에 의존하게 될 때에, 비로소 그 전성기를 맞이한다. 이러한 조건들은 베다 시대의 인도에도, 야쿠트족에게도, 또는 아프리카의 사육 민족들에게도, 존재하지 않는다. 그것들은 고대 이집트에 존재하는바, 실제로 거기에서 우리는 용의 가장 완전한 형태를 발견한다(비를 야기하는 용을 제외한다면. ——왜냐하면 이집트에서는 수확이 비가 아니라 나일강의 계절적 범람에 달려 있으니까).

이집트의 종교에는, 물의 억류자 용이 없을 뿐 아니라, 거기에서 호수는 항상 불의 호수이다. 거기서는, 발달한 농경 민족의 특징적 개념인 태양의 적이며 죽은 자들의 왕국의 파수인 용밖에는 발견되지 않는다. 반대로, 『리그베다』에서는 용은 전적으로 수성적 존재(지상적이든 천상적이든)이며, 죽은 자들의 왕국이란 없다. 인도에는 가야 할 길도 이동도 없다. 『베다』는 사육 민족의 작품이다. 루드비히에 의하면, '날알'이라는 말조차도 『리그베다』에 나오지 않는다. 그 때문에, 거기서는 태양의 종교도 태양의 운행이나 그 회귀의 불가피함에 대한 관찰도 발견할 수 없다. 이집트의 사고 개념들이 그 일관된 정신이나 한결같음을 특징으로 갖지 않는다 하더라도, 이집트인들이 태양을, 죽은 자들의 왕국을 향해 배를 타고 내려가는 것으로 상상하였다는 것만은 말할 수 있다. 죽은 자 그 자신이 태양이 되는 것이다. 그 때문에, 태양을 삼키는 자(삼킴은 항상 위협으로 있지만, 결코 실제로 일어나지는 않는다)는 동시에 죽은 자들의 왕국에 틈입하여 죽은 자를 삼키는 자이다. 거기서도 삼킴은 위협이 되기는 하지만 실제로 일어나지는 않는다. 왜냐하면, 죽은 자는, 그의 마술적 지식의 힘 덕분에, 용 아포피 Apopi 를 이기고 그를 쳐부순 후, 복 있는 자들의 왕국에 들어가기 때문이다.

33. 이집트에서의 용

용과의 싸움의 모든 변이체들(원시인들, 『리그베다』, 그리스, 이집트, 중국 등에서의) 중에서, 내용에 있어서나 세부들에 있어서나 러시아의 이야기와 가장 유사한 것은 『사자의 서』에 묘사된 바와 같은 이집트의 변이체이다(말의 에피소드만을 제외하고). 이는 이집트가 러시아 이야기의 본고장이라거나 이 모티프가 이집트에서 나온 것이라는 의미는 결코 아니다. 이는 전혀 다른 사실, 즉 이야기는 신화의 동일한 뒤늦은 농경적 개넘을 반영함을 의미한다. 그것은, 한편으로는 그 이후에 일반적 성격아 개인화에 양보하는 수많은 다양하고 지역적인 예배들(예컨대, 그리스에서 는 히드라, 고르곤 la Gorgone, 메두사 la Méduse, 피톤 le Python, 레르나의 용, 라돈 Ladôn, 케르베로스 등등)에로의 해체가 시작되고, 다른 한편으로는 그 이후에, 화석화, 보다 정확히는 형해화가 일어나고, 수세기에 걸쳐 요지부동인 이 해골이 생겨나, 전혀 다른 차원, 즉 이야기의 차원에서 새로운 산 형성의 골격으로 쓰이게 되는 단계이다. 이러한 견지에서, 우리는 이집트의 자료들을 좀더 살펴보자.

『사자의 서』에서 용과 싸우는 것은 주로 태양신 라이다. 매일 길에서 그는 아포피를 만나 그를 이긴다. 싸움 그 자체는 묘사되지 않으며, 반면 용에 대한 승리와 용의 파괴가 노래된다. 『사자의 서』 제39장에는 이렇게 씌어 있다. "그[라]는 네 머리를 꿰뚫었고, 그는 네 얼굴을 갈랐고, 그는 네 머리를 둘로 쪼갰다. 그것들은 길 양쪽에 떨어졌다. 네 뼈들은 산산이 부서지고, 네 사지들은 뿔뿔이 널려 있다." 승리는, 보통 『아포피 패배의 서』라고 불리우는 우주 진화론적 텍스트에 더 자세히 묘사되어 있다. 세계와 신들의 창조가 묘사된 후, 이런 대목이 나온다. [119]

> 나는 그들을(즉 신들을) 보냈다,
> 내 사지로부터 태어난 자들을
> 그들이 잔인한 원수를 이기도록.
> 그, 아포피는, 불꽃 속에 넘어진다,
> 그의 머리에 칼이 박히고,
> 그의 귀는 베였으며,
> 그의 이름은 더는 지상에 존재치 않는다.
> 나는 그에게 상처를 입히라고 명령했다(?)*)
> 나는 그의 뼈들을 불태웠고,
> 나는, 매일, 그의 영혼을 파괴했고,
> [누락]
> 나는 그의 사지들을 잘랐고,
> 나는 그의 다리들을……
> 나는 그의 손들을 베었고,
> 나는 그의 입과 입술들을 닫았고,

---

119) Gressmann, *Altorientalische Texte*, p. 101.
*) 괄호 안 물음표는 원문 그대로임. [역주]

나는 그의 이들을 부쉈고,
나는 그의 아가리 속의 혀를 잘랐고,
나는 그에게서 말하는 것을 빼앗고,
나는 그에게서 보는 것을 빼앗고,
나는 그에게서 듣는 것을 빼앗고,
나는 그에게서 심장을 꺼내버렸다.
그의 이름은 지워졌다.

이 파피루스는, 죽은 자를 그가 도중에 만날 수 있는 아포피나 다른 마귀들로부터 보호하기 위해, 그의 손에 쥐어졌다. 『사자의 서』에서, '나'란, 라뿐 아니라 오시리스이기도 하며, 죽은 자와 동일시한다.

제17장 : "오, 라……, 그대 승리자여, 서기 네브새니 Nebseni(죽 죽은 자)를, 개의 얼굴과 인간의 눈썹을 가진 신들로부터 구해다오. 그들은 시체를 먹고 살며, 불의 호수 가까이에서 파수를 서면서, 죽은 자들의 몸을 찢어 그들의 심장을 먹고 찌꺼기를 내뱉는데, 그들 자신은 보이지 않는 존재들이다." 여기에 또 불의 호수와 삼킴 · 토함이 나온다. 죽은 자가, 『사자의 서』가 그에게 주는 마술적 지식으로 무장하고 있지 않을 경우, 그 모든 것이 그에게 닥친다. 여기서 또 우리는 삼킴이라는 개념이 물질화되기 시작하는 것을 본다. 여기서 개-용들은 마치 케르베로스처럼, 시체를 먹고 산다. 『아포피 패배의 서』에는 또한 잘린 혀가 언급되어 있다. 하지만 잘린 혀는, 러시아의 이야기에서처럼 진짜 주인공을 가짜와 구별하는 데에 쓰이지는 않는다. 그것은 뽑힌 눈이나 심장과 함께 언급된 것으로, 이러한 신체 기관들(이집트에서는 특히 눈)은 영혼이 머무는 곳으로 간주되었었다. 혀와 눈들이 뽑히지 않는 한, 용은 죽임당한 것으로 간주될 수 없다. 그 때문에, 고약한 계모는 의붓딸을 죽이게 보내면서, 그녀가 정말로 죽었다는 증거로서 眼生死의 눈과 혀를 요구하는 것이다. 용과의 싸움을 묘사하는 이야기들에서 잘린 혀는 죽음의 증거로부터 영웅추의의 증거로 변한다.

『사자의 서』에서 몇 가지 인용을 더 해보자. "너의 원수, 뱀은, 불에 떨어졌다. 원수 용 셀로 Selau 는 납작하게 떨어졌다. 그의 팔들은 사슬로 묶이고, 라는 그의 다리들을 잘랐다"(『사자의 서』, 제5장). "내 마음이 원하는 대로, 나는 불의 호수 앞을 지나며, 불을 껐다"(제22장). 제108장은 특별히 흥미롭다. "이 산의 꼭대기에는 길이가 서른 자나 되는 뱀이 있다. 처음 여덟 자는 부싯돌과 빛나는 금속편들로 덮여 있다. 오시리스-누, 승리자는, 산에 사는 이 뱀의 이름을 안다. '자기 불꽃 속에 사는 자'가 그 이름이다. 이제 라는 멈추어, 그를 본다. 라의 배는 멈추어, 배에 탄 자에게는 물리칠 수 없는 졸음이 엄습한다. 그는 일곱 자의 물을 퍼마신다. 그리고는 그는 수티 Suti 에게 쇠작살을 쏘아 물러서게 한다. 그리하여 그는 그가 잡아먹은 모든 것을 토해내게 되었고, 그리하여 셋 Seth 은 벌받게 되었다."

민속문학자에게는 이 대문이 특히 그 졸음에 대한 언급 때문에 흥미롭다. 앞서 인용되었던 자료들에는 아무데도 이 세부가 없었다. 이야기에서는, 싸움 전에 주인공에게 엄습하는 졸음이란 마법이며, 주인공이 굴복해서는 안 되는 유혹이다. 그가 야가의 집에 갔을 때도, 그는 잠들어서는 안 된다. 그러나, 용과의 싸움에서 졸음은 전혀 다른 의미, 반대의 의미를 갖는다. 앞서 보았듯이, 싸움 전에 주인공이 왕녀와 얘기를 나눌 때는, 그는 그녀의 무릎에 머리를 벤다. 그는 싸움 전에 자며, 이 잠을 형용하기 위해, 특별한 말이 생겼으니, 그의 잠은 '용사의 잠'이다. 이 경우 왕녀는 그를 깨우는 데에 몹시 애를 먹는다.

삼킴과 토함으로 말할 것 같으면, 이집트 학자는 이집트에서의 이 모티프에 대해 더 자세한 분석을 할 수도 있겠지만, 민속문학자에게 있어 그것은 신화의 더 오래고 원시적인 형태의 잔존이다.

용과 그의 죽음에 관한 이 모든 세부들(그의 불의 성격, 불의 호수, 새로 온 자를 삼키려는 시도, 그의 몸뚱어리 각 부분의 꼼꼼한 파괴, 잘린 혀라는 세부, 졸음이라는 세부), 이 모든 특색들은 우리로 하여금, 이야기의 용은, 러시아의 이야기에서 발달한 농경 국가들의 개념, 즉 죽은 자들의 왕국의 파수 또는 '죽은 자들을 먹는 자'로서의 용이라는 개념과 유사한 개념들의 단계에 이르렀다고 한다. 이는 죽은 자의 편력의 마지막 단계로서, 그 이후에 그는 영원한 복락에 이르는 것이다.

34. 영혼의 무게 달기

여기에서 삼킴은 끔찍하고 혐오스러운 행위로 변해 있다. 하지만 그뿐이 아니다. 그것은 처벌이 되어 있으니, 다시 말해서, 모티프 전체가 윤리적 색채를 띠는 것이다. 삼킴(그것이 일어날 때에는, 왜냐하면 대개는 모면되니까)은 심판에 의해 선행되는바, 이 세부 또한 이야기에 보존되어 있다. [120] "유죄 판결을 받은 자들은 즉시로 죽은 자들을 잡아먹는 자에게

---

120) Budge, *The Book of the Dead*, I, p. 21.

먹이로 던져져, 존재하기를 그쳤다"고 버지는 말한다. 괴물과의 싸움과 삼킴에 선행하는 심판 사이에는 모순이 있는 것으로 보일 것이다. 하지만 이런 부류의 모순들은 이집트적 사고에 별로 지장이 되지 않는다. 재판정과 심판은, 모레에 의하면 제 6 왕조부터 발견되는 새로운 요소이며, [121] 반면에 싸움은 더 오래 된 것이다. 이 두 가지 개념들은 그러나 평화롭게 공존한다. '산 자들을 삼키는 자'는 때로 앞쪽은 악어이고 뒤쪽은 하마이며 가운데는 사자인, 합성적 존재로 묘사된다. 또한, 그는 혼히 개로 나타난다. 심판은 저울 위에 무게를 달아보는 것이었다. 한쪽 접시에는 죽은 자의 심장, 즉 그의 양심이 놓여졌는데, 그것은 가볍거나 죄로 인해 무겁거나 하였다. 다른 접시에는, 마아트 Maât 여신의 조상(彫像)의 형태 또는 그 여신의 상형인 깃털의 형태로, 진실이 놓여졌다. 그러므로, 심장이 놓인 접시가 내려가면 죽음을, 그것이 올라가거나 평형을 이루면 사면을 의미하였다.

영혼의 무게 달기를 보존하고 있는 러시아의 이야기는 단 한 편밖에 없다. 그것은 『마녀와 해누이』(Af. 93/50)이다. 이반의 누이는 마녀이며 주위의 모든 사람을 잡아먹는다. 그는 그녀를 피해 달아나 해누이의 집에 이른다. "그는 해누이의 높은 궁전에 도달하여 불렀다. '해야, 해야! 창문을 열어다오!' 해누이는 창문을 열었고, 이반 왕자는 말을 탄 채로 단숨에 창문을 뛰어넘었다. 마녀는 자기 동생을 요구하기 시작했으나, 해누이는 그를 그녀에게 돌려주기를 거부한다. 그러자 마녀가 이렇게 말한다. '우리 둘을 같은 저울에 달아 누가 이기는가 보자! 내가 이기면, 그를 잡아먹고, 그가 이기면 그가 나를 죽이기로!' 그렇게 하였다. 이반 왕자가 먼저 한쪽 접시에 올라갔다. 마녀가 다른 쪽 접시에 발을 올리자, 이반 왕자는 하도 높이 튕겨올려져서, 그는 곧장 하늘로, 해누이의 궁전으로 갔다. 마녀는 땅 위에 남았다." 여기에는 가벼운 무게가 승리를 주며, 무거운 무게는 잡아먹힘에 이른다는 개념까지도 보존되어 있다. 또한, 주인공이 도달하는 왕국이 태양의 왕국이라는 개념도 보존되어 있다. 단지, 이 모든 사건들이 죽은 자가 태양의 왕국에 들어가기 전에 일어난다는 사실만이 사라졌다.

35. 용과 출생과의 관계

이야기를 연구하면서, 우리는 용이 주인공 및 그의 출생과 미리 예정

---

121) "Verwandtschaftsprobe," *ibid.*, p. 101.

된 방식으로 관련되어 있다는 것, 다시 말해서 주인공과 용 사이에는 출생의 연관이 존재한다는 것을 보았다. 이것은 러시아의 이야기에서, 분명한 말로 표현되어 있지는 않지만, '적수'의 모티프를 통해 잘 드러난다. 용은, 아직 주인공을 본 적도 없으면서도, 그의 존재를 알고 있고, 나아가 그가 그의 손에 죽으리라는 것도 안다. 인도의 한 이야기에는, 이 연관이 더 분명히 표현되어 있다. "지옥에는 용들의 왕 바이싱기 Vaisiñgi 가, 하늘에는 인드라 왕이, 지상에는 도비샨드 Dhobichand 왕이 태어났다."[122]

이러한 관계 또한 설명되어야——설명이 어렵기는 하지만——하겠다. 여기에서는 가설들밖에 말할 수 없다.

용이 죽음과 관련되어 있다는 것은 인용된 자료들로부터 쉽게 도출되는 사실이다. 하지만 그는 출생과도 관계가 있다. 몇 가지 예들을 검토해보자. 마우이의 신화에서는 주인공-신이 자신의 출생을 이렇게 얘기한다. "나는 내가 달이 못 차서, 바닷가에서 태어났다는 것을 안다. 당신(자신의 어머니를 가리킴)은 나를 당신의 긴 머릿단——그러기 위해 일부러 자른——으로 싸서, 바다의 파도에 던졌다. 거기에서, 해초가 그 긴 줄기들로 나를 감쌌고, 나에게 형태를 부여했다. 상냥한 물고기들이 나를 둘러싸고 보호하였다. 파리들의 떼거리가 내 주위를 맴돌며, 내 위에 알을 낳았고, 새떼가 나를 쪼으려 내 주위에 몰려들었다. 그때에 나의 먼 선조인 타마-누이-키-테-랑기 Tama-nui-ki-te-Rangi 가, 파리와 새들을 알아보고 나타났다. 노인은 가능한 한 가까이 다가와, 물고기들을 헤치고, 인간 존재를 발견하였다."[123]

이 신화는 삼킴과 토함의 신화에 극히 명백한 방식으로 관련된다. 위에서 검토된 예들과의 차이는, 주인공이 물고기 뱃속에 있는 대신 물고기들에 둘러싸여 있다는 데에서 온다. 그 밖에도 이 예는 주인공의 출생이 그가 물고기로부터 나오는 것과 동일시되고 있다는 데서 다르다. 이 예는, 뱀·물고기 등에 의해 싸이는 것이 물고기 속에서의 체류의 뒤늦은 형태임을 보여준다.

이러한 비교와 설명은 퀴스터, 카루친 등등에 의해 제안된 설명보다는 더 진실임직하다. 이들이 보기에는, 용은 여기서 물어도 해를 끼치지 않는 토템적 동물이라고 한다. 뱀들을 아이들 위에 올려놓곤 하였다.

---

122) 미나예프, 『인도 민담』, p. 126(p. 118도).
123) Frobenius, *Das Zeitalter des Sonnengottes*, p. 67.

"만일 뱀들이 그들을 물지 않거나 물어도 그들이 죽지 않을 때는, 이 아이들은 진짜로 인정되었다."[124]

용은 여기서 물질적 원칙, 배[腹]를 나타낸다. 제의에서는 뱀의 배에서 나오는 것이 제2의 출생, 보다 구체적으로는 주인공(영웅)의 출생으로 간주됨을 잊지 말자. 우리는 이것이 나중에 어떻게 물에 던져진 통이나 상자로 대치되는가를 보았다. 그러니까, 이 개념들도 용에 의한 출생과 똑같이 연관되며, 용과의 싸움의 전계열과 같은 기원을 갖는 것이다. 변천의 단계들은 다음과 같은 방식으로 도식화될 수 있다. 즉, 용에서 태어난(즉, 그를 관통한) 자가 주인공(영웅)이다. 그리고, 그 다음 단계는 주인공이 용을 죽인다는 것이다. 이 두 시점의 역사적 접속으로부터, 용에서 태어난 자가 용을 죽이게 된다. 하지만 뱀은 또한 아버지나 선조로도 나타날 수 있으며, 이러한 개념은, 물론 더 나중의 것이다. 이 경우에는 용이 남근적 상징이 된다. 그는 부계적 원칙을 나타내며, 일정 시간 후에는, 선조가 된다. 이러한 개념은 아프리카에는 매우 유포된 것으로 보이며, 이 주제에 관한 많은 자료들이 아프리카에서 수집되었다. 우보 Ouvo 어를 말하는 민족들에게서는, 만일 뱀이 여자에게 가까이 간다면 그것은 그녀가 임신했음을 의미한다고 생각된다. 불임의 여자들은 아이를 갖기 위해 뱀들에게 간구한다 등등. 만일 임신한 여자가 뱀이나 수성적 정령의 꿈을 꾼다면, 그녀는 아이가 그 정령의 화신이 되리라고 생각한다. "그들은 뱀의 성질을 갖는다고 추정되며, 그들은 수성적 정령의 화신으로 간주된다."[125] 여기에는, 뱀에서 태어난 자가 뱀의 성질과 힘을 갖는다는 관념이 이미 분명히 나타나 있다.

고대 그리스에서는, 케크로프스 Cécrops 가 이러한 뱀-조상들 중의 하나이다. 그는 반은 인간, 반은 뱀이나 용으로 이루어진 것으로 상상된다. 하지만 퀴스터가 입증하는 대로 민간 신앙에서는, 그는 진짜 뱀의 모습을 가지고 있었다.

테베의 창건자인 카드모스 Cadmos 와 그의 아내 하모니아 Harmonie 는, 생애의 마지막에, 뱀-용으로 변하였다. 어떤 자료들에 따르면 하모니아는 케크로프스가 죽인 용의 딸이었다고 한다.[126]

하지만 용에서 태어난 자가 용이거나 용이 된다면, 그리고 용에서 태

124) "Verwandtschaftsprobe," *ibid.*, p. 101.
125) Hambly, *Serpent Worship*, p. 23.
126) Frazer, *The Dying God*, p. 105.

어난 자가 용을 죽인다면, 우리는 여기에서 '숙명적 적수'의 수수께끼에 대한 해답을 찾을 수 있지 않을까? 만일 용이 용을 이긴다면, 그것은 역사적으로, 그가 용이기 때문, 또는 용에서 태어난, 즉 용으로부터 나온 자이기 때문이 아닐까? 이집트 신화에서, 용이 사는 섬이 분신 *le double**의 섬이라고 불리우는 것은 분명 우연이 아니다. 이야기의 용이 두려워하는 것도 그의 분신이 아닐까?

이 질문에 대답하기 위해서, 우리는 용이 용에게 죽임을 당하는 경우들을 검토해보겠다.

36. 용이 용에게 죽임을 당함

우리는 이미, 뱀의 허리띠를 두르고 용의 뱃속에 들어간 소녀가 용을 정복하는 경우를 보았다. 이 허리띠가 괴물을 깨우고 죽인다. 하지만, 당연히 용이 용에게 죽임을 당하는 분명한 경우들은 나중 시대, 삼키는 용이 끔찍한 존재로 변형된 시대, 하지만 아직 힘과 권능을 주는 용도 잊혀지지는 않은 시대의 소산이다. 이집트는 이런 유형의 자료들을 제공해준다. 『사자의 서』 제32장의 제목은 '지옥으로부터 마술적인 말들을 가져가기 위해 나타나는 악어에 대한 승리의 장'이다. 나는 이야기의 전문가에게 특히 흥미로운 대목들만을 인용해보겠다. "물러나라, 오 서방에 사는 악어여. 왜냐하면 용 와안 Waan 이 내 뱃속에 있으니, 그는 너를 내게 넘길 것이다. 네 불꽃이 내게 튀지 않기를. 내 얼굴은 드러나 있고, 내 심장은 제자리에 있으며, 나는 나날이 뱀이 있는 관을 쓰고 다닌다. 나는 나, 자신의 수호자이며, 아무것도 나를 땅에 엎지 못할 것이다."

그러니까 대체 무엇이 용으로부터 자신을 보호하는 데에 소용되는가? 죽은 자는 용에게 한편으로는, 자기 뱃속에 용 와안이 있다는 것을, 다른 한편으로는 뱀이 있는 관을 쓰고 있어 그것이 보호가 된다는 것을 경고한다. 환언하면, 용은 자기 족속에게 죽임을 당하는 것이다. 이러한 사고 개념은 이집트에는 매우 유포되어 있었으며, 이집트 밖에서도 아마 그랬을 것이다. 성경에서도, 모세가 유대 백성을 용들로부터 보호하기 위해 놋쇠로 된 용을 들어보이라고 명한다는 것을 상기하자(모세서 제4권, 21장 8절).** 그러니까 용에 대해 보호로 쓰이는 것은 용임이 드

---

*) 여기서 '분신'이란 'alter ego'의 의미. 〔역주〕
**) 모세서 제4권이란 모세 5경 중의 네번째 책에 해당하는 민수기를 가리킨다. 여기서

러난다. 파라오의 왕관에는 뱀이 새겨져 있었다. "신성한 뱀, 태양의 파수가, 그의 지상적 화신인 파라오의 이마에 있다. 그는 그의 적들을 불꽃으로 사른다."[127] 투라예프가 입증하였듯이, 이집트의 상고 시대에는, "자연에 대한 시적 개념들이 발달하여, 신화의 원천이 되었다. 태양은 신적인 눈이며, 구름과 안개와 소나기, 밤의 어둠은 그의 적들이다. 하늘이 어두워지면, 태양은 멀어져가서, 빛의 신이 그들을 쫓아버려야만 돌아온다. 태양 그 자신은 신의 이마에서 불을 뱉으며 그들을 쫓는 뱀으로 변한다." 투라예프가 말하는 '그들'이란 어둠·안개·소나기 등 태양의 적들이다. 하지만 우리가 이미 알거니와 태양의 으뜸가는 적은 아포피이며, 바로 그가 다른 용에 의해 정복되는 것이다. 그러므로, 두 용 사이의 싸움의 예들이 있음에 틀림없다고 결론지을 수 있다. 그리고 실제로 그런 예들이 발견된다. 『저세상에 존재하는 자에 관한 책』[128]은 씌어진 자료로서는 상당히 나중이지만 내용으로서는 매우 오랜 것인데, 거기에 라의 배가 무덤 저편의 세계를, 땅의 다른 쪽을, 해 지는 곳부터 해 뜨는 곳까지, 여행하는 것이 자세히 묘사되어 있다. 그의 전여행은 책 전체와 마찬가지로, 밤의 시간들에 해당하는 열두 부분들로 구성되어 있다. "자정에 길은 동방으로 돌아 오시리스-뷔지리스 Busiris 와 멘데스 Mendès 의 신성한 옛 섬들 앞을, 오시리스의 섬들, 오시리스의 조상(彫像)이 있는 신성한 사원과 '선물의 밭' 앞을 지난다. 거기에 왕들의 미이라와 복있는 죽은 자들이 있다. 라는 그들에게 인사하고, 그와 함께 아포피를 쳐부수자고 부른다. 아포피는 이미 다음 시간의 모든 물을 삼켜버려 라 신의 전진을 어렵게 하며, 사백오십 자를 그 또아리로 채웠다. 나의 힘은 그와 겨루기에 충분치 못하므로, 용 메켄 Mekhen 이 그를 도우러 온다. 그는 또아리를 틀어 자기 둘레에 일종의 신전 ναόσ 을 만든다. 이지스와 다른 여신들은, 주문을 외워, 아포피를 결박하고 모욕을 준다."[129]

투라예프는 이 책의 내용이, 그 자신의 용어를 빌면, "이집트 승려 계급의 병적인 상상력의 산물"이라고 생각하는 경향이 있다. 그러한 이해는 반(反)역사적이다. 『사자의 서』는 온통 아포피에 대한 저주들로 가득차 있는 반면, 유익을 주는 용에 대한 보다 오래 된 개념들(우리가 보았

<hr>

용이라는 것은 성경에서는 '불뱀'(붙어로는 le Serpent brûlant)이다. [역주]
127) 투라예프, 『이집트 문학』, p. 41.
128) *Ibid.*, pp. 186 이하.
129) *Ibid.*, p. 188.

358

던 대로, 용에 대한 개념들의 전계열의 기원에 있는 개념들)은 민중 속에서 완전히 종식되지 않고, 귀족과 승려 계급의 공식적 종교에도 불구하고 존속하였을 수도 있다. 그리고 이러한 개념들이 고약한 아포피의 개념들을 덮었을 수도 있다. 쇠퇴하는 신학은 여기에서 민중적 개념들로부터 차용을 하여 그것들을 전범화하였다. 유익한 용에 대한 가르침이 다시금 호의를 얻었을 수도 있다. 뱀을 지고의 신성의 반열에 올려놓았던 오피트 les Ophites 교파에서는 이러한 가르침이 주후 6세기까지도 존속하였음을 잊지 말자.

보다 옛날의 유익한 삼키는 용과 보다 근래의 무서운 삼키는 용이 여기서는 적들로서 마주하고 있다. 라는, 용의 으뜸가는 적수로서, 용을 꿰뚫고 지나간다. 이미 인용되었던 『저세상에 존재하는 자에 대한 책』에서, 라는 배를 타고 지옥에 거처한다. "배의 닻줄이 용으로 변하여 배를 다시금 빛으로 끌고 온다. 배는 천삼백 자나 되는 용의 몸을 꿰뚫고 지나는바, 이는 재생의 상징이다. 라는 용의 아가리로부터, 처음의 형태가 아니라 스카랍의 형태로 나온다."[130]

하지만 이 모든 자료들은 이야기에 적용되는가? 이야기의 이반이 용을 죽이는 것은 그가 용을 관통했기 때문, 용이 그에게서 자신의 분신을 보기 때문이라고 단언할 수 있는가? 이 점은 어디서도 직접적으로 나타나지 않는다. 러시아의 이야기는 용에 의한 출생도, 유익으로서의 용에 의한 삼킴도 보존하지 않았다. 그것은 다른 형태, 물고기에 의한 출생을 보존하였다. 그런데, 실제로 물고기에서 태어나는 것은 대개는 용을 쳐부수는 것에로 이어짐을 관찰할 수 있다. 물고기 속에서의 체류가 어느 정도로 용 속에서의 체류와 가까운지는 위에서 보았다. 그러니까 직접적인 단서들은 없다 할지라도, 우리의 고찰들을 확증해주는 간접적 단서들은 존재한다. 그런가 하면, 용이 그 자신의 손에밖에 죽을 수 없다는 이야기도 있다. 의례적인 표현, 보통 "나는 이반의 손에밖에 죽을 수 없다"로 요약되는 표현은, "나는 내 자신의 손에 죽을 수밖에 없다"로 바뀌는바, 이는 우리의 말을 확증해준다. 이런 예가 프스코프 Pskov 지방의 한 이야기(Sm. III)에서 발견된다. 주인공은, 숲속을 거닐다가, 거기서 머리가 열둘 달린 용을 만나는데, 그 중 여섯은 잠들어 있고, 다른 여섯은 깨어 있다. "용은 몸을 일으켰다. 그는 하도 무시무시하여, 그의 이빨을 벗어나기란 불가능해보였다. 그는 하도 엄청나

---

130) *Ibid.*, pp. 188 이하.

서, 그 어떤 힘도 그를 이길 수 없었으며, 그 자신만이 자신에게 죽음을 줄 수 있었다."

이 대목은, 처음 보기에는 아주 이상하지만, 이미 인용된 자료들에서 그 설명을 발견한다. 용은 용에게밖에, 이 경우에는, 자기 자신에게밖에, 죽임을 당할 수 없다. 용은 그러므로 자살하는 것이다. "그는 발톱들을 자기 가슴에 하도 세게 처박아서, 둘로 찢어져 울부짖으며 땅 위에 쓰러져 죽었다"(Sm. III). 이처럼, 러시아의 이야기에도 용이 용에게 죽임을 당하는 것이 나오며, 특히 용 그 자신에 의한 죽음이므로, 매우 흥미롭고 의미심장한 형태를 띠고 있다. 정복자와 정복당하는 자인 두 마리 용이 여기서는 단 하나로 합쳐지는바, 이는 그 당시 이야기에서 용이 워낙 적대적인 존재였으므로, 이집트에서처럼 용의 정복자라는 영웅적 역할을 떠맡는 또 다른 용이란 있을 수 없었기 때문이다. 하지만 그렇게 해서 우리는 왜 용이 자신의 적과 자신의 정복자를 아는가를 이해하게 된다. 용의 정복자란 용에게서 태어난 자이며, 그만이 용의 적수가 되어 그를 이길 수 있는 것이다.

37. 결 론

우리의 분석은 마지막에 이르렀다. 일반적 결론을 끌어내기란 쉽지 않다. 용이란 극히 복잡한 현상이다. 그것을 단일한 설명에로 환원시키려는 모든 시도들은 실패하게 마련인바, 일반적 결론이란 다양성을 단일성에로 환원하는 것을 목적으로 하는 만큼, 현상의 본질을 왜곡할 수밖에 없다.

최상의 증명, 최상의 논증은 자료에 의한 논증이다. 이러한 관점에서 방대한 작업이 아직도 필요하다. 이른바 야만적이라거나 비문명적이라는 이 민족들의 선집들 속에는 아직도 자고 있는 자료들이 그렇게도 많다! 하지만 아주 원시적인 문화들의 연구는 아직 아무에 의해서도 시작되지 않았다. 그런데, 수수께끼의 열쇠는 거기에서 찾아야 하며, 이는 여러 해의 탐구를 요하는 작업이다.

이 모든 것 때문에 우리의 결론은 무엇보다도 방법론적인 것이 될 터이다. 즉, 이 현상은 정적으로가 아니라 역동적으로 연구되어야 한다는 것이다. 민속문학은 경제나 사회 체제와 분리된 것으로서가 아니라, 거기에서 파생되는 것으로서 연구되어야 한다. 이러한 방향으로 노력이 이루어졌으며, 몇몇 결과들이 얻어지기도 하였다. 프레이저처럼, 고유한 의미에서의 연구에 대해서나 결과들에 대해서나, 기초가 불안정하다고 불평하기란 더는 불가능할 것이다. 우리에게는, 용이란 태양도 식물적 존재도 아니며, 일반적으로, 그것은 아무것도 '의미하지' 않는다. 그것은 그 기능들과 형식들이 변천해온 역사적 현상이다. 사용된 방법들은 우리로 하여금 그 역사적 변천을 제의로부터 출발하여 추적해보게 되었던바, 제의에서 그것은 부족 체제의 사회적 제도들 및 경제적 이해 관계와 견고히 연관되며, 유익한 자─삼키는 자로 나타났었다.

우리는 해상 여행과 농경──땅과 해에 관련된──이라는 경제적 제도에로의 진입이 용의 양상과 기능을 어떻게 변화시키는가를 이러한 요인들의 영향하에서 그것이 어떻게 수성적·지하적·천상적 존재가 되는가를, 그리고 인도와 이집트의 국가 종교에서 그것이 어떻게 새로운 신성들, 새로운 문화를 가진 인간의 이해 관계와 요구들에 따라 자연의 힘들을 다스리는 신성들에 의해 전복되는가를 살펴보았다.

우리는 또한, 그것이 죽음에 대한 개념들──이집트에서는 그처럼 풍부한 형식들을 취하였던──과 갖는 관계가 얼마나 견고한가도 보았다.

이야기는 가장 오랜 형식들(용 덕분에 새들의 말을 이해하게 된다든가)로부터, 중간적 형식들(용의 뱃속에서 머나먼 나라들로 옮겨진다든가)을 거쳐, 나중의 형식들(말과 칼을 가지고서 용과 싸운다는)에 이르기까지, 이러한 변천의 모든 단계들을 반영한다.

이야기는 또한, 용의 변천의 몇몇 다른 특색들, 예컨대 삼키는 자의 벌린 아가리 앞에서의 심판의 개념 같은 것도 보존하였다. 용의 잘린 혀 같은, 어떤 세부들에 있어서는 의미가 변하기도 하였으나 일반적으로 이야기는 유익한 용으로부터 그 반대에로의 변화의 전과정을, 매우 정확한 방식으로 보존하였다. 다시금, 이야기는, 이미 오래 전에 우리의 의식에서 사라진 문화적 현상들의 보고로서, 매우 소중한 원천임이 드러난다.

제 8 장
아홉의 세곱절 나라들 너머

I. 이야기의 열의 세곱절째 왕국

1. 위   치

주인공이 다다르는 왕국은 그의 아버지의 집으로부터 뚫고 들어갈 수 없는 숲, 바다나 호수, 용이 지키는 다리가 있는 불의 강, 또는 주인공이 내려가든가 떨어지든가 하는 구렁이나 협곡 등에 의해 분리되어 있다. 그것이 '열의 세곱절째' 왕국, '다른' 왕국, 또는 '아무도 본 적이 없는' 왕국이다. 도도하고 거만한 왕녀가 그곳에 군림하며, 용도 그곳에 산다. 그곳으로 주인공은 사라진 미녀나 요술적인 물건들——영원한 젊음과 건강을 주는, 젊음의 사과들, 치유와 생명의 물——을 찾으러 간다.

이 왕국에 어떻게 가는지에 대해서는 이미 말한 바 있다. 이제 왕국 그 자체에 접근해보자. 우리는 이야기가 거기 대해 어떤 조망을 열어주는가를 보게 될 것이며, 그리고 나서야 우리의 지평을 넓혀보기로 하겠다.

하지만 우리가 이 왕국의 연구에 착수하려 하자마자, 우리는 그것이 아무런 외적 단일성도 갖고 있지 않다는 것을 깨닫게 된다. 그러므로 거기 대해 단일한 도면을 그려보이기란 불가능하며, 몇 가지 개별적인 스케치를 해볼 수밖에 없다. 그것은 무엇보다도 먼저 이 왕국의 위치에 관한 것이다.

때로, 이 왕국은 치하적이다. "시간은 빠르건 느리건 지나갔고, 아무튼 이반은 지하에로의 입구를 발견했다. 그는 그리로 들어가 깊은 심연에 이르렀으며 저 아래 왕국에 도착하였다. 거기에는 머리가 여섯 달린 용이 군림하고 있었다. 거기에서 그는 흰 돌로 된 커다란 방들을 발견하고는 그리로 들어갔다"(Af. 130b/237).

하지만 이 왕국에는 특별히 지하적이라 할 만한 것이 아무것도 없다. 보통 그곳은 전혀 어둡지 않으며, 모든 것이 집에서와 매우 비슷하다. "그들은 한참이건 아니건 걸어갔다. 아무튼 갑자기 빛줄기가 솟아나더니 점점 커졌다. 곧 그들은 빛나는 하늘 아래 너른 들판으로 나가게 되었다. 이 들판에는 훌륭한 궁전이 서 있었으며, 거기에는 저 아래 왕국의 짜르인 아름다운 소녀의 아버지가 살고 있었다"(Af. 112b/191).

그런가 하면, 그것은 산꼭대기에 위치할 수도 있다. "문득, 배는 공중으로 떠올라, 쏜살같이 그들을 높은 바위산 꼭대기로 실어갔다"(Af. 78/138). 또는, "그들은 곰의 왕 위에 올라탔다. 곰은 그들을 하늘에 닿을 정도로 높고 깎아지른 산들을 향해 실어갔다. 그 고장은 황폐하였으며, 아무도 거기에 살고 있지 않았다"(Af. 117/201). 특별하고 아주 흥미로운 경우는 『수정산』이야기에 나온다. "……그리하여 그는 열의 세곱절째 왕국까지 날아갔다. 그런데, 그 왕국은 반 이상이 수정산 속에 있었다." "그들은 말을 타고 가고 또 가서 마침내 도착하였다. 그의 앞에는 유리산이 서 있었다(Z.P. 59), "거기에 수정산이 있었다"(Z.V. 3).

끝으로, 그것은 물 밑에 있을 수도 있다. "그래서, 이반 왕자는 물 밑의 왕국을 향해 떠났다. 거기서는 모든 것이 우리가 있는 여기서와 같다. 빛도 같고, 밭들과 풀밭들, 푸른 수풀들과 빛나는 태양이 있다"(Af. 125d/222). 때로는 키테쥬 Kitège 도시의 전설에서처럼, 호수의 물에 덮인 도시들이 언급되기도 한다.

그 위치와는 상관 없이 이 왕국에는 때로 아름다운 초원들이 나타난다. "새는 푸르른 초원, 부드러운 풀들과 찬란한 꽃들 가운데로 나아가, 내려앉았다"(Af. 93b/157). 하지만, 이 왕국에는 자연이 아무리 아름답다 해도, 결코 밀이삭이 물결치는 경작지나 숲은 없다는 사실에 주목해 두자.

반면, 그곳에는 정원들, 열매맺는 나무들이 있다. 흔히, 그 정원들은 섬에 있다. "그들은 매우 아름다운 섬에 있었다. 그곳에는 희귀한 나무들이 많이 있었고, 하나같이 열매맺고 있었다"(Af. 100a/165), "그들은 섬으로 기어올라갔다. 그곳에는 온갖 과실들과 초목들과 꽃들이 있었다"(Khoud. 41). 젊음의 사과에 대한 이야기들에는, 거의 항상 정원들이 있다.

이제까지, 우리는 열의 세곱절째 왕국에서 건물을 보지 못했다. 이 부재는 때로 강조된다. "그들은 걸어서도 말타고서도 오를 수 없는 산에 이르렀다. 그 위에는 민둥산뿐, 집 한 채 없었다"(Khoud. 82). 하지만,.
열의 세곱절째 왕국에는 건축물들은 있으며, 이 건축물들이란 항상 궁전
들이다. 우리는 이 궁전을 좀더 자세히 살펴보아야겠다. 그것은 대개 황
금으로 되어 있다. "그녀는 커다란 황금 궁전에 살았다"(Af. 104c/173). [1]
이 궁전의 건축은 전적으로 환상적이다. "이 궁전은 황금으로 되어 있
었으며, 단 하나의 은기둥 위에 서 있었다. 지붕은 보석들로 되어 있었
고, 자개 계단들로 말할 것 같으면, 마치 날개처럼 양쪽으로 여닫혔다
…… 그들이 들어가자, 은기둥은 신음하기 시작했고, 계단들은 열렸으며
지붕들은 빛났고, 궁전 전체가 돌기 시작했다"(Af. 74R/560). [2] 또한 흔
히 그것은 대리석이나 수정으로 되어 있다. 이 궁전에는 접근이 불가능
하다. "그리고, 먼 곳에 수정벽에 둘러싸인 수정 궁전이 보였다"(Af. 73R/
559). [3] 하지만 이러한 어려움도 주인공에게는 극복 못할 것이 아니다.
그는 항상 담을 넘는 데에 성공한다. 때로 그는 개미로 변하여 틈서리
로 지나가기도 하고, 때로는 독수리가 되어 그 위로 날아가기도 한다.
아주 흔히 이 궁전은 동물들에 의해, 대개는 사자들이나 용들에 의해 지
켜진다. 하지만 이 용들은 산의 용과는 다르다. 그들을 무마시키기란 쉽
다. "시간이 지난다. 그의 앞에는 불처럼 빛나는 황금 궁전이 솟아났다.
문간에는 황금 사슬에 묶인 무시무시한 용들이 서 있었다. 거기서 멀지
않은 곳에, 황금 사슬에 달린 황금 두레박이 있는 우물이 있었다. 이반
왕자는 물을 길어다 용들에게 먹였다. 용들은 조용해져서 누웠다"(Af.
71b/129).

때로, 주인공이 도달하는 곳은 도시나 국가로 묘사된다. "이 기둥 너
머, 백 베르스타쯤 되는 곳에, 황금 도시가 펼쳐 있었다"(Af. 125b/220),
"거대하고 깊은, 푸른 물이 그녀 앞에 펼쳐 있고, 멀리 불처럼 흰 돌로
지은 높은 궁전 위에 빛나는 황금 지붕들이 보인다." 이 왕국을 러시아
정교회들로 덮어버리기를 즐기는 '러시아풍'의 그림 같은 스타일도 있다.
하지만 이는 이야기의 분위기에 맞지 않는다. 이야기는 하늘의 예루살
렘 같은 것은 모른다. 가장 나중의 것들에 속하는 합리화는, 주인공을
상인으로 횡단을 상업적 목적의 해상 여행으로 도시를 항구로 변형시키
는 것이다. "배는 크고 부유한 도시에 이르러 항구에 멈추어 닻을 내렸

---

1) (Af. 164)란 1946년판의 오류(N.d.T.).
2) (Af. 74)년 1946년판의 오류(N.d.T.).
3) (Af. 73)이년 1946년판의 오류(N.d.T.).

다"(Af. 135/242). 보통 우리는 이 왕국에 대해, 누가 그곳을 다스리는가밖에는, 아무것도 알지 못한다. "땅과 파도 위를 저어가서, 배는 곧 소녀왕의 왕국에 닻을 내렸다"(Af. 103b/170), "그들은 아무도 본 적 없고 가본 적 없는 왕국에 다다랐다"(Af. 77/137).

이상에서 지적된 모든 요소들은 극히 다양한 조합들로 나타날 수 있다. 도시는 섬에, 산꼭대기에, 물 밑에 또는 땅 밑에 있을 수 있다. 궁전과 초원들과 정원들도 마찬가지로, 그것들은 서로서로 자유로이 결합되며, 극히 다양한 환경 속에 놓일 수 있다.

2. 태양과의 관계

"아무도 가본 적이 없는" 이 왕국을 좀더 자세히 살펴보면, 그것은 태양과 관계가 있음이 드러난다. 예컨대, 어떤 이야기에서, 주인공은 "아홉의 세곱절 나라들 너머, 열의 세곱절째 나라, 항상 햇빛나는 왕국에서 자라는" 황금 솔가지를 얻어와야 하는 과제를 맡게 된다(Af. 106R/564). 이 왕국은 태양이 있는 곳인 하늘에 있다. "왕자는, 그의 어머니 황금 머릿단의 아나스타샤가 머리가 열둘 달린 용에게 잡혀가 살고 있는, 다이아몬드 궁전을 향하여 간다. 다이아몬드 궁전은 풍차처럼 돌며 이 궁전으로부터는 온 세상이 보인다. 손바닥을 들여다보듯 환하게, 모든 왕국들과 모든 나라들을 볼 수 있다"(Af. 71, var./129. var.). 이 회전하는 궁전이 천구(天球)의 회전을 상징하는지 아닌지는 딱 잘라 말하기 어려운 문제이다. 하지만 여기에 어떤 식으로든 하늘의 재현이 있다는 것은 명백하다. 다른 이야기들에서는 태양적 성격이 한층 더 명백하다. 예컨대, 주인공은 그를 추격하는 암용으로부터 달아나려 한다. "그녀는 바짝 뒤쫓아와 그를 괴롭힌다. 바로 그때, 이반 왕자는 해누이의 높은 궁전에 도달하여 '해야, 해야! 창을 열어라'고 부른다. 해누이가 창을 열자, 이반 왕자는 말을 탄 채로 단숨에 창턱을 넘는다"(Af. 50/93). 이 이야기에 대한 변이체들이 없다는 것은 사실이지만, 이것이 태양을 언급한 단 하나의 이야기는 결코 아닐 것이다.

이 왕국은 지평선에 연결되어 있다. "그들은 하늘과 땅 사이를 흘러또 흘러가서, 미지의 섬 기슭에 이른다"(Af. 84b/146). 이 언급은 왕국보다는 여행에 관련된 것이지만, 이 왕국이 지평선에 위치한다는 것이 분명히 표현되는 텍스트들도 있다. "용감한 자는 그의 기운찬 말에 올라타고 열의 세곱절째 왕국에 갔다. 시간은 빠르건 느리건 지나, 아무튼 그는 세상의 끝에, 찬란한 태양이 바다로부터 나오는 곳에 이르렀다"
(Af. 103a/169). 태양과의 이 연관은, 천둥과 벼락이 나오는 경우들에,
더욱 분명히 표현된다. 암여우(장화 신은 고양이의 역할을 하는)가 주인공
에게 말한다. "너는 불의 짜르와 무서운 벼락 짜린*)을 아느냐? 그들
의 딸은 아름다운 왕녀인데, 내가 네게 그녀를 신부로 얻어주마"(Af.
99/164). 이름들 그 자체가 아무것도 증명하지 않는다 하더라도, 여기에
서 관계는 공연한 것으로 간주될 수는 없다. 예컨대, 이 왕국에서는 천
둥이 깨지듯 울리는 소리가 들리는 것이다. 이반 왕자의 질문에, 바바
야가는 대답한다. "이 천둥치는 소리와 이 모든 소동은, 비할 데 없이
아름다운, 검은 머릿단의, 우리 소녀왕이 숨차게 달릴 때 나는 소리란
다"(Af. 104d/178).

3. 황 금

어떤 식으로든 열의 세곱절째 왕국과 관련된 모든 것은 금빛을 띨 수
있다. 궁전이 황금으로 되어 있다는 것은 이미 보았다. 열의 세곱절째
왕국으로 찾으러 가야 하는 물건들은 거의 항상 금과 관련되어 있다. 그
것은, 황금 털의 암돼지, 황금 깃털의 암오리, 황금 꼬리나 뿔들이 난
사슴, 황금 갈기나 꼬리를 가진 말(시브코-부르코는 아니다), 등등이다
(Af. 106/182). 불새의 이야기에서 불새는 황금 새장을, 말은 황금 고삐
를 가지고 있으며, 아름다운 엘레나의 정원은 황금 철책에 둘려 있다
(Af. 102/168). 『피니스트 밝은 매』 이야기에서, 애인을 찾아 다른 왕국
에 간 소녀는, 은 토릿대와 금 가락, 은 쟁반과 금 달걀, 금으로 수놓
을 북과 작은 금 바늘 등을 주고, 그의 아내로부터 그와 함께 지낼 세
밤을 산다(Af. 129/234).

이 왕국에 사는 왕녀로 말할 것 같으면, 그녀는 항상 금으로 된 속성
으로 특징지어진다. 그녀는 황금 지붕이 있는 높은 탑에 갇혀 있다(Af.
93c/158). "그는 주위를 둘러본다. 무엇이 보이는가? 푸른 파도 위로,
은으로 된 배에 타고 금으로 된 노를 저으며 가는, 바실리시 왕녀밖에
는"(Af. 103a/169). 그녀는 황금 날개를, 그녀의 시녀는 은 날개를 가지
고 있다(Af. 130b/237). 그녀는 황금 수레를 타고 난다. 구름떼 같은 비
둘기들이 내려와 앉아 곧 온 풀밭을 덮었다. 그 한가운데에 황금 보좌
가 있었다. 갑자기, 하늘과 땅을 환히 비추며, 여섯 마리 불의 용들이

---

*) '짜르'의 여성형. 〔역주〕

366

끄는 황금 수레가 공중에 나타났다. 수레에는 마법의 엘레나, 상상할 수도 꿈꿀 수도 이야기할 수도 없을이만큼 아름다운 그녀가 타고 있었다" (Af. 130a/236). 왕녀가 전투적 처녀인 경우에도, 그녀는 아름다운 준마를 타며, "그녀의 창은 금으로 되어 있다"(Af. 122R/567). 그녀의 머리칼은 항상 황금이다. "덮이지 않은 아름다움의, 황금 머릿단의 엘레나"[4]라는 그녀의 이름은 거기에서 기인하는 것이다. 아브카즈 지방의 이야기들에서는, 그녀의 얼굴 그 자체가 빛난다. "그리고 그는 발코니에 해처럼 빛나는 아름다운 소녀가 있는 것을 보았다. ……마치 해에서처럼 그녀에게서 빛이 발산되었다. 해와 달이 없을 때조차도."[5]

몇 페이지에 걸쳐 이러한 목록을 계속할 수도 있을 것이다. 황금은 그처럼 자주, 분명히, 다양한 형태로 나타나므로, 이 왕국은 태양의 왕국이라 불러도 좋을 것이다. 이는 워낙 전형적이고 견고한 특징이므로, "열의 세곱절째 왕국과 관련된 모든 것은 금빛을 띨 수 있다"라는 말은 거꾸로 "금빛을 띤 모든 것은 그 빛깔만으로도 그것이 다른 왕국에 속함을 드러낸다"고 바꿔 말해질 수도 있다. 금빛은 다른 왕국의 표지이며 신호이다. 그 한 예가 불새의 깃털에서 나타난다. 이반 왕자는 파수를 선다. "그는 한 시간, 두 시간, 세 시간을 깨어 지킨다. 갑자기 정원이 마치 사방에 무수한 불이 지피기라도 한 듯이 온통 환해진다. 그것은 사과나무에 사과를 쪼아먹으러 온 불새였다." 새는 깃털을 하나 빠뜨리고 간다. "그 깃털은 너무나도 환하여, 가장 어두운 방이라도, 수많은 촛불들보다도 더 잘 밝힐 수 있었다"(Af. 102/168). 이 새는 실제로 '다른 왕국'에서 왔으며, 주인공은 그것을 찾아 떠난다. 이 경우 관계는 아주 명백하다. 그러나 관계가 직접적으로 존재하지 않는 경우들에도 그것이 존재하는지 의문을 제기해보아야 한다. 예컨대, 주인공은 신기한 암오리를 얻었다. "그 착한 사람은 암오리를 어두운 헛간에 가두었다. 밤새 그것은 알을 낳았다. 농부가 다시 보러 갔을 때, 그는 큰 빛을 보고는 헛간에 불이 붙었다고 생각하여 목청껏 외치기 시작했다. '불이야, 불! 여보, 물을, 물통을 좀 가져와!' 헛간 문을 열었을 때, 안에는 불도 연기도 없고, 황금 달걀만이 빛나고 있었다."(Af. 115R/?)[6]

이 두 경우가 서로 관련되어 있음은 분명하다. 하지만 나중의 경우에

---

4) 제 2장 주 6) 참조(N.d.T.).
5) 『아브카즈 민담』, p.4.
6) 오류 : 『황금 달걀을 낳는 암탉』 이야기의 변이체는, 아파나시예프의 『자연에 대한 슬라브인들의 시적 개념』, I, 530에, 원전의 표시 없이 들어 있다(N.d.T.).

는 열의 세번째 왕국과의 관계가 명백히 주어져 있지 않으며 찾아내야 만 한다.

황금 달걀의 예는 또 다른 이유에서 흥미롭다. 즉, 그것은 황금이 불과 동의적임을 보여주는 것이다. 이 사실은 불새의 빛나는 깃털에도 적용된다. 열의 세곱절째 왕국이란 동시에 흔히 천상적·태양적 왕국임을 아는 우리로서는, 사물의 천상적 빛깔이란 그것들의 태양성의 표현이라고 어렵지 않게 결론지을 수 있다. 예컨대, 페름 지방의 한 이야기에는 이런 대목이 있다. "——너는 저쪽에 해처럼 빛나는 불이 보이느냐?—— 그렇다. ——자, 그런데 그것은 해가 아니라 그녀(왕녀)의 집인데, 온통 금으로 되어 있단다"(Z.P. ɪ).

4. 세 왕국

편력 끝에 구리와 은과 금의 왕국들에 이르게 되는 주인공에 대한 이야기는, 안드레이에프의 견해에 의하면, 러시아어로 된 가장 널리 유포된 이야기이며, 확실히 가장 잘 알려진 것으로 보인다. 그런데 우리가 보기에 이 세 왕국이란 열의 세곱절째 왕국의 삼중화에 그 기원을 두고 있는 것 같다. 이야기는 삼중화에의 경향을 가지고 있으므로, 이 모티프도 그런 변형을 겪었으며 그것이 세 왕국의 기원일 수 있는 것이다. 그리고, 열의 세곱절째 왕국이 금으로 되어 있으므로, 그 앞의 두 왕국들은 은과 구리로 되어 있다. 여기에서, 철과 은과 금의 시대들에 대한 어떤 개념들과의, 일반적으로 헤시오도스적인 시대 구분과의, 그 어떤 관계를 찾아보려는 시도도 실패할 수밖에 없는 일이다. 또한 여기에서, 금속들에 대한 사고 개념들과의 아주 희미한 관계라도 찾아내기란 불가능하다. 이 세 왕국은 천상적·지상적·지하적인 세 세계를 나타내는 것이 아닐까 하는 생각도 들 수 있지만, 이러한 가정도 자료에 의해 증명되지가 않는다. 왜냐하면 구리와 은과 금의 왕국들은 서로 겹쳐 있는 것이 아니라, 보통 셋이 다 땅 아래 나란히 이웃해 있기 때문이다. 그리고, 이야기의 법칙에 따르면, 열의 세곱절째 왕국은 주인공의 여행의 종착지이고 그후에 그는 돌아올 수밖에 없으므로, 그리고 세 번의 여행이란 불가능할 것이므로(매번 귀환과 새로운 출발을 해야 할 것이므로), 세번째 왕국이 여전히 최종적 목표인 채, 처음의 두 왕국들은 중간 단계들이 된다. 그런데, 중간 단계도 이야기의 구성 속에 이미 예견되어 있으니, 야가의 작은 이즈바가 그것이다.

그러므로 우리는 세 왕국과 야가의 작은 이즈바와의 동화(同化)라는 기이한 현상을 보게 된다. 사실상, 이 세 왕국의 수많은 변이체들을 분석해보면, 어떤 요소들은 항상 열의 세곱절째 왕국과 왕녀에게로 소급되지만, 다른 요소들은 야가에게로 소급됨이 드러난다. 이 세 왕국에 특이한 것은 그 명명뿐이다. 아파나시에프의 변이체(Af. 71a/128)를 예로 들어보자. 이반은 구리의 왕국에 도착한다. '아름다운 소녀'가 그를 맞이한다. 그러니까 적어도, 그를 맞이하는 것은 야가가 아니다. 하지만 뒤이은 심문과 비난, "당신은 아직 내게 먹고 마실 것도 주지 않은 채, 질문들을 하고 있소"라는 말은, 명백히 야가의 이야기로부터의 차용이다. 그리고서 그녀는 반지를 선물하는바, 즉 그녀는 증여자의 역할을 하는 것이다. 그런데, 이 증여된 물건——반지——은 간접적 청혼으로, 주인공은 마침내 금의 왕국의 아름다운 소녀——결국 그녀에게 왕녀의 역할이 배당된다——와 결혼할 것이다. 다른 변이체들도 같은 식으로 연구될 수 있으며, 그리하여 우리는 세 왕국이란 이야기 자체내에서 형성된 것이라고 단언할 수 있다. 이 모티프가 원시적 사고 방식들이나 제의들과 관련된다는 증거를 제시할 만한 자료는 찾을 수 없었다.

5. 열의 세곱절째 왕국의 동물적 양상

그러나 열의 세곱절째 왕국에 대한 우리의 분석은 그것으로 끝나지 않는다. 관찰되어야 할 또 한 가지 특성이 있으니, 그것은 그 왕국이 때로 인간의 왕국이 아니라 동물의 왕국으로 나타난다는 사실이다.

동물의 왕국에 대한 언급들은 별로 혼치 않으며, 그러한 개념들은 금과 대리석과 자개로 된 궁전의 호화로움에 비하면 잘 눈에 띄지 않는 것이지만, 연구가에게는 그것들이 무척 흥미롭다. 예컨대, 왕녀의 약탈자가 동물이라면, 이 동물은 그녀를 자기의 왕국으로 데려가는바, 거기에는 인간이라고는 없다. 대개 약탈자는 용이므로, 그 왕국은 혼히 뱀이나 용들의 왕국이다. "그는 실뭉치를 따라 한참을 간 끝에, 마침내 먼 땅에 이르렀는데, 거기에는 인간도 새도 숲의 짐승도 없고, 우글거리는 뱀들뿐이었다. 그것은 뱀들의 왕국이었다"(Af. 112b, var./191, var.). 아파나시에프의 한 이야기 (Af. 128b/233)[7]에서는 이렇게 말해진다. "바실리 Vassily 왕자는 말에 박차를 가하여 아홉의 세곱절 나라들 너머, 열의 세곱절째 나라를 향해 갔다. 시간은 빠르건 느리건 지나, 아무튼 그는 사

---

7) (Af. 123b)라는 것은 1946년판의 오류(N.d.T.).

자들의 왕국에 이르렀다.” 거기에 사자왕이 사는바, 우리는 동물들의
왕에 대한 이 언급을 기억해두면, 앞으로 소용될 때가 있을 것이다. 그
밖에도 주인공이 도달하는 나라는, 뱀들의 왕국, 까마귀들의 왕국 등이
다. 이 왕국들의 동물적 성격은, 도시나 궁전, 정원 등의 존재를 배제하
지 않는다. “이 왕국에는 뱀과 그밖의 파충류들밖에는 살지 않는다. 도
성의 둘레에는 거대한 뱀이 또아리를 틀고 꼬리를 잇새에 넣은 채 누워
있다”(Af. 104h, var./178, var.). 토볼의 한 이야기에는 이런 대목도 있다.
“그는 은과 금으로 된 두 개의 계단이 있는 집을 보았다. 그는 ‘대체 누
가 여기 살까?’ 하고 생각하였다. 그는 문을 열고, 첫번째 방에서 암탉
들을 보았다. ‘이 고장에는 사람은 없고 닭들만 사는 것일까?’”(Sm.
335). 『파도의 마리아』 이야기(Af. 94/159)에서는 세 자매가 각기 매·독
수리·까마귀와 결혼한다. 그녀들의 오빠가 그녀들을 방문한다. “하루
가, 이틀이 지났다. 셋째날 새벽에, 그는 신기한 궁전이 보이는 곳에 이
르렀다. 궁전 가까이에 떡갈나무가 자라고, 이 떡갈나무에 흰 매가 앉
아 있었다.” 그것이 매들의 왕국이다. 곰의 왕(Af. 117/201) 또한 아이
들을 곰들의 왕국으로 데려가려 하는 것이라고 생각할 수 있다. 또한 주
인공이 생쥐들의 왕국에 다다르는 경우도 언급해두자. “그들은 파도 위
를 저어갔다. 그들은 맞은편에 도달하였다. 거기에 열의 세곱절째 왕국
생쥐들의 나라가 있었다”(Af. 112b/191).

II. 저세상

6. 저세상의 옛적 형태들

그러니까, 우리는 어떤 단일성도 보지 못하며, 오히려 극도의 다양성
을 보게 된다. 일반적으로 저세상에 대한 단일한 개념을 가진 민족이란
존재하지 않는다고 해야 할 것이다. 이런 유형의 개념들은 항상 복수적
이며 흔히 상호 모순적이다. 이야기는 사물들을 매우 단순한, 하지만 아
주 정확한 방식으로 표현한다. 예컨대 “저 아래에는, 빛이 우리가 있는
곳에서와 같다”든가. 하지만 빛이 변하고, 사회적 구성의 형태들이 변
하고, 그와 함께 ‘저세상’도 변한다. 그런데, 우리가 이미 알거니와 민
속문학에서는 새로운 것이 나타난다 해서 오래 된 것이 사라지지는 않
는다. 항상 새로운 형태들이 나타나 오래 된 것들과 공존하므로, 이집트

나 고전 그리스 또는 러시아의 이야기에서는, '저세상'에 대해 일찍이 존재했던 모든 형식들의 소백과라 할 만한 것이 발견된다. 인간은 저세상으로 그의 사회적 구성(이 경우에는, 족장에서 왕으로의 뒤늦은 변화를 갖는, 부족적 구성)뿐 아니라, 그의 나라의 지리적 특성들이나 생활 방식들까지도 가져간다. 섬나라 사람들은 저세상을 섬의 형태로 상상한다. 궁전이란 분명히 마을에서 가장 아름다운 건축물인 남자들의 집에서 유래한다, 등등. 하지만 인간은 저세상으로 그의 이해 관계, 특히 경제적 이해 관계도 가져간다. 그리하여 사냥꾼에게는 그 왕국이 동물들의 왕국이 되는 것이다. 그가 죽은 후, 그는 다시금 입문 의례의 모든 시험을 거치며, 이세상에서 사냥하던 것처럼 사냥할 것이다. 유일한 차이는, 저세상에서는 사냥에 실패가 없다는 것뿐이다.

이세상을 저세상에 이처럼 투영하는 것은 이미 부족 사회에도 아주 분명하다. 사냥꾼은 전적으로 동물에 의존하며, 따라서 저세상에 동물들이 많게 한다. 그는 그의 부족적 구성을 동물들에 귀속시키며, 자기가 죽은 후에는 동물이 되어 '주인'을, 또는 이야기식으로 말하자면, 뱀이나 늑대나 물고기나 가재들의 '왕'을 만나리라고 생각한다. 저세상에는, 이러한 동물들을 보낼 수 있는 주인들이 산다. 길리악족에게서 곰 축제를 연구한 슈테른베르크는, 곰을 죽이는 것은 그의 주인에게 보내기 위해서라는 결론에 이른다. "죽임당한 곰의 영혼은 그것의 주인에게로 보내지는바, 인간들의 복지는 이 주인에 달려 있다."[8] 그러니까, 이야기는 매우 희미한 형태로이긴 하지만 이러한 기층을 보존하였다고 할 수 있다. 이 사실은 저세상이 동물들의 세상이라는 것, 주인공은 거기에서 그들의 왕 또는 주인을 만난다는 것 등을 설명해준다. 궁전에서 발견되는 이 동물들은, 이미 제 4 장에서 보았던, '큰 집'의 동물 모습의 거주자들을 강하게 환기한다. 저세상에는 뱀·사자·곰·생쥐·암탉 등, 토템적 의미의 짐승들이 사는 것이다.

7. 짐승의 입과, 맞부딪치는 산들

동물에 대한 세력을 갖기 위해 그의 내부로 들어가야 한다는 생각은 이미 우리에게 알려져 있다. 우리는 여기에서 앞서 지적한 바 있는 현상 즉 죽음의 개념과 입문 의례의 형식들간의 놀라운 유사성에 대한 단서를 발견한다. 후자가 전자로부터 발달하였다는 사실을 다시금 확증할

8) 슈테른베르크, 「길리악족의 종교」, 『원시종교』, pp. 31~50(p. 43.)

필요는 없을 것이다. 저세상의 선경적(仙境的) féerique 궁전은 '큰 집'과 놀랍도록 비슷할 뿐 아니라, 때로는 서로 분명히 구분하기가 어려울 만큼 일치한다. 왕국의 입구는 짐승들의 입을 통과한다. 이 입은 끊임없이 열리고 닫힌다. "그의 왕국은 잠시밖에 열려 있지 않는다. 용이 그의 입을 벌릴 때면 문짝들이 열리는 것이다"*)(Z.P. 13). 이 경우, 짐승의 입과 문짝들간의 등가성은 의심할 여지가 없다. 그로부터 기인하는 것이, 한편으로는 소리내어 닫히며 주인공의 발뒤꿈치를 잡는, 이빨 달린 문짝, 깨무는 문짝들이며, 다른 한편으로는 여행자를 위협하여 맞부딪치는 산들이다. 아파나시에프가 전하는 텍스트 하나를 예로 들어보자. "이 왕국에는 두 개의 높은 산들이 서 있는데, 서로 하도 가까이 있어서, 그 사이로는 아주 좁은 길밖에 없다. 그런데 게다가 이 길도 하루에 한 번, 산들이 이삼 분 정도 떨어졌다가 다시 붙기 전밖에는 열리지 않는다. 이 두 산 사이에, 생명과 치유의 물이 있다"(Af. 118c, var./204, var.). 열림과 닫힘에 있어서의 같은 주기성, 파수의 같은 기능, 으스러짐의 같은 위험, 물린 뒤꿈치나 붙잡힌 배라는 같은 세부가, 아르고 선원들의 전설에서도 발견된다. 사냥의 대상이며 유일한 생존 자원이던 동물의 역할이 사라지자, 그 기능은 문짝이나 산 같은 다른 대상들에로 옮겨지는 것이다. 그런데 왜 하필 산일까? 이러한 대체는 자연스러워 보이면서 그 이유를 말하기란 어렵다.

하지만, 서사적 전설을 차치한다면 민간 신앙에서 맞부딪치는 산들이 발견되는가? 그러한 예들이 있다. 예컨대, 미크로네시아(길버트 군도) Les iles Gilbert에서는 누군가가 죽었을 때 일들이 잘 안 되면, 죽은 자의 영혼이 "두 바위 사이에 으스러져 목숨을 앗겼으리라"고 생각하였다.[9] 궁전의 입구를 지키는, 주로 사자와 용을 위시한 동물들은 그로부터 유래하는 것이다. 그들이 통로를 열어주도록, 과자를 던져주거나 물을 먹여주어야 한다. 짐승의 입 속에 뛰어드는 것의 뒤늦은 대체 행위로서, 입 속에 물건을 던져넣는 것에 대해서는 이미 살펴본 바 있다. 이것은 우리에게, 궁전의 입구를 지키는 사자와 용을 설명해준다.

우리는 다른 왕국의 위치가 오래 된 생활 방식들에 달려 있다는 것을 증명하는 자료들을 인용하지는 않겠다. 저세상이 각 민족의 자연 환경과

---

*) 붙어 원문의 "lorsque le dragon écarte ses patins"이란 무엇을 말하는지 분명치 않으므로, 문맥상 '용이 그의 입을 벌릴 때면'이라고 옮겨보았다. [역주]
9) Frazer, *Belief in Immortality*, II, p. 49.

주요 경제에 따라 때로는 물 밑에, 때로는 산꼭대기에, 또 때로는 지평선 너머에 있는 것으로 생각되었음을 보여주는 자료들은, 이야기에서뿐 아니라 종교적 사고 개념들에서도 많이 발견된다. 그러한 유사성들의 분석에는 아무런 난점도 없으며, 문제 그 자체가 풀기에 단순하다. 여기에서 우리의 주의를 끄는 것은 보다 미묘한 다른 문제들, 특히 수정산의 문제이다.

8. 수   정

수정산의 모티프를 이해하기 위해서는, 찾으러 떠나는 것이 동물들에 대한 세력, 죽음과 삶, 병과 치유에 대한 세력이라는 사실을 기억해야 한다. 우리는 여기서, 한편으로는 무당의 기능들을, 다른 한편으로는 젊음의 사과, 생명의 물, 죽음의 물, 눈멀음이나 노쇠·병, 그 밖의 장애들을 치유할 수단들을 찾아 떠나는 주인공의 기능들을 보게 된다. 온갖 종류의 마술적 목적들에 사용하기 위해 저세상에서 획득하는 마술적 수단의 원시적 형태들 중의 하나는 바위수정(또는 석영)으로, 이것은 아메리카나 오스트레일리아에 널리 유포되어 있다. 우리는 앞서 용과의 싸움에 관한 장에서, 석영이 입문자의 몸 속에 넣어졌다는 것, 그리고 용의 머릿속에서 다이아몬드들이 발견되었다는 것 등을 보았다. 아메리카 인디언의 한 신화에서는, 아버지가 몹시 때린 한 청년의 이야기를 하고 있다. 아주 마음이 상하여, 그는 죽을 결심을 한다. "그는 깎아지른 바위산에 가서 그 위에 기어올라 몸을 던졌으나, 무사하였다. 계속 길을 가다가 그는 곧 그의 앞에 빛이 흘러넘치는 산을 보았다. 그것은 나올라코아 Naolakoa 암산이었다. 거기서는 석영이 비오듯 했다. 그는 손가락 크기의 것을 네 조각 취하여, 머리칼 속에 집어넣었다. 곧 그는, 석영 덕택으로, 날으는 재주를 얻었음을 알게 되었다. 그래서 그는 온 세상을 날아다니기 시작했다."[10]

이와 아주 일치하게도, 돌간의 한 신화에서는 이렇게 말해진다. "일단 일어서자, 그는 걷기 시작했으며, 온 땅이, 온 모래가 유리 구슬들로 되어 있음을 보았다"(『돌간 민담』, p. 70). 이 신화는 우리에게 러시아 이야기들의 수정산, 독일 이야기의 유리산 등을 설명해준다. 러시아의 이야기들에서, 수정산은 거기에 사는 용과 관련되어 있다. 수정과 용과의 관련은 제의에서도 관찰되었던 바 있다. 즉, 입문 의례시에, 몸 속에

---

10) Boas, *Indianische Sagen*, p. 152.

수정이 넣어지는 것이다. "바위수정과 무지개의 뱀 사이에는 매우 널리 유포된 관계가 존재하며, 전오스트레일리아에 걸쳐, 바위수정은 무당에 의해 사용되는 마술적 질료들 중 가장 중요한 것들에 속한다."[11] 그러니까 이러한 개념은 매우 원시적인 것이다. 우리는 용의 집에서 얻는 '마법의 모래' 역시 같은 개념들의 반향이라고 생각할 수 있다.

9. 풍요의 나라

우리는 우리에게 접근 가능한 가장 원시적인 단계들을 반영하는, 다른 왕국의 몇 가지 양상들을 검토하였다. 이미, 원시 부족 단계의 '사냥의 골짜기들'에서도, 이세상 왕국과 다른 왕국간의 큰 유사성이 발견되나, 다른 왕국에서는 사냥감의 풍요가 한계를 모른다는 차이가 있다.

인간은 다른 왕국으로 그의 생존 방식뿐 아니라 그의 이해 관계와 이상들도 가져간다. 자연과의 싸움에 있어 그는 약하며, 그가 이세상에서 겪는 실패들은 저세상에서 넉넉히 보상된다. 여기서, 저세상에서도 사냥꾼은 계속 사냥을 한다는 사실에 주목하는 것은 매우 중요하다. 사냥꾼의 저세상에는 그에게 자연에 대한 세력을 주는 힘들이 소중히 보존되어 있다. 이 힘들을 그는 인간 세상으로 가지고 돌아와 완벽한 생산, 예컨대 결코 표적을 놓치지 않는 화살들 같은 것을 얻을 수 있다. 하지만 나중에는, 저세상에서는 일하거나 생산하지 않고 소비하는 데에 그치게 되며, 저세상에서 가지고 돌아오는 마술적 수단들도 영원한 풍요를 보장하려는 목적을 갖게 된다.

이러한 사고 개념들의 출현은, 일을 보는 방식에 변모가 일어났음을 입증한다. 이것은 일이 강제되기 시작했다는 사실에서 기인하는 것이다. 강제된 노동이란 농경의 출현에 수반된 사유권의 출현과 관련되어 있다. 농경 경제의 가장 오래 된 형태가 원예라는 사실은 잘 알려져 있다. 원예와 함께, 저세상에도 정원들과 일하지 않아도 양식을 보장해주는 나무들이 나타난다. 저세상의 이러한 양상은 실제로 원예를 하는 민족들에게밖에는 알려져 있지 않다. 예컨대, 그것은 북아메리카나 시베리아의 민족들에게서는 존재하지 않으며, 폴리네시아, 멜라네시아 등지에 유포되어 있다. 그리하여 예컨대 마르키즈 군도 les îles Marquises에서는 프레이저에 의하면, "하늘의 나라는, 빵나무의 열매들과 고기와 물고기가 풍성한 행복한, 나라로 상상된다. 거기에는 꿈꿀 수 있는 가장 아

---

11) Radcliff-Brown, "The Rainbow-Serpent Myth, etc.," *Oceania*, 1930, I, 3, p. 342.

름다운 여자들이 살며, 빵나무의 익은 열매들이 끊임없이 나무로부터 떨어지고, 야자열매와 바나나의 저장에 결코 다함이 없다. 거기서는 영혼들이 니카히바 Nikahiva의 돗자리보다 더 고운 돗자리 위에서 쉬며, 매일 야자유에 멱감는다."[12] 이것은 민속문학자에게는 매우 소중한 자료로서, 젤리의 언덕 사이로 우유의 강이 흐른다는, 놀고 먹는 세상 Schlataffenland의 모티프의 매우 오래 된 기원을 보여준다. 볼트와 폴리브카는 그것을 매우 오래 된 것으로 간주하였으나, 그들이 제시하는 가장 오랜 병행적 예들은 고대 그리스-로마에 관한 것이다. 프레이저의 자료들은, 위에서 말해진 것과 대조될 때, 사냥감의 풍요에 대한 마술적 세력이 아주 단순히 소비를 위한 풍요로써 대치되었음을 보여준다. 여기에 영원한 풍요라는 개념의 기원이 숨어 있는 것이다. 죽은 자들의 나라는 결코 배고프지 않은 나라이다. 만일 그곳의 양식을 이세상으로 가져오기에 성공한다면, 여기서도 그것은 결코 다함이 없을 것이다. 이 이야기에 나오는, 언제라도 상이 차려지는 식탁보도 거기서 유래하는 것이다.

이러한 사고 개념들은 그 자체에, 사회적 차원에서의 큰 위험을 포함하고 있음을 지적해야 할 것이다. 즉, 그것들은 사실상 일에 대한 거부에 이르는 것이다. 후에 성직 계급은 소원과 욕망이 이루어지는 세계로서의 저세상이라는 이 개념을 포착하여, 민중들을 노동의 삶 뒤에 오는 보상의 전망으로써 무마시키는 데에 그것을 사용하게 된다. 그러니까 이 개념들은 반동적이 되는 것이다. 하지만, 우리는 여기 대해 전혀 다른 것을 관찰할 수도 있다. 즉, 이 개념의 해로움은 노동 계층들에 의해 분명히 감지되었다는 것이다. 확실한 본능이 인간으로 하여금 그러한 개념들을 거부하게 한다. 동시에, 그것들이 행사하는 유혹이 그것들을 아주 없어지지도 못하게 한다. 이 상반되는 두 가지 힘들은 이 모티프를 희극적인 방식으로 다루게 한다. 이야기에서, 젤리 언덕의 모티프는 흔히 기현상적인 게으름뱅이들의 희극적 열광과 관련된다(Grimm. n° 151). 고대 그리스-로마에서도 우리는 이 모티프가 희극적으로 다루어지는 것을 볼 수 있다. 우리는 이 모티프가 그리스 비극에 얼마나 유포되어 있는가를 안다(B.P. III, n° 158). 우리는 나중에 고대 그리스-로마를 다룰 때에, 거기에 대해 좀더 말하게 될 것이다.

여기 우리가 해명한 바는 우리로 하여금 금지된 상차(또는 함)라는 모

---

12) Frazer, *Belief in Immortality*, II, p. 363.

티프를 더 잘 이해하게 해준다. 본래, 신화들에서 저세상으로부터 가져온 물건들은, 인간들에게 유익의 원천일 뿐이다. 그렇다는 것을 우리는 마술적 물건들의 검토에서 보았던 바 있다. 우리는 동물, 즉 그것들 대부분의 수렵적 기원에로 소급할 수 있었다. 그런데 영원한 풍요를 주는 물건들에 대해서는 사태가 같지 않다. 한편으로, 이 모티프는 희극적으로 다루어진다. 언제라도 상을 차려내는 식탁보(또는 식탁)는 운나쁜 도둑을 벌하는 몽둥이와 관련되어 있다. 돌릴 때마다 크레프와 파이를 제공해주는 맷돌 역시 해학적으로 다루어진다. 거기에서 우리는 위에 말했던 비평의 완화된 형태를 본다. 다른 한편으로, 저세상으로부터 불이나 인간들에게 유익한, 다른 물건들이 아니라 노력 없이 영원한 풍요를 보장해주는 물건을 가져오는 주인공은 그 물건 때문에 멸망하며, 그 물건은 결국 인간들의 소유가 되지 않는다. 예컨대, 멜라네시아의 한 신화에서, 주인공은 달로부터 모누아 Monoua 라는 이름의 작은 함을 받는다. 그러나 달은 집에 돌아가기 전에는 그것을 여는 것을 금한다. 배를 타고 돌아오던 중에 주인공은, 당연한 일이지만 금기를 어긴다. 사방에서 수많은 물고기들이 솟구친다. 그렇게도 그렇게도 많아서, 물고기들은 마침내 배를 뒤엎고 만다. [13]

우리는 러시아의 이야기에서도 같은 것을 발견한다. 주인공은 가축들이 나오는 상자를 받는다. 곧 온 섬이 짐승들로 뒤덮여, 주인공은 위협당한다(Af. 125a/219). 판도라에 관한 그리스 신화에서 금지된 상자에는 온 세상에 퍼지는 악들이 들어 있다. 이는 같은 모티프의 문학적이고 상징적인 해석이다.

10. 태양의 왕국

더 계속하기 전에, 우리는 또 한 가지 사조 즉 태양의 왕국이라는 사고 개념을 분석해보아야겠다. 그러한 개념이 출현한 시기를 정확히 규명하기란 별로 쉽지 않다. 화석화되거나 변형되거나 희극적으로 재편성된 다른 세부들과는 반대로, 이 개념은 진화된 종교들——이집트의 종교처럼——속에서 발달하고 전성기에 이르렀다. 우리는 예컨대, 사육 민족인 야쿠트족에게도 그러한 왕국의 매우 분명한 재현들이 존재함을 입증할 수 있다. "그는 태양 영주의 집에 이르렀다. 태양 영주의 딸인 무녀 쿠에감 Kuegam 은 여덟 개의 기둥으로 떠받쳐진 구리 단상에 앉아, 여덟

---

13) Hambruch, *Südseemärchen*, p.96.

사젠은 되는 그녀의 긴 자줏빛 비단결 같은 머리칼을 은말뚝에 감고 금 빗으로 빗고 있다"(쿠디아코프, 『베르호얀스크』, 78). 이 태양의 딸은 주인공을 만나는 네번째 여주인공이다(시베리아에서는 때로, 북아메리카에서는 항상, 4라는 숫자는 러시아에서의 3 이라는 숫자가 하는 역할을 한다). 그녀들 중 첫번째는 구름과, 두번째는 별들과, 세번째는 달과, 네번째는 해와 관련되어 있다. 우리가 보기에 이 예는 러시아 자료들의 분석에서 드러나는 가정, 즉 놋쇠의 빛깔은 금빛과 마찬가지로 태양 왕국의 빛깔이라는 것을 확증하는 것 같다.

열의 세곱절째 왕국과 관련된 물건들의 빛깔은 태양의 빛깔이다. 태양의 종교를 모르는 민족들은 마술적 물건들의 금빛도 알지 못한다. 이 모티프를 더 잘 이해하기 위해, 우리는 농경에로의 이행 시기에 열의 세곱절째 왕국에 관련된 개념들의 변천을 전체적으로 분석해보아야 한다. 이집트, 바빌론, 앗시리아, 중국, 고대 그리스 등이 예가 될 수 있을 것이다.

여기에서 각 민족의 특수성이 어떠하든간에 몇 가지 아주 분명한, 그리고 이야기에서도 발견되는, 일반적 특성들을 관찰할 수 있다. 우선, 이미 지적되었던 대로 오래 된 관념들은 사라지지 않고 존속하나 새로운 관념들이 그 위에 층층이 축적된다. 이제까지 우리는 민족들이 다른 왕국에 그들에게 친숙한 생활 양식이나 생산 형식들을 투영하는 것을 보았다. 저세상은 이세상을 반복한다. 사냥군은 거기에 동물들이 많게 하고, 원정은 정원들이 많게 한다. 하지만, 농경에로의 이행과 함께 이러한 과정은 종말에 이른다. 저세상에서는, 밭갈고 씨뿌리고 거두는 일이 없다. 열의 세곱절째 왕국에서는 결코 밭일을 하지 않는다. 동물들, 정원들, 섬들은 모든 종교에서 보존되지만, 무엇인가 새로운 것이 개입된다. 즉, 풍요를 선물로 주는 신들의 출현이 그것이다. 이 신들의 흔적 또한, 우리가 보았던 대로, 이야기에 보존되어 있다. 이것이 첫번째 고찰이다. 또 다른 점은, 다른 왕국의 태양적 개념이 전성을 맞이하며, 차츰 상징적 형식들을 취하게 되는 것은 이집트에서라는 것이다. 가장 오래 된 피라밋들은 "아직도 거의 전적으로 라의 종교, 죽은 자들의 태양적·천상적 체류의 종교의 범주내에 드는 반면, 그 이후의 것들은 점점 더 오시리스에게 봉헌된다."[14] 우리는 이집트적 사고 개념들에 대해 자세히 다루지 않겠다. 근본에 있어, 그 개념들은 세 층으로 이루어져

14) 투라에프, 『이집트 문학』, p. 38.

있는 것으로 보인다. 즉, 동물적인 층, 원예적인 층, 태양-농경적이며 게다가 매우 군주적인 층 등이 그것들이다. 다른 왕국이 동물들로 가득하였다는 것, 그리고 이집트인들이 헤로도토스 Hérodote에게 이 동물 숭배의 이유들을 설명할 수 없었으며, 헤로도토스 자신도 설명을 찾지 못하였다는 것은, 잘 알려진 사실이다. 나무들과 정원들도 그 민간 신앙의 중요한 부분을 이루고 있었다. 브레스티드는 이렇게 말한다. "파라오에게 라의 왕국에서 그의 존재를 유지하기를 희망할 수 있게 해주었던 가장 중요한 원천, 또는 그 원천들 중의 하나는 공물들의 밭 가운데 있는 신비한 섬 위의 생명 나무였다. 그는 아침별과 함께 그것을 찾아 떠났다."[15] 이 아침별이란 또한 녹색의 매이기도 하다. 그 열매들을 영원히 떨구는 종려수는 농경 체제 속에서 이렇게 변형된 것이다. 이 야자수는 죽은 자들의 나라에 자라는 생명 나무로 격상된다. 이 나무에 도달하기에 성공하는 자는 불멸을 얻는다. 저세상에서의 체류가 마술적 힘을 주며, 그로부터의 귀환이 마법사가 되게 해준다는 오래 된 생각은 그러니까 아주 사라진 것은 아니다. 아메리카에서 보았던 '마술 수정'은 잊혀지지 않았다. 하지만, '수정산'이나 '수정비'는 여기에서 '수정하늘'의 형태를 가지며, 이후로 그 마술적 기능들을 상실한다. "프타는 그의 하늘을 수정으로 덮었다"(『사자의 서』, XIV). 역사상 처음으로, 마술적 기능은 신비와 힘으로 가득찬 또 다른 물건 즉 책에로 넘어간다. 러시아의 이야기에서 왕녀나 그녀의 아버지의 수중에 있는 '마법의 책'을 최초로 창조한 것은 이집트이다. 이러한 개념들은 승려 계급과 귀족의 공식적 종교에서뿐 아니라 민중간에도 지배적이어서, 민중간에도 죽은 자들의 왕국에서 가지고 온 책에 대한 놀라운 이야기들이 유포되었다. 라이첸슈타인 Reitzenstein은 이렇게 말한다. "거대한 뱀이 지키는 죽은 자들의 섬이라는 개념을 다시금 생각해보자. 상상력이 그것을 나일강의 범람원에 또는 그 상류나 홍해에 위치시켰다는 것, 그런 섬이 하나 또는 여럿 있다는 것——『사자의 서』의 중요한 대목에서처럼——, 이 모든 것은 우리에게 거의 중요치 않다. 우리에게 중요한 것은, 일련의 예언적이고 마술적인 설화들 속에 되풀이되는 이 개념들의 환상적인 채색이다. 이 개념들의 기초에 있는 것은 진정 이집트적인 관념인바, 그에 의하면 전지(全知)에 이르고자 하는, 그리고 그럼으로써 지고의 능력을 얻고자 하는 자는 누구나 신이 되어야 하며, 그러기 위해서는 죽은 자들

---

15) Breasted, *Development of Rel. and Thought in Anc. Egypt*, p. 133.

의 세계와 하늘을 모두 편력하여야 한다는 것이다." 이 '진정 이집트적인' 관념이란 이미 오스트레일리아와 아메리카 인디언의 자료들을 통해 우리에게 알려져 있으며, 그것은 또한 이야기의 시발점에 있는 것이기도 하다. 저자가 참조하고 있는 설화들이란, 사트니-카모이스 Satni-Khâmoïs 가 미이라들과 함께 하는 모험담과 익사자들의 설화이다. 16)

이집트의 장례에서 금이 차지하는 역할 또한 언급해야 할 것이다. 예컨대, 장례의 텍스트들에는 '황금의 집'이 언급된다. 버지는 그 말이 "석관 또는 지하 묘지의 대기실 또는 지하 묘지 앞의 공간"을 의미하는 것이리라고 설명한다. '황금의 집의 방들'은 지하 묘지의 주요한 장소이다. 그러니까, 지하 묘지는 황금으로 되어 있는 것으로 상상되고 있는 것이다. 17)

앗시리아에서도 우리는 복수적 해석들의 같은 중첩을 볼 수 있다. 이야기의 이해를 위해 중요한 자료들만 살펴보기로 하자. 바빌론이 도입한 새로운 것은, 도성 la ville-forteresse 의 개념이다. "사후의 세계에 관한 오래 된 원시적 개념들을 보존하면서도, 높은 문화적 수준에 도달하였던 앗시리아인들은 이 문화의 몇몇 특성들을 저승 세계에 투영하였다. 그들은 그 세계를, 죽은 자들의 왕국의 여왕인 여신 알라투 Allatou 가 사는 거대한 궁전이 있는 큰 도시로 상상하였다. 일곱 겹의 성벽이 이 광대한 감옥, 죽은 자들이 사는 빛 없는 감옥을 두르고 있었다."18) 보다 오래 된 것은 바빌론적인 정원의 개념이다. 이십사 시간의 여행 끝에, 길가메쉬는 바닷가에 이른다. 거기에는 신들의 딸이, 요술적인 정원의 브롸에 앉아 있다. 그 정원에는 신들의 나무들이 자라는바, 그 중 하나가 그를 유혹하여 그는 급히 다가간다. "(이 나무의) 열매들은 삼투 Samtu 석들이며, 나무 꼭대기에는 수정들이 나고, 보기에 아름다운 열매들이 열린다."19) 그러니까 여기서는 우리가 아는 수정들이 나무에서 자라는 것이다. 오래 된 동물 형태적 개념들도 잊혀지지는 않았으나, 이집트에서와 같은 다양성을 가지고 보존되지는 않았다. 죽은 자들의 왕국의 주민들이 새의 깃털을 가지고 있음은 이미 보았던 바 있다.

16) Maspéro, Les Contes Populaires de l'Égypte ancienne, 3e éd., Paris, pp. 100~29, 84~92.
17) Budge, The Book of Opening the Mouth, pp. 9, 27.
18) 카루친, 『민속학』, Ⅳ, p. 233.
19) A. Jeremias, Hölle und Paradies bei den Babyloniern, p. 36.

11. 고대 그리스-로마

지금까지 우리는 우리의 자료를, 가장 원시적인 것들로부터 시작하여 가장 나중의 것들에 이르기까지, 세부적으로 분석하였다. 이제 고대 그리스-로마의 자료에서 우리는 복잡한 개념들의 일례를, 그것을 단순한 요소들로 해체하려 하지 말고, 검토해보자. 한편 이러한 개념들의 어떤 단순한 요소들은 이야기에서 발견됨을 보게 될 것이다. 이는 이야기의 개념들의 역사성을 증명하기 위한 보완적 논증 구실을 할 것이다. 사실상, 역사적인 것은 각기 별도로 취급된 요소들뿐 아니라, 그들의 부조화, 양립 불가능성, 논리적 상호 모순 등이기도 하다.

그리스적인 개념들의 다양성은 혼돈에 가깝다. 우리는 그것들에 대해 역사적으로 기초된 진지한 논의도 아직 갖고 있지 못하다. 이 혼돈스러운 양상은 고전 고대의 회의적 정신들에게 흔히 야유거리를 제공하였다. 아리스토파네스 Aristophane 의 『개구리들』만 하더라도, 그것은 사공 케이론을 위시하여 전적으로 불가능한 저세상을 묘사한다. 노젓는 자들은 개구리들의 개굴거림에 박자를 맞추어 노를 젓는다. 라더마허는 이 희극으로부터, 이 세계의 온갖 부조리를 포함한 지형학을 도출하려 하였다. [20] 그리스적 개념들에 있어서, 민속문학자는 새삼스레 수집할 정보가 별로 더 없다. 그는 거기에서 올림푸스의 산, 하데스의 지하 세계, 복 있는 자들의 섬, 포세이돈의 수성적 왕국, 헤스페리디스 Hespérides 의 정원과 황금 사과 등을 모두 발견한다. 라더마허는, 그뤼프 Gruppe 에 의하면 사과의 금빛은 헤스페리디스 정원이 전에는 지하에 있었음을 입증하는 것이리라고 한다. 그 자신은 오히려 황금이란 환상적 부의 표지라고 생각하는 경향이 있다. [21] 우리의 비교된 자료들에 비추어보면, 이 두 가지 설명들은 모두 옳지 않다. 우리는 또 다른 의견, 디트리히의 의견이 확실한 것이라고 생각한다. "정원은 항상 태양 및 태양신과 관련되는 것으로 생각되었다. 그것은 태양이 뜨는 동방이나, 또는 그것이 지는 서방에 있는 것이라고 상상되었다." [22]

이러한 복수성은 이미 쇠퇴와 와해의 표시이다. 그러한 와해는 이야기의 출현에 알맞는 토양을 마련한다. 헤스페리디스의 사과들을 찾아 떠나는 헤라클레스의 신화는, 우리의 젊음의 사과들에 대한 이야기와 매

---

20) Radermacher, *Das Jenseits im Mythus der Hellenen*, p. 3 이하.
21) *Ibid*, p. 44.
22) Dieterich, *Nekyia*, p. 21.

우 가까우며, 신화에서 사과들은 그저 신기한 물건인 데 비해 이야기의 사과들은 그 마술적 성격을 지니고 있다는 점에서, 오히려 이야기가 더 오래 된 것이라 하겠다. 지적해야 할 또 한 가지는 어떤 그리스적 개념 들의 생명에 찬 아름다움과 우아함이다. 그리스인들은 아마도 저세상 에 음악을, 피리와 북의 마술적 음악이 아니라 단순히 인간적인 음악을 도입한 최초의 사람들일 것이다. 그리고 이 점은『작은 자주꽃』이야기 의 음악으로부터 마리아의 발치에서 바이올린을 켜며 트럼펫을 부는 천 사들의 음악에 이르기까지 전유럽에 보존되어 있다. 죽은 자들의 섬은 음향들로 가득하다고 디트리히는 말한다.[23] 이 도시에서는, "대부분의 주민들이 키타라 la cithare 를 켠다. ······마찬가지로, 루키아노스 Lucien 에게 있어서도, 복 있는 자들의 섬에서는 현악기들, 피리들, 찬미가들 의 소리가 들리며, 바람에 흔들리는 나뭇잎들의 살랑임조차도 노래이다. ······태양의 정원을 지키는 헤스페리디스의 처녀들은, 옛부터 낭랑한 음 성의 노래하는 여자들로 불리웠다." 이는 이야기에 나오는 '노래하는 나무' (Af. 160/288~89)[24]를 상기시킨다.

그 많은 그리스적 관념들로부터, 우리는 금빛이라는 한 가지 세부만 을 고려해보겠다. 여기서는 무엇보다도 먼저 헬리오스 Hélios 의 궁전을 언급해야 한다. 그것은 금과 보석들로 빛나는 아름다운 기둥들로 떠받 쳐져 있다. 그 지붕은 세공된 상아이며, 그 문들은 은으로 되어 있다. 여기에서 우리에게 흥미로운 것은, 그것이 러시아의 이야기에서와 꼭 마 찬가지로 기둥들로 떠받쳐져 있다는 사실이다. 이 기둥들이 하늘의 궁 륭을 버티는 것임은 명백하다. 헤라클레스가 그의 어깨들로 천구를 버 티었음을 기억하자. 헬리오스의 모든 친족들은, 디트리히의 견해에 의 하면, "그 각 사람의 얼굴에서, 금빛나는 햇살처럼 발산되는 시선의 광 채로써 쉽게 알아볼 수 있다." 이는 물론 후세의 합리화이다. 이 금빛 은 신들, 죽은 자들, 입문자들에게 고유한 것이다. 피타고라스 Pythagore 는 그가 성스럽고 신적임을 입증하기 위해, 그의 수족이 금으로 되어 있 다고 단언하였으며, 그의 황금 허리를 내보인 적도 있다.[25] 이는 "무릎 까지 금빛인 다리들, 팔꿈치까지 은빛인 팔들"을 가진 우리의 주인공을 상기시킨다(Af. 159/283). 황금 얼굴, 황금 왕관, 후광 등은 모두가 이

---

23) Dieterich, *Nekyia*, p.36.
24) (Af. 166)이란 1946년판의 오류(N.d.T.).
25) Dieterich, *Nekyia*, p.38.

같은 유래를 갖는다. 이는 금이 그리스와 그 밖의 나라들에서 장례 제의에 사용되었음을 설명해준다. 예컨대 도교를 믿는 자들은, 금이나 진주를 삼키는 자는 생명을 연장할 뿐 아니라 죽은 후에도 부패를 예방하여 몸이 사는 것을 보장한다고 믿는다. 슈테른베르크는, 중국에서는 고인의 입에 금을 넣어주는 것을 지적한 바 있다.[26] 고대 그리스-로마로 돌아가자면, 로마 황제들이 얼굴에 금분을 발랐다는 사실을 지적해두자.[27] 이는 미케네의 고인들의 황금 가면에 대한 설명이기도 하다. 중국에서는 모든 사람의 입에 황금을 넣었으며 로마에서는 금분을 황제들에게만 국한하였다는 것은, 이러한 개념들에 개입된 변천을 보여준다. 그리스에는 이미, 의인들의 세계와 불경한 자들의 세계에 대한 개념들이 존재한다. 금은 의인들만의 전유물이 된다. 그리하여 성 바울의 『묵시록』*에도, 복 있는 자들의 거처는 황금 도성으로 묘사된다.[28]

이 모든 것은, 금으로 된 물건들의 탐색이라는 모티프의 기원에 대해 충분한 설명이 된다. 그것은 장수와 불멸을 얻어준다는 마술적 기능을 상실한 저세상의 물건들이다. 러시아의 이야기에서 사과들은 이 기능을 간직하고 있으나, '황금깃털의 오리'나 그 밖의 것들은 그 기능을 상실하였다.

그리하여 우리는 이야기가 열의 세곱절째 왕국에 대한 개념들의 여러 층위, 여러 지층들을 보존하였음을 알 수 있다. 거기에는 원시 수렵에까지 소급하는 매우 상고적인 요소들과, 농경의 처음 단계에 생겨난 요소들, 그리고 보다 발전된 농경에서 생겨난 요소들 등이 모두 있으며, 각기 거기 대응하는 생활 방식과 사회 체제를 반영하고 있다.

---

26) 『종교적 신앙의 변천』, p. 383.
27) Dieterich, *Nekyia*, p. 41.
28) R. Holland, "Zur Typik der Himmelfahrt," *ARW*, XXXII, 1925, p. 217.
*) 성 바울이 아니라 성 요한일 것이다. 〔역주〕

제 9 장

약혼녀*

I. 왕녀의 표지

1. 왕녀의 두 유형

러시아 이야기의 왕녀가 단순히 "필설로 형언할 수 없는," "상냥하고 아름다운 아가씨," "비할 데 없는 미인"일 뿐이라고 생각한다면 잘못이다. 한편으로 그녀는 충실한 약혼녀로서, 약혼자의 부재시에 숱한 구혼자들을 물리치며 그를 기다리는 것은 사실이다. 하지만, 다른 한편으로 그녀는 불성실하고 심술궂고 앙심 많은 존재로서, 구혼자(약혼자)[1]를 죽이고 물에 빠뜨리고 다치게 하고 약탈하려고밖에 하지 않으며, 따라서 온갖 고초를 겪은 후 주인공의 주요 임무는 그녀를 길들이는 것이다. 그런데 이것은 극히 간단히 이루어진다. 그는 그녀의 등에 세 번 채찍질하며, 그후로는 부부간의 화락이 자리잡게 된다.

왕녀는 때로 여전사(女戰士), 활쏘기와 달리기와 말 길들이기에 능한 여걸로 묘사된다. 이 경우, 구혼자에 대한 그녀의 적의는 그와의 공공연한 경쟁이라는 형태로 나타난다.

왕녀의 이 두 유형은 개인적 특질에 의해서라기보다는 행동의 추이에 의해서 결정된다. 주인공이——구원자가 되어——용으로부터 구해내는 왕녀의 경우는 온순한 약혼녀의 유형에 해당한다. 또 다른 유형의 왕녀는 힘으로써 얻어진다. 그녀는, 이전의 불운한 구혼자들의 머리가 꽂힌 창(槍)들이 그녀의 궁전을 누르고 있는 것을 보고도 겁내지 않으며 그녀의 수수께끼들을 풀어나가기에 성공하는 한 대담한 자에 의해 약탈 또

---

1) 제니크(ženikh, žena[여자]라는 말의 파생어로, 문자적으로는 여자를 구하는 자)란, 러시아어에서, '구혼자'와 '약혼자'의 이중적 의미를 지닌다. 거기에서 혼동이 생기나, 가능한 한 구별을 해보겠다(N.d.T.).

*) 불어의 'fiancée'는 '약혼녀' 또는 경우에 따라 '신부'로 옮기기로 한다. [역주]

는 정복된다.

이는 때로 왕녀와 그녀의 약혼자간의 관계뿐 아니라, 그녀와 그녀의 아버지간의 관계도 결정한다. 약혼녀는 그녀의 아버지와, 결혼은 주인공의 왕위 계승과, 무관하게 연구될 수 없다.

왕녀와 그녀의 아버지와 약혼자는 상이한 '힘의 삼각 관계들'을 이룰 수 있다. 힘으로써 정복하거나 획득하려 하는 왕녀는 주인공을 이기기 위해 아버지와 힘을 합친다.

하지만 다른 결합도 가능하다. 즉, 약혼녀는 주인공과 힘을 합쳐 아버지를 거역하고, 때로는 직접 늙은 짜르를 죽일 수도 있는 것이다. 그녀는 결코 여자로서는 묘사되지 않는다. 이 점에서 러시아의 이야기는, 예컨대, 『천일야화』와 다르다. 『천일야화』에서는 물론 초보적인 것이기는 하지만, 여성미의 표준이 그려져 있는 것이다. 러시아의 이야기는 그녀의 외관에서 단 한 가지 특질—금발—밖에는 주목하지 않는 바, 이는 앞서 문제되었었다. 그러므로, 왕녀는 근본적으로 그녀의 외관이 아니라 행위들에 근거하여 연구되어야 함을 알 수 있다. 그녀의 행위들은 우리로 하여금 차츰 그녀의 특질들을 발견하게 해줄 것이다.

2. 주인공에게 부여되는 표지

용과의 싸움을 검토하면서, 우리는 그 싸움 동안의 왕녀의 역할에는 언급하지 않았었다. 이제 그 공백을 메꾸어보자. 싸움이 있기 전에, 주인공은 잔다. 왕녀는 도저히 그를 깨울 수가 없다. "……그녀는 그를 밀고 흔들어도 보았으나 허사였다. 그리하여 그녀는 비통하게 울기 시작했다. 뜨거운 눈물이 용감한 자의 볼 위에 떨어졌다"(Af. 92/155). 이 눈물이 그를 깨우는 것이다. 이 경우, 그리고 비슷한 다른 경우들에서도, 눈물의 기능은 단순히 주인공을 깨우는 데 있다. 하지만 때로 사태는 딴판으로 진행된다. "용은 다가와 이반 왕자를 잠을 태세인데, 왕자는 여전히 자고만 있다. 그러자, 마르파 왕녀는 주머니칼을 가지고 있던 것을 기억하고는, 그것으로 이반 왕자의 볼을 베어 상처를 냈다. 그제야 그는 벌떡 일어나 싸움을 시작했다." 하지만 주인공에게 가해지는 이 손상은 또 다른 의미를 가지고 있는바, 나중에 주인공은 그 상처에 의해 그임이 증명될 것이다. "아버지, 여기 나를 용들로부터 구해준 이가 있어요! 나는 그가 누구인지 몰랐지만, 볼에 난 상처를 보면 그인 것을 알 수 있어요"(Af. 68/125). 그러니까 주인공은 일종의 기호·도장, 피묻은 인장으로 표시되어 그 상흔이 그를 알아보게 하는 것이다. 싸움에서 얻은 상처도 비슷한 의미를 지니며, 피묻은 인장 역할을 한다. 이 경우, 왕녀는 손수건을 꺼내 상처를 싸매준다. 주인공은 그 손수건과 상처에 의해 그임이 증명될 것이다. 주인공의 이러한 표지 부여는 싸움이 아닌 다른 상황에서도 일어난다. 중요한 것은 표지 부여의 상황이 아니라, 그것이 일어나는 시기이다. 표지 부여는 결혼 직전에 일어난다.

우리는 『시브코-부르코』이야기에서 이러한 유형의 한 예를 볼 수 있다. 이 이야기에는 싸움이라고는 없지만, 주인공에 대한 표지 부여는 그만큼 더 분명히 나타나 있다. 시브코-부르코에 타고, 주인공은 한달음에 왕녀의 창으로 뛰어올라 그녀에게 입맞춘다. "그는 뛰어올라 열두 개의 창유리들을 부수고, 비할 데 없이 아름다운 왕녀에게 입맞추었다. 그녀는 그의 이마 한가운데에 도장을 찍어주었다"(Af. 106b/183). "그녀는 그녀의 금반지로 그의 이마를 쳤다"(Af. 106a/182). "그녀는 손가락으로 그의 이마를 쳤다. 그러자 그의 이마는 빛나기 시작했다"(Nor. 8). 이러한 표지 부여는 다른 데서도 발견된다. 예컨대, 왕녀의 약혼자는 신동인 어린 소년이다. "그녀는 그녀의 금반지로 그의 이마에 표를 하고, 그를 궁전으로 맞아들여 키웠다. 그리고는 그를 짜르라 명하고 그와 결혼했다"(Af. 114a/195). 때로 이 모티프는 다소의 왜곡을 겪는다. 하지만 그러한 왜곡은, 이 모티프가 아무 상관도 없는 곳에 나타날 정도로, 얼마나 민중의 의식 속에 뿌리박혀 있는가를 보여준다. 예컨대, 어떤 이야기는 주인공이 장사에 거듭 실패하는 데에서 시작한다. 그에게는 아무것도 되는 일이 없다. 마침내 짜르가 그것을 알게 되어, 그를 불쌍히 여긴다. "그는 그를 '무일푼 le Démuni'이라고 명하고, 그의 이마 한복판에 도장을 찍어 표하라고, 그리고 그에게는 세금도 노역도 부과하지 말라고 명령했다"(Af. 122d/215).

이렇게 피부에 표지를 부여하는 방식들 외에, 주인공을 표시하는 또다른 방법이 있다. 예컨대, 사슴의 모습을 한 주인공이 왕녀의 무릎에 머리를 기댄다. "그녀는 가위를 꺼내어 순록의 머리에서 털을 한줌 잘랐다"(Af. 145/259). 잘린 머리칼은 표지 부여의 또 다른 형태이다. 일반적으로 표지 부여는 왕녀와 주인공간의 연대의 기호로 쓰인다는 기능을 갖는다. 하지만 심술궂은 왕녀는 바로 이 방식을 이용하여 주인공을 격파한다. 예컨대, 주인공은 그녀의 수수께끼들을 다 풀었다. "그녀는 모두가 깊은 잠에 빠진 밤을 틈타 그들의 머리맡에 다가가서, 마술책의 도움으로 그 중에 누가 책임이 있는가를 알아냈다. 그리고는 가위를 꺼내어 그의 관자놀이에서 머리칼을 잘랐다. '내일은 이 표시로 그를 알아내어 혼을 내주겠어'"(Af. 133/240).

제시된 예들만으로도, 러시아의 이야기에서 왕녀의 이 기능을 이해하기에 충분할 것이다. 러시아의 이야기는 이 모티프를 상당히 완전하고 풍부하고 다양하게 보여준다. 그것은 그 모티프의 역사를 규명할 수 있게 할 어떤 세부들은 제공하지 않는다. 사실상 거기에서 표지 부여는 항상 신분을 숨긴 주인공의 궁극적인 인지와 연관되는바, 순수히 시적인 방편으로 변형되어 있다. 다른 민족들의 자료에서는 이 연관이 필수적이 아니며, 중요한 다른 세부들이 나타난다. 예컨대, 라폰 신화에서, 한 소녀는 태양의 아들의 청혼에 이렇게 대답한다. "우리의 피를 섞고, 고락을 위해 우리의 심장을 합쳐요."[2](카루친, 『라폰족 Les Lapons』, p. 347). 그러니까, 결혼 전에 피를 섞는 것이다. 여기에 지적되지 않은 한 가지는, 그것을 마시기도 한다는 것이다. 이어지는 이야기 속에서, 소녀의 아버지는 약혼하는 두 사람의 새끼손가락을 베어 그들의 피를 섞는다.

러시아의 이야기를 이 라폰 신화와 비교할 수 있을까? 만일 이 비교가 정당하다면, 같은 유형의 현상이 양자간에 모두 반영된다면, 그것은 이야기가 표지 부여의 행위 자체는 보존하되 그것을 인지에 쓰이는 가호로 바꾸었음을 의미할 것이다. 그리하여 고유한 의미에서의 피 섞기는 완전히 사라지고, 피의 성격은 싸움에서 얻은 상처라는 형태를 띠게 되었던 것이다. 라폰 신화는 이 제의의 형식 및 의의를 더 잘 보존하고 있다. 피흘림, 표지와 상흔의 부여는 부족 연합에의 결사에의 입회의 기호이다. 그 때문에, 그것들은 이미 입문 제의 속에, 새로운 구성원의 입회 제의 속에 존재한다. 하지만, 그것들은 또한 이 제의 밖에서도 널리 유포되었다. 그것들의 많은 다른 형식들이 존재한다. 오스트레일리아의 원주민들에게서도 이미, 같은 부족의 연장자들과 젊은이들은 그들의 연합을 더욱 공고히하기 위해 피를 마시며, 두 부족간의 평화를 체결하기 위해서도 그렇게 한다. [3] "원시인에게 있어 친족성의 기호는 전적으로 피에 의한 동일성이었다"고 리페르트 Lippert 는 말한다. [4] 그 때

---

2) 인용문의 계속은 분명치 않다. 말 그대로는 이렇다. "……아직 내 것이 아닌 어머니에게서 난 내 아들……"(N.d.T.).
3) Spencer and Gillen, *Native Tribes*, p. 461.
4) Julius Lippert, *Kulturgeschichte der Menschheit in ihren organischen Aufbau*, Stuttgart, 1887(러시아어 역, 성 페테르스부르크, 1902, pp. 187, 213).

문에, 피의 어떤 인위적 혼합에 의해서도 친족성이 생겨났다. 하틀랜드의 『시학』및 특수 연구에서의 베젤로프스키, 카루친, 슈테른베르크, 그리고 그 밖의 저자들은 피의 섞기와 마시기가, 부족 연합의 강화를 위한 제의로서이건 부족 사회에의 입회를 위한 제의로서건, 시행되었던 민족들의 긴 목록을 제공해준다. 슈바인푸르트 Schweinfurth 는 니암-니암 Niam-Niam 흑인들에게서, 벨하우젠 Wellhausen 은 아랍인들에게서——이들에게서는 게다가 의무적인 종교적 모임의 식사가 존재한다——, 아헬리스 Achelis 는 리디아인들 les Lydiens 에게서, [5] 그런 것을 발견하였다. 물론 평상시에 옷을 입는 민족들에게서도 몸의 벗은 부분들(이마·볼·손)이 나타나는바, 이는 이야기에서도 마찬가지이다. "부족 연합에 들어오는 자의 피는 이 연합의 한 아들의 피와 섞여야 한다"고 카루친은 말한다. 이러한 관습은 "동시에 법률적이며 종교적인 의미를 갖는다. 그것은 이방인을 부족 단체에 법률적으로 받아들이는 방식인 동시에 연합의 신성한 상징이다."[6]

결혼은 아내를 남편의 씨족에, 또는 반대로 남편을 아내의 씨족에, 들어가게 한다. 러시아의 이야기에 나오는 것은 항상 이 후자의 경우이다. 그것은 혼인 관계를 반영한다. 베젤로프스키는 그가 "공동체의 부부 관계에로의 피에 의한 전이"라고 부르는 것을 분명히 보았던 유일한 사람이었다. [7] 하틀랜드의 자료를 분석하면서, 그는 이렇게 쓴다. "벵갈의 어떤 원주민들에게서는, 약혼자는 그의 아내에게 붉은 연필로 표시를 한다. 비호르족 les Birhores 에게서, 혼인 제의는, 약혼한 각자의 새끼손가락에서 피를 흘리게 할 것과, 그 피로 서로 칠할 것을 요구한다. 케바트족 les Kevates 과 라지푸트족 les Radjpoutes 에게서는, 이 피를 신랑 신부에게 주는 음식에 섞는다. 우카족 les Wukas(뉴기니아)에게서, 결혼은 약혼한 자들의 도주로써 시작된다. 이들은 뒤쫓기고 사로잡힌다. 그 다음 단계는 약혼녀의 값을 정하는 것이다. 그리고 나서는 남편과 아내가 서로 피가 날 때까지 이마를 쨌다. 양가의 다른 구성원들도 그렇게 하며, 그로써 그들의 결합을 공고히한다." 그리고 그는 몇몇 이야기들(안남, 노르웨이, 핀란드 등의)을 인용한다.

---

5) G. Schweinfurth, *Im Herzen von Afrika*, 3e éd., Lpz., 1918, p. 274; J. Wellhausen, *Reste arabischen Heidentums*, 2e éd., 1927, p. 274; Th. Achelis, *Rel. d. Naturvölker*, p. 95.
6) 『민속학』, Ⅳ, p. 350.
7) 『주제의 시학』, p. 121.

이 관습의 유포와 그것이 취하는 형태들의 다양성은 그 변천의 간략한 개요를 어렵게 한다. 하지만 이것은 우리에게 꼭 필요한 일은 아니며, 이야기와의 관계가 명백하면 그만이다. 츄코트 Tchoukote 의 한 이야기는 피로 범벅칠하는 것까지 보존하고 있다. 결혼 전에, "청년은 우선 몇 마리의 큰 사슴을 죽여 손님들을 대접하라고, 단 마지막 한 마리는 그 피를 자기 몸에 바를 수 있게 남겨두라고 명한다." 소녀들 중의 하나가 외친다. "자, 서두르세요, 피가 굳어요!"(P.V., pp. 501~02). 삼터의 책에서는 이 주제에 관한 중요한 자료를 발견할 수 있다.[8] 이는 트리스탄과 이졸데를 생각나게 한다. 프라이덴베르크 O.M. Freidenberg 가 보는 바로는, 이졸데의 잔에는 '다산의 예배적 음료'가 들어 있다.[9] 카잔스키 Kazansky 에 의하면, 그것은 "순수히 마술적인 가치의 음료에" 소급한다. 우리가 보기에 포도주는 피의 대신이다. 트리스탄과 이졸데는 혼인 제의를 수행하는 것이다. 음료의 애정적 성격은 사랑의 미약이라든가 그 비슷한 다른 음료들의 영향하에 생겨난 중세적 전위에 불과하다. 트리스탄과 이졸데는 단지 라폰 신화의 연인들이 하는 말을 하지 않을 뿐이다. "우리의 피를 섞고, 우리의 심장을 합쳐요"라고.[10]

하지만 아직 문제가 다 풀린 것은 아니다. 이야기에서 왕녀는 약혼자의 머리칼을 한줌 자름으로써도 그에게 표시를 하는 것이다. 혼례 관습으로서, 이러한 관행은 흔히 입증되지 않는다. "혼인의 연합은 피를 섞음으로써뿐 아니라, 자신의 일부, 예컨대, 머리칼이나 옷자락 등을 줌으로써 결정적이 된다"고 카루친은 말한다.[11] 그런데, 이야기에서도 역시, 왕녀는 약혼자의 머리칼 외에, 그의 외투의 한 끝을 자르기도 하는 것이다(Sm. 85, 기타).

반면, 부족 단체에의 입회의 기호로서는 그것은 상당히 자주 발견된다. 오스트레일리아인들에게서는, 할례 후 청년이 여자들이 기다리는 부락으로 돌아오면, 그녀들은 그에게서 머리칼을 몇 줌 자른다.[12] 머리칼을 자르는 습속은 전세계적인 현상으로 간주되며, 오늘날까지도 나타나는바, 그 기원이나 상고적인 의미는 대개의 경우 분명하다. 세례나, 성직 의복의 착복(승려들의 삭발) 등을 위해서도 머리칼을 자른다. 이 모든

8) *Geburt, Hochzeit u. Tod*, Lpz., 1911.
9) 『트리스탄과 이졸데』 문집, p.96.
10) 카가로프, *MEA* 문집, Ⅷ, p.182.
11) 『민속학』, Ⅳ, p.351.
12) Spencer and Gillen, *Native Tribes*, p.258.

경우들은 일정한 단체에의 일종의 입회에 해당한다. 그것들은 입문 의례의 한 형식을 나타내며, 그것들과 입문 의례와의 연관은 이의의 여지가 없다. 우리는 여기에서 앞서 말했던 머리칼의 취급(제 4 장 제 15절)의 특별한 경우를 본다. 그리고 만일 어떤 종교에서 성직자들이 머리를 기른다면, 거기에서도 입문자에게 특별한 힘을 부여하는 긴 머리칼의 자람과의 관련을 보아야 할 것이다(베젤로프스키, 『주제들의 시학』, p. 125 참조).

우리가 이미 아는 바와 같이, 입문 의례는 상징적 죽음으로 간주되었다. 이는 왜 친족의 실제적 사망시에 그에게 피나는 표지를 부여하고 그의 머리칼 한줌을 잘랐던가를 설명해준다. 시우 Sioux 족의 청년이 죽으면 그의 친족들은 그의 이마에서 한줌의 머리칼을 자른다.[13] 그가 죽은 자들의 반열에 들어가는 것, 그들의 부족에 들어가는 것이 그렇게 표현되는 것이다. 고대 그리스인들의 사고 개념에 따르면, 지옥과 죽음의 왕 타나토스는 신참자들에게서 각기 한줌의 머리칼을 자른다. 후에, 이런 행위들의 원시적 의미가 상실되자, 머리칼을 자르는 것은 더 이상 죽은 자가 아니라 살아 남는 자들이게 된다. 애도의 표시로 머리칼을 자르는 매우 널리 유포된 관습의 기원도 거기에 있다. 이러한 설명은 우리로 하여금, 머리칼을 자르는 것을 일종의 희생, 죽은 자에게 드리는 귀한 제물로 간주하는 예본스 Jevons 나 로버트슨 스미드 Robertson Smith 에 동의할 수 없게 한다.[14] 이야기는 그것이 이행 및 처족에의 가입의 표지임을 증명한다. 그리고, 그 때문에, 이 표지를 부여하는 것은 다른 누가 아니라 그녀인 것이다. 우리는 곧 왜 이것이 그녀의 아버지에 의해 수행될 수 없는가를 보게 될 것이다.

II. 어려운 과제들

A. 상 황

3. 어려운 과제들
우리는 이제 왕녀의 또 다른 기능으로 넘어간다. 결혼하기 전에, 그

---

13) Lévy-Bruhl, p. 285.
14) Lippert, *Kulturgeschichte der Menschheit*, p. 364; 슈테른베르크, 「초상(初喪)」(『원시종교』, pp. 204~07).

녀는 구혼자에게 여러 가지 어려운 과제들을 부과함으로써 그를 시험한다. '어려운 과제들'이라는 모티프는 이야기들 가운데 가장 유포된 것들 중의 하나이다. 하지만, '어려운 과제'란 무엇인가라는 문제에 관해서는, 이야기의 전문가들에게 있어서도 약간의 혼동이 있음을 말해두어야 할 것이다. 바바 야가가 소녀에게 양귀비 씨들을 거기 섞인 흙으로부터 골라내는 일을 시킨다면, 이 또한 어려운 과제로 간주될 수 있을 것이다. 용어상의 혼란을 피하기 위해, 우리는 '어려운 과제'라는 말로써 청혼과 관련된 과제들만을 의미하며, 마술적 수단의 전수와 관련된 것들은 제외하기로 한다. 어려운 과제들과 청혼간의 관계가 직접적이지는 않지만 비교를 통해 쉽사리 드러나는 경우들도 있다. 이러한 경우들은 우리의 범주에 속한다.

'어려운 과제들'은 극히 다양하다. 그 일람표를 만들기란 쉬운 일이 아니다. 우리는 자료들을 대조함으로써 이 분야를 다소간 조명해보고자 한다.

과제들을 연구함에 있어 우리는 두 가지 문제들을 푸는 데 전념하게 될 것이다. 첫째는, 이 과제들을 초래하는 조건 내지는 상황, 원인에 관한 것이다. 둘째는, 그것들의 내용에 관한 것이다. 이 두 가지 양상은 항상 서로 겹쳐지지는 않는다. 같은 과제가 다른 상황들에서 주어질 수도 있으며, 그 역도 마찬가지이다. 그리고 나서야 비로소 우리는 그것들의 역사적 기초라는 문제를 제기하게 될 것이다.

그러므로 우선, 어떤 상황에서 어려운 과제들이 주어지는가부터 살펴보기로 하자.

4. 공개 모집

때로, 과제는 이야기의 처음부터 주어질 수 있다. 어떠어떠한 조건으로 자기 딸을 시집보내고자 하는 짜르에 의해 선포되는 공개 모집으로써 이야기가 시작되는 것이다. 이런 경우, 결혼에의 입후보는 과제의 선포에 의해 야기된다. 우선 과제의 선포가, 그리고 나서 그 과제를 풀겠다고 나서는 구혼자가 있게 되는 것이다. 그 전형적인 예가 『시브코-부르코』이다. '갑자기' '그럴 즈음에,' 짜르는 말을 타고 높이 날아 높은 회랑이나 발코니에 있는 왕녀에게 입맞출 수 있는 자에게 자기 딸을 주겠다고 공표한다(Af. 105/179~181). 이것은 이런 경우에 주어지는 가장 흔한 과제이지만, 유일한 것은 아니다. 예컨대, 이런 과제도 있다.

"그런데 그때 짜르의 다음과 같은 포고문이 발표되었다. '날으는 배를 만드는 자에게 내 딸을 아내로 주겠노라!'"(Af. 83/144). 이런 유형의 여러 가지 예들——흔히 다양한 과제들이 나오는——을 들 수 있다. 실제로 짜르로 하여금 이러한 모집을 공표하게 하는 것이 무엇인지는 드러나 있지 않다. 달리 말해서, 과제들은 동기화되어 있지 않다. 과제들은 너무 어려워서 실현 불가능한 것으로 간주될 수 있다. 주인공이 그것들을 해결한다면, 그것은 그가 마술적 원조를 얻고 있기 때문이다. 지금으로서는, 이 모든 과제들의 목표가 구혼자들을 이끌려는 것인지 물리치려는 것인지 아니면 선발하려는 것인지 전혀 알 수가 없다.

지금으로서는 이 경우 과제들이 이야기의 처음에서 주어져 그 결과로 결혼에의 입후보 자격이 얻어지는 경우를 지적하는 데에 그치고, 어려운 과제들이 어떤 형식들로 주어지는가를 계속하여 살펴보기로 하자.

5. 청혼에 대한 대답으로서의 어려운 과제들

먼저의 예는, 어려운 과제가 결혼에의 소청이나 입후보에 선행한다는 사실에서 독특하다. 이야기에는 그 반대의 경우도 있다. 주인공은 청혼을 하는데, 선결 조건으로서 그에게 신부의 과제나 수수께끼들의 해결이 부과되는 것이다. 먼저의 예는, 이미 보았던 대로 동기화되어 있지 않다. 나중의 예는, 반대로 동기화되어 있다. "우선 구혼자의 힘을 시험해보아야 한다"(Af. 116c/200). "만일 노파의 아들이 그 모든 것을 해낸다면 그러면 그에게 왕녀를 줄 것이다. 왜냐하면 그것은 그가 지혜롭다는 것을 의미할 것이기 때문이다. 만일 그가 해내지 못한다면, 그와 노파의 머리를 자를 것이다!"(Af. 112b/191).

어려운 과제의 목표는 구혼자를 시험하는 것이다. '힘'으로써 내포되는 것은 육체적 힘이 아니라 전혀 다른 차원의 힘이다. 어떤 종류의 힘이 시험되는가는 이야기의 진행에서 분명히 드러나며, 과제들의 연구에서 더없이 명백히 나타난다. 즉, 시험되는 힘은 우리가 관습적으로 마술적이라 부르는, 그리고 마술적 원조자나 보조자의 모습으로 나타나는 힘이다.

하지만 이 과제들은 또 다른 점에서도 우리에게 흥미롭다. 그것들은 위협을 포함하고 있다. "만일 그가 해내지 못한다면, 목을 자르라!"이러한 위협은 또 다른 동기화를 내포하고 있다. 이 과제와 위협 속에는, 왕녀에게 최상의 신랑을 찾아주려는 바람뿐 아니라, 신랑이라고는 찾아주지 않으려는 암암리의 바람 또한 들어 있다. 왕자의 청혼에 대한 아름다운 엘레나의 "누가 아냐요? 그럴는지도! 하지만 당신은 우선 세 가지 과제를 해내야 해요"(Af. 133/240)라는 대답은 거짓 속임수이다. 구혼자는 사실상 사지(死地)로 보내지는 것이다. 여기에서 우리는, 애인의 마음에 들기 위해, 오빠로 하여금 늑대의 젖을 찾으러 가게 함으로써 그를 처치해버리려 하는 누이의 이야기를 상기한다. 이런 경우 어려운 과제의 공표는 구혼자에 대한 적대적 행위이다. 어떤 경우에는 적대감이 명백히 표현되기도 한다. 그것은 과제가 해결되었음에도 불구하고 항상 더 어렵고 위험한 과제들이 주어질 때에, 확연히 드러난다.

6. 달아났다가 되찾아지는 왕녀에 의해 주어지는 과제들

먼저의 경우에는 적대감이 공공연히 표명되지는 않지만, 다음과 같은 상황에서는 그러하다. 왕녀는 마술 양탄자를 타고, 또는 약혼자가 그녀에게서 빼앗아놓았던 날개들을 교묘히 되찾아서, 그로부터 달아난다. 그는 마침내 그녀를 되찾지만, 그녀는 그에게 따르지 않고, 어떤 과제들의 수행을 요구한다. 예컨대, 그녀는 그에게 그녀가 그를 찾아내지 못하게끔 숨어보라고 한다. 그녀는 그를 이기려는 욕망에 끈질긴 노력을 쏟는다. 마침내 주인공이 바늘로 변하여 거울 뒤에 숨자; 그녀는 자기의 마술 책으로도 그가 어디에 있는지 알아내지도 찾아내지도 못하며, 화가 나서 책을 태우고 거울을 깨뜨려버린다. 그렇다는 것은 그녀가 왕자와 결혼하기를 원치 않는다는 사실을 더없이 분명히 보여준다(Sm. 355). 하지만 그것은 또 다른 사실, 즉 과제들은 마술적 지식에 있어서의 경쟁의 성격을 띤다는 사실도 보여준다. 왕녀 또한 마술사이며, 주인공은 이 분야에서 그녀를 능가하기에 이르는 것이다. 사실을 말하자면, 짜르가 공개 모집을 실시하는 경우들도 과제들이 청혼에 대한 대답으로서 주어지는 경우들만큼이나, 이러한 마술적 성격이 없지 않다. 예컨대, 왕녀가 열두 개의 말뚝 위에 열두 줄의 통나무들로 이루어진 방을 짓게 한다거나 또는 유리산 위에 있다고 할 때, 그녀는 이미 그녀의 마술적 능력을 보여주는 것이다.

이 모든 경우에, 왕녀가 결혼하기 싫어한다는 것은 명백하다. 그렇다는 것은 때로 직접적으로 표명된다. 예컨대, 그녀는 자기의 할아버지인 물의 정령과 이야기하면서, 이렇게 말한다. "이반 왕자가 청혼을 했어요. 나는 그와 결혼하지 않았으면 좋겠어요. 하지만 우리 족속은 전멸

했거든요"(Af. 76/136). 그리고는 마술적 과제들이 뒤잇게 된다. 이 모든 경우들은 아직도 문제를 완전히 규명하게 해주지는 않는다. 하지만 그것들은 구혼자에 대한 왕녀의 적대적 태도를 드러내주며, 어려운 과제들이 어떤 경쟁적 성격을 갖고 있음을 보여준다. 왜 왕녀가 왕자에 대해 적대감을 갖는가 하는 문제에 대해서는, 우리로서는 대답을 할 수가 없다.

7. 가짜 주인공들에 의해 납치된 왕녀에 의해 주어지는 과제들

왕녀가 주인공으로부터 그의 형들에 의해 납치되고, 주인공은 구덩이에 던져졌다가 신분을 감추고 돌아와 신기료장수나 양복장이의 집에 숨는 경우에는, 시험들이 다르게 동기화된다. 왕녀는 가짜 주인공에게 응낙을 하기 전에, 몇 가지 과제들의 수행을 요구한다.

때로, 주인공은 고향에 막 돌아와 소문을 듣고 사정을 알게 된다. "왕자들은 어떤 황제의 딸을 데리고 왔다. 맏이가 그녀와 결혼하려 하는데 그녀는 우선 자기 반지를 찾아주든지 그것과 똑같은 것을 만들어달라고 한다"(Af. 93a/156)는 것이다.

여기에서 과제는 진짜 주인공을 되찾기 위해 주어지며 구혼자에 대한 적대감은 가짜 주인공을 향한 것임이 분명하다. 과제는 진짜 주인공에게 주목을 끌게 함으로써, 그에게 도움이 되는 것이다.

이 모든 경우에, 약혼녀와 그녀의 아버지는 진짜 또는 가짜 주인공에 대한 그들의 적대감에서 연대적이다. 과제를 내는 것이 미래의 장인인 짜르이건 또는 약혼녀이건, 그것은 중요치 않다. 과제의 공표는 때로는 왕녀의 아버지에 의해, 때로는 왕녀 자신에 의해 이루어진다. 하지만, 항상 그런 것은 아니다. 어떤 차이가 드러나기 시작한다. 주인공의 미래의 장인인, 약혼녀의 아버지만이 구혼자에게 적대적이고, 반대로 왕녀는 아버지를 속이며 주인공을 도와주는 경우도 있는 것이다.

8. 파도의 짜르에 의해 주어지는 과제들

이 경우는 주인공이 먼저 파도의 짜르에게 팔려가는 이야기들에서 전형적이다. 짜르의 집으로 가는 도중에, 주인공은 짜르의 딸과 결혼을 약속한다. 그가 파도의 짜르의 집에 나타나자마자, 짜르는 지체 없이 그에게 해내야 할 과제들, 때로는 동기화되고 때로는 그렇지 않은 과제들을 준다. "네가 늦어진 것에 대한 벌로, 너는 내게 밤 사이에 곳간을 지어

주어야 한다"(Af. 125g/225). [15] 때로, 임무의 수행은 주인공의 석방에의 선결 조건으로 제시된다. "너는 내 말을 구별해내야 한다. 네가 그렇게 해내면, 너를 자유로 놓아주마. 하지만 해내지 못한다면, 너는 네 탓밖에 할 수 없어！"(Af. 125b/220).

실상, 이야기꾼은 왜 파도의 짜르가 어려운 과제들을 부과하는지 알지 못하며, 그래서 그 나름으로 이유를 생각해내고 있다. 그런데, 과제들의 수행이 즉시로 파도의 짜르의 딸과의 결혼으로 이어지는 것으로 보아, 이것은 청혼＋어려운 과제들＋결혼이라는 이야기 구성 법칙의 단순한 반영일 뿐이다. 청혼이 없어지면 어려운 과제들은 다르게 동기화되어야 하며, 결혼도 여기서는 과제의 수행으로부터 아주 설득력 있는 방식으로 결과하지는 않는다. 반면에 이러한 경우들은, 약혼녀의 아버지가 사위에게 명백히 적대적이라는 점에서 흥미롭다. 결혼은 젊은 한 쌍의 도주와, 그들을 찾아내 죽이려 하는 짜르의 시도 다음에 온다. 왕녀는 여기서 그녀의 약혼자(또는 남편)와 합심하여 아버지를 거역한다.

어려운 과제들의 수행이 청혼과 직접적으로 관계되지 않는 몇몇 다른 경우들을 들 수 있다. 예컨대, 『일곱 명의 시메온』에서는, 짜르는 "일곱 명의 시메온에게 그들의 재주를 보이라고 명한다"(Af. 84b/146). [16] 하지만 여기서도 결혼은 과제들의 수행에 뒤따라 온다. 과제 수행과 결혼과의 관계는 조건적인 것으로부터 기계적인 것이 된다.

『개구리 왕녀』(Af. 150/267~69) 이야기에서 짜르는 그의 아들들의 결혼 후에, 단도직입적으로 선언한다. "나는 너희 아내들이 각기 내일 내게 희고 보드라운 빵을 구워주기를 원한다"(Af. 150c/269). 하지만 계속되는 이야기는, 그리하여 며느리인 개구리가 돋보이게 된다는 것, 즉 어려운 과제들의 수행은 여기서도 주인공(여주인공)의 마술적 준비의 가치를 드러나게 한다는 것을 증명해준다.

9. 마술사 주인에 의해 주어지는 과제들
하지만, 청혼과 직접 관련되지 않는 과제들을 거론하면서, 『마술적 지식』(Af. 140/249~53)이라는 이야기에 언급하지 않을 수 없다. 여기서 주인공은 그에게 마술을 가르쳐주는 마술사의 수중에 팔리거나 맡겨져 있다. 하지만 사실상 그는 마술사에게 잡힌 몸이다. 그의 아버지가 그를

---

15) (Af. 125d)라는 것은 1946년판의 오류(N.d.T.).
16) (Af. 84)라는 1946년판의 번호는 자세하지 않다(N.d.T.).

찾으러 가자, 마술사는 아버지에게 일련의 과제들을 주며, 아버지는 아들의 도움으로 그것들을 해결한다. 마치 이반 왕자가 파도의 짜르가 낸 과제들을 그의 딸의 도움으로 해결하듯이, 이 경우들은 과제에 있어서까지 일치하는바, 아들 또는 약혼녀를 열두 명의 분신들 *les sosies* 가운데에서 가려내야 한다는 것이다. "자, 노인장, 나는 당신 아들에게 모든 것을 가르쳤소! 하고 마술사는 말했다. ……하지만 당신이 그를 알아보지 못한다면, 그는 영영 내 집에 있을 것이오!"(Af. 140a/269). 이 이야기는 도주의 에피소드에 있어서도 파도의 짜르에 대한 이야기와 비슷하다. 하지만 이 도주는, 우리가 앞으로 보게 되겠지만, 마술사와의 경쟁의 성격을 갖는다. 여기에는 적대적인 장인도 왕녀도 없다. 기능적으로는, 적대적인 아버지에 적대적인 마술사가 대응한다.

이 경우는 다소 별문제이다. 우리는 위에서 청혼과 직접적으로나 간접적으로나 연관되어 있는 것들만을 '어려운 과제들'이라고 부르기도 하였다. 여기에는 그런 과제들은 없다. 과제들은 주인공이 아니라 그의 아버지에게 부과된다. 여자라고는 등장하지 않는다. 그러므로 이런 관점에서, 이 경우는 여기서 연구되는 현상에 속하지 않으며, 차치되어도 좋을 것이다. 하지만 다른 한편으로는, 여기서도 과제의 수행 후에 결혼이, 때로는 어디서 갑자기 나타난 약혼녀와, 때로는 마술사의 딸과의 결혼이 이루어지는바, 파도의 짜르와 그의 딸에 대한 이야기들에서와 같은 상황이 되므로, 전적으로 배제할 수는 없다. 게다가 여기서는 과제들의 내용이 흥미로우며, 이는 뒤에 검토될 것이다.

10. 적대적인 장인

우리는 러시아의 이야기들에서 어려운 과제들이 주어지는 상황들을 모두 살펴보았다. 그 비교 연구를 해보아도 그것들의 이해에 대한 단서는 발견되지 않는다. 우리는 무척 각양각색의, 심지어는 상호 모순적인 개관에 이를 뿐이다. 한편으로는 구혼자 또는 신랑을 끌려 하고 신부를 위해 가능한 최상의 배필을 구하면서, 다른 한편으로는 신랑을 두려워하고 그를 원치 않으며, 그를 망하게 하려 애쓰고, 죽이려고 위협하며, 공공연하든 은밀하든 그에 대한 적의를 나타낸다. 상황을 규명하기 위해, 우리는 여기에서 구혼자에 대한 장인의 적대감이 갖는 몇 가지 보완적 특징 등을 과제들이 주어지는 상황과는 무관히, 적어볼 수 있겠다. 이는 우리로 하여금 뒤에 주인공의 왕위 계승의 조건들을 이해하게 해줄 것이다. 이는 적대감의 이유가 이야기 그 자체에서 비롯되는 것이 아니므로 더 이상 포함되지 않고 희미해지는 데 따라, 이야기가 흔히 사위와 장인간의 갈등을 약화하느니만치, 한층 필요한 일이다.

이 적대감을 희미하게 하는 방편들 중의 하나는 다음과 같다. 즉, 그것은 장인 자신에게 귀속되는 대신, 여러 시기하는 자나 중상하는 자들의 소위가 되는 것이다. 예컨대, 주인공은 부유한 상인이 되며, 다른 상인들이 그를 시기한다. "그들은 성이 나서 짜르에게 말하기를, 상인의 아들 이반은 하룻밤 새에 궁전의 모든 방에 깔 양탄자를 만들 수 있다고 자랑한다고 하였다"(Sm. 310). 그리하여 일련의 과제들이 나온다. 이야기의 말미는 이렇다. "짜르에게는 자식이 없었으므로, 그는 상인의 아들을 양자로 삼았다." 그러므로 우리는 과제들을 수행한 자가 짜르의 자리를 차지하되, 여기서는 그것이 평화롭게 이루어짐을 볼 수 있다.

수수께끼들을 내는 왕녀의 배후에는 때로 또 다른 인물 즉 애인이 구혼자들을 적수로서 두려워하는 애인이 있다. 그는 왕녀로 하여금 주인공에게 어려운 과제들을 주게 하며, 따라서 주인공에게 벌을 내리는 것은 그이다. 하지만 흔히는 짜르 그 자신이 적이며, 그의 적대감은 이미 보았듯이 과제들의 수행 후에, 심지어는 결혼 후에도 나타날 수 있다. 이 적대감은 주인공의 낮은 신분에 의해 동기화되기도 한다. "짜르는 자기 딸을 상놈에게 주는 것은 마땅치 않다고 생각하였고, 어떻게 그런 사위를 없애버릴까를 궁리하기 시작했다. 한 가지 생각이 그에게 떠올랐다. '나는 그에게 어려운 과제들을 해내라고 하겠다'"(Af. 83/144). 부자 마르코 Marco 역시 그의 마음에 들지 않는 사위에게 위험한 과제를 준다. "마르코는 그의 사위와 함께 한 달, 그리고 두 달, 그리고 석 달을 살았다. 어느 날 그는 그를 불러 말했다. '여기 편지가 한통 있다. 그것을 아홉의 세곱절 나라들 너머, 열의 세곱절째 왕국으로, 내 친구 뱀 짜르에게 가져가거라. 그는 내게 열두 해치의 공물을 빚지고 있다……'"(Af. 173a/305). 다른 한편으로는, 미래의 사위 또한 때로 반항심을 갖는다. 과제가 주어지자, 그는 외친다. "좋아, 해내지! 하지만 그 다음에도 짜르가 또 핑계들을 댄다면, 나는 그와 싸워서 힘으로라도 왕녀를 얻겠어!"(Af. 83/144). 짜르 그 자신이 큰 마술사인 경우에는, 그는 자기 마술로 직접 주인공을 죽이려 한다. 가장 널리 유포되어 있고 전형적인 과제들 중의 하나는 말을 길들이는 것이다. "하지만, 저기 어려운 과제가, 쉽지 않은 일거리가 와 있다! 왜냐하면 그 말은 짜르 자신이니, 그는 너를 부동의 삼림 위 움직이는 구름 아래 공중으로 실어가서 네 모든 뼈들을 너른 벌판에 흩어버릴 것이기 때문이다"(Af. 125f/224). [17]

11. 늙은 짜르에게 주어지는 과제들

그러므로, 미래의 사위 또한 그의 적대감을 드러내는 때가 있다. 최초의 과제들이 수행되고 나면, 다음 과제들의 적의는 늙은 짜르에게로 돌려진다. 바퀴가 도는 것이다. 미래의 짜르는 항상 모든 과제들을 수행하는 반면, 늙은 짜르는 그것들에 의해 치명적으로 패배하게 된다. 이 과제들 중에는 끓는 우유 속에서 목욕하기, 머리칼처럼 가는 다리 위를 건너기 등이 있다.

이러한 상황의 전환은, 주인공이 어떤 요술적인 물건을 찾으러 보내질 때, 그가 짜르가 결혼하려던 왕녀와 함께 돌아올 때, 또는 짜르를 위해 신부를 구하러 보내질 때 등에 일어난다. 왕녀는 그녀의 납치자인 주인공과 뜻을 같이한다. 이런 일은 또한, 형들이 이반을 벼랑 아래로 던져버린 후, 세 왕국의 왕녀들을 그들의 나라로 데리고 가는 때에도 일어난다. 구리와 은의 왕국들의 왕녀들은 주인공의 형들과 결혼하지만, 금의 왕국의 왕녀는 주인공과 혼약을 맺었으므로 아무와도 결혼하려 하지 않는다. "늙은 아버지는 그녀와 결혼할 생각을 했다." 그는 그녀에게 묻는다. "나와 결혼해주겠소? ── 당신이 내 발을 재지 않고 내 신발을 만들게 한다면, 결혼해드리지요!" 이 과제는, 신분을 감추고 돌아온 주인공에 의해 수행된다. 또 다른 과제들이 뒤따른다. 마침내 마지막 과제는 "우유를 끓여서, 뛰어들라!"(Af. 71c/130; 103b/170)는 것이다. 짜르는 물론, 펄펄 끓여져 죽는다.

B. 과제들의 내용

과제들이 주어지는 상황들을 분석하였으니, 이제 과제들 그 자체를 검토해보자. 그리고 나서야 우리는 몇 가지 결론들을 끌어낼 수 있을 것이다.

과제들은 그것들이 주어지는 상황과 항상 연관되어 있지는 않으며, 이 상황과는 별도로 검토되어야 한다.

과제들의 수는 무척 많으나, 그것들은 매우 빈번히 반복되며, 그러므

---

17) (Af. 125R)이라는 것은 1946년판의 오류(N.d.T.).

로 대충 정의될 수 있다.

12. 탐색의 과제들

과제들의 큰 부분은 주인공을 열의 세곱절째 왕국에 보내는 것을 목표로 한다. 주인공은 그가 '거기에' 갔었다는 것, 거기에 갔다가 올 수 있었다는 것을 증명해야 한다. 예컨대 그는 거기서밖에는 찾을 수 없는 어떠어떠한 요술적인 물건을 찾아오라는 요구를 받는다. 이 물건들은 항상 그것들의 금빛이 특징적이다. 그런데, 우리가 알거니와 어떤 물건의 금빛은 그것이 다른 왕국에 속함을 나타내는 것이다. 그러므로, 주인공에게 불새(Khoud. 1), 황금 털의 암퇘지, 황금 도가머리의 암오리, 황금 뿔의 사슴, 황금 뿔의 염소(Af. 106/182~84; Sm. 8) 등을 얻어오라고 요구한다면, 그것은 틀림없이 주인공이 다른 왕국에 가야 함을 나타낸다. 때로 과제는 직접적으로 주어진다. "옛날에 한 짜르가 있었는데, 그는 공고를 하여 아홉의 세곱절 나라들 너머, 열의 세곱절째 왕국에 갈 사람이 있는가를 알아보게 했다"(Sm. 12). "해와 달과 별들을 얻어오기"(Sm. 249), "해와 달의 열쇠들을 얻어오기" 등 태양과 관련된 과제들도 역시 여기에 해당된다. 이야기는 때로 직접적으로 지옥에의 하강을 말하기까지 한다. "내게 지옥의 열쇠들을 가져오라"(Sm. 353). 주인공은 주석의 왕국에서 칠년을 지낼 것을(Af. 151/270), 생명과 치유의 물을 얻어올 것을(Af. 83/144) 요구당한다. 이러한 요구는 러시아 외의 이야기들에서 한층 더 분명하다. "나는 네게 요구하노니, 이틀 후에 너는 내 칠대조까지의 조상들에 대한 소식을 가져오라"(『벨루치스탄의 이야기들』, pp. 46, 32, 194).

이러한 과제들 중에, 특히 주의를 끄는 한 가지는, 황금 가지를 얻어오라는 것이다. 사실상 이 과제는 황금 사과, 황금 뿔의 사슴, 불새 등을 얻어오라는 것과 전혀 다르지 않다. "어떤 왕국에는 은 가지들이 달린 금 떡갈나무가 있다. 그는 그 떡갈나무를 뽑아 그의 왕국으로 가지고 와야 했다"(Khoud. 85). 황금 털의 암퇘지에 대한 이야기의 이본들 중 하나에서는, 아파나시에프 선집에 의하면 이렇게 말해진다. "그리고서 바보는 황금 털의 암퇘지와 그 열두 마리 새끼들을, 그리고 아홉의 세곱절 나라들 너머 열의 세곱절째 왕국, 태양의 왕국에 자라는 황금 소나무의 가지를 얻었다"(Af. 106R/564).

주지하듯이, '황금가지'에 대해서는 프레이저의 웅대한 연구가 바쳐진 바 있다. 네미 Némi에 있는 다이아나 여신의 성역의 황금 가지를 뽑은 자는 왕-사제의 계승자가 되었다. 이야기에서도 마찬가지이다. 좀 더 나중에 보게 될 것이지만 마술적 물건의 탐색과, 일반적으로 어려운 과제의 수행은, 네미에서 일어나는 대로, 늙은 왕의 죽음과 연관되어 있다. 그러나 이야기는, 프레이저가 가지를 강조한 것이 잘못임을 보여준다. 중요한 것은 가지가 아니라 금빛인데, 프레이저는 순진하게도 그 빛깔을 겨우살이의 빛깔이라고 설명한다. 프레이저의 전연구는 오해 위에 기초해 있다. 이 관습에 대한 설명으로 나무와 숲에의 예배를 드는 것은, 마치 황금 털이 돼지나 불새를 찾는다는 과제를 설명하기 위해 돼지나 새를 예배의 동물로서 연구하는 것만큼이나 그릇된 일이다. 문제되는 것은 그런 것이 아니라, 왕위에 오를 자는 정말로 저세상에 다녀왔음을 입증하는 어떤 시련을 거쳐야 한다는 사실이다. 숲에 대한 관계로 말하더라도, 그것은 프레이저가 생각하는 것과 같지 않다.

인용된 과제들간의 대조는 다음과 같은 질문에 대답하게 해준다── 주인공에게 어려운 과제들을 제공하면서, 그에 대해 정말로 알고자 하는 것은 무엇인가? 우리가 이제 검토한 과제들은 정확한 대답을 하게 해주는바, 그것은 과제들은 주인공을 시험하는 데 쓰인다는 것이다. 주인공에 대해 알고자 하는 것은 그가 지옥에, 태양의 왕국에, 다른 왕국에 갔었는가이다. 실제로 거기에 갔었던 자만이 왕녀와 결혼할 권리가 있는 것이다.

우리는 여기서는 그렇다는 사실의 지적에 그치기로 하겠다. 영웅(주인공)화의 조건으로서의 지옥 하강은 위에서 검토된 바 있으므로, 인용된 자료를 반복하거나 새로운 자료를 제공할 필요는 없을 것이다. 어려운 과제들의 전도(全圖)와 그것들의 역사적 근원들은 차츰 밝혀지게 될 것이다. 우리는 아직 이 부류에 드는 모든 과제들을 검토하지는 않았다. 위에서 우리는 약혼자의 형들에 의해 그로부터 납치된 왕녀가 부과하는 과제들이라는 부류를 구별한 바 있다. 형들은 왕녀와 결혼하고자 하나, 그녀는 어려운 과제들의 수행을 요구함으로써 그들을 저지한다. 이 경우 부과되는 어려운 과제들은 어떤 것들인가? 그것들은, 결혼과 관련되는 어떤 물건이나 의복(신부의 신발과 의상, 결혼 반지·마차 등)을 가져올 것을 요구한다는 점에서 특이하다. 하지만 좀더 주의깊게 살펴보면, 이 과제들이 먼저 과제들과 구별되는 것은 단지 요구되는 물건의 성질에서이며, 추구되는 목표에서가 아니라는 사실이 드러난다. "그녀는 우선 그녀의 반지를 되찾아주든지 아니면 꼭같은 것을 만들어달라고 요구한다"(Af. 93a/156). 그러니까 여기서도 주인공은 떠날 것이 요구되는 것이다. 그가 정확히 어디로 가야 하는지는 이야기의 귀추에 달려 있으며, 때로는 분명히 말해지기도 한다. "그녀들은, 결혼을 위하여, 그녀들이 저세상에서 입던 것과 같은 옷을, 치수를 재지 않고, 만들어줄 것을 요구한다!"(Af. 73/132), "나는 내가 황금의 왕국에서 신던 것과 같은 무도화를 만들어주는 이와 결혼하겠어요"(Nor. 41), "내게는 내가 유리산에서 입던 것들과 같은 옷이 필요해요"(Z.P. 59). 여기서는 주인공이 저세상에 보내지는 것이 분명히 나타나 있다. 구실의 성격조차도 여기서는 아주 분명하다. 중요한 것은, 당연히 신발이나 마차가 아니라, 주인공을 시험하기인 것이다. 주인공의 형들은 저세상에 간 적이 없으므로 과제를 해결할 수가 없다. 주인공이 그것을 해결하는 것은, 그가 거기에 갔었기 때문이다.

이런 경우, 주인공은 다시 떠나지는 않는다. 요구되는 물건들은 만들어지는 것들이므로, 그것들을 찾으러 다시 떠나지는(그런 예가 있기는 하지만) 않는다. 여기에서 우리는 어려운 과제들의 또 다른 양상이 전개되는 것을 본다. 누가 어려운 과제를 해결할 만한 힘이 있는가? 일반적으로 어려운 과제들이란 해결 불가능하다. 만일 주인공이 거기에 성공한다고 하면, 그것은 그가 원조자를 가지고 있기 때문이다. 그렇다는 것은 과제들이 주인공이 저세상에 갔었다는 것뿐 아니라 원조자를 얻었다는 것 또한 입증해야 함을 의미한다. 그리고 실제로, 우리는 일련의 과제들이 주인공이 정말 보조자를 가지고 있는가를 확증하기 위한 것들이라는 사실을 볼 수 있다. 예컨대, 그것은 다음과 같은 표현들에서 잘 나타난다. "대체 누가 그를 도와주는 걸까?" "분명 정령들이 이반 왕자를 도와 그렇게 하는 것이다." 앞서 원조자들에 관한 장에서, 우리는 말의 역할과 그것을 얻는 방식에 관하여 살펴보았다. 일련의 과제들은, 주인공이 요술말을 얻었는가, 그리고 그것을 사용할 줄 아는가를 알기 위한 것이다. 예컨대, 말을 길들이거나(Af. 116c/200, Af. 125R/226, Af. 125f/224), [18] 일흔일곱 마리의 말을 얻어오거나(Af. 103b/170) 하는 과제들도 있다. 주인공이 말을 타고 한달음에 뛰어올라 왕녀에게 입맞춘다는 과제도 거기 속할 것이다. 이 과제가 다음과 같이 표현되는 것도 우

---

18) 세번째 이야기에 대해 (Af. 125f) 대신 (Af. 125)라고만 한 것은 1946년판의 자세치 못한 점이다(N.d.T.).

연은 아니다. "아름다운 엘레나는 열두 개의 말뚝 위에, 열두 줄의 대들보 위에, 작은 방을 지으라는 명령을 내렸다. 그녀는 거기에서, 날개달린 말을 타고 한달음에 뛰어올라 그녀에게 입맞출, 용감한 구혼자를 기다릴 것이었다"(Af. 105b/180). 그것은 이 과제의 의례적인 표현으로, 공연한 것이 아니다. "나는 내 딸 예쁜이를 날으는 말을 타고 삼층까지 뛰어올라 그녀에게 입맞추는 자에게, 아내로 주겠다"(Af. 106a/182). 이런 경우, 주인공은 그가 비범한 능력을 소유하고 있음을 입증한다. 그는 그의 마술적 권능을 보이는 것이다. "나도 모르는 곳에 가서, 나도 모르는 것을 가져오라"(Af. 122/212~15)는 과제 또한 여기에 속한다. 주인공이 보내지는 나라는 열의 세곱절째 왕국이며 '나도 모르는 것'이란 원조자나 보조자로, 그 이름을 말하는 것은 금기이며 간접적으로만 표현된다. 이러한 암어(暗語)는 주인공이 조수를 얻기까지는 이해할 수 없는 것이다.

13. 궁전·정원·다리
흔히는, 상이하게 조합되는 세 가지 과제들을 만나게 된다. 요술 정원을 만들고, 밀을 키우거나 빻고, 하룻밤 새에 황금 궁전과 거기로 가는 다리를 만드는 일들이 그것이다. 이 과제들은 때로, 우리가 이미 알고 있는, 말을 길들인다든가 하는 과제와도 조합된다.

우선 궁전부터 보자. 때로는 궁전 대신 교회의 축조(Sm. 35)가 요구되기도 하고, 그것은 전부 밀랍으로 되어야 하며(Nor. 1), 또는 집(Sm. 34)이나, 곳간(Af. 125g/225)[19] 등의 축조가 요구되기도 한다. 이것들은 모두 황금 궁전의 변형들로 보아야 하며, 황금 궁전이야말로 가장 흔한 형태이다. 때로는 세 가지 과제들(궁전·다리·정원)이 하나로 합쳐지기도 한다. "내일 새벽, 파도 위로 일곱 리 되는 한바다에, 황금 궁전이 나타나게 해라. 그리고 거기서부터 우리 궁전까지 황금 다리가 솟아나게 하는데, 그것은 두터운 우단이 깔리고, 양쪽에는 난간들이 노래하는 새들이 날아 깃드는 요술 나무들이 있어야 한다. 만약 내일 그 모든 것이 마련되지 않으면, 너는 능지처참당할 것이다!"(Af. 71b/129).

그 자체로서는, 하룻밤 새에 궁전을 짓는다는 과제는 전혀 이해할 수가 없다. 이 모티프는 그 자체로서는 이해되지 않는다. 황금 궁전의 모티프는 열의 세곱절째 왕국에 있는 황금 궁전으로부터 비로소 이해될 수

---
19) (Af. 126)이란 1946년판의 오류(N.d.T.).

있다. 그것은 같은 궁전이다. 이 궁전은 먼저 장에서 검토된 바 있다. 우리는 거기에서 '큰 집'의 특성들을 발견하였었다. 그러므로, 궁전을 짓는다는 과제는, 어떤 식으로든, '큰 집'과 관련된 것이라고 할 수 있다. 지금으로서 분명치 않은 것은, 그 관계가 어디에 있느냐 하는 것이다. 여기에는 분명 전위가 일어나 있다. 이 문제를 해결하기 위해, '큰 집'들이 역사적으로 존재했던 단계에 관한 자료들로 돌아가보자. 오세아니아의 한 신화에서, 정령에게 납치된 한 소녀는 그와 함께 살며, 아들을 낳아 그 아들과 함께 집으로 돌아간다. 아들의 동무들은 아버지가 없다는 이유로 그를 조롱한다. 젊은 어머니는 아이를 아버지의 집으로 보낸다(이 모든 것에서, 우리는 소녀가 숲의 집에 머물렀던 것과 아이의 출생과 귀가를 쉽사리 알아볼 수 있다). "그는 정령의 집에서 살기 시작했다. 그가 좀 자랐을 때, 정령이 그에게 말했다. '이제, 내 어머니의 집으로 가자.' 그들은 무섭게 더운 곳에 이르렀고, 소년은 더 멀리 가기를 거부했다. 정령은 그의 손을 잡고 입김을 불어 식혀주었다. 그리고는 길 가기를 계속하여, 그들은 몹시 추운 곳에 이르렀고, 아이는 다시금 나아가기를 거부했다. 정령은 그를 품에 안고 덥혀주었다. 마침내 그들은 정령의 어머니의 집에 도착하였다. 정령은 거기 있는 집 두 채 중 한 채를 소년에게 주기 위해 왔노라고 하였다. 어머니는 '좋아!'라고 말했다(그녀는 집 한 채를 주기를 수락한다). 집은 일곱 개의 돌단으로 지어져 있었고, 일곱 개의 울타리로 둘려져 있었으며, 필요한 모든 것이 갖추어져 있었다. '이제, 저 집으로 가서 자거라' 하고 정령이 말했다. '자정이 되면 내가 너를 깨우러 가마. 그러면 너는 내가 네 집을 어디로 옮겨주면 좋을지를 생각해야 한다.' 소년이 자는 동안에, 집은 들려져 땅을 가로질러서 지표면에 이르렀다. 나중에 소년은 자기 부족의 지도자가 된다. 그가 계단의 층계들 위에 발을 디딜 때마다, 천둥이 쳤다."[20]

이상의 예를 분석해보자. 거기에서 한 가지 분명한 것은, '큰 집'에서의 체류이다. 소년은 거기에서 원소들을 다스리기를 배운다. 그가 더위와 추위를 통과하게 될 때, 그는 무감각해질 뿐 아니라 더위와 추위의 지배자가 된다. 물론 이러한 사실은 분명히 말해져 있지는 않지만, 돌아온 그가 천둥을 지배한다는 것은 말해져 있다. 그러니까, 소년은, 족장이 되기 전에, 그러한 기술을 가져오며, 또한 집을 가져오는 것이다. 우리는 그러한 주인공에게서 세계의 조직자를 볼 수 있다. 그는 인간들

20) Frazer, *Belief in Immortality*, Ⅲ, p. 193.

에게 천둥과 함께, '집'을, 다시 말해서 사회 조직을 주는 것이다. 마치, 다른 텍스트들에서는 그가 인간들에게 춤과 그림을 가져다주고, 신성한 제의들을 가르쳐주는 것과도 같다. 우리는 그러한 텍스트에서, 제의 동안에 신참자들에게 그들이 겪는 바를 설명하기 위해 들려지던 신화들의 하나를 보아야 할 것이다.

우리는 지구의 전혀 다른 곳, 즉 북아메리카에서 수집된 텍스트들을 통하여 그러한 해석의 가능성을 확인할 수 있다. 그 텍스트들 중의 하나에서 소년은 하늘로 아홉 번 여행을 하며, 매번 그는 무엇인가를, 새·과일·동물 등을 가지고 돌아온다. 다시 말해서, 그는 그것들을 인간들에게로 가져와, 지상에 두는 것이다. 열번째 여행에서, 그는 사라져 돌아오지 않는다. 모두가 그를 위해 울며, 그의 어머니는 꿈을 꾼다. "그녀는 훌륭한 집을 보았다고 생각했다. 그런데 잠에서 깨어나, 그녀는 꿈이라고 생각했던 것이 현실이었음을 깨달았다. 집은 거기 있었고, 그녀의 아들 멜리아 Mélia 가 그 앞에 앉아 있었다." 그녀는 남편을 깨우고, 그들은 집을 보며, 그쪽으로 달려간다. 하지만 그들이 나아갈수록 집은 멀어진다. "마침내, 그들은 그 집이 실제로 저 위에, 하늘에 있다는 것을 이해했다. 그래서 그들은 주저앉아 울며 노래하기 시작했다. '우리 아들은 하늘에 있네, 달과 함께 노니네.' 그들의 조카딸이 '그를 우리의 춤 속에 나타나게 하자'고 제안한다. 그때부터, 멜리아의 춤을 추는 것이다."[21]

여기서 우리는 한층 더 분명히, 주인공에게서 세계와 사회와 관습의 조직자를 알아볼 수 있다. 주인공은 또한 사람들에게 집을 가져다주는 바, 그 집은 '보이지 않는' '하늘에 있는,' 다시 말해서 신비로운, 금기의 집, '저세상에 있는' 집이다. 보아스는 이 전설과 제의들과의, 즉 부족의 사회적 조직과의 관계를 보여주는 바, 전설의 말미가 그 증거이다. 같은 부족에게서 수집된 비슷한 예를 하나 더 들어보자. 주인공은 연어를 잡으러 가는데, 잡지 못한다. 그는 기절에 가까운 상태에 빠져, 매우 아름다운 한 사람을 본다. 그는 "세상의 이 끝에서 저 끝까지 울려퍼지는" 천둥의 신이다. 주인공은 그에게 마술의 보물을 청한다. 천둥의 신은 그에게 말한다. "집을 한 채 짓고, 모든 부족들을 초청해라." 그는 그에게 발을 크게 벌려 선 천둥/새의 나뭇조각을 보여주며 말한다. "그의 발들이 집의 문이다." 그리고 나서 그는 그에게 자기 아버지

21) Boas, *Soc. Org.*, pp. 413~14.

의 나무 형상을 보여준다. "다음날 밤, 이 모든 것이 너희 마을에 있게
될 것이다." 그 밖에도 그는 그에게 생명수와 다른 선물들을 준다.

이 모든 경우들에서, 궁전은 기적적인 방식으로 주인공의 마을에 옮
겨지며, 목조의 조상들이나 부족들도 마찬가지이다. 다시 말해서, 예배
가 들어서게 되는 것이다. 인용된 경우들에서, 집은 천둥의 신 또는 '정
령'의 뜻에 의해서, 이야기에서는 원조자의 힘에 의해서 옮겨진다. 하
지만 이야기에서는, 어려운 과제에 대한 응답으로서 궁전을 단지 옮기
기만 하지는 않는다. 집은 알 속에 넣어가지고 다닐 수도 있다. "그리
하여 그들은 잔치를 떠났으며, 그녀는 그를 적당한 장소로 안내하였고,
그는 알을 깨뜨렸다. 그러자 궁전이 나타났으며, 그 안에는 모든 것이
산의 궁전에서와 같았다"(K. 12). 인용된 자료들은, 짜르가 주인공에게
집을 보여달라고 요구할 때에, 사실상 그는 그에게 집에 대한 지식을 보
이라고 요구하고 있다는 사실을 확인할 가능성을 제공한다. 다른 한편
으로, 이야기는 여기에서, 인간들에게 그들이 가지고 있는 모든 것을 주
었던, 세계의 조직자들에 대한 설화들을 반영한다. 우리는 다시금 주인
공에게서 그러한 조직자를, 특히 이 과제의 후반부, 정원을 만들거나
밭을 갈고 씨를 뿌리라는 요구에서, 보게 될 것이다.

인용된 텍스트들에서, 우리는 신화적 주인공이 인간들에게 집뿐 아
니라, 수확된 과실들과 동물들 또한 가져오는 것을 보았다. 이야기에서
궁전의 축조는 거의 항상 자연을 지배하는 기술, 이야기에서는 농경적
성격을 띠는 기술과 관련되어 있다. "그리고 나서 그는 그에게 밭을 갈
고 고르게 하여 밀을 심고 거두어 빻아서 곳간에 들이라고, 그 모든 것
을 하룻밤 새에 하라고 명하였다"(Af. 125g/225), "하룻밤 새에, 그는 밭
을 갈고 고르게 하고 씨를 뿌릴 것이며, 모든 것은 자라고 익을 것이며
밀가루를 빻아 빵을 만들 것이다"(Nor. 1). 이 과제는 수많은 이본들에
서 나타난다. 주인공이 여기에서 처하게 되는 시험은 수확을 앞당긴다
는 데에 있다. 이것은 바로 농경의 초창기에 마술사들에게 요구되던 것
이다. 야프 Yap 섬에서는, 신성한 숲의 사제 또는 마술사는 수확에 대
한 마술적인 힘을 가지고 있어서, 인간들의 존속에 직접적인 영향을 끼
치는 것으로 간주되었다. 예컨대, 토밀 Tomil 의 우두머리인 대사제 또
는 마술사는, 야프 섬 전체에서, "타로 감자와 빵나무 열매의 수확을 앞
당길" 수 있다고 믿어졌다. 올로그 Olog 와 페모고이 Pemogoi 의 사제나
마술사는 단 고구마의 마술을 알고 있으며, 마키 Maki 의 마술사는 야자

와 빈랑 열매의 마술이 전문이다. 이러한 사제들은 또한 해가 땅 위로 내려오게 할 수도 있다."[22] 우리는 미래의 지도자나 왕이 어떤 재주들을 입증해야 하는가를 알 수 있다. 태양과 천체들을 지배하는 능력은 이야기에서도 아주 망각되지는 않는다. "나는 그와 결혼하지 않겠어요. ······ 우선 그에게 한밤중에 빛나는 해와 밝은 달과 반짝이는 별들을 보이라고 해요." 주인공은 그 모든 것을 가져온다.

이러한 자료들은, 궁전을 짓고 정원을 만들고 빠른 수확을 가져오는 주인공이라는 모티프가, 그가 겪은 입문으로 해서 수확을 앞당기는 능력을 갖게 된 마술사나 사제라는 개념에로 소급함을 보여준다.

이러한 예들은 우리로 하여금, 또 다른 형태의 시험, 불시험이나 뜨거운 한증막의 시험을 이해하게 해준다.

14. 한증막의 시험

뜨거운 한증막에서 견뎌내는 시험도 매우 흔하다. "꼬박 석 달 동안 한증막을 데웠으므로, 열기가 하도 대단하여 5 베르스타 둘레 안으로는 다 가갈 수 없을 정도였다"(Af. 77/137). 주인공은 처음에는 뜻밖의 일에 당황한다. "당신들은 미쳤소! 나는 데어 죽겠소!" 그러나 그는 자기의 원조자들을 생각해내는데, 그 중에는 우리가 아는 대로 '꽁꽁얼기'도 있다. "'내게는, 주인님, 이런 것쯤은 어린애 장난이지요!' 그리고는 곧장 욕탕 안에 뛰어들어 한구석에는 입김을 내불고, 다른 구석에는 침을 뱉고 하였다. 그러자 한증막은 식어서, 바닥에 서리가 덮일 정도였다." 이 과제는 주인공으로 하여금 그가 원조자들에 힘입어 원소들을 다스림을 보여줄 수 있게 한다.

우리는 앞서 오세아니아의 신화에서 이미, 미래의 족장은 더위와 추위를 가로지름을 보았다. 러시아의 이야기들에서 한증막이 나타나는 것은, 불시험의 뒤늦은, 러시아적인, 형태로 보아야 한다. 아메리카 인디언의 신화들에서는, 태양의 딸 또는 '매우 멀리 사는' 인간의 딸과 결혼하려 하는 주인공은 불시험을 치러야 한다. "옥좌 앞에는 큰 불이 있었다. 차와탈랄리스 Tsāwatālalis(신부의 아버지)는 기이 Gyii(주인공)를 굽기 위에 불에 장작을 더 넣었다. 그러자 기이는 아주머니에게서 얻은 조가비들을 불 속에 던져, 불길을 가라앉혔다."[23] 주인공의 아주머니는 우

---

22) Frazer, *Belief in Immortality*, I.
23) Boas, *Indianische Sagen*, p. 136.

리의 증여자 야가에 상응한다. 주인공은 또 다른 시험들도 겪으며, 그 후에 신부의 아버지는 말한다. "너는 한 인간 이상이다. 네게 내 딸을 주마."

청혼과 주인공의 시험을 포함하는 다른 신화들에서는, 증여자인 여자가 돌을 달구어서, 그 뜨거운 돌을 주인공의 입 속에 넣는다. 그녀는 그렇게 함으로써 그에게 불이라는 원소에 대한 권능을 부여하는 것이다.[24]

신화에서 이미 매우 일찍이, 주인공이 숲에서 얻은 마술적 선물을 가지고 있으므로 결혼 전에 불시험을 성공적으로 치러내는 것을 보여주는 이러한 예들은 많이 수집할 수 있다. 우리에게 더욱 중요한 것은, 북아메리카의 신화에 존재하는 시험들은 실제 혼인 제의의 정확한 반영이라는 사실이다. 신화에서 시험이 일어나는 것과 정확히 같은 방식으로 현실에서도 약혼자는 시험을 치르게 되며, 더구나 그 시험은 연극적 성격을 띤다. 보아스는 이런 종류의 한 예를 묘사한다. 미래의 신랑과 그의 아버지와 친구들은 배를 타고 신부의 집으로 간다. 도중에 배의 주인은 그들에게 용기를 내라고 격려한다. 그들은, 신부의 값인, 사백 장의 이불을 싣고 있다. 그들이 도착하면 들어오라는 권유를 받는다. 신부의 아버지는 그들에게 이렇게 말한다. "이제 조심하시오. 왜냐하면 이곳에는 모든 것을 삼켜버리는 바다의 괴물이 있고, 또 집 뒤에는 내 딸과 결혼하려 한 자들을 모두 찢어죽인 괴물도 있다오. 그리고 이 불은 그들을 모두 태워버렸소." 그리고는 자기 자신을 향해 이렇게 말한다. "이제, 족장이여, 불을 지피고, 우리 딸을 데리고 오게 하자!" 그는 실제로 불을 피우며, 손님들에게 말한다. "이제 경계하시오, 나는 당신들을 시험할 테니까. 당신들은 이 괴물이 두렵지 않다 하오? 나는 당신들, 당신 부족의 지도자들을 모두 시험하겠소. 이 불 덕택에, 아무도 내 딸을 얻지 못할 거요." 그리고는, 모두가 불 주위에 누워 이불을 덮는다. 이불들이 탄다. 모두가 일어나 서로 치하한다. 아버지는 말한다. "당신들은 처음으로 이 불에서 달아나지 않은 자들이오." 그리고는 또 다른 시험들이 오게 되는데, 특히 이런 것이 있다. 신랑측의 사람들이 도착하기 전에 미래의 장인은 열렸다 닫혔다 하는 입이 달린 곰 가면을 만들어 둔다. 가면은 곰의 시체에 씌워지고, 무덤에서 가져온 해골과 뼈들로 시체를 채워둔다. 곰을 향하여, 신부의 아버지는 말한다. "이제, 그대여, 백성들을 삼키는 자여, 나오라, 신랑의 아버지와 그와 함께 온 모두가

_____
24) *Ibid.*, p. 66.

(이름들이 불리워진다) 누가 내 딸의 구혼자들을 삼켰는가를 볼 수 있도록.” 곰이 나오면, 신부의 아버지는 막대로 무장을 하고, 그것을 곰의 뱃속에 찔러넣는다. 곰은 일곱 개의 해골과 뼈들을 쏟아낸다. 그러면 아버지는 손님들에게 말한다. “잘 보시오. 이것이 내 딸과 결혼하러 왔다가 불로부터 도망친 자들의 뼈요. 백성들을 찢는 자가 그들을 삼켰다오. 그가 물리친 것을 보시오. 이제, 딸아, 이리 오너라. 네 신랑에게로 나아가거라.” 그리하여 예식을 마친다. [25]

사실 아버지에게 신랑을 시험할 권리를 주는 것은 무엇인가에 대해 또 이 시험의 의미에 대해 의문을 가질 수 있다. 보아스의 자료들은, 크와큐틀족에서는, 젊은이들의 입문에 값을 치르는 것이 그들의 아버지가 아니라 그들의 신부의 아버지들임을 보여준다. [26] 신랑은 그의 처족에 들어가는 것이다. 결혼 전에, 제2의 입문 의례라 할 만한 것이(다소 변화된 형태의 태우기·삼키기·토해내기), 신랑의 지식과 능력에 책임이 있는 자 즉 신부의 아버지 앞에서 행해진다. 관례적이고 연극적인 형태로, 신랑은 그가 모든 형태의 시험들을 견딜 수 있음을, 불을 느끼지 않고 통과할 수 있음을 보여준다.

신화는 제의와 같은 것을 포함한다. 우리가 이미 아는 대로, 신화들은 입문 의례시에 젊은이에게 전수되며, 입문자의 일종의 소유가 되었다. 그것들은 되풀이되어야 하는 것은 아니지만, 공식적인 경우들에 상연되었다. 그리하여 서사적 전통이 나타나는바, 이는 현대의 이야기에까지 보존되어 있다. 이야기는 흔히 불시험을 보존하고 있는데, 이것은 다소 과장되고 국민적 특성을 띤 형태(한증막이라든가)를 취한다. 보통 어떤 물건으로 나타나는 마술적 힘은 여기에서 인간 형태적 원조자 즉 불의 주인이라는 형태로 나타난다. 시험이 원조자에 의해 성공적으로 치러졌다는 사실로부터, 신랑은 그 시험에 성공한 것으로 간주된다.

15. 음식의 시험

뜨거운 한증막의 시험에는 흔히 음식의 시험이 수반된다. “아주 잘했다. 네가 그렇게 재주가 좋으니, 네 친구들과 함께 열두 마리의 구운 소와 열두 자루의 구운 빵을 단번에 먹어, 네 용기를 보여다오”(Af. 83/

---

25) Boas, *The Social Organization and the Secret Societies of the Kwakiutl Indians*, pp. 363~64.
26) *Ibid.*, p. 54.

144). "짜르는 그들을 위해 음식이 산더미로 쌓인 잔칫상을 차리게 했다. '먹보 Gloutons'가 거기에 달려들어 곧 모든 것을 처분하였다"(Af. 78/138). 이 과제를 위해 특별한 조력자들이 존재하는바, '먹보'나 '배고프지 않아도 먹기'와 '목마르지 않아도 마시기'가 그들이다. 『굴러라 완두콩』(Af. 74/133~34)의 이야기에서 그 특수한 예를 발견할 수 있다. 길을 가다가, 주인공은 목동들을 만나는데, 그들은 차례로 그에게 그들의 가장 큰 양과, 가장 큰 돼지와 그리고 끝으로 열두 마리 소와 열두 마리 양과 열두 마리 돼지를 먹으라고 한다. 주인공이 용의 집에 이르러, 용은 그에게 한 접시의 쇠 잠두와 쇠 빵을 먹으라고 한다. 주인공은 그것을 해낸다(Af. 74b/134). 쇠로 된 잠두와 빵은, 『피니스트 밝은 매』이야기 (Af. 129/234~35)에서 소녀가 여행에 가져가는 쇠로 된 빵과 막대기를 상기시킨다. 이는 우리로 하여금, 음식의 시험과 저세상에서의 체류간의 관계에 대해 의문을 제기하게 한다. 주인공이 치르게 되는 시험은 음식의 질보다는 양에 대한 것이므로, 거기에는 모순이 있는 것으로 보이기도 하지만, 주인공과 지하 또는 천상 세계간의 관계가 항구적인 것을 아는 우리로서는 여기서도 그것을 추정할 수 있다. 고대 신화의 주인공들 중에서 헤라클레스의 특징이 예외적인 탐식성에 있다는 것은 알려진 사실이다. 그런데 헤라클레스야말로 여러 가지 점에서 우리의 주인공과 특히 가까운 인물이다. 그 또한 어려운 과제들을 수행하며, 그 또한 지옥에 내려가는 것이다. 지하 세계로부터 마술적인 능력들을 가지고 오는바, 그 중 하나가 잘 먹는 능력이다. 왜 그럴까? 참고 사항이나 인용의 도움으로 이 질문에 대답하기란 불가능하다. 단지 그렇다는 사실을 지적할 수 있을 따름이다. 하지만, 죽은 자들의 성질 (그리고 주인공은 죽은 자들의 능력을 얻는다)은 알려져 있으니, 그들의 특성들 중 한 가지는 먹지 않는다는 것이다. 그들은 보이지 않으며, 투명하다. 뒤에서 우리는 주인공이, 무엇보다도, 보이지 않게 되는 능력을 얻는 것을 보게 될 것이다. 음식은 그들에게서 머무르지 않고 지나간다. 그 때문에 주인공은 산 자들처럼 먹지 않으며, 끊임없이 먹을 수가 있다. 그리고 이야기에서는 그 삼켜지는 양이 가공적인 양상을 띠는 것이다. 야가 및 그와 동일한 유형의 인물들이 흔히 등이 없음을 상기하자. 이러한 설명은 가정일 뿐이지만, 이 가정은, 내가 보기에는, 주인공은 "죽음이란 탐식적이며 포만을 모르기 때문에" 탐식적이라고 하는[27] 프

---

27) 『트리스탄과 이졸데』, p. 9:.

라이덴베르크의 가정보다는 진실에 가까운 듯하다.

여기서 또 다른 사고 개념들, 즉 음식의 나눔이 부족적 교제를 이룬다는 개념도 나타날 수 있다. "가족이나 씨족의 구성원들만이 잔치에 참여할 수 있다. 이방인에게 거기에 참여하는 것을 허락한다면, 그는 그것으로써 씨족에 받아들여지거나 그 보호 아래 놓이게 된다."[28] 우리는 여기에서, 음식을 나누어 먹는 것을 전제로 하는 혼인 제의의 한 범주를 상기한다. 하지만, 이야기에서는, 신랑만이 먹어야 한다(신부는 먹지 않는다)는 사실이 그에 모순된다. 그러므로 여기에도 주인공의 탐식성에 대한 설명은 없다. 어쨌든 우리는 여기에서, 혼인 제의 및 저세상에서의 체류와 관련된, 일종의 제의적 음식의 반영을 본다.

16. 경 합

때로, 결혼 전에, 주인공은 경합의 시험을 치러야 한다. 처음 보기에 이러한 경합들은 순수히 스포츠적인 성격을 띠고 있다. 이 문제를 연구했던 프레이저는, 거기에서 경기적인 경쟁밖에 보지 않는다. 그는 그 관습에, 그가 '원시 사회'에 투영하는 그리스-로마적 기원을 부여한다. "개인적 자질들[……]은 시대의 대중적 관념들 및 왕이나 그 대체자의 성격에 따라 달라질 수밖에 없다. 그러나, 원시 사회에서는 신체적인 힘과 아름다움이 무엇보다도 우선하였다고 가정해도 좋을 것이다. 왕녀와의 결혼 및 왕위는 경기적 경합의 목적이었다. 예컨대, 알리템노스 Alitemnos 의 리비아인들은 가장 빨리 달리는 자에게 왕위를 수여하였다. 고대 프러시아에서는, 귀족의 작위를 얻으려 하는 자들이 말을 달려 왕에게까지 나아갔으며, 첫째로 도착하는 자가 귀족이 되었다."[29] 그의 주장을 뒷받침하기 위해 프레이저가 내세우는 논거란 "……라고 추정해도 좋을 것이다"라는 것뿐이다. 사실상 문제되는 것은 운동가적 체격이나 아름다움이 아니라, 전혀 다른 자질들이었다. 그루지아의 이야기들을 연구했던 티카이아 Tikhaïa 는 그 점을 느끼기는 하였으나, 입증하기에 이르지는 못하였다. 그에 못지않게 중요한 것이 "주인공의 개인적 자질들, 운동가적 힘, 지성 등으로, 이들은 그의 신화적 성격의 반영이다. 그와 왕녀와의 결합을 결정하는 것은 그것들이며, 그의 출신이 아니다."[30] 그녀는 여기에서 프레이저가 보지 못하였던 것을 바르게 보고

---

28) Nilsson, *Primitive Religion*, p. 75.
29) 『황금가지』, Ⅰ, p. 182.
30) 『트리스탄과 이졸데』, p. 172.

있으니, 즉, 운동가적 힘이나 능란함은 주인공의 신화적 성격의 반영이라는 것이다.

이야기의 주의깊은 연구는, 경합이 주인공의 능란함과 힘보다는 다른 자질들을 반영함을 보여준다. 승리는 마술적 원조자에 의해 주어지는 것이다. 원조자가 없이는, 주인공은 아무것도 할 수 없으며, 그의 개인적인 힘이란 아무것도 아니다. 달리기 경주를 검토해보자. "왕의 딸은 우물까지 달려갔다. 누구든 그녀를 앞지르는 자가 그녀와 결혼할 것이다. 하지만 누구든 시도했다가 성공하지 못하는 자는 머리를 잘릴 것이다"(Khoud. 1, 33). 여기에서 중요한 것은 달리기의 속도가 아니라 도달해야 할 목표이다. 우물이란, 처음 보기에, 특별한 점이 없다. 하지만, 변이체들의 대조는, 달리기의 목표가 물에 이르는 것임을 보여준다. 아파나시에프에 의해 수집된 한 이야기는 그 물이 마술적임을 보여준다. 왜냐하면, "짜르의 식사를 마치기 전에," 기록적인 시간내에, 생명과 치유의 물을 찾아와야 한다는 것이기 때문이다. 주인공은, 그가 거기에 가려면 일년도 더 걸리므로, 한탄한다. "그의 친구는 다리를 귀에서 떼자, 몸을 솟구쳐, 순식간에 치유와 생명의 물에 이르렀다." 돌아오는 길에, 그는 낮잠을 자려고 눕는데, '가는 귀' 또는 '밝은 눈'이 그를 발견하고, '활쏘기'가 교묘히 쏘아맞힌 총 한 방이 그를 깨운다. '달리기'는 제시간에 물을 가지고 돌아온다"(Af. 83/144).

이러한 예들은, 단순히 빨리 달리는 것뿐 아니라 열의 세곱절째 왕국에 이르러 거기에서 돌아오는 것이 문제임을 보여준다. 이후로 이 목표는 사라지고, 마술적인 물은 단순한 우물이 되고, 빠른 달리기는 그 자체로서의 목표가 되었던 것이다. 그 원시적인 형태는, 짜르가 삼년째 그의 땅을 여행하다가 그의 궁전으로 무찌르는 칼을 찾으러 보내는 이야기들에서 한층 분명히 나타난다. "우리 짜르는 무찌르는 칼을 잊고 집에 두고 왔는데, 그의 왕국에까지 가려면 석 달은 걸린다. 제때에 칼을 가지고 오는 자에게는, 짜르가 그의 딸을 아내로 주겠다고 약속한다"(Khoud. 3). 주인공은 여러 가지 동물들로 차례로 변신하면서 한 왕국에서 다른 왕국으로 달린다.

같은 개념들이 활쏘기 시합에서도 분명히 표현되어 있다. 처음 보기에, 중요한 것은, 『오딧세이』에서처럼, 무기의 무게와 엄청난 크기, 활을 당기는 어려움 등이다. 아파나시에프의 한 이야기에서는, 활을 나르는 데만도 마흔 명이 필요한데, 주인공의 원조자는 그 활을 부숴뜨린다.

쿠디아코프 선집의 한 이야기에서는, 활은 여섯 쌍의 소에 의해, 화살은 세 쌍의 소에 의해 날라진다(Khoud. 19). [31] 하지만 중요한 것은, 이 활로 화살을 쏘기에 이른다는 것보다도, 그것을 한 왕국에서 다른 왕국으로 보낸다는 것이다. 예컨대, 왕녀는 주인공에게 세 푸드짜리 쇠 곤봉을 보내게 한다. "이 곤봉을 어떻게 아홉의 세곱절 나라들 너머 열의 세곱절째 왕국으로 날려보내겠는가?" 이 과제는, 여기에서 주인공의 마술적 원조자인, 그의 양부에 의해 해결된다. "그러자, 웃으며, 양부는 한 손으로 곤봉을 들어 휘둘러 돌려서는, 똑바로 열의 세곱절째 왕국으로 날려보냈다. 그것은 윙윙거리며 산과 들을 가로질러, 왕녀의 테렘 위로 하도 세게 떨어져서, 온 궁전이 진동하였다"(Af. 116, var./198, var.). 여기에서 곤봉과 꼭 마찬가지로, 다른 이야기에서는 화살이 나온다. "그런데, 인도 왕국의 여왕은 힘센 마술사였으며, 그녀는 결혼할 약속을 하였었다. 그녀는 이렇게 말했었다. "내가 그대에게 아무도 쏘아본 적 없는 활과 화살을 보내면, 그대는 그것들을 시도해보아야 합니다. 만일 거기에 성공하면, 내게 알려주십시오. 나는 그대와 결혼하겠습니다." 소들이 끄는 수레에 활과 화살이 실려온다. "갑자기, 비싸게-산-이반은 활을 들어 당겨서 화살을 쏘았다, 화살은 인도 왕국까지 날아가 왕궁의 이층이 무너지게 하였다"(Khoud. 19). 경합들의 마술적 성격은 또한 전사적 왕녀에 의해 부과된 과제들을 수행하는 원조자들의 분석에서도 드러난다. 우리는 위에서 이러한 원조자들을 분석한 바 있으며, 그들에게서 두 세계간의 중개자들을 보았다.

여기에 제시된 고찰들은 고대 그리스-로마의 자료에도 적용 가능하며, 그 자료는 특히 이 방면에서 풍부하다. 거기에서 주인공이 경주 후에 소녀를 차지하는 경우들은 흔하며, 주인공은 거의 항상 원조자나 신의 도움으로 승리하게 된다. 그러므로, 주인공의 개인적 자질들에 관한 프레이저의 이론은 고대 그리스-로마의 자료에 대해서도 확증되지 않는다. 이본들 중 하나에 따르면, 펠롭스 Pelops 가 전차 경주에서 외노마오스 Œnomaos 를 이기는 것은 그가 포세이돈으로부터 말들을 얻었기 때문이다. 그리고, 전설대로, 올림픽 경기가 엔디미온 Endymion 에 의해, 그의 무덤을 경주의 출발점으로 하여, 창설되었으며, 권력을 상으로 하는 것이라면, [32] 여기서도 또한 경주에 의한 두 왕국의 결합이라는 개념

---

31) 1946년판에는 여섯 다음에 '쌍'이라는 말이 빠져 있다(N.d.T.).
32) Frazer, *Le Rameau d'or*, II, 82.

이 나타나지 않는가? 이러한 관점에서, 멜람푸스 Mélampe 와 넬레 Nélée 의 딸과의 결혼, 유에노스 Euenor 와 유리토스 Eurytos 에서의 헤라클레스 의 공적들, 아탈란트 Atalants 를 위한 히포메네스 Hippomène 의 투쟁 등 의 연구는 불가결할 것이다. 그리고, 끝으로, 그리스인들에게서뿐 아 니라 다른 민족들에게서도 경합이 장례의 식사 동안에 일어난다고 하면 이 경합은 죽은 자의 저승 여행과 관련되는 것이 아닌가? 예컨대 로드 는 죽은 자의 무덤 위에서의 경기는 영혼 숭배와 관련이 있다고 지적하 였다. "장례 제의의 결말로서 경합이 행해졌다는 것은, 보다 오래 되고 발달된 영혼 숭배의 잔존으로써 설명된다."[33] 그러나 그는 (다른 연구가들 처럼) 죽은 자도 경기에 참가하며 그 모든 것은 그의 즐거움을 위해 행 해지는 것이라고 가정함으로써(바롱 Varron 이 이미 주장하였던 이론대로), 설명을 제공할 수 없게 된다. 그러므로, 장례 식사의 분석은 우리의 의 도 속에 전혀 들어 있지 않지만, 우리는 어쩔 수 없이 민속문학적 자료 는 경합·경주 등과 죽은 자의 저세상 통과간의 관계라는 관념을 일께 운다고 말할 수밖에 없다.

17. 숨바꼭질

숨는다는 과제는 우리에게 특별히 흥미롭다. 짜르는 공고를 낸다. "내 게서 숨기에, 내 눈에서 피하기에, 성공하는 자에게는 내 딸을 아내로 주고, 내가 죽은 후에는 내 왕국을 주겠노라"(Ontch. 2). 이 짜르는 마 술사이며 요술장이이다. 가짜 주인공(영웅)은 그저 한증막이나 곳간에 숨었다가 형을 당한다. 진짜 주인공(영웅)은 담비·매 등으로 변신하거 나, 그들의 둥지나 굴에 숨거나, 또는 그들에게 삼켜지거나 한다. 하지 만 흔히 이런 과제는 짜르가 아니라, 주인공으로부터 달아나 열의 세 곱절째 왕국으로 날아간 왕녀(또는 그의 아내)에 의해 부과된다. 이런 형 태의 과제는 이 상황에 전형적이다. 보통 주인공은 두 번은 왕녀에 의해 발견되며, 세번째에야 좋은 은신처를 찾게 된다. 그를 발견하기 위해, 왕녀는 그녀의 마술 거울이나 책을 본다. 주인공은, 일단 핀으로 변신 하여, 바로 그 거울이나 책 속에 숨는 도리밖에 없다.

이러한 상황의 해석은 쉽지 않다. 거울이나 책이 어떤 이전의 방편을 대치하였다는 것은 분명하다. 티카이야 M.G. Tikhaïa 는 이 숨바꼭질이 "지하 세계에, 비존재에 삼켜짐을, 위장을 상징한다"는 결론에 이른

---

33) *Psyche*, I, p. 19.

다.[34) 자료를 손에 들고, 역사적으로 말해서, 그러한 해석은 그럴싸해 보이기는 해도 증명하기는 어렵다. 마르에 의한 그루지아어에서의 '거울'이라는 말(사르케 sarke)의 분석에 의거하여, 티카이야는 이렇게 말한다. "코카서스의 많은 이야기들, 특히 메그렐 이야기들에서, 아름다운 여주인공이 자기의 약혼자나 구혼자가 숨어 있는 곳을 찾으며 '거울'을 들여다본다는 것은, 고고학적으로, 그녀가 '하늘-거울'을 들여다본다는 것, 즉 그녀가 하늘과 별들에 물어본다는 것을 의미한다." 거울이 하늘을 대치하였다는 것은, 언어학적인, 그리고 민속문학적인 자료에 의거하여 추적될 수 있는 사실이다. 그러나 티카이야가 별들에 관해 말하는 대목은 전혀 분명치 않다. 이야기에서, 주인공은 대개 처음에는 독수리의 날개에 실려 구름 너머로 숨는다. 거울에 비친 것을 보고, 왕은 그 방향을 알아낸다. 이런 관점에서는, 티카이야의 해석이 옳다. 하지만, 숨으라는 요구 자체가 그것으로는 해명되지 않는다. 다음과 같은 것을 가정해 볼 수 있다. 즉, 주인공은 보이지 않게 되는 재주를 소유해야 한다는 것이다. 이 보이지 않음은 저세상 주민들의 특징이다. 보이지 않는 의투는 하데스의 선물이다.

두 가지 상황에 주의를 기울일 필요가 있는바, 그 첫째는 과제가 주어지는 장소이고, 그 둘째는 과제를 해결하기 위해 사용되는 방편이다. 아파나시에프 선집의 이야기에서, 달아난 아내는 지하 왕국에서 주인공에 의해 되찾아진다. 페름 지방의 한 이야기에서, 그녀는, 사자들이 문을 지키고 있는 황금 궁전에서 찾아진다(Z.P. I). 쿠디아코프의 한 이야기에서, 그녀는 '하늘에' 있으며(Khoud. 63), 스미르노프의 이야기에서는, '마법에 걸린 집'에 있다(Sm. 49). 달리 말해서, 주인공은 매번, 우리가 잘 아는, '큰 집'의 환경에 이르는바, '큰 집'과 '다른 왕국' 간의 관계는 수립된 바 있다. 이런 관점에서, 주인공이 보이지 않게 되는 능력을 입증해야 한다는 것도 이해가 된다. 보이지 않음은, 제의의 통합적 부분으로서, 검토된 바 있다(입문자들이 몸을 덮는 흰색 또는 검정색을 참조할 것).

한편, 우리는 과제를 해결하기 위해 사용되는 방편에 의해서도 이 같은 계열에 이르게 된다. 주인공은 동물의 둥지나 굴혈에 숨든지, 아니면 동물의 등을 타고 실려가든지, 또 아니면 동물에 삼켜지거나 동물로 변신하거나 한다. 이 마지막 두 은신처는, 우리가 제의에 관해 아는 모

---

34) 『트리스탄과 이즐데』, p. 157.

든 것으로 미루어보아, 진정한 것으로 인정되어야 한다. 이 방편이 이 야기에서는 부정적 결과밖에 얻지 못하는 것은 사실이지만, 이 실패는 이야기에 고유한 과제의 삼중화 법칙에 의해 야기되는 현상으로 간주될 수 있다. 삼킴은 부정적 결과들을 낳기는 하지만, 역사적 과거를 가진 것은 이 형태이며, 최종적 해결(거울 뒤, 책 밑, 침대 밑, 등의 은신처)은 이야기에 고유한 발명으로, 제의와는 아무런 유추도 있을 수 없다. 그 리하여 여기서도 우리는 결혼 직전에 제의가 반복되는 것을 보게 되는 바, 이번에는 단순히 구혼자를 시험하기 위한 것이며, 그에게 마술적 능력을 부여하기 위해서가 아니다. 이번 경우에는, 동물로 변신하고, 그 형태를 취하고, 그 안에 머무는 능력과 관련된, 그의 보이지 않게 되는 능력이 시험된다. 주인공은 삼켜지고 보이지 않게 되는 그의 능력을 입 증하는 것이다.

이러한 관련은 아마도, 숨는다는 모티프와 죽은 왕녀에게서 귀신을 쫓 아내야 한다는 모티프간에 존재하는 유사성을 설명할 수 있을 것이다. 이 나중 모티프에서도, 모든 것이 주인공의 보이지 않음에 근거해 있으 며, 숨바꼭질의 모티프에서는 엿보이기만 하던 것이 여기서는 명백히 나타난다. 보이지 않음이 실제적 죽음 또는 제의적 죽음의 개념에 접근 한다는 것은 별로 중요치 않다. 귀신쫓기도 역시 흔히 큰 집의 상황에 서 일어난다. 주인공은 그의 둘레에 죽은 왕녀가 건널 수 없는 원을 그 려놓는다. 세번째 밤에, 주인공은 화상 뒤에 숨는다. 마치 숨바꼭질에 서 책이나 거울 뒤에 숨던 것과 꼭 마찬가지로, "왕녀는 찾고 또 찾으 며 모든 구석을 뒤졌으나 그를 찾아낼 수 없었다"(Af. 207/364). 이런 말 들은 주인공이 여기서도 숨어 있음을 보여준다. 게다가, 그것들은 이 숨 바꼭질의 본질을 보여주는바, 죽은 자가 산 자를 찾는 것이다. 그리고 죽은 자만이 투명하고 보이지 않는 것이므로, 주인공은 죽은 자의 성격 을 획득한 것이다. 우리는 다른 이본에서도 같은 것을 발견한다. 거기 에서, 주인공은 난로 위에 올라가 보이지 않게 된다. "방금 그는 기도 를 하고 있었는데, 사라졌네 ! 찾아낼 수가 없어 !"라고 죽은 왕녀는 말 한다(Af. 208c/367). 이러한 일치는 우연인가 아닌가 ? 그것은 우연이 아 니다. 산 자들은 죽은 자들을 보지 못한다. 하지만 여기에서는 그 반대 의 개념이 즉 죽은 자들도 산 자들을 보지 못한다는 개념이 반영되어 있다고 한다면, 이 모티프의 개념적 출발점은 분명해진다. 왕녀는 죽어 있으므로, 주인공을 보지 못한다. 그런데, 그녀의 마술 지식은 바로 그녀가 그럼에도 불구하고 산 자들을 본다——왜냐하면 그녀는 주인공 이전의 사람들을 잡아먹었으니까——는 데에 있다. 하지만 주인공은, 그 또한 요술쟁이이며 마법사이다. 그는 스스로를 죽은 왕녀에게 보이지 않게 만듦으로써 그녀의 마술에 대응한다. 주인공이 숨바꼭질의 시험을 치르게 되는 이야기들에서는, 왕녀도 큰 마술사이다. 그녀는 마술 책을 가지고 있다. 그러므로 시험은 마술 지식에 있어서의 경합의 성격을 띤다. 시험을 내는 자나 그것을 해결하는 자가 모두 위대한 마술사이며, 하지만 끝내는 주인공이 승리한다.

18. 찾는 사람을 알아내기

숨는다는 과제는 보통 주인공을 버리고 자기 왕국으로 날아가버린 왕녀에 의해 부과된다는 것을 지적해두자. 주인공은 그녀를 찾아 떠난다. 그는 그녀를 그녀의 집에서 찾아내며, 거기서 과제가 주어진다.

열두 명의 꼭같은 분신들 가운데서 찾고 있는 사람을 알아낸다는 과제가 주어지는 것도 또한 저세상에서, 파도의 짜르의 집에서이다. 파도의 짜르는 주인공에게 그의 열두 명의 딸을 보여주며, 주인공은 그 중 막내인 자기 약혼녀를 알아내야 한다.

같은 과제가, 마술사의 집으로 자기 아들을 찾으러 가는 아버지에게도 주어진다. 이 아들은 수련을 위해 맡겨졌었다. 아버지는, 모두 닮은 열두 명의 제자들 중에서 그를 알아내야 한다.

이 과제의 기원은, 저세상에서 찾는 사람은 뚜렷한 개인적 성격이 없다는 관념에 있다. 저세상에 있는 자들은 모두가 비슷한 모습을 하고 있다. 이러한 개념은 돌간 신화에서 순수한 상태로 존재한다. 한 노인의 딸이 죽었다. 삼 년이 지난다. 한 '눈밝은 자'가 그녀를 찾아 떠난다. 그는 잠들며, 꿈에서, 죽은 여자의 영혼이 머무는 곳에 이른다. 그러나 그는 그녀를 알아낼 수가 없다. "거기에는 세 소녀가 있었는데, 모두가 얼굴도 옷도 비슷하였다. 그 중 하나가 노인의 딸이었으나, 누구인지 그로서는 알 수가 없었다. 그는 그녀들의 옷의 바늘땀들을 세었으나, 모두가 똑같은 수였다. 그는 그것을 헤아리느라 지쳐버렸다." 마침내, 그는 그녀의 어머니가 그에게 주었던 물건에 언급하는 것을 보고, 찾는 여자를 알아낸다. 그리하여 그녀를 붙잡아 데려온다. 그는 잠이 깬다. 그는 아흐레 동안 잠이 들었었다. "그러나 소녀는 움직이지 않았고, 죽었는지 잠이 들었는지 알 수 없었다. 그래서 그는 소녀의 뱃속에 자루에 넣듯, 뼈들을 넣으려 하였다. 그러자 그녀는 되살아났고, 되살 아나면서, 그녀는 다시금 노인의 딸이 되었다." 이 마지막 말들은 매우 중요하다. 죽은 자는 되살아나면서 자신의 개인성을 되찾는다. 반대로, 인간은 죽으면서 자신의 개인성을 상실하고 몰라보게 변해버린다(『돌간 민담』, p. 65 참조).

인용된 신화는 이야기보다 먼저이며 더 오래 된 것이다. 그것은 또한 이 모티프와 저세상에서의 체류와의 관계를 보여준다는 장점이 있다. 『마법의 지식』이야기와 '큰 집'의 복합간의 관계에 대해서는, 이미 분 석한 바 있는바, 마술사의 제자들은 죽은 상태로 간주되며 따라서 모 두가 똑같다.

여기에서 우리는, 주인공이 혼자가 아니라 일행을 동반하고 있는 경 우들도 언급할 수 있다. 그의 일행의 모든 구성원들은 서로 너무 닮아 서 구별할 수가 없다. 그것을 표현하는 상투어구는 "모두가 목소리도 같 고 머리칼도 같다"는 것이다(Nor. 66). 이러한 유사성은 숲의 형제단을 상기시키는바, 거기서 그들은 일시적 죽음의 상태에 있으므로, 모두가 동일하다.

그러나 아직도 모든 것이 분명치는 않다. 똑같이 닮은 분신들 가운데 에서 찾는 사람을 알아낸다는 과제는 무속에서뿐 아니라 혼인 제의에 서도 발견되며, 19세기까지도 전유럽에서 그러한 것으로서 입증된다. 삼터의 저작 『출생·결혼·죽음』에는 이 점에 관한 자료가 수집되어 있 다. 카가로프 Kagarov도 그의 책에서 혼인 제의들에 대해 말하고 있다.[35] 몇 가지 예를 들어보자. 프랑스의 보쥬 les Vosges 지방에서는, 약혼자는 그의 결혼날, 한 무리의 소녀들 가운데에서 약혼녀를 알아내야 한다…….
사르데니아 Sardaigne에서는, 약혼식을 위해 도착한 정혼자는 가능한 한 많은 소녀들이 줄지어 앉은 방으로 안내된다. 방에는 긴장된 침묵이 있 다. 같은 것이 여러 곳에서 발견되었다. 예컨대, 프랑스의 베리 le Berry 지방에서는, 결혼식 마지막에, 모든 여자들이 줄지어선다. 약혼자는 그 녀들 뒤로 지나가며, 치마 아래로 드러난 다리를 보고 자기 약혼녀를 알 아내야 한다.[36]

카가로프는 이 널리 유포되어 있는 관습에 대해 존재하는 설명을 다

---

35) 카가로프, 「혼인 의식의 구성과 기원」, MAE 문집, Ⅷ, 레닌그라드, 1929, pp. 152~ 92. (E.G. Kagarov, "Sostav i proiskhoždenie svadebnoj obrjadnosti," Sb, MAE Ⅷ, L., 1929, str. 152~92.)
36) Samter, p. 98.

섯 가지 제시한다. 저자 자신은, 그가 "정령들을 속이기 위한 꾀"라고 간결히 표현하는 설명에로 기울어진다.[37] 카가로프 외에도 열한 명의 다른 저자들도 이 설명을 고집한다. 카가로프는 이 관습을 'exapathétiques' 또는 위장적 제의(제의적 허구)의 계열에 넣는다. 하지만 저자들 중 아무도 민속문학 자료나 무속 자료에 대해서는 생각지 않는다. 카가로프의 설명은, 목적성의 관점에서 주어진 설명이다. 그런데, 바로 이 목적성이란 결코 언급되지 않으며, 그 점에 관해서는 마음대로 어떤 가정도 할수가 있다. 어떤 '정령들'이 문제되는가? 사실상 여기서 중요한 것은, 목적이 아니라 원인이다. 제기되는 문제는 무엇을 위해 제의가 일어나는가가 아니라 어떻게 그것이 생겨났는가를 아는 것이다. 문제는 이렇게 제기되어야 한다.

그런데, 이야기의 자료는 이 모티프의 기원을 수립할 수 있게 한다. 그것이 창조되었던 바로 그 터전에 살아 남은 모티프를 해석하기란 일반적으로 불가능하다. 그러므로 그것이 전위되었던 방식들에 대해서밖에 말할 수 없다. 그러나, 이번 경우 즉 혼인 제의에서는, 전위조차 없고, 제의는 이유를 모르는 채, 전통으로서, 연희로서, 일어나며, 아무도 그 목적성을 문제삼지 않는다. 그리하여 제의의 과학적 '해석'에 유리한 터전이, 무수한 임의적 해결들이 이르는 잘못된 길이 생겨나는 것이다.

19. 혼례의 밤

이야기는 혼례에서 마칠 수도 있을 것이다. 하지만 때로 또 한 가지 중요한 시험, 첫날밤의 시험이 주인공을 기다리고 있다. 보통, 첫날밤의 시험은 과제의 형태로 표현되지는 않는다. 하지만 본질상 그것은 다른 시험들과 같은 시험이며, 때로는 그것도 수행해야 할 과제로서 표명되기도 한다. "짜르는 공고를 내어, 그녀와 하룻밤을 함께 지내기에 성공하는 자에게, 자기 딸을 아내로 주겠노라고 선포하였다"(Sm. 142). 나는 다른 곳에서, 왕녀의 출생의 표지들을 알아낸다는 과제, "나는 그녀가 어디에 출생의 점을 가지고 있는지 알아맞히는 자에게 내 딸을 아내로 주마"(Z.V. 12)라는 것은 특수한 성격의 시험에 대한 완곡한 표현임을 보이고자 하였다.[38]

---

37) Kagarov, p. 162.
38) 프로프, 「민속문학에서의 제의적 웃음」, p. 168.

이 밤의 위험은 어디에 있는가? 이야기는 상당히 다양한 도면을 제공한다. 대개는, 손아귀의 힘이 문제된다. 원조자는 이 위험에 대해 미리 듣고 왕자를 경계시킨다. "하지만 조심하세요, 왕자님. 덤벙거리면 안 돼요. 처음 사흘 밤 동안, 그녀는 당신의 힘을 시험할 거예요. 그녀는 당신을 손으로 있는 힘을 다해 내리누를 거예요. 눈에서 불이 나게 아찔할 걸요!"(Af. 116b/199).[39] "그들이 눕자마자, 그녀는 마술의 힘을 써서 그를 손으로 눌렀다"(Khoud. 19).

손으로 누른다는 것은 단순한 힘의 시험이 아니다. 왕녀는 자기 약혼자를 질식시키려 하는 것이다. "왕녀는 한 다리를, 그리고 또 다른 다리를 그 위에 올려놓고, 베게를 들어 그를 질식시키려 하였다"(Af. 76/136).[40]

때로는, 왕녀의 모든 구혼자들이 첫날밤 동안에 알 수 없는 방식으로 죽임을 당한다. "이 도시에서는, 짜르가 공표하기를, 그는 자기 딸을 세 명의 구혼자들에게 차례로 주었었노라고, 그런데 매번 혼례 후에 신랑 신부를 자리에 들게 하면 다음날 아침 신부는 살아 있는데 신랑은 죽어 있더라고 하였다. 그래서, 그녀와 밤을 보내기에 성공하는 자에게는 그의 왕국을 주겠노라는 것이었다"(Sad. 5). 하지만 또 다른 성격의 위험도 있다. 즉, 용이 왕녀를 찾아오는 것이다(Af. 93c, var./158, var.). 우리는 뒤에서 이 점에 관해 몇 마디 더 하게 될 것이다. 그러나, 위험이 어떤 것이든, 손으로 내리누르는 것이든 질식이든, 약혼자의 돌연한 죽음이나 용의 출현이든, 거기서 피할 방법은 단 하나밖에 없으니, 신랑을 원조자가 대신하는 것이다. "신부와 함께 자리에 들지 말고, 차라리 비켜서 내게 네 자리를 내다오," 또는 "네가 목숨이 아깝거든, 내게 왕녀와 첫날밤을 보내게 해다오"(Af. 76/136), "내게 네 자리를 내다오!"(Af. 93c, var./158, var), "자, 어서 방을 나가세요, 내가 당신을 대신하겠어요"(Af. 116b/199). 이러한 예들이 충분히 명백하게 보여주는바, 이것은 이야기의 한 규범, 일종의 법칙으로서, 거기에 따르면 처녀성을 앗는 것은 신랑이 아니라, 마술적으로 준비되고 무장된 그의 원조자의 일이어야 한다. 사실상 이야기에서는, 그것이 직접적으로 말해지지는 않는다. 단순히, 그는 그녀를 벽에 밀어붙이고, 손으로 누른다든가 하는 것이다. 하지만 상황은 그 자체로써 충분히 명백하다.

---

39) (Af. 116a)라는 것은 1946년판의 오류(N.d.T.).

40) "다리를 올려놓고" 대신 "손을 올려놓고"라 한 것은 1946년판의 오류이다(N.d.T.).

418

그러나 첫날밤의 사건들은 그것으로써 끝나지 않는다. 일반적으로 그녀를 길들인 후, 원조자는 세 종류의 채찍을 취하여 왕녀의 등을 매질한다. "그는 그녀의 머리채를 잡고 침대에서 끌어내어 회초리질을 하기 시작했다. 그러기를 마치자, 다시금 그녀를 침대에 던졌다. 그는 나와서 쿠즈마 페라폰토비치 Kouzma Férapontovitch(주인공)를 자기 대신 들여보냈다"(Sk. 72). "물장수 미하일 Michkale-Porteur-d'eau 은 그녀의 목을 잡아 땅에 던지고 쇠채찍 둘과 구리 채찍 하나가 다 부러져라고 그녀를 매질했다. 그리고는 그녀를 개처럼 집어던졌다…… '자, 이반 왕자님, 침대로 가세요, 이제 아무것도 두려울 것이 없어요!'"(Sk. 143).

요컨대 이상이 첫날밤의 줄거리이다. 여기에는 실제로 존재했던 결혼 형태들과 관련되는 매우 고대적인 어떤 사고 개념들이 반영되는 것이 분명하다.

자세한 분석이 보여주는바, 여기에서 시험에 놓이는 것은, 신랑의 성적인 능력이다. 그러나 그것만이 아니다. 우리는 신랑의 무능과 여자의 마귀적인 힘을 보게 되는바, 그녀의 힘은 더 강한 힘 즉 원조자의 힘에 부딪히게 된다. 왕녀를 이기는 것은 그이다. 원조자의 분석은 그의 기원이 숲임을 보여준다. 이런 관점에서, 카토마 Katoma 에 대한 이야기 (Af. 116a/198)는 특히 흥미롭다. 카토마 즉 마술적 원조자에게 진 왕녀는 그녀의 남편과 그 사이의 불화를 조장하려 한다. 그리고 그녀는 그러기에 성공한다. 카토마는 다리가 잘려, 숲에서 또 다른 불구자와 함께 살게 된다. 그는 거기서 우리가 '큰 집'에 관한 장에서 보았던 바의 삶을 산다. 그는 다리를 되찾기에 성공하여, 궁전으로 돌아간다. 그것만으로도, 그는 왕녀에 대해 결정적인 승리를 거두는 것이다. "'정말이지,' 하고 왕비는 생각했다. '다리를 되찾을 줄도 아는 자와 겨루어봐야 무슨 소용이겠어?' 그래서 그녀는 그에게 용서를 구했고, 왕자에게도 그렇게 했다." 우리는 여기서 우리가 잘 아는 상황, 즉 숲에서의 체류가 결혼의 조건이며 주인공은 그가 거기 머물렀음을 입증해야 한다는 상황을 다시 보게 된다. 그리하여, 이야기는 이미 왜 원조자가 결혼 침상에서 주인공을 대신하는가 하는 문제에 대한 대답의 일부를 제공한다.

하지만, 여기서도 아직 모든 것이 다 분명하지는 않다. 우선, 분명치 않은 것은, 위험의 원인, 첫날밤 동안 구혼자들이 죽는 이유이다. 이 문제에 대한 대답은 보다 오래 된 단계의 자료들에서 찾아질 것이다. 아메리카 인디언과 시베리아의 자료들에서는, 위험이 손으로 내리누르는 데서 오는 것이 아니라, 순전히 성적인 성격의 것임을 규명할 수 있다. 여자는 이빨이 난 질(膣)을 갖고 있는 것이다. 북아메리카의 한 신화에서는 매우 아리따운 한 여자의 모든 구혼자들이 죽는데, 마침내 어느 날 그 중 하나가 질에 돌멩이를 끼워넣을 생각을 했다. "그때부터 그것은 무해한 칼집이 되었다. *Ex illo tempore vagina innocens semper fuit.*"[41] 이 것은 상당히 널리 유포된 모티프이다. 슈테른베르크는 길리악 민담으로 부터 상당히 흥미롭고 중요한 예를 인용하고 있다. [42] 일곱 명의 아이누 인들이 물개를 잡으러 갔다가 길을 잃어버린다. 그들은 '저세상'에 이른 다. 거기에는, 또 위에, 여섯 여자가 앉아 생선을 썰고 있다. 이 여자 들은 사냥꾼들을 자기들의 오두막으로 청하여 큰 잔치를 베풀어준다. "그리고는 그들은 다락방으로 올라가 누워 잠이 들었다. 얼마 후, 그들 중 하나가 일어나, 한 여자의 침대로 다가가, 그녀와 속삭이기 시작하 더니, 함께 누워, '오, 오, 오!' 하더니 죽어버렸다." 또 하나가 그 뒤를 따르고, 그에게도 같은 일이 일어난다. "그들의 대장이 일어나 나 가서 물가로 가 자갈을 주워왔다. ……그는 여자에게 다가가 그녀의 침 대에 누워 함께 속삭이더니, 이갈리는 소리가 들렸다. 그는 그녀와 함 께 누워 자갈을 집어넣었고, 그것을 그녀는 깨물었던 것이다. 모든 이들 이 부서지고, 하나도 남지 않았다." 그리고는 모든 것이 제대로 되어, 여자는 무해하게 되었다. 슈테른베르크는, 보아스와 보고라즈 Bogoraz 의 자료에서도 비슷한 예들을 지적하면서, 이 모티프에 대한 합리적인 설 명을 한다. 그가 보기로는, 이 모든 것은 여성적 병에로 소급된다는 것 이다. 그러나 우리로서는 그러한 해석을 물리칠 수밖에 없다. 병이라 면 온갖 종류가 다 있다. 어찌하여 이 병은 신화를 창조하는데 다른 병 들은 신화를 만들어내지 않는가? 게다가, 그러한 설명은, 거기에서 반 드시 초래되는, 남자의 돌연한 죽음과는 양립되지 않는다. 주어진 모티 프에서는 비유적인 방식으로, 여자의 처녀성 박탈에는 위험이 따른다는 생각이 반영되어 있으며, 이 두려움이 신화적 성격을 입은 것이라고 하 는 편이 더 정확할 것이다. 슈테른베르크가 전하는 신화는 또 다른 견 지에서도 흥미롭다. 우리는 거기에서 여성 국가와 흡사한 무엇을 발견 한다. 아이누인들이 내린 신비한 해안에는, 여자들밖에 살지 않는다. 여

---

41) Dorsey and Kroeber, *op. cit.*, p. 260.
42) 슈테른베르크, 『길리악 언어와 민속문학에 대한 연구를 위한 자료들』, 성 페테르스부르크, 과학아카데미 편, 1900, p. 159, 이하. (L. Ja. Sternberg, *Materialy po izučeniju giljackogo jazyka i fol'klora*, Spb, izd. AN, 1900, str. 159 i sl.).

자의 마술적 능력은 여기서는 특수한 체제, 특수한 조직에 대응하는 것으로, 거기서는 사회가 여자들에 의해 창조되며, 여자들이 생산을 다스리고 지배하여, 아마도 모든 남자들을 죽이고 짧은 성적 결합을 위해 이 방인들을 유인한다. 달리 말해서, 아마존들과 같은 그 무엇이다. 이야기에서, 주인공이 구하는 왕녀도 또한 힘센 여자, 전사적 처녀이며, 혼자서 자기 왕국을 다스리는 소녀-왕이다.

보다 나중의 종교적 형태에서는, 주권자인 여자는 여신으로 변하여, 수렵과 농경의 여신의 혼합된 성질들을 갖는다. 그러한 여신들은 첫날 밤 동안에 애인들을 죽게 한다. 그렇다는 것은, 그리스나 소아시아의 예배들에서도 발견되는바, 거기서는 죽임이 때로 거세로 변하여, 승려들의 거세에 대한 기원론적 전설 역할을 한다. 한 Hahn 은 이렇게 말한다. "의심할 바 없이, 아주 오래 된 신화에서는, 아프로디테도 멧돼지의 형태를 취하며, 자기 애인을 죽이거나 거세하였다. 마치 소아시아의 제 신의 어머니가 아티스 Attis 에게 그렇게 하였듯이. ……우리가 알거니와, 이슈타르도 자기 애인들을 죽였으며, 아르테미스는 악티온 Actéon 을, 이시스는 사랑하는 마네로스 Manéros 를 죽였다."[43]

이러한 자료들은, 첫 관계의 위험이라는 개념이 얼마나 오래 견지되었던가를 보여준다. 주권자인 여자는 이미 여신이 되었는데도, 그녀와의 교미의 두려움은 여전히 같다.

그처럼, 여자와의 첫번째 교미는 남자에게 위험하다. 예전에는 제의적인 처녀성 박탈이 소녀들의 입문 의례 동안에 특별한 제의로서 일어났음을 추정케 해주는 자료들이 있다. 민속학적 연구서들에서는, 이 점에 관한 자료들이 별로 없으나, 그러한 상황은 진실임직하다. 그것이 라이첸슈타인의 견해이다. 그는 말한다. "다소간에 분명한 방식으로, 이런 종류의 모든 축제에서는, 중심 역할을 하는 특정인이 전면에 나타난다. 우리는 그에게서, 원시적으로, 이 제의들을 수행하던 마술사의 잔존을 보아야 한다. 이 인물은 가면을 쓰고 있으며, 그렇다는 것은, 대개의 경우, 그에게서 숲의 정령의 지상적 대표자를 드러내준다."[44] 라이첸슈타인에 의하면, 소녀가 여인으로 변하는 것은 바로 이 제의 동안에 일어난다. "축성의 잔치에 있어서는, 소녀들이 여자들로 변한다는 것이 본질

---

43) Ed. Hahn, *Demeter und Baubo*, Lübeck, 1897, p. 52.
44) F. Reitzenstein, "Der Kausalzusammenhang zwischen Geschlechtsverkehr und Emp-fängnis," *ZfE*, 1909, p. 682.

적인데, 이는 결혼이나 성적 관계에 의해서가 아니라, 심지어 성적인 관계들이 오래 전에 있었다 할지라도, 입문의 의례들——여자의 수태를 목적으로 하는——에 의해 이루어진다. " 만일 입문 의례 전에 아이가 태어나면, 죽임을 당한다. "왜냐하면 그런 아이는, 씨족의 조상들에 의해 배태된 것이 아니므로, 인간 존재로 간주되지 않기 때문이다. "

이러한 이론은, 민속학적 자료들에 의해 충분히 뒷받침되지는 못하지만, 가설로서나마, 혼례의 밤에 처음 신부와 동침하는 것이 주인공이 아니라 마술적 원조자가 되는 이야기의 상황을 설명하게 해준다. 이와 관련된 개념들은 전에는 깊이 뿌리박히고 널리 퍼져 있었던 것으로 보인다. 그것들은 이야기 밖에서도 발견된다. "몬테네그로 Monténégro 에서, 혼례의 첫날밤, 신부와 드러내놓고 함께 자는 것은 신랑들러리 *Brautführer* 이다. 보스니아 Bosnie 에서는, 초대된 남자 손님들 모두가 신부를 벽에 밀어붙이는데, 그럼으로써 내밀한 관계를 상징한다. "[45]

라이헨슈타인의 이론이 옳다면, 이 두 사건, 즉 결혼 전에 '신성'에 의해 행해지는 제의적 처녀성 박탈과 남편과의 혼례의 밤은, 전에는 시간적으로 떨어져 있던 것이 나중에 한때로 합쳐진 것이다. 그리하여 처녀성 박탈은 결혼 전이 아니라 후로 되며, 바로 그 때문에, 그 행위를 수행하던 자는 예식이 있은 직후에, 즉 첫날밤 동안에 끼어들어야 한다. 그리하여 정상적인 혼례의 밤이 토템적 처녀성 박탈과 합쳐지는 것이다. 처녀성 박탈은 '숲의 정령' 즉 이야기에서는 주인공의 원조자가 하는 일이며, 주인공은 그의 손에서 신부를 넘겨받는다.

라이헨슈타인의 이론에 비추어, 용에 의한 왕녀의 납치 역시 토템적 처녀성 박탈을 위한 납치로 해석할 수 있다. 왕녀가 용이나 카시체이와 동서하는 것이나, 금단의 다락에 용이 사는 것 등은, 이러한 각도에서 볼 때 가능한 해석을 얻는다. 카시체이나 용을 죽이는 것은, 이런 관점에서, 보다 나중의 것으로 간주되어야 하며, 이는 야가가 불에 타죽는 것과 마찬가지이다. 새로운 사회 체제, 새로운 결혼 형태들은, 처녀성 박탈을 수행하는 가면 속에서 은인이 아니라 강간자를 보게끔 하며, 따라서 그는 죽임을 당한다. 혼례의 방으로 왕녀를 방문하러 용이 날아들어오는 경우, 첫날밤에 그와의 싸움이 벌어진다는 것은 대표적인 예이다. "'첫날밤을 신부와 함께 보내지 마시오, 이반 왕자, 후회하게 될 터이니 ! 내가 당신을 대신하게 해주시오 !' 왕자는 수락했다. ⋯⋯자정

---

45) G. Buschan, *Die Sitten der Völker, Liebe, Ehe...*, Stuttgart, 1914~1922, pp. V~vi.

이 되었다. 갑자기 바람이 일더니, 머리가 열둘 달린 용이 공중에 나타났다. '강철 사나이 le Gaillard d'Acier'는 그와 싸움을 벌여, 열두 개의 머리를 모두 잘라 창밖에 던졌다"(Af. 93c, var./158, var.). 그러니까, 여기서도, 이중의 방향이 나타난다. 한편으로는 마술적 원조자에 의한 처녀성 박탈(이야기에서는 항상 가리워지는)이 이로운 것으로 받아들여지면서 다른 한편으로는 강간자에 대한 싸움이 벌어져 그를 쳐부수는 것이다.

라이첸슈타인이 주장하는 이론은 부부 사이에 놓인 칼이라는 문제에 대한 탁월한 해결을 제공한다. 러시아의 이야기에서는 이 모티프가 드물지만(Us. On. p. 162), 전세계의 민속문학 속에 그것은 상당히 유포되어 있다. 라이첸슈타인은, 혼례의 밤 동안에 부부 사이에 토템적 성격의 새겨진 나무 형상이 놓였던 것을 보여준다. 조상의 정령이 수태를 시키는 것으로 간주되었으며, 신랑은 이 첫날밤 동안에는 성적인 관계를 삼가하였다. 이후로, "수태의 도구는 분리의 도구가 되었으며," 남자와 여자 사이에 가로놓인 무기의 형태로 변하였던 것이다. 이와 같은 사실은 오늘날까지도 시행되는바, 첫날밤의 성적인 금욕에 대한 새로운 해석의 가능성을 준다. 카가로프는 그것을 구마적 방편으로 해석한다.[46] 그러한 금욕의 기원은 이 초야에 여자가 토템적 조상에 의해 수태된다는 관념에 있을 수도 있다. 초야권이란 거기에서 비롯되는 것이다. 이 권리는 이후로 마술적으로 가장 강한 자로부터 사회적으로 가장 강한 자에게로 넘어가, 부부의 권리를 침해하는 수단이 된다.

하지만 이 모든 것은 아직도 첫날밤의 한 가지 세부 즉 신부가 겪는 수난은 설명하지 못한다.

보다 원시적인 단계들——여자가 질에 이빨을 가진 것으로 묘사되는——에서 취해진 예들에서는 이 모티프가 발견되지 않았다는 사실이 특기할 만하다. 이 이빨들은 여자의 권능, 그녀의 남자에 대한 지배의 비유적 표현이며 상징이다. 이빨들을 뽑는다는 것이나 학대를 가한다는 것은 같은 차원에 속하는 현상들로서, 여성적 권능의 종말을 나타낸다.

그때부터 왕녀는 굴복되며, 남편에게 복종한다. 모든 것은 여기에 귀결된다. 여자의 고대적 권능은 오래 전부터 남자의 권력에 의해 파괴되있다. 그러나 여전히 남자가 여자를 두려워하는 영역이 남아 있었으니, 여자는 아이를 낳는 능력에 의해 막강한 존재였다. 여자의 세력에 역사

---

46) Kagarov, Rec. *MAE* VIII, p. 167.

적으로도, 성적인 원칙에 기초해 있다. 그녀의 성은 그녀를 강하고 위험하게 한다. 그것이 이빨이나 손을 얻어 질식시키는 것 등으로 표현되었다는 것은 별로 중요치 않다. 초야의 두려움은 소녀-왕의 아직도 엄연한 세력 앞에서의 두려움이다.

20. 예비적 결론들

여기에 제기된 문제들만으로 자료가 다 해명되지는 않는다. 또한, 여기서 러시아 이야기가 제기하는 모든 문제들을 남김없이 파헤쳐보자는 것도 아니다. 중요한 것은, 그 문제들을 분류하고, 외관상의 다양성 뒤에 있는 심오한 단일성을 드러내고, 역사적 탐구가 행해질 수 있을 방향을 발견하는 일이다.

우리가 얻은 것은 무엇인가? 과제들과 그것들이 부과되는 상황들의 검토로부터 어떤 결론들을 얻어낼 수 있는가?

우선, 우리가 보기로는, 과제들은 다양하기는 하지만 정말로 잡다한 자료에 대응하지는 않는다. 그것들은 서로간에 긴밀한 관계 속에 있다. 상황은 대체로 다음과 같이 요약될 수 있다. 즉, 왕녀와 결혼하기 위해 주인공은 여러 가지 시험들에 놓이게 되는데, 그는 그것들을 이야기에 의해 지시되는 길을 따라, 즉 마술적 원조자와 마술적 능력을 얻음으로써만 해결할 수 있다. 그 내용에 있어서도, 시험들은 단일성을 드러낸다. 여러 가지 형태로, 주인공은 그가 저세상에 갔었다는 것(탐색의 과제들, 지옥에의 파견, 등등)이나 또는 그가 죽은 자의 성질을 획득하였다는 것을 증명한다. 그는 보이지 않게 될 수도 있고(숨바꼭질), 무한정 먹을 수도 있으며, 개인적 양상을 갖지 않는다, 등등. 저세상에서의 체류는 수행된 여행으로서뿐 아니라, 그 결과에 의해서도 중요하다. 이 결과들은 이중적이다. 한편으로, 그것들은 부족 체제의 종교에 결부되며 다른 한편으로는 혼인과 혼전의 관례와 풍습에 결부된다. 주인공은 보통 사람이 아니다. 어려운 과제들을 해결함으로써, 그는 그가 해와 천둥과 추위와 더위를 다스리며, 수확을 앞당길 수 있다는 것을 보여준다. 여기에서 우리는, 세계의 창조자 또는 조직자인 토템적 조상들에 대한 이야기들을 반영하는, 신화적 전통을 보아야 한다. 그러한 조상들은 인간들에게 수확의 첫 열매들을 가져다주었으며, 그들에게 모든 기술과 직업들을 배워주었으며, 춤을 가르쳤고, 관습을 정하였고, 사회 조직을 주었다. 여기에는 하나의 방향이, 신화적 전설의 방향이 있다.

그러나 한편, 그러한 신화들은 또한 구체적 일상적인 현실이나 제의적 현실도 반영한다. 각 씨족은 그나름의 마술적 원조자와, 부적들과, 춤과 이야기들을 가지고 있다. 탐구가는 그것들을 지배하는 일반적 법칙들에 관심을 가진다. 어떤 부적을 소유한 자에게 있어, 어떤 춤을 배운 자에게 있어, 문제의 부적이나 춤은 남들의 부적이나 춤과는 다르다. 어려운 과제들의 분석은, 원조자 및 원조자의 획득을 주재하는 모든 상황의 분석과 불가분이다. 이미 위에서, 야가라는 인물에서, 우리는 주인공의 장모, 그의 아내의 어머니나 아주머니·언니 등을 보았던 바 있다. 이런 관점에서, 보아스에 의해 기술되고 우리가 인용하였던, 크와큐틀족에서의 혼례의 묘사는 특별한 중요성을 갖는다. 거기에서 밝혀지는 바 젊은이의 입문 의례는 그의 아버지가 아니라 그의 약혼녀의 아버지에 의해 값치러진다. 이는, 약혼자가 자기 씨족이나 부족의 신비가 아니라, 처족의 신비에 입문됨을 의미한다. 마술적 원조자가 세습적으로 전수된다는 사실은, 야가의 검토에서 드러난 바 있다. 자료들은 우리를 다음과 같은 사실에 이르게 한다. 즉, 주인공은 그의 처족에 고유한 원조자나 부적을 받으며, 그것들은 다른 어떤 원조자나 부적과도 다르다. 이야기에서 주인공이 그가 원조자를 잘 다루는가에 대해 시험을 받는다면, 민속학적 자료들이 보여주는 바 신랑은 그가 결혼에 의해 가입된 씨족 단체에 고유한 비밀들의 소유에 대해 시험을 받는다. 입문 의례에 값을 치렀던, 신부의 아버지는 미리 신랑을 시험할 권리를 갖고 있었다. 결혼 전에, 입문 의례를 반복하는 모방적 예식이 거행되었으며, 거기에서 신랑은 그가 필요한 모든 시험들을 다 잘 치렀음을 입증하였다.

III. 주인공의 왕좌 즉위

21. 왕위 계승에 대한 프레이저의 견해

'어려운 과제들'은 결혼에 선행할 뿐 아니라, 주인공의 왕좌 즉위에도 선행한다. 우리는 뒤에서, 그러한 즉위가 늙은 왕을 죽이는 것을 수반함을 보게 될 것이다. 과제들과, 늙은 왕을 죽이는 것과, 왕좌 즉위 간에는, 관계가 있다. 과제들의 역사적 근원들만을 별도로 자세히 분석하기란 어렵다. 반면, 권력의 전수, 그것의 한 인물에서 다른 인물에로의 이행 등은 역사적으로 입증된 사실이며 이야기의 영역에만 국한된 것이 아니다. 이 이행이 취하는 형태들은 역사의 흐름 속에서 변천하였다. 그 형태들 중의 하나가 프레이저에 의해 연구되었으며, 다음과 같이 기술되었다. "몇몇 아리아 민족들에게서는, 사회적 발달의 일정한 단계에서, 왕의 혈통을 남자가 아니라 여자를 통해 전수하는 관습 및 왕위를 대대로 다른 부족의 남자 또는 이방인——그는 왕녀들 중 하나와의 결혼을 통해 자기 아내의 민족의 왕이 되는 것이었다——에게 전수하는 관습이 존재하였다. 민담은, 무수한 변이체들 속에서, 모험을 찾아나선 자가 낯선 나라에 도달하여 왕녀와 결혼하고 왕국의 절반을 얻게끔 되는 이야기를 들려준다. 이러한 민담은 필경 과거의 아주 사실적인 관습의 먼 반향일 것이다."[47] 프레이저의 추정은 이야기의 분석에 의해 확증될 뿐 아니라, 이야기를 전문적으로 연구하지 않았던 프레이저가 했던 것보다 훨씬 멀리 확장될 수 있다. 그가 잘 보여준 대로, 늙은 짜르는 보통 새로운 짜르에 의해 죽임을 당한다. 이야기는 바로 이 상황을 보존하고 있는 것이다. 여기까지는, 프레이저에게 전적으로 찬성할 수 있다. 프레이저는 여성적 가계 전수(왕의 딸을 통한)와 경제적 발달의 단계를 관련짓기까지 한다. 하지만 프레이저는 부르조아 학자로서, 옳은 방향을 감지하는 때에도, 자기 계급의 사고 및 신념의 테두리를 벗어나지는 못한다.

왕위 계승에 관한 그의 이론은 『황금가지』의 근본 관념을 이룬다. 하지만 프레이저는, 아마도 그 자신도 깨닫지 못하는 채, 그의 관심의 주안점을 폐위된 늙은 왕에게로 돌린다. 늙은 왕을 거꾸러뜨린 주인공은 저자의 관심 범위 밖에 남아 있거니와, 이러한 망각은 전저작에 치명적이 된다. 프레이저가 보기로는, 그는 '경쟁자' '강자' 등일 뿐이다.[48] 여기서 이야기는 예전에 존재했던 상황을 보존하였을 수도 있는바, 이야기에서는 아무 '강자'나 다 왕이 될 수 있는 것은 아니다. 프레이저는 또한 이 계승의 규정에 대해서도 별 말이 없다. 하지만 아무나가 아무 때에나 나타나 왕을 죽이고 그 자리를 차지하는 것이 아님은 명백한 일이다. 프레이저가 시사하는 유일한 법칙은, 그러한 계승의 주기성이라는 법칙이다. 왕들은 매 5년, 10년, 15년(다른 주기들도 존재한다)마다 갈리었다. 왕은 또한 병고시에도 갈릴 수 있었다. 늙은 왕이 강제적인 힘에 의해 갈리게 되는 이유는, 사제 또는 마술사로서 다산과

---

47) Frazer, *Le Rameau d'or*, I, p. 182.
48) *Ibid.*, II, p. 111, I, p. 22.

풍요를 관장하던 늙은 왕이 늙어가면서 또는 그러기 직전에 그의 마술적 권능을 상실하며 그럼으로써 백성의 비참을 가져올 우려가 있다고 생각되었다는 사실에 있다. 그 때문에 그는 더 강력한 후계자에 의해 대치되었다.

민속문학적 자료는 우리에게, 이 후계자는 그의 마술적 힘을 입증해야 했다고, 거기서 또한 '어려운 과제들'의 근원을 보아야 한다고 단정할 권리를 주는 것으로 보인다.

22. 이야기에서의 왕위 계승

왕자는 어떤 왕국을 계승하는가? 그가 그의 아버지의 왕국을 계승하는 일은 거의 전무하다. 그는 낯선 고장에 이르러, 어려운 과제들을 해결함으로써 그곳의 왕녀와 결혼하고, 거기에 머물러 다스린다. 이미 오래 전부터 장인-사위의 계승이 아니라 부자의 계승이 존재하는 나라들에서 이러한 이야기들이 발견된다면, 이는 단지 이야기가 보다 옛날의 상황을 보존하였음을 의미한다. 하지만, 물론, 유럽 군주국들에 존재하는 상황이 이야기에 반영되는 것을 보더라도 놀랄 일은 못 될 것이다. 일단 왕녀를 얻고 나면, 주인공은 자기 나라로 돌아가, 거기에서 아버지를 계승하는 때도 있다. 이것은 계승의 보다 나중의 형태들을 존중한 것이다.

왕위 계승의 문제는 때로 이야기의 첫 마디에서부터 제기된다. 짜르는 어떠어떠한 수수께끼를 푸는 자에게 자기 딸과 왕국의 절반을 주겠노라고 공고케 한다. 이야기는 무엇이 왕으로 하여금 그렇게 하게 하는지 결코 말하지 않는다. 프레이저의 자료들은 왕의 교체가 주기적으로 일어났음을 보여준다. 아주 단순히 이야기의 왕에게도, 차세의 종말이 도래하였다고 추정할 수 있다. 예컨대, "그런데 그때, '날으는 배를 만들 수 있는 자에게 내 딸을 아내로 주겠다, 운운' 하는 황제의 칙서가 도착하였다"는 식의 부름은, 사실상, 왕위의 이양시에 해당하는 것이다. 그러므로, 왕위의 이양과 수행해야 할 과제의 고지(告知)간에는 관계가 있음을 알 수 있다. 프레이저의 자료들은, 왕의 실추의 이유들 중의 하나가 그의 마술적 무능(때로 그의 성적 무능과 연관된)의 시작임을 보여준다. 짜르가 백성은 다스린다 해도 자연은 다스리지 못하는, 러시아 이야기에는 이러한 사실이 보존되어 있지 않다. 하지만 한 돌간 신화에는 이러한 상황이 매우 분명히 나타나 있다. 거기에서 왕은 어둠 속에 묻혀 있다. "그는 해도 달도 본 적이 없었다"(제 2 장 제 Ⅰ절 참조). 그는 자기 백성들의 안녕에 책임을 진다. "아이들은 끊임없이 태어났고, 어른들은 더 이상 죽지 않았다." 하지만 그에게는 딸이 있어, 그녀가 결혼할 나이에 이른다. "사냥거리는 줄어들었고, 물고기들은 사라졌으며, 풀마저 자라기를 그쳤다." 이는 무엇을 의미하는가? 아이들이 성적 성숙기에 도달하는 것, 그들이 생식할 수 있게 되는 것이, 늙은 세대가 물러나야 함의 표지라는 사실은 분명하다. 그러므로, 이 짜르는 더 이상 자연을 다스릴 수 없게 되는 것이다. 이어지는 이야기에서, 그는 "태양이 그의 잘못으로 가리워졌다"고 비난당한다. 그는 어려운 과제, 즉 천개를 찢고 태양을 되찾아온다는 과제를 낸다. 그 과제를 수행하는 자에게, 그는 자기 딸과 왕국의 절반을 약속한다. [49] 여기에는, 프레이저가 역사적 사실로서 수립하였던 바 왕의 실추의 첫번째 원인 즉 마술적 권능의 상실이 매우 분명히 보존되어 있다. 어려운 과제, 결혼, 그리고 권좌의 계승은 단일한 복합체를 이룬다. 위의 예는, 성년이 된 딸의 존재와 구혼자의 출현이 늙은 왕에게는 치명적 위험을 의미한다는 사실을 특히 분명히 보여준다. 장인과 사위가 여기서는 진짜 적수들이다. 권력이 사위에게 전수되는 것이므로, 짜르는 성년 딸을 가져야 했다. 그녀의 성적 성숙과 구혼자의 출현은 결혼 및 왕위 이양의 시기를 나타낸다.

우리는 이제 왜 어려운 과제들이 이중적 성격을 갖는가를 이해한다. 그것들은 대중적 여론이 요구하는 대로 구혼자를 유인해야 하는 동시에 그것들의 수행은 늙은 왕의 죽음을 초래하느니만큼 후보자들을 겁나게 하는 것이어야 한다. 왕녀의 상황 또한 애매하다. 딸로서, 그녀는 아버지의 죽음을 알리는 구혼자를 미워한다. 하지만, 왕위를 전수하는 것이 그녀인 만큼, 그녀는 자신의 공민적 의무를 수행하며 아버지에 맞서 약혼자의 편을 들어야 한다. 그녀는 약혼자의 죽음이건 아버지의 죽음이건 가져와야 하는 것이다. 이야기들에 따르면, 그녀는 어느 한쪽 편을 들며, 때로 그녀 자신이 처형을 맡기도 한다.

돌간 민속문학으로부터 인용된 예는 유일한 예는 아니지만, 매우 분명하고 완전하다는 장점이 있다. 젊은이의 노인에 대한 마술적 우월성의 흔적들은 러시아 이야기에서도 발견된다. "그는 지혜로우니, 그에게 내 딸을 주자"(Khoud. 94). 짜르의 이 무능에 대해, 우리는 뒤에서 우유에 목욕한다는 과제를 겁토할 때에, 보게 될 것이다.

---

49) 『돌간 민속문학』, p. 113 이하.

23. 노 쇠

그러한 무능은 노쇠의 결과이다. 기실, 나이·질병·불구 등이 왕의 실추의 원인이 되었던 것이다. 프레이저는 그런 예들을 많이 들고 있다. "부족의 유력자들은 왕이 다스릴 만큼 다스렸다는 결론에 이르면, '왕은 병들었다'고 발표한다. 이 표현은, 왕을 사형에 처할 준비가 되었음을 의미한다."[50] 노쇠에 대한 이런 암시는 이야기의 말미에서뿐 아니라 서두에서도 발견된다. 예컨대, "짜르는 매우 늙었고 거의 장님이 되었다"든가, 그는 삼십 년을 젊어지고자, 아들들을 "그의 젊음을 찾으러" 보낸다, "그는 세월의 무게에 온통 휘어졌다" 등등(Af. 104a, b, c, e/Af. 171, 172, 173, 175).[51] 이런 식으로 이야기가 시작된다. 이야기의 말미는 주인공의 왕좌 즉위이다. 아주 흔히, 권력 이양의 원인으로서의 노쇠는 말미에 나타난다. "자, 바냐 Vania, 나는 늙었으니, 이후로는 모든 것을 버리겠다. 여기 네가 원한다면, 전왕국이 있다. 마땅히 행할 바대로 행하고, 다스려라. 네게 내 자리를 내주마"[52](니키포로프, p. 209). "짜르는 매우 늙었으므로, 그는 농부의 아들 이반의 머리 위에 그의 왕관을 내려놓았다"(Af. 165R/571).

이 모든 경우에, 권력은 '강한 자 아무나'가 아니라, '어려운 과제'를 해결하고 그럼으로써 자기 힘을 입증한, 사위에게로 넘어간다는 점을 지적해두자.

24. 신탁(神託)

기한의 만기·노쇠, 그리고 왕의 쇠약 외에도, 늙은 왕의 실추의 또 다른 원인이 개입할 수 있었다. 이 원인이란 신탁이다. 신탁이라는 현상이 여기에서 부차적으로밖에 개입되지 않는다는 것은 극히 명백하다. 대중적 의지가 신들의 입을 통해 표현되며 신들의 혀로 말해지는 것이다. "메로에 Méroé에서는, 이디오피아 왕들은 신들로 간주되었다. 하지만, 사제들은 그러기를 원한다면 왕에게 사자를 보내어 그에게 죽으라고 명하였으며, 그러기 위해, 신들로부터 나오는 신탁이나 예언에 의거하였다"(프레이저, 『황금가지』, Ⅱ, 110). "사제들이 그러기를 원한다면"

---

50) *Le Rameau d'or*, Ⅱ, p. 114.
51) (Af. 164a)라는 것은 1946년판의 오류(N.d.T.).
52) 니키포로프, 「뱀의 정복자」, p. 209, 『소비에트 민속문학』, 4~5, 1936, pp. 143~243. (Nikiforov, "Pobeditel' zmeja," str. 209, *Sovetskij fol'klor*, 4~5, 1936, str. 143~243.)

이라는 표현에는 혼동의 소지가 있다. 이 사제들이 그러기를 원하게 되었던 것은, 분명히, 만기가 지났거나 왕이 더 이상 적합치 않았기 때문이다. 우리는 여기서 신탁 및 신탁이 종교와 신화에서 하였던 지대한 역할을 자세히 연구할 수는 없다. 우리는 이 현상의 한 측면만을 건드릴 수 있을 뿐이다.

이야기는, 역사적 현실과 마찬가지로, 왕위 전수의 두 방법을 알고 있다. 그 첫째는, 왕위를 왕의 딸을 거쳐 사위에게로 전수하는 것이다. 왕녀가 왕통을 전수한다. 여기에는, 왕위 보유자를 죽이고, 왕통의 수탁자인 그의 딸과 결혼하게 된다는 갈등적 상황이 있다. 두번째 방법은, 왕위를 아버지에게서 아들로 갈등 없이 물려주는 것이다. 첫번째 방식이 두번째보다 더 오래 되었다. 두번째 방식의 출현과 함께, 갈등은 역사적 현실로부터는 사라지나, 신화로부터는 사라지지 않으며, 인간들의 의식으로부터도 사라지지 않는다. 이데올로기는 일어난 변화들을 항상 즉각적으로 수용하지는 않는다. 묵은 갈등이 새로운 관계들 위에 투영될 때, 외디푸스 신화에 묘사된, 그리고 이야기에도 보존된, 상황에 이르게 된다. 계승자는 사위가 아니라 아들이다. 갈등을 보존하고 그것을 새로운 관계들 위에 전위시킴으로써, 왕위 계승자인 아들이 왕위 보유자인 아버지를 죽이기에 이르는 것이다. 한편, 먼저 체제에서는 왕통을 전수하는 것이 왕의 딸이었다면, 새로운 체제에서는——왕에게 자식이 없다면——새로운 왕의 선출이 있거나 아니면 왕의 미망인이 왕통을 전수하게 된다. 왕통을 전수하는 여자와의 결혼은 보존하되 그것을 새로운 조건들 속에 전위시킴으로써, 신화는 왕의 미망인이며 계승자의 어머니인 여자와의 결혼이라는 주제를 창조한다. 아들이 어머니와 결혼하는 것이다. 하지만, 그런 경우는 현행 관습과 너무나 상충되므로 행위의 무의식성이 도입됨을 보게 된다. 묵은 질서, 즉 계승자가 이방인이었던 질서 또한 보존되었다. 그가 이방인이 되기 위해서는, 아버지로부터 격리되어야 한다. 여기서, 신탁의 역할이 등장한다. 이 점에서 여기에는 어려운 과제 또한 보존되었음을 지적해야 한다. 외디푸스는 스핑크스의 수수께끼를 푸는 것이다. 하지만 수수께끼의 목적은 변하였다. 그것은 마술적 권능의 입증에 쓰이는 대신, 백성의 구원에 쓰인다. 권력이 장인으로부터 사위에게도 넘어갈 때, 늙은 왕의 죽음은 자명하였으며 신탁에 의한 정당화를 필요로 하지 않았다. 그러나, 권력이 아버지로부터 아들에게로 넘어갈 때에는, 왕(아버지)이 계승자(아들)에 의해 죽임을 당한다는 것은 반자연적이고 불경한 일이 된다. 그것은 신들의 의지나 잔인한 운명에 의해 동기화되어야 한다. 예언이 사위들보다 조카나 아들들에 더 흔히 관련되는 것을 보더라도 그 점을 알 수 있다. 페르세우스의 할아버지에게는, 그가 그의 손자에 의해 실추되리라고, 라이오스 Laïos 에게는 그가 아들의 손에 죽으리라고, 펠리아스 Pélias 에게는 그가 외짝 신을 신은 주인공에게 왕국을 내어주리라고 예언되었다. 이 주인공에게서, 그는 자기의 조카를, 즉 자기 종족의 한 대표자를 알아본다.

이러한 경우들은, 보다 나중의 것들로서, 이야기에는 별로 반영되지 않는다. 이야기는 보다 오래 된 상황을 보존하였다. 즉, 주인공이 장인을 죽이고 결혼하여 왕위에 오르며, 거기에는 아무런 신탁의 개입도 필요치 않다. 신탁이 발견되는 것은, 실추되고 죽임을 당하는 것이 아버지인 경우에서뿐이다. 그리고 아버지와 아들이 아니라 장인과 사위에게 관련되는 예언의 경우들이 있다면, 이는 이야기가 뒤늦은 기원의 생격들을 포함하기 때문이다. 부자 마르크에 대한 이야기가 바로 그런 예이다. 이 이야기는 이야기라기보다는 종교적 전설의 성격을 지니고 있다. 이 이야기의 어떤 이본에서는 이렇게 말해진다. "그는 이 방면의 대가의 뒤를 이을 것이다"(Sm. 242). 하지만, 민속문학자에게는, 그것은 "그는 이 왕국의 왕의 뒤를 이을 것이다"를 의미한다. 독일 민속문학에서는, 이 이야기는 상인이 아니라 왕을 주인공으로 한다. "옛날에 한 가난한 여자가 아들을 낳았다. 그런데 그는 머리에 막을 쓰고 태어났기 때문에, 열네 살에 왕의 딸과 결혼하리라고 예언되었다"(Grimm. 23). 왕은 온갖 수를 다해 주인공을 처치하려 한다. 이런 예들이 보여주는 바 왕이 그의 후계자의 손에 죽으리라는 것은 미리 알려져 있으며, 이야기에서나 역사적 현실에서나 이 상황은 신탁의 음성──그러한 전복의 필요성이 대중적 의식 속에 느껴지기 시작할 무렵에 개입하는──으로써 표현된다.

25. 이야기에서 왕의 죽음

하지만, 이야기의 늙은 왕은 항상 실제로 죽임을 당하며, 항상 그의 왕국을 내어놓는가? 처음 보기에, 항상 그런 것 같지는 않다. 갈등은 평화로운 해결을 가져올 수도 있다. 왕은 그의 사위에게 왕국의 절반을 주고, 그들은 둘이서 누가 누구를 죽이는 일 없이 나란히 다스린다. 또는, 짜르의 딸과 결혼한 후, 주인공은 장인의 죽음을 조용히 기다린 후에야 왕위에 오른다. 또는 그저 신하의 역할에 만족하기도 한다. 이 갈등의 완화 내지는 무마의 또 다른 형태들도 있다. 하지만 이 모든 경우들도 우리에게서 다음과 같은 원초적 상황을 숨기지 못한다. 즉, 첫째로, 주인공은 왕국 전체를 받으며, 늙은 왕은 그때에 죽임을 당한다는 것이다.

주인공이 왕국의 절반이 아니라 전체를 받는다는 것은 이야기에 매우 흔한 경우로서, 특별한 입증을 필요로 하지 않는다. 몇 가지 예를 들어 보자. "그리고 그는 바보 이반에게 자기 딸과 왕국 전체를 주었다"(Sm. 221), "그리고 그는 그에게 왕국 전체를 주었다"(Khoud. 1), "누구든 그것을 얻어오는 자에게, 그는 왕국 전체를 주겠다고 약속했다"(Z.V. 114), "그는 그에게 왕국 전체를 주었다"(Af. 107/185). [53] 이런 예들은 역사적으로 입증된 원시적 형태를 보존하였던 반면, '왕국의 절반'이란 이야기에서만 나타나는 뒤늦은 대치이다.

짜르의 죽음에 대해서도 마찬가지로 말할 수 있다. 이야기는 이 상황을 숨기거나 약화시키려 애쓰지만, 전적으로 그러기에는 이르지 못한다. 이야기에서 왕은 어떻게 죽임을 당하는가? 때로는 그가 찾으러 보냈던 마술적 물건들에 의해서이다. 이 경우, 왕의 죽음의 원인이 되는 것은 주인공의 마술적 준비이다. 저절로 소리나는 구슬리도 같은 목적으로 사용될 수 있다. "바보는 꽃으로 귀를 막고, 왕에게로 가서, 구슬리를 타게 했다. 구슬리가 켜지자 마자, 왕과 그의 신하들과 모든 시위대가 잠이 들었다. 바보는 벽에서 다마스 강철로 된 칼을 내려, 왕을 죽였다 ……"(Af. 123, var./216, var.). "'자, 몽둥이야, 네 힘껏 때리고 박아라!' 몽둥이는 일어나 순식간에 고약한 왕을 때려 죽였다. 그리하여 바보는 왕이 되어, 오래도록 너그럽게 다스렸다"(Af. 123/216). 왕이 고약한 것으로 그려지느냐 아니냐는, 사태에 아무런 변화도 가져오지 않는다. 이 이야기의 한 변이체에서는, 갑자기 늑대가 나타나 짜르를 삼켜버린다. 이 늑대는 주인공의 원조자로서, 몽둥이 · 피리 등 마술적 물건들과 기능적으로 동등하다. "바보는 짜르가 되었고, 그의 아름다운 왕비와 함께 오래도록 행복하게 다스렸다. 늑대로 말할 것 같으면, 그는 항상 그의 곁에 있었다"(Af. 123, var./216, var.). 우리는 아파나시에프 선집의 이야기에서 그 흥미로운 예를 본다(122a/212). 늙은 왕은 적의 군대에 의

---

53) 오류 : 이런 문장은 이 이야기에 없다(N.d.T.).

해 죽임을 당한다. "왕은 그의 군대가 달아나는 것을 보자, 몸소 희생하고자 하였다. 그는 자기 부대의 선두로 달려나갔다. 그에게 화 있으리 ! 반 시간도 채 지나지 않아, 그는 죽은 사람이 되었다. 싸움이 끝난 후, 백성들은 모여, 호위병에게 왕국 전체를 맡아달라고 하였다. 그는 수락하고, 왕이 되었으며, 그의 아내는 왕비가 되었다." 이 경우는, 이런 식으로 왕을 적에게 내주어 처치하는 것이 실제로도 발견된다는 점에서 흥미롭다. 그것은 왕을 처형하는 가능한 한 방식이다. 이런 방식은 뒤늦은 것으로, 이미 온갖 종류의 타협들에로의 전이를 나타낸다. 그러한 관습은 중앙 앙골라 Angola 에서 행해졌다. 그곳의 왕은 마티암보 Matiamvo 라 불리웠는데, 포르투갈의 한 원정대는 다음과 같은 사실들을 전하고 있다. "관례에 의하면, 우리의 마티암보들은 전쟁에서 죽거나 변사하거나 한다. 우리의 현재의 마티암보도, 살 만큼 살았으니, 이런 식으로 죽어야 한다. 우리가 마티암보를 죽여야겠다는 결정에 이르르면, 우리는 그에게 적군과의 선전포고를 하라고 한다. 우리는 그와 그의 가족을 싸움터로 데리고 간다. ……마티암보가 죽지 않으면, 우리는 그를 싸움터로 돌려보내어 사나흘간 더 싸운다. 그리고는 갑자기 마티암보와 그의 가족을 버리고 달아나 적의 수중에 남겨둔다."[54] 이 경우, 왕은 가족과 함께 죽임을 당한다. 여기에서 이야기와 현실간에 직접적 관계는 없다 할지라도, 이 경우는 어떻게 새로운 사실과 상충되는 하나의 관습(또는 모티프)이 정확히 같은 방식으로 변모하는가를 보여준다. 이야기는, 역사처럼, 왕을 전쟁에서 죽게 하는바, 이는 교수형 등 옛날의 잔인한 처형을 대치하는 방법이다.

하지만 이 완화된 중개적 형태들은 꼭 필요해지는 않다. 늙은 짜르가 직접 죽임을 당하는 경우들도 있다. "아버지는 말한다. '이제, 내 목을 잘라라 !' 군인은 대답한다. '난 그렇게 못 해요 !' 짜르의 딸이 칼을 들고 말한다. '짜르의 말씀은 신성하시다 !' 그리고는 그녀가 그의 목을 잘랐다"(Z.V. 105). "그러자 그녀가 칼을 들어 짜르의 목을 베었다. 그리고는 목동의 귀를 잡아 입술에 입맞추며 말했다. "내 남편이 돼주어요, 나는 당신 아내가 되겠어요'"(Sm. 30), 등등.

26. 가짜 주인공(영웅)

그렇듯, 우리는 늙은 왕의 죽음이 전혀 예외적인 것이 아님을 본다.

---

54) Frazer, *Le Rameau d'or*, Ⅱ, p. 114.

하지만 이 경우는 아버지에게서 아들로의 상속의 관습과는 상충되며, 이는 이 죽음을 말소시키려는 노력을 설명할 수 있다. 한편, 이야기는 이야기꾼에게 알려진 역사적 현실과 일치하지 않는 이 상황을 피하기 위해, 또 다른 방편을 사용한다. 주인공의 왕좌 즉위 직전에, 이야기의 맨 끝에, 의외의 새로운 인물이 등장하는 것이다. 그는 장군이거나 물 나르는 자로서, 용과의 싸움 동안에 덤불 뒤에 숨어 있다가, 승리의 모든 영광을 자기가 차지하려 한다. 역사적 현실도, 광범한 제의, 민간 신앙, 신화들도, 이 인물에 대한 단서를 제공하지 않는다. 우리는 그를 이야기 고유의 산물로 보아야 한다. 이 인물은 일종의 속죄양이 되며, 제의의 영역에서나 민속문학의 영역에서나 이런 종류의 인물들의 창조를 주관하는 원칙들에 맞게 창조된 것으로 보인다. 그의 기능은, 원래는 왕의 몫이었던, 죽음과 형벌을 자기가 떠맡는 것이다. 왕좌 즉위, 결혼 그리고 죽음으로써 구성되는 계열은 여기에서 한 인물에게서 다른 인물——필요에 따라 등장한——로 죽음이 전가됨에 따라 보존된다.

27. 밧줄 다리

늙은 왕의 죽음에는 또 다른 원인이 있을 수도 있다. 심연을 그 위에 걸쳐진 밧줄이나 장대 위로 건너갈 것이 그에게 제안되며, 그는 허공으로 곤두박질한다. 이 경우는 보통 주인공이 데려온 아름다운 왕녀라는 모티프와 관련된다. 짜르는 그녀와 결혼하기를 원하나, 주인공이 거기에 반대한다. 그는 말한다. "'——나는 깊은 구덩이를 파게 했고, 이 구덩이 위에는 장대가 걸쳐져 있습니다. 우리 둘 중에서 이 장대 위를 걸어 구덩이를 건너는 사람이 왕녀와 결혼하기로 합시다!'—— '좋다. 바뉴샤 Vanioucha, 네가 먼저 건너라!'" 주인공은 어려움 없이 건너지만, 늙은 짜르는 구덩이 속으로 떨어진다(Af. 77/137).

여기에서는, 불안정한 다리라는 모티프를 한편으로는 그 자체로서, 다른 한편으로는 현재의 기능에서, 분석해보아야 한다. 이 모티프의 기원을 찾기는 어렵지 않다. 그것이 산 자들의 왕국과 죽은 자들의 왕국을 가르는 다리라는 관념에 소급함을 보여주는 방대한 양의 자료가 있다. 죽은 자들이 건너야 하는 이 다리는 아주 가늘고, 때로는 머리칼 한 올로 되어 있다. 이 '지옥의 다리'에 관한 많은 양의 자료가 셰프텔로비츠 Scheftelowitz(ARW, XIV)에 의해 수집되었다. 잉카 부족의 인디언들에게 있어, 죽은 자들은 '벙어리들의 나라'로 떠난다. 그들은 머리칼로 된 다리로 강을 건너야 한다. 개가 그들을 도우러 온다.[55] 북아메리카에는 물소의 머리 위에 놓인 다리라는 개념이 존재한다. 누가 이 다리에 발을 올려놓자 마자, 물소는 고개를 떨군다.[56] 다리의 모티프가 거의 항상, 어떤 식으로든, 무엇인가 동물적인 것을 포함한다는 것은 흥미롭다. 에스키모족에게는, 죽은 자들의 나라로 가는, 칼날처럼 가는 다리가 있다.[57] 이러한 개념들은 널리 유포되어 있다.[58] 이러한 관념은 파르시교 le parsisme 에서 매우 분명하다. "죽은 지 나흘째 되는 날, 영혼은, 해뜰 무렵에, 친바트 Tchinvat 다리 근처, 재판정에 이른다. 다리를 건너기 전에, 악령들은 그들의 고소를 한다. 정확한 저울 위에, 선행과 악행들이 달아진다. 이제, 영혼은 위태로운 다리를 건너야 한다. ……의로운 영혼은, 그의 선행들의 화신인 아름다운 소녀에게 안내되어, 그리고 다리를 지키는 호의적인 개들과 함께, 경쾌하게 지날 수 있다. 그리고는 영혼은 낙원에 이르러, 거기서 마침내 아구라-마즈다 Agura-Mazda 의 황금 보좌에 앉게 된다. ……악한 영혼들은 조력자를 찾지 못한다. 그들은 머리칼처럼 가는 다리 위에서 발을 헛디디며, 심연 속으로 곤두박질 한다. 악한 마귀가 그들을 잡아 암흑 속으로 끌어간다."[59]

이야기의 다리 역시 동일한 사고 개념의 반영이다. 그것은 머리칼처럼 가늘고, 미끄러우며, 심연 위에 걸쳐져 있다. 하지만 이러한 사고 개념은 어디에서 짜르의 살해와 관련되는가? 인용되었던 자료들로부터 다음과 같은 결론을 이끌어내도 좋을 것으로 보인다. 즉, 위태로운 다리를 건너는 것은 죽음 이후에 일어난다는 것이다. 한편, 심연 속으로 던져지는 자들은, 본래 동물적인 성격의 원조자들, 나중에는 선행의 화신인 원조자들을 갖지 못하는 자들이다. 종교적 사고 개념에서는 죽음의 결과인 것이 이야기에서는 죽음의 원인이 되는 것이다. 왕을 죽이면서, 그는 그의 마술적 힘을 상실하였으므로(바로 그 때문에 그를 죽이는 것이다) 그는 다리를 건너지 못하고 심연 속으로 빠진다고 추정하는 것이라고도 생각할 수 있다.

이야기는 이 순간을 삶의 마지막에로 옮겨, 죽음의 결과로서 죽음의 원인을 만든다. 그러한 전위는 미학적으로도 완벽하게 정당화되는바,

55) Krickeberg, *Märchen der Azteken*, S. 286.
56) Kroeber, *The Religion of the Indians of California*, p. 85.
57) Nansen, *Eskimoleben*, p. 221.
58) 슈테른베르크, 『원시종교』 참조.
59) Achelis, *Religion der Naturvölker*, p. 17.

왜냐하면 그것은 늙은 왕의 정죄를 포함하며, 그의 마술적 무능의 반향인 그의 나약함과 서투름을 규명하기 때문이다.

28. 끓는 우유

다리의 시험 외에, 이야기에는 늙은 왕을 패망에로 이끄는 또 다른 형태의 시험이 있다. 그것이 끓는 우유의 시험이다. "'우리는 아직 결혼할 수 없어요. 당신은 늙었고 나는 젊거든요. 나는 당신을 젊게 하는 방법을 알고 있어요. 밖에 냄비 둘을 가져다가, 하나에는 염소젖을, 다른 하나에는 물을 가득 채우게 하세요. 오늘 저녁까지 모든 것이 준비되도록 하세요!' 이반은 그 안에 뛰어들어 말할 수 없을 만큼 아름다워졌다. 짜르로 말할 것 같으면, 펄펄 끓여 죽었다"(Sm. 321).

이 모티프는 매달린 다리의 모티프보다는 덜 분명하다. 한편으로는, 왕이 죽임을 당하기 전에 하게 되던 제의적 목욕에 대한 희미한 단서들이 있다. 예컨대, 킬라카레 Quilakare 지방(남인도)에서는, 사제-왕이 십이 년을 다스린다. 그리고는 축제가 열린다. "왕은 나무로 된 단을 세워 비단으로 씌우라는 명령을 내린다. 그리고는 음악과 호화로운 행렬이 한창일 때에, 그는 욕실로 들어가 목욕을 한다." 그리고는, 단상에 올라, 왕은 자결한다. 그는 코와 귀와 입술과 그 밖에 몸의 부드러운 부분들을 잘라서 군중들에게 던진다. 자신을 일종의 희생으로 드리는 것이다. 끝으로 그는 자신의 목을 벤다.[60] 그러나 이것은 지방적 관습이며, 목욕은 다소간에 무상의 것일 수도 있다. 다른 한편으로, 고인의 영혼이 저세상에서 두 번 멱감아야 한다(이야기에서처럼)는 것을 보여주는 자료들도 있다. 예컨대, 카티오스 Catios 인디언들의 이 사고 개념에서는, 지옥의 신이 두 개의 물동이——하나는 끓는 물로, 다른 하나는 찬물로 가득한——를 가지고 있었다. 만일 '검은 영혼'(즉 죄 많은 영혼)이 연이은 두 번의 목욕 후에 희어지면, 하늘에 올라갈 수 있었다. 그렇지 않으면 여러 해의 강제 노동에 처해졌다.[61]

이런 부류의 자료들은 우리를 위태로운 다리와 같은 유형의 사고 개념들에로 이끈다. 하지만, 여기서 이야기에는 한 가지 차이점이 있다. 즉 여기서는 물이 나오는데, 이야기에서는 우유가 나오는 것이다. 방금 인

---

60) Frazer, *Le Rameau d'or*, II, p. 118.
61) J.u.M. Schilling, "Religion und Soziale Verhältnisse der Catios-Indianer in Kolumbien," *ARW*, XXIII, 1925.

용된 예에서는, 염소젖이지만, 암말의 젖, 또는 그냥 젖일 때도 있다. 이 젖에 목욕하는 것이 아름다움을 준다. 우리는 여기서 목욕에 의한 정화와 회춘의 관념을 보는 외에, 이 목욕과 동물을 통해 지나감간의 관계 또한 볼 수 있다. 러시아의 이야기에서 주인공이 말의 귀들을 통해 지나간다면, 그루지아의 이야기에서 그는 바다 밑에 사는 말들의 젖에 목욕한다. [62] 이 그루지아의 이야기에서, 늙은 왕은 냄비 속에서 죽는 반면, 주인공이 거기에 뛰어들 때는 그의 말이 귀에서 눈을 꺼내 우유 위에 뿌림으로써 그것을 식게 한다. 그러니까, 이 모티프의 기초는 주인공의 변화, 신격화에 있다고 결론지어야 할 것이다. 죽은 왕의 죽음이라는 모티프는 인위적으로 거기에 덧붙여진 것이다. 죽은 자들의 왕국에 도달한 자가 변화한다는 것은 알려진 사실로서, 여기서 우리는 그러한 개념의 반영을 본다.

29. 결 론

지금까지 제출하였던 모든 것으로부터 어떤 결론을 끌어낼 것인가? 모든 것이 세부에 이르기까지 분명하다고는 말할 수 없다. 하지만 한 가지는 분명하다. 즉, 주인공과 늙은 왕간의 왕좌를 위한 싸움은, 극히 역사적인 사실이라는 것이다. 이야기는 장인에게서 사위에로의 딸을 거친 권력 전수를 반영한다. 이야기는 또 다른 것도 보여준다. 즉, 왕녀와 결혼하고 그와 동시에 왕위에 오르기 전에, 사위는 그의 마술적 힘에 대한 시험들을 겪는다는 것이다. 이 시험들은 혼전적 성격을 지니며 같은 기회에, 주인공의 자연을 지배하는 능력 또한 보여야 한다. 이야기는 또한 다른 체제에로의 이행의 흔적들도 보존하였다. 사회 조직의 새로운 법칙들이 오래 된 법칙들에 영향을 미치며, 그리하여 외디푸스의 왕좌 즉위와 같은 부류의 현상들이 나타나거나, 아니면 이야기가 새로운 형태들을 오래 된 형태들에 적용시켜 갈등을 평화적으로 해결하려 하게 된다(주인공에게 왕국의 절반을 주겠다는 제의, 등등). 이러한 현상들은 그 자체로서는 역사적이 아니지만, 한 사회 조직의 다른 조직에 의한 대치로서, 그것이 초래하는 오해 및 모순들과 함께, 역사적으로밖에 해명될 수 없다.

---

62) 『트리스탄과 이졸데』 문집, p. 115.

IV. 마술적 도주

'30. 이야기에서의 도주

이야기는 주인공의 결혼과 왕좌 즉위에서 끝난다. 하지만 우리의 연구는, 한 가지 모티프를 더 검토해보기 전에는 완전하지 않다. 그것은 이야기에서 특정한 자리를 차지하지 않는 모티프, 이른바 마술적 도주의 모티프이다.

도주는 그에 선행하는 모티프들에 대해 일정한 위치를 차지하지 않는다. 하지만 그것은 보통 이야기의 말미에, 때로는 결혼 다음에 위치한다. 이야기는 야가나 다른 증여자의 집에서의 체류 후에, 구하던 물건을 얻은 후에, 용과의 싸움 후에, 결혼 후에, 등등에서 끝날 수 있다. 도주와 추적은 이 에피소드들 각각의 다음에 끼어들 수 있다. 도주와 추적에는, 그것들이 그 다음에 놓이는 에피소드의 기능에 의해 결정된 형태들을 부여하는 경향(법칙이 아니라)이 있다. 예컨대, 주인공은 야가의 집에서의 체류 후에 달아날 수 있다. 이 경우, 그는 그의 뒤에 빗과, 부싯돌과, 냅킨을 떨어뜨려, 그 각각이 숲·산·강 등이 되게 하면서 달아난다. 또는, 나무 위에 기어올라, 거기에서 다른 나무로 건너간다. 야가가 나무 기둥들을 쏘는 동안, 소녀는 때로 화덕이나 사과나무, 강물 곁에서 은신처를 구하며, 그것들은 그녀를 숨겨준다. 소녀가 숲의 강도들로부터 달아나려 한다면, 그녀는 건초와 단지들과 모피들이 가득 실린, 지나가는 수레 속에 숨는다. 소년은 마술사의 추적으로부터 피해 달아나면서, 장대·새·낟알·반지 등등으로 변신하며, 마술사는 그에 대응하여 곤들메기·독수리·수탉 등으로 변신한다. 납치된 왕녀 또한 물고기·백조, 또는 별로 변신하며, '전문가들'에 의해 되찾아져 온다. 용과의 싸움 후에, 암용들은 때로 주인공을 뒤쫓는다. 며느리들은 우물·침대·자석사과나무 등으로 변하며, 어머니 용은 자기의 처음 형태대로 주인공을 추적하며 삼키려 한다. 그가 젊음의 사과를 훔친 소녀왕의 집에서의 체류 후에, 주인공은 날개달린 말을 타고 도망치며, 소녀왕에 의해 추격당한다. 야가는 그에게 추적에서 벗어날 수 있는 또 다른 말을 준다. 카시체이 역시 그의 말 덕분에 주인공을 따라잡는다. 파도의 짜르의 딸과 결혼한 후, 주인공과 그의 젊은 아내는 교회와 신부, 우물과 두레박 등으로 변신하면서 달아난다. 끝으로, 주인공은 때로 배를 타고 달아나며, 그를 추적하는 자는 하늘 위에서 불로써 그를 치거나, 또는 반대로 주인공이 화약에 불을 놓아 그의 추적자의 날개에 불이 붙게 함으로써 그를 떨어뜨린다.

우리는 도주와 추적의 열 가지 가능한 형태들을 열거하였다. 특별히 추적을 연구했던 아르느 Aarne 는, 두 가지 형태밖에 고려하지 않았으며 요헬슨 Iochelson 은 도주에 관한 그의 저작에서 도주와 추적이 취하는 상이한 형태들간의 구별을 하지 않았다. [63]

제기된 문제는 이중적이다. 첫번째는 도주의 모티프 그 자체의 기원에 관한 것이고, 두번째는 그 형태들의 다양성에 관한 것이다. 우리는 여기서 특별히 도주의 온갖 다양성들을 연구할 수는 없다. 우리는 단지 일반적으로 도주라는 문제를 해명하게 해주는 것들에 국한하기로 하겠다.

31. 빗이나 냅킨 등을 던지는 도주

이 경우들에서는, 아이들(흔히, 하지만 항상은 아니다)이 야가에 의해 추적당한다. 그들은 부싯돌이나 다른 돌을 뒤에 던져 산이 되게 한다. 그들은 빗과 냅킨을 던진다. 이 마술적 물건들은 주인공에 의해 야가 자신으로부터 훔쳐진 것이거나, 아니면, 추적당하는 자들이 말에 타고 있다면, 말의 귀에서 꺼낸 것들이다(Af. 117, var./201, var.). 귀에서, 솔-숲, 유리병-강 등을 꺼낸다.

우리는 여러 가지 변이체들을 제시하지는 않겠다. 그것들은 아르느나 요헬슨의 저작들에 충분히 나와 있다. 우리가 이 모든 변이체들을 대조한다 하더라도, 그것들의 수효가 문제의 해결을 도와주지는 못할 것이다. 단지, 이 형태는 오직 야가와의 관계에서만 나타나는 것이 아님은 지적해두자. 곰의 왕(Af. 117/201)이나 아름다운 엘레나(Af. 104/171~178)로부터도, 같은 식으로 달아난다. 또한 피니스트에 대한 이야기(Z.P. 66) 등을 보라. 우리는 그것을 이야기 전체에 관련하여, 그리고 몇몇 역사적 병행 자료들과 관련하여 분석해야 한다.

우선, 병행적 자료들부터 검토해보자. 아메리카 인디언의 병행 자료

---

63) A. Aarne, "Die magische Flucht. Eine Märchenstudie," *EEC* n° 92, Helsinki, 1930 ; 요헬슨, 「신화와 민담에 널리 퍼져 있는 에피소드로서의 마술적 도주」, 『아누친의 70회 생일을 기리는 문집』, 모스크바, 1913. (V.M. Iokhel'son, "Magičeskoje begstvo, kak obščerasprostranennyj skazočnomificeskij epizod," *Sb. V. čest'* 70-*letija D.N. Anučina*, M. 1913.)

들은 다음과 같은 특성을 보여준다. 주인공은 흔히, 그를 추적자로부터 벗어나게 해주는 물건(우리 이야기에서의 냅킨처럼)이 아니라, 불을 훔친다. 이것은 중요한 차이이다. 주인공은 인간들에게 불을 가져온다. 그는 불의 창조자이다. 그는 숲과 강과 산의 창조자이다. 그는 물건들을 뒤로 던짐으로써 그것들을 창조한다. 이것 또한 매우 중요한 차이이다. 주인공이 뒤로 던지는 물건들 역시 러시아의 이야기에서 던져지는 물건들과는 구분된다. 그것은 동물의 파편이나 조각들이다. 그리하여, 숲은 머리칼로, 호수는 물고기의 기름으로, 등등 만들어진다. 이는 우리에게 왜, 러시아 이야기에서, 주인공은 때로 말의 귀로부터 숲으로 변하는 솔을 꺼내는가를 설명해준다.

우리는 이런 식으로 숲과 산과 강들이 원초차의 능력에 의해 창조됨을 본다. 원조자가 어떻게 얻어지는가를 우리는 알며, 그가 주인공의 마술적 능력들의 보유자라는 것도 안다. 또 다른 차이가 있으니, 러시아 이야기에서는 물건을 던지는 것으로 족한 반면, 아메리카 인디언의 신화에서는 때로 그러면서 박자 맞춘 노래를 부른다. [64] 이러한 자료들은 빗을 던진다는 신화가 필경 세계의 조직자에 관한 신화로서 생겨났음을 추정케 한다.

하지만 이는 우리가 이야기의 전개 및 주인공의 행동에 대해 아는 모든 것과 상충되지 않는가? 절대 그렇지 않다. 반대로, 여기서 우리는 이야기의 어떤 자체 모순에 대한 설명을 발견한다. 이야기에서, 주인공은 그를 추적하는 자로부터 벗어날 수 있게 해주는 물건을 탈취하는데, 대조는 여기에서 본래 다른 물건이 나타났음을 보여준다. 한편 우리는 위에서 이미, 주인공에게서 세계의 조직자를 보았던 바 있다. 우리는 그가 태양을 제 위치에 두었으며, 수확을 앞당겼다는 것을, 그리고 그는 이러한 능력들을 저세상으로부터 가져왔다는 것을 보았다. 우리는 여기에서 같은 개념의 퇴색한 잔재들을 본다. 저세상으로부터, 원소들에 대한 권능이 가져와지는 것이다.

아메리카 인디언의 한 신화에서, 늑대와 여우가 불을 훔친다. "그들은 이리저리 달렸고, 그들의 추적자들도 그들을 따라 이리저리 뛰었다. 그래서 요아굼 Yoagum 강은 구불구불한 것이다." 이 경우에는 달리는 자들, 불을 탈취한 자들이 달아나면서 강을 창조한다. 바로 그렇게 주인공은 숲과 산과 강들을 창조하며, 이 모든 신화가, 역사적 원조에

---

64) Boas, *Indianische Sagen*, pp. 72, 99, 187, 240, 267 etc.

서는 자연의 창조자에 관한 신화이다.

연구가들에게 있어 이 주제는 모종의 혼란을 야기한다는 것을 말해야 할 것이다. 요헬슨은 순수히 묘사적인 방법을 선택하였으며, 이 모티프가 제기하는 수수께끼를 풀 수 없음을 인정하였다. 우리가 여기에 제출하는 가설은, 지금으로서는 가설에 불과하며, 그 이외의 다른 것이 아니다. 보고라즈 Bogoraz[65]도 또 다른 가설을 제출한다. "이 신화의 구성 자체가 꿈과 신화간의 친족성에 관한 프로이트 학파의 이론들과 일치한다. 왜냐하면 이 신화는 그 삼주기적 반복과, 경계를 가로지르고, 달아나는 희생자를 잡으려는 끈질긴 노력과 함께, 추적이 꿈속에서 이루어지는 바의 괴로운 이미지를 그대로 환기시키기 때문이다." 그러니까, 보고라즈처럼 중요한 학자들도 프로이트주의보다 멀리는 보지 못하는 것이다. 아르느의 이론으로 말하자면, 다음에서 거기 대해 몇 마디 하게 될 것이다. 그러므로 우리는 전체적 결론을 얻기 위해서는 이 추적의 형태를 다른 형태들과 대조해야 할 것이다.

32. 변신들이 수반되는 도주

이 형태의 도주는 『파도의 짜르와 마법의 바실리사』(Af. 125/219～26) 유형의 이야기들에 특징적이다. 이 이야기에서는 파도의 짜르에게 납치되어간 소녀가 마법의 재능을 지니고 있다. "그녀는 말들을 우물로, 자신은 두레박으로, 그리고 왕자는 호호백발의 작은 노인으로 변신시켰다." 두번째에는, "그녀는 왕자를 늙은 신부로, 자신은 오래 된 예배당으로 변신시켰다." 세번째에는, "그녀는 말들을 젤리 언덕에 꿀이 흐르는 강으로, 왕자는 숫오리, 자신은 잿빛 암오리로 변신시켰다. 파도의 짜르는 꿀과 젤리에 달려들어 하도 욕심사납게 먹어댔으므로, 그는 부풀어 터져버렸다. 그것이 그의 끝장이었다!"(Af. 125a/219).

도주를 특별히 연구했던 아르느는 유럽 외의 지역에서는 이 형식이 나타나는 것이 여섯 경우에 불과한 반면, 유럽에서 발견되는 형태들은 너무나 많으므로 헤아리지도 않고 있다. 우리는 이 지리학적 원칙을 역사적 원칙으로 바꾼다. 아메리카, 아프리카, 폴리네시아, 아시아 등지의 신화는, 이야기를 그 발달의 보다 오래 된 단계에서 보여주므로, 이야기

---

65) 보고라즈-탄, 「죽고 되살아나는 짐승의 신화」, 『예술적 민속문학』 I, 1926, pp. 66～71. (V.G. Bogoraz-Tan... "Mif ob umirajuščem i voskresajuščem zvere," *Khudož fol'klor*, I, 1926, str. 66～71.)

를 연구하기 위한 우리의 원천 중의 하나이다. 만일 이 형태가 아메리카, 아프리카 등지에서 발견되지 않는다면, 이는 그것이 뒤늦은 것임을, 그것이 고유한 의미에서의 이야기의 터전에서——어떤 원시적 관계의 터전에서가 아니라——창조된 것임을 의미한다. 우물과 두레박, 교회와 신부 등 도주자들이 변신하는 물건들의 유형 또한 같은 사실을 시사한다. 만일 이 형태들이 원시 민족들의 신화에 나타난다면, 우리는 거기서 교회가 앞서 존재하였던 다른 물건들을 대치하였음을 규명해야 할 것이다. 하지만 그런 자료들은 존재하지 않으며, 우리는 이 모티프가 교회와 신부가 이미 존재하던, 다시 말해서 이야기가 존재하던 시절에, 그러니까 비교적 나중에야 나타났다고 추정할 수 있다. 호수나 강들만이 그 이전부터 존재하였을 수 있거니와, 실제로 그것들은 도주와 추적의 마지막 단계로서 이미 존재하였었다. 우리는 먼젓번 형태에서 이미 그것을 보았었다.

교회·나무 등은 추적자를 속이기 위한 것인 반면, 물은, 먼젓번 형태에서의 숲·산·물과 마찬가지로, 그에게 장애가 된다. 그리하여 이 형태의 세번째 단계는 먼젓번 형태의 세번째 단계와 전적으로 일치한다. 그것은 전적으로 이보다 오래 된 형태에서 차용된 것이다. 아르느는 여기에 연구된 추적의 모든 형태가(추적자들의 변신과 함께) 그 자체가 첫번째 형태의 변형이라고 생각한다. 이 두 변이체를 핀란드 학파의 방법에 따라 연구하고 그 각각을 그들의 원형에 환원시키고 나서, 그는 이렇게 썼다. "이본들 중 하나가 다른 하나의 변형임에는 의심할 여지가 없다. 내 생각에는, 이러한 결론에 이르기는 매우 쉽다. 그것들간에 이본들 각기의 지리적 분포를 비교해보기만 하면 된다."[66] 그러니까, 어떤 형태가 드물게 나타나고, 다른 형태는 자주 나타난다면, 전자가 후자로부터 비롯된다는 것이다.

이러한 단정은 우리에게는 지나치게 단순한 것으로 보인다. 그것을 입증하기 위해서는, 한 형식에서 다른 형식에로의 이행의 정도를 보여야 하며, 자료의 도움을 빌어 중개적 형태들을 드러내어야 할 것이다. 여하간에, 아르느에 의해 제공된 매우 풍부한 자료는, 이 모든 경우들이 변이체들 중의 하나나 다른 하나에 속한다는 단정에 이른다. 한편 그 자신도 하나가 아니라 두 원형의 존재를 주장한다. 그 때문에, 지금으로서는, 우리는 이 다양성이 어떻게 나타났는지 모른다고 말하는

66) "Mag. Flucht," p. 93.

편이 정확할 것이다. 우리는 단지 변이체들 중의 하나가 더 오래 된 것이고 다른 하나는 보다 최근의, 그리고 실제로 최근의 것임을 어느 정도 확실시할 수 있을 뿐이다. 그러나 하나가 다른 하나를 기원으로 하는지는 단언할 수 없다.

33. 암용들의 우물·사과나무 등에로의 변신

반면, 보다 확신을 가지고 말할 수 있는 다른 사실이 있다. 변신하는 것이 추적당하는 자가 아니라 추적하는 자인 경우들이 있다. 용과의 싸움 후에, 용의 여성 가족(장모·누이, 등등)이 주인공을 추적한다. 그를 죽이기 위해, 그녀들은 다른 이야기들에서는 추적자들이 변신하는 바로 그 물건들, 사과나무나 두레박이 있는 우물 등으로 변신한다. 주인공은 그런 사과 하나를 깨물거나 그런 우물의 물을 마시거나 하면 산산조각이 나는 것이다. 이런 경우들에는 교회만이 빠지는데, 용이나 암용은 악마와 동일시되므로 교회로는 변신할 수 없음을 생각할 때, 이는 그럼직한 일이다. 이 물건들과 추적당하는 자들이 변신하는 물건들간의 유사성은, 우리로 하여금 이 형태들 중 하나가 다른 하나로부터 파생되었다고 생각하게 한다. 하지만 그 중 어느 것이 오래 되었는지는, 말할 수 없다. 먼젓번 경우에서처럼, 이 추적의 형태의 세번째 마디는 매우 오래 되었다. 암용들에 의한 추적의 실패 끝에(이 경우에 특별히 도입된 암용들, 그녀들은 이 에피소드에서밖에 나오지 않는다), 어머니/용이 날아와 이번에는 자기가 추적당하는 자들을 삼키려 한다. 이 경우는 위에서 분석한 바 있다.

34. 연속적 변신이 나오는 도주와 추적

우리는 도주와 추적의 이 유형의 세 가지 다양성 또는 세 가지 형태를 갖고 있다. 일곱 명의 시메온(Af. 84a/145)에 관한 이야기에서는, 납치당한 왕녀가 추적당하는 자의 역할을 하며, 주인공, 보다 정확히는 일곱 명의 주인공들이 그녀를 추적한다. "왕녀는 흰 백조로 변하여, 배에서 벗어나 공중으로 날아갔다." '활쏘기'가 그녀를 향해 화살을 쏘고, '헤엄치기'가 그녀를 물가로 건져올리고, '병고치기'가 그녀를 낫게 한다. 보다 완전한 변이체는 일련의 변신을 보여준다. "그녀는 떨어져 뱃전을 치고는, 암오리가 되어 날아갔다……," "그녀는 배와 부딪쳐 별이 되어서는 하늘로 올라갔다." '활쏘기'가 그녀에게 화살을 쏘자, 별은 다시

배 위로 떨어진다(Sm. 304).

이 경우들에서, 도주와 추적은 매우 분명한 방식으로 표현된다. 여기서는 추적당하는 자만큼이나 추적하는 자도 변신한다. 도주의 성격은 왕자의 아내가 새·암오리 등으로 변하고, 그녀가 계속하여 일련의 동물들로 변하는 동안 왕자는 그녀에게 인간의 모습을 되돌리려고 애쓰는 이야기들에서는 덜 분명히 나타나 있다. "그는 마리아 왕녀를 움켜잡았다. 그녀는 개구리가 되었고, 그리고는 도마뱀·뱀, 그리고는 산토릿대가 되었다"(Af. 57/101). "그녀가 공중에 떠오르면, 그녀의 머리를 잡도록 하세요. 그러면 그녀는 개구리·두꺼비·뱀, 그 밖의 파충류로 변할 것이고, 그 다음엔 화살이 될 거예요. 이 화살을 잡아서 둘로 부러뜨리세요"(Af. 150R/570). 이 두 경우에, 주인공이 저세상으로 찾으러 갔던, 또는 다시 데려오고자 하는, 왕녀는 그 귀환에 반대하기 위해 일련의 동물들로 변한다. 이 연속적 변신의 유형의 세번째 변이체는 『마술적 지식』(Af. 140/249~53) 유형의 이야기들에서 나타난다. 제자는 선생으로부터 달아난다. 그는 말·농어·낟알·독수리 등으로 변한다. 그를 추적하는 마술사/선생은 늑대·곤들메기·사람·수탉 등으로 차례로 변한다. 독수리가 끝내 수탉을 쪼어죽인다(Af. 104a/249).

이 모든 변이체들은 함께 분석될 수 있다. 그러나, 이 모티프의 원천은 어떤 방향에서 찾을 것인가? 만일 우리가 이런 경우들에 유효한 묘사적 방법에만 주저앉는다면, 우리는 아무런 결과에도 이르지 못할 것이다. 반면, 소녀가 동물로 변신하는 것이 인간이 죽어서 동물로 변한다는 사고 개념을 기원으로 한다고 가정한다면, 우리는 앞으로 나아갈 수 있다. 왕녀가 암오리로 변하는 경우에 주의를 기울여보자. 왕자는 그녀에게 인간의 모습을 되돌려준다. 암오리는 그 이미지가 죽음과 흔히 연관되는 동물들 중의 하나이다. 인간에로의 역변신은 삶에로의 귀환이라는 개념을 반영한다. 이 방향으로 비교된 자료들을 찾아보고, 그것들이 어떤 설명을 제공하는지 보기로 하자.

죽은 자들의 나라로부터의 귀환은 동물에로의 변신들을 수반한다. 아프리카에서는, "요루보족 les Yorubo 과 포포족 les Popo 은, 착한 사람들은 죽은 후 여러 가지 동물들로 변신하는 데에 시간을 보낸다고, 더 정확히 말하자면, 정령들은 그들 마음대로 동물들로 육화한다고 믿는다."[67] 이집트에도 비슷한 사고 개념들이 있다. "만일 죽은 자가 더 이상 지하에

67) Hambly, *Serpent Worship*, p. 25.

444

있기가 싫어지면, 그는 땅 위로 돌아가 그에게 정다웠던 곳들을 찾아볼 수 있었다. 그는 자기 무덤으로 돌아가 거기에서 희생 제물들을 받을 수도 있었고, 또는 왜가리·제비·뱀·악어·신 등, 그가 원하는 온갖 형태를 취할 수가 있었다."[68]

이 자료들은 무엇을 보여주는가? 그것들은 죽음의 이미지가 일정한 동물에 고정적인 방식으로 결부된 것으로 생각되지 않았던 사고 개념의 역사성을 입증해준다. 죽은 자는 자기가 바라는 대로, 여러 가지 동물들로 변신할 수 있다. 게다가, 우리는 이러한 사고 개념이 지상에로의 귀환이라는 개념을 수반함을 본다. 땅 위로 돌아오면서, 죽은 자는 여러 가지 동물들로 변신한다. 이러한 사고 개념은, 의심할 바 없이, 비교적 뒤늦은 것이다. 우리는 뒤에서 특히 고대 그리스-로마에 그런 개념이 존재하였음을 보게 될 것이다. 그러나 그것은 사회적 발달의 보다 조기적 단계들에도 존재하며, 비록 더 드물기는 하지만, 그 원시적인 명료함과 순수성을 지니고 있다. 만일 여기에 두번째 인물 즉 추적자라는 인물이 추가되면, 변신들이 서로서로 잇닿으며 전에피소드가 속도를 획득하게 된다. 예컨대, 오세아니아의 신화들에서는, "한 남자가 죽은 자들의 세계로부터 그의 아내를 돌아오게 하려 하는데, 그녀는 그에 반대하여 계속 다른 새들의 형태를 취한다"[69]는 경우가 있다. 여기에는 이야기에 의해 희미해졌던 사실, 즉 그러한 변신은 저세상으로부터의 강제적 귀환에 뒤따르는 것이라는 사실이 분명히 표현되어 있다. 죽은 자는 거기에 반대하여, 계속 새로운 변신으로써 그것을 피하려 한다.

영혼이라는 개념이 이미 존재하였던 지역들에는, 개인 전체가 아니라 그의 영혼만이 동물로 변신한다는 관념이 있을 수 있으며, 인도에서 그 고전적 형태가 발견되는 바와 같은 환생에 대한 가르침도 있을 수 있다. 그 때문에, 『마술적 지식』의 변이체인, 티베트의 한 이야기에서는, 도주와 추적에 관한 에피소드가 이런 말로 이야기된다. "왕의 영혼은 물고기 밖으로 뛰어나가 지나가던 비둘기 속으로 뛰어들었다"(P.V. 419). 시베리아의 무속에서도, 우리는 영혼 사냥의 이 현상을 볼 수 있다. 부리아트족에게서는, 무당은 병든 자의 영혼을 숲과 초원과 물로 찾아다니는 것이, 마치 마술사가 거기에서 감추인 소년을 찾아다니는 것과도 같다. 만일 그가 그 영혼을 찾아내지 못하면, 그는 죽은 자들의 왕국으

---

68) A. Wiedemann, *Die Toten und ihre Reiche im Glauben der alten Aegypter*, p. 32.
69) Frobenius, *Weltanschauung*, p. 11.

로 떠나야 한다. 때로 이 왕국의 주인은 다른 영혼과 바꾼다는 조건으로밖에 이 영혼을 다시 떠나게 하지 않는다. "만일 환자가 교환에 동의하면, 무당은 독수리로 변하여, 친구(즉 환자의 대리인)의 영혼에 달려든다. 이 영혼이 잠든 육신으로부터 종달새의 형태로 빠져나와 그 떨리고 저항하는 존재를 죽음의 음침한 주권자에게 내어주면, 비로소 그는 고인의 영혼을 풀어준다."[70]

우리는 여기에서, 추적당하는 자가 백조로 변하고 추적자가 맹금의 형태로 그에게 달려드는 이야기(Af. 140c/251)에서와 같은 것을 본다. 사베리아 민족들에게서, 이 모티프는 죽은 자의 영혼의 무격적 탐색으로서 매우 흔히 이야기된다. "노인은 죽은 자의 얼굴을 살폈다. 그는 자기 아들을 알아보았다. 그는 성이 나서 그에게 달려들었다. 그로부터 피하기 위해, 아들은 물새로 변하여 날아올랐다. 그러자 노인은 독수리가 되어 그를 뒤쫓기 시작했다."[71] 그러므로 우리는 다시금, 죽은 자에 의한, 산 자들의 세계에로의 강제적 재통합의 경우에 연속적 변신들이 나타나는 것을 본다.

만일 이러한 고찰들과 추론들이 옳다면, 그것들은 고대 그리스의 자료에 대해 많은 것을 설명해줄 수 있을 것이다. 이 개념의 그리스적 이본들과 형태들은 흔히 이야기와 비교되지만, 그러나, 그 자체로서는, 이야기만큼이나 수수께끼이며, 인용된 자료들을 통해서밖에 밝혀지지 않는다.

> 내 포옹 속에서 그녀는 변해갔네
> 사자로, 뱀으로, 물과 불로.

라고, 소포클레스의 잃어진 비극 『아킬레스의 찬미자들』에서, 펠레우스는 테티스에 대해 말한다.[72] 테티스는 네레의 딸 네레이드 Néréide 로서, 물에 사는 불멸의 여신인데, "제우스의 명령으로, 억지로, 필멸의 인간과" 결혼하였다.[73] 그녀가 낳을 아이는 그의 아버지보다 더 영화로운 존재가 되리라고 예언되었으므로, 신들은 그녀와 결혼하려 하지 않았고, 그래서 인간과 결혼할 수밖에 없었던 것이다. 그녀의 변신의 에피소드

---

70) Frazer, *The Golden Bough*, Vol. I, 3ᵉ éd., London, 1913, p. 57.

71) 『보굴 민담』, p. 78. 고유명사들은 인용시에 생략되었다.

72) 소포클레스, 『극』, 젤린스키에 의한 러시아어 역, 제 3 권, p. 280. (Sofokl, *Dramy*, Per. F. Zelinskogo, T. III, str. 280.)

73) 트론스키, 『고대 신화』, p. 531.

는, 지하 세계 또는 물의 세계로부터 인간 세상에로의 강제적 이행에 해당한다. 여기서는 반대가 특히 뚜렷이 나타난다. 헤라클레스에게 반대하기 위해, 네레는 연속적 변신이라는 같은 방편을 사용한다. 하천의 신 아켈루스 또한 일련의 변신으로써 헤라클레스에 맞서 싸운다. 그는 뱀과 황소로 변신하며, 헤라클레스가 그의 뿔을 꺾은 후에야 패배를 인정한다. 이 모든 경우에, 변신을 겪는 것은, 수성적 존재들이다. 이야기에서도, 왕녀가 여러 가지 동물로 변신하는 것은 배 위에서이다. 잿빛 암오리로 말할 것 같으면, 그것은 강에서 오는 것이다.

소녀의 변신의 마지막 마디는 실토리이다. 이 실토리를 부숴뜨려 어깨 너머로 던져버려야 하는 것이다. 고대의 자료는 연쇄의 마지막 고리로서, 부숴진 뿔을 등장시킨다. 우리는 동물의 물건에로의 변신을 보다 나중의 것으로 간주해야 한다. 부숴진 뿔이란 뽑힌 머리칼과 같은 차원의 현상으로서, 힘의 상실에 해당한다. 물건을 부수는 관행은 죽음의 때에 개입되었으며, 사형이 선고된 자들의 머리 위에서 칼을 꺾는 것이나 결혼시에 몽둥이를 부수는 것으로 보존되었다. 이 관행은 한 상태에서 다른 상태에로의 이행에 수반되었다.

그러니까, 고대 그리스에서도, 항상은 아니지만, 두 세계간의 이 관계가 연속적 변신의 모티프와 관련하여 보존되었던 것이다. 말텐은, 라더마허에 참고하면서, "타나토스가 여러 가지 형태를 취하는" 예를 제시한다. "멤푸사 역시 이 경우에 속한다."[74] 이런 속성을 가진 것은 특히 지하적·수성적 존재들이다. "지하 왕국의 주인인 페리클리메네스 Périclymène는 포세이돈으로부터 모습을 바꾸는 기술을 받았으며, 이 재주는 죽음의 그리스 신인 카로스 Kharos 또한 갖고 있다." 여기에 잘 알려진 프로테우스가 추가된다. 라더마허는 많은 자료를 제공하였지만, 이 경우들과 관련되는 상황은 또 하나 즉 이런 부류의 변신들과 수성적 요소(이 기술은 포세이돈의 선물이라든가)간의 일정한 항구성밖에 지적하지 않았다. 그는 거기에서, 이 모티프는 물의 변하는 성질, 파도의 움직임 등의 관찰에서 비롯된 것이라고 결론지었다. 수성적 존재들은 물처럼 변화무쌍하며, 여기에 분석된 변신들이란 '물의 신의 현신 Epiphanie der Wassergötter'에 다름아니라는 것이다.[75] 인용된 자료들에 비추어보면, 사실은 전혀 다르며, 라더마허의 견해는 그릇되었다고 볼 수밖에

---

74) Malten, "Das Pferd im Totenglauben," p. 130.
75) Radermacher, *Das Jenseits*, p. 107.

없다. 그러한 오류는 자료를 고립적이고 순수히 묘사적인 방식으로 연구할 때에는 불가피한 것이다.

35. 결정적 장애

우리는 다른 형태의 추적들은 검토하지 않겠다. 우리는 가장 중요한 형태들, '고전적' 형태들을 분석하였다. 요약해보자. 도주와 추적의 근본적 양상들은, 역사적 시각에서 볼 때, 죽은 자들의 왕국으로부터 산 자들의 왕국에로의 귀환에 기초해 있는 것으로 보인다. 아르느 역시, 그가 인용한 자료들로부터 도출되는 것은 결코 아니지만, 그러한 해석 쪽으로 기울어졌다. 아르느는 또한 물·강 등은 때로 마지막 장애가 된다는 점을 지적하면서, 지체 없이 이 강을 산 자들의 왕국과 죽은 자들의 왕국을 분리하는 강에 비교하였다. 그런데 실제로, 강은, 마지막 장애로서, 특별한 가치를 갖는다. 만일 추적자가 산과 숲들을 가로질러 헤쳐나가기에 성공한다 하더라도, 강은 결정적으로 그를 저지한다. 처음 두 가지 장애는 기계적인 장애이며, 마지막 것은 마술적 장애이다. 이 야기가 이 장애도 기계적 장애로 만들려 하는 것은 사실이다. 추적자는 물을 마셔버리려 한다. 하지만 이 형태가 부차적이라는 것은, 흔히 강이 아니라 호수가 나타나는데, 추적자는 결코 그것을 돌아서 가려 하지 않는다는 사실에서도 명백히 드러난다. 그는 경계로서의 물에 의해 저지되는 것이다. 한편, 이 강은 흔히 불의 강으로 상상된다. "'솔아, 불의 강이 되어라!' 그들은 그 앞에서 어쩔 수 없이 되돌아가야 했다" (Khoud. 1), "흘러라, 불의 강아!"(Af. 104e/175),[76] "그녀는 냅킨을 흔들었다. 그러자 불의 강이 흐르기 시작했다"(Z.P. 55), "이반은 등뒤로 수건을 흔들었다. 그러자 곧 불의 호수가 생겨났다"(Af. 117/201).

불의 강이 두 왕국을 갈라놓는다는 것은, 이미 위에서 보았던 바 있다. 하지만 강이 없는 곳에서도, 마술적 경계의 존재에 대한 느낌은 때로 분명히 표현된다. "용감한 자는 그의 땅의 경계들을 건너가 잡히지 않는 곳에 있었다. 건널 엄두를 못내고, 그녀는 그가 달아나는 것을 바라보았다"(Af. 104a/171). 우리는 이제 추적자가 왜 경계를 넘지 못하는가를 이해한다. 그의 힘은 산 자들의 세계에는 미치지 않는 것이다.

같은 것이 또 다른 이야기에도 나타나는데, 거기에서는 이야기꾼이 자기도 모르는 새에 가벼운 몰이해를 보이고 있다. "그는 그들을 뒤쫓

---

76) 그냥 (Af. 104)라고만 한 것은 1946년판의 자세치 못함이다(N.d.T.).

아 날아갔고…… 그들을 잡을 뻔하였다. 그는 그들에게서 겨우 한 사젠쯤 떨어져 있었는데, 그때 그들은 러시아로 들어가버렸고, 그는 어떤 이유인가로 해서 그곳은 지날 수 없었다"(Af. 105a/267). 이야기꾼이 자기도 모르는 새에 여기서 질문을 던지고 있음이 분명하다. 대체 추적자는 왜 러시아로 뚫고 들어가지 못하는가? 이 같은 결론은, 이야기에서의 행동의 전개에 대해 우리가 수립하였던 전도와 완벽히 일치한다. 우리는 이미, 주인공이 '다른 왕국'으로 뚫고 들어간다는 것을 안다. 이 왕국은 우리가 열의 세곱절째 왕국에서나, 또는 특수한 형태로, 숲(특히 마술사-주인의 숲)에서, 죽은 자들의 왕국으로 규명했던 것이다. 그는 산 자로서, 탈취자이며 약탈자로서, 그곳 주인들의 분노와 추적을 야기하면서, 그곳으로 뚫고 들어가는 것이다.

지금까지 제출되었던 모든 것은, 도주와 그것이 취하는 몇 가지 형태들의 의미를 부분적으로 밝혀주기는 하나, 이 도주의 사실 자체를 설명하지는 못한다. 아르느의 이론은 그가 인용하지 않았던 수많은 자료들에 의해 확증된다. 귀환은 저세상으로부터의 귀환이다. 하지만 왜 이 귀환이 도주의 형태를 취하는가가 설명되지 않았다. 입문 의례 후의 귀환이나 제의에서 무당의 귀환은 도주의 형태를 띠지 않는다. 그런데 이 도주는 전세계의 신화·전설·이야기들에 나타나는 것이다.

우리는 그것이 저세상으로부터 훔쳐가지고 오는 물건 때문이라고 추정할 수 있다. 도주의 원인을 묻는 것은 결국 절도의 원인을 묻는 것이다. 절도라는 개념은, 개인적 소유권의 출현과 함께 뒤늦게 나타난 것으로, 절도 이전에는 단순히 가져감이 있었다. 경제적 발달의 가장 오랜 단계에서, 인간은 아직 거의 생산하지 않았고, 단순히 자연으로부터 취하였으며, 약탈자 및 소비자로서의 경제를 갖고 있었다. 그 때문에, 최초의 사물, 문화에로 이르는 사물들을, 그들은 만들어진 것으로서가 아니라 힘으로 얻은 것으로 이해하였다. 최초의 불은 훔쳐진 것이다. 최초의 화살, 최초의 낟알들도 하늘로부터 탈취하여 가지고 온 것이었다. 거기에서 도둑질이 민속문학에서 차지하는 매우 중요한 역할이 비롯된다. 제의에서 마술적 수단은 증여되며, 귀환은 평화롭게 이루어진다. 신화에서, 그것은 흔히 훔쳐지며, 귀환은 도주의 형태를 취한다. 신화는 제의보다 생명이 더 길며, 이야기로 퇴락한다. 훔치기를 상이나 증여로 대치하는 것은, 개인적 소유권이 원시 공산주의와, 또는 소유권의 부재와 갈등함을 보여준다. 주인공은 저세상의 존재, 나중에는 신이,

소유한 것을 자기 것으로 하여, 그것을 인간들에게 가져다주고, 그들에게 그 소유권을 준다. 두 세계간의 사자인 헤르메스가 도둑인 동시에 이후에는 상업의 수호자가 된다는 것은 우연이 아니다.

하지만, 도주와 관련되는 도둑질 외에도, 이야기는 야가에 의한 마술적 수단의 평화적 전수와 어떤 종류의 도주도 없는 귀환을 간직하고 있는바, 이는 제의를 상당히 정확히 반영하는 것이다.

제10장

하나의 전체로서 본 이야기

1. 민담(요술담)의 단일성

우리는 이야기의 구성적 요소들을 차례로 살펴보았다. 이 구성 요소들은 상이한 주제들에 걸쳐서도 동일하다. 그것들은 상호간에 논리적으로 연관되면서 하나의 전체를 이룬다. 우리는 각 모티프의 원천들을 검토하였다. 하지만 우리는 이 원천들을 그 상호간의 관계에 있어 대조해 보지는 않았다. 달리 말해서, 우리는 상이한 모티프들의 원천들은 알지만, 그것들의 연쇄의 원천은 알지 못하며, 하나의 전체로서 본 이야기의 원천 또한 알지 못한다.

검토되었던 원천들을 잠시 돌아보면, 이야기의 많은 모티프들이 상이한 사회 제도들에로 소급하며, 그 중에서 중요한 위치가 입문 제의에로 돌아감이 드러난다. 한편, 우리는 저승에 대한 개념들이나 저세상에서의 편력이 갖는 중요한 역할도 보았다. 이들은 양적으로 가장 많은 모티프들을 제공하는 두 계열이다. 하지만 어떤 모티프들은 또 다른 기원을 갖는다.

얻어진 결과들을 그것들의 원천이나 역사적 대응 관계에 비추어 열거한다면, 다음과 같은 도표를 얻게 될 것이다. 입문 의례의 계열에 속하는 모티프들은 다음과 같다 : 아이들의 숲속으로의 추방 또는 숲의 정령에 의한 그들의 납치, 작은 이즈바, 사전 매매, 야가에 의한 주인공의 채찍질, 손가락의 절단, 이른바 죽음의 표지의 과시, 야가의 화덕, 능지처참과 재생, 삼킴과 토함, 마술적 수단 및 마술적 원조자의 획득. 결혼까지의 다음 시기와 귀환의 시기가 반영되는 모티프들은 다음과 같다 : 큰 집, 차려진 식탁, 사냥꾼들, 강도들, 누이, 무덤 속의 미녀, 궁전(프시케의 경우)이나 요술적인 정원에 있는 미녀, '때투성이,' 부인이 재혼하는 남편, 남편이 재혼하는 부인, 금지된 다락방, 등등. 이러한 대응 관계들은 우리로 하여금 입문 의례의 계열이 이야기의 가장 오래 된 기초임을 확실시할 수 있게 한다. 이 모든 모티프들은 가장 다양한, 무수한 이야기들의 구성에 들어갈 수 있다.

이야기와 대응 관계에 놓일 수 있는 또 다른 계열은 죽음의 개념들의 계열이다. 거기에 속하는 것들은 다음과 같다 : 용에 의한 소녀들의 납치, 여러 가지 형태의 요술적인 탄생, 죽은 자의 귀환, 쇠신 등을 가지고 떠남, 다른 왕국에로의 입구로서의 숲, 주인공의 냄새, 이즈바의 문간에 물 뿌리기, 야가가 내놓는 음식, 안내-통행인이라는 인물, 독수리나 말·배 등을 타고 하는 먼 여행, 틈입자를 삼켜버리려 하는 입구 파수와의 싸움, 저울에 달기, 저세상 및 그 모든 환경에서의 체류. 이 두 계열의 조합은 이야기의 거의 모든(하지만 모두는 아닌) 근본적인 구성요소들을 제공한다. 이 두 계열간의 정확한 경계선을 긋기란 불가능하다. 우리가 알거니와, 모든 입문 제의는 죽음의 나라에서의 체류로 해석되었으며, 반대로 죽은 자는 입문자가 겪었던 모든 것을 겪는 것으로——원조자를 얻고, 삼키는 자를 만난다든가——간주되었었다.

입문자에게 일어나는 모든 것을 상기하면서 그것을 지속적 방식으로 이야기하려 한다면, 바로 민담(요술담)의 구성을 얻게 될 것이다. 죽은 자에게 일어나는 것으로 상상되었던 바를 지속적 방식으로 이야기하려 한다면, 같은 도식을 얻되, 위에서는 없었던 요소들이 첨가될 것이다. 이 두 계열을 합친 데서 이야기의 거의 모든 구성 요소들이 나온다. 그러니까 우리가 발견한 것은 무엇인가? 우리는, 이야기 구성의 단일성이 인간 심리의 그 어떤 특수성들에 있는 것이 아니라 과거의 역사적 현실에 있음을 발견하였다. 현재 이야기되는 것은, 예전에는 어떤 식으로든 행해지고 연기되거나 상연되었었다. 이 두 계열에서, 먼저 쇠퇴한 것은 제의이다. 제의는 사라지지만, 죽음에 대한 개념들은, 제의와의 모든 관련을 상실한 후에도, 계속 발전하고 변모한다. 제의의 사라짐은 유일하고 근본적인 생존의 원천으로서의 수렵의 사라짐과 관계가 있다.

이제까지 말한 모든 것을 기초로 하여, 우리는 주제들의 구성의 궁극적 발전을 다음과 같은 방식으로 나타내야 할 것이다. 즉, 일단 참조된 처음의 도식은, 보다 나중의 새로운 현실로부터, 몇몇 새로운 특성이나 특색들을 차용한다는 것이다. 한편, 새로운 생활 조건들은 새로운 쟝르들(소설화된 이야기라든가)을 창조하는바, 이들은 이미 또 다른 터전에서 형성된다. 달리 말해서, 주제의 발전은 한편으로는 연속적인 층들을 거쳐, 변형·전위 등에 의해 이루어지며, 다른 한편으로는 새로운 요소들의 도입에 의해 이루어진다. 예컨대, 감금된 왕의 아이들이라는 모티프는 왕·사제·술사 등과 그들의 아이들을 고립시키는 관습을 그 기원으로 한다. 거기에는 충이 단 하나이다. 주인공에게 말을 선물하는 죽은 아버지 또는 은혜갚는 죽은 자의 모티프는 말을 선물하는 야가와 기능적으로 대응한다. 이번에는, 조상 숭배의 영향으로, 즉 보다 나중의 현상의 영향으로, 증여라는 기능은 보존되되, 증여자라는 인물의 전위와 변형이 일어나 있다. 그러므로, 우리가 말했던 계열들과 관련되지 않는 모티프들에 의해 제기되는 문제들은 매번 별도로 취급되어야 한다. 이는, 예컨대, 주인공의 결혼과 왕좌 즉위에도 관계된다. 왕녀라는 인물에게서, 우리는 한편으로는 독립적인 여자, 씨족의 수호자이며 토템적 마술의 보증인을 본다. 그녀는 소녀-왕이다. 게다가, 그녀는 무당의 천상적 배우자와 비교될 수 있다. 그녀는 후계자에 의해 죽임을 당한 왕의 딸이나 미망인과도 대조될 수 있다.

어려운 과제들과 관련된 모티프들의 전계열은 쉽게 분석되지 않는다. 이야기가 거기에서 후계자의 마술적 힘을 시험하는 관습을 보존하였다는 것을 정확한 방식으로 입증하기란 불가능하다. 하지만, 일련의 간접적 지표들은 그것을 어느 정도 확실시할 수 있게 한다. 이후로도, 인물은 바뀌어도 구성은 보존된다는 법칙은 변함 없이, 이야기의 궁극적 변천을 결정하게 된다. 일상적 생활, 새로운 환경 등이 대치되는 자료의 기원이다. 그리하여, 예컨대, 어떤 거지 여자 뒤에서는 바바 야가의 모습이 그려지고, 발코니 달린 어떤 삼층집 뒤에서는 남자들의 집이 나타나는 것이다.

이러한 결론은 이야기에 대해 일반적으로 용인된 개념들과 일치하지 않는다. 일반적으로는, 이야기란 선사적 요소들로 점철되어 있지만, 그 자체로서는 '자유로운' 예술적 창조의 소산이라고 상정된다. 우리는 민담(요술담)이 전적으로, 계급 없는 사회에서부터 유래하는 사실들 및 개념들에로 소급하는 요소들로 구성되었음을 본다.

2. 장르로서의 이야기

우리는 개별적 모티프들의 원천을 발견하였다. 우리는 그들의 연쇄 또한 우연한 것이 아님을 발견하였다. 하지만 이것은 아직 그 자체로서의 이야기의 출현이라는 사실을 설명해주지는 못한다.

이야기의 가장 오래 된 단계는 어떤 것인가? 우리는 기왕의 논의를 통해 입문 의례 동안에 젊은이들에게 무엇인가가 들려지곤 했다는 것을 안다. 하지만 그것은 정확히 무엇인가?

입문 의례와 관계되는 같은 사건들의 연쇄를 갖는, 신화와 이야기간의 구성적 동일성은, 그렇게 들려지던 것이 젊은이에게 일어나는 사건들이 되, 그것들은 부족과 관습의 기초자인 어떤 선조에 의해 수행된 것으로서 들려졌었다고 생각하게끔 한다. 이 선조는, 기적적 탄생과 곰·이리 등의 왕국에서의 체류 후에, 이 세상에 불과 마술적 춤(젊은이에게 가르쳐지던 바로 그 춤) 등을 가져왔다는 것이다. 본래 이러한 사건들은 이야기로 들려지기보다는 상연되었었다. 그것들은 또한 조형 예술로도 재현되었다. 많은 민족들의 장식적 모티프들은, 그들의 전설과 '이야기들'을 알지 못하고서는, 이해할 수 없다. 입문자에게 그로 하여금 겪게 하는 시험들의 의미가 계시되는 것도 이런 방식으로였다. 이야기들은 그를 이야기의 주인공과 동일시한다는 목적을 갖고 있었다. 이 이야기들은 예배의 일부를 이루었으며 비밀로서 지켜졌다. 그것들을 둘러싼 금지들은 이야기하는 행위와 고유한 의미에서의 제의간의 직접적 관계라는 논지에 대한 보완적 논거가 된다.

불행히도, 소위 원시적 민족들의 이야기 선집의 대다수는 텍스트들만으로 이루어져 있다. 우리는 그것들이 이야기되던 여건들이나 이 이야기들에 수반되던 상황들에 대해 아무것도 모른다. 하지만 예외는 있다. 어떤 경우들에는, 자료 수집가들이 텍스트들을 모으는 데 그치지 않고 그것들의 환경에 대한 몇몇 세부들을 제공한다.

이 이야기들이 이해되는 방식에 대한 매우 완벽한 단서들이 도르시에 의해, 그의 선집 『스키디-포니의 전통들 *Traditions of the Skidi-Pawnee*』의 서문에서 제공된다. 그는 어떤 매우 복잡한 춤들, 특히 신성한 주머니 *bundles*의 수여에 대해 말한다. 그것은 일종의 부적들이다. 그것들은 집에 보관되며, 신성한 것으로 간주된다. 안녕과 사냥에서의 행운 등등이 그들에게 달려 있다. 그 내용물은, 깃털·날알·담뱃잎 등등 다양하다. 간단히 말해서, 우리는 거기에서 우리의 '마술적 선물들'의 원형을 본다. "이 예식들과 춤들의 각각은 적절한 제의에 의해서뿐 아니라 그 기원에 관한 이야기에 의해 수반되었다"고 도르시는 말한다. 이 부적들의 기원에 관한 이야기란, 선집이 보여주는 바와 같이, 처음 주머니를 가졌던 자에 대한 이야기들이다. 그는 숲으로 떠났는데, 거기에서 물소를 만나 물소들의 왕국으로 끌려갔다. 거기에서 그는 부적을 받았고 춤들을 배웠으며, 돌아와서 그 모든 것을 자기 족속들에게 가르쳤고 그들의 우두머리가 되었다. 이러한 이야기들은 "일반적으로 주머니를 가진 자 또는 춤을 아는 자의 전유물이었으며, 보통은 의례의 집행 직후나 주머니를 그 소유주에게 또는 그 후계자에게 전해줄 때에 들려졌다." 그러니까, 이야기는 제의의 일부이며, 그 제의에 대해서나 부적을 소유하게 된 자에 대해서나 유기적으로 관련된다. 이야기는, 그 나름대로, 언어적 부적, 주위 세계에 대한 마술적 행동의 수단이다. "그러므로, 이 이야기들 각각이 비의적이었다. 〔……〕 그 때문에 기원론적 이야기(기원신화)와 유사한 무엇을 그 전체에서 포착하기란 매우 어렵다."

이 증언에서, 두 가지 점이 우리에게 흥미롭다. 우선, 지적되었던 대로, 이야기는 제의의 통합적 부분을 이룬다. 둘째로, 우리는 여기서 오늘날까지도 그 흔적을 찾을 수 있는 사실 즉 이야기하는 것의 금지의 기원에 있다. 이 금지가 부과되고 존중되었던 것은 어떤 예전(禮典) 때문이 아니라, 이야기와 이야기하는 행위 자체에 내재하는 마술적 기능들 때문이다. "그것들을 이야기함으로써, 이야기꾼은 그의 삶의 일부를 내어주며, 그리하여 그 종말을 재촉하게 된다. 그러므로, 나이 든 한 남자는 어느 날 이렇게 외쳤다. '나는 네게 모든 것을 말해줄 수 없다. 왜냐하면 나는 아직 죽을 때가 안 되었으니까.' 또는 한 늙은 술사의 표현을 빌자면, '나는 내 날들이 계수된 것을 안다. 내 삶은 더 이상 아무 짝에도 쓸모가 없다. 나는 네게 내가 아는 모든 것을 말하지 않을 이유가 없다.'"

금기들에 대해서는 다시 말하기로 하겠다. 지금으로서는, 이 이야기들을 제의와 연결시키는 관련을 좀더 살펴보자. 도르시가 제공하는 사실들은, 특수하고 국지적인 현상이라고 반박할 수도 있다. 한편 도르시 자신도 사태를 그렇게 보았었다. 하지만 그것은 잘못이다. 이 연관이 엄밀한 방식으로 입증될 수 없다는 것은 사실이다. 그것은 매우 방대한 자료 위에서 보여져야 한다. 보아스의 아메리카 인디언 이야기 선집이나 그의 크와큐틀 부족의 사회 구성 및 비밀 결사들에 대한 분석에 참조할 수 있다. 그 선집에는 이야기들밖에 들어 있지 않다. 전통적 민속문학자들의 관점에 따르면, 그것은 유럽에서 알려진 이야기들과 모티프들의 '인디언 이본' 또는 '변이체'들이다. 그럼으로써 그들은 문제되고 있는 것이 순전히 예술적 의도를 가진 텍스트들이라는 인상을 만든다. 하지만, 텍스트 외에, 사회 조직을 고려하기만 하면——일개 부족에 관해서라도——사태는 전혀 달라진다. 그러면 이 텍스트들은 전혀 다른 조명하에 놓이게 된다. 우리는 그것들이 얼마나 긴밀히 부족의 모든 사회 조직과 관련되어 있는가를 깨닫는다. 그것들은 워낙 긴밀히 관련돼 있어서, 부족의 어떤 제의나 제도도 이야기들, 보아스가 그렇게 부르듯이, '전설들'이 없이는 이해되지 않으며, 역으로, 이야기들은 사회 생활의 분석에 의해서만 이해될 수 있다. 그것들은 사회 조직의 통합적 부분일 뿐 아니라, 원시인들이 보가에는, 무기나 부적 등과 마찬가지로 생활의 필수 조건이었으며, 신성한 것들로서 보호되고 보존되었다. "신화들은, 고유한 의미에서, 부족의 가장 소중한 보물을 이룬다. 그것들은 부족의 지성물로 간주하는 것에 속한다. 가장 중요한 신화들은 원로들에게밖에 알려지지 않았으며, 이들은 그것들을 조심히 보존했다. [······] 이 비밀한 지식의 보유자인 노인들은 마치 스핑크스처럼 말없이 마을에 좌정하여, 젊은 세대에게 선조들의 지식을 어느 정도로, 불행을 야기하지 않고, 전달할 수 있을지, 이 전수는 정확히 어느 때에 가장 효율적일지······ 등을 결정한다."[1] 신화들은 인생 전반의 일부일 뿐 아니라, 개인의 일부이기도 하다. 개인에게서 그의 이야기를 박탈하는 것은 그에게서 생명을 빼앗는 것과도 같다. 신화는 여기에서 경제적·사회적 기능들을 수행하는바, 이는 고립된 현상이 아니라 원칙이다. 신화의 계제 나쁜 범속화는 그것에서 그 신성한 성격을, 그리고 동시에 그 마술적 힘 또는 레비-브륄 Lévy-Bruhl이 말하듯이, 그 '신비적' 힘을 제거하기에 이른다. 그 신화를 박탈당하면, 부족은 그 존재를 견지할 수 없을 것이다.

역사의 잔재를 내용으로 하는 이야기와는 달리, 우리는 여기에서 민중의 모든 삶, 그의 경제·사회 조직·신앙 등과의 유기적 연관을 본다. 주인공이나 입문자의 선조가 만난 동물들은 말뚝에 새겨졌었다. 전설에 나오는 물건들은 춤을 출 때 의장으로 쓰였다. 춤을 추면서, 그들은 곰·올뻬미·까마귀, 그 밖의 마술적 권능을 주는 다른 동물들을 재현하였다. 여기에 제출된 자료들과 고찰들은 신화들의 일정한 유형이 어떻게 나타나는가라는 물음에 대한 대답은 가져다주나, 아직 우리의 이야기의 출현을 설명하지는 못한다.

제 I 장에서, 우리는 이야기란 그것에 동시적인 사회 체제에 의해 결정되지는 않는다는 것을 확증하였다. 이제 우리는 다소 구체화할 수 있

---

1) Lévy-Bruhl, *Le Surnaturel dans la mentalité primitive*, p. 262(러시아어 역).

다. 민담(요술담)의 주제와 구성은, 도르시, 보아스 등이 연구한 아메리카 인디언 부족들의 발달 단계와 비슷한 발달 단계에서 취해진 부족 체제에 의해 조건지워진다. 우리는 거기에서 하부 구조와 상부 구조간의 직접적 대응 관계를 본다. 주제의 새로운 기능, 그 순수히 미학적인 사용은 그것을 야기한 체제의 사라짐과 관련된다. 외부적으로, 신화에서 이야기에로의 이 쇠퇴의 시작은 주제 및 이야기하는 행위 자체가 제의와 분리되는 데에서 감지된다. 신화와 이야기간의 혼효의 시기가 그 선사를 이루는 반면 이러한 분리의 시기는 이야기의 역사의 시작과 일치한다. 이러한 분리는 역사적 필연성으로서 자연스러운 방식으로 일어났을 수도 있고, 또는 유럽인들의 도래와 전부족들의 더 척박한 토지에로의 강제 이주에 의해, 생활 방식의 변모, 생산 수단의 변모 등에 의해 일어났을 수도 있다. 이 분리를 도르시 역시 이미 지적하고 있다. 유럽인들이 오백 년 이상이나 아메리카를 지배해왔다는 것과, 흔히 우리는 원초적 상황의 희미한 반향밖에 듣지 못한다는 것, 우리는 다소간에 명백한 혼적들의 와해를 보고 있을 뿐이라는 것을 잊지 말자. "물론 주머니들과 춤들의 기원에 관한 이 신화들은 항상 사제들의 전유물로 남아 있지는 않는다. 그것들은 평민들에게까지 이르러, 이들에게서 하도 들려진 나머지, 처음의 의미를 많이 상실한다. 그리하여, 쇠퇴의 점진적 과정에 의해, 그것들은 더 이상 특수한 의미를 갖지 않으며 그저 이야기로서 들려지기에 이른다."[2] 도르시는 이 제의로부터의 분리 과정을 퇴화라고 부른다. 하지만, 이야기는, 그 종교적 기능들을 상실하기는 하였으나, 그 자체로서, 그 기원에 해당하는 신화보다 열등한 무엇은 아니다. 반대로, 종교적 조건화의 속박으로부터 풀려나고, 이후로 다른 사회적 요인들에 의해 성숙됨으로써, 그것은 예술적 창조의 자유로운 분위기 속에 도약할 수 있으며 그 진정한 발전을 시작할 수 있다.

이는, 그 내용의 관점에서 주제의 기원뿐 아니라, 예술적 의도를 가진 이야기로서의 민담(요술담)의 기원 또한 설명해준다.

거듭하거니와, 이러한 논지는 공식적으로 입증될 수 없으며, 방대한 자료 위에서 보여질 수 있는 것인데, 여기에서는 이를 해보지 못했다. 하지만, 의혹은 남는다. 우리는 민담(요술담)밖에는 다루지 못했다. 우리는 그것들을 다른 이야기들로부터 분리하여 별도로 연구하는 것이 가능한 것으로 간주하였다. 하지만, 우리가 우리 작업의 처음에서 그 접

_____
2) Dorsey, *op. cit.*, pp. xxi~xxii.

점을 끊어버렸다면, 이제 그것을 복구할 때가 되었다. 왜냐하면 다른 여러 가지 이야기들의 연구는 민담(요술담)의 형성에 대한 우리의 개념에 변모들을 가져올 수도 있기 때문이다.

우리는 소위 원시적인 민족들의 제의와 신화들을 연구하여 그것들을 현대의 이야기들과 결부시켰으나, 이 민족들의 이야기들은 연구하지 못했고, 그들에게서도 처음부터 순수히 미학적인 전통이 존재할 가능성은 고려하지 못했다.

민담(요술담)들과 관계가 없는 주제들은 여기에서는 연구되지 않았지만, 많은 다른 이야기들, 예컨대 동물에 관한 이야기들도 같은 기원을 가졌다고 생각할 수 있다. 이는 그러한 쟝르들——여기에서는 문제되지 않는——에 바쳐진 특수 전공 논문들에 의해 입증될 수 있다. 아메리카 인디언의 선집들의 연구는 그것이 전적으로 제의적인 자료라고, 다시 말해서, 우리가 이해하는 대로의 이야기란 알려져 있지 않았다고 생각하게 한다. 그러한 관점은 민속문학자들에게는 별로 믿기지 않겠지만, 단지 텍스트만을 아는 것이 아닌 민속학자들은 기꺼이 그 점을 인정할 것이다. 노이하우스 Neuhaus 는 옛 독일령 뉴기니아에서 다음과 같은 고찰을 한 바 있다. "그들은 전설들밖에 모르며, 이야기나 우화들은 모른다. 우리에게는 이야기의 성격을 지닌 설화들도 그들에게는 전부 마찬가지로 전설이다."[3] 레비-브륄 또한 이러한 관점을 확증된 것으로 보고, 입증으로서 이러한 단서들을 제공한다.[4] 이는 동물 이야기들의 분석에 의해 확증될 수 있다. 예컨대, 북아메리카에는 늑대에 관한 일련의 이야기들이 있다. 이들은 늑대의 난봉에 관한 유쾌한 이야기들이다. 스키디스 Skidis 인디언들은 늑대에 대해 이렇게 말한다. "늑대란 유쾌한 녀석이다. 그는 모든 것을 알고, 그를 이기기란 불가능하다. 게다가 그는 교활하고 약삭빨라서, 아주 힘들이지 않고는 길들일 수 없다. 그는 잡히는 일도 드물다." 하지만 이 '이야기'들은 어떤 일이 성공해야 할 때에 들려졌으며, 늑대의 꾀가 이야기꾼에게 투영되어야 했다. 우리가 아메리카 인디언의 민속문학에 대해 확실시하는 것을, 보고라스는 코리아크-캄차데일 Koriak-Kamtchadale 전래문학에서 관찰하고 있다. "코리아크-캄차데일의 전래문학은 그 명랑하고 조롱조의 성격에 의해 특징지어진다. 까마귀 쿠흐트 Koukht 에 대해 야릇하고 별난 이야

3) R. Neuhaus, *Deutsch. Neu-Guinea*, Berlin, 1911, III, p. 161.
4) L. Lévy-Bruhl, *Le Surnaturel dans la mentalité primitive*, p. 267.

기들이 많다. 예컨대, 그가 어떻게 장난꾸러기 새앙쥐 소녀들과 싸웠던가, 어떻게 자기 집에 불을 질렀던가, 등등. 쿠흐트는, 때로는 남자로, 때로는 까마귀로 나타난다. 민속문학은 그를 전혀 경의 없이 다룬다. 동시에, 쿠흐트는 또한 하늘과 땅을 창조한 조물주-까마귀이기도 하다. 쿠흐트는 인간을 창조했고, 그를 위해 불을 얻어주었으며, 그리고는 그에게 사냥할 짐승들을 주었다."5) 보고라스가 경의의 결여라고 본 것은, 도르시의 지적대로, 까마귀의 교활함에 대한 찬탄을 반영할 수도 있다. 어쨌든, 그렇게 우스운 이야기들의 주인공인 까마귀가 하늘과 땅의 창조자이고, 그 이야기들이 사냥 전에 들려졌다면, 여기서도 또한 이야기의 신성한 성격은 의심할 바 없으며, 다양한 민담들의 신성한 성격이라는 관념은 부가적 지지를 얻는다. 결국, 입문 의례가 유일한 제의는 아니었던 것이다. 계절적 사냥·파종·추수 등의 제의들과 그 밖에도 많은 다른 제의들이 있었으며, 그 각각이 그 나름의 기원/신화를 가졌을 수도 있다. 이러한 제의들과 신화들과의 연관, 그리고 제의 및 신화들과 민담(요술담)과의 연관은 연구되었던 적이 없다. 가치있는 통찰을 제공하기 위해서는 계급 이전의 민속문학 전체를 검토해보아야 할 것이다.

신성한 플롯의 '세속화'는 매우 일찍이 시작되었다. '세속화'라는 말로써, 나는 신성한 이야기가 세속적이고 예술적인(영적이거나 '비의적'이 아닌) 이야기로 변함을 의미한다. 민담(요술담)은 이 시점에서 생겨난다. 하지만 신성한 이야기들과 민담(요술담)간의 정확한 시간적 경계선을 긋기란 불가능하다. 젤레닌이 보여주었던 대로, 이야기하는 것의 금지와 이야기들에 사냥에 대한 마술적 영향력6)을 귀속시키는 습속은 오늘날까지도, 문화 민족들에게서도, 존속한다. 예컨대, 보굴족과 마리족의 이야기들이 그러하다. 하지만 이것들은 모두가 성스러운 유물들이고 잔재들인 반면, 인디언의 이야기들은, 비록 그것들이 제의로부터 분리되어 오늘날의 민담(요술담)처럼 순수히 예술적인 이야기들의 기초를 보여준다 하더라도, 거의가 신성한 이야기들, 즉 신화이다.

5) V.G. Bogoras-Tan, "Les Principaux types de folklore en Eurasie du Nord et en Amérique du Nord," *Le Folklore soviétique*, 4~5, 1936. (V.G. Bogoraz-Tan, "Osnovnye tipy fol'klora Serernoj Evrazii i Severnoj Ameriki," Sov. *fol'klor*, 4~5, 1936.)

6) *Recueil en l'honneur de S.F. Oldenbourg*, Leningrad, 1934, pp. 215~41. (*Sbornik V Čest' S.F. Ol'denburga*, L., 1934, str. 215~41.)

민담(요술담)은 이른 시대들의 사회적·이데올로기적 문화를 흡수하였다. 그러나 민담(요술담)은 분명 종교의 유일한 계승자는 아니다. 종교 그 자체도 역시 변했고, 그 자체도 극히 오래 된 특색들을 포함하고 있다. 이집트, 그리스, 그리고 나중에는 기독교에서 발달한, 사후의 세계와 고인의 운명에 대한 모든 관념들은 훨씬 더 일찍 생겨난 것이다. 마찬가지로, 샤머니즘도 선사 시대로부터 물려받은 것이 많으며, 그 중 많은 부분이 민담(요술담)에 보존되었다. 만일 우리가 황홀경에 대한 무당들의 이야기들——어떻게 무당이 저세상으로 영혼을 찾으러 가며, 누가 이 일에서 그를 도와주는가, 그는 어떻게 여행했는가, 등등——을 수집하여 이것들을 민담(요술담)의 주인공의 편력 및 비상과 비교해본다면, 대응 관계는 명백할 것이다. 나는 개별적 요소들에 있어 이 대응 관계를 그려보였지만, 대응 관계는 전체적 수준에도 또한 존재한다. 그러므로, 나는 신화의 구성과 저승 여행의 이야기, 무당의 서술, 민담(요술담), 그리고 나중에는 시, 브일리나, 그리고 영웅 시가간의 유사성을 설명할 수 있다. 봉건 문화의 일어남과 함께, 민속문학의 어떤 요소들은 지배 계급의 소유가 되었다. 『트리스탄과 이졸데』나 『니벨룽겐리트』 같은 영웅 전설들의 계열은 이 민속문학에 기초해 있다. 움직임은 아래에서 위로 일어난 것이지, 어떤 이론가들이 주장하는 것처럼, 그 반대가 아니다.

나는, 항상 어려운 것으로 간주되어온 현상 즉 민속문학 플롯의 보편적 유사성에 대한 역사적 설명을 제공하였다. 이 유사성은 언뜻 보기보다 훨씬 넓고 깊다. 인류학자들에 의해 제출되었던 전파설이나 심리적 단일성의 이론은 이 문제를 풀 수 없다. 해답은 민속문학과 물질 생활의 생산에 대한 접합적 역사 연구에 들어 있다.

문제는, 그처럼 복잡해보였으나, 해결 불가능한 것이 아니다. 하지만 일단 해결된 문제는 항상 새로운 문제를 야기한다. 민속문학의 연구는 두 가지 방향을 따를 수 있다. 연구된 현상들의 단일성이 그 하나이고, 그들의 다양성이 다른 하나이다. 민속문학, 그리고 특히 이야기는 단일할 뿐 아니라, 놀라울이만큼 풍부하고 다양하다. 이 다양성의 연구, 각 주제의 개별적 연구는, 구성의 단일성에 대한 연구보다 훨씬 더 어렵다. 만일 여기에 제출된 해답이 실제로 정당한 것으로 밝혀지고 나면 개별적 주제들의 연구 및 그것들의 해석과 역사가 제기하는 문제들에 새로운 방식으로 접근하는 것이 가능할 것이다.

역자 후기

이 책은 『이야기의 형태론』으로 잘 알려져 있는 블라디미르 프로프의
또 다른 저서 『민담의 역사적 기원』을 불역판(*Les racines historiques du
conte merveilleux*, trad. Lise Gruel-Apert, 1983, Paris, Gallimard)으로부터
우리말로 다시 옮긴 것이다. 저자의 생애 및 그의 연구 활동, 그리고
본서의 저술 배경 등에 대해서는 불역자의 상세한 해설이 있으므로 굳
이 되풀이할 필요가 없을 것이다. 그러므로, 우리말 번역에 있어 문제
되었던 몇 가지 점들을 적어보는 것으로써 후기를 삼기로 하겠다.

　우선적으로 문제가 되었던 것은 몇몇 중심 용어들의 역어 선정이었는
데, 여기에 대해서는 해당 용어의 첫 역어에 각주를 첨부하였으니 참조
하기 바란다. 미흡한 대로 독자들의 양해를 얻을 수 있다면 기쁘겠다.
　또한, 원어에 대한 지식이 전혀 없이 중역을 하는 경우 어쩔 수 없는
일이겠지만, 이따금씩 만나게 되는 러시아어 단어들과 많은 고유명사들
도 적잖이 문제가 되었다. 이 점에 있어서, 그리고 불역판의 뜻이 분명
치 않았던 두어 군데에 대해서도, 서울대학교 노어노문학과의 이인영 선
생님께서 러시아어 원본을 참조해가며 긴한 도움을 주셨다. 이 자리를
빌어 다시금 감사드린다.
　본서에는 그 밖에도 세계 각지의 인명·지명을 비롯하여 신화 및 민
담들로부터 수많은 고유명사들이 등장하는바, 백과사전과 신화 사전을
참조하기는 하였으나, 끝내 확실히 알아낼 수 없었던 지명·부족명, 그
런가 하면 어색하게나마 번역해야 했던 이름들도 있다. 가능하다면 고
유명사들의 색인과 신화 및 민담의 인물들에 대한 사전식 해설을 부록
으로 덧붙이고 싶었으나, 힘이 모자랐던 것을 유감으로 생각한다.
　고유명사의 표기는, 원어의 발음을 우선적으로 따르되, 우리에게 더
익숙한 다른 발음이 있는 경우에는 이를 따랐다. 처음 나오는 고유명사
에 병기된 로마자 표기는 불역판의 것으로 통일하였다.

원문의 각주에 인용된 책 제목들은, 불역자가 그렇게 했던 대로, **러**시아어의 경우에만 우리말로 옮기면서 원어를 병기하였고, 기타 저서들은 원어 그대로 두었다.

그 밖에도, 번역을 하면서 나름대로 세워야 했던 세부적인 원칙들이 더러 더 있으나, 이런 것들은 본문을 읽어나가는 동안 자연히 이해되리라 생각한다.

프로프의 이 책은, 불역판 외에, 그의 영역판 문선집인 『민담의 이론과 역사 *Theory and history of folklore*』(1984, Univ. of Minnesota Press)에 일부 실려 있는 것을 구해볼 수 있었는데, 두 가지 번역이 상당히 다른 것에 놀라지 않을 수 없었다. 불어 번역이 분석적·연역적인 데 비해 영어 번역은 매우 압축적인가 하면, 불역판에는 들어 있지 않은 문장들이 영역판에서 발견되기도 하였다. 어느 쪽 번역이 러시아어 원문에 가까운 것인지, 역자로서는 알 수가 없지만, 우리말로 다시 번역하는 경우에는 불어 번역이 더 뜻이 명확하리라는 생각이 들었다.

역자로서는 처음으로, 그리고 극히 제한된 시일내에, 이만한 두께의 책을 번역하는 것이었으므로, 무리가 없지 않았을 것이다. 꼭 직접 교정을 보고 더 고쳐야 할 부분이 있으면 고칠 수 있기를 바랐으나, 외지에 머무는 관계로 여의치 못하였다. 대신하여 교정을 보아주신 편집부의 여러분께 감사드린다.

끝으로, 이 한 권의 책이 즐거움으로 읽혀질 독자들을 만나게 되기를 빌며, 번역을 주선해주신 김현 선생님과 출판을 맡아주신 김병익 사장님께 깊은 감사를 드린다.

1990년 5월

미국에서 최애리

현대의 문학 이론 17

민담의 역사적 기원

제1판 제1쇄 __ 1990년 6월 11일
제1판 제5쇄 __ 2011년 6월 24일

지은이 __ V. Y. 프로프
옮긴이 __ 최애리
펴낸이 __ 홍정선
펴낸곳 __ ㈜문학과지성사
등록 __ 제10-918호(1993. 12. 16)
주소 __ 121-840 서울 마포구 서교동 395-2
전화 __ 02)338-7224
팩스 __ 02)323-4180(편집)   02)338-7221(영업)
전자우편 __ moonji@moonji.com
홈페이지 __ www.moonji.com

한국어판 ⓒ 최애리
ISBN 89-320-0441-2